战国文学史论

方 铭 著

教育部省属高校人文社会科学重点研究基地
首都师范大学中国诗歌研究中心
规划项目成果

商务印书馆
2008年·北京

图书在版编目(CIP)数据

战国文学史论/方铭著.—北京:商务印书馆,2008
ISBN 978 - 7 - 100 - 05737 - 0

Ⅰ.战… Ⅱ.方… Ⅲ.文学史-中国-战国时代 Ⅳ.I209.31

中国版本图书馆 CIP 数据核字(2008)第 005088 号

该书为教育部人文社会科学重点研究基地
首都师范大学中国诗歌研究中心
规划项目成果

所有权利保留。
未经许可,不得以任何方式使用。

ZHANGUÓ WÉNXUÉSHǏ LÙN
战 国 文 学 史 论
方 铭 著

商 务 印 书 馆 出 版
(北京王府井大街36号 邮政编码 100710)
商 务 印 书 馆 发 行
北 京 瑞 古 冠 中 印 刷 厂 印 刷
ISBN 978 - 7 - 100 - 05737 - 0

2008年12月第1版 开本787×1092 1/16
2008年12月北京第1次印刷 印张38
定价:68.00元

新 版 自 叙

君子学道则爱人,小人学道则易使。愚生逢迍邅,僻在义渠,筚路蓝缕,生生维艰,箪食糟糠,瓢饮咸泉。齿在志学,以执鞭之卑能,思兼济之成心。率性修道,颇敦于业。然幼习训诂,诵传记,没溺于浅闻小见,常以为恨。及弱冠,愚亲教大师宜昌吴林伯先生以祖师绍兴马浮撰《泰和会语》示愚,昼书夜诵,多历岁稔,三十而后,渐能体察夫子用心,知古之学者为己,今之学者为人。

所谓成人者,备物致用,立成器以为天下利,进退存亡,执达道而能不失正。向者孔子天下至圣,固天纵之。聪明睿智,足以有临;发掘刚毅,足以有执;齐庄中正,足以有敬;文理密察,足以有别。制礼作乐,崇高足以长世;宽容广包,垂圣德以示人。幽明测神,文藻辩物。敏学而求,下问而诹,虚心而受,深思而咏;怜悯周道,哀叹九畴,发愤忘食,应聘四方;非礼不进,非义不受,心不违仁,行无二过;用行舍藏,与同进退,惟德动天,无远不届。扶人极,忧后世,而述六经也,固布衣所瞻顾钻仰者也。愚虽不能至,心向往之。

君子之道,或出或处,或默或语。君子之作也,俨乎若高山,勃乎若浮云,质素若秋蓬,摛藻若春葩。人之生也有涯,古之贤士,多坐守陋室,蓬蒿没户,而志意常充然,有若囊括于天地者。愚今蜗居京华,然京华者,英雄俊杰战攻驻守之迹,诗人文士游眺饮射赋咏歌呼之所,愚闻知之,气不能充,语不能壮,志意不能高。一昼一夜,华开者谢;一春一秋,物故者新。激湍之下,必有深潭;高丘之下,必有浚谷。今天下俗薄,庠序泯绝,道丧如此。余以浅知褊能,闻见之寡,居贫贱而好空言。然尝从侍褚师斌杰教授,沾概光华,成《战国文学研究》,敢不奉承。先生尝教以辞尚体要,弗惟好异而已,但言不尽意,圣人所难,识在瓶管,何能矩矱。今增订而成新书,名曰《战国文学史论》,以涂天下之耳目,非欲爱人也,欲易使也。大人君子,幸垂意焉。

方　铭
2007 年 9 月于北京

第一版序

褚斌杰

战国时代，正像历史上对它的称名，是一个列国争雄，战乱频仍的时代。但这也是中国历史上新旧交替的一个大变革时代。夏、商、西周以来的旧制度、旧传统，已不可挽回地趋于瓦解。"礼崩乐坏"，诸侯纷争，杀人盈野，整个社会陷入到大的危难动乱之中。社会需要新生，危机促人思考。自春秋后期，随着"私学"兴起而造就出来的大批士人，因当时社会形势的需要而壮大，他们"言治乱之事，以干世主"，或在各国统治者的罗致下，走上政治、外交、军事舞台；或到处游说，聚徒讲学，大都围绕着当时迫切的社会问题，提出自己的思想观点和政治主张，自觉不自觉地形成了各种家派，互相交锋，彼此论战。这就出现了战国时代所谓"百家争鸣"的局面。

当时学派众多，思想活跃，能够在广阔的领域探索问题，大胆地提出各种不同见解，这与在当时新旧交替的斗争中，思想禁锢较少，思想比较解放有关。从当时的主要派别如儒、墨、道、法等各家看，他们虽然主张不同，文化观念和价值观念存在差异，但都冲破了旧思想的牢笼，对西周以来的旧制度、旧意识、旧传统，表现出或修正，或反对，或完全否定的态度。这是一个批判的时代，也是一个探索求新的时代；是一个需要巨人，而确乎出现了巨人的时代。

正是这一思想上的解放，文化巨擘的相涌而出，促使当时的文化学术有了突飞猛进的发展，构成了一个思想上百家争鸣，学术文化空前繁荣，各体文学（散文、辞赋）争奇斗艳的局面。

战国时代作为中国文化发展的第一个黄金时期，其特点主要表现在以下几个方面：

第一，理性和热情相结合。理性表现为对现实社会和人生问题的关注,并究其底里的深层思考;而热情则表现为这种关注的一种忘我的程度。战国政治家、思想家都有他们的理想社会蓝图和自认为可以操作的治世方略。他们都有拯救社会的满腔热情,都积极创立了自成体系的学说。诸子如此,史传作者又何尝不如此。

第二,反思和探索相结合。夏、商、西周三代,在社会制度,即"礼"的问题上,虽有增损,但主要表现为一种相继相承的关系。孔子以成周礼制大备,而盛赞"郁郁乎文哉"。春秋时,以孔子为代表的文化人,还曾谋求恢复西周盛世,恢复周礼。而至战国之世,旧秩序的恢复已经证明不可能。战国诸子对殷周以来的旧传统、旧思想都进行了清理和反思,正是在此基础上,他们创建了自己新的思想体系。就是旧有的儒家学派,传至孟轲、荀卿之流,对孔子之学也有新发展。"路漫漫其修远兮,吾将上下而求索",伟大诗人屈原这一艰苦探索,勇于求新的精神,正奏出了当时时代的主旋律。

第三,典雅和通俗相结合。在战国之前,我们可以看到的著作,主要是《诗》、《书》、《礼》、《易》、《春秋》,这五经之中,除了《诗》之十五国风以外,大都为政典。而《诗》之国风,虽则来自民间,但经整理,被之管弦,陈政教得失,其通俗性就打了折扣。而战国辞赋文学,既有民间的影子,又是文人创作,个性鲜明,风格活泼而生动。战国诸子,为了施教子弟,或说动人主,往往不殚辞费地打比方、说寓言,道理是深刻的,语言是通俗的。战国史传,如《春秋左氏传》扩充《春秋》,为之传释,本身就是在努力实现经典的通俗化。至于《国语》、《国策》,记当时口语,其通俗性,更是无庸怀疑的。

方铭君从我治先秦秦汉文学,以《战国文学研究》一文,为其博士学位论文,受到专家和答辩委员会的一致肯定。今天,方铭君又把他的博士论文进行了整理修订,成《战国文学史》,由武汉出版社作为重点学术著作出版,不久,将有更多的人能够了解这本战国文学研究著作,这是值得高兴的事情。

方铭君勤奋好学,视野开阔,知识面广,有丰富的古文献知识和良好的理论思维能力。其《战国文学史》一书,涉及面广阔,论述细致,概括而

言,具有如下特点:

第一,就选题而言,作者把战国文学当作一个独立的整体进行研究,高屋建瓴,提出一个框架,全面而系统地论述了战国时代的文学。这是战国文学研究的进一步深入,也是先秦文学研究的新发展。而该书,也是研究战国时代断代文学史的第一本专门著作。

第二,就研究态度而言,作者具有科学而实事求是的品格。作者把文学看作是一个历史的、民族的概念,用历史主义的观点规范文学,确定战国文学的研究范围。同时,又熟谙六经、诸子、史传、辞赋,熟悉战国文学研究的最新成果。在占有丰富资料的基础上,审慎检讨,细致梳理,折衷辨析。宏观与微观结合,理论阐述与考证辩驳结合,使自己的观点建立在丰富的材料的基础上。这种研究方法是应该提倡的。

第三,就内容而言,作者对战国时代社会思潮、作家作品的存佚情况、思想内容、艺术特点作了详细具体而不乏深度的论述,如书中论述了战国时代新气象,把道家区分为黄老道家与杨朱、庄子道家,提出了对《黄帝四经》文学思想的研究,关于战国文学与孔子及六经的关系,对屈原悲剧性的认识,以及总结战国文学的主流与战国文学的特征等,论述既持之有故,言之亦自然成理,均可供研究者参考。

作为一个古代文学的研究者,方铭君富于春秋,假以时日,勤奋进取,一定会做出更大成绩。任重而道远,我期望着他对战国文学及中国古代文学、古代文化进行更深入细致的研究,不断有新的论著问世。

一九九六年四月二十日于北京大学畅春园

目 录

引论：战国文学史研究的对象及方法 …………………………… 1
　一、作为时代概念的"战国"一词的出现 …………………… 1
　二、战国文学史研究的时间范围 …………………………… 8
　三、战国文学史的学科内涵 ………………………………… 10
　四、从欧洲文学的发展认识文学的历史性特征 …………… 19
　五、战国文学史的研究对象 ………………………………… 21
　六、战国文学史的研究方法 ………………………………… 26

第一章　战国巨变与战国文学家人文环境的改变 ……………… 27
　第一节　秩序与道德的崩溃与重构 ………………………… 27
　　一、周天子作为天下共主的精神价值的崩溃 …………… 28
　　二、春秋至战国的蜕变 …………………………………… 34
　第二节　战国时期的社会改革 ……………………………… 41
　　一、七国的变革措施 ……………………………………… 41
　　二、对七国变革措施的评价 ……………………………… 45
　第三节　战国士人向文人的转变 …………………………… 52
　　一、战国士人来源的开放性特点 ………………………… 52
　　二、士人向文人的转变及士人学文的动力 ……………… 55
　　三、战国士人的新士风 …………………………………… 57
　　四、士人的人格尊严和独立性 …………………………… 58
　　五、士人的重要性及尊士的社会氛围 …………………… 61
　第四节　战国士人的理性精神 ……………………………… 66
　　一、对天地原始问题的思考 ……………………………… 66

二、追求以人为本的人文主义立场 …………………… 68
　　三、赞扬禅让制度倡导社会公正 …………………… 71
　　四、反古与标新立异 ………………………………… 77
　　五、科学技术的发展 ………………………………… 90
第五节　战国文人的怪诞与神秘 ……………………………… 91
　　一、文人的诡诞现象 ………………………………… 91
　　二、楚人及战国诸侯对神的崇拜 …………………… 93

第二章　战国文人的著述风气及著述的繁荣 …………………… 95
第一节　战国时期文人的著述风气 …………………………… 95
　　一、私人著述开始于战国 …………………………… 95
　　二、战国时私人著述的大量出现 …………………… 101
第二节　自觉的创作意识与体裁流派的多样化 ……………… 109
　　一、自觉的创作意识及现实使命感 ………………… 109
　　二、战国时期主要的文学体裁及流派 ……………… 115
第三节　现存战国主要论说体文学著作 ……………………… 119
　　一、《六艺略》所载战国论说体文学著作举要 …… 119
　　二、战国儒家著作举要 ……………………………… 130
　　三、战国黄老道家著作举要 ………………………… 134
　　四、战国庄子学派著作举要 ………………………… 139
　　五、战国其他诸子著作举要 ………………………… 140
第四节　现存战国主要叙事体及抒情体文学著作 …………… 146
　　一、《左传》的作者与传承 ………………………… 146
　　二、《国语》及《战国策》的作者与成书 ………… 150
　　三、战国抒情体文学及赋文学 ……………………… 152

第三章　战国时期的主要文学思想 ……………………………… 154
第一节　孔门弟子记述的孔子文学观 ………………………… 154
　　一、孔子强调对文及文学的重视 …………………… 154

二、孔子强调文学对个人及社会的积极作用……………… 156
　　三、孔子强调文学内容和形式之间的本末和谐……………… 157
　　四、作为文学终极追求的尽善尽美理想……………………… 159
　第二节　《礼记·乐记》与孔子的礼乐理论…………………… 165
　　一、批评礼乐文化以僭越为标志的衰亡……………………… 165
　　二、对郑卫新乐的批判………………………………………… 170
　　三、《乐记》各篇主要观点辨析……………………………… 176
　第三节　孟子、荀子及《吕氏春秋》的文学观………………… 183
　　一、孟子的主要文学主张……………………………………… 183
　　二、荀子的主要文学理论主张………………………………… 187
　　三、《吕氏春秋》的文学观…………………………………… 193
　第四节　战国的文学否定论……………………………………… 198
　　一、道家文学观………………………………………………… 198
　　二、法家文学观………………………………………………… 202
　　三、墨家文学观………………………………………………… 207

第四章　战国论说体文学研究……………………………… 208
　第一节　《论语》与《易传》的主要内容……………………… 208
　　一、《论语》阐述的仁政思想………………………………… 209
　　二、《论语》关于君子人格建设的思想……………………… 213
　　三、《易传》关于君子人格建设的思想……………………… 223
　第二节　《孟子》与《荀子》…………………………………… 231
　　一、《孟子》的主要内容……………………………………… 231
　　二、《荀子》及《晏子春秋》的主要内容…………………… 241
　第三节　从《黄帝四经》到《道德经》………………………… 245
　　一、《黄帝四经》的主要内容………………………………… 246
　　二、《文子》、《鹖冠子》与《管子》……………………… 248
　　三、《老子》的主要内容……………………………………… 250
　第四节　从杨朱到《庄子》……………………………………… 254
　　一、杨朱的主要观点…………………………………………… 254

二、《庄子》的主要内容 …………………………………………… 257
第五节 从《法经》到《韩非子》 ………………………………… 262
　　一、早期法家著作的内容 ………………………………………… 263
　　二、《韩非子》的主要内容 ……………………………………… 267
第六节 阴阳名墨纵横诸家著作的内容 …………………………… 271
　　一、阴阳家的主要主张 …………………………………………… 272
　　二、名家的主要观点 ……………………………………………… 274
　　三、《墨子》的主要思想观点 …………………………………… 278
　　四、《吕氏春秋》的主要内容 …………………………………… 283
　　五、纵横、农、小说诸家的主要思想 …………………………… 286
第七节 战国诸子文学的文章风格 ………………………………… 288
　　一、与现实密切相关的形象性表达 ……………………………… 289
　　二、以寓言为媒介的形象化叙述 ………………………………… 295
　　三、人物个性的形神彰显 ………………………………………… 301
　　四、辞达而已矣 …………………………………………………… 307
　　五、情感的同一性和风格的多样性 ……………………………… 313

第五章 战国叙事体文学 ……………………………………… 318
第一节 战国史传文学的主题 ……………………………………… 319
　　一、《左传》的主题 ……………………………………………… 320
　　二、《国语》的主题 ……………………………………………… 328
　　三、《战国策》的主题 …………………………………………… 331
第二节 《左传》的叙事艺术 ……………………………………… 340
　　一、以小说笔法实现完整叙事 …………………………………… 341
　　二、以情节及细节的叙述完成人物性格的描写 ………………… 345
　　三、娴熟的语言运用能力 ………………………………………… 349
第三节 《国语》的叙事特点 ……………………………………… 351
　　一、驾驭长篇故事的杰出能力 …………………………………… 351
　　二、《国语》的语言风格 ………………………………………… 358

第四节　《战国策》的叙事风格……………………………363
　　　一、铺张扬厉的结构方式……………………………363
　　　二、精心安排的语言环境……………………………366
　　　三、跌宕起伏的故事情节……………………………369

第六章　屈原及战国抒情体文学……………………………374
　　第一节　关于屈原研究的几个问题…………………………374
　　　一、屈原的主要事迹及职掌…………………………374
　　　二、屈原的悲剧及性格问题…………………………378
　　　三、屈原的"放流"问题……………………………392
　　　四、屈原的政治才能问题……………………………401
　　　五、屈原的悲剧根源问题……………………………404
　　　六、屈原与爱国主义问题……………………………411
　　第二节　屈原的创作主旨………………………………414
　　　一、《楚辞》的编辑与流传…………………………415
　　　二、屈原的创作动机…………………………………422
　　　三、发愤以抒情………………………………………427
　　第三节　《九歌》主旨新解……………………………436
　　　一、《九歌》的命名及组成…………………………437
　　　二、东皇太一与云中君………………………………442
　　　三、湘君与湘夫人……………………………………445
　　　四、大司命与少司命…………………………………449
　　　五、东君河伯等其他各篇……………………………452
　　第四节　屈原楚辞文学的艺术特点……………………457
　　　一、叙事结构之奇……………………………………458
　　　二、抒情方式之奇……………………………………463
　　　三、语言形式之奇……………………………………467
　　　四、意境风格之奇……………………………………470

第七章　宋玉及战国赋体文学 …… 477

第一节　辞向赋的演变 …… 478
一、《九辩》的作者问题 …… 478
二、《招魂》的作者问题 …… 481
三、《大招》的作者问题 …… 486
四、似赋之楚辞 …… 489

第二节　荀子、宋玉及战国赋文学 …… 496
一、宋玉赋的真伪问题 …… 498
二、宋玉赋的赋文学特征 …… 503
三、荀子《赋篇》及《成相》 …… 509

结语：战国文学主流及其历史地位 …… 515
一、战国文学主流 …… 515
二、战国文学的历史地位 …… 518

余论：对战国文学的再认识 …… 526
一、战国文学与六经及孔子 …… 526
二、战国时代及战国文学与欧洲浪漫主义运动 …… 541

主要参考文献 …… 561

索　引 …… 567
一、人名索引 …… 567
二、书名索引 …… 582

第一版跋 …… 589

新版后记 …… 591

引论：战国文学史研究的对象及方法

《史记·六国年表》以周元王元年为战国七雄历史的起点，周元王元年即公元前475年。习惯上，我们常常把这一年看作是战国的开始。战国经二百余年的风云变幻，至公元前221年秦并六国，建立秦王朝，而宣告结束。战国文学就是产生在这一个历史时期的文学。

顾名思义，战国文学史论就是研究战国时代文学发展历史的著作，但是，在具体的研究过程中，我们仍然需要对"战国"这个时代名称以及战国时代文学的内涵和外延进行适当的阐释，才能使我们的研究建立在尽可能科学的基础上。所以，在进入战国文学史的本题研究之前，我们对战国文学史研究对象及方法的说明，就显得很有必要。

一、作为时代概念的"战国"一词的出现

"战国"一词，本来不是一个时代名称，而是指战争时代处于战争状态的诸侯国。如《管子·霸言》云：

> 强国众，合强以攻弱，以图霸；强国少，合小以攻大，以图王。强国众，而言王势者，愚人之智也；强国少，而施霸道者，败事之谋也。夫神圣视天下之形，知动静之时，视先后之称，知祸福之门。强国众，先举者危，后举者利；强国少，先举者王，后举者亡。战国众，后举可以霸；战国少，先举可以王。①

《管子》一书，其成书时代虽在战国中后期，但托名管仲。管仲是春秋

---

① [清]戴望：《管子校正》卷九，《诸子集成》，中华书局1954年版。又黎翔凤：《管子校注》，中华书局2004年版。

初期齐国政治家，因此，我们不能断言《管子》一书的所有词汇，必然出于战国，也正因此，对于"战国"一词出现的时代，我们不能明确地肯定是出自春秋，抑或战国。但是，从《管子·霸言》篇的语义来看，"战国"指的是处于战争状态的诸侯国。

《管子·霸言》的作者认为，在有很多列强的时候，与强国联合，攻击弱小国家，可以成就霸业；而当强国较少的时候，联合小国，发展壮大自己，最后可以消灭很少的强国，从而王天下。强国林立而欲王天下，强国少而谋尊天子以令诸侯的霸道，是愚人之谋，惟能败事。圣人应该根据社会变化，及时调整策略，了解行动的轻重缓急，先后顺序。强国众，先举，则必为强国所图；强国少，后举，必为先举者亡。争战之国众，坐山观虎斗，鹬蚌相争，渔翁得利；争战之国少，先发可以制人。这种基于策略上的考虑，是在春秋战国之际天下大乱、社会动荡中积累的宝贵经验。

又《管子·乘马数》曰：

桓公问管子曰："有虞策乘马已行矣，吾欲立策乘马，为之奈何？"

管子对曰："战国修其城池之功，故其国常失其地用，王国则以时行也。"①

此处"战国"与"王国"相对举，战国也应该是指处于战争状态的诸侯国，而王国则指王天下之有道国。

另外，见于《汉书·艺文志·诸子略》及《汉书·艺文志·兵形势》之战国时杂家著作有《尉缭子》二十九篇，兵家著作有《尉缭子》三十一篇②。《四库全书总目提要》云：

《尉缭子》五卷，周尉缭撰。其人当六国时，不知其本末。或曰魏人，以《天官》篇有"梁惠王问"知之。或又曰齐人，鬼谷子之弟子。刘向《别录》又云缭为商君学，未详孰是也。《汉志》杂家有《尉缭》二十

---

① ［清］戴望：《管子校正》卷二十一，《诸子集成》，中华书局1954年版。此处断句用黎翔凤：《管子校注》，中华书局2004年版。《管子校正》曰："故其国常失其地，用王国，则以时行也。"

② 《汉书》卷三十，中华书局1962年版。

九篇,《隋志》作五卷,《唐志》作六卷,亦并入于杂家。①

《天官》为今存《尉缭子》的第一篇,开篇即云:"梁惠王问尉缭子曰:'黄帝形德,可以百胜,有之乎?'"②梁惠王即魏惠王,也即魏惠成王,据《史记·六国年表》及《史记·魏世家》载,梁惠王于周烈王六年即位,周烈王六年为公元前370年,在位三十六年,周显王三十四年卒,该年为公元前335年。又司马贞《史记索隐》在惠王三十六年下云:"按《纪年》,惠成王三十六年改元称一年,未卒也。"③裴骃《史记·魏世家集解》在魏襄王十六年"襄王卒,子哀王立"下云:"今按古文,惠成王立三十六年,改元称一年,改元后十七年卒。《太史公书》为误分惠、成之世,以为二王之年数也。《世本》惠王生襄王而无哀王,然则今王者魏襄王也。"④按《古本竹书纪年·魏纪》因《春秋经传集解后序》云:"惠王三十六年改元,从一年始,至十六年而惠成王卒。"又引裴骃《史记·魏世家集解》云:"惠成王三十六年,又称后元一,十七年卒。"⑤《今本竹书纪年》云周显王三十四年"魏惠成王三十六年,改元称一年",又云,周慎靓王二年,"魏惠成王薨"⑥。周显王在位四十八年,《今本竹书纪年》是取魏惠王改元后十六年去世的说法。无论魏惠王在位多少年,其生活时代却正是战国中期,而尉缭子和魏惠王同时代,当然也是战国时代人。至于今存《尉缭子》,无论是《汉书·艺文志》所载之杂家著作,还是兵家著作,其作为战国时期著作,也应该是没有问题的。在《尉缭子》中,"战国"一词也有两见,其《兵教下》曰:

无丧其利,无夺其时,宽其政,夷其业,救其弊,则足以施天下。

今战国相攻,大伐有德,自伍而两,自两而师,不一其令,率俾民心不

---

① [清]永瑢、纪昀:《四库全书总目提要·子部九·兵家类》卷九十九,海南出版社1999年版。
② 《尉缭子》卷一,《文渊阁四库全书·子部二·兵家类》。
③ 《史记》卷十五,中华书局1959年版。
④ 同上书卷四十四。
⑤ 张杰、戴和冰点校:《古本竹书纪年》,《二十五别史》,齐鲁书社2000年版。
⑥ 王国维:《今本竹书纪年疏证》,同上书附录四。

定,徒尚骄侈,谋患辨讼,吏究其事,累且败也。①

又《兵令上》曰:

> 兵者凶器也,争者逆德也。事必有本,故王者伐暴乱,本仁义焉。战国则以立威抗敌相图,而不能废兵也。兵者,以武为植,以文为种,武为表,文为里,能审此二者,知胜败矣。文所以视利害,辨安危,武所以犯强敌,力攻守也。专一则胜,离散则败。②

《尉缭子·兵教下》之"战国"一词,无疑应该解为争战诸国,而《兵令上》之"战国"一词,虽然也可以解为时代之称,但是,解为争战诸国,可能更符合文本的原意。

到了《战国策》一书,"战国"一词大量出现。"战国"可以用来指除了秦以外的六国,如《秦策四》载:

> 秦王欲见顿弱,顿弱曰:"臣之义不参拜,王能使臣无拜即可矣,不即不见也。"秦王许之。……顿弱曰:"山东战国有六……"秦王曰:"山东之战国可兼与?"顿子曰:"韩,天下之咽喉;魏,天下之胸腹。王资臣万金而游,听之韩、魏,入其社稷之臣于秦,即韩、魏从。韩、魏从,而天下可图也。"③

此处之两个"战国",所指当然都是处于战争状态的六国,即除了秦国之外的齐、楚、燕、韩、赵、魏。

在《战国策》中,"战国"还可以是六国自称,如《楚策二》载:

> 楚襄王为太子之时质于齐,怀王薨,太子辞于齐王而归,齐王隘之:"予我东地五百里,乃归子,子不予我,不得归。"太子曰:"臣有傅,请退而问傅。"傅慎子曰:"献之地,所以为身也。爱地不送死父,不义。臣故曰献之便。"太子入,致命齐王曰:"敬献地五百里。"齐王归楚太子。太子归,即位为王,齐使车五十乘来取东地于楚。……昭常入见。王曰:"齐使来求东地五百里,为之奈何?"昭常曰:"不可与也。万乘者,以地大为万乘。今去东地五百里,是去战国之半也,有万乘

---

① 《尉缭子》卷五,《文渊阁四库全书·子部二·兵家类》。
② 同上。
③ 缪文远:《战国策新校注》(修订本)卷六,巴蜀书社1998年版。

之号而无千乘之用也,不可。臣故曰勿与。常请守之。"①

此段文字中之"战国",是昭常自指楚国。楚国是战国时期处于争战状态的诸侯邦国之一,所以,也可以自称为战国。

《战国策》的"战国",也可以指战国时期秦、齐、楚、燕、韩、赵、魏七国。如《赵策三》载:

赵惠文王三十年,……马服曰:"……今取古之为万国者,分以为战国七。能具数十万之兵,旷日持久数岁,即君之齐也。……"②

又《燕策一》载:

苏秦死,其弟苏代欲继之,乃北见燕王哙。③……对曰:"凡天下之战国七,而燕处弱焉。独战则不能,有所附则无不重。南附楚则楚重,西附秦则秦重,中附韩、魏则韩、魏重。且苟所附之国重,此必使王重矣。……"④

《战国策》之"战国",有时候意思接近于善战之国。如《赵策三》又载:

郑同北见赵王。……郑同因抚手仰天而笑之曰:"兵固天下之狙喜也,臣故意大王不好也。臣亦尝以兵说魏昭王,昭王亦曰:'寡人不喜。'臣曰:'王之行能如许由乎,许由无天下之累,故不爱也。今王既受先王之传,欲宗庙之安、壤地不削、社稷之血食乎?'王曰:'然。'今有人操随侯之珠,持(百)丘之环,万金之财,(时)[特]宿于野,内无孟贲之威,荆庆之断,外无弓弩之御,不出宿夕,人必危之矣。今有强贪之国,临王之境,索王之地,告以理则不可,说以义则不听,王非战国守圉之具,其将何以当之?王若无兵,邻国得志矣。⑤

此处所谓"战国守圉之具","战国"所指为善于战争的国家。而善于战争的国家与处于战争的国家的意思,应该是比较接近的。

凡此,在《战国策》中所见"战国"一词,应该皆指战国时代争战之诸侯

---

① 缪文远:《战国策新校注》(修订本)卷十五,巴蜀书社1998年版。
② 同上书卷二十。
③ 此处当为"苏秦北见燕[昭王]"。[清]钱大昕:《廿二史考异》卷五《苏秦列传》,上海古籍出版社2004年版。又缪文远:《战国策新校注》(修订本)卷二十九,巴蜀书社1998年版。
④ 缪文远:《战国策新校注》(修订本)卷二十九,巴蜀书社1998年版。
⑤ 同上书卷二十。

国。所以,《战国策》中的"战国",尚无明确提出作为时代概念的"战国"这个词义。

到了西汉初年,"战国"一词,仍然以争战诸侯国的意义为普遍,如《史记》之《天官书》云:

> 田氏篡齐,三家分晋,并为战国。①

又《匈奴列传》云:

> 当是之时,冠带战国七。②

又《平津侯主父列传》引齐人严安上汉武帝书曰:

> 田常篡齐,六卿分晋,并为战国。……及至秦王,蚕食天下,并吞战国,称号曰皇帝。③

以上诸例,无疑延续了《战国策》中关于"战国"一词的基本意义。但是,《史记·秦始皇本纪》载西汉初年贾谊之《过秦论》曰:

> 秦离战国而王天下,其道不易,其政不改,是以其所以取之守之者[无]异也。④

又《史记·吕太后本纪》载太史公曰:

> 孝惠皇帝、高后之时,黎民得离战国之苦,君臣俱欲休息乎无为。故惠帝垂拱,高后女主称制,政不出房户,天下晏然。刑罚罕用,罪人是希。民务稼穑,衣食滋殖。⑤

又《史记·六国年表》曰:

> 惜哉,惜哉!独有《秦记》,又不载日月,其文略不具,然战国之权变亦有可颇采者,何必上古。⑥

《史记·樗里子甘茂列传》曰:

---

① 《史记》卷二十七,中华书局1959年版。
② 同上书卷一百一十。
③ 同上书卷一百一十二。
④ 同上书卷六《秦始皇本纪》引。又《新书·过秦论下》曰:"秦虽离战国而王天下,其道不易,其政不改,是以其所以取之守之者异也。"《文渊阁四库全书·子部一·儒家类》。
⑤ 《史记》卷九,中华书局1959年版。
⑥ 同上书卷十五。

甘罗年少,然出一奇计,声称后世。虽非笃行之君子,然亦战国之策士也。方秦之强时,天下尤趋谋诈哉。①

《史记·田儋列传》曰:

蒯通者,善为长短说,论战国之权变,为八十一首。②

以上数例所言之"战国",未尝不可以视作时代概念。当然,如果以争战诸国解释以上诸处之"战国",意义也丝毫没有滞碍。所以,我们也不能明确认为《史记》中有把"战国"视为时代概念的例证。

但是,"战国"一词之词义,最晚在西汉刘向时,便逐渐萌生了作为时代概念的意义。早期的过渡,应该是用"战国时"的概念,《汉书·高帝纪赞》云:"刘向云战国时刘氏自秦获于魏。"③

颜师古《汉书·高帝纪注》引文颖之言曰:"六国时,秦伐魏,刘氏随军为魏所获,故得复居魏也。"又云:"春秋之后,周室卑微,诸侯强盛,交相攻伐,故总谓之战国。"④

又刘向《战国策叙》云:

臣向以为战国时游士,辅所用之国,为之笑谋,宜为《战国策》。其事继《春秋》以后,讫楚汉之起,二百四十五年间之事,皆定以杀青,书可缮写。叙曰:……及春秋时,已四五百载矣。……万乘之国七,千乘之国五,敌侔争权,盖为战国。……战国之时,君德浅薄……⑤

我们注意到,这里所言"战国时"与"六国时"是一个相同的概念。"战国"是战国时代诸战国之共名,若说"战国时",则是指争战诸诸侯国的时代。这样,战国就是"战国"所处时代的名称了。实际上,将以争战为核心事务的齐、楚、燕、韩、赵、魏、秦等战国所处的时代,命名曰"战国",应该是顺理成章的事情。

"战国"一词由争战诸国转变为时代名称,应该和"春秋"一词由专有

---

① 《史记》卷七十一,中华书局1959年版。
② 同上书卷九十四。
③ 《汉书》卷一下,中华书局1962年版。
④ 同上。
⑤ 缪文远:《战国策新校注》(修订本),巴蜀书社1998年版。

的书名转化为时代名称结合起来看待,"战国"一词,作为时代之名,虽不必出自刘向,但刘向对"战国"一词作为时代名称的传播,其功难以抹杀。此可譬之于孔子《春秋》,"春秋"一词不自孔子《春秋》始,但《春秋》以记春秋时代,"春秋"作为时代之名,自孔子作《春秋》为始。唯一不同的是,刘向编辑《战国策》时,战国应该已经是时代名称,而孔子编《春秋》的时候,鲁隐公至鲁哀公的时代,一定不是被称为春秋时代。当人们以"春秋"作为时代名称的时候,冠名战国"六国时"为"战国时",也就是自然而然的事情了,所以,刘向《战国策叙》既说"《春秋》"又说"春秋时",既说"战国"又说"战国时"。

刘向运用"战国"以为时代名称,见诸文献记载,所以,"战国"作为六国之时代名称,最迟至刘向已极为普遍。同样,"春秋"作为时代名,最晚在刘向时代已经成为熟语。大概在司马迁之后,人们渐渐也习惯了用"春秋"代替"春秋时",用"战国"代指"战国时"。《汉书·沟洫志》引汉哀帝初待诏贾让奏言曰:"盖隄防之作,近起战国,雍防百川,各以自利。"①此处"战国"一词,若解为争战诸国或战国时代,于训诂皆无碍,但是,仔细寻绎贾让本义,与其说是争战诸国之"战国",毋宁说是战国时代之"战国"更合乎文理。

实际上,台湾学者陈东林先生就力主"战国"作为时代名,应不自《战国策》始②,这个观点,我认为是比较符合实际情况的,而杨宽先生以为"到西汉末期刘向编辑《战国策》一书时,才开始把'战国'作为特定的历史时代的名称"③,恐怕略嫌晚了一点。

二、战国文学史研究的时间范围

战国文学史要对战国时代的文学进行研究,首先当然应该了解战国时代的时间和空间范围。实际上,司马迁在《史记·天官书》中,以及《史

---

① 颜师古注曰:"雍读曰壅。"《汉书》卷二十九,中华书局1962年版。
② 陈东林:《论中国战国史》,台湾益民丛书出版社1982年版。
③ 杨宽:《战国史》第一章《绪论》之注释,上海人民出版社1998年版。

记·平津侯主父列传》之严安之言,及刘向《战国策叙》,已明确了定义战国时代的起讫线,即:

1. 战国时代为《春秋》时代之后至秦统一。
2. 战国开始的标志为田氏篡齐,三家分晋。

《春秋》绝笔于鲁哀公十四年,即周敬王三十九年,公元前481年。周安王二十三年,即公元前379年,齐康公卒,田和并齐而自立为齐侯。周安王二十六年,即公元前376年,魏武侯、韩文侯、赵敬侯共灭晋,而三分其地。公元前221年,秦王嬴政统一中国,为始皇帝。战国终结的年代只有一个,而始年则相差较大,《春秋》绝笔至田和篡齐,三家分晋,约百余年。而司马迁《史记·六国年表》始于周元王元年,即公元前475年,迄于秦二世三年,即公元前207年,凡270年,与《左传》迄哀公二十七年,即周贞定王元年,公元前468年相交接①。

宋神宗御制《资治通鉴序》,对春秋战国时代的划分,有很精当的论述,宋神宗曰:

  尝命龙图阁直学士司马光论次历代君臣事迹……起周威烈王……光之志以为周积衰,王室微,礼乐征伐自诸侯出,平王东迁,齐、楚、秦、晋始大。桓、文更霸,犹托尊王为辞以服天下。威烈王自陪臣命韩、赵、魏为诸侯,周虽未灭,王制尽矣,此亦古人述作造端立意之所由也。②

周威烈王二十三年,即公元前403年,在这一年,周威烈王"初命晋大夫魏斯、赵籍、韩虔为诸侯"③,破坏礼制名分,使周天子作为天下共主存在的精神根源发生动摇,因而成为一个划时代之事件。

由于春秋到战国这个阶段一些划时代的事件发生有先后之不同,因此,就产生了关于战国起点的各种分歧。关于战国的起点,有人主张应以公元前403年为准;但春秋结束在公元前481年,春秋战国之间就有了

---

① 《辞海·中国历史纪年表》以周元王元年为公元前475年,周贞定王元年为公元前468年。上海辞书出版社1999年版。
② 《资治通鉴》卷一,上海古籍出版社1987年版。
③ 同上。

77年真空,所以有人主张把战国开始年代提前到公元前480年;有人主张把春秋结束年代推迟到公元前403年①;金景芳先生《中国古代史分期商榷》(下)②认为应该把魏、赵、韩灭亡智氏的公元前453年作为春秋战国的分界线,因为魏、赵、韩灭智,实际上开始了战国七雄的时代,而《左传·哀公二十七年》云:"知伯贪而愎,故韩、魏反而丧之。"③说的也是发生在后来的智伯被灭的事情。

本文无意于探讨战国时代起讫的准确时间,但为了叙述的方便,按照《史记·六国年表》的划分,以公元前476年至公元前221年为战国的大致起讫时代,尤其强调孔子作为春秋时代代表的象征意义,即以后孔子时代为研究的开端。因此,在具体资料运用上,并不一定严格地以公元前476年及公元前221年为取舍标准。但有一条是明确的,即成书于孔子去世之后,秦统一之前的战国文学著作,都是我们的考察范围。

又由于秦统一后到覆亡的时间极其短暂,如果把秦统一前与统一后到覆亡这样两个阶段截然分开,不但在确定时间的技术上很难实现,而且会忽视秦代文人横跨战国至秦这样一个事实,所以,我们虽然在论述的时候不对秦统一后的文学面貌进行专门论述,但是,在具体作家和作品的取舍方面,并不刻意区别战国与秦统一的界限。这是我们所要特别提出来的。

三、战国文学史的学科内涵

众所周知,中国古代文学有一个独立存在的写作和阅读传统,但是,我们也都知道,近代中国学术界所谓文学学科及其分野,来自于西洋文学理念。中国古代文学有数千年的历史,并且在没有接触西方文学理念之前,它不但存在,而且良好地发展着,按照自己的运行方式,在为中国的读者提供着文学消费,并有着作者和读者共同认可的社会价值,承担着作者

---

① 杨宽:《战国史》,上海人民出版社1998年版。
② 载《历史研究》1979年第3期。
③ 《春秋左传正义》卷六十,《十三经注疏》,中华书局1980年版。

和读者所认可的社会责任。中国古代文学传统的相对独立存在和演变,决定了西洋文学观念和中国文学实际存在的隔膜,当然,这种隔膜绝不意味着互相对立,作为中国古代文学研究者的责任就是按照我们今天所认可的现代性的原则去阐释中国古代文学,而文学理论工作者的责任就是努力去认识中国古代文学作为一个现实的存在的事实,如实评价中国古代文学的写作和阅读轨迹,寻找西方当代文学观念对中国古代文学阐释的有效性问题。

近代以来,有不少学者在思考中国文学与西方近代文学观念的对接问题。大家都相信,中国古代文学观念的独立运行经历,并不意味着中国古代没有文学,或者没有成功的文学著作,——否则,那肯定不是中国文学出了问题,而是我们引进的概念出了问题。也正因如此,从事文学理论的人,即使是从事西方文学理论的人,也承认中国古代有文学存在,而且虽然有其特殊性,但也与世界文学的发展存在共通性。正如王宁教授在创办《文学理论前沿》时所说的"并非仅限于'引进'理论,更重要的是'输出'理论"①。

在肯定中国古代存在文学的时候,怎样用汉语词汇来为文学下一个简洁明了的定义,无疑是困难重重的。我们可以在文学教科书中找到各种各样的文学定义,但是,我们又不得不承认,这些定义,如果实事求是地说,它们大抵皆不得要领。当然,我们丝毫不怀疑那些研究者为我们接近文学的最本质定义所做的种种探索,也充分尊敬他们希望给文学一个确定的定义的努力,但是,我们把西方近代文学概念移植到中国文学的时候,很可能会忽视文学作为历史存在的历史性和文学作为现象存在的复杂性。

我们不能给文学一个精确定义,是因为我们不能描述文学,但是我们却可以说什么作品是文学。探索中国文学概念的原初出现过程,并分析这个最初的概念所代表的学科内涵及其与今天的文学概念之间的密切联系,是我们了解中国文学学科特征和学科内涵的最直接的方法。

---

① 王宁主编:《文学理论前沿》第一辑《编者前言》,北京大学出版社2004年版。

现代汉语中作为一个学科存在的"文学",不是一个外来词汇,而是中国固有的学科,其最初的历史,可以上推至春秋时代。春秋时孔子开办私学,设立德行、言语、政事、文学四科,《论语·先进》曰:"德行:颜渊、闵子骞、冉伯牛、仲弓。言语:宰我、子贡。政事:冉有、季路。文学:子游、子夏。"①

关于文学等四科的专业区分,以及孔子弟子十人为什么有四科的区分,过去的学者已经作了很多研究,皇侃《论语集解义疏》云:

> 云德行云云者,孔子门徒三千,而唯有此以下十人名为四科。四科者,德行也,言语也,政事也,文学也。德行为人生之本,故为第一,以冠初也,而颜闵及二冉合其名矣。王弼曰此四科者各举其才长也,颜渊德行之俊,尤兼之矣。范宁曰德行谓百行之美也,四子俱虽在德行之目,而颜子为其冠云。言语宰我子贡者,第二科也,宰我及端木二人合其目也。范宁曰言语谓宾主相对之辞也。云政事冉有季路者,第三科也,冉仲二人合其目也。范宁曰政事谓治国之政也云。文学子游子夏者,第四科也,言偃及卜商二人合其目也。范宁曰文学谓善先王典文。王弼曰弟子才不徒十,盖举其美者以表业分名,其余则各以所长从四科之品也。侃案四科次第,立德行为首乃为可解;而言语为次者,言语君子枢机,为德行之急,故次德行也;而政事是人事之别,比言语为缓,故次言语也;文学指博学古文,故比三事为泰,故最后也。②

王弼云此四科者各举其才长,弟子才不徒十,盖举其美者以表业分名,其余则各以所长从四科之品,范宁曰德行谓百行之美,言语谓宾主相对之辞,政事谓治国之政,文学谓善先王典文,都是切中肯綮的论点。

邢昺《论语注疏》亦曰:

> 言若任用德行,则有颜渊、闵子骞、冉伯牛、仲弓四人。若用其言语辩说,以为行人,使适四方,则有宰我、子贡二人。若治理政事,决

---

① [清]刘宝楠:《论语正义》卷十四,《诸子集成》,中华书局1954年版。
② [南朝梁]皇侃:《论语集解义疏》,《文渊阁四库全书·经部八·四书类》。

断不疑,则有冉有、季路二人。若文章博学,则有子游、子夏二人也。然夫子门徒三千,达者七十有二,而此四科唯举十人者,但言其翘楚者耳。或时在陈言之,唯举从者。其不从者,虽有才德,亦言不及也。①

邢昺认为德行即任用德行,言语即言语辩说,政事即治理政事、决断不疑,文学则为文章博学,而七十二弟子之中,十人为其翘楚,此与皇侃等人的意思相近。孔子言此,正居陈邦,所以邢昺提及有人认为此言十人,为举从陈弟子。

《论语》在这里提到了孔子高足弟子十人,分属不同学科,其中文学在孔子这里,即作为一个独立学科存在,以子游、子夏为其中杰出代表。子游即言偃,子夏即卜商。孔子弟子三千,《史记·仲尼弟子列传》云:"孔子曰:'受业身通者七十有七人。'皆异能之士也。"②司马贞《史记索隐》曰:"《孔子家语》亦有七十七人,唯文翁《孔庙图》作七十二人。"③孔门高足,无论为七十七人,抑或是七十二人,皆具异能,而子游、子夏在七十余异能之士中,又可以跨入前十人之列,而孔门四科,也是有充足的学科分野的根据的。

子游、子夏的异能,主要表现为一种博学六艺的修养,司马贞《史记索隐》论及子夏时云:"子夏文学著于四科,序《诗》,传《易》。又孔子以《春秋》属商。又传《礼》,著在《礼志》。"④《史记·仲尼弟子列传》并记:"孔子既没,子夏居西河,教授,为魏文侯师。"⑤而《汉书·儒林传》则概括孔子治学,及整理传播六经之后,特别强调子夏教授之功绩,曰:

> 古之儒者博学乎六艺之文。六艺者,王教之典籍,先圣所以明天道,正人伦,致至治之成法也。周道既衰,坏于幽、厉,礼乐征伐自诸侯出,陵夷二百余年而孔子兴,以圣德遭季世,知言之不用而道不行,

---

① [三国魏]何晏集解,[唐]陆德明音义,[宋]邢昺疏:《论语注疏》卷十一,《十三经注疏》,中华书局1980年版。
② 《史记》卷六十七,中华书局1959年版。
③ 同上。
④ 同上。
⑤ 同上。

乃叹曰:"凤鸟不至,河不出图,吾已矣夫!""文王既没,文不在兹乎?"于是应聘诸侯,以答礼行谊。西入周,南至楚,畏匡厄陈,奸七十余君。适齐闻韶,三月不知肉味;自卫反鲁,然后《乐》正,《雅》、《颂》各得其所。究观古今之篇籍,乃称曰:"大哉尧之为君也!唯天为大,唯尧则之,巍巍乎其有成功也,焕乎其有文章!"又曰:"周监于二世,郁郁乎文哉,吾从周。"于是叙《书》则断《尧典》,称《乐》则法《韶》、《舞》,论《诗》则首《周南》,缀周之《礼》,因鲁《春秋》,举十二公行事,绳之以文武之道,成一王,法至获麟而止。盖晚而好《易》,读之韦编三绝,而为之《传》,皆因近圣之事,以立先王之教,故曰"述而不作,信而好古","下学而上达,知我者其天乎"!仲尼既没,七十子之徒,散游诸侯,大者为卿相师傅,小者友教士大夫,或隐而不见,故子张居陈,澹台子羽居楚,子夏居西河,子贡终于齐,如田子方、段干木、吴起、禽滑釐之属,皆受业于子夏之伦,为王者师。是时独魏文侯好学,天下并争于战国,儒术既黜焉,然齐鲁之间学者犹弗废,至于威、宣之际,孟子、孙卿之列,咸遵夫子之业而润色之,以学显于当世。①

孔子一生所学所传,以六艺之文为首,而为子夏等人所继承。根据以上资料,我们可以认为,子夏于六艺之《诗》、《易》、《春秋》、《礼》的传播皆具功绩,《论语·八佾》载孔子称赞子夏擅长《诗三百》之事,子夏问孔子曰"巧笑倩兮,美目盼兮,素以为绚兮"所指何事,孔子曰"绘事后素",子夏联类及立身,曰:"礼后乎?"孔子曰:"起予者商也,始可与言《诗》已矣。"②子夏读诗,举一反三,正符合孔子"兴于诗,立于礼,成于乐"③的学习目的。

《论语·阳货》曰:"子之武城,闻弦歌之声。夫子莞尔而笑曰:'割鸡焉用牛刀。'子游对曰:'昔者偃也闻诸夫子曰:君子学道则爱人,小人学道则易使也。'子曰:'二三子,偃之言是也。前言戏之耳。'"④子游小孔子四

---

① 《汉书》卷八十八,中华书局1962年版。
② [清]刘宝楠:《论语正义》卷三,《诸子集成》,中华书局1954年版。
③ 《论语·泰伯》,同上书卷九。
④ 同上书卷二十。

十五岁,小子夏一岁。《史记·仲尼弟子列传》载曰:"孔子以为子游习于文学。"①子游任武城宰,而教民以弦歌之声,其重诗乐,于此可窥一斑。而清人刘宝楠《论语正义》论子游之文学曰:"沈氏德潜《吴公祠堂记》曰:子游之文学,以习礼自见。今读《檀弓》上下二篇,当时公卿大夫士庶,凡议礼弗决者,必得子游之言,以为重轻。"②

子游、子夏明习《诗》、《易》、《礼》、《乐》、《春秋》等,故被称为文学,所以,孔门四科之文学概念,范宁之曰"文学,谓善先王典文",邢昺曰"文章博学",都是明习经典,吴林伯先生《论语发微》则说得更明确,曰:"按文,六艺;文学,六艺之学,后世所谓经学。"③以文学为善六艺,显然比邢昺之以文学为"文章博学"更恰当,因为子游、子夏所见,不过六经而已,而孔子"述而不作,信而好古"④,其文章,也不过是传经之经学学术而已。

毫无疑问,如果说今天所谓经学,或者《诗》、《书》、《礼》、《乐》、《易》六经,就是文学的全部,显然是荒谬的,但是,如果说《诗》、《书》、《礼》、《乐》、《易》六经不是文学,那同样是荒谬的。

洪迈《容斋续笔》卷十四《子夏经学》曰:"孔子弟子惟子夏于诸经独有书,虽传记杂言未可尽信,然要为与他人不同矣。于《易》则有《传》。于《诗》则有《序》。而毛诗之学,一云子夏授高行子,四传而至小毛公;一云子夏传曾申,五传而至大毛公。于《礼》则有《仪礼》,'丧服'一篇,马融、王肃诸儒多为之训说。于《春秋》,所云'不能赞一辞',盖亦尝从事于斯矣;公羊高实受之于子夏;穀梁赤者,《风俗通》亦云子夏门人。于《论语》则郑康成以为仲弓、子夏等所撰定也。后汉徐防上疏曰:'《诗》、《书》、《礼》、《乐》定自孔子,发明章句,始于子夏。'斯其证云。"⑤子夏在孔门弟子中,以文学著名,他之所传,正是《诗》、《书》、《礼》、《乐》、《易》、《春秋》,所谓六艺之学。

---

① 《史记》卷六十七,中华书局 1959 年版。
② 《论语·先进》,[清]刘宝楠:《论语正义》卷十四,《诸子集成》,中华书局 1954 年版。
③ 吴林伯:《论语发微》,文化艺术出版社 1989 年版。
④ 《论语·述而》,[清]刘宝楠:《论语正义》卷八,《诸子集成》,中华书局 1954 年版。
⑤ [清]洪迈:《容斋续笔》卷十四,《容斋随笔》,上海古籍出版社 1996 年版。

进入战国，"文学"一词在诸子著作中经常出现，如《墨子》之《天志》、《非命》，《商君书·外内》，《荀子》之《非相》、《王制》、《性恶》、《大略》，《吕氏春秋·在宥》，《韩非子》之《难言》、《外储说左上》、《问辩》、《八说》、《五蠹》、《显学》等，都出现过"文学"的概念。《韩非子·六反》还专门对"文学之士"的职业特点和行为倾向做了结论性的评价，这个评价也可以看作是韩非子给文学之士下的一个定义，他说：

　　学道立方，离法之民也，而世尊之曰文学之士。①

从韩非子的定义我们知道，"文学"一词应该指的是文学之士所明习的人文经典，《荀子·王制》提到"文学"的时候，就是用这个意义，他说：

　　虽庶人之子孙也，积文学，正身行，能属于礼义，则归之卿相士大夫。②

战国诸子著作，以从事文学职业者为"文学之士"，这说明"文学"一词，更多的是指人文经典，而非文学之士。当然，这个表述，并不排除有其他意义的存在，比如《商君书·外内》云：

　　奚谓淫道，为辩智者贵，游官者任，文学私名显之谓也。③

很明显，这里的"文学"一词，所指应该是文学之士。

战国之时，文学指人文经典，不仅仅限于明习六艺，而且指一切文章博学活动，如《墨子·天志中》云：

　　下将以量天下之万民，为文学出言谈也。④

《墨子·非命中》云：

　　凡出言谈由文学之为道也，则不可而不先立义法。⑤

《墨子·非命下》云：

　　今天下之君子之为文学出言谈也。⑥

《荀子·非相》云：

---

① [清]王先慎：《韩非子集解》卷十八，《诸子集成》，中华书局1954年版。
② [清]王先谦：《荀子集解》卷五，《诸子集成》，中华书局1954年版。
③ [清]严万里：《商君书》，《诸子集成》，中华书局1954年版。
④ [清]孙诒让：《墨子闲诂》卷七，《诸子集成》，中华书局1954年版。
⑤ 同上书卷九。
⑥ 同上。

从者将论志意,比类文学邪?①

《荀子·性恶》云:

今之人化师法,积文学,道礼义者为君子;纵性情,安恣睢,而违礼义者为小人。②

《荀子·大略》云:

人之于文学也,犹玉之于琢磨也。……子赣、季路,故鄙人也,被文学,服礼义,为天下列士。③

《吕氏春秋·去宥》云:

一言而令威王不闻先王之术,文学之士不得进。④

《韩非子·难言》云:

殊释文学,以质性言,则见以为鄙。⑤

《韩非子·外储说左上》云:

弃田圃而随文学者,邑之半。……中牟之人,弃其田耘,卖宅圃而随文学者,邑之半。⑥

《韩非子·问辩》曰:

主上有令,而民以文学非之。……人主顾渐其法令,而尊学者之智行,此世之所以多文学也。⑦

《韩非子·八说》云:

博习辩智如孔墨,孔墨不耕耨,则国何得焉?修孝寡欲如曾史,曾史不战攻,则国何利焉?匹夫有私便,人主有公利。不作而养足,不仕而名显,此私便也。息文学而明法度,塞私便而一功劳,此公利也。错法以道民也,而又贵文学,则民之所师法也疑;赏功以劝民也,

---

① [清]王先谦:《荀子集解》卷三,《诸子集成》,中华书局1954年版。
② 同上书卷十七。
③ 同上书卷十九。
④ [汉]高诱:《吕氏春秋注》卷十六《先识览第四》,《诸子集成》,中华书局1954年版。
⑤ 《韩非子集解》曰:"王先谦曰:殊释犹言绝弃。"[清]王先慎:《韩非子集解》卷一,《诸子集成》,中华书局1954年版。
⑥ 同上书卷十一。
⑦ 《韩非子集解》曰:"赵用贤曰:渐,没也。"同上书卷十七。

而又尊行修,则民之产利也惰。大贵文学以疑法,尊行修以贰功,索国之富强,不可得也。①

《韩非子·五蠹》云:

> 儒以文乱法,侠以武犯禁,而人主兼礼之,此所以乱也。夫离法者罪,而诸先生以文学取;犯禁者诛,而群侠以私剑养。……故行仁义者非所誉,誉之则害功;工文学者非所用,用之则乱法。……然则为匹夫计者,莫如修行义而习文学:行义修则见信,见信则受事;文学习则为明师,为明师则显荣。此匹夫之美也。……而贵文学之士,废敬上畏法之民,而养游侠私剑之属。……今修文学,习言谈,则无耕之劳,而有富之实;无战之危,而有贵之尊……②

《韩非子·显学》云:

> 藏书策,习谈论,聚徒役,服文学而议说……③

凡此种种,"文学"一词所包含的内容,已远非六艺所能包容。可以说,文学之士所学习的一切人文内容,以及他们的著述、言谈,都可以归结为文学活动。

刘勰《文心雕龙·时序》云"春秋以后,角战英雄,六经泥蟠,百家飙骇。方是时也,韩魏力政,燕赵任权,五蠹六虱,严于秦令;唯齐楚两国,颇有文学:齐开庄衢之第,楚广兰台之宫,孟轲宾馆,荀卿宰邑;故稷下扇其清风,兰陵郁其茂俗;邹子以谈天飞誉,驺奭以雕龙驰响;屈平联藻于日月,宋玉交彩于风云。"④吴林伯先生《文心雕龙字义疏证》认为,刘勰此言战国"文学",其义有三:一指经学,二指哲学,三指辞赋。孟轲受业于子思门人,子思传曾子之学,《孟子》书中,引证、论述及《诗》、《书》、《礼》、《春秋》。荀卿传子夏之学,是战国大儒,传《诗》、《礼》、《易》、《春秋》,即从虞卿受《左氏春秋》,从榖梁赤受《榖梁春秋》,从根牟子受《诗》,传毛亨,为

---

① [清]王先慎:《韩非子集解》卷十八,《诸子集成》,中华书局1954年版。
② 同上书卷十九。
③ 同上。
④ 驺奭即邹奭。吴林伯:《文心雕龙义疏》,武汉大学出版社2002年版。

《毛诗》,传浮丘伯,伯传申公,为《鲁诗》,而对《礼》最为专长,《荀子》言礼最多。孟轲、荀子首先是经学家。邹衍、驺奭,属诸子之学。屈原、宋玉是辞赋家。① 经学、诸子、辞赋,基本上代表了战国文学之士所从事的文学活动的主要内容,而经学、诸子著作,即使在今天看来,也应该是我们文学研究的对象。

四、从欧洲文学的发展认识文学的历史性特征

韦勒克与沃伦博士说:"什么是文学?什么不是文学?什么是文学的本质?这些问题看似简单,可是难得有明晰的解答。"韦勒克与沃伦博士的问题,使我们一方面承认截至今日,文学概念还相当模糊,考虑到文学在以后的不断发展,我们更不敢贸然给文学一个武断的定义。我们同样反对下面的说法,即"认为凡是印刷品都可称为文学",或者"将文学局限于'名著'的范围之内,只注意其'出色的文字表达形式',不问其题材如何"。正像韦勒克与沃伦博士所指出的那样,"一部文学作品,不是一件简单的东西,而是交织着多层意义和关系的一个极其复杂的组合体","我们承认'虚构性'(fictionality)、'创造性'(invention)或'想象性'(imagination)"是文学的突出特征,同时,"我们还必须承认有些文学,诸如杂文、传记等过渡的形式和某些更多运用修辞手段的文字也是文学。在不同的历史时期,美感作用的领域并不一样;它有时扩展了,有时则紧缩了",我们肯定"文学艺术的中心显然是在抒情诗、史诗和戏剧等传统的文学类型上。它们处理的都是一个虚构的世界,想象的世界。小说中的陈述,即使是一本历史小说,或者一本巴尔扎克的似乎记录真事的小说,与历史书或社会学书所载的同一事实之间仍有重大差别。甚至在主观性的抒情诗中,诗中的'我'还是虚构的、戏剧性的'我'。小说中的人物,不同于历史人物或现实生活中的人物。小说人物不过是由作者描写他的句子和让他

---

① 吴林伯:《文心雕龙字义疏证·文学》,武汉大学出版社1994年版。

发表的言辞所塑造的。他没有过去,没有将来,有时也没有生命的连续性"①,即文学既包括纯粹想象的虚构文学,如诗、小说、戏剧,也应包括杂文、传记等运用了修辞手段仍具有美感形式的文字。文学是个历史的、发展变化的概念。对于抒情诗及小说中的人物,即使是以现实中的人物为影子,我们也应视为虚构的人物。

韦勒克、沃伦在强调文学虚构性特征时,同时也肯定非虚构性的杂文、传记等具有文学品格,应视为文学,这种观点,照顾到了文学概念的复杂性。文学作品以语言文字为媒介和手段,是语言的艺术,但是,它又不仅仅是艺术,而是有意味的。沃尔夫冈·凯塞尔指出:"正如我们所见,文学作品需要通过一种语言的特别力量来表现,所以对文学作品的研究就变成了语言科学的一部分。""文学史家就算只想研究他祖国语言的作品,也必须具有一种基本的、语言学的训练,同时语言学家也只有在语言生活得最强烈的地方,就是在文学作品中进行观察,才能够有所收获。"②文学是文学史家和语言学家共同的研究对象,说明运用语言艺术表现的文学形式与其他以语言为手段的学术的亲缘关系。文学为了更吸引人,往往写得像现实一样,正像贺拉斯所说:"一首诗仅仅具有美是不够的,还必须有魅力,必须能按作者愿望,左右读者的心灵。你自己先要笑才能引起别人脸上的笑容;同样,你自己要哭,才能在别人脸上引起哭的反应。"③

文学有时要模仿现实存在,所以与历史、传记有接近之处,而有些不是虚构的作品,为了表现得更有魅力,同样需要文学修辞。在这种情况下,文学显然难以用虚构、想象、创造等特点来描述。在文学与历史、哲学等其他学术尚未有分别的时代,这种区别的艰难便更加明显。

英国理论家特里·伊格尔顿曾经指出过以虚构或想象划分文学与非文学之缺陷,他说:"例如,你可以在虚构的意义上把它解释为'想象的'写

---

① 〔美〕韦勒克、沃伦:《文学理论》,三联书店 1980 年版。
② 〔瑞士〕沃尔夫冈·凯塞尔:《语言的艺术作品》,上海译文出版社 1984 年版。
③ 〔古罗马〕贺拉斯:《诗艺》第 118 节,人民文学出版社 1962 年版。

作——写的不是真实的东西。但是,甚至稍微回想一下人们一般列入文学名下的东西,也会表明这样的解释不能成立。17世纪的英国文学包括莎士比亚、韦伯斯特、马韦尔和密尔顿;但它也延伸到弗朗西斯·培根的论文,约翰·多恩的布道文章,班扬的宗教自传,以及托马斯·布朗爵士所写的一切。必要时甚至可以认为它包括霍布斯的《绝对权力》或克拉瑞顿的《反抗的历史》。法国17世纪文学不仅包括高乃依和拉辛,还包括拉罗什富科的箴言,博叙埃的悼词,布瓦洛关于诗的论文,塞维尼夫人致女儿的信,以及笛卡尔和帕斯卡的哲学。19世纪英国文学一般包括兰姆(虽然不包括边沁)、麦考莱(但不包括马克思)和密尔(但不包括达尔文和赫伯特·斯宾塞)。"①他又说:"在18世纪的英国,文学的概念并不像今天那样有时只限于'创造的'或'想象的'写作,它指的是全部受社会重视的写作:不仅诗,而且还有哲学、历史、论文和书信。一部原文是不是'文学的'并不在于它是不是虚构的——18世纪对新兴的小说形式究竟是不是文学十分怀疑——而在于它是否符合某些'纯文学'的标准。用另外的话说,这种看作文学的标准显然是思想意识上的:体现某个特定社会阶级的价值和趣味的写作可以算作文学;而街头民谣,流行传奇,甚至也许还有戏剧,都不可以算作文学。"②

特里·伊格尔顿关于欧洲文学观念的演变历史,对我们认识中国古代文学的学科内涵和外延有非常大的意义,他的研究使我们有理由相信,我们在研究过去的文学之时,既要立足于今日对文学概念的认识来发掘过去的文学作品的现代意义,同时,又要照顾到文学概念的历史内涵,注意一定地域一定民族文学在特定时期的特殊性,从而全面地把握该时期的文学全貌。

五、战国文学史的研究对象

我们强调文学概念的历史性内容和民族性内容,并不是要否定文学

---

① 〔英〕特里·伊格尔顿:《当代西方文学理论》,中国社会科学出版社1988年版。
② 同上。

之为文学在不同历史时期、不同地域的不同民族观念中应存在的共性,我们只是要求在强调共性之时关注个性,在一般中发现特殊,从而全面地把握文学概念。文学概念的历史性特征,使我们不能用今天的文学概念来判断中国古代什么是文学,什么不是文学。

人类最初感知的文学,是今天所说的文学的某种文体,如诗。随着不同文体的文学大量涌现,文学作为类的共名开始受到人们的注意。诗、散文、戏剧、小说虽各具特点,但都是文学。在中国文学史上,先秦诗、文,战国秦汉辞赋,六朝骈文,唐诗、宋词、元曲,乃至明清小说,都曾是一时杰作,其中辞赋骈文等文学样式,为汉语文学所独有。因此可以认为,文学的发生发展有历史特点和民族特点。我们了解了文学体裁的历史发展以及民族特色,便可以得出这样的结论,即文学的概念是一个历史的范畴,同时也是一个具有民族文化特征的范畴。违背历史,违背民族特征,而要寻求一个抽象的文学概念那是不可能的。也就是说,在区分文学与非文学的界限时,不能用今天的文学概念去套历史上存在过的文学概念,也不能用非中国的文学概念来套中国的文学概念。同样,用历史上存在过的文学概念规定现在或以后将要出现的文学,用中国的文学概念规定其他民族的文学概念,从而结论文学与非文学,也是非常危险的。我们研究文学时,关注文学概念的历史特征和民族特征,无疑是有必要的。

中国文学的发展,虽也曾受到外来异己文学的冲击,但对文学概念的认识,却具有相对独立的观念。像英国18世纪的状况一样,小说、戏剧等具有市民特征的世俗文学,其作为文学的权力也曾受到过怀疑,一方面是创作小说、戏曲的文学家社会地位低下,处境艰难;另一方面,小说、戏曲作品凭空表现出的虚构等特征为文学之士所鄙视,司马迁曰:"《禹本纪》言'河出昆仑。昆仑其高二千五百余里,日月所相避隐为光明也,其上有醴泉、瑶池'。今自张骞使大夏之后也,穷河源,恶睹《本纪》所谓昆仑者乎?故言九州山川,《尚书》近之矣。至《禹本纪》、《山海经》所有怪物,余不敢言之也。"[①]在这里,司马迁显然是委婉地批评了《禹本纪》、《山海经》

---

① 《史记》卷一百二十三《大宛列传》,中华书局1959年版。

的荒诞。《世说新语·轻诋》注引《续晋阳秋》曰:"晋隆和中,河东裴启撰汉魏以来迄今时言语应对之可称者,谓之《语林》。时人多好其事,文遂流行。后说太傅事不实,而有人于谢坐叙其黄公酒垆,司徒王晌为之赋,谢公加以与王不平,乃云:'君遂复作裴郎学。'自是众咸鄙其事矣。"①《语林》因一事失实而受人鄙视,足见虚构的小说手法在晋人尚不能被认同。又明人蒋大器在《三国志通俗演义序》中批评通俗小说之鄙俗,曰:"前代尝以野史作为评话,令瞽者演说,其间言辞鄙谬又失之于野,士君子多厌之。"②则说明在明代,通俗文学的地位,仍然还没有得到社会认同。

中国传统文学理论,注重文学的存在意义,文学是实现社会正义的重要手段,学习文学,或者创作文学作品,必须落实到有利于人生与社会环境的改善,而某些小说、戏曲,不但不能实现这种实用目的,反而有害于人伦道德。《尚书·舜典》曰:"诗言志,歌永言。"③班固解释说:"《书》曰:'诗言志,歌咏言。'故哀乐之心感,而歌咏之声发。诵其言谓之诗,咏其声谓之歌。故古有采诗之官,王者所以观风俗,知得失,自考正也。"④文学是政治家的政治工具之一。孔子奠定了文学的功利功能,他说:"诵《诗三百》,授之以政,不达;使于四方,不能专对;虽多,亦奚以为?"⑤"小子何莫学夫《诗》?《诗》可以兴,可以观,可以群,可以怨,迩之事父,远之事君,多识于鸟兽草木之名。"⑥也就是说,学习文学,必须落实到事君事父的实用功能方面。元人夏伯和说:"院本大率不过谑浪调笑。"⑦清初汤来贺说:"自元人王实甫、关汉卿作俑,为《西厢》,其字句音节中以动人,而后世淫词纷纷继作。"⑧清人余治《得一录·翼化堂条约》曰:"《西厢记》、《玉簪

---

① 余嘉锡:《世说新语笺疏》,上海古籍出版社1993年版。
② 《三国志通俗演义》,人民文学出版社1975年影印明嘉靖刻本。
③ [汉]孔安国传,[唐]孔颖达疏:《尚书正义》卷二,《十三经注疏》,中华书局1980年版。
④ 《汉书》卷三十《艺文志》,中华书局1962年版。
⑤ 《论语·子路》,[清]刘宝楠:《论语正义》卷十六,《诸子集成》,中华书局1954年版。
⑥ 《论语·阳货》,同上书卷三十。
⑦ [元]夏伯和:《青楼集志》,中国戏剧研究院编:《中国古典戏曲论著集成》(二)之《青楼集提要》,中国戏剧出版社1959年版。
⑧ [明]汤来贺:《内省斋文集》,北京图书馆古籍出版编辑组编:《北京图书馆古籍珍本丛刊》113《集部·清别集类》,书目文献出版社1998年版。

记》、《红楼梦》等戏,近人每以为才子佳人风流韵事,与淫戏有别,不知调情博趣,是何意态,迹其眉来眼去之状,已足使少年人荡魂失魄,暗动春心,是诲淫之最甚者。"①张九钺甚至认为,"自院本、杂剧出,多至百余种,歌红拍绿,变为牛鬼蛇神,淫哇俚俗,遂为大雅所憎"②。

中国古代戏曲、小说等今天的主流文学形式在刚产生的时候被主流文学家所轻视的现象,与欧洲文学的历史发展若合符节,这种东西方的吻合,说明人类对文学的学科内涵的认识,经过了一个曲折、漫长的过程。所以特里·伊格尔顿指出:"事实上,我们关于文学的解释正是随着我们现在所说的'浪漫主义时期'而开始发展的。关于'文学'这个词的现代看法只有在19世纪才真正流行。就这个词的这种意义而言,文学是历史上最近的现象:它是在大约18世纪末某个时间发明的,乔叟或者甚至蒲柏很可能认为它极其奇怪。最初出现的是把文学范畴缩小到所谓的'创造性的'或者'想象性的'作品。"③

东西方文学的演变规律,让我们明白这样一个道理,就是虽然今天的文学概念不包括过去曾经作为文学存在的某些文学形式,但是,对于我们研究者来说,特别是着眼于建立文学理论体系的学者来说,我们应该把那些历史上存在过的文学形式看作是今天文学的历史,而今天的文学观念,正是在历史的演变中逐渐形成的。同时,我们也要认识到,今天我们所建立的以想象、虚构为特征的文学形式,必将有被淘汰的危险,今日虚构文学的衰落,而纪实文学及传记文学的广阔市场和前景,使我们有理由相信,文学抛弃虚构的历史,重新回到过去存在过的写作和阅读的历史中去,未尝不是可能的。

有了如上说明,我们把战国文学史的研究对象确定在战国时经学、诸子、辞赋所体现的思想与艺术领域,是合理的。正像章太炎《国故论衡·文学总略》所言:

> 文学者,以有文字著于竹帛,故谓之文;论其法式,谓之文学。④

---

① [清]余治:《重订得一录》,上海人文印书馆1934年版。
② [清]杨恩寿:《词余丛话》,六艺书局版,年代不详,藏北京大学。
③ [英]特里·伊格尔顿:《当代西方文学理论》,中国社会科学出版社1988年版。
④ 傅杰编校:《章太炎学术史论集》(上辑),中国社会科学出版社1997年版。

章太炎先生的意见,无疑是有其合理性的。文学,就是用文字表达的有固定法式的创作,也就是说,我们所研究的文学,必须形诸文字,并体现出写作艺术,至于纯粹解经之著作,不含创造性,或目的在于讨论某种技艺,不含"法式"的学术著作,不在研究范围内。

《汉书·艺文志》云:

> 汉兴,改秦之败,大收篇籍,广开献书之路。迄孝武世,书缺简脱,礼坏乐崩,圣上喟然而称曰:"朕甚闵焉!"于是建藏书之策,置写书之官,下及诸子传说,皆充秘府。至成帝时,以书颇散亡,使谒者陈农求遗书于天下。诏光禄大夫刘向校经传诸子诗赋,步兵校尉任宏校兵书,太史令尹咸校数术,侍医李柱国校方技。每一书已,向辄条其篇目,撮其指意,录而奏之。会向卒,哀帝复使向子侍中奉车都尉歆卒父业。歆于是总群书而奏其《七略》,故有《辑略》,有《六艺略》,有《诸子略》,有《诗赋略》,有《兵书略》,有《术数略》,有《方技略》,今删其要,以备篇籍。①

《汉书·艺文志》的资料来源于刘向父子之《七略》,《七略》是西汉以前目录学之集大成著作,我们考察战国文学,当然应以《七略》,也即《汉书·艺文志》所载书目为根据。

《汉书·艺文志》所引《七略》目录,共有《六艺略》、《诸子略》、《诗赋略》、《兵书略》、《术数略》、《方技略》六部分,自称:"大凡书,六略三十八种,五百九十六家,万三千二百六十九卷。"②这六略之中,《六艺略》部分属于六艺诸书的研究著作,《诸子略》、《诗赋略》是言志抒情的私人著述,《兵书略》、《术数略》、《方技略》是说明某种技术的应用著作。战国文学之士的文学著作,主要指《六艺》中具创造性的历史文章,以及《诸子略》、《诗赋略》所录著述。至于军事家的权谋、形势、阴阳、技巧,术数家的天文、历谱、五行、蓍龟、杂占、形法,方技家的医经、经方、房中、神仙诸书,不在研究范围内。

---

① 《汉书》卷三十,中华书局1962年版。
② 同上。

六、战国文学史的研究方法

在世界文化发展长河中,中国文化是其中最璀璨的明珠。而中国文化光辉灿烂的魅力,不仅在于它丰富的思想魅力和艺术成就,也在于它创造了臻于完善的学术研究传统,这种传统,可以用班固称道的河间献王刘德"实事求是"一语概括,颜师古注曰:"务得事实,每求真是。"①也就是《汉书·儒林传》所谓"朴学"②。朴学是求真之学,是实证之学,是一切学术研究所遵循的方法,也是拙著《战国文学史论》所遵循的最基本的研究方法。

为了使实证的方法能贯彻在战国文学史研究的全过程,笔者特别强调以下内容:

第一,充分地占有材料,并对原始材料进行认真仔细的鉴别,力求使所采撷的资料全面、准确。

第二,全面检讨过去的研究成果,把过去的研究著作所创造的成绩作为我研究的起点和基础,不欲标新立异,唯求折衷务实。

第三,虽然本书所论战国文学史研究对象在今天同时也是中国史学、哲学、语言学等学科研究的对象,但笔者尽可能地把论述的重点放在对战国文学的思想及艺术的探讨上。

第四,把战国文学置于战国时代的人文环境之中,在战国的时代精神中把握战国文学的个性。

第五,注意挖掘战国文学的历史根源及影响。

第六,我的战国文学史研究,是以研究战国主流文学及战国主流文学的主流特征为目的,对战国时代非文人文学,即战国民间文学不作专门研究,这同时也是基于资料缺乏的考虑。

第七,以传世文献为研究重点,同时,高度重视对新出土文献的研究。

第八,作为断代史研究,既重视史的线索,更重视断代史的整体研究,所以,本书的框架更是一部战国文学史论的框架。

---

① 《汉书》卷五十三《景十三王传》,中华书局1962年版。
② 同上书卷八十八。

第一章　战国巨变与战国文学家人文环境的改变

梁启超在研究清代学术时称:"凡文化发展之国,其国民于一时期中,因环境之变迁与夫心理之感召,不期而思想之进路同趋于一方向,于是相与呼应汹涌,如潮然。始焉其势甚微,几莫之觉;浸假而涨——涨——涨,而达于满度;过时焉则落,以渐至于衰熄。凡'思'非皆能成'潮',能成潮者,则其思必有相当之价值,而又适合于其时代之要求者也。凡时代非皆有思潮,有思潮之时代,必文化昂进之时代也。其在我国,自秦以后,确能成为时代思潮者,则汉之经学,隋唐之佛学,宋及明之理学,清之考证学,四者而已。"又说:"佛说一起流转相,例分四期,曰:生、住、异、灭。思潮之流转也正然,例分四期:一,启蒙期(生);二,全盛期(住);三,蜕分期(异);四,衰落期(灭)。无论何国何时代之思潮,其发展变迁,多循斯轨。"①

战国文学,作为产生于战国这个特殊时代之文学,具有其独特性,而此独特性,是与战国时代环境的变迁带来的战国人思想和心理的变化,以及由思想和心理变化而产生的独特的时代思潮密切相关。战国时代是有思潮之时代,缘于战国时代具有梁启超先生所谓"文化昂进"的特点,而战国时代思潮,也经过了一个生、住、异、灭之过程。

第一节　秩序与道德的崩溃与重构

前已叙述,"战国"一词,本来不是一个时代名称,而是指战国时代处

---

① 梁启超:《清代学术概论》,东方出版社1996年版。又《中国近三百年学术史》之《清代学术变迁与政治的影响》,东方出版社1996年版。

于战争状态的各诸侯国。而战国时代之所以以战国命名,是因为在这一时期,没有了一个天下共主,各诸侯国把互相攻击看作是最重要的事情,战国时代实际上是争战诸国之时代,争战成为这个时代最普遍、最具特征的事情。

战国时代的开始,所伴随的划时代的事件,一方面是传统的春秋强国内部产生了重大分裂或者政变,形成了新的国家,同时,由于这些新国家的形成,使春秋大国需要重新划分势力范围。春秋之时,大国有四,即齐、晋、秦、楚,而发展至后期,韩、赵、魏分晋,田氏篡齐,燕国跻身七雄,新的政治、军事格局形成,而旧的政治、军事格局被破坏,必然带来人们心理和价值观念的巨大碰撞,在这种激荡之中,就会有新的思想和新价值观的萌生和发展,这也就是梁启超所谓新思潮的"生"、"住"。

一、周天子作为天下共主的精神价值的崩溃

对于战国开始时期的一些重要事件的发生,在司马迁的《史记》中有详尽的记叙。《史记·六国年表》云:

> 及田常杀简公而相齐国,诸侯晏然弗讨,海内争于战功矣。三国终之卒分晋,田和亦灭齐而有之,六国之盛自此始。①

《史记·周本纪》载:

> (周敬王)三十九年,齐田常杀其君简公。四十一年,楚灭陈,孔子卒。四十二年,敬王崩,子元王仁立。元王八年崩,子定王介立。定王十六年,三晋灭智伯,分有其地。二十八年,定王崩,长子去疾立,是为哀王。哀王立三月,弟叔袭杀哀王而自立,是为思王。思王立五月,少弟嵬攻杀思王而自立,是为考王。此三王皆定王之子。考王十五年崩,子威烈王午立。考王封其弟于河南,是为桓公,以续周公之官职。桓公卒,子威公代立。威公卒,子惠公代立,乃封其少子于巩,以奉王,号东周惠公。威烈王二十三年,九鼎震,命韩、魏、赵为

---

① 《史记》卷十五,中华书局1959年版。

诸侯。二十四年,崩,子安王骄立。是岁盗杀楚声王。安王立二十六年,崩,子烈王喜立。烈王二年,周太史儋见秦献公曰:"始周与秦国合而别,别五百载复合,合十七岁而霸王者出焉。"十年,烈王崩,弟扁立,是为显王。显王五年,贺秦献公,献公称伯。九年,致文武胙于秦孝公。二十五年,秦会诸侯于周。二十六年,周致伯于秦孝公。三十三年,贺秦惠王。三十五年,致文武胙于秦惠王。四十四年,秦惠王称王,其后诸侯皆为王。四十八年,显王崩,子慎靓王定立。慎靓王立六年,崩,子赧王延立。王赧时东、西周分治,王赧徙都西周。……五十九年,秦取韩阳城负黍,西周恐,倍秦,与诸侯约纵,将天下锐师出伊阙攻秦,令秦无得通阳城。秦昭王怒,使将军摎攻西周,西周君奔秦,顿首受罪,尽献其邑三十六,口三万。秦受其献,归其君于周。周君、王赧卒,周民遂东亡,秦取九鼎宝器,而迁西周公于𢠼狐。后七岁,秦庄襄王灭东(西)周,东、西周皆入于秦,周既不祀。①

《史记·晋世家》载:

哀公四年,赵襄子、韩康子、魏桓子共杀知伯,尽并其地。十八年,哀公卒,子幽公柳立。幽公之时,晋畏,反朝韩、赵、魏之君,独有绛、曲沃,余皆入三晋。十五年,魏文侯初立。十八年,幽公淫妇人,夜窃出邑中,盗杀幽公②。魏文侯以兵诛晋乱,立幽公子止,是为烈公③。烈公十九年,周威烈王赐赵、韩、魏皆命为诸侯。二十七年,烈公卒,子孝公顷立。孝公九年,魏武侯初立,袭邯郸,不胜而去。十七年,孝公卒,子静公俱酒立。是岁,齐威王元年也。静公二年,魏武侯、韩哀侯、赵敬侯灭晋后而三分其地,静公迁为家人,晋绝不祀。④

---

① 《史记》卷四,中华书局1959年版。
② 《史记索隐》引《竹书纪年》云:"夫人秦嬴贼公于高寝之上。"见《史记》卷三十九,中华书局1959年版。
③ 《史记索隐》云:"《系本》云幽公生烈公止。"《史记》卷三十九,中华书局1959年版。程金造云:"按《世本》,小司马引作《系本》,则讳唐改之也。其篇中有作《世本》者,当为抄刻者之所改。"程金造:《史记索隐引书考实》卷二《史部》,中华书局1998年版。又《史记索隐》云《年表》云魏诛幽公,立其弟止",与《晋世家》所记有异,按《史记·六国年表》云周威烈王六年,"魏诛晋幽公,立其弟止"。《史记》卷十五,中华书局1959年版。
④ 《史记》卷三十九,中华书局1959年版。

《史记·齐太公世家》载：

> 简公四年春，初，简公与父阳生俱在鲁也，监止有宠焉。及即位，使为政。田成子惮之，骤顾于朝。御鞅言简公曰："田、监不可并也，君其择焉。"弗听。……庚辰，田常执简公于徐州。公曰："余蚤从御鞅言，不及此。"甲午，田常弑简公于徐州。田常乃立简公弟骜，是为平公。平公即位，田常相之，专齐之政，割齐安平以东为田氏封邑。平公八年，越灭吴。二十五年卒，子宣公积立。宣公五十一年卒，子康公贷立。田会反廪丘。康公二年，韩、魏、赵始列为诸侯。十九年，田常曾孙田和始为诸侯，迁康公海滨。二十六年，康公卒，吕氏遂绝其祀，田氏卒有齐国，为齐威王，强于天下。①

皇甫谧《帝王世纪》载：

> 赧王二十七年冬十月，秦昭襄王仍僭号西帝，齐闵王称东帝。十一月，秦、齐各复去帝号为王。四十五年，王如秦，得罪于秦，秦攻周，或说秦王，乃止。王虽居天下之位，为诸侯之所侵逼，与家人无异。多赍于民，无以归之，乃上台以避之，故周人名其台曰逃债之台，洛阳南宫谯台是也。五十九年，秦攻韩、赵、魏，大破之，王惧，乃背秦与诸侯合从，将天下锐师出伊门攻秦，秦昭襄王大怒，使将军摎攻周王。王恐，乃入秦顿首受罪，尽献其邑。秦尽纳其献，使赧王归于周，降为庶人，以寿终。②

战国主要国家有七个，秦之外有六，故称六国。田常于公元前481年杀齐简公，公元前403年，韩、魏、赵始列为诸侯，公元前386年田和始列为诸侯，公元前379年，姜齐绝祀。公元前376年，韩、魏、赵灭晋。这些被认为是颠覆西周建立的礼制伦常，有悖传统道德的行为在晋、齐这样的大国发生了。晋、姜齐的灭亡，虽然有晋、姜齐君主自身无道的原因，但是，社会风气渐渐变化，形成了强臣弱主的社会现实，而又没有一个强大的力量来对这种社会现象加以阻止，诸侯国的大臣们，便先从弑君作为试

---

① 《史记》卷三十二，中华书局1959年版。
② 陆吉点校：《帝王世纪》，见《二十五别史》，齐鲁书社2000年版。

探性的政变尝试,看到没有反对的声音以后,自己索性取而代之。"彼窃钩者诛,窃国者为诸侯"①,到了周威烈王和周安王时代,窃国不但没有刑事责任,还可以得到周天子的公开授权,这样一来,想要维持西周所形成的礼制秩序,还行得通吗?

周坐拥天下八百年,之所以能享有这么长久的历史,是因为成周创造了自夏、商以来最完善的礼制文明,孔子曰:"周监于二代,郁郁乎文哉,吾从周。"②成周的建立和繁荣,依靠的是优越的礼乐文明,当出现背离礼乐文明的严重事件之时,周天子没有力量去阻止,也没有委托这个时候称伯的秦国君主去替天行道,甚至自己也没有去做道义上的谴责。如果说当春秋时代来临之际,随着周天子力量的消解,周天子存在的价值,主要是一种道义的责任,是那些挟天子以令诸侯的霸主们的精神依托,那么,当周天子连道义责任也不愿意承担,甚至带头破坏以这种责任所维系的社会制度的时候,周天子作为天下共主的存在价值,也就没有了。所以,周天子的灭亡,也在情理之中;而秦国君臣消灭西周、东周,就应该看作是一件符合天意和民意的合理的事情了。

从《史记·周本纪》记载的自东周以来围绕着周天子所发生的历史事件看,周天子萧墙之内,兄弟相残,本已不堪为训,一个有着悠久文化传承的政权,他所标榜的道德,只有像孔子这样的民间人士,才有决心和信心去维护,而周天子本身却已经抛弃了。这就充分说明周天子也已经到了异、灭的发展阶段。到了成周只剩下两个互相算计的西周君、东周君的时候,你想不让周灭亡,也都是不可能的事情了。

对于周天子在战国初期社会巨变之中应该承担的责任,司马光在《资治通鉴》中有非常深刻的见解,指出:

> 臣闻天子之职莫大于礼,礼莫大于分,分莫大于名。何谓礼?纪纲是也。何谓分?君臣是也。何谓名?公、侯、卿、大夫是也。夫以四海之广,兆民之众,受制于一人,虽有绝伦之力,高世之智,莫不奔

---

① 《庄子·胠箧》,[清]王先谦:《庄子集解》卷三,《诸子集成》,中华书局1954年版。
② 《论语·八佾》,[清]刘宝楠:《论语正义》卷三,《诸子集成》,中华书局1954年版。

走而服役者,岂非以礼为之纪纲哉。是故天子统三公,三公率诸侯,诸侯制卿大夫,卿大夫治士庶人。贵以临贱,贱以承贵。上之使下,犹心腹之运手足,根本之制支叶;下之事上,犹手足之卫心腹,支叶之庇本根。然后能上下相保,而国家治安。故曰:天子之职,莫大于礼也。文王序《易》,以乾、坤为首,孔子《系》之,曰:"天尊地卑,乾坤定矣。卑高以陈,贵贱位矣。"言君臣之位,犹天地之不可易也。《春秋》抑诸侯,尊王室。王人虽微,序于诸侯之上,以是见圣人于君臣之际,未尝不惓惓也。非有桀纣之暴,汤武之仁,人归之,天命之。君臣之分,当守节伏死而已矣。是故以微子而代纣,则成汤配天矣;以季札而君吴,则太伯血食矣。然二子宁亡国而不为者,诚以礼之大节不可乱也。故曰:礼莫大于分也。夫礼,辨贵贱,序亲疏,裁群物,制庶事,非名不著,非器不形,名以命之,器以别之,然后上下粲然有伦,此礼之大经也。名器既亡,则礼安得独在哉?昔仲叔于奚有功于卫,辞邑而请繁缨,孔子以为不如多与之邑,惟名与器不可以假人,君之所司也,政亡则国家从之。卫君待孔子而为政,孔子欲先正名,以为名不正,则民无所措手足。夫繁缨小物也,而孔子惜之,正名细务也,而孔子先之。诚以名器既乱,则上下无以相保故也。夫事未有不生于微而成于著,圣人之虑远,故能谨其微而治之。众人之识近,故必待其著而后救之。治其微,则用力寡而功多;救其著,则竭力而不能及也。《易》曰:"履霜坚冰至。"《书》曰:"一日二日万几。"谓此类也。故曰:分莫大于名也。呜呼!幽、厉失德,周道日衰,纲纪散坏,下陵上替,诸侯专征,大夫擅政,礼之大体什丧七八矣。然文武之祀犹绵绵相属者,盖以周之子孙尚能守其名分故也。何以言之?昔晋文公有大功于王室,请隧于襄王,襄王不许,曰:"王章也,未有代德而有二王,亦叔父之所恶也,不然,叔父有地而隧,又何请焉?"文公于是惧而不敢违。是故以周之地,则不大于曹、滕,以周之民,则不众于邾、莒,然历数百年宗主天下,虽以晋、楚、齐、秦之强,不敢加者,何哉?徒以名分尚存故也。至于季氏之于鲁,田常之于齐,白公之于楚,智伯之于晋,其势皆足以逐君而自为,然而卒不敢者,岂其力不足而心不忍哉?乃畏奸名犯分而天下共诛之也。今晋大夫暴蔑其君,剖分晋国,天子既不能讨,又宠秩之,使列于诸侯,是区区之名分复不能守而并弃之也。先王之礼,于斯尽矣。或者以为当是之时,周室微弱,三晋强盛,虽欲勿许,其可得乎。是大不然。夫三晋虽强,苟不顾天下之诛,而犯义侵礼,则不请于天子而自立矣,不请于天子而自立,则为悖逆之臣。天下苟有桓、文之君,必奉礼义而征之。今请于天子而天子许之,是受天子之命而为诸侯也,谁得而讨之?故三晋之列于诸侯,非三晋之坏礼,乃天子自坏之也。呜呼!君臣之礼既坏矣,则天下以智力相雄长,遂使圣贤之后为诸侯者,社稷无不泯绝,生民之类,糜灭几尽,岂不哀哉!①

司马光认为,天子作为一位职业领导人,他的重要职责是维护礼的尊严,而礼最重要的是恪守本分,而本分最重要的是名与实副。礼是纪纲,分是君臣,名是公、侯、卿、大夫。人们之所以服从周天子,不是因为天子有过人的智慧和超人的力量,而是为了维护礼义纲纪和名分。这也是春秋霸主尊天子的原因所在。晋、楚、齐、秦之强而不灭周,季氏之于鲁,田常之于齐,白公之于楚,智伯之于晋,其势都可以逐君而自为,但是都没有这样做,不是因为力不足或心不忍,而是担心奸名犯分而为天下共诛。到了周威烈王,晋大夫暴蔑其君,剖分晋国,周天子不能讨,反授予名分,使窃国者列于诸侯,可见周天子连区区之名分也不能固守,并且毫不犹豫地抛弃了自己承担的责任。周天子所赖以存在的理由,就没有了。司马光认为,不能因为当时周室微弱,三晋强盛,虽欲不许,已不可能,来规避周天子的责任。因为三晋虽强,如果他们不担心天下之诛,而犯义侵礼,那么完全可以不请于周天子而自立。不请于周天子而自立,则为悖逆之臣,天下如果有齐桓公、晋文公这样的君主,必然奉礼义而征之。现在晋大夫请于周天子,而周天子许之,这就是受周天子之命而为诸侯了,谁还能讨伐他们?司马光指出,三晋之列于诸侯,非三晋之坏礼,乃周天子自坏之也。因此,对于战国混乱局面的形成,负首要责任者,无疑是周天子。

---

① 《资治通鉴》卷一《周纪一》,上海古籍出版社1987年版。

元人胡三省对司马光以周天子授晋之三卿以诸侯的事件作为《资治通鉴》的开始给予高度评价,他说:

> 此温公书法所由始也。……三家者世为晋大夫,于周则陪臣也。周室既衰,晋主夏盟,以尊王室,故命之为伯。三卿窃晋之权,暴蔑其君,剖分其国,此王法所必诛也。威烈王不惟不能诛之,又命之为诸侯,是崇奖奸名犯分之臣也。《通鉴》始于此,其所以谨名分欤。①

无论是三家分晋,还是田氏篡齐,周天子皆没有站在维护君君臣臣、父父子子的立场上加以制止,而事实上,周天子还公开承认这种篡夺的合理性,并提升这些篡夺者加入诸侯行列。无疑,司马光的认识,抓住了春秋战国间社会变化的根源。

二、春秋至战国的蜕变

关于古代社会的变迁,结合孔子的有关论述,我们大致可以分为三个蜕变阶段,即大同、小康、礼崩乐坏的春秋乱世。

《礼记·礼运》载:

> 昔者,仲尼与于蜡宾,事毕,出游于观之上,喟然而叹。仲尼之叹,盖叹鲁也。言偃在侧,曰:"君子何叹?"孔子曰:"大道之行也,与三代之英,丘未之逮焉,而有志焉。大道之行也,天下为公,选贤与能,讲信修睦。故人不独亲其亲,不独子其子,使老有所终,壮有所用,幼有所长,矜寡孤独废疾者皆有所养,男有分,女有归。货恶其弃于地也,不必藏于己;力恶其不出于身也,不必为己。是故谋闭而不兴,盗窃乱贼而不作,故外户而不闭,是谓大同。今大道既隐,天下为家,各亲其亲,各子其子,货力为己,大人世及以为礼,城郭沟池以为固,礼义以为纪,以正君臣,以笃父子,以睦兄弟,以和夫妇,以设制度,以立田里,以贤勇知,以功为己,故谋用是作,而兵由此起。禹、汤、文、武、成王、周公,由此其选也。此六君子者,未有不谨于礼者

---

① 《资治通鉴》卷一《周纪一》,上海古籍出版社1987年版。

也,以著其义,以考其信,著有过,刑仁讲让,示民有常,如有不由此者,在执者去,众以为殃,是谓小康。"①

孔子心所神往的大同世界,大约即传说中的黄帝、颛顼、帝喾、尧、舜之世,远诈谋,民智淳朴,社会平等。至夏禹以后,君臣之位,父死而子及;为人自私,以天下为家;大道隐蔽,圣人以礼义约束人民,因而有谋诈之事,兵革之用。夏禹、商汤、周文、周武、成王、周公六人,虽有亲亲子子、天下为家的私心,但能谨礼、著义、考信、著过,刑仁讲让,示民以常,所以称为"小康"时代。至如孔子之时的鲁国,则违背礼义,"陪臣执国政,是以鲁自大夫以下皆僭离于正道"②。与小康之世相比较,在孔子眼里,无疑又退了一大步,所以孔子难禁忧世之情,喟然叹息。《孟子·滕文公下》云:"世衰道微,邪说暴行有作,臣弑其君者有之,子弑其父者有之,孔子惧,作《春秋》。"③春秋时代之不同于小康,也就在于礼义大坏,而乱臣贼子众。孔子作《春秋》,"是非二百四十二年之中,以为天下仪表,贬天子,退诸侯,讨大夫",便是为了纠正君不君、臣不臣、父不父、子不子这种"不通礼义"的社会混乱现象,欲"拨乱世反之正"④。

自黄帝以至舜,为一时期;自夏禹而至西周,又为一时期;平王东迁,周室衰微,孔子作《春秋》,中国社会遂进入春秋时期;自田氏篡齐,三家分晋,又变为战国。而战国时代,又与上述三个时代有很大的区别。《史记·天官书》云:

> 太史公推古天变,未有可考于今者,盖略以春秋二百四十二年之间,日蚀三十六,彗星三见,宋襄公时星陨如雨,天子微,诸侯力政,五伯代兴,更为主命。自是之后,众暴寡,大并小。秦、楚、吴、越,夷狄也,为强伯。田氏篡齐,三家分晋,并为战国,争于攻取,兵革更起,城邑数屠,因以饥馑疾疫焦苦,臣主共忧患,其察禨祥候星气尤急。⑤

---

① [汉]郑玄注,[唐]孔颖达疏:《礼记正义》卷二十一,《十三经注疏》,中华书局1980年版。
② 《史记》卷四十七《孔子世家》,中华书局1959年版。
③ [汉]赵岐注,[宋]孙奭疏:《孟子注疏》卷六下,《十三经注疏》,中华书局1980年版。
④ 《史记》卷一百三十《太史公自序》,中华书局1959年版。
⑤ 同上书卷二十七。

汉武帝时严安上书,其中论及春秋到战国时期社会的变化,曰:

> 臣闻周有天下,其治三百余岁,成康其隆也,刑错四十余年而不用。及其衰也,亦三百余岁,故五伯更起。五伯者,常佐天子兴利除害,诛暴禁邪,匡正海内,以尊天子。五伯既没,贤圣莫续,天子孤弱,号令不行。诸侯恣行,强陵弱,众暴寡,田常篡齐,六卿分晋,并为战国,此民之始苦也。于是强国务攻,弱国备守,合从连横,驰车击毂,介胄生虮虱,民无所告愬。①

司马迁和严安的话,可以帮助我们区分春秋与战国社会政治的不同。大致说来,春秋是尊天子的时代,天子虽微,尚有一定影响,齐桓公、晋文公等春秋霸主,皆尊天子以令诸侯,虽礼崩而乐坏,尚不至于绝灭旧有秩序。至战国则诸侯不知有天子,纷纷自立为王,并蚕食周之宗邑,终至灭周。诸侯凌天子,卿大夫篡诸侯,诸侯互灭,弱肉强食,互相攻伐,民不聊生,表现为一种极端混乱状态。这种混乱状态给人心理上和道德上带来的突出变化,就是原有信仰的完全崩溃。

顾炎武论春秋之后战国时代发生的巨大变化,最为详尽,他说:

> 《春秋》终于敬王三十九年庚申之岁,西狩获麟。又十四年,为贞定王元年癸酉之岁,鲁哀公出奔;二年,卒于有山氏。《春秋左氏传》以是终焉。又六十五年,威烈王二十三年戊寅之岁,初命晋大夫魏斯、赵籍、韩虔为诸侯。又一十七年,安王十六年乙未之岁,初命齐大夫田和为诸侯。又五十二年,显王三十五年丁亥之岁,六国以次称王,苏秦为从长。自此之后,事乃可得而纪。自《春秋左氏传》之终以至此,凡一百三十三年,史文阙轶,考古者为之茫昧。如春秋时犹尊礼重信,而七国则绝不言礼与信矣;春秋时犹宗周王,而七国则绝不言王矣;春秋时犹严祭祀,重聘享,而七国则无其事矣;春秋时犹论宗姓氏族,而七国则无一言及之矣;春秋时犹宴会赋诗,而七国则不闻矣;春秋时犹有赴告策书,而七国则无有矣。邦无定交,士无定主,此皆变于一百三十年之间。史之阙文,而后人可以意推者也。不待始

---

① 《史记》卷一百一十二《平津侯主父列传》,中华书局1959年版。

皇之并天下，而文武之道尽矣。驯至西汉，此风未改，故刘向谓其"承千岁之衰周，继暴秦之余弊，贪饕险诐，不闲义理"。观夫史之所录，无非功名势利之人，笔札喉舌之辈，而如董生之言正谊明道者不一二见也。盖自春秋之后，至东京，而其风俗稍复乎古。吾是以知光武、明、章果有变齐至鲁之功，而惜其未纯乎道也。自斯以降，则宋庆历、元佑之间为优矣。嗟乎！论世而不考其风俗，无以明人主之功。余之所以斥周末而进东京，亦《春秋》之意也。①

在这里，顾炎武指出了春秋和战国的巨大区别，如春秋虽然礼崩而乐坏，但其时代风尚，却仍是以礼乐信义为上。战国不言礼与信，不尊周天子，不严祭祀，不聘享，无宗姓之亲，传统伦理，荡然无存，唯以利益苟合，也不复有赋诗言志、温文尔雅的文明气氛。同时，顾炎武还清楚地认识到这个变化与周天子怂恿韩、魏、赵及田氏之间的密切因果关系。顾炎武认为，战国时期的这一变化，影响非常深远，只有到了东汉初期，经过光武帝、明帝、章帝复兴儒学的努力，才有一定程度的改观。

春秋到战国的变化，实际就是传统价值观随着旧的社会秩序的崩溃而渐渐消亡，孟子认为战国时代的特点是"邪说诬民充塞仁义"②。

刘向《战国策叙》指出：

> 周室至文武始兴，崇道德，隆礼义，设辟雍泮宫庠序之教，陈礼乐弦歌移风之化，叙人伦，正夫妇，天下莫不晓然论孝悌之义，惇笃之行。故仁义之道满乎天下，卒致之刑错四十余年，远方慕义，莫不宾服，雅颂歌咏，以思其德。下及康昭之后，虽有衰德，其纲纪尚明。及春秋时，已四五百载矣，然其余业遗烈，流而未灭。五伯之起，尊事周室。五伯之后，时君虽无德，人臣辅其君者，若郑之子产，晋之叔向，齐之晏婴，挟君辅政，以并立于中国，犹以义相支持，歌说以相感，聘觐以相交，期会以相一，盟誓以相救。天子之命，犹有所行，会享之国，犹有所耻。小国得有所依，百姓得有所息。故孔子曰："能以礼让

---

① ［清］顾炎武撰，黄汝成集释：《日知录集释》卷十三《周末风俗》，岳麓书社1994年版。
② 《孟子·滕文公下》，［汉］赵岐注，［宋］孙奭疏：《孟子注疏》卷六下，《十三经注疏》，中华书局1980年版。

为国乎何有?"周之流化,岂不大哉! 及春秋之后,众贤辅国者既没,而礼义衰矣。孔子虽论《诗》、《书》,定《礼》、《乐》,王道粲然分明。以匹夫无势,化之者七十二人而已,皆天下之俊也,时君莫尚之,是以王道遂用不兴。故曰:"非威不立,非势不行。"仲尼既没之后,田氏取齐,六卿分晋,道德大废,上下失序。至秦孝公,捐礼让而贵战争,弃仁义而用诈谲,苟以取强而已矣。夫篡盗之人,列为侯王;诈谲之国,兴立为强,是以转相仿效。后生师之,遂相吞灭,并大兼小,暴师经岁,流血满野,父子不相亲,兄弟不相安,夫妇离散,莫保其命,泯然道德绝矣。晚世益甚,万乘之国七,千乘之国五,敌侔争权,盖为战国,贪饕无耻,竞进无厌,国异政教,各自制断。上无天子,下无方伯,力功争强,胜者为右,兵革不休,诈伪并起。当此之时,虽有道德,不得施谋。①

刘向编纂《战国策》,于战国时代思潮,最得深旨。周王朝崇礼教、敦人伦,至春秋,虽已四五百年,其遗风尚存,更兼孔子抗行仁义,教化子弟,传播六艺,王道未废。战国之时,道德大废,上下失序,秦孝公捐礼让而贵战争,弃仁义而用诈谲,诸侯各以强力,互相吞并,父子不亲,兄弟不安,夫妇离散。至战国晚期,诸雄无耻,贪婪竞进,各国政教不同,无天子,无方伯,唯争战功,崇尚兵战之事、奸诡之谋。这个时候,有道德的人反倒没有机会施展自己的主张了。

周王朝的基本道德,在于礼义人伦,孝悌笃敬。及至春秋之时,虽说礼坏乐崩,但贵族君主,还是以提倡礼义为多。甚至在两军交战之际,对于敌对一方之君主,也谨执臣子之礼,如《左传·成公二年》记齐晋鞌之战,晋韩厥误以齐侯之右逢丑父为齐侯,写道:"韩厥执絷马前,再拜稽首,奉觞加璧以进,曰:'寡君使群臣为鲁卫请。曰:"无令舆师陷入君地。"下臣不幸,属当戎行,无所逃隐,且惧奔辟而忝两君,臣辱戎士,敢告不敏,摄官承乏。'"韩厥面对自己的俘虏,不仅谨行君臣之礼,而且言辞也极卑恭。当逢丑父之假扮被识破,郤献之欲杀之,逢丑父说:"自今无有代其君任患

---

① 《刘向:战国策书录》,缪文远:《战国策新校注》(修订本),巴蜀书社1998年版。

者,有一于此,将为戮乎?"郤献之以为:"人不难以死免其君,我戮之不祥,赦之以劝事君者。"遂免逢丑父之死。①《左传·成公十六年》记晋侯伐郑,与楚大战鄢陵,曰:"郤至三遇楚子之卒,见楚子必下,免胄而趋风,楚子使工尹襄问之以弓,曰:'方事之殷也,有韎韦之跗注,君子也。识见不谷而趋,无乃伤乎?'郤至见客,免胄承命曰:'君之外臣至从寡君之戎事,以君之灵,间蒙甲胄,不敢拜命,敢告不宁君命之辱。为事之故,敢肃使者。'三肃使者而退。"又曰:"晋韩厥从郑伯,其御杜溷罗曰:'速从之,其御屡顾,不在马,可及也。'韩厥曰:'不可以再辱国君。'""郤至从郑伯,其右茀翰胡曰:'谍辂之,余从之乘而俘以下。'郤至曰:'伤国君有刑。'亦止。"又曰:"栾针见子重之旌,请曰:'楚人请夫旌,子重之麾也。彼其子重也。日臣之使于楚也,子重问晋国之勇,臣对曰:"好以众整。"曰:"又何如?"臣对曰:"好以暇。"今两国治戎,行人不使,不可谓整;临事而食言,不可谓暇,请摄饮焉。'公许之,使行人执榼承饮造于子重,曰:'寡君乏使,使针御持矛,是以不得犒从者,使某摄饮。'子重曰:'夫子尝与吾言于楚,必是故也。不亦识乎?'受而饮之,免使者而复鼓。"②这种在两军激战之时,表现出的君臣之义、礼让忠信,最富雄辩力地证明了春秋时期仁人君子们极力维护礼义严肃性的用心。

春秋时期,对基本道义的尊重,并未因为战争的残酷性而有所改变,甚至有因遵守普遍的道义原则而给自己带来严重伤害,也决不后悔的例子,如《左传·僖公二十二年》记宋襄公与楚战于泓,曰:"宋人既成列,楚人未既济,司马曰:'彼众我寡,及其未既济也,请击之。'公曰:'不可。'既济而未成列,又以告,公曰:'未可。'既陈而后击之,宋师败绩,公伤股。"这是重礼义的极端例子。宋襄公招致国人的指责,他却也振振有辞,曰:"君子不重伤,不禽二毛。古之为军也,不以阻隘也。寡人虽亡国之余,不鼓

---

① [晋]杜预注,[唐]孔颖达疏:《春秋左传正义》卷二十五,《十三经注疏》,中华书局1980年版。
② 同上书卷二十八。

不成列。"①宋襄公的行为固然有其迂腐的地方,但他所体现的"君子"遗风,却闪耀着诱人的光芒。

到战国时,道德大废而上下失序,礼让不存,仁义被弃,社会旧有的等级随着周天子的衰落而衰落,人们崇尚的是实力,而不是等级,胜者为王,败者为寇。自上而下,所谓贪得无厌,诈伪并起。《吕氏春秋·先己》云:

> 五帝先道而后德,故德莫盛焉。三王先教而后杀,故事莫功焉。五伯先事而后兵,故兵莫强焉。当今之世,巧谋并行,诈术递用,攻战不休,亡国辱主愈众。所事者末也。②

战国时期,竞争原则为君主大臣所乐道,篡盗之人可以为侯王,韩、魏、赵及田齐为社会所承认,使旧秩序旧道德的严肃性被彻底粉碎。《荀子·大略》云:"诰誓不及五帝,盟诅不及三王,交质子不及五伯。"王先谦《荀子集解》云诰誓是以言辞相戒约。殷人作誓,源于人民有背叛之心。茍牲曰盟,谓杀牲歃血告神以盟约也,"此言后世德义不足,虽要约转深,犹不能固也"③。

可以说,战国时代,随着旧道德、旧秩序的解体,以无道德为道德,以无秩序为秩序,从而在破坏之中,不自觉地建立起了一套新的"道德"、"秩序",这就是一切为了在竞争中求生存,在竞争中求发展,只要符合生存与发展的目的,就合于"新道德";只要是凭借实力争来的地位,就合于"新秩序"。《韩非子·五蠹》指出:"上古竞于道德,中世逐于智谋,当今争于气力。"④《汉书·食货志上》云:"陵夷至于战国,贵诈力而贱仁谊,先富有而后礼让。"⑤对"诈力"、"富有"和"力量"的崇尚适应了战国发展的需要,是战国时代新秩序、新道德的基本内涵。

---

① [晋]杜预注,[唐]孔颖达疏:《春秋左传正义》卷十五,《十三经注疏》,中华书局1980年版。
② [汉]高诱:《吕氏春秋注》卷三《季春纪第三》,《诸子集成》,中华书局1954年版。
③ [清]王先谦:《荀子集解》卷十九,《诸子集成》,中华书局1954年版。
④ [清]王先慎:《韩非子集解》卷十九,《诸子集成》,中华书局1954年版。
⑤ 《汉书》卷二十四上,中华书局1962年版。

第二节 战国时期的社会改革

战国时代,随着秩序的重建和道德的重构,如何使政治、经济、军事政策更适应现实竞争,即怎样全面、彻底、迅捷地建立新的战略战术方针,是战国诸侯国所面临的首要任务。要建立适应新时代的政治、经济、军事政策,只有改革。战国的政治家们及时地认识到了这一点。

一、七国的变革措施

战国时代的改革风潮,首先是从魏国开始的。魏文侯先后用魏成子、翟璜、李悝为相国,用吴起为西河守,西门豹为邺令,对魏国的政治、经济、军事、民俗进行了一系列改革。其中以李悝新政最为著名。《汉书·食货志上》云:

> 李悝为魏文侯作尽地力之教,以为地方百里,提封九万顷,除山泽邑居参分去一,为田六百万亩,治田勤谨则亩益三升,不勤则损亦如之。地方百里之增减,辄为粟百八十万石矣。又曰籴甚贵伤民,甚贱伤农;民伤则离散,农伤则国贫。故甚贵与甚贱,其伤一也。善为国者,使民毋伤而农益劝。①

李悝推行"尽地力之教"的政策,以使土地面积和单位产量得到极大的增加;而其平籴的思想,既能不因伤民而使民心离散,又可不伤农而使国家富强。

在法制方面,李悝著有《法经》,见于明人董说《七国考》卷十二引桓谭《新书》②。《汉书·艺文志》著录《李子》三十二篇③,不传。根据桓谭《新书》,《法经》分正律、杂法、减法三部分。李悝《法经》,体现出对君主集权

---

① 《汉书》卷二十四上,中华书局 1962 年版。
② [明]董说撰,缪文远订补:《七国考订补》,上海古籍出版社 1987 年版。
③ 《汉书》卷三十,中华书局 1962 年版。

的维护,盗符、盗宝、越城、群相居、议论国家法令都被视为严重犯罪,不仅本人处死,而且族夷乡亲。对言辞、"盗心"、逾制的处置,也充分反映出该法的残酷性,以及试图在混乱之中建立秩序尊严的迫切心理。在法律面前,除太子、丞相有特例以外,犀首以下,已趋于平等。

吴起任魏国西河守,及魏文侯死,魏武侯立,被谗逃亡楚国,为楚悼王令尹,推行新法,《史记·孙子吴起列传》概括吴起的变法内容曰:

> 明法审令,捐不急之官,废公族疏远者,以抚养战斗之士。要在强兵,破驰说之言从横者。①

据《韩非子·和氏》载,吴起认为,楚国之俗,"大臣太重,封君太众,若此则上逼主而下虐民,此贫国弱兵之道也",主张"不如使封君之子孙,三世而收爵禄,绝灭百吏之禄秩,损不急之枝官,以奉选练之士"②。《吕氏春秋·贵卒》则载吴起建议楚王"令贵人往实广虚之地"③。吴起变革的矛头,直指世袭奴隶主贵族,通过减少爵禄、禄秩、枝官,开垦土地,以达到富国强兵之目的。

韩昭侯时,曾任用申不害为相,推行变革政策。《史记·韩世家》赞其"修术行道,国内以治,诸侯不来侵伐"④。《韩非子·外储说左上》引申不害之言曰:"法者见功而与赏,因能而受官。"⑤《韩非子·定法》曰:"申不害言术,而公孙鞅为法。术者,因任而授官,循名以责实,操杀生之柄,课群臣之能者也,此人主之所执也……"⑥申不害之变革,其实质也是通过选能授官,严格赏罚,以加强君主集权,增强国家实力。

齐、燕、赵也都有许多变革举措。《史记·滑稽列传》载齐威王"朝诸县令长七十二人,赏一人,诛一人"⑦。所诛为阿大夫,所赏为即墨大夫。

---

① 《史记》卷六十五,中华书局1959年版。
② [清]王先慎:《韩非子集解》卷四,《诸子集成》,中华书局1954年版。
③ [汉]高诱:《吕氏春秋注》卷二十一《开春论第一》,《诸子集成》,中华书局1954年版。
④ 《史记》卷四十五,中华书局1959年版。
⑤ [清]王先慎:《韩非子集解》卷十一,《诸子集成》,中华书局1954年版。
⑥ 同上书卷十七。
⑦ 《史记》卷一百二十六,中华书局1959年版。

《史记·田敬仲完世家》云：

> 威王初即位以来，不治，委政卿大夫，九年之间，诸侯并伐，国人不治。于是威王召即墨大夫而语之曰："自子之居即墨也，毁言日至。然吾使人视即墨，田野辟，民人给，官无留事，东方以宁。是子不事吾左右以求誉也。"封之万家。召阿大夫语曰："自子之守阿，誉言日闻。然使使视阿，田野不辟，民贫苦。昔日赵攻甄，子弗能救。卫取薛陵，子弗知。是子以币厚吾左右以求誉也。"是日，烹阿大夫，及左右尝誉者皆并烹之。遂起兵西击赵、卫，败魏于浊泽而围惠王。惠王请献观以和解，赵人归我长城。于是齐国震惧，人人不敢饰非，务尽其诚。齐国大治。诸侯闻之，莫敢致兵于齐二十余年。①

齐威王不仅通过赏罚以励精图治，而且还招致贤才，如邹忌等，格外提擢，位至卿相；如淳于髡等人，生活优渥，拾遗补阙，教导邹忌"谨事左右"，"谨自附于万民"，"谨择君子，毋杂小人其间"，"谨修法律而督奸吏"②。

燕王哙则欲法古圣王之道，《韩非子·说疑》载其"不安子女之乐，不听钟石之声，内不湮汙池台榭，外不罼弋田猎"，"亲操耒耨，以修畎亩"③。其极端之事例，则是以国家政权交付子之，《战国策·燕策一》云"子之南面行王事，而哙老不听政，顾为臣，国事皆决子之"④。

赵国之欲强，则是向胡人学习，《史记·赵世家》载赵武灵王"胡服骑射以教百姓"，赵武灵王指出："今中山在我腹心，北有燕，东有胡，西有林胡、楼烦、秦、韩之边，而无强兵之救，是亡社稷，奈何？夫有高世之名，必有遗俗之累，吾欲胡服。"⑤胡人善战，胡服骑射，其意义绝不在于服饰之改变，而是通过效法胡人的生活习惯，以适应争战的需要。

战国诸侯之变革，以秦孝公时的商鞅变法最为彻底，最具成效。《晋

---
① 《史记》卷四十六，中华书局1959年版。
② 同上。
③ [清]王先慎：《韩非子集解》卷十七，《诸子集成》，中华书局1954年版。
④ 缪文远：《战国策新校注》（修订本）卷二十九，巴蜀书社1998年版。
⑤ 《史记》卷四十三，中华书局1959年版。

书·刑法志》云:"秦汉旧律,其文起自魏文侯李悝,悝撰次诸国法,著《法经》。以为王者之政莫急于盗贼,故其律始于《盗》、《贼》。盗贼须劾捕,故著《网》、《捕》二篇。其轻狡、越城、博戏、借假不廉、淫侈、逾制,以为《杂律》一篇,又以《具律》具其加减。是故所著六篇而已,然皆罪名之制也。商君受之以相秦。"①

又据《史记·商君列传》,商鞅变法的内容,包括整顿户籍、奖励军功、奖励农业生产、开郡县、废井田、统一度量衡等,又曰:

> 令民为什伍,而相牧司连坐,不告奸者,腰斩;告奸者与斩敌首同赏,匿奸者与降敌同罚。民有二男以上不分异者,倍其赋。有军功者,各以率受上爵;为私斗者,各以轻重被刑大小。僇力本业,耕织致粟帛多者,复其身;事末利及怠而贫者,举以为收孥。宗室非有军功论,不得为属籍。明尊卑爵秩等级,各以差次名田宅,臣妾衣服以家次。有功者显荣,无功者虽富无所芬华……集小(都)乡邑聚为县,置令、丞,凡三十一县;为田开阡陌封疆,而赋税平;平斗桶权衡丈尺。②

商鞅变法的内容涉及政治、经济、军事诸方面,其推选法令之手段,也极其严厉。商鞅以左庶长变法,"行之十年,秦民大说,道不拾遗,山无盗贼,家给人足,民勇于公战,怯于私斗,乡邑大治"。后迁为大良造,"居五年,秦人富强,天子致胙于孝公,诸侯毕贺"③。

商鞅之后,穰侯魏冉继续执行商鞅变法政策,《史记·穰侯列传》称:"穰侯,昭王亲舅也,而秦所以东益地,弱诸侯,尝称帝于天下,天下皆西向稽首者,穰侯之功也。"④穰侯之功,推本溯源,与商鞅变法分不开。秦国最终实现了统一中国的使命,就在于它是最彻底的改革者。虽然秦国统一后,很快就亡国了,但秦国在战国之际适应变革的需要,不惧世人之非议,轻仁义而重法治,却仍然是成功的经验。

---

① 《晋书》卷三十,中华书局1974年版。
② 《史记》卷六十八,中华书局1959年版。
③ 同上。
④ 同上书卷七十二。

二、对七国变革措施的评价

《韩非子·五蠹》论社会变化云：

上古之世，人民少而禽兽众，人民不胜禽兽虫蛇，有圣人作，构木为巢，以避群害，而民悦之，使王天下，号之曰有巢氏。民食果蓏蚌蛤，腥臊恶臭，而伤害腹胃，民多疾病，有圣人作，钻燧取火，以化腥臊，而民悦之，使王天下，号之曰燧人氏。中古之世，天下大水，而鲧禹决渎。近古之世，桀纣暴乱，而汤武征伐。今有构木钻燧于夏后氏之世者，必为鲧禹笑矣。有决渎于殷周之世者，必为汤武笑矣。然则今有美尧舜汤武禹之道于当今之世者，必为新圣笑矣。是以圣人不期修古，不法常可，论世之事，因为之备。宋人有耕者，田中有株，兔走触株，折颈而死，因释其耒而守株，冀复得兔，兔不可复得，而身为宋国笑。今欲以先王之政，治当世之民，皆守株之类也。古者丈夫不耕，草木之食足食也；妇人不织，禽兽之皮足衣也。不事力而养足，人民少而财有余，故民不争，是以厚赏不行，重罚不用，而民自治。今人有五子不为多，子又有五子，大父未死而有二十五孙，是以人民众而货财寡，事力劳而供养薄，故民争，虽倍赏累罚而不免于乱。①

人的价值观念的变化，是与生存环境的变化相联系的。韩非揭示此颠扑不破的真理，是为强调因时变法的必要性。他的这种观点，也是战国许多有识之士，譬如李悝、商鞅、吴起等人的共同呼声，因为"古今异俗，新故异备，如欲以宽缓之政，治急世之民，犹无辔策而御骐马，此不知之患也"②。

变法就是改革，战国之际，随着社会环境的变化，如何在群雄争霸的形势下，保存并发展自己，是首要的任务。而要保存并发展自己，就需要实现削弱或消灭他人的目的。有的人主张沿用传说中三皇五帝的德政策略，如儒家的仁政、墨家的兼爱，欲通过道德的积累教化天下，感化众生，

---

① ［清］王先慎：《韩非子集解》卷十九，《诸子集成》，中华书局1954年版。
② 《韩非子·五蠹》，同上书。

使本国的民众同心,使敌国的民众归顺,以致强大,并实现王天下的计划。而法家则认为旧的法宝已不灵了,《韩非子·五蠹》举例说:

> 今儒墨皆称先王兼爱天下,则视民如父母。何以明其然也?曰:"司寇行刑,君为之不举乐;闻死刑之报,君为流涕。"此所举先王也。夫以君臣为如父子,则必治,推是言之,是无乱父子也。人之情性莫先于父母,父母皆见爱而未必治也。君虽厚爱,奚遽不乱?今先王之爱民不过父母之爱子,子未必不乱也,则民奚遽治哉?且夫以法行刑而君为之流涕,此以效仁,非以为治也。夫垂泣不欲刑者仁也,然而不可不刑者法也。先王胜其法,不听其泣,则仁之不可以为治亦明矣。且民者固服于势,寡能怀于义。仲尼天下圣人也,修行明道以游海内,海内说其仁,美其义,而为服役者七十人,盖贵仁者寡,能义者难也。故以天下之大,而为服役者七十人,而仁义者一人。鲁哀公下主也,南面君国,境内之民莫敢不臣,民者固服于势,势诚易以服人,故仲尼反为臣,而哀公顾为君。仲尼非怀其义服其势也,故以义则仲尼不服于哀公,乘势则哀公臣仲尼。今学者之说人主也,不乘必胜之势,而务行仁义,则可以王,是求人主之必及仲尼,而以世之凡民皆如列徒,此必不得之数也。①

儒墨欲行爱民之主张,而游说诸侯以仁义兼爱,韩非则认为仁义虽好,但世上好仁义之人少,而服于势的人多,所以孔子只有七十余徒众,并屈于哀公而为人臣。如果行仁义而能成为统一天下的天子,必然假设诸侯王能赶得上天下独一无二的孔子圣人的"仁义",而天下百姓,要如孔门七十余学徒那样,服仁义而不服势。事实上,这种假设是不可能成立的。韩非进而指出,即使是被称为典范的先王,其所表现出的爱民如子的父母行为,也只是效仁而已,并不是以仁为治。若果欲以仁义治国,则何必用刑法?这充分说明仁义治国的不可靠。

《韩非子·五蠹》又云:

> 古者文王处丰、镐之间,地方百里,行仁义而怀西戎,遂王天下;

---

① [清]王先慎:《韩非子集解》卷十九,《诸子集成》,中华书局1954年版。

徐偃王处汉东,地方五百里,行仁义,割地而朝者三十有六国,荆文王恐其害己也,举兵伐徐,遂灭之。故文王行仁义而王天下,偃王行仁义而丧其国,是仁义用于古而不用于今也。①

上古、中世、当今时代不同,形势异流,如果在争于气力的时代,而欲以仁义达到王天下的目的,无疑等同于痴人说梦。徐偃王之亡国,正是最具说服力的例证。如果没有强有力的"气力"支持,来实现"无事则国富,有事则兵强"的"王资"②,最终必然导致灭亡的命运。这说明变革既为大势所趋,而如何变革以适应新形势,也是关乎存亡的问题。魏、楚、韩、齐、赵、秦诸国之变革,皆取得了成果,唯燕王哙之法古让国,使子之治国,三年而"燕国大乱,百姓恫怨"③,终至于为齐所破。

在历史发展过程中,有的时候并不总是正义取胜。应该说,除了燕国以外的六国变革,都具有破坏礼制传统的性质,这样的变革,落实到具体治国措施上,便是不断侵蚀人民的利益,而专制主义的氛围越来越浓郁了。但是,这样的一种变革,竟然可以成为制胜的法宝,而燕王哙公天下的治国理想,却以失败告终。

燕王的失败,不是燕王所追求的禅让理想出了问题,而是燕王没有抓住孔子大同理想所称赞的禅让制实现的前提条件。刘向《说苑·至公》载六国灭亡、天下统一后,秦始皇与群臣讨论国体问题的一段对话:

> 秦始皇既召群臣,乃召群臣而议,曰:"古者五帝禅贤,三王世继,孰是,将为之。"博士七十人未对,鲍白令之对曰:"天下官则禅贤是也,天下家则世继是也。故五帝以天下为官,三王以天下为家。"秦始皇仰天叹曰:"吾德出于五帝,吾将官天下,谁可使代我后者?"鲍白令之对曰:"陛下行桀、纣之道,欲为五帝之禅,非陛下所能行也。"秦始皇大怒,曰:"令之前,若何以言我行桀、纣之道也?趣说之,不解则死。"令之对曰:"臣请说之,陛下筑台干云,宫殿五里,建千石之钟,立万石之簴,妇女连百,倡优累千,兴作骊山,宫室至雍,相继不绝。所

---

① [清]王先慎:《韩非子集解》卷十九,《诸子集成》,中华书局1954年版。
② 《韩非子·五蠹》,同上书。
③ 《战国策·燕策一》,缪文远:《战国策新校注》(修订本)卷二十九,巴蜀书社1998年版。

以自奉者,殚天下,竭民力,偏驳自私,不能以及人。陛下所谓自营,反存之主也,何遽比德五帝,欲官天下哉。"始皇暗然无以应之,面有惭色,久之曰:"令之之言,乃令众丑我。"遂罢谋,无禅意也。①

这个故事告诉我们,禅让制并不是在什么条件下都可以实现的。燕国禅让制的失败,不是大同理想的失败,而是操作程序的错误。燕王哙没有理解孔子实现大同理想的渐变理论的核心,孔子主张由乱世而恢复周礼,在实现小康以后,再进而向大同时代发展。燕王把渐变理论变成了突变,缺少天时、地利与人和,最终必然导致失败。

孔子的渐变理论,实际上就是公羊学所谓三世学说。康有为把何休在解说《春秋公羊传》时提到的"公羊三世"与"大同"、"小康"之说联系起来,认为"三世为孔子非常大义,托之《春秋》以明之。'所传闻世'为据乱,'所闻世'托升平,'所见世'托太平。乱世者,文教未明也;升平者,渐有文教,小康也;太平者,大同之世,远近大小如一,文教全备也。……此为《春秋》第一大义。自伪《左》灭《公羊》而《春秋》亡,孔子之道遂亡矣"②。在孔子看来,先有大同,其次小康,其次乱世,这是一个社会自觉退化的必然环节,而要拯救退化的社会,不可能直接由乱世实现太平,而应该按渐变的步骤,通过克己复礼实现小康,再至太平。孔子欲由乱世而至小康,再由小康而至大同,是一种科学的、符合人类内心诉求的、符合现代人文精神的社会发展理想。康有为清楚地领会到了孔子的用心,而认为专制主义必将走向立宪政治,最后走向共和政治,实现人类真正的人权、平等、自由、博爱、独立。孔子思想的这个重要内容,在《左传》取代《春秋公羊传》的地位后,被人们有意识地遗忘了。

事实上,法家的主张,对于他的倡导者来说,也不认为是上上之选。如《史记·商君列传》载:

  公孙鞅闻秦孝公下令国中求贤者,将修缪公之业,东复侵地,乃遂西入秦,因孝公宠臣景监以求见孝公。孝公既见卫鞅,语事良久,

---

① [汉]刘向撰,赵善诒疏证:《说苑疏证》卷十四,华东师范大学出版社1985年版。
② [清]康有为:《春秋董氏学》卷二《三世》,《康有为全集》第2册,上海古籍出版社1990年版。

孝公时时睡,弗听。罢而孝公怒景监曰:“子之客妄人耳,安足用邪!”景监以让卫鞅,卫鞅曰:“吾说公以帝道,其志不开悟矣。”后五日,复求见鞅。鞅复见孝公,益愈,然而未中旨。罢而孝公复让景监,景监亦让鞅。鞅曰:“吾说公以王道而未入也,请复见鞅。”鞅复见孝公,孝公善之而未用也。罢而去。孝公谓景监曰:“汝客善,可与语矣。”鞅曰:“吾说公以霸道,其意欲用之矣。诚复见我,我知之矣。”卫鞅复见孝公,公与语,不自知厀之前于席也。语数日不厌。景监曰:“子何以中吾君?吾君之欢甚也。”鞅曰:“吾说君以帝王之道比三代,而君曰:‘久远,吾不能待。且贤君者,各及其身显名天下,安能邑邑待数十百年以成帝王乎?’故吾以强国之术说君,君大说之耳,然亦难以比德于殷、周矣。”

孝公既用卫鞅,鞅欲变法,恐天下议己。卫鞅曰:“疑行无名,疑事无功,且夫有高人之行者,固见非于世;有独知之虑者,必见敖于民。愚者暗于成事,知者见于未萌。民不可与虑始而可与乐成。论至德者不和于俗,成大功者不谋于众。是以圣人苟可以强国,不法其故;苟可以利民,不循其礼。”孝公曰:“善。”甘龙曰:“不然。圣人不易民而教,知者不变法而治。因民而教,不劳而成功;缘法而治者,吏习而民安之。”卫鞅曰:“龙之所言,世俗之言也。常人安于故俗,学者溺于所闻。以此两者居官守法可也,非所与论于法之外也。……”①

从这段记载可以看出,商君本来所追求的,首先是帝道,然后是王道,然后是霸道,最后才是为了追求游说的成功,而取下下之强国之术。同时,商鞅自己也明白,他的这种强国之术,连殷、周的道术尚有不足。秦孝公虽然急于速成,但是对任用商鞅变法,还是有所顾虑,顾虑的原因就是他担心成为历史罪人。商鞅既然已经知道了秦孝公的真实想法,也知道他的主张虽然得秦孝公的欢心,但是并不为天下人所接受,所以,他就用各种说辞来蛊惑秦孝公,即使有甘龙等人的反对,商鞅也在所不惜了。

---

① 《史记》卷六十八,中华书局1959年版。

《韩非子·和氏》云:

> 昔者吴起教楚悼王以楚国之俗,曰:"大臣太重,封君太众,若此,则上逼主而下虐民,此贫国弱兵之道也,不如使封君之子孙三世而收爵禄,绝灭百吏之禄秩,损不急之枝官,以奉选练之士。"悼王行之。期年而薨矣,吴起枝解于楚。商君教秦孝公以连什伍,设告坐之过,燔诗书而明法令,塞私门之请,而遂公家之劳;禁游宦之民,而显耕战之士。孝公行之,主以尊安,国以富强。八年而薨,商君车裂于秦。楚不用吴起而削乱,秦行商君法而富强,二子之言也已当矣,然而枝解吴起而车裂商君者何也?大臣苦法而细民恶治也。①

韩非子通过吴起和商鞅的遭遇,意在说明,吴起、商鞅等人推行的严刑酷法,实际上既没有取得大臣的支持,也未赢得民心。一个没有多数人受益的改革,就只能成为专制君主蹂躏人民的工具。

实际上,就是商鞅,在他生命的最后时刻,对自己所推行的变法,也有一定的反省。《史记·商君列传》载:

> 后五月而秦孝公卒,太子立,公子虔之徒告商君欲反,发吏捕商君。商君亡至关下,欲舍客舍。客人不知其是商君也,曰:"商君之法,舍人无验者坐之。"商君喟然叹曰:"嗟乎!为法之敝一至此哉。"②

商鞅自己在面临困境的时候,切实感受到了他的法律的不便。但是,如果他没有逃亡的旅程,是不是能有这样的觉悟,就很难说了。孔子云:"夫仁者,己欲立而立人,己欲达而达人。能近取譬,可谓仁之方也已。"③又云:"己所不欲,勿施于人。"④法家距离仁者,又何止千万里。司马迁感叹道:

> 商君,其天资刻薄人也。迹其欲干孝公以帝王术,挟持浮说,非其质矣。且所因由嬖臣,及得用,刑公子虔,欺魏将卬,不师赵良之

---

① [清]王先慎:《韩非子集解》卷四,《诸子集成》,中华书局1954年版。
② 《史记》卷六十八,中华书局1959年版。
③ 《论语·雍也》,[清]刘宝楠:《论语正义》卷七,《诸子集成》,中华书局1954年版。
④ 《论语·卫灵公》,同上书卷十八。

言,亦足发明商君之少恩矣。余尝读商君开塞耕战书,与其人行事相类。卒受恶名于秦,有以也夫。①

又裴骃《史记集解》云:

骃案,《新序》论曰:"秦孝公保崤、函之固,以广雍州之地,东并河西,北收上郡,国富兵强,长雄诸侯,周室归籍,四方来贺,为战国霸君,秦遂以强,六世而并诸侯,亦皆商君之谋也。夫商君极身无二虑,尽公不顾私,使民内急耕织之业以富国,外重战伐之赏以劝戎士,法令必行,内不阿贵宠,外不偏疏远,是以令行而禁止,法出而奸息。故虽《书》云'无偏无党',《诗》云'周道如砥,其直如矢',《司马法》之励戎士,周后稷之劝农业,无以易此。此所以并诸侯也。故孙卿曰:'四世有胜,非幸也,数也。'然无信,诸侯畏而不亲。夫霸君若齐桓、晋文者,桓不倍柯之盟,文不负原之期,而诸侯畏其强而亲信之,存亡继绝,四方归之,此管仲、舅犯之谋也。今商君倍公子卬之旧恩,弃交魏之明信,诈取三军之众,故诸侯畏其强而不亲信也。藉使孝公遇齐桓、晋文,得诸侯之统将,合诸侯之君,驱天下之兵以伐秦,秦则亡矣。天下无桓、文之君,故秦得以兼诸侯。卫鞅始自以为知霸王之德,原其事不谕也。昔周召施善政,及其死也,后世思之,'蔽芾甘棠'之诗是也。尝舍于树下,后世思其德,不忍伐其树,况害其身乎?管仲夺伯氏邑三百户,无怨言。今卫鞅内刻刀锯之刑,外深铁钺之诛,步过六尺者有罚,弃灰于道者被刑,一日临渭而论囚七百余人,渭水尽赤,号哭之声动于天地,畜怨积仇比于丘山,所逃莫之隐,所归莫之容,身死车裂,灭族无姓,其去霸王之佐亦远矣。然惠王杀之亦非也,可辅而用也。使卫鞅施宽平之法,加之以恩,申之以信,庶几霸者之佐哉!"②

司马迁和《新序》之言,虽然是针对商鞅的功过进行论述,但如果把这个结论用在一般的法家身上,也是再公允不过的了。

---

① 《史记》卷六十八《商君列传》,中华书局1959年版。
② 同上。

第三节　战国士人向文人的转变

士是周代贵族的一个等级,到了战国时期,士的组成与春秋及春秋前,都有很大变化,这种变化,带来了士阶层在社会中地位的变化。

一、战国士人来源的开放性特点

关于周代贵族等级的情况,我们可以从传世的先秦典籍中了解其概况。如《礼记·王制》云:

> 王者之制禄爵,公、侯、伯、子、男,凡五等。诸侯之上大夫卿、下大夫、上士、中士、下士,凡五等。①

又《左传·桓公二年》载晋人师服曰:

> 吾闻国家之立也,本大而末小,是以能固。故天子建国,诸侯立家,卿置侧室,大夫有贰宗,士有隶子弟,庶人、工、商各有分亲,皆有等衰。是以民服事其上,而下无觊觎。②

又《左传·昭公七年》载楚人芊尹无宇曰:

> 天子经略,诸侯正封,古之制也。封略之内,何非君土?食土之毛,谁非君臣?故《诗》曰:"普天之下,莫非王土;率土之滨,莫非王臣。"天有十日,人有十等,下所以事上,上所以共神也。故王臣公,公臣大夫,大夫臣士,士臣皂,皂臣舆,舆臣隶,隶臣僚,僚臣仆,仆臣台,马有圉,牛有牧,以待百事。③

又《国语·晋语四》云:

> 公食贡,大夫食邑,士食田,庶人食力,工商食官,皂隶食职,官宰

---

① [汉]郑玄注,[唐]孔颖达疏:《礼记正义》卷十一,《十三经注疏》,中华书局1980年版。
② [晋]杜预注,[唐]孔颖达疏:《春秋左传正义》卷五,《十三经注疏》,中华书局1980年版。
③ 同上书卷四十四。

食加,政平民阜,财用不匮。①

又《孟子·万章下》云:

> 北官锜问曰:"周室班爵禄也,如之何?"孟子曰:"其详不可得闻也,诸侯恶其害已也,而皆去其籍。然而轲也尝闻其略也。天子一位,公一位,侯一位,伯一位,子、男同一位,凡五等也。君一位,卿一位,大夫一位,上士一位,中士一位,下士一位,凡六等。天子之制,地方千里;公侯皆方百里;伯七十里;子、男五十里。凡四等。不能五十里,不达于天子,附于诸侯,曰附庸。天子之卿,受地视侯;大夫受地视伯;元士受地视子、男。大国地方百里,君十卿禄,卿禄四大夫,大夫倍上士,上士倍中士,中士倍下士,下士与庶人在官者同禄,禄足以代其耕也。次国地方七十里,君十卿禄,卿禄三大夫,大夫倍上士,上士倍中士,中士倍下士,下士与庶人在官者同禄,禄足以代其耕也。小国地方五十里,君十卿禄,卿禄二大夫,大夫倍上士,上士倍中士,中士倍下士,下士与庶人在官者同禄,禄足以代其耕也。耕者之所获,一夫百亩,百亩之粪,上农夫食九人,上次食八人,中食七人,中次食六人,下食五人。庶人在官者,其禄以是为差。②

孟子指出,在战国时期,西周的封建次序已经不太明显了。但是,根据《礼记》以及春秋及战国时人的描述,我们还是可以知道,士是西周封建制度中贵族最低的一个等级。士本身又可以分为上士、中士、下士。士作为贵族阶级一种标明身份的等级,在春秋之前,是有其固定权利的。士不是食力阶层,他们拥有不动产和仆隶,是一种世袭身份。

到了战国,士的这种世袭状况发生了变化。《白虎通义·爵篇》云:"士者,事也,任事之称也。《传》曰:'通古今,辩然否,谓之士。'"③《孟子·梁惠王上》云:"无恒产而有恒心者,惟士为能。若民则无恒产因无恒心。"④这里所说的士,已经是指其才能而言了。当强调士的才能的时

---

① [清]董增龄:《国语正义》卷十,巴蜀书社1985年影印本。
② [清]焦循:《孟子正义》卷十,《诸子集成》,中华书局1954年版。
③ [清]陈立撰,吴则虞点校:《白虎通疏证》,中华书局1994年版。
④ [清]焦循:《孟子正义》卷一,《诸子集成》,中华书局1954年版。

候,士的天然身份就变得不太重要了。孟子所谓无恒产而有恒心者只有士可以做到,不是说士皆无恒产,而是说士即使没有恒产,恒心也是不变的。

金景芳先生曾经对春秋到战国时期士的变化有过清楚的表述,他指出：

> 春秋时期的所谓士,多是命士,不命之士(庶人在官者)或武士,都是职务的名称,此外无称士者。至战国则不然,只要具有相当的文化水准,就可称士。因此,开始产生了仕士、处士的新称谓。①

应该说,到了战国时期,士阶层的流动性特征,表明战国时期的士已经被制度化的保障体系所抛弃,他们需要通过谋求自身能力的提升,来获得生存机会。正因为他们努力谋求自己生存技能的提升,所以最早适应了社会变化的需要,成为在战国人才市场上叱咤风云的力量。

战国时期,士成为一种特殊势力,他们不受国家、宗族、经济地位和政治地位的限制,只要具有文化知识,有游说之才能,便可周游列国,不耕而食。其来源也不仅仅限于贵族队伍。《荀子·王制》称：

> 虽庶人之子孙也,积文学,正身行,能属于礼义,则归之卿相士大夫。②

又《荀子·大略》云：

> 子赣、季路,故鄙人也,被文学,服礼义,为天下列士。③

又《吕氏春秋·尊师》云：

> 子张鲁之鄙家也,颜涿聚梁父之大盗也,学于孔子;段干木晋国之大驵也,学于子夏;高何、县子石,齐国之暴者也,指于乡曲,学于子墨子;索卢参东方之钜狡也,学于禽滑黎。此六人者,刑戮死辱之人也,今非徒免于刑戮死辱也,由此为天下名士显人,以终其寿,王公大人从而礼之,此得之于学也。④

---

① 金景芳:《中国奴隶社会史》,上海人民出版社1983年版。
② [清]王先谦:《荀子集解》卷五,《诸子集成》,中华书局1954年版。
③ 同上书卷十九。
④ [汉]高诱:《吕氏春秋注》卷四《孟夏纪第四》,《诸子集成》,中华书局1954年版。

又《吕氏春秋·博志》云：

> 宁越,中牟之鄙人也,苦耕稼之劳。谓其友曰:"何为而可以免此苦也?"其友曰:"莫如学。学三十岁,则可以达矣。"宁越曰:"请以十五岁。人将休,吾将不敢休;人将卧,吾将不敢卧。"十五岁,而周威公师之。①

孔子教学,有教而无类,"欲来者不距,欲去者不止"②,开私人讲学风气,弟子之中,多有出身鄙贱者,这就使学文化不仅是贵族子弟的专利,同时,也是鄙人子弟可以拥有的机遇。出身庶人、皂、隶、工、商之贱人,可以通过努力学习而忝列士林,从而使士阶级成为一个流动的富于进取精神的新集团,士便成了智慧和才能的化身。虽无恒产,而有恒心。

二、士人向文人的转变及士人学文的动力

战国时期,由于士人的来源广泛了,而这种来源的变化,说明士已经不是一个出身问题,也不再是一个固定不变的等级,其身份更多的是由其本身所具有的才能所决定的,而这个才能,又是后天习得的,所以,战国时期的士,更应该被认为是一种新兴的职业。

作为职业的战国士人,他们的职业以文学为其基本特点,所以,战国时期的士,实际已经演变为文士了。

古代之士,居于大夫之下,平民之上,兼有领导平民,而又保卫国家之任务,其才能多以武艺见长。及孔子之时,学术普及,武士学文,则成文士,孔子尔后,孔门弟子渐倾向于文学,而不习武备。顾颉刚论战国之士云:

> 讲内心之修养者不能以其修养解决生计,故大部分人皆趋重于知识、能力之获得,盖战国时有才之平民皆得自呈其能于列国君、相。知识既丰,更加以无碍之辩才,则白衣可以立取公卿。公卿纵难得,

---

① [汉]高诱:《吕氏春秋注》卷二十四《不苟论第四》,《诸子集成》,中华书局1954年版。
② 《荀子·法行》,[清]王先谦:《荀子集解》卷二十,《诸子集成》,中华书局1954年版。

显者之门客则必可期也。……宁越不务农，苏秦不务工、商，而惟以读书为专业，揣摩为手腕，取尊荣为目标，有此等人出，其名曰"士"，与昔人同；其事在口舌，与昔人异。于是武士乃蜕化而为文士。①

战国时代出现了专事文学之士，这是因为战国时代不仅需要善守战之武士，更需要能出奇谋、具韬略之文士，以满足兼并战争波谲云诡的形势需要。

文士的发达，最终导致了与武士的分裂，顾颉刚先生又指出：

> 然战国者，攻伐最剧烈之时代也，不但不能废武事，其慷慨赴死之精神且有甚于春秋，故士之好武者正复不少，彼辈自成一集团，不与文士混。以两集团之对立而有新名词出焉：文者谓之"儒"，武者谓之"侠"；儒重名誉，侠重意气。②

文化之发展，正是缘于文士之崛起，而战国儒与侠的对立，其区别仅仅在于所从事之事业有文与武之区别，而对社会的积极作用，毕竟是一致的。

生活的艰辛，令名的诱惑，是战国士人积极谋求以文学之长取得功名富贵的主要动力。宁越为摆脱耕作劳力之苦，而心之向学。富贵爵禄，在君主之手，君主所器重的人才，必是强国之人，因而士人之长，也在于格外用心于政治。《史记·苏秦列传》苏秦自谓："且使我有洛阳负郭田二顷，吾岂能佩六国相印乎？"③苏秦学鬼谷之术，以锥刺骨，而游说诸侯，是缘于他没有其他可供谋生之资产。李斯学于荀卿，《史记·李斯列传》引李斯之言曰："故诟莫大于卑贱，而悲莫甚于贫困。久处卑贱之位，困苦之地，非世而恶利，自托于无为，此非士之情也。"④由于有现实的切身利害，所以，战国士人于游说活动，能竭尽全力；而其主张，也极力欲合于人主之心。李悝、商鞅、吴起、申不害、乐毅、赵奢、苏秦、张仪、陈轸、公孙衍、苏代、苏厉、范雎、蔡泽，以及墨翟、庄周、孟轲、惠施、公孙龙子、驺衍、淳于

---

① 顾颉刚：《武士与文士之蜕变》，《史林杂识初编》，中华书局1963年版。
② 同上。
③ 《史记》卷六十九，中华书局1959年版。
④ 同上书卷八十七。

髡、田骈、接予、慎到、环渊、驺奭、荀卿、段干木、颜斶、鲁仲连,或推行政治改革,或浸淫于战略,或以机辩取卿相,或不治而议论,不仕宦而有高节,都是一时名士。

三、战国士人的新士风

战国时期的士人,作为一个新独立的阶层,他们对自己的角色很有认同感。他们之中虽然不乏为了功名利禄而谋取利益的人群,但是,其中的大多数人却更多地表现出一种理想主义的倾向,因为他们更多的是从孔子那里传承了自己的社会责任,所以,他们都有一套自己的修身处世方针,由此形成了一种新的士风。

新士风的开启,始于孔子及其门人。孔子及其弟子,教学对答,往往以成为"士"、"志士"、"士之仁者"自勉。在这方面,孔子及其门人有很多精彩的话语,给我们描绘了一个新士人所应该具有的才德。孔子云:

士志于道,而耻恶衣恶食者,未足与议也。①

这是说士应该追求道,而不要对衣食耿耿于怀。

又云:

行己有耻,使于四方,不辱使命,可谓士矣。……宗族称孝焉,乡党称弟焉。……言必信,行必果,硁硁然小人哉,抑亦可以为次矣。②

这是说士应该有良好的政治才能和道德修养。

又云:

切切偲偲,怡怡如也,可谓士矣;朋友切切偲偲,兄弟怡怡。③

这是说士应该与朋友和兄弟有一个融洽和谐的关系。

又云:

士而怀居,不足以为士矣。④

---

① 《论语·里仁》,[清]刘宝楠:《论语正义》卷五,《诸子集成》,中华书局1954年版。
② 《论语·子路》,同上书卷十六。
③ 同上。
④ 《论语·宪问》,同上书卷十七。

这是说士应该有远大的理想。

又云：

> 志士仁人，无求生以害仁，有杀身以成仁。①

这是说士应该对仁有执着追求。

又云：

> 友其士之仁者。②

这是说士应该以仁人为友。

又孔子的高足弟子曾子云：

> 士不可以不弘毅，任重而道远。仁以为己任，不亦重乎？死而后已，不亦远乎。③

这是说士应该培养自己远大的理想，担负起实践仁的重任，死而后已。

又孔子的弟子子张云：

> 士见危致命，见得思义，祭思敬，丧思哀，其可已矣。④

这是说士应该见义勇为，廉洁真诚。

可以看出，在孔子及其门人弟子的心目中，"士"应具有学识、志向、道德、仁义忠信、勇敢之品质，同时，又有使于四方的外交家之政治才能。士的志向就是以天下为己任，救民于水火，对天下具有强烈责任心，同时又注意自身才能智慧的培养。

四、士人的人格尊严和独立性

士不但应该有良好的才德，而且，作为智能之士的群体，身处战国剧变之时代，其人格的独立是至为重要的。《孟子·尽心上》云：

> 古之贤王好善而忘势。古之贤士何独不然？乐其道而忘人之

---

① 《论语·卫灵公》，[清]刘宝楠：《论语正义》卷十八，《诸子集成》，中华书局1954年版。
② 同上。
③ 《论语·泰伯》，同上书卷九。
④ 《论语·子张》，同上书卷二十二。

势,故王公不致敬尽礼,则不得亟见之。见且由不得亟,而况得而臣之乎!①

在孟子看来,贤士与贤王一样具有好善忘势之品格,士不是君主的附属,不对社稷存亡承担责任,他们为知己者用,如果不能受到王公大人的礼敬,不但不愿为人臣,甚至连与王公大人会面也是己所不欲的。孟子这里所说的古之士人,实际就是他自己心目中的士人典范。

又《荀子·大略》载:

> 子夏贫,衣若县鹑。人曰:"子何不仕?"曰:"诸侯之骄我者,吾不为臣;大夫之骄我者,吾不复见。"②

子夏宁肯贱在布衣,衣食不足,但能非礼不进,非义不受,以为只有与诸侯、大夫平等相与,才是进仕之前提。这种对自我尊严的维护,正是孟子所标榜的"忘人之势"的贤士之道。

又《新序·杂事二》载:

> 昔者邹忌以鼓琴见齐宣王,宣王善之。邹忌曰:"夫琴所以象政也。"遂为王言琴之象政状及霸王之事。宣王大悦,与语三日,遂拜以为相。齐有稷下先生喜议政事,邹忌既为齐相,稷下先生淳于髡之属七十二人皆轻忌,以谓设以辞,邹忌不能及,乃相与俱往见邹忌。淳于髡之徒礼倨,邹忌之礼卑。淳于髡等曰:"狐白之裘,补之以弊羊皮,何如?"邹忌曰:"敬诺,请不敢杂贤以不肖。"淳于髡曰:"方内而员钉,如何?"邹忌曰:"敬诺,请谨门内不敢留宾客。"淳于髡等曰:"三人共牧一羊,羊不得食,人亦不得息,何如?"邹忌曰:"敬诺,减吏省员,使无扰民也。"淳于髡等三称,邹忌三知之如应响。淳于髡等辞屈而去。邹忌之礼倨,淳于髡等之礼卑。③

邹忌是战国时期的士人,对于宣王来说,他是士,但是对于淳于髡等人来说,他又是执政者,淳于髡等人自以为水平高于邹忌,正体现了战国士人的自信心。而淳于髡在率徒属以隐语诘问邹忌时,倨傲不恭,邹忌则

---

① [清]焦循:《孟子正义》卷十三,《诸子集成》,中华书局1954年版。
② [清]王先谦:《荀子集解》卷十九,《诸子集成》,中华书局1954年版。
③ [汉]刘向撰,赵善诒疏证:《新序疏证》卷二,华东师范大学出版社1989年版。

谦辞应对,无有怠慢。这样的场景,无疑体现了淳于髡等人的自尊和自信。同样,当淳于髡等人失败以后,邹忌体现出的倨傲,不是宰相的倨傲,同样是士人自尊和自信的体现。

又《孟子·梁惠王下》载:

> 孟子谓齐宣王曰:"王之臣,有托其妻子于其友而之楚游者,比其反也,则冻馁其妻子,则如之何?"王曰:"弃之。"曰:"士师不能治士,则如之何?"王曰:"已之。"曰:"四境之内不治,则如之何?"王顾左右而言他。①

孟子看待君民关系,已经有了契约意识,认为君主治国,就是接受了要约,应该让四境之内安宁,如果不能做到这一点,就应该被抛弃。在这里,孟子责问齐宣王:以四境之内不治而隐含可以罢黜宣王之意,宣王只好"顾左右而言他",无言以对。这说明孟子认为可以批评和罢免不称职的君主。

又《战国策·齐策四》载:

> 先生王斗造门而欲见齐宣王,宣王使谒者延入,王斗曰:"斗趋见王为好势,王趋见斗为好士,于王何如?"使者复还报。王曰:"先生徐之,寡人请从。"宣王因趋而迎之于门,与入,曰:"寡人奉先君之宗庙,守社稷,闻先生直言正谏不讳。"王斗对曰:"王闻之过。斗生于乱世,事乱君,焉敢直言正谏。"宣王忿然作色,不说。有间,王斗曰:"昔先君桓公所好者,九合诸侯,一匡天下,天子受籍,立为大伯。今王有四焉。"宣王说,曰:"寡人愚陋,守齐国,唯恐失抎之,焉能有四焉?"王斗曰:"否。先君好马,王亦好马。先君好狗,王亦好狗。先君好酒,王亦好酒。先君好色,王亦好色。先君好士,是王不好士。"宣王曰:"当今之世无士,寡人何好?"王斗曰:"世无骐驎、騄耳,王驷已备矣。世无东郭俊、卢氏之狗,王之走狗已具矣。世无毛嫱、西施,王宫已充矣。王亦不好士也,何患无士。"王曰:"寡人忧国爱民,固愿得士以治之。"王斗曰:"王之忧国爱民不若王爱尺縠也。"王曰:"何谓也?"王斗

---

① [清]焦循:《孟子正义》卷二,《诸子集成》,中华书局1954年版。

曰:"王使人为冠,不使左右便辟而使工者何也? 为能之也。今王治齐,非左右便辟无使也,臣故曰不如爱尺縠也。"宣王谢曰:"寡人有罪国家。"于是举士五人任官,齐国大治。①

王斗见齐王,要齐王"趋而迎之于门",齐王也欣然而从命。并且,王斗对齐王的批评,也是非常激烈的。从这个记载,我们可以知道齐国稷下学宫的士风及社会风气,表现了战国时代士人的自觉及自尊。

五、士人的重要性及尊士的社会氛围

战国士人的自强与自尊,表明士阶层的崛起及强大,以及士本身所代表的智慧使士成为战国时代政治舞台上最活跃的力量,对战国诸侯国之间的兴亡起着举足轻重的作用,李斯称:"今万乘方争时,游者主事。"②所谓"游者",即游说之士。《论衡·效力》对士的重要性说得更清楚,其云:"入楚楚重,出齐齐轻,为赵赵完,畔魏魏伤。"③战国诸侯认识到这一点,因而纷纷养士,以期富国而强兵;诸侯之重臣为巩固自己的势力,也礼贤下士,以养士、尊士、重士而高自标榜。

战国诸侯尊士之风气,始于魏文侯。《吕氏春秋·察贤》称魏文侯"师卜子夏,友田子方,礼段干木"④。而李悝、吴起、商鞅皆居于魏。但战国诸侯得养士之利者,以秦最为显著。

战国的混乱,导致传统道德和秩序的崩溃,以及以竞争、争战为特征的新道德、新秩序的产生。因此,儒术之士受到排挤,而奇能异谋之士为社会所重。秦孝公欲强秦国,首先便从征求"奇计"之士开始。《史记·秦本纪》云:

　　孝公元年,河山以东强国六,与齐威、楚宣、魏惠、燕悼、韩哀、赵

---

① 缪文远:《战国策新校注》卷十一,巴蜀书社1998年版。
② 《史记》卷八十七《李斯列传》,中华书局1959年版。
③ [汉]王充:《论衡》,《诸子集成》,中华书局1954年版。
④ [汉]高诱:《吕氏春秋注》卷二十一《开春论第一》,《诸子集成》,中华书局1954年版。

成侯并。淮泗之间小国十余。楚、魏与秦接界。魏筑长城,自郑滨洛以北,有上郡。楚自汉中,南有巴、黔中。周室微,诸侯力政,争相并。秦僻在雍州,不与中国诸侯之会盟,夷翟遇之。孝公于是布惠,振孤寡,招战士,明功赏。下令国中曰:"昔我缪公自岐、雍之间,修德行武,东平晋乱,以河为界;西霸戎翟,广地千里,天子致伯,诸侯毕贺,为后世开业,甚光美。会往者厉、躁、简公、出子之不宁,国家内忧,未遑外事,三晋攻夺我先君河西地,诸侯卑秦,丑莫大焉。献公即位,镇抚边境,徙治栎阳,且欲东伐,复缪公之故地,修缪公之政令。寡人思念先君之意,常痛于心。宾客群臣有能出奇计强秦者,吾且尊官,与之分土"。①

春秋五霸之五的秦穆公,是极有作为的一位君主。但自秦穆公广地益国,东服强晋,西霸戎夷之后,秦日渐式微,与中原绝少交通。秦孝公意欲复兴秦国,不欲中原诸侯之小觑,下令征求"奇计",以求"强秦"。只要能有奇计使秦国富强,不但要给高官,还要分封爵士,使跻身世袭贵族之列。商鞅也正是听了秦孝公这个命令,西入秦,因景监求见秦孝公,游说孝公变法,内务耕稼,外劝战死之赏罚。其标新立异,虽受到以甘龙、杜挚为代表的大臣反对,但秦孝公还是坚持任用商鞅,商鞅因此而获尊官分土之赏。商鞅之后,张仪、范雎、吕不韦,皆受封官分土之赏。李福泉先生《秦国客卿议》一文称秦唯才是举,不重宗室,其客卿制任用早,数量多,权势高,成就大②。而客卿皆士。秦之强大,是尊士重士的结果。

秦孝公变法之后,秦国日渐强大,蚕食诸侯,诸侯为谋求削弱秦国,也纷纷招贤纳士。《史记·秦始皇本纪》引贾谊《过秦论》云:

秦孝公据殽函之固,拥雍州之地,君臣固守而窥周室,有席卷天下,包举宇内,囊括四海之意,并吞八荒之心。当是时,商君佐之,内立法度,务耕织,修守战之备,外连衡而斗诸侯,于是秦人拱手而取西河之外。孝公既没,惠王、武王蒙故业,因遗册,南兼汉中,西举巴蜀,

---

① 《史记》卷五,中华书局1959年版。
② 载《湖南师范学院学报》(哲学社会科学版),1980年第1期。

第一章 战国巨变与战国文学家人文环境的改变

东割膏腴之地。收要害之郡,诸侯恐惧,会盟而谋弱秦,不爱珍器重宝肥美之地,以致天下之士,合从缔交,相与为一。当是时,齐有孟尝,赵有平原,楚有春申,魏有信陵。此四君者,皆明知而忠信,宽厚而爱人,尊贤重士,约从离衡,并韩、魏、燕、楚、齐、赵、宋、卫、中山之众。于是六国之士有宁越、徐尚、苏秦、杜赫之属为之谋,齐明、周最、陈轸、昭滑、楼缓、翟景、苏厉、乐毅之徒通其意,吴起、孙膑、带佗、儿良、王廖、田忌、廉颇、赵奢之朋制其兵。常以十倍之地,百万之众,叩关而攻秦。秦人开关延敌,九国之师逡巡遁逃而不敢进。秦无亡矢遗镞之费,而天下诸侯已困矣。于是从散约解,争割地而奉秦。①

战国诸侯,在与秦人的对抗中,认识到了士人对于国家的存亡来说有非常重要的意义。虽说九国伐秦无功,但责任并不在士。而诸侯为伐秦而致士,君主权臣尊士重士,因而能使士人的队伍不断壮大。

士自觉维护自己的人格尊严,而王公大人也就必须以礼敬士人为当然。《史记·魏世家》说文侯"受子夏经艺,客段干木,过其闾,未尝不轼也"②。而孟尝君、平原君、春申君、信陵君四公子不仅招宾客,供以饮食,并且礼贤下士,平等相处。《史记·孟尝君列传》载孟尝君田文善士,云:

招致诸侯宾客及亡人有罪者,皆归孟尝君。孟尝君舍业厚遇之,以故倾天下之士,食客数千人,无贵贱一与文等。孟尝君待客坐语,而屏风后常有侍史,主记君所与客语,问亲戚居处。客去,孟尝君已使使存问,献遗其亲戚。孟尝君曾待客夜食,有一人蔽火光。客怒,以饭不等,辍食辞去。孟尝君起,自持其饭比之。客惭,自刭。士以此多归孟尝君。孟尝君客无所择,皆善遇之。人人各自以为孟尝君亲己。③

孟尝君客中,有所谓鸡鸣狗盗之徒,而孟尝君能与之平等相处;客因怀疑存有不平等而竟然辍食而去,这说明士不但自觉地维护自己的人格尊严,而且,处于主人地位的君主贵臣也不敢由于供养了士人的衣食而有骄色,

---

① 《史记》卷六《秦始皇本纪》,中华书局 1959 年版。
② 同上书卷四十四。
③ 同上书卷七十五。

而是把士人看作导师或朋友。《史记·平原君虞卿列传》载平原君赵胜有美人笑躄,而引起门客之不满,遂杀以谢士,宾客至者数千人①。《史记·魏公子列传》说魏公子无忌为人"仁而下士,士无贤不肖皆谦而礼交之,不敢以其富贵骄士"②,有食客三千人。《史记·春申君列传》说春申君黄歇有客三千人,"其上客皆蹑珠履"③。

王公大人如此"争相倾以待士"④,正是缘于士人发挥着重要的作用。刘向《战国策叙》云:

> 当此之时,虽有道德,不得施谋。有设之强,负阻而恃固;连与交质,重约结誓,以守其国。故孟子、孙卿儒术之士,弃捐于世,而游说权谋之徒,见贵于俗。是以苏秦、张仪、公孙衍、陈轸、代、厉之属,生从横短长之说,左右倾侧。苏秦为从,张仪为横,横则秦帝,从则楚王,所在国重,所去国轻。……战国之时,君德浅薄,为之谋笑者,不得不因势而为资,据时而为,故其谋扶急持倾,为一切之权。虽不可以临国教化,兵革救急之势也。皆高才秀士,度时君之所能行,出奇笑异智,转危为安,运亡为存,亦可喜,皆可观。⑤

显然,战国士人适应了战国时代的需要,他们所拥有的智慧,以及雄辩之才,可以运亡为存,转危为安,其归属足以影响国力的强弱。王公大人之重士,养士,既是出于对士人所具的奇谋异智的尊敬,更是基于维护自身生存的现实利益之考虑。

战国时代,以官府养士而形成制度,并对学术发展影响深远的,当推齐国稷下学宫。据载,进入稷下学宫活动的文士高潮时达千百人,而这些人的学养,又非孟尝君、平原君、信陵君、春申君等人所豢养的食客可以比拟。《史记·田敬仲完世家》云:

> 宣王喜文学游说之士,自如驺衍、淳于髡、田骈、接予、慎到、环渊

---

① 《史记》卷七十六,中华书局1959年版。
② 同上书卷七十七。
③ 同上书卷七十八。
④ 同上书卷七十六《平原君虞卿列传》。
⑤ 《刘向:战国策书录》,缪文远:《战国策新校注》(修订本),巴蜀书社1998年版。

之徒七十六人,皆赐列第,为上大夫,不治而议论。是以齐稷下学士复盛,且数百千人。①

又《史记·孟子荀卿列传》云:

> 自驺衍与齐之稷下先生,如淳于髡、慎到、环渊、接子、田骈、驺奭之徒,各著书言治乱之事,以干世主,岂可胜道哉!……自如淳于髡以下,皆命曰列大夫,为开第康庄之衢,高门大屋,尊宠之。览天下诸侯宾客,言齐能致天下贤士也。②

齐国稷下学宫之士人,从事形而上的为现实服务的"治乱事"研究,站得高,看得远。像齐国稷下学宫这样大的文人聚集地的建立,不但可以为齐国的君主提供有利于国家繁荣富强的建议,而且,可以使这些无衣食之忧的人无拘无束地发表"议论",切磋学术,著书立说。战国时诸子著作,其中有不少即出自稷下学者之手。

《史记·孟子荀卿列传》载孟子也曾游说齐宣王,荀子五十岁游学齐国,襄王时"最为老师"③。张秉楠先生在《稷下学宫与百家争鸣》一文中指出:

> 稷下开办以后,先后来此活动的文人学士是很多的,高潮时达千百余人。其中有道家、儒家、法家、名家、阴阳家。从墨学对稷下的影响来看,墨者也可能到过这里。总之,大体战国各大学派都在稷下留有印记。凡来此者,无论学术观点、政治倾向以及国别、派别、年龄、资历如何,都可自由发表意见。由于所学不同,相互争辩是不可避免的,其中许多人都是雄辩家。他们相聚一堂,携徒属而演道术,穷事理而互致诘难,大大促进了学术思想的交流与发展。④

稷下学者,生活受到优待,又有很高的地位,他们虽未躬亲政务,但不忘举事谋缺,针砭时弊。也正因为他们不在其位,所以有较为清醒的认识。

---

① 《史记》卷四十六,中华书局 1959 年版。
② 同上书卷七十四。
③ 同上。
④ 载《历史研究》,1990 年第 5 期。

第四节　战国士人的理性精神

战国时代，随着旧传统的瓦解，人们对旧传统所倡导的种种主张，以及自然界和社会发展的历史产生了浓厚兴趣，纷纷以自己的心得来解释自然、社会现象，提出自己的社会主张，而不肯盲从他人。这种倾向可以称为理性精神。

一、对天地原始问题的思考

战国士人的理性精神，首先就表现在对天地原始及人类起源的问题的探讨方面。

《史记·孔子世家》指出："孔子晚而喜《易》，序《彖》、《系》、《象》、《说卦》、《文言》，读《易》，韦编三绝，曰：'假我数年，若是，我于《易》则彬彬矣。'"①《论语·述而》云："子曰：'加我数年，五十以学《易》，可以无大过矣。'"②孔子到了晚年，喜欢《周易》，并且为《周易》序《彖》、《系》、《象》、《说卦》、《文言》等，应该就是他给弟子讲授《周易》的教科书。到了孔子去世以后，孔子门人弟子及后学根据孔子有关言论的基本精神，把孔子所序内容整理成现在的传世文本。今天所见《彖》、《系》、《象》、《说卦》、《文言》、《杂卦》以及《序卦》，其中《彖》上下、《象》上下，《说卦》、《杂卦》以及《序卦》，应该是孔子对弟子讲授《周易》的讲稿，而根据《文言》、《系辞》等大量引用孔子言论的情况，我们推断这些著述当然未必一定是孔子所亲定，但其基本思想，应该与孔子一致，其成书当在孔子之后的战国。具体说，特别是《系辞》、《文言》、《序卦》、《杂卦》、《说卦》，应该是战国时期的著作。马王堆汉墓有帛书《易传》，其主要思想，与传世《易传》中的《文言》、《系

---

① 《史记》卷四十七，中华书局1959年版。
② [清]刘宝楠：《论语正义》卷八，《诸子集成》，中华书局1954年版。

辞》内容接近。说明《易传》的成书不能晚于汉代。①

《易传》有大量篇幅讨论天地原始等问题,如《序卦》曰:"有天地然后万物生焉,盈天地之间者唯万物。"又云:"有天地然后有万物,有万物然后有男女,有男女然后有夫妇,有夫妇然后有父子,有父子然后有君臣,有君臣然后有上下,有上下然后礼义有所错。"②也就是说,自然界以物质的形态存在,人类社会的发展是在天地产生之后,先有了男女,而后才依次产生夫妇、父子、君臣、礼义。《说卦》云:"神也者,妙万物而为言者也。"③这是说神作为世界万物变化之称,并不具有人格。《说卦》、《序卦》还以物质释八卦,乾、坤、震、巽、坎、离、艮、兑分别代表天、地、雷、风、水、火、山、泽,认为这八种物质存在变化以成万物,《系辞上》曰:"是故易有太极,是生两仪,两仪生四象,四象生八卦。"两仪即天地,四象即春夏秋冬。④《系辞下》又释八卦曰:"古者包牺氏之王天下也,仰则观象于天,俯则观法于地,观鸟兽之文,与地之宜,近取诸身,远取诸物,于是始作八卦,以通神明之德,以类万物之情。"⑤肯定八卦之创造,源于对天地、鸟兽、人物等自然和社会现象的观察,是人对世界万物的摹仿、比拟。

《易传》对天地原始及人类原始的看法,无疑具有理性内涵。而屈原《天问》,自遂古以下,呵而问焉,曰:

  遂古之初,谁传道之?上下未形,何由考之?冥昭瞢暗,谁能极之?冯翼惟象,何以识之?明明暗暗,惟时何为?阴阳三合,何本何化?圜则九重,孰营度之?惟兹何功,孰初作之?斡维焉系,天极焉

---

① 参见廖名春等撰:《周易研究史》,湖南出版社1991年版。该书第一章第三节云:"《易传》各篇的时代基本不会晚于战国中期,《说卦》、《象传》、《彖传》是战国前期以前的作品,《系辞》、《文言》成于七十子之世,变即战国初期;《序卦》具体成书年代虽然还欠清楚,但它肯定也是战国的作品;《杂卦》虽然和《易传》其他诸篇来源不同,但成书肯定不会晚于战国初。"又廖名春:《帛书〈易传〉初探》,台湾文史哲出版社1999年版。
② [三国魏]王弼、[晋]韩康伯注,[唐]孔颖达疏:《周易正义》卷九,《十三经注疏》,中华书局1980年版。
③ 同上。
④ [三国吴]虞翻曰:"四象,四时也。两仪,谓乾坤也。"[清]李道平撰,潘雨廷点校:《周易集解纂疏》卷八,中华书局1994年版。
⑤ [三国魏]王弼、[晋]韩康伯注,[唐]孔颖达疏:《周易正义》卷七,《十三经注疏》,中华书局1980年版。

如? 八柱何当? 东南何亏? 九天之际,安放安属? 隅隈多有,谁知其数? 天何所沓? 十二焉分? 日月安属? 列星安陈? 出自汤谷,次于蒙汜。自明及晦,所行几里? 夜光何德,死则又育? 厥利维何,而顾菟在腹? 女岐无合,夫焉取九子? 伯强何处? 惠气安在? 何阖而晦? 何开而明? 角宿未旦,曜灵安藏?①

屈原以遂古宇宙和自然现象的变化为审视的目标,对宇宙中存在的一些自然现象,如宇宙怎么产生,怎么演变,后人是怎么了解的等等问题,提出质疑。这表明屈原在有意识地思考这些问题,并以探索和怀疑的立场,重新审视各种各样流传于世的对天地万物及其起源的神秘主义解释。

二、追求以人为本的人文主义立场

战国时期,对人的重视,也是理性精神支持下的重要主张。而对人的重视,首先体现在人与神的关系上,重视人的存在价值。这其中最重要的是孔子的有关论述。孔子一生所追求,是要求领导人能时刻考虑人民的意志,能全心全意地为人民服务,所以,他不希望领导人舍本逐末。《论语·雍也》孔子曰:"务民之义,敬鬼神而远之,可谓知矣。"②又《论语·述而》曰:"子不语怪力乱神。"③又《论语·先进》孔子曰:"未能事人,焉能事鬼?"又云:"未知生,焉知死?"④孔子"畏天命"⑤,但于鬼神怪力,却抱着敬而远之的态度。原因就在于他把人放在最核心的位置上。

战国之际,以《道德经》为代表的道家学者认为天道自然无为,这是他们所强调的领导人用无为的方式统治人民的重要理论根据,所以,他们主张向天学习,认为天"生而不有,为而不恃,功成而弗居",又说:"天地不仁,以万物为刍狗。"⑥这个思想,客观上有否定天道有所谓意志的认识,

---

① [宋]洪兴祖:《楚辞补注》第三,中华书局1983年版。
② [清]刘宝楠:《论语正义》卷七,《诸子集成》,中华书局1954年版。
③ 同上书卷八。
④ 同上书卷十四。
⑤ 《论语·季氏》孔子曰:"君子有三畏:畏天命,畏大人,畏圣人之言。"同上书卷十九。
⑥ [三国魏]王弼:《老子注》,《诸子集成》,中华书局1954年版。

这也是对神化天的思想的否定。

荀子是战国重要的思想家,他对天人关系,有更深刻的见解,《荀子·礼论》肯定"天地合而万物生,阴阳接而变化起"①,即认为自然界的发生及变化是天地阴阳对立变化的结果。《荀子·天论》认为"天有常道矣,地有常数矣","天行有常,不为尧存,不为桀亡","天不为人之恶寒也辍冬,地不为人之恶辽远也辍广","强本而节用,则天不能贫","本荒而用侈,则天不能使之富"。②《荀子·荣辱》曰:"知命者不怨天。"③强调人的主观能动性。

韩非子为荀子学生,他全心全意地为领导人寻找发展自己的理论基础和统治方法,所以,他认为天地也不具有意志,只有依靠领导人自己,才能无往而不胜。《韩非子·扬权》认为:"若天若地,孰疏孰亲。"④即天不具有亲疏之能。《韩非子·亡征》曰:"用时日,事鬼神,信卜筮而好祭祀者,可亡也。"⑤《韩非子·饰邪》认为:"龟筴鬼神,不足以举胜……然而持之,愚莫大焉。"又云:"越王勾践恃大朋之龟,与吴战而不胜,身臣入宦于吴;反国弃龟,明法亲民以报吴,则夫差为擒。"⑥这是说鬼神是靠不住的,如果依靠鬼神,正是亡国之道。

对人的重视,在庄子思想中也有突出的表现。庄子致力于研究怎样在一个昏上乱相之世,让被统治者可以用无为的方式躲避领导人的迫害,强调摆脱现实名利的束缚,《庄子·德充符》云:"道与之貌,天与之形,恶得不谓之人。"⑦意即人作为一种自然的存在,有其自身的存在价值,不会因为占有名利资源多寡的不同而有所不同。

战国时强调人之价值,同时也是与否定君主的重要性结合在一起,也就是说,在君民关系上,民的重要性超越了君主。因为君主是权利的化

---

① [清]王先谦:《荀子集解》卷十三,《诸子集成》,中华书局1954年版。
② 同上书卷十一。
③ 同上书卷二。
④ [清]王先慎:《韩非子集解》卷二,《诸子集成》,中华书局1954年版。
⑤ 同上书卷五。
⑥ 同上。
⑦ [清]王先谦:《庄子集解》卷二,《诸子集成》,中华书局1954年版。

身,更多的是权利的符号,强调君的重要性,更多的是强调某个人作为拥有君主权利以后,他的观念和意志的重要性,一旦他的君主位置被颠覆,他作为君主的重要性就不存在了。而强调民的重要性,则更多的是指某一个个体生命他所具有的生命权利,不因为他的职业的变化,贫富的变化而有所改变,所以,民与君相比较,民就有了更多的人的含量。

在君民关系上重视民的重要性,这是战国时期一种符合现代价值的成熟表述。而战国时期,强调弱势人群的存在价值的观点,以杨朱的学说最具代表性。《韩非子·显学》云:"今有人于此,义不入危城,不处军旅,不以天下大利易其胫一毛,世主必从而礼之,贵其智而高其行,以为轻物重生之士也。"①这里不以天下大利易其胫一毛的观点,正是杨朱拔一毛而利天下不为也的思想。《吕氏春秋·不二》云:"阳生贵己。"②阳生即杨朱,"贵己"即"为我"。《孟子·尽心上》云:"杨子取为我,拔一毛而利天下不为也。"③《孟子·滕文公下》云:"杨氏为我,是无君也。"④杨朱贵己为我,所以不欲轻生为君,被孟子指为"无君"。杨朱"为我",似乎有个人主义之嫌,但是,考虑到在一个君主专制的时代,君主集天下人的利益,为一己之私利服务,这样的"有君",反倒不如"无君"。因此,杨朱为我,实际上是为民。以为"我"的形式排斥为君,正是尊重每一个个体生命价值的思想。这种思想,无疑是应该肯定的。

但是,我们肯定杨朱的观点,并不是说反对杨朱观点的人缺乏尊重人的价值的思想,以尊君来达到轻民的目的。事实上,确切地说,虽然孟子批判杨朱之"无君",但孟子本人,也是持民贵君轻之论,《孟子·尽心下》称:"民为贵,社稷次之,君为轻。"⑤而且倡导仁政。人民关乎君主之存亡,社稷之兴衰。民心向背,是最值得关注的事情。孟子虽不至于有杨朱舍君而为我的主张,但他也清醒地认识到了民众的重要性。

---

① [清]王先慎:《韩非子集解》卷十九,《诸子集成》,中华书局1954年版。
② [汉]高诱:《吕氏春秋注》卷十七《审分览第五》,《诸子集成》,中华书局1954年版。
③ [清]焦循:《孟子正义》卷十三,《诸子集成》,中华书局1954年版。
④ 同上书卷六。
⑤ 同上书卷十四。

对民的重视,在墨家兼爱、节用、节葬、非乐等主张中,就是君主要体现对人民的爱。如《墨子·法仪》云:

> 天必欲人之相爱相利,而不欲人之相恶相贼也。奚以知天之欲人之相爱相利,而不欲人之相恶相贼也?以其兼而爱之,兼而利之也。奚以知天兼而爱之,兼而利之也?以其兼而有之,兼而食之也。今天下无小大国,皆天之邑也;人无幼长贵贱,皆天之臣也。此以莫不刍牛羊,豢犬猪,洁为酒醴粢盛,以敬事天,此不为兼而有之,兼而食之邪。天苟兼而有食之,夫奚说不欲人之相爱相利也?故曰:爱人利人者,天必福之。恶人贼人者,天必祸之。曰杀不辜者,得不祥焉。夫奚说人为其相杀而天与祸乎?是以知天欲人相爱相利,而不欲人相恶相贼也。昔之圣王禹、汤、文、武,兼爱天下之百姓,率以尊天事鬼,其利人多,故天福之,使立为天子,天下诸侯皆宾事之。暴王桀、纣、幽、厉,兼恶天下之百姓,率以诟天侮鬼,其贼人多,故天祸之,使遂失其国家,身死为僇于天下,后世子孙毁之,至今不息。故为不善以得祸者,桀、纣、幽、厉是也;爱人利人以得福者,禹、汤、文、武是也。爱人利人以得福者有矣,恶人贼人以得祸者亦有矣。①

墨子在这里不但寻找到以天为法的理论根据,而且,以历史上圣王和暴君不同的历史境遇,告诉我们,只有爱民,才是唯一正确的选择。

我们注意到,法家的基本主张是强调统治者对人民加强控制的,但是,即使如商鞅之法家,也强调"利民"之重要。《史记·商君列传》载商鞅在动员孝公变法时说:"苟可以利民,不循其礼。"②可见他也意识到执政者要重视民,要以利民为行政的目标。

三、赞扬禅让制度倡导社会公正

中国古代社会之面貌,因无可靠证据,战国前人多语焉不详,到了战

---

① [清]孙诒让:《墨子闲诂》卷一,《诸子集成》,中华书局1954年版。其中部分引文有异文,此处只有"刍羊"根据毕沅的意见改为"刍牛羊",其余未作改正。
② 《史记》卷六十八,中华书局1959年版。

国时期,随着文化的民间化特点,普通士人对古代社会的状况有了很多描述,这其中如《庄子·胠箧》历数帝王世系,以为"至德之世",有所谓容成氏、大庭氏、伯皇氏、中央氏、栗陆氏、骊畜氏、轩辕氏、赫胥氏、尊卢氏、祝融氏、伏羲氏、神农氏等,其文曰:

> 子独不知至德之世乎?昔者,容成氏、大庭氏、伯皇氏、中央氏、栗陆氏、骊畜氏、轩辕氏、赫胥氏、尊卢氏、祝融氏、伏羲氏、神农氏,当是时也,民结绳而用之,甘其食,美其服,乐其俗,安其居。邻国相望,鸡狗之音相闻,民至老死而不相往来。若此之时,则至治已。今遂至使民延颈举踵曰:某所有贤者。赢粮而趣之,则内弃其亲而外去其主之事,足迹接乎诸侯之境,车轨结乎千里之外,则是上好知之过也。①

庄子这里所说的这种世系,因为不见于历史记载,包括《世本》②、《竹书纪年》③、《帝王世纪》④等,都没有这样一个世系的记载,所以,当代人当然可以怀疑其可靠性。但我们认为庄子个人杜撰的可能性并不是很大,因为庄子在历数古代世系的时候,目的是赞扬古代社会公平至治的特点。《礼记·礼运》载有孔子关于论三代大同、天下为公、选贤与能的说法。⑤ 在《论语》中,孔子也提到了尧、舜之间的禅让故事,如《论语·尧曰》云:

> 尧曰:"咨尔舜,天之历数在尔躬,允执其中。四海困穷,天禄永终。"舜亦以命禹。⑥

孔子把尧、舜看作是圣君的最高代表,他们爱民,重视人才,大公无私。所以,孔子在与弟子讨论怎么样可以对人民更多关怀的时候,经常以"尧舜其犹病诸"来说明这个事情实现的不容易。

---

① [清]王先谦:《庄子集解》卷三,《诸子集成》,中华书局1954年版。
② 周渭卿点校:《世本》,《二十五别史》,齐鲁书社2000年版。
③ 张杰、戴和冰点校:《古本竹书纪年》,《二十五别史》,齐鲁书社2000年版。
④ 陆吉点校:《帝王世纪》,《二十五别史》,齐鲁书社2000年版。
⑤ [汉]郑玄注,[唐]孔颖达疏:《礼记正义》卷二十一,《十三经注疏》,中华书局1980年版。
⑥ [清]刘宝楠:《论语正义》卷二十三,《诸子集成》,中华书局1954年版。

又《论语·雍也》云：

　　子贡曰："如有博施于民，而能济众者，何如？可谓仁乎？"子曰："何事于仁！必也，圣乎！尧舜其犹病诸。夫仁者，已欲立而立人，已欲达而达人，能近取譬，可谓仁之方也已。"①

又《论语·泰伯》云：

　　子曰："大哉！尧之为君也。巍巍乎唯天为大，唯尧则之；荡荡乎，民无能名焉。"

　　舜有臣五人而天下治。武王曰："予有乱十人。"孔子曰："才难，不其然乎！唐虞之际，于斯为盛，有妇人焉，九人而已。三分天下有其二，以服事殷，周之德，其可谓至德也已矣。"

　　子曰："禹，吾无间然矣。菲饮食，而致孝乎鬼神；恶衣服，而致美乎黻冕；卑宫室，而尽力乎沟洫。禹，吾无间然矣。"②

又《论语·宪问》云：

　　子路问君子，子曰："修己以敬。"曰："如斯而已乎？"曰："修己以安人。"曰："如斯而已乎？"曰："修己以安百姓。修己以安百姓，尧舜其犹病诸。"③

而近年出土的郭店楚简《唐虞之道》，对尧、舜禅让的故事，也有很多颂扬。如：

　　唐、虞之道，禅而不传。尧、舜之王，利天下而弗利也。禅而不传，圣之盛也。利天下而弗利也，仁之至也。故昔贤仁圣者如此。身穷不贪，没而弗利，穷仁矣。必正其身，然后正世，圣道备矣。故唐虞之[道，禅]也。

　　尧舜之行，爱亲尊贤。爱亲故孝，尊贤故禅。孝之施，爱天下之民。禅之传，世亡隐德。孝，仁之冕也。禅，义之至也。六帝兴于古，皆由此也。爱亲忘贤，仁而未义也。尊贤遗亲，义而未仁也。古者虞舜笃事瞽盲，乃戴其孝；忠事帝尧，乃戴其臣。爱亲尊贤，虞舜其人

---

① ［清］刘宝楠：《论语正义》卷七，《诸子集成》，中华书局1954年版。
② 同上书卷九。
③ 同上书卷十七。

也。禹治水,益治火,后稷治土,足民养生。[夫唯]顺乎肌肤血气之情,养性命之正,安命而弗夭,养生而弗伤,知[天下]之政者,能以天下禅矣。

古者尧之与舜也:闻舜孝,知其能养天下之老也;闻舜弟,知其能事天下之长也;闻舜慈乎弟[象□□,知其能]为民主也。故其为瞽盲子也,甚孝;及其为尧臣也,甚忠;尧禅天下而授之,南面而王天下,而甚君。故尧之禅乎舜也,如此也。古者圣人二十而冠,三十而有家,五十而治天下,七十而致政,四肢倦惰,耳目聪明衰,禅天下而授贤,退而养其生,此以知其利也。

《虞诗》曰:"大明不出,万物皆暗。圣者不在上,天下必坏。"治之至,养不肖。乱之至,灭贤。①

《唐虞之道》是孔子的孙子子思等人的著作,他们对尧、舜的禅让的记述,在原始儒家看来,尧、舜最精华、最核心的问题是禅让,而不是传子,之所以能这样做,原因在于尧舜把利天下看作是第一位的,而不自利是最大的仁,禅让而不传子,是圣的最高境界。圣人只有先正自身,然后才能正世,所以,在政治制度上,实行禅让,就是实现圣治的前提和基础。

值得注意的是,《唐虞之道》把禅让和"孝"统一在一起,《唐虞之道》的作者认为,尧舜的禅让之行,体现了爱亲尊贤的特点。爱亲所以孝,但孝不是世袭。爱亲必须和尊贤联系在一起,尊贤就要实行禅让。爱亲需要扩展到他人之亲,这才是真正的爱亲,所以,真正的孝应该是爱天下之民。由禅让而变为传子,是社会的倒退,道德的堕落。孝,是实现仁的前提。禅让,是义之最高境界。古之帝王之兴,借由禅让。如果爱亲忘贤,虽有仁而无义。尊贤遗亲,则有义而无仁。虞舜事亲孝,为臣忠。所以说,虞舜爱亲尊贤。禹治水,益治火,后稷治土,足民养生。所以,只有顺乎肌肤血气之情,养性命之正,安命而不夭,养生而不伤,知天下之政的人,都是能以天下禅让贤者的人。尧闻舜孝,知他能养天下之老,闻舜弟,知他能事天下之长,闻舜对弟慈,知他能为民主。所以,舜为瞽盲子,甚孝,为尧

---

① 此处引文据李零:《郭店楚简校读记》(增订本),北京大学出版社2002年版。

臣,甚忠,尧禅天下而授舜,舜南面王天下,而甚有君道。

郭店楚简《唐虞之道》的作者还从人的生理方面来肯定禅让制的优越性,当圣人到了七十岁,他也会和常人一样,不再耳聪目明,此际,若果为民考虑,就应该禅让贤者。尧舜能在老年以后,禅天下而授贤,退而养其生,就说明他们没有把天下看作是自己的私产。

郭店楚简《唐虞之道》的作者还指出了不实行禅让制的危害,安定的天下,应该是圣者在上位,如果反其道而行之,天下就要大乱。治世的顶点,是不肖者能逐渐改良,乱世的极点,是贤能的人被消灭。至治之世有不肖者的生存空间,至乱之世,没有贤者的生存机会。

孔子及其后学强调禅让的优越性,实际上就是要实现社会的公平与正义。

孟子对尧、舜也是赞不绝口,强调为政应该向尧、舜学习,并认为尧、舜禅让,体现了天意和民意。而天是不能表达意见的,所谓天意,落到实处,也就是民意。如《孟子·滕文公上》云:

> 滕文公为世子,将之楚,过宋,而见孟子。孟子道性善,言必称尧舜。
>
> 当尧之时,天下犹未平,洪水横流,泛滥于天下,草木畅茂,禽兽繁殖,五谷不登,禽兽逼人,兽蹄鸟迹之道交于中国。尧独忧之,举舜而敷治焉,舜使益掌火,益烈山泽而焚之,禽兽逃匿;禹疏九河,瀹济、漯而注诸海,决汝、汉,排淮、泗而注之江,然后中国可得而食也。当是时也,禹八年于外,三过其门而不入。虽欲耕,得乎?
>
> 尧以不得舜为己忧,舜以不得禹、皋陶为己忧。夫以百亩之不易为己忧者,农夫也。分人以财谓之惠,教人以善谓之忠,为天下得人者谓之仁。是故以天下与人易,为天下得人难。孔子曰:"大哉尧之为君,惟天为大,惟尧则之,荡荡乎民无能名焉,君哉!舜也,巍巍乎有天下而不与焉。"尧、舜之治天下,岂无所用其心哉,亦不用于耕耳。①

---

① [清]焦循:《孟子正义》卷五,《诸子集成》,中华书局1954年版。

又《孟子·离娄上》云：

> 孟子曰："离娄之明，公输子之巧，不以规矩，不能成方圆。师旷之聪，不以六律，不能正五音。尧舜之道，不以仁政，不能平治天下。今有仁心仁闻，而民不被其泽，不可法于后世者，不行先王之道也。故曰：徒善不足以为政，徒法不能以自行。"
>
> 孟子曰："规矩，方圆之至也；圣人，人伦之至也。欲为君，尽君道；欲为臣，尽臣道。二者皆法尧、舜而已矣。不以舜之所以事尧事君，不敬其君者也。不以尧之所以治民治民，贼其民者也。孔子曰：道二，仁与不仁而已矣。暴其民甚则身弑国亡，不甚则身危国削，名之曰幽、厉，虽孝子慈孙，百世不能改也。《诗》云：'殷鉴不远，在夏后之世。'此之谓也。"①

又《孟子·万章上》云：

> 万章曰："尧以天下与舜，有诸？"孟子曰："否。天子不能以天下与人。""然则舜有天下也，孰与之？"曰："天与之。""天与之者，谆谆然命之乎？"曰："否。天不言，以行与事示之而已矣。"曰："以行与事示之者如之何？"曰："天子能荐人于天，不能使天与之天下。诸侯能荐人于天子，不能使天子与之诸侯。大夫能荐人于诸侯，不能使诸侯与之大夫。昔者，尧荐舜于天而天受之，暴之于民而民受之，故曰天不言，以行与事示之而已矣。"曰："敢问荐之于天而天受之，暴之于民而民受之，如何？"曰："使之主祭而百神享之，是天受之。使之主事而事治，百姓安之，是民受之也。天与之，人与之，故曰天子不能以天下与人。舜相尧二十有八载，非人之所能为也，天也。尧崩，三年之丧毕，舜避尧之子于南河之南，天下诸侯朝觐者不之尧之子而之舜，讼狱者不之尧之子而之舜，讴歌者不讴歌尧之子而讴歌舜，故曰天也。夫然后之中国，践天子位焉。而居尧之宫，逼尧之子，是篡也，非天与也。《泰誓》曰：'天视自我民视，天听自我民听。'此之谓也。"②

---

① [清]焦循：《孟子正义》卷七，《诸子集成》，中华书局1954年版。
② 同上书卷九。

在战国时期,有些学者对孔子所描述的尧舜禅让制度表现出极大质疑,如古本《竹书纪年》云:"舜囚尧,复偃塞丹朱,使不与父相见。"又说舜代尧而有天下,"筑丹朱城,俄又夺之"①。丹朱为尧之子,按孟子的说法,尧之死,舜避丹朱于南河之南,但天下的诸侯万民朝觐讴歌,不好不"之中国,践天子位焉"。又《韩非子·说疑》云:"舜逼尧,禹逼舜,汤放桀,武王伐纣,此四王者,人臣弑其君者也,而天下誉之。"②《荀子·正论》也反对禅让之说,认为是"浅者之见,妄者之传"③。这种否定尧、舜、禹三王禅让的观点,体现的是战国后期专制主义势力渐渐强盛下统治者的权力意志,是为专制主义者寻求理论支持的传统文化观。考之古希腊、古罗马社会的演变史,我们相信,孔子、子思、孟子等人所描述的大同社会,在中国古代的存在,是合理的。

四、反古与标新立异

战国时期,由于旧有的传统受到排斥,因此,反对传统,就成为这个时代的一大特点。《竹书纪年》、韩非子、荀子等人否定尧、舜所建立的禅让传统,正体现了这个时代反传统的特点。他们试图以当代社会现实来诠释古代历史,就他们的出发点而言,未尝不觉得自己在为恢复历史本来面目而思考,但是,他们的立场建立在性恶的基点上,所以,否认尧、舜时代人们自觉追求善的动力。

当然,有的时候,人们对历史的反思,也并不是一无是处,如屈原《天问》曰:

不任汩鸿,师何以尚之?佥曰何忧,何不课而行之?鸱龟曳衔,鲧何听焉?顺欲成功,帝何刑焉?永遏在羽山,夫何三年不施?伯禹愎鲧,夫何以变化?纂就前绪,遂成考功。何续初继业,而厥谋不同?洪泉极深,何以填之?地方九则,何以坟之?河海应龙,何尽何历?

---

① 张杰、戴和冰点校:《古本竹书纪年》,《二十五别史》,齐鲁书社2000年版。
② [清]王先慎:《韩非子集解》卷十七,《诸子集成》,中华书局1954年版。
③ [清]王先谦:《荀子集解》卷十二,《诸子集成》,中华书局1954年版。

> 鲧何所营？禹何所成？①

鲧在尧时,窃帝息壤以堙洪水,帝令祝融杀之于羽郊,而由其子禹踵武其迹,治水成功。但在屈原眼里,鲧无异于盗火的普罗米修斯,而遭圣帝之杀。并对鲧、禹之治水细节,提出疑问。这种怀疑精神,正是战国时期士人独立自由思想的重要体现形式,是一种重新审视历史的独立意识。

战国思想家在战国时期所面临的传统,就是孔子所建立的以《诗》、《书》、《礼》、《乐》、《易》、《春秋》六经为代表历史和现实相结合的礼制传统,这个传统适宜于建立一个如成周那样的相对的和谐社会,按照孔子的设想,通过恢复周礼,实现一个君民互相爱护的和谐社会,然后,通过君主的自我约束,逐渐可以过渡到一个天下为公的体现社会公正的大同世界,但是,这却是当时急于扩张领土的诸侯以及急于改善私人处境,建立名利空间的士大夫所不愿意看到的,所以,相对于孔子思想的异端邪说不断地冒了出来。孟子对这样的现象忧心如焚。《孟子·滕文公下》云:

> 圣王不作,诸侯放恣,处士横议,杨朱、墨翟之言盈天下,天下之言不归杨则归墨。杨氏为我,是无君也;墨氏兼爱,是无父也。无父无君,是禽兽也。公明仪曰:"庖有肥肉,厩有肥马,民有饥色,野有饿莩。此率兽而食人也。"杨、墨之道不息,孔子之道不著,是邪说诬民充塞仁义也。②

孟子作为儒家代表人物,是遵从孔子所倡导的以六经为核心的传统价值观的学者,他之所以指责杨朱、墨翟之学说,就在于他认为杨朱、墨翟之学有无父无君之嫌,在本质上有否定仁义之倾向。杨朱以个人主义抛弃君臣义务,而墨子以博爱主义取代亲亲之等差原则,在孟子看来,这显然与儒家标榜的以六经为中心的价值体系背道而驰。

但是,孟子把批判的矛头对准杨朱和墨子,实际上是他犯了一个重大的错误。因为无论是杨朱,还是墨子,他们的思想在细节上虽然和孔子的思想有重大差别,但是从根本上,却是一致的。即他们都立足于弱势群

---

① [宋]洪兴祖:《楚辞补注》第三,中华书局1983年版。
② [清]焦循:《孟子正义》卷六,《诸子集成》,中华书局1954年版。

体,目的在限制君主的胡作非为。他们的这种共同性,我们在以后的篇章中还会论述到。而在孟子当时,他可能还没有认识到对中国未来社会真正构成威胁的,实际是法家,只是当时法家更多的是在几个国家发挥着局部的作用,孟子生活的环境,可能还没有感受到法家所构成的重大威胁。但是,孟子生活的时代,实际上法家思想已经广泛地在战国的大地上开花结果。在孟子之前,著名的法家包括李悝、吴起、申不害,而商鞅的时代大致和孟子同时,慎到则小孟子四十岁左右,但孟子老寿,其去世,已是慎到壮年。① 法家之严而少恩,不别亲疏,不殊贵贱,一断于法,无亲亲尊尊之情,而其权、术、势相结合的政治策略,对孔子所倡导的传统,是彻底颠覆的。

和儒家思想不同的,当然还有道家思想中黄老学派之主张道法权术,庄子道家之欲绝去礼学仁义,阴阳家之神秘鬼神,名家之诡辩,纵横家之崇尚诈奸,杂家之综合主义,农家之主张君臣并耕,皆与儒家恪守传统精神,倡导光明正大、仁义礼智、敬鬼神而远之、德治为尚、利民实用、以民为本、道德感化的精神不符。这表明诸子之思想,是对传统价值观念的革命。孟子欲以传统精神矫正时世,发不得已之辩,却仍阻挡不住时代之大势。

关于战国时期背离传统的现象,刘向有深刻阐述,《战国策叙》云:

> 杖于谋诈之弊,终于信笃之诚。无道德之教,仁义之化,以缀天下之心。任刑罚以为治,信小术以为道,遂燔烧《诗》、《书》,坑杀儒士,上小尧舜,下邈三王。……其比王德,岂不远哉。②

刘向指出战国之世儒术、儒术之士受排挤乃至遭杀害,而背弃儒术的新主张,受到了士大夫、诸侯王的欣赏,这是战国时期不争的事实。也就是说,战国时代是一个崇尚有利于君主的实用主义的时代,而孔子思想因其立足于人民本位,强调君主为人民服务,而求得人民的拥护,反对暴力和暴政,被有权势的人认为是不合时宜的。而诸子也正是看到了孔子思想所陷入的困境,便以新思想、新观念的创造者的身份出现,谋求获得功

---

① 参见钱穆:《先秦诸子系年》附表第三《诸子生卒年世先后一览表》,商务印书馆 2002 年版。
② 《刘向:战国策书录》,缪文远:《战国策新校注》(修订本),巴蜀书社 1998 年版。

名利禄,孔子曰:"古之学者为己,今之学者为人。"①所谓为己,就是立足于修身。《礼记·大学》云:

> 大学之道,在明明德,在亲民,在止于至善。知止而后有定,定而后能静,静而后能安,安而后能虑,虑而后能得。物有本末,事有终始,知所先后,则近道矣。古之欲明明德于天下者,先治其国;欲治其国者,先齐其家;欲齐其家者,先修其身;欲修其身者,先正其心;欲正其心者,先诚其意;欲诚其意者,先致其知。致知在格物。物格而后知至,知至而后意诚,意诚而后心正,心正而后身修,身修而后家齐,家齐而后国治,国治而后天下平。自天子以至于庶人,壹是,皆以修身为本。其本乱而末治者否矣。其所厚者薄,而其所薄者厚,未之有也。此谓知本,此谓知之至也。②

《礼记·大学》有经一章,传十章,按照朱熹所言,经为孔子之言,而传十章,是战国时期曾子所述,门人所记③。这个主张无疑是中肯的。孔子主张为己之学,是说为学的目的是为了提升自己的修养。而为人之学,则立足于为人所用,难免追求事业的绩效,而陷入投其所好之被动境地。战国时秦国的商鞅,就是背弃了帝王之学,而改弦更张,追求强国之术,最后导致自己身首异处④。

反古倾向,总是与标新立异相表里。《庄子·天下》云"天下多得一察焉以自好","百家往而不返"⑤,《汉书·艺文志》云"各推所长"⑥,所指正是这种反古和标新立异的倾向。

有鉴于康有为著《孔子改制考》,称诸子皆托古改制,孔子实首开其端,罗根泽《晚周诸子反古考》认为"惟既有托古,则必激起反古","核之晚周诸子,亦确多反古之言"⑦,下举《墨子》、《荀子》、《商君书》、《韩非子》、

---

① 《论语·宪问》,[清]刘宝楠:《论语正义》卷十七,《诸子集成》,中华书局1954年版。
② [汉]郑玄注,[唐]孔颖达疏:《礼记正义》卷六十,《十三经注疏》,中华书局1980年版。
③ [宋]朱熹:《四书章句集注·大学章句》,中华书局1983年版。
④ 《史记》卷六十八《商君列传》,中华书局1959年版。
⑤ [清]王先谦:《庄子集解》卷八,《诸子集成》,中华书局1954年版。
⑥ 《汉书》卷三十,中华书局1962年版。
⑦ 罗根泽:《诸子考索》,人民出版社1958年版。

《吕氏春秋》为例。《墨子·非儒下》攻击儒者之"君子必古服古言然后仁"的主张说:

> 所谓古之言服者,皆尝新矣,而古人言之服之,则非君子也。然则必服非君子之服,言非君子之言,而后仁乎?①

此以古之服、古之言曾经在它产生之时,是属于全新的事物,而当时之人以言以服。说明古人言、服不避新。

又《墨子·公孟》云:

> 子墨子曰:"昔者商王纣、卿士费仲,为天下之暴人,箕子、微子为天下之圣人,此同言而或仁、不仁也。周公旦为天下之圣人,关叔为天下之暴人,此同服或仁或不仁。然则不在古服与古言矣。且子法周而未法夏也,子之古非古也。"②

一定时期的言与服,是同时由圣人、暴人所共同拥有,却不能导致人人成为圣人。又以周为古,周与夏比较,则周近而夏古,从古言服,成为不从真正之古言服,而欲从真正之古言服,引而伸之,必从元始,其荒谬不难想知。

又《墨子·非儒下》批评"君子循而不作"之观点云:

> 古者羿作弓,伃作甲,奚仲作车,巧垂作舟;然则今之鲍函车匠皆君子也,而羿、伃、奚促、巧垂皆小人邪?且其所循,人必或作之,然则其所循,皆小人道也。③

又《墨子·耕柱》云:

> 公孟子曰:"君子不作,术而已。"子墨子曰:"不然。人之其不君子者,古之善者不诛,今也善者不作。其次不君子者,古之善者不遂,已有善则作之,欲善之自己出也。今诛而不作,是无所异于不好遂而作者矣。吾以为古之善者则诛之,今之善者则作之,欲善之益多也。"④

---

① [清]孙诒让:《墨子闲诂》卷九,《诸子集成》,中华书局1954年版。
② 同上书卷十二。
③ 同上书卷九。
④ 同上书卷十一。

案《耕柱》篇此节之"术"、"诛"、"遂",皆当作"述"字。墨子以古之弓、甲、车、舟,俱出智者之手,后人因而用之,如果因循而不创新才是所谓君子,则古代创为弓、甲、车、舟之智者反成小人,鲍函车匠反成君子了。正确的态度应是继承古之善者,创为今之善者,这样才能积善成多。

荀子是儒学大师,然亦有反古之论,如《荀子·儒效》,以法先王之儒为俗儒,以法先王而不能类推者为雅儒,以法后王能以今持古者为大儒,其曰:

> 法先王,统礼义,一制度,以浅持博,以古持今,以一持万;苟仁义之类也,虽在鸟兽之中,若别白黑;倚物怪变所未尝闻也,所未尝见也,卒然起一方,则举统类而应之,无所儗作,张法而度之,则晻然若合符节,是大儒者也。①

《荀子·非相》云:"古今一度也,类不悖,虽久同理。"②荀子认为古今一理,所以,法先王即是法后王。

法家则认为法古是愚蠢的事情,《商君书·更法》云:

> 三代不同礼而王,五霸不同法而霸,故知者作法,而愚者制焉;贤者更礼,而不肖者拘焉。③

即夏、商、周三代礼不同而王,春秋五霸法不同而霸,制定法是智者的事情,遵守法是愚者的事情;礼是贤人所定,而不贤之人为礼拘泥。欲王欲霸,欲成为智者贤人,就得反古改制。

又《韩非子·显学》云:

> 孔子、墨子俱道尧舜,而取舍不同,皆自谓真尧舜;尧舜不复生,将谁使定儒墨之诚乎?殷周七百余岁,虞夏二千余岁,而不能定儒墨之真,今乃欲审尧舜之道于三千岁之前,意者其不可必乎!无参验而必之者愚也,弗能必而据之者诬也。故明据先王,必定尧舜者,非愚则诬也。④

---

① [清]王先谦:《荀子集解》卷四,《诸子集成》,中华书局1954年版。
② 同上书卷三。
③ [清]严万里:《商君书》,《诸子集成》,中华书局1954年版。
④ [清]王先慎:《韩非子集解》卷十九,《诸子集成》,中华书局1954年版。

儒、墨俱称述尧舜，儒者以尧舜大圣，爱民而仁义，墨者以尧舜无私而俭朴。尧舜的真面目究竟如何，谁都说不清楚，所以，韩非子认为，法古实际是愚蠢而不切合实际的行为。

《吕氏春秋》为杂家著作，其反古的认识，和法家一致。《吕氏春秋·察今》云：

> 上胡不法先王之法，非不贤也，为其不可得而法。先王之法，经乎上世而来者也，人或益之，人或损之，胡可得而法？虽人弗损益，犹若不可得而法。东夏之命，古今之法，言异而典殊，故古之命多不通乎今之言者，今之法多不合乎古之法者。……凡先王之法，有要于时也。时不与法俱至。法虽今而至，犹若不可法。故择先生之成法，而法其所以为法。①

这是说一定的时代有一定的法律，因为每一个时代都有不同于其他时代的特殊环境，如果违背了特殊环境具体情况的要求，而盲目推行已过时的古法，必定会犯错误。

"古"之与"今"，是一个相对的概念，因此，反古是今，也是一个相对的概念。《墨子》、《荀子》、《商君书》、《韩非子》、《吕氏春秋》等书反古，此"古"指一切之"古"；而儒家托古，此"古"则主要指尧、舜之古，其次则是郁郁乎文哉的周，尧、舜和炎帝、黄帝相比较，周与夏商相比较，都不能算最古，所以笼统说儒家复古或者反复古，也是不准确的。黄老道家崇尚黄帝，而庄子则好举赫胥氏之世以为说，对三皇五帝，则颇有微辞，则道家以上古而反近古。产生了圣人的时代，相对于道家宗师来说已是"古"，所以，他们也是"反古"的。②

战国诸子，不但反古，亦反对同时之不同于自己主张的学说，把这些学说都视为异端，而自己的主张相对于传统来说，又非正道。《吕氏春秋·察今》云："天下之学者，多辩言利辞，倒不求其实，务以相毁，以胜为

---

① ［汉］高诱：《吕氏春秋注》卷十五《慎大览第三》，《诸子集成》，中华书局1954年版。
② 刘绍瑾：《复古与复元古》，中国社会科学出版社2001年版。该书认为复古有复古和复元古的区别。

故。"①说诸子不求实务,则未必,因为诸子人人自觉其学说合于实用;说诸子相毁以胜为故,则一语中的。

战国诸子,各有新主张,所以酝酿成互相攻讦的局面,如孟子攻击杨朱、墨翟、陈农之学,庄子、墨子攻击儒学。《韩非子·显学》谓战国时,"儒分为八,墨离为三",有所谓子张之儒、子思之儒、颜氏之儒、孟子之儒、漆雕氏之儒、仲良氏之儒、孙氏之儒、乐正氏之儒、相里氏之墨、相夫氏之墨、邓陵氏之墨②。这种分化,不仅表明各家之间存在差异,即使是儒墨内部,也有离析。

又《荀子·非十二子》云:

假今之世,饰邪说,文奸言,以枭乱天下,矞宇嵬琐,使天下混然,不知是非治乱之所存者,有人矣。纵情性,安恣睢,禽兽行,不足以合文通治,然而其持之有故,其言之成理,足以欺惑愚众,是它嚣、魏牟也。忍情性,綦溪利跂,苟以分异人为高,不足以合大众,明大分,然而其持之有故,其言之成理,足以欺惑愚众,是陈仲、史鰌也。不知一天下,建国家之权称,上功用,大俭约而僈差等,曾不足以容辨异,县君臣,然而其持之有故,其言之成理,足以欺惑愚众,是墨翟、宋钘也。尚法而无法,下修而好作,上则取听于上,下则取从于俗,终日言成文典,反紃察之,则倜然无所归宿,不可以经国定分,然而其持之有故,其言之成理,足以欺惑愚众,是慎到、田骈也。不法先王,不是礼义,而好治怪说,玩琦辞,甚察而不惠,辩而无用,多事而寡功,不可以为治纲纪,然而其持之有故,其言之成理,足以欺惑愚众,是惠施、邓析也。略法先王而不知其统,犹然而材剧志大,闻见杂博,案往旧造说,谓之五行,甚僻违而无类,幽隐而无说,闭约而无解,案饰其辞而祇敬之,曰:"此真先君子之言也。"子思唱之,孟轲和之,世俗之沟犹瞀儒,嚾嚾然不知其所非也,遂受而传之,以为仲尼、子游为兹厚于后世,是则子思、孟轲之罪也。③

---

① [汉]高诱:《吕氏春秋注》卷十五《慎大览第三》,《诸子集成》,中华书局1954年版。
② [清]王先慎:《韩非子集解》卷十九,《诸子集成》,中华书局1954年版。
③ [清]王先谦:《荀子集解》卷三,《诸子集成》,中华书局1954年版。

荀子不仅指责它嚣、魏牟、陈仲、史鳅、墨翟、宋钘、慎到、田骈、惠施、邓析,甚至把矛头指向了同是儒家思想捍卫者的孟子及其老师子思,这是因为在荀子眼中,它嚣、魏牟等人的主张固然与儒家学说不同,而孟子、子思等儒家前辈,与荀子自己的思想也存在差异。而这种不同流不同家、同家不同人的主张不同,正是诸子创新精神的体现。

同一流派内部的差异,也同样可以从道家之差别中看出。《庄子·天下》云:

> 以本为精,以物为粗,以有积为不足,澹然独与神明居。古之道术有在于是者,关尹、老聃闻其风而悦之。建之以常无有,主之以太一,以濡弱谦下为表,以空虚不毁万物为实。关君曰:"在己无居,形物自著。"其动若水,其静若镜,其应若响。芴乎若亡,寂乎若清。同焉者和,得焉者失。未尝先人而常随人。老聃曰:"知其雄,守其雌,为天下溪;知其白,守其辱,为天下谷。"人皆取先,己独取后。曰:"受天下之垢。"人皆取实,己独取虚。无藏也故有余。岿然而有余。其行身也徐而不费,无为也而笑巧。人皆求福,己独曲全。曰:"苟免于咎。"以深为根,以约为纪。曰:"坚则毁矣,锐则挫矣。"常宽容于物,不削于人。虽未至极。关尹、老聃乎,古之博大真人哉!①

这里,作者虽然极力推崇关尹、老聃虚怀若谷,淡然神明,无为无实,曲全无福,但认为关老并未达到真正的真理之高度。庄周则是另外一个样子。《庄子·天下》又云:

> 芴漠无形,变化无常,死与?生与?天地并与?神明往与?芒乎何之?忽乎何适?万物毕罗,莫足以归。古之道术有在于是者,庄周闻其风而悦之。……独与天地精神往来,而不敖倪于万物。不谴是非,以与世俗处。……上与造物者游,而下与外死生、无终始者为友。其于本也,宏大而辟,深闳而肆;其于宗也,可谓稠适而上遂矣。虽然,

---

① [清]王先谦注曰:"姚本'可谓'作'虽未'……"。此从姚本。《庄子集解》卷八,《诸子集成》,中华书局1954年版。

，其应于化而解于物也,其理不竭,其来不蜕,芒乎昧乎,未之尽者。①

《庄子·天下》的主旨在于说庄周之学是战国学术的顶峰,以关尹、老聃"博大真人"而"未至极",不尊崇,这说明庄子学说与老子学说,有联系也有区别,而且,庄子学说是比老子学说更趋极端的。

司马迁曰:"老子所贵道,虚无,因应变化于无为,故著书辞称微妙难识。庄子散道德,放论,要亦归之自然。申子卑卑,施之于名实;韩子引绳墨,切事情,明是非,其极惨礉少恩。皆原于道德之意,而老子深远矣。"②太史公尊黄老,其以老子为"深远",只是一家之言,不足为凭,但区分申不害、韩非子与庄子的差异而认为三人思想"原于道德之意",即老子思想有自然、名实、法术之论,却是可供我们参考的。

近人陈柱有《老学八篇》,他认为"庄、韩两家之学皆出于老子。……然庄则持绝对放任主义,韩则持绝对干涉主义,殆如冰炭之不相同焉","质而论之,老子之言多两端,而庄、韩各执其一"③,也就是说,老子学说,兼有干涉主义与自由主义两方面,而庄子则去干涉主义,独任自由主义。陈柱又有《诸子概论》,分道家之流派为四种,即有为派,无为而无不为派,无为派,无不为派④。有为派包括黄帝、伊尹、太公、鬻熊、管子等人被伪托的著作;无为而无不为派为《老子》,无不为即有为,所以黄老之学近似;庄子任天,杨朱纵欲,《战国策·齐策四》所记於陵仲子,赵威后认为"是其为人也,上不臣于王,下不治其家,中不索交诸侯,此率民而出于无用者"⑤,其特点也属无为派。皇甫谧《高士传》载:

> 陈仲子者,齐人也。其兄戴为齐卿,食禄万钟,仲子以为不义,将妻子适楚,居於陵,自谓於陵仲子,穷不苟求,不义之食不食。遭岁饥,乏粮,三日,乃匍匐而食井上李实之虫者,三咽而能视。身自织履,妻擘纑以易衣食,楚王闻其贤,欲以为相,遣使持金百镒,至於陵

---

① [清]王先谦:《庄子集解》卷八,《诸子集成》,中华书局1954年版。
② 《史记》卷六十三《老子韩非列传》,中华书局1959年版。
③ 陈柱:《老学八篇》,商务印书馆1930年版。
④ 陈柱:《诸子概论》,商务印书馆1930年版。
⑤ 缪文远:《战国策新校注》(修订本)卷十一,巴蜀书社1998年版。

聘仲子,仲子入谓妻曰:"楚王欲以我为相,今日为相,明日结驷连骑,食方丈于前,意可乎?"妻曰:"夫子左琴右书,乐在其中矣。结驷连骑,所安不过容膝;食方丈于前,所甘不过一肉。今以容膝之安,一肉之味,而怀楚国之忧。乱世多害,恐先生不保命也。"于是出谢使者,遂相与逃去为人灌园。①

无为派虽与《老子》同有"无为",但《老子》通过"无为"而达到"无不为",归结为有为,庄子等人则以"无为"为终极目的。"无不为派"是韩非子,已是法家了。

汉初,黄老之学盛行,而太史公司马谈《论六家要旨》云:

  道家使人精神专一,动合无形,赡足万物。其为术也,因阴阳之大顺,采儒墨之善,撮名法之要,与时迁移,应物变化,立俗施事,无所不宜,指约而易操,事少而功多。②

《史记·太史公自序》云:"太史公学天官于唐都,受《易》于杨何,习道论于黄子。"③司马谈学博,又谙道论,其云道兼阴阳、儒、墨、名、法,又随时变化,是言道家本有阴阳、儒、墨、名、法之内容。其曰道之无为无不为,虚无因循,则涉有治术,参《汉书·艺文志》所云"南面之术"④,我们可以肯定地推断,这里所谓道家,主要是指黄老之学,而非无为一派的庄子等人。

应该强调的是,战国百家学说的创新,是建立在对前人成就吸取之基础上的。商君取李悝之思想,但又有进一步的发展,他改"法"为"律",以体现法律作为"均布"的普遍性原则⑤;又"燔诗书而明法令"⑥,改"事断于法"、"重刑轻罪"为"明法重刑",刑用于将过,不赦不宥,奖励告奸。商鞅因而以严酷著名于世。韩非子取法、术、势,引入自己的体系中,因而不同

---

① [晋]皇甫谧:《高士传》卷中《陈仲子》,《文渊阁四库全书·史部七·传记类三》。
② 《史记》卷一百三十《太史公自序》,中华书局1959年版。
③ 同上。
④ 《汉书》卷三十,中华书局1962年版。
⑤ [汉]许慎:《说文解字》云:"律,均布也。"中华书局1963年版。
⑥ 《韩非子·和氏》云:"商君教秦孝公以连什伍,设告坐之过,燔诗书而明法令,塞私门之请,而遂公家之劳;禁游宦之民,而显耕战之士。孝公行之,主以尊安,国以富强。八年而薨,商君车裂于秦。"[清]王先慎:《韩非子集解》卷四,《诸子集成》,中华书局1954年版。

于商鞅、慎到、申不害之学。

又名家之中,公孙龙以"离坚白"著称,而名家另一位代表人物惠施却与此不同,《庄子·天下》云:

> 惠施多方,其书五车,其道舛驳,其言也不中。历物之意,曰:"至大无外,谓之大一;至小无内,谓之小一。无厚,不可积也,其大千里。天与地卑,山与泽平。日方中方睨,物方生方死。大同而与小同异,此之谓'小同异';万物毕同毕异,此之谓'大同异'。南方无穷而有穷;今日适越而昔来;连环可解也;我知天下之中央,燕之北、越之南是也;泛爱万物,天地一体也。"惠施以此,为大观于天下,而晓辩者。天下之辩者相与乐之。卵有毛;鸡三足;郢有天下;犬可以为羊;马有卵;丁子有尾;火不热;山出口;轮不碾地;目不见;指不至;至不绝;龟长于蛇;矩不方;规不可以为圆;凿不围枘;飞鸟之景,未尝动也;镞矢之疾,而若不行不止之时;狗非犬;黄马骊牛三;白狗黑;孤驹未尝有母;一尺之棰,日取其半,万世不竭。辩者以此与惠施相应,终身无穷。桓团、公孙龙,辩者之徒,饰人之心,易人之意,能胜人之口,不能服人之心,辩者之囿也。惠施日以其知与人之辨,特与天下之辩者为怪,此其柢也。然惠施之口谈,自以为最贤。①

"离坚白"与"和同异"的差别,是名与实之间绝对性与相对性、差异性与同一性、个性与共性的区别。惠施作为名辩家,其所长与公孙龙并没有不同,但他们有不同的表达方式,因而使名家学说表现出多样性的面貌。

《淮南子·要略》云:

> 墨子学儒者之业,受孔子之术,以为其礼烦扰而不说,厚葬靡财而贫民,服伤生而害事,故背周道而用夏政。禹之时,天下大水,禹身执虆垂,以为民先,剔河而道九岐,凿江而通九路,辟五湖而定东海,当此之时,烧不暇挦,濡不给扢,死陵者葬陵,死泽者葬泽,故节财薄葬闲服生焉。②

---

① [清]王先谦:《庄子集解》卷八,《诸子集成》,中华书局1954年版。
② [汉]高诱:《淮南子注》卷二十一,《诸子集成》,中华书局1954年版。

这是说墨子作为孔子的门徒,却不与儒学相一致,创立墨家学说,"背周道而用夏政"。

韩非子学于荀子,却上承老子道术,以绝对干涉主义鼓吹于社会。而荀子培养韩非、李斯二学生,其个人主张也极丰富多彩,表现出兼容并包、广收百家精粹之特点。郭沫若曾说:"荀子是先秦诸子中最后一位大师,他不仅集了儒家的大成,而且可以说是集了百家的大成的。"①荀子思想之中,有很多与孔孟不同之处,如言人性,认为:"人之性恶,其善者伪也。"②又曰:"欲观圣王之迹,则于其粲然者矣,后王是也。"③主张法后王,认为后王之道比先王之道更为清楚可观。凡此种种,使人怀疑荀子的儒家大师地位。王先谦《荀子集解序》曰:

> 昔唐韩愈氏以荀子书为大醇小疵,逮宋,攻者益众。推其由,以言性恶故。余谓性恶之说,非荀子本意也,其言曰:"直木不待檃栝而直者,其性直也;枸木必待檃栝烝矫然后直者,以其性不直也。今人性恶,必待圣王之治,礼义之化,然后皆出于治,合于善也。"夫使荀子而不知人性有善恶,则不知木性有枸直矣。然而其言如此,岂真不知性邪?余因以悲荀子遭世大乱,民胥泯棼,感激而出此也。荀子论学论治,皆以礼为宗。反复推详,务明其指趣,为千古修道立教所莫能外。其曰:"伦类不通,不足谓善学。"又曰:"一物失称,乱之端也。"探圣门一贯之精,洞古今成败之故,论议不越几席,而思虑浃于无垠,身未尝一日加民,而行事可信其放推而皆准。而刻核之徒,诋諆横生,摈之不得与于斯道。余又以悲荀子术不用于当时,而名灭裂于后世流俗人之口,为重屈也。④

王先谦通过对荀子性恶学说及宗礼主张的分析,力辩荀子与儒家道合,这是极有见地的。这种求异于同,由争鸣而学习,使其理性精神具有更加成熟的内涵。

---

① 郭沫若:《十批判书·荀子的批判》,《郭沫若全集》历史编第二卷,人民出版社1982年版。
② 《荀子·性恶》,[清]王先谦:《荀子集解》卷十七,《诸子集成》,中华书局1954年版。
③ 《荀子·非相》,同上书卷三。
④ 同上书。

五、科学技术的发展

战国之际,理性精神也带来了科学技术的发展。这种发展,波及社会生活的各个方面。

战国时期,农业技术得到了空前发展,因此,专门讨论农业的著作也就出现了不少,如《汉书·艺文志·诸子略》①所载农家著作《神农》、《野老》是专门论述农业学的著作。而《管子·地员》和《吕氏春秋》之《上农》、《任地》、《辩土》、《审时》,也是农业学或土壤学的专题论文。

天文学是中国古代科学进步的重要代表,战国时期,天文学著作有甘德《天文星占》八卷,而石申《天文》八卷,为最早之恒星记录。另外,战国时期的历谱,也是战国科学成果的重要内容。

战国时期,研究地理学,是一个专门的学科,这个时期重要的地理学著作,有《禹贡》、《山海经》等。

战国时期,医药学著作有不少,如《神农本草经》、《黄帝内外经》、《扁鹊内外经》等。近年在长沙马王堆三号汉墓出土之《足臂十一脉灸经》、《阴阳十一脉灸经》、《阴阳脉死候》、《五十二病方》等,也应该是战国时期重要的医学著作。

战国时期,工业也得到了长足发展,《考工记》则关乎百工造作格式和规程,是战国时期重要的工业著作。

由于战国是一个战争频仍的时代,所以,有关战争的著作不少,《汉书·艺文志》所录兵家著作有五十三家,七百九十篇,图四十三卷,涉及兵权谋、兵形势、阴阳、技巧,其中有不少是战国时期的著作,反映了当时军事科技水平的成熟。

另外,在《汉书·艺文志》中所载"数术"类中,除了天文、历谱、形法之地理与建筑在今天也是非常重要的科学门类外,五行、蓍龟、杂占、形法之相法,则是战国时期需要钻研的学问。"方技"类中,除了医经、经方属于

---

① 《汉书》卷三十,中华书局1962年版。

今天的医学范畴外,房中、神仙,则是战国时期重要的养生学术。

第五节　战国文人的怪诞与神秘

　　战国之际,虽有理性精神之发扬,但理性之思维,并不能彻底解决现实之困惑;而具独立人格之士,也需以奇诡彰示个性,因而奇诡心理在动乱形势中得以蔓延。一方面游说之士为精彩其说,往往运用炜烨之奇意及诡道;另一方面,人们对自然及社会的认识不能以常情忖度,则借助卜筮鬼神,或托之神话。

一、文人的诡诞现象

　　战国文人的诡诞,其代表人物,可以首推苏秦、张仪之徒,他们游说人主,必揣摩其心态,诡辩铺排。但是,真正荒诞不经的,还不是苏秦和张仪。《史记·孟子荀卿列传》称:"驺衍之术迂大而闳辩,奭也文具难施,淳于髡久与处,时有得善言。故齐人颂曰:'谈天衍,雕龙奭,炙毂过髡。'"①他们以夸饰文采,寓言虚诞,为自己的主张壮大声色。驺衍把阴阳学说与五行学说统一起来,创为五德终始之说,司马迁称其"怪迂"。以社会变革与金木水火土相生相胜关联,实让人难以认同,但邹衍、邹奭却以此立论,蔚然成一大流派,得并列于九流之中。

　　卜筮鬼神、神话,存在于各国,而尤以楚国为盛。战国辞赋,也产生于楚,屈原、宋玉等人的作品,充满神秘、诡奇色彩,《文心雕龙·辨骚》称其"托云龙,说迂怪,丰隆求宓妃,鸩鸟媒娀女","康回倾地,夷羿弊日,木夫九首,土伯三目",以"诡异之辞","谲怪之谈"②,成为独树一帜的新文学。

　　怪诞神秘之风气,蔓延于历史、科学之中。《史记·五帝本纪》云:"百

---

① 《史记》卷七十四,中华书局 1959 年版。
② 吴林伯:《文心雕龙义疏》,武汉大学出版社 2002 年版。

家言黄帝,其文不雅驯,缙绅先生难言之。"①不独说黄帝之书如此,用战国古文字写成的《汲冢琐语》内容多"卜梦妖怪",今存之《穆天子传》,其杂历史传说、卜筮、梦验、妖祥、神鬼、预言吉凶等,有"古今纪异之祖"之名②。又《史记·大宛列传》云《禹本纪》言:"河出昆仑,昆仑其高二千五百余里,日月所相避隐为光明也,其上有醴泉、瑶池。"太史公曰:"今自张骞使大夏之后也,穷河源,恶睹本纪所谓昆仑者乎? 故言九州山川,《尚书》近之矣。至《禹本纪》、《山海经》所有怪物,余不敢言之也。"③《尚书·禹贡》,其成书虽晚,但代表的是西周或春秋时人们对中国地理的认识,其记录山川物产,虽不见得科学、准确,但都比较实在。《禹本纪》不见著录,而《山海经》见于《汉书·艺文志》之形法。其成书非一时一人,但主要内容,不会晚于战国时期,战国人创作、编辑了《山海经》的蓝本。该书,十余卷,其内容虽述地理,实乃神怪总汇,多杂荒诞。袁珂《山海经校注序》云,"吴国古迹,瑰伟瑰奇之最者,莫《山海经》若。《山海经》匪特史地之权舆,乃亦神话之渊府",前人"皆以其闳诞迂夸,多奇怪俶傥之言"④。这正是战国神怪蔓延之痕迹。

战国成书的历史、地理学著作中夹杂神话怪异内容,表现出战国人欲了解邈远时空的愿望,他们用科学的方法不能实现,便借助想象、虚构,凿空立言。

战国文人的诡奇心理,在大多数状态下,是统一于理性精神的,并成为理性精神的一个补充。屈原作为政治家,他有现实理性的头脑,而其作品,也欲实现理性目的,但其手法却是怪诞诡奇的。邹衍、邹奭力图把握社会发展变化的规律,其目的出乎理性,而结论却充满了神秘主义。《山海经》堪称科学著作,而其认识事物的形式却杂有神秘主义。这种现象,正是战国时代现实与幻想交融的文化与政治背景的必然产物。

---

① 《史记》卷一,中华书局1959年版。
② 参看李剑国:《唐前志怪小说史》第二章,南开大学出版社1984年版。
③ 《史记》卷一百二十三,中华书局1959年版。
④ [晋]郭璞:《注山海经叙》,袁珂:《山海经校注》,上海古籍出版社1980年版。

二、楚人及战国诸侯对神的崇拜

《吕氏春秋·侈乐》曰:"楚之衰也,作为巫音。"①巫觋鬼神,作为古人神化自然及社会历史的媒介,特别为楚人所信仰。而楚文化的繁荣,又助长了神秘主义气氛向文学的渗透。张正明先生把楚人信奉之神祇分为三类,第一类包括风伯、雨师、日御、月御、山神、水神、厉神、司祸、地宇、土伯、东城夫人等,为楚人之神;第二类包括高辛、轩辕、海若、河伯、洛嫔等,为北方诸夏之神;第三类为南方夷越之神,包括伏羲、女娲、湘君、湘夫人等。其神之完善,说明楚国神秘主义文化已达到了成熟的境界。

事实上,楚国之外,秦、周、宋、越等地,也有荒唐怪诞之习。《史记·封禅书》载,春秋之时,秦襄公既列为诸侯、居西陲,自以为主少皞之神,作西畤,祠白帝,其牺牲用骝驹、黄牛、羝羊各一。秦文公时,梦黄蛇自天下属地,其口止于鄜衍,于是作鄜畤,用三牲郊祭白帝。文公尚获若石,于陈仓北阪城祠之,其神或岁不至,或岁数来,来时常在夜中,光辉若流星,从东南来,集于祠城,似雄鸡,秦以一牢祠,号陈宝。秦德公时,居雍,用三百牢于鄜畤。作伏祠。磔狗邑四门,以御蛊菑。秦宣公时,作密畤于渭南,祭青帝。秦穆公时,梦见上帝,上帝命平晋乱。周灵王时,苌弘因诸侯不至,明鬼神事,设射狸首,依物怪欲以致诸侯。战国时,秦灵公作吴阳上畤,祭黄帝,作下畤,祭炎帝。周太史儋见秦献公,称:"秦始与周合,合而离,五百岁当复合,合十七年而霸王出焉。"案秦周俱为黄帝之后,至秦祖非子,皆合。非子末年,周封非子为附庸,邑秦,是离。非子邑秦后过二十九君,至秦孝公二年五百岁,周显王致文、武胙于秦孝公,复亲秦,是合也。秦孝公三年至十九年,周显王致伯于秦孝公,是霸王出焉。一说自昭王灭周,至始皇元年,正十七年。太史儋预言后,栎阳雨金,献公以为得金瑞,作畦畤栎阳而祀白帝。秦统一,自以为水德,色上黑,封禅②。这说明周、秦皆有神秘传统。又《史记·天官书》载宋有子韦,郑有神灶,齐有甘公,

---

① [汉]高诱:《吕氏春秋注》卷五《仲夏纪第五》,《诸子集成》,中华书局1954年版。
② 《史记》卷二十八,中华书局1959年版。

楚有唐昧,赵有尹皋,魏有石申,皆传天数者。①

张正明对比楚国神秘主义与其他诸国之区别时说:

> 秦惠文王刻石为《诅楚文》,至少有三篇,咒骂楚怀王之余,分别祈求巫咸、大沈厥湫、亚驼三位神灵助秦制楚。宋康王企求威服天下鬼神,竟射天笞地,又铸铜为诸侯之象而弹其鼻。这样的厌胜之术,楚人是不用的。再与东南的越人比较,与西南的濮人比较,前者文身以避害,凿齿以示祥,后者猎首以邀福,这样的自残或残人之术,楚人是不取的。楚人对付神灵的办法,只有娱和飨,加上卜和筮。尽管他们以为天界和冥府有许多奇形怪状的神灵,然而,凡是与他们关系密切的,都被设想为人形,甚至都是美男美女。……相较而言,秦人和宋人崇巫,多妖邪气;越人和濮人崇巫,多鬼魅气;楚人崇巫,却是多人情味。②

战国时期的神秘主义氛围,按照张正明先生的说法,有所谓妖气、鬼魅气和人情味的区别,张正明先生生活在楚地,对楚文化有很深厚的感情,所以在比较中,难免对楚地的风俗给予更多美化。张正明先生这个论述是不是准确,固当别论,但他告诉我们,无论是多妖气,多鬼魅气,还是多人情味,也无论北方还是南方,都有一个神秘主义的氛围,是不变的。

巫觋鬼神的崇拜,不自战国始,也不至于战国终结。殷商之俗,迷信鬼神,遗风遗俗,见于《左传》、《国语》之记载。魏文侯时,西门豹治邺,曾治巫妖,以剪除害民陋俗。但对大部分人来说,理性未发达而欲了解并掌握自己命运的心意十分迫切,又感觉冥冥之中,存在神秘力量,遂欲使异己之力量从神秘走向人间,因而战国时代,卜筮鬼神之学术,大量形诸著述。《汉书·艺文志》所载蓍龟十五家,杂占十八家,以及阴阳、五行、神仙、形法,乃至天文、历谱,或托名夏商周代,或归之黄帝、泰一、神农,"纪吉凶之象",言"凶阨之患,吉隆之喜","五德终始","骨法之度数","器物之形容",大抵皆神异其论,杂以虚诞神奇之传说。此风相延而"诞欺怪迂之文弥以益多"③。

---

① 《史记》卷二十七,中华书局1959年版。
② 张正明:《楚文化史》第四章,上海人民出版社1987年版。
③ 《汉书》卷三十《艺文志》,中华书局1962年版。

第二章　战国文人的著述风气及著述的繁荣

战国时期,被认为是中国文化发展的第一个高峰,构成这个高峰的,虽然包含文人数量的急剧增长此一原因,但更重要的是这些从事文化事业的文人,生产了大量的著作,而且这些著作数量的巨大并不代表全部,而其丰富的内容,才成为战国著述繁荣的重要标志。

战国时期的文人,在他们生活的时代,被称作文学之士,或者叫文学,他们的著作,当然应该称为文人的著作,或者叫文学著作。

第一节　战国时期文人的著述风气

文学著作的繁荣,必须以私人著作风气的形成为前提。也惟有私人著作所体现出的丰富的个性,才能淋漓尽致地体现文学的魅力。战国时期,文人著作大量出现,无疑是战国文学繁荣的重要表现形式。

一、私人著述开始于战国

罗根泽研究先秦诸子,有《战国前无私家著作说》一文,自称"遍考周、秦古书,参以后人议论,知离事言理之私家著作始于战国,前此无有也"[①]。其实证凡四:一曰战国著录书无战国前私家著作,二曰《汉书·艺文志》所载战国前私家著作皆属伪托,三曰《左传》、《国语》、《公羊传》、《穀

---

① 罗根泽:《诸子考索》,人民出版社1958年版。

梁传》及其他战国初年书不引战国前私家著作,四曰春秋时所用教学者无私家著作。

罗根泽所谓"离事而言理"之概念,出乎章学诚《文史通义》,其《易教上》云:"古人不著书,古人未尝离事而言理。六经皆先王政典也。"①案六经是因事而发,不是个人之著述。而古人不离事言理,即不空言著述。罗根泽正是以"离事言理"作为定义私人著述的根据。

战国著录书,包括《庄子·天下》,《尸子·广泽》,《荀子》之《非十二子》、《天论》、《解蔽》,《韩非子·显学》,《吕氏春秋·不二》诸篇。《汉书·艺文志》之私家著作,主要指《诸子略》、《兵书略》及《辞赋略》标明作者之辞赋。而《易》、《诗》、《书》、《礼》、《乐》、《春秋》为政典,即有具体与"事"相关的实用目的。《论语》、《孝经》成于孔子再传弟子之手。

《国语·楚语上》云:

> 楚庄王使士亹傅太子箴。……叔时曰:"教之《春秋》,而为之耸善而抑恶焉,以戒劝其心;教之世,而为之昭明德而废幽昏焉,以休惧其动;教之《诗》,而为之导广显德,以耀明其志;教之《礼》,使知上下之则;教之《乐》,以疏其秽,而镇其浮;教之令,使访物官;教之语,使明其德,而知先王之务用明德于民也;教之故志,使知废兴者,而戒惧焉;教之训典,使知族类,行比义焉。"②

这里申叔时提到了《春秋》、《诗》、《礼》、《乐》告示教科书,以及属实践与应用课程的先王世系、法令、语言、故志、训典。《论语》所载孔子之教弟子,也仅止于《诗》、《书》、《礼》、《乐》、《易》。

又《孟子·滕文公下》言及孔子作《春秋》,曰:"世衰道微,邪说暴行有作,臣弑其君者有之,子弑其父者有之。孔子惧,作《春秋》。《春秋》,天子之事也。是故孔子曰:'知我者其惟《春秋》乎!罪我者其惟《春秋》乎!'"③而《史记·孔子世家》云:"孔子……至于为《春秋》,笔则笔,削则

---

① [清]章学诚撰,叶瑛校注:《文史通义》卷一《内篇一》,中华书局1985年版。
② [清]董增龄:《国语正义》卷十七,巴蜀书社1985年影印本。
③ [清]焦循:《孟子正义》卷六,《诸子集成》,中华书局1954年版。

削,子夏之徒不能赞一辞。弟子受《春秋》,孔子曰:'后世知丘者以《春秋》,而罪丘者亦以《春秋》。'"①如此,《春秋》也是孔子教育学生的科目之一。

洪迈撰《子夏经学》曰:

孔子弟子惟子夏于诸经独有书,虽传记杂言未可尽信,然要为与他人不同矣。于《易》则有《传》,于《诗》则有《序》。而毛诗之学,一云子夏授高行子,四传而至小毛公;一云子夏传曾申,五传而至大毛公。于《礼》则有《仪礼》"丧服"一篇,马融、王肃诸儒多为之训说。于《春秋》,所云"不能赞一辞",盖亦尝从事于斯矣;公羊高实受之于子夏;穀梁赤者,《风俗通》亦云子夏门人。于《论语》,则郑康成以为仲弓、子夏等所撰定也。后汉徐防上疏曰:"《诗》、《书》、《礼》、《乐》定自孔子,发明章句,始于子夏。"斯其证云。②

子夏所传,正是《诗》、《书》、《礼》、《乐》、《易》、《春秋》,所谓六艺之学。

又《史记·孔子世家》指出:

孔子之时,周室微而礼乐废,《诗》、《书》缺。追迹三代之礼,序《书传》,上纪唐虞之际,下至秦缪,编次其事,曰:"夏礼吾能言之,杞不足征也。殷礼吾能言之,宋不足征也。足,则吾能征之矣。"观殷夏所损益,曰:"后虽百世可知也,以一文一质。周监二代,郁郁乎文哉。吾从周。"故《书传》、《礼记》自孔氏。孔子语鲁大师:"乐其可知也。始作翕如,纵之纯如,皦如,绎如也,以成。""吾自卫反鲁,然后《乐》正,《雅》、《颂》各得其所。"古者《诗》三千余篇,及至孔子,去其重,取可施于礼义,上采契、后稷,中述殷、周之盛,至幽、厉之缺,始于衽席,故曰:"《关雎》之乱以为《风》始,《鹿鸣》为《小雅》始,《文王》为《大雅》始,《清庙》为《颂》始。"三百五篇孔子皆弦歌之,以求合《韶》、《武》、《雅》、《颂》之音,礼乐自此可得而述,以备王道,成六艺。孔子晚而喜

---

① 《史记》卷四十七,中华书局 1959 年版。
② [清]洪迈:《容斋续笔》卷十四,《容斋随笔》,上海古籍出版社 1996 年版。

《易》,序《彖》、《系》、《象》、《说卦》、《文言》。读《易》,韦编三绝,曰:"假我数年,若是,我于《易》则彬彬矣。"①

此段记载详细说明了孔子与《诗》、《书》、《礼》、《易》、《乐》的关系问题。尽管古今学者对孔子与六经的关系问题有各种揣测,但起码有一点是清楚的,即在孔子之前,传世的著作主要是《诗》、《书》、《礼》、《乐》、《易》、《春秋》六经,而六经之流传,也主要得益于孔子的教学活动所培养的大批学者,孔子的教学活动,使官府之学普及到了民间。

诸子十家,都是"离事而言理"的私家著作,其成书,未尝有早于战国的著作。

《汉书·艺文志》之《诸子略》及《兵书略》所载托名战国前人的著述,都不是成书于战国前。《汉书·艺文志》所载可能出于后人增益或托名战国前人著述者,包括《太公》、《文子》、《黄帝君臣》、《杂黄帝》、《力牧》、《孙子》、《黄帝泰素》、孔甲《盘盂》、禹《大禹》、《神农》、《野老》、《伊尹说》、《鬻子说》、《师旷》、《务成子》、《天乙》、《黄帝说》、《封胡》、《风后》等。部分著作在《汉书·艺文志》中已经标明为伪托②。这些著作在战国前未见著录或者征引,所以作为早于六经而存在的可能性是不存在的。《文心雕龙·诸子》曰:"昔风后、力牧、伊尹,咸其流也。篇述者,盖上古遗语,而战代所记者也。"③言《风后》、《力牧》、《伊尹》诸篇,为战国时代人根据三人传下来的资料写成的。事实上,三篇不过是战国人之依托而已。这个观点,对于我们了解以上著作,有方法论意义。

罗根泽辨《汉书·艺文志》所载战国前私家著作皆属伪托,就其自《诸子略》而至《兵书略》,言儒家五十二家④,道家三十七家,阴阳家二十一家,法家十家,名家七家,墨家六家,纵横家十二家,杂家二十家,农家九家,小说家十五家,兵权谋十三家,兵形势十一家,兵阴阳十六家,兵技巧

---

① 《史记》卷四十七,中华书局1959年版。
② 《汉书》卷三十,中华书局1962年版。
③ 吴林伯:《文心雕龙义疏》,武汉大学出版社2002年版。
④ 《汉书·艺文志》言五十三家,而仅载五十二家。《汉书》卷三十,中华书局1962年版。

十六家①,——辨析,所论甚详。罗根泽又解释托古风气盛行原因云:

  盖托古之风既开,甲托之文武周公,乙思驾而上之,则必托之尧舜禹汤,丙又思驾而上之,则必托之神农黄帝。如积薪耳,后来居上,势必伪造古帝,虚构三皇;犹以为未足,不得不离尘寰而上天入地,于是太一(泰壹)天一(天乙),皆有著作矣。至数术、方技两略,更乌烟瘴气,不可究诘(神书更多),堪注意者,班氏于《诸子略》伪托之书,概标明于注,而《兵书略》、《太壹》、《天一》诸书之显为依伪者反阙焉,《数术》、《方技》尤不著一字。盖注以辨疑,不疑何注?此等书赝伪荒谬,已为人所共知,无庸再辩。②

  罗根泽还怀疑《吴孙子》之存在,但银雀山汉墓出土有《孙膑兵法》,说明今本《孙子兵法》之外,还有一种《孙子兵法》即《兵权谋》云有《吴孙子》、《齐孙子》两种《孙子》,是有道理的。《史记·孙武吴起列传》云吴王阖闾提到过《孙子兵法》"十三篇"③。《孙膑兵法》的发现虽然不能证明《孙子兵法》一定是今存之《孙子兵法》。但是,兵法之术,是一种应用技术,罗根泽以兵法书与诸子书相提并论,是他把握"离事言理"的尺度以定义私人著述所欠严密之处。因此,即使《孙子兵法》果真存在于战国前,也无损于战国前无"离事言理"的私人著述存在的结论。

  罗根泽站在近代疑古学风的立场上来考察战国时代托名前代人的著作,对这些托名的著作用"乌烟瘴气"来形容,这显然有偏激的地方。而且,客观地说,这些杜撰,未必出于故意的作伪,而且,这些著作中也未必没有或多或少地保留下一些托名者的言语。但是,罗根泽关于战国前没有私家著述的结论,无疑是符合历史实际的。因为孔子之前,学在官府,凡需要文字表达的,都存官府之中,也只有官府才有可以使用文字的知识分子存在。

  对于战国前无私家著作的结论之建立,罗根泽先生还提出《左传》、《国语》、《穀梁传》、《公羊传》、《论语》、《墨子》、《孟子》、《庄子》、《荀子》等

---

① 《汉书·艺文志》言十三家,而载十六家。《汉书》卷三十,中华书局1962年版。
② 罗根泽:《诸子考索》之《战国前无私家著作说》,人民出版社1958年版。
③ 《史记》卷六十五,中华书局1959年版。

书所引文字,不见私人著书,尤有说服力。《左传》引《诗》一百五十四,称《诗》者六,引《书》四十二,引《易》七,以《易》占者不可胜数,引《礼》一,另有《夏训》、《周志》、《前志》、《军志》、《郑书》等史书等。《国语》引《书》六,另有夏令、周制等政典。《穀梁传》、《公羊传》所引皆关乎传《春秋》者。《论语》引《诗》者四,论《诗》者九,引《书》者二,引《易》者一,论《易》者一,论《礼》者二,论乐者三。《墨子》前五十一篇引《诗》十二,引《书》三十二,引周、燕、宋、齐诸国《春秋》各一。《孟子》引《诗》三十三,称《诗》二,引《书》二十一,论《书》一,引《礼》论《礼》二十三,说《春秋》者三,又有传、志、孔子等言。庄子引言不质实。《荀子》引《诗》八十二,论《诗》十一,引《书》十五,论《书》五,引《易》三,论《春秋》五,论《礼》、《乐》之言甚多。罗根泽指出:

> 《论》、《孟》、《庄》、《荀》、《左》、《国》、《公》、《穀》、《墨子》,率战国初年以至中年人作,为书九种,为卷数百,为字无虑百万,所引书皆《诗》、《书》政典,皆史书,无私家著作。不惟天乙、泰壹、神农、黄帝、封胡、力牧之书不一见;既至今尚存且泥古者信以为真之《六韬》、《阴符》、《鬻子》、《管子》之书,亦不一见;则战国前之无私家著作,尚可疑乎?而浅者每据韩非《储说》、《说林》,不韦《吕览》,战国末年之作,及汉儒纂辑之,《礼记》,以及《说苑》、《新序》、《列女传》,韩婴之《韩诗外传》、《淮南》之篇,桓谭、桓宽之论,王充之《论衡》,董仲舒之《春秋》,班固之《白虎通德论》,应劭之《风俗通义》,以至赝伪踳驳之《晏子》,吴越两《春秋》,商君、贾谊两书,以为不惟春秋之时,已学说灿烂,即皇王鸿荒未辟之先,亦已道术大备,著作斐然。不古之据而后之从,其迷误不喻,岂不悖哉?①

《论语》、《孟子》、《庄子》、《荀子》、《左传》、《国语》、《公羊传》、《穀梁传》、《墨子》诸书的引书状况,不但说明战国以前无"离事言理"之私家著作,也说明战国之前之政典史记,以《诗》、《书》、《礼》、《乐》、《易》、《春秋》为人所习见和最为重要。

---

① 罗根泽:《诸子考索》之《战国前无私家著作说》,人民出版社1958年版。

二、战国时私人著述的大量出现

战国之世,私人著述大量涌现。根据《汉书·艺文志》的记载,以及前代学者的有关说明,我们可以把这些作品的作者情况分为四种类型:

（一）明确可以肯定是战国时期人的著作;

（二）由后学所作而成书在战国时期的托名前代人的著作;

（三）不知道作者的具体情况但可以认为不是汉代的著作;

（四）汉代人的著作。

在以上这四种情况中,一般说,第一种类型当然是战国时期的著作。第二种类型也基本上可以推断应该是在战国时期成书的著作,当然,我们不排除其中可能有战国前存在文章的片段,或者秦汉时期根据战国流传的文献整理的情况。第三种类型,作者可能包括战国时期的作家,也有可能是秦汉时期的作者,一般说,汉代学者的文献资料对于《汉书·艺文志》的作者来说,比较容易掌握,而包括刘向、刘歆父子及东汉时期的班固父子不能判断作者的时代,我们认为,其中成书于战国时期或以前的可能性要大于成书于汉代,而《汉书·艺文志》凡是涉及汉代作者,都说明是汉代某皇帝时期,如果不能判断是某个皇帝,则说明"近世",或者说"不知何帝时"[①]。这些著作则直接说"不知作者",或者不作作者和时代的说明,所以其成书时间在战国及秦统一前后的可能性大。

如果我们把上述三种情况中的诸子著作罗列出来,虽然不能说全部是战国时期的著作,由于其中战国时期的著作或者可能是战国时期的著作占了绝对大多数,所以,我们实际上就可以发现战国时期私人著述的风气之盛,这个兴盛不仅超过了战国前,但就诸子著作而言,甚至也远远超过了汉代。

下面我们根据《汉书·艺文志·诸子略》的著作情况作一个大致

[①] 《汉书》卷三十,中华书局1962年版。

介绍：

儒家

《晏子》八篇。名婴，谥平仲，相齐景公，孔子称善与人交，有列传。①

《子思》二十三篇。名伋，孔子孙，为鲁缪公师。

《曾子》十八篇。名参，孔子弟子。

《漆雕子》十三篇。孔子弟子漆雕启后。

《宓子》十六篇。名不齐，字子贱，孔子弟子。

《景子》三篇。说宓子语，似其弟子。

《世子》二十一篇。名硕，陈人也，七十子之弟子。

《魏文侯》六篇。

《李克》七篇。子夏弟子，为魏文侯相。

《公孙尼子》二十八篇。七十子之弟子。

《孟子》十一篇。名轲，邹人，子思弟子，有列传。②

《孙卿子》三十三篇。名况，赵人，为齐稷下祭酒，有列传。③

《芈子》十八篇。名婴，齐人，七十子之后。

《内业》十五篇。不知作书者。

《周史六弢》六篇。惠、襄之间，或曰显王时，或曰孔子问焉。④

《周政》六篇。周时法度政教。

《周法》九篇。法天地，立百官。

《河间周制》十八篇。似河间献王所述也。⑤

《谰言》十一篇。不知作者，陈人君法度。⑥

《功议》四篇。不知作者，论功德事。

《宁越》一篇。中牟人，为周威王师。

---

① 颜师古曰："有列传者，谓太史公书。"《汉书》卷三十，中华书局1962年版。
② 颜师古曰："《圣证论》云轲字子车，而此志无字，未详其所得。"同上书。
③ 颜师古曰："本曰荀卿，避宣帝讳，故曰孙。"同上书。
④ 颜师古曰："即今之《六韬》也。盖言取天下及军旅之事。弢字与韬同也。"同上书。
⑤ 当非河间献王所亲著。可能是河间献王所藏书。
⑥ 颜师古注曰："说者引《孔子家语》云孔穿所造，非也。"同上书。

《王孙子》一篇。一曰《巧心》。

《公孙固》一篇。十八章。齐闵王失国,问之固,因为陈古今成败也。

《李氏春秋》二篇。

《羊子》四篇。百章。故秦博士。

《董子》一篇。名无心,难墨子。

《(侯)俟子》一篇。①

《徐子》四十二篇。宋外黄人。

《鲁仲连子》十四篇。有列传。

《平原君》七篇。朱建也。

《虞氏春秋》十五篇。虞卿也。

道家

《伊尹》五十一篇。汤相。

《太公》二百三十七篇。谋八十一篇,言七十一篇,兵八十五篇。吕望为周师尚父,本有道者。或有近世又以为太公术者所增加也。

《辛甲》二十九篇。纣臣,七十五谏而去,周封之。

《鬻子》二十二篇。名熊,为周师,自文王以下问焉,周封为楚祖。

《筦子》八十六篇。名夷吾,相齐桓公,九合诸侯,不以兵车也。有列传。②

《老子邻氏经传》四篇。姓李,名耳,邻氏传其学。

《老子傅氏经说》三十七篇。述老子学。

《老子徐氏经说》六篇。字少季,临淮人,传老子。

《文子》九篇。老子弟子,与孔子并时,而称周平王问,似依托者也。

《蜎子》十三篇。名渊,楚人,老子弟子。

《关尹子》九篇。名喜,为关吏,老子过关,喜去吏而从之。

《庄子》五十二篇。名周,宋人。

《列子》八篇。名圄寇,先庄子,庄子称之。

---

① 颜师古注引李奇曰:"或作俟子。"《汉书》卷三十,中华书局1962年版。
② 颜师古曰:"筦读与管同。"同上书。

《老成子》十八篇。

《长卢子》九篇。楚人。

《王狄子》一篇。

《公子牟》四篇。魏之公子也,先庄子,庄子称之。

《田子》二十五篇。名骈,齐人,游稷下,号"天口骈"。

《老莱子》十六篇。楚人,与孔子同时。

《黔娄子》四篇。齐隐士,守道不诎,威王下之。

《宫孙子》二篇。①

《鹖冠子》一篇。楚人,居深山,以鹖为冠。

《周训》十四篇。②

《黄帝四经》四篇。

《黄帝铭》六篇。

《黄帝君臣》十篇。起六国时,与老子相似也。

《杂黄帝》五十八篇。六国时贤者所作。

《力牧》二十二篇。六国时所作,托之力牧。力牧,黄帝相。

《孙子》十六篇。六国时。

《郑长者》一篇。六国时。先韩子,韩子称之。③

阴阳家

《宋司星子韦》三篇。景公之史。

《公梼生终始》十四篇。传邹奭《始终》书。

《公孙发》二十二篇。六国时。

《邹子》四十九篇。名衍,齐人,为燕昭王师,居稷下,号"谈天衍"。

《邹子终始》五十六篇。④

《乘丘子》五篇。六国时。

---

① 颜师古曰:"宫孙,姓也,不知名。"《汉书》卷三十,中华书局1962年版。
② 颜师古曰:"刘向《别录》云:'人间小书,其言俗薄。'"同上书。
③ 颜师古曰:"《别录》云郑人,不知姓名。"同上书。
④ 颜师古曰:"亦邹衍所说。"同上书。

《杜文公》五篇。六国时。①

《黄帝泰素》二十篇。六国时韩诸公子所作。②

《南公》三十一篇。六国时。

《容成子》十四篇。

《邹奭子》十二篇。齐人,号曰"雕龙奭"。

《闾丘子》十三篇。名快,魏人,在南公前。

《冯促》十三篇。

《将巨子》五篇。六国时,先南公,南公称之。

《周伯》十一篇。齐人,六国时。

法家

《李子》三十二篇。名悝,相魏文侯,富国强兵。

《商君》二十九篇。名鞅,姬姓,卫后也,相秦孝公,有列传。

《申子》六篇。名不害,京人,相韩昭侯,终其身诸侯不敢侵韩。

《处子》九篇。③

《慎子》四十二篇。名到,先申韩,申韩称之。

《韩子》五十五篇。名非,韩诸公子,使秦,李斯害而杀之。

《游棣子》一篇。

《燕十事》十篇。不知作者。

名家

《邓析》二篇。郑人,与子产并时。④

《尹文子》一篇。说齐宣王,先公孙龙。⑤

《公孙龙子》十四篇。赵人。⑥

---

① 颜师古曰:"刘向《别录》云韩人也。"《汉书》卷三十,中华书局1962年版。
② 颜师古曰:"刘向《别录》云或言韩诸公孙之所作也。言阴阳五行,以为黄帝之道也。故曰《泰素》。"同上书。
③ 颜师古曰:"《史记》云赵有处子。"同上书。
④ 颜师古曰:"《列子》及《孙卿》并云子产杀邓析。据《左传》昭公二十年子产卒,定公九年驷歂杀邓析而用其竹刑,则非子产所杀也。"同上书。
⑤ 颜师古曰:"刘向云与宋钘俱游稷下。"同上书。
⑥ 颜师古曰:"即为坚白之辩者。"同上书。

《成公生》五篇。与黄公等同时。①

《惠子》一篇。名施,与庄子并时。

《黄公》四篇。名疵,为秦博士,作歌,诗在秦时歌诗中。

《毛公》九篇。赵人,与公孙龙等并游平原君赵胜家。②

墨家

《尹佚》二篇。周臣,在成康时也。

《田俅子》三篇。先韩子。

《我子》一篇。③

《随巢子》六篇。墨翟弟子。

《胡非子》三篇。墨翟弟子。

《墨子》七十一篇。名翟,为宋大夫,在孔子后。

纵横家

《苏子》三十一篇。名秦,有列传。

《张子》十篇。名仪,有列传。

《庞煖》二篇。为燕将。

《阙子》一篇。

《国筮子》十七篇。

《秦零陵令信》一篇。难秦相李斯。

《蒯子》五篇。名通。

杂家

孔甲《盘盂》二十六篇。黄帝之史,或曰夏帝孔甲,似皆非。

《大禹》三十七篇。传言禹所作,其文似后世语。

《伍子胥》八篇。名员,春秋时为吴将,忠直遇谗死。

《子晚子》三十五篇。齐人,好议兵,与《司马法》相似。

---

① 颜师古曰:"姓成公,刘向云与李斯子由同时。由为三川守,成公生游谈不仕。"《汉书》卷三十,中华书局 1962 年版。

② 颜师古曰:"刘向《别录》云论坚白同异,以为可以治天下。此盖《史记》所云'藏于博徒'者。"同上书。

③ 颜师古曰:"刘向《别录》云为墨子之学。"同上书。

《由余》三篇。戎人,秦穆公聘以为大夫。

《尉缭》二十九篇。六国时。①

《尸子》二十篇。名佼,鲁人,秦相商君师之。鞅死,佼逃入蜀。

《吕氏春秋》二十六篇。秦相吕不韦辑智略士作。

《伯象先生》一篇。②

《吴子》一篇。

《公孙尼》一篇。

农家

《神农》二十篇。六国时,诸子疾时,怠于农业,道耕农事,托之神农。③

《野老》十七篇。六国时,在齐、楚间。④

《宰氏》十七篇。不知何世。

《尹都尉》十四篇。不知何世。

《赵氏》五篇。不知何世。

《王氏》六篇。不知何世。

小说家

《伊尹说》二十七篇。其语浅薄,似依托也。

《鬻子说》十九篇。后世所加。

《周考》七十六篇。考周事也。

《青史子》五十七篇。古史官记事也。

《师旷》六篇。见《春秋》,其言浅薄,本与此同,似因托之。

《务成子》十一篇。称尧问,非古语。

《宋子》十八篇。孙卿道宋子,其言黄老意。

---

① 颜师古曰:"尉,姓;缭,名也。音了,又音聊,刘向《别录》云缭为商君学。"《汉书》卷三十,中华书局1962年版。

② 应劭曰:"盖隐者也,故公孙敖难以无益世主之治。"同上书。公孙敖,鲁大夫,其生活时代在鲁僖公、文公时期。[晋]杜预注,[唐]孔颖达疏:《春秋左传正义》卷第十三、十七、十八、十九,《十三经注疏》,中华书局1980年版。

③ 颜师古曰:"刘向《别录》云疑李悝及商君所说。"《汉书》卷三十,中华书局1962年版。

④ 应劭曰:"年老居田野,相民耕种,故号野老。"同上书。

《天乙》三篇。天乙谓汤,其言非殷时,皆依托也。

《黄帝说》四十篇。迂诞依托。

又《汉书·艺文志·诸子略》在儒家下所列《儒家言》十八篇,道家下列《道家言》二篇,阴阳家下列《杂阴阳》三十八篇,法家下列《法家言》二篇,杂家下列《杂家言》一篇,小说家下列《百家》百三十九卷,皆著明"不知作者",其中《道家言》二篇说"近世,不知作者",《杂家言》一篇云"王伯,不知作者",按颜师古云:"言伯王之道,伯读曰霸。"[1]虽然《道家言》成书于"近世",即汉代,但我们推测,《道家言》应该是汉代学者编辑整理的战国时期道家言论集。其他没有标明"近世"的著作,其内容应该产生于战国时期,其编辑时间和作者虽然可能和《道家言》是同时的人,或者就是同一个人,但也可能编辑整理于战国晚期。至于言霸王之道的《杂家言》,只能成书于汉代建立之前,即战国至楚汉战争时期,因为汉统一后,已经没有产生霸王之道的现实需要了。

在战国时期,除了诸子著作以外,在《汉书·艺文志》中,还存在大量成书于战国时期,或由战国时期人所创作的著作,这其中最重要的当然是辞赋作品。《汉书·艺文志》所列战国及秦统一前后的诗赋著作有下列内容:

《屈原赋》二十五篇。楚怀王大夫,有列传。

《唐勒赋》四篇。楚人。

《宋玉赋》十六篇。楚人,与唐勒并时,在屈原后也。

《孙卿赋》十篇。

《秦时杂赋》九篇。

战国时期是王道微而诸侯为政之时代,周道大坏、聘问歌咏不行于列国,诸子著作及辞赋文学正代表了战国时代私人著述的主要部分。而私人著述的出现,正是官学沉沦,而时君世主有不同需求,学《诗》之士逸在布衣,有为而发议论,不平而鸣失志。百家争鸣,百花齐放,共同酝酿了私人著作的大量出现。虽然诗赋著作比之汉代,作家和作品数量远有不及,

---

[1] 《汉书》卷三十,中华书局1962年版。

但是,战国时期及秦统一前后的许多辞赋创作,却为汉代辞赋文学提供了较为良好的学术氛围。

虽然《汉书·艺文志》中还有大量成书于战国时期的著作,由于一部分技术类著作与我们讨论的战国文学史所规定的主题有距离,另一部分虽然属于我们要研究的内容,但是放在后面论述起来可能更为方便,所以,我们就不在此赘述了。

第二节　自觉的创作意识与体裁流派的多样化

战国文学之繁荣,推本溯源,不能不称赞孔子开设私学的功绩。孔子教学,有教而无类,"欲来者不拒,欲去者不止"①。招收学生,不论等级,使普通平民通过学习可以成为文学之士。这种私人讲学风气,在孔子弟子那里,仍然得到继承,因此更多的出身庶人皂隶工商之贱人,通过努力学习而忝列士林。庶人、鄙人只要学习了文学礼义,就可以成为士。士的队伍扩大了,从事文学活动的文学之士大大增加了,如子夏为孔子学生,墨子受教于孔门,禽滑厘为墨子弟子。他们开门论道,聚徒讲学,皆受孔子之赐。

一、自觉的创作意识及现实使命感

我们曾经说过,孔子及其弟子以成为"士"、"志士"、"士之仁者"而自勉,孔子及其门人弟子认为"士"应具有学识、志向、道德、仁义忠信、勇敢之品质,同时,又有使于四方的外交家之政治才能。士的志向就是以天下为己任,救民于水火,对天下具有强烈的责任心,同时又注意自身才能智慧的培养。正是这种新士风,造就了战国文学之士强烈的社会责任心和

---

① 《荀子·法行》,[清]王先谦:《荀子集解》卷二十,《诸子集成》,中华书局1954年版。

现实使命感。这种强烈的责任心和现实使命感,既表现为对现实政治的参与,也表现为通过著作以拯救现实社会。

《史记·孔子世家》载孔子之时,周室微而礼乐废,《诗》、《书》缺,孔子追迹三代之礼,序《书传》,上记唐虞之际,下至秦缪,编次其事;又观殷、夏礼所损益,认为周监二代,郁郁乎文哉。故《书》、《礼》自孔子而传于后世。古者《诗》三千余篇,孔子去其重,取可施于礼义,上采契、后稷,中述殷、周之盛,至幽、厉之缺,重新编辑整理《诗经》,并以《关雎》之乱为《风》始,《鹿鸣》为《小雅》始,《文王》为《大雅》始,《清庙》为《颂》始,使《雅》、《颂》各得其所。孔子又正《乐》,并把《诗经》与乐结合起来,所以,三百五篇孔子皆弦歌之,以求合《韶》、《武》、《雅》、《颂》之音,礼乐自此可得而述,以备王道,成六艺。孔子晚而喜《易》,序《彖》、《系》、《象》、《说卦》、《文言》,读《易》,韦编三绝。①

又孟子说孔子因世衰道微,邪说暴行有作,臣弑其君者有之,子弑其父者有之,所以心生恐惧,而作《春秋》②。而司马迁不但详细说明了孔子作《春秋》的缘由,并且对孔子所整理传播之《诗》、《书》、《礼》、《乐》、《易》、《春秋》的不同功用有非常清楚的说明。《史记·太史公自序》载:

> 太史公曰:"先人有言,'自周公卒五百岁而有孔子。孔子卒后至于今五百岁,有能绍明世,正《易传》,继《春秋》,本《诗》、《书》、《礼》、《乐》之际?'意在斯乎!意在斯乎!小子何敢让焉。"

> 上大夫壶遂曰:"昔孔子何为而作《春秋》哉?"太史公曰:"余闻董生曰:'周道衰废,孔子为鲁司寇,诸侯害之,大夫壅之。孔子知言之不用,道之不行也,是非二百四十二年之中,以为天下仪表,贬天子,退诸侯,讨大夫,以达王事而已矣。'子曰:'我欲载之空言,不如见之于行事之深切著明也。'夫《春秋》,上明三王之道,下辨人事之纪,别嫌疑,明是非,定犹豫,善善恶恶,贤贤贱不肖,存亡国,继绝世,补敝起废,王道之大者也。《易》著天地阴阳四时五行,故长于变;《礼》经

---

① 《史记·孔子世家》,《史记》卷四十七,中华书局1959年版。
② 参见《孟子·滕文公下》,[汉]赵岐注,[宋]孙奭疏:《孟子注疏》卷六下,《十三经注疏》,中华书局1980年版。

纪人伦,故长于行;《书》记先王之事,故长于政;《诗》记山川溪谷禽兽草木牝牡雌雄,故长于风;《乐》乐所以立,故长于和;《春秋》辩是非,故长于治人。是故《礼》以节人,《乐》以发和,《书》以道事,《诗》以达意,《易》以道化,《春秋》以道义。拨乱世反之正,莫近于《春秋》。《春秋》文成数万,其指数千。万物之散聚皆在《春秋》。《春秋》之中,弑君三十六,亡国五十二,诸侯奔走不得保其社稷者不可胜数。察其所以,皆失其本已。故《易》曰'失之毫厘,差以千里'。故曰'臣弑君,子弑父,非一旦一夕之故也,其渐久矣'。故有国者不可以不知《春秋》,前有谗而弗见,后有贼而不知。为人臣者不可以不知《春秋》,守经事而不知其宜,遭变事而不知其权。为人君父而不通于《春秋》之义者,必蒙首恶之名。为人臣子而不通于《春秋》之义者,必陷篡弑之诛,死罪之名。其实皆以为善,为之不知其义,被之空言而不敢辞。夫不通礼义之旨,至于君不君,臣不臣,父不父,子不子。夫君不君则犯,臣不臣则诛,父不父则无道,子不子则不孝。此四行者,天下之大过也。以天下之大过予之,则受而弗敢辞。故《春秋》者,礼义之大宗也。夫礼禁未然之前,法施已然之后,法之所为用者易见,而礼之所为禁者难知。"

壶遂曰:"孔子之时,上无明君,下不得任用,故作《春秋》,垂空文以断礼义,当一王之法。今夫子上遇明天子,下得守职,万事既具,咸各序其宜,夫子所论,欲以何明?"

太史公曰:"唯唯,否否,不然。余闻之先人曰:'伏羲至纯厚,作《易》八卦,尧、舜之盛,《尚书》载之,礼乐作焉。汤、武之隆,诗人歌之。《春秋》采善贬恶,推三代之德,褒周室,非独刺讥而已也。'……"①

董仲舒、壶遂、司马迁对孔子作《春秋》意欲通过著述的形式拯救社会的理解,准确地抓住了孔子著述行为反映出的主观积极意义。孔子正是基于强烈的社会责任心和现实使命感,才能克服各种困难,努力整理经典,使之流传后世,成为后世学人所不断汲取营养之所在。而孔子创作所

---

① 《史记》卷一百三十,中华书局1959年版。

具有的强烈的社会责任心和现实使命感,是战国文学之士如孟子等人积极阐释的,也是他们普遍认同的,而且,在实践中,也是身体力行的。

战国诸子自觉地通过其著述,以表明自己的主张。著述,是战国诸子参与现实,体现其现实使命感的一种方式。赵岐《孟子题辞》云:

> 孟子,邹人也,名轲,字则未闻也。邹本春秋邾子之国,至孟子时改曰邹矣。国近鲁,后为鲁所并;又言邾为楚所并,非鲁也。今邹县是也。或曰:"孟子,鲁公族孟孙之后,故孟子仕于齐,丧母而归葬于鲁也。三桓子孙,既以衰微,分适他国。"孟子生有淑质,夙丧其父,幼被慈母三迁之教,长师孔子之孙子思,治儒术之道,通《五经》,尤长于《诗》、《书》。周衰之末,战国纵横,用兵争强,以相侵夺。当世取士,务先权谋,以为上贤。先王大道,陵迟隳废,异端并起,若杨朱、墨翟放荡之言以干时惑众者非一,孟子闵悼尧、舜、汤、文、周、孔之业将遂湮微。正涂壅底,仁义荒怠,佞伪驰骋,红紫乱朱,于是则慕仲尼,周流忧世,遂以儒道游于诸侯,思济斯民。由不肯枉尺直寻,时君咸谓之迂阔,于事终莫能听纳其说。孟子亦自知遭苍姬之讫录,值炎刘之未奋,进不得佐兴唐虞雍熙之和,退不能信三代之余风,耻没世而无闻焉,是故垂宪言以诒后人。仲尼有云:"我欲托之空言,不如载之行事之深切著明也。"于是退而论集所与高第弟子公孙丑、万章之徒难疑答问,又自撰其法度之言,著书七篇,二百六十一章,三万四千六百八十五字。包罗天地,揆叙万类,仁义道德,性命祸福,粲然靡所不载。帝王公侯遵之,则可以致隆平,颂清庙;卿大夫士蹈之,则可以尊君父,立忠信;守志厉操者仪之,则可以崇高节,抗浮云。有风人之托物,二《雅》之正言,可谓直而不倨,曲而不屈,命世亚圣之大才者也。孔子自卫反鲁,然后《乐》正,《雅》、《颂》各得其所,乃删《诗》,定《书》,系《周易》,作《春秋》。孟子退自齐、梁,述尧、舜之道而著作焉,此大贤拟圣而作者也。七十子之畴,会集夫子所言,以为《论语》,《论语》者,五经之馆鎋,六艺之喉衿也,孟子之书,则而象之。卫灵公问陈于孔子,孔子答以俎豆;梁惠王问利国,孟子对以仁义。宋桓魋欲害孔子,孔子称"天生德于予";鲁臧仓毁鬲孟子,孟子曰"臧氏之子焉能使

予不遇哉"。旨意合同,若此者众。①

《孟子·滕文公下》孟子自以为"予岂好辩哉,予不得已也","我亦欲正人心,息邪说,距诐行,放淫辞,以承三圣者。岂好辩哉,予不得已也"②。《史记·孟子荀卿列传》肯定荀子"嫉浊世之政"而著作数万言。又说:"邹衍睹有国者益淫侈,不能尚德,若《大雅》整之于身,施及黎庶矣。乃深观阴阳消息而作迂怪之变,《终始》、《大圣》之篇十余万言",而"邹奭之徒,各著书言治乱之事,以干世主,岂可胜道哉"③。孟子、荀子、邹衍、邹奭等人自觉的创作意识,及其现实使命感,于此可见一斑。

《史记·屈原贾生列传》论屈原创作动机云:"屈平既嫉之,虽放流,眷顾楚国,系心怀王,不忘欲反,冀幸君之一悟,俗之一改也。其存君兴国而欲反覆之,一篇之中三致志焉。"④《九章·抽思》曰:"结微情以陈词兮,矫以遗夫美人。"⑤屈原创作楚辞,既是其发愤抒情的方式,也是他籍以表现"存君兴国"目的的途径。屈原的行为,充分代表了战国文学家自觉地运用创作以实践其现实使命的责任感。屈原自觉地运用文学"显暴君过"⑥。不韬晦,在打击面前,批判恶势力不遗余力,咒骂群臣的奸佞,世俗的丑恶,君主的骄淫多变,甚至对天命,都有所不满。为了保持自己的纯洁,屈原宁愿自杀。《离骚》曰:"伏清白以死直兮……吾将从彭咸之所居。"⑦《九章·怀沙》曰:"知死不可让,愿勿爱兮;明告君子,吾将以为类兮。"⑧都表明其不与邪恶势力妥协,誓为一死的士人的决心。

君子疾修名之不立。成就事业,流芳百世,是古代士大夫寤寐以求的事情。《左传·襄公二十四年》叔孙豹论不朽曰:

> 太上有立德,其次有立功,其次有立言,虽久不废,此之谓不朽。

---

① [汉]赵岐注,[宋]孙奭疏:《孟子注疏》卷首,《十三经注疏》,中华书局1980年版。
② 同上书卷六下。
③ 《史记》卷七十四,中华书局1959年版。
④ 同上书卷八十四。
⑤ [宋]洪兴祖:《楚辞补注》第四,中华书局1983年版。
⑥ 《颜氏家训·文章篇》:"自古文人,多陷轻薄,屈原露才扬己,显暴君过。"[北齐]颜之推:《颜氏家训》卷九,《诸子集成》,中华书局1954年版。
⑦ [宋]洪兴祖:《楚辞补注》第一,中华书局1983年版。
⑧ 同上书第四。

若夫保姓受氏以守宗祊,世不绝祀,无国无之。禄之大者,不可谓不朽。①
不朽之事有三,以立德为上,次则有立功,再次则有立言。立德、立功、立言比之守成之君,更具光辉。

扬雄《法言·问神》指出:"面相之,辞相适,捈心中之所欲,通诸人之嗟嗟者,莫如言;弥纶天下之事,记久明远,著古昔之㖧㖧,传千里之忞忞者,莫如书。"②"立言"之文学,不仅可以表情达意,而且具有记久明远,弥纶天下大事之功能。曹丕《典论·论文》也说:"盖文章,经国之大业,不朽之盛事。年寿有时而尽,荣乐止乎其身,二者必至之常期,未若文章之无穷。是以古之作者,寄身于翰墨,见意于篇籍,不假良史之辞,不托飞驰之势,而声名自传于后。"③"立言"之所以能跻身三不朽之列,就在于它一方面可以对现实发挥积极的作用,同时,又在保持作者独立性的同时,使作者有一种成就感,避免孔子所说的"君子疾没世而名不称焉"④之痛苦。

《文心雕龙·诸子》曰:

> 逮及七国力政,俊乂蜂起。孟轲膺儒以磬折,庄周述道以翱翔;墨翟执俭确之教,尹文课名实之符;野老治国于地利,驺子养政于天文;申商刀锯以制理,鬼谷唇吻以策勋;尸佼兼总于杂术,青史曲缀以街谈。承流而枝附者,不可胜算。并飞辨以驰术,厌禄而余荣矣。⑤

战国诸子,自觉地通过其著述,表明自己的主张,著述,是战国诸子参与现实,体现其现实使命感的一种方式。这种自觉的创作意识及现实使命感,保证了战国文学充沛的现实品格和激昂的热情,也是战国文学走向繁荣的前提。

---

① [晋]杜预注,[唐]孔颖达疏:《春秋左传正义》卷二十五,《十三经注疏》,中华书局1980年版。
② [汉]扬雄撰,汪荣宝注,陈仲夫点校:《法言义疏》,中华书局1987年版。
③ [南朝梁]萧统编,[唐]李善等注:《六臣注文选》卷五十二,浙江古籍出版社1999年版。
④ 《论语·卫灵公》,[三国魏]何晏集解,[唐]陆德明音义,[宋]邢昺疏:《论语注疏》卷十五,《十三经注疏》,中华书局1980年版。
⑤ 吴林伯:《文心雕龙义疏》,武汉大学出版社2002年版。

二、战国时期主要的文学体裁及流派

自孔子而后,学者有著述的习惯,而战国文人所著,到秦代受到极大破坏,汉初,开始有计划有步骤地收集整理战国时期的著作,这些收集来的著作,都著录于《汉书·艺文志》之中。

自孔子开始,经春秋、战国,下至秦、汉,文学著作的繁荣、传播、损毁、辑录,经历了一个曲折的过程,而这其中,如果不把汉代包括在内,就文学的兴盛而言,以战国文人及其著作最众多,而以衰落而言,当然无过于暴秦。《史记·儒林列传》云:

太史公曰:余读功令,至于广厉学官之路,未尝不废书而叹也。曰:嗟乎!夫周室衰而《关雎》作,幽、厉微而礼乐坏,诸侯恣行,政由强国,故孔子闵王路废而邪道兴,于是论次《诗》、《书》,修起《礼》、《乐》。适齐闻《韶》,三月不知肉味。自卫返鲁,然后《乐》正,《雅》、《颂》各得其所。世以混浊莫能用,是以仲尼干七十余君无所遇,曰:"苟有用我者,期月而已矣。"西狩获麟,曰:"吾道穷矣。"故因史记作《春秋》以当王法,以辞微而指博,后世学者多录焉。自孔子卒后,七十子之徒散游诸侯,大者为师傅卿相,小者友教士大夫,或隐而不见。故子路居卫,子张居陈,澹台子羽居楚,子夏居西河,子贡终于齐。如田子方、段干木、吴起、禽滑厘之属,皆受业于子夏之伦,为王者师。是时,独魏文侯好学。后陵迟以至于始皇,天下并争于战国,儒术既绌焉,然齐鲁之间,学者独不废也。于威、宣之际,孟子、荀卿之列咸遵夫子之业而润色之,以学显于当世。及至秦之季世,焚《诗》、《书》,坑术士,《六艺》从此缺焉。陈涉之王也,而鲁诸儒持孔氏之礼器往归陈王,于是孔甲为陈涉博士,卒与涉俱死。陈涉起匹夫,驱瓦合适戍,旬月以王楚,不满半岁竟灭亡,其事至微浅,然而缙绅先生之徒负孔子礼器往委质为臣者何也?以秦焚其业,积怨而发愤于陈王也。及高皇帝诛项籍,举兵围鲁,鲁中诸儒尚讲诵,习礼乐,弦歌之音不绝,岂非圣人之遗化,好礼乐之国哉?故孔子在陈,曰:"归与,归与!吾党之小子狂简,斐然成章,不知所以裁之。夫齐、鲁之间于文学,自古以来,其天性也。故汉兴,然后诸儒始得修其经艺,讲习大射乡饮之礼。①

又《汉书·儒林传》云:

古之儒者,博学乎六艺之文,六艺者,王教之典籍,先圣所以明天道,正人伦,致至治之成法也。周道既衰,坏于幽、厉,礼乐征伐自诸侯出,陵夷二百余年而孔子兴,以圣德遭季世,知言之不用而道不行,乃叹曰:"凤鸟不至,河不出图,吾已矣夫!""文王既没,文不在兹乎?"于是应聘诸侯,以答礼行谊。西入周,南至楚,畏匡厄陈,奸七十余君。适齐闻《韶》,三月不知肉味;自卫反鲁,然后乐正,《雅》、《颂》各得其所。究观古今之篇籍,乃称曰:"大哉,尧之为君也!唯天为大,唯尧则之。巍巍乎其有成功也,焕乎其有文章也!"又曰:"周监于二代,郁郁乎文哉!吾从周。"于是叙《书》则断《尧典》,称乐则法《韶》、《舞》,论《诗》则首周南。缀周之礼,因鲁《春秋》,举十二公行事,绳之以文武之道,成一王法,至获麟而止。盖晚而好《易》,读之韦编三绝,而为之传。皆因近圣之事,以立先王之教,故曰"述而不作,信而好古","下学而上达,知我者其天乎"。仲尼既没,七十子之徒散游诸侯,大者为卿相师傅,小者友教士大夫,或隐而不见。故子张居陈,澹台子羽居楚,子夏居西河,子贡终于齐。如田子方、段干木、吴起、禽滑釐之属,皆受业于子夏之伦,为王者师。是时,独魏文侯好学。天下并争于战国,儒术既黜焉,然齐鲁之间学者犹弗废,至于威、宣之际,孟子、孙卿之列,咸遵夫子之业而润色之,以学显于当世。及至秦始皇兼天下,燔《诗》、《书》,杀术士,六学从此缺矣。陈涉之王也,鲁诸儒持孔氏礼器往归之,于是孔甲为涉博士,卒与俱死。陈涉起匹夫,驱谪戍以立号,不满岁而灭亡,其事至微浅,然而搢绅先生负礼器往委质为臣者何也?以秦禁其业,积怨而发愤于陈王也。及高皇帝诛项籍,引兵围鲁,鲁中诸儒尚讲诵习礼,弦歌之音不绝,岂非圣人遗

---

① 《史记》卷一百二十一,中华书局1959年版。笔者对部分断句与标点进行了更正。

化好学之国哉？于是诸儒始得修其经学,讲习大射乡饮之礼。叔孙通作汉礼仪,因为奉常,诸弟子共定者,咸为选首,然后喟然兴于学。然尚有干戈,平定四海,亦未皇庠序之事也。孝惠、高后时,公卿皆武力功臣。孝文时颇登用,然孝文本好刑名之言。及至孝景,不任儒,窦太后又好黄老术,故诸博士具官待问,未有进者。汉兴,言《易》自淄川田生;言《书》自济南伏生;言《诗》于鲁则申培公,于齐则辕固生,燕则韩太傅;言《礼》则鲁高堂生;言《春秋》于齐则胡毋生,于赵则董仲舒。及窦太后崩,武安君田蚡为丞相,黜黄老刑名百家之言,延文学儒者以百数,而公孙弘以治《春秋》为丞相封侯,天下学士靡然向风矣。①

可以看出,孔子所开创的文学事业,并未因孔子的去世而衰落,反倒是孔子去世,孔子的弟子却把他的学术带到了各个角落,即使经秦代的残酷迫害,孔子的传人们也没有放弃对文学的执着。等到社会时局发生变化,文学之士如孔甲等便积极投身到推翻暴秦的斗争中去了。而更多的文人在等待中,看到了汉朝这个新时代的来临,所以,他们抓住了社会承平的大好形势,实现了一场文学的复兴运动。而战国时期的著作,也就借汉代的文学复兴,重新浮出水面。刘向、刘歆父子不仅积极投身于汉代的文学复兴运动,而且,对文学复兴运动所网罗的战国秦汉的著作分门别类,让我们可以从《汉书·艺文志》中看到战国时期的各种文学体裁和文学流派存在的基本状况。

《汉书·艺文志》云：

昔仲尼没而微言绝,七十子丧而大义乖,故《春秋》分为五,《诗》分为四,《易》有数家之传。战国从衡,真伪分争,诸子之言纷然殽乱。至秦患之,乃燔灭文章,以愚黔首。汉兴,改秦之败,大收篇籍,广开献书之路。迄孝武世,书缺简脱,礼坏乐崩,圣上喟然而称曰："朕甚闵焉！"于是建藏书之策,置写书之官,下及诸子传说,皆充秘府。至成帝时,以书颇散亡,使谒者陈农求遗书于天下。诏光禄大夫刘向校

---

① 《汉书》卷八十八,中华书局1962年版。

经传诸子诗赋,步兵校尉任宏校兵书,太史令尹咸校数术,侍医李柱国校方技。每一书已,向辄条其篇目,撮其指意,录而奏之。会向卒,哀帝复使向子侍中奉车都尉歆卒父业。歆于是总群书而奏其《七略》,故有《辑略》,有《六艺略》,有《诸子略》,有《诗赋略》,有《兵书略》,有《术数略》,有《方技略》。①

《汉书·艺文志》是刘向、刘歆父子奉旨校书的最重要的成果,在《六艺略》中,虽然其中不少属于《六经》的注释,但是,其中也有不少著作是发表作者独立见解的有"法式"的文章,如今天仍然传世的《易》类的《易传》,《礼》类的《记》,《乐》类的《乐记》,《春秋》一类的解说《春秋》的著作《左氏传》、《公羊传》、《穀梁传》,以及《国语》、《世本》、《战国策》、《论语》、《孝经》等,这些文章,分别属于论说文体和叙事文体。《诸子略》分诸子为九流十家,这些著作基本都是论说文体。《诗赋略》分赋四类,其中战国时期的著作,包括属于诗歌的楚辞,以及属于综合文体的赋。

所有这些著作,在战国时期,都属于战国文人所从事的文学事业。即使按照今日某些西方中心论者所抱持的"纯文学"观念,如作为论说文体和叙事文体的《六艺略》的部分著作,以及属于论说文体的《诸子略》中的所有著作,这些文体也应该符合欧洲历史上存在过的文学观念所规定的文学标准。正如我们在本书的《引论》中所指出的那样,特里·伊格尔顿指出17世纪的英国文学包括莎士比亚、韦伯斯特、马韦尔和密尔顿,弗朗西斯·培根的论文,约翰·多恩的布道文章,班扬的宗教自传,托马斯·布朗爵士所写的一切,甚至包括霍布斯的《绝对权力》或克拉瑞顿的《反抗的历史》;法国17世纪文学包括高乃依和拉辛,拉罗什富科的箴言,博叙埃的悼词,布瓦洛关于诗的论文,塞维尼夫人致女儿的信,以及笛卡尔和帕斯卡的哲学。他说:"在十八世纪的英国,文学的概念并不像今天那样有时只限于'创造的'或'想象的'写作,它指的是全部受社会重视的写作:不仅诗,而且还有哲学、历史、论文和书信。"②因此,我们所说的战国时的

---

① 《汉书》卷三十,中华书局1962年版。
② 〔英〕特里·伊格尔顿《当代西方文学理论》,中国社会科学出版社1988年版,第14—15页。

这些著作,其体裁有论说、叙事之史传、辞、赋诸类,都是当时社会所重视的写作。这些不同体裁,又可分别为不同的创作类型,用今天的文学术语说,当属不同的流派。

第三节 现存战国主要论说体文学著作

战国时期的论说文体,主要保存于《汉书·艺文志》之《六艺略》与《诸子略》中。论说体,是战国文学中最重要的文体。其著作数量之大,内容之丰富,思想之重要,影响之深远,都是战国其他文体所不能比肩的,也是战国以后论说体文学所不能匹敌的。

一、《六艺略》所载战国论说体文学著作举要

《汉书·艺文志·六艺略》有《易》十三家二百九十四篇,《书》九家四百一十二篇,《礼》十三家五百五十五篇,《乐》六家一百六十五篇,《论语》十二家二百二十九篇,《孝经》十一家五十九篇,这些类别中,都包括大量论说体文学著作。其中虽然包括春秋及秦汉后的著作,但是,成书于战国时期的著作也有不少。

在《易》类中,成书于战国时期的,应该是《易传》中的《文言》与《系辞》(上下)。《汉书·艺文志·六艺略》云:

《易》曰:"宓戏氏仰观象于天,俯观法于地,观鸟兽之文与地之宜,近取诸身,远取诸物,于是始作八卦,以通神明之德,以类万物之情。"至于殷、周之际,纣在上位,逆天暴物,文王以诸侯顺命而行道,天人之占可得而效,于是重易六爻,作上下篇。孔氏为之《彖》、《象》、《系辞》、《文言》、《序卦》之属十篇,故曰《易》道深矣,人更三圣,世历三古。①

---

① 《汉书》卷三十,中华书局1962年版。

又《隋书·经籍志》云：

> 昔宓羲氏始画八卦，以通神明之德，以类万物之情，盖因而重之，为六十四卦。及乎三代，实为三《易》：夏曰《连山》，殷曰《归藏》；周文王作卦辞，谓之《周易》，周公又作《爻辞》，孔子为《彖》、《象》、《系辞》、《文言》、《序卦》、《说卦》、《杂卦》，而子夏为之传。及秦焚书，《周易》独以卜筮得存，唯失《说卦》三篇，后河内女子得之。①

关于《易传》的作者，《汉书·艺文志·六艺略》云孔子作《彖》、《象》、《系辞》、《文言》、《序卦》之属十篇，这个说法是完全正确的，也是不容怀疑的，但这并不是说《易传》全部由孔子所亲定，而是应该包括亲定和讲授两部分。如前述，今天所见《彖》、《系辞》、《象》、《说卦》、《文言》、《杂卦》以及《序卦》，其中《彖》上下、《象》上下，《说卦》、《杂卦》以及《序卦》，应该是孔子教弟子《周易》的讲稿，而根据《文言》、《系辞》等有大量引用孔子言论，并以孔子对各卦的解释，来阐述《周易》各卦的基本思想。

《易传·乾文言》"子曰"凡六见：

> 子曰：龙德而隐者也。

> 子曰：龙德而正中者也。

> 子曰：君子进德修业。忠信，所以进德也；修辞立其诚，所以居业也。知至至之，可与言几也；知终终之，可与存义也。是故居上位而不骄，在下位而不忧。

> 子曰：上下无常，非为邪也；进退无恒，非离群也。君子进德修业，欲及时也。

> 子曰：同声相应，同气相求。

> 子曰：贵而无位，高而无民，贤人在下位而无辅，是以动而有悔也。②

又《易传·系辞上》"子曰"凡十四见：

> 子曰：《易》其至矣乎。

---

① 《隋书》卷三十二，中华书局 1973 年版。
② [三国魏]王弼、[晋]韩康伯注，[唐]孔颖达疏：《周易正义》卷一，《十三经注疏》，中华书局 1980 年版。

子曰:君子居其室,出其言,善则千里之外应之,况其迩者乎?居其室,出其言,不善则千里之外违之,况其迩者乎?言出乎身,加乎民,行发乎迩,见乎远。言行,君子之枢机。

子曰:君子之道,或出或处,或默或语。二人同心,其利断金。同心之言,其臭如兰。

子曰:苟错诸地而可矣,藉之用茅,何咎之有?慎之至也。

子曰:劳而不伐,有功而不德,厚之至也。

子曰:贵而无位,高而无民,贤人在下位而无辅,是以动而有悔也。

子曰:乱之所生也,则言语以为阶。君不密则失臣,臣不密则失身,几事不密则害成,是以君子慎密而不出也。

子曰:作《易》者其知盗乎?

子曰:知变化之道者,其知神之所为乎?《易》有圣人之道四焉,以言者尚其辞,以动者尚其变,以制器者尚其象,以卜筮者尚其占。

子曰:"《易》有圣人之道四焉"者,此之谓也。

子曰:夫《易》何为者也?夫《易》开物成务,冒天下之道,如斯而已者也。

子曰:佑者,助也。天之所助者,顺也;人之所助者,信也。

子曰:书不尽言,言不尽意。

子曰:圣人立象以尽意,设卦以尽情伪,系辞焉以尽其言,变而通之以尽利,鼓之舞之以尽神。①

《易传·系辞下》"子曰"凡十见:

子曰:天下何思何虑?天下同归而殊途,一致而百虑。天下何思何虑?

子曰:非所困而困焉,名必辱;非所据而据焉,身必危。既辱且危,死期将至,妻可得见邪?

子曰:隼者,禽也;弓矢者,器也;射之者,人也。君子藏器于身,

---

① [三国魏]王弼、[晋]韩康伯注,[唐]孔颖达疏:《周易正义》卷七,《十三经注疏》,中华书局1980年版。

待时而动。

> 子曰：小人不耻不仁，不畏不义，不见利不劝，不威不惩，小惩而大诫，此小人之福也。

> 子曰：危者，安其位者也；亡者，保其存者也；乱者，有其治者也。是故君子安而不忘危，存而不忘亡，治而不忘乱。是以身安而国家可保也。

> 子曰：德薄而位尊，知小而谋大，力小而任重，鲜不及矣。

> 子曰：知几其神乎！君子上交不谄，下交不渎其知。

> 子曰：颜氏之子其殆庶几乎！有不善，未尝不知；知之，未尝复行也。

> 子曰：君子安其身而后动，易其心而后语，定其交而后求。君子修此三者，故全也。危以动则民不与也，惧以语则民不应也，无交而求则民不与也，莫之与则伤之者至矣。

> 子曰：《乾》、《坤》其《易》之门邪！《乾》，阳物也；《坤》，阴物也。阴阳合德而刚柔有体，以体天地之撰，以通神明之德。其称名也杂而不越，于稽其类，其衰世之意邪？①

我们推断这些著述并非孔子所亲定，但其基本思想，应该与孔子一致，其成书当在孔子之后的战国。

在《汉书·艺文志·六艺略》中《礼》类有《记》百三十一篇，云"七十子后学者所记也"②。又在《书》类论云：

> 武帝末，鲁共王坏孔子宅，欲以广其官，而得《古文尚书》及《礼记》、《论语》、《孝经》，凡数十篇，皆古字也。共王往入其宅，闻鼓琴瑟钟磬之音，于是惧，乃止不坏。③

又《汉书·景十三王传》云：

> 河间献王德以孝景前二年立，修学好古，实事求是。从民得善

---

① [三国魏]王弼、[晋]韩康伯注，[唐]孔颖达疏：《周易正义》卷八，《十三经注疏》，中华书局1980年版。
② 《汉书》卷三十，中华书局1962年版。
③ 同上。

书,必为好写与之,留其真,加金帛赐以招之。繇是四方道术之人不远千里,或有先祖旧书,多奉以奏献王者,故得书多,与汉朝等。是时,淮南王安亦好书,所招致率多浮辩。献王所得书皆古文先秦旧书,《周官》、《尚书》、《礼》、《礼记》、《孟子》、《老子》之属,皆经传说记,七十子之徒所论。其学举六艺,立《毛氏诗》、《左氏春秋》博士。修礼乐,被服儒术,造次必于儒者。山东诸儒多从而游。①

因为《礼记》可见诸汉初的出土文献,所以其产生于战国时代,当是无庸置疑的。而郭店楚简和上海博物馆藏战国楚简都有《礼记》的篇目《缁衣》等文献出土②,则更为《礼记》的产生时代提供了直接的证据。过去认为《礼记》可能出于汉代人之杜撰,显然是没有根据的。

《隋书·经籍志》对《礼记》的流传状况,有一个大致的勾勒,其云:

> 自大道既隐,天下为家,先王制其夫妇、父子、君臣上下亲疏之节,至于三代,损益不同。周衰,诸侯僭忒,恶其害己,多被焚削。自孔子时,已不能具,至秦而顿灭。汉初,有高堂生传十七篇,又有古经,出于淹中,而河间献王好古爱学,收集余烬,得而献之,合五十六篇,并威仪之事,而又得司马穰苴兵法一百五十五篇,及明堂阴阳之记,并无敢传之者。唯古经十七篇,与高堂生所传不殊,而字多异。自高堂生至宣帝时,后苍最明其业,乃为曲台记。苍授梁人戴德,及德从兄子圣,沛人庆普,于是有大戴、小戴、庆氏三家并立。后汉唯曹元传庆氏,以授其子褒。然三家虽存,并微,相传不绝。汉末郑玄传小戴之学,后以古经校之,取其于义长者作注,为郑氏学。其《丧服》一篇,子夏先传之,诸儒多为注解,今又别行。而汉时有李氏得《周官》,周官盖周公所制官政之法,上于河间献王,独阙《冬官》一篇。献王购以千金不得,遂取《考工记》以补其处,合成六篇,奏之。至王莽时,刘歆始置博士,以行于世。河南缑氏及杜子春受业于歆,因以教授。是后马融作《周官传》,以授郑玄,玄作《周官注》。汉初河间献王

---

① 《汉书》卷五十三,中华书局1962年版。
② 荆门市博物馆:《郭店楚墓竹简》,文物出版社1998年版。又马承源主编:《上海博物馆藏战国楚竹书(一)》,上海古籍出版社2001年版。

又得仲尼弟子及后学者所记一百三十一篇献之,时亦无传之者,至刘向考校经籍,检得一百三十篇,向因第而叙之。而又得《明堂阴阳记》三十三篇、《孔子三朝记》七篇、《王史氏记》二十一篇、《乐记》二十三篇,凡五种,合二百十四篇。戴德删其烦重,合而记之,为八十五篇,谓之《大戴记》,而戴圣又删大戴之书为四十六篇,谓之《小戴记》。汉末马融遂传小戴之学,融又定《月令》一篇、《明堂位》一篇、《乐记》一篇,合四十九篇。而郑玄受业于融,又为之注。今《周官》六篇、《古经》十七篇、《小戴记》四十九篇,凡三种。唯郑注立于国学,其余并多散亡,又无师说。①

又《四库全书总目提要·礼记正义提要》云:

《隋书·经籍志》曰:"汉初,河间献王得仲尼弟子及后学者所记一百三十一篇献之,时无传之者。至刘向考校经籍,检得一百三十篇,第而叙之。又得《明堂阴阳记》三十三篇、《孔子三朝记》七篇、《王史氏记》二十一篇、《乐记》二十三篇,凡五种,合二百十四篇。戴德删其烦重,合而记之为八十五篇,谓之《大戴记》。而戴圣又删大戴之书为四十六篇,谓之《小戴记》。汉末,马融遂传小戴之学。融又益《月令》一篇、《明堂位》一篇、《乐记》一篇,合四十九篇"云云,其说不知所本。今考《后汉书·桥玄传》云:"七世祖仁,著《礼记章句》四十九篇,号曰桥君学。"仁即班固所谓小戴授梁人桥季卿者,成帝时尝官大鸿胪,其时已称四十九篇,无四十六篇之说。又孔《疏》称《别录》《礼记》四十九篇,《乐记》第十九。四十九篇之首,《疏》皆引郑《目录》。郑《目录》之末必云此于刘向《别录》属某门。《月令目录》云:"此于《别录》属《明堂阴阳记》。"《明堂位目录》云:"此于《别录》属《明堂阴阳记》。"《乐记目录》云:"此于《别录》属《乐记》。"盖十一篇今为一篇,则三篇皆刘向《别录》所有,安得以为马融所增。《疏》又引玄《六艺论》曰:"戴德传《记》八十五篇,则《大戴礼》是也。戴圣传《礼》四十九篇,则此《礼记》是也。"玄为马融弟子,使三篇果融所增,玄不容不知,岂

---

① 《隋书》卷三十二,中华书局1973年版。引文断句有所调整。

有以四十九篇属于戴圣之理？况融所传者乃《周礼》，若小戴之学，一授桥仁，一授杨荣。后传其学者有刘祐、高诱、郑玄、卢植。融绝不预其授受，又何从而增三篇乎？知今四十九篇实戴圣之原书，《隋志》误也。①

《礼记》的流传过程虽然极其复杂，但是，有一点应该是肯定的，就是今存《礼记》四十九篇，是来源于古《礼记》的篇章，并在流传过程中经过不断整理而形成的。今存《礼记》四十九篇，包括《曲礼》上下，《檀弓》上下，《王制》、《月令》、《曾子问》、《文王世子》、《礼运》、《礼器》、《郊特牲》、《内则》、《玉藻》、《明堂位》、《丧服小记》、《大传》、《少仪》、《学记》、《乐记》、《杂记》上下、《丧大记》、《祭法》、《祭义》、《祭统》、《经解》、《哀公问》、《仲尼燕居》、《坊记》、《中庸》、《表记》、《缁衣》、《奔丧》、《服问》、《间传》、《三年问》、《深衣》、《投壶》、《儒行》、《大学》、《冠义》、《昏义》、《乡饮酒》、《射义》、《燕义》、《聘义》、《丧服四制》等，其中不少篇目应该是战国时期著作，如《檀弓》，《礼记正义》云：

> 案郑《目录》云："名曰《檀弓》者，以其记人善于礼，故著姓名以显之。姓檀名弓，今山阳有檀氏。此于《别录》属《通论》。"此《檀弓》在六国之时，知者，以仲梁子是六国时人，此篇载仲梁子，故知也。案子游讥司寇惠子废適立庶，又《檀弓》亦讥仲子舍適孙而立庶子，其事同，不以子游名篇，而以《檀弓》为首者，子游是孔门习礼之人，未足可嘉，《檀弓》非是门徒，而能达礼，故善之，以为篇目。②

又如《曾子问》，《礼记正义》云：

> 按郑《目录》云："名为《曾子问》者，以其记所问多明于礼，故著姓名以显之。曾子，孔子弟子曾参。此于《别录》属《丧服》。"③

又如《礼运》说孔子与言偃事，《乐记》为公孙尼子所作，《经解》记孔子说六经特点，《哀公问》、《仲尼燕居》、《坊记》记孔子与弟子言行，《中庸》为

---

① [清]永瑢、纪昀：《四库全书总目提要》卷二十一，《经部二十一·礼类三》，海南出版社1999年版。
② [汉]郑玄注，[唐]孔颖达疏：《礼记正义》卷六，《十三经注疏》，中华书局1980年版。
③ 同上书卷十八。

孔子孙子思之作,《表记》、《缁衣》记孔子言语,而《缁衣》见于战国《郭店楚墓竹简》与上海博物馆藏战国楚竹书①,《儒行》记鲁哀公问孔子,《大学》写作体例与《中庸》及《郭店楚墓竹简》所载儒家著作写作体例相类似,可以说,《礼记》中有孔子及其弟子言行的篇章,固然应该是孔子弟子或者再传弟子所追记,即使没有明确记载孔子及其弟子言行,又没有标明作者的著作,很可能也是孔子给弟子讲授礼仪的记录整理。如《王制》,可能作于周亡以后的秦汉之际,《礼记正义》云:

> 案郑《目录》云:"名曰《王制》者,以其记先王班爵、授禄、祭祀养老之法度,此于《别录》属制度。"《王制》之作,盖在秦汉之际。知者,案下文云"有正听之",郑云"汉有正平承,秦所置"。又有"古者以周尺"之言,"今以周尺"之语,则知是周亡之后也。秦昭王亡周,故郑答临硕云:"孟子当赧王之际,《王制》之作,复在其后。"卢植云:"汉孝文皇帝令博士诸生作此《王制》之书。"②

即使这个记载可靠,《王制》的内容,也与孔子及其弟子的学说密切相关。因此,我们认为,《礼记》的绝大部分篇章,作为战国时期的著作,是没有问题的。

《汉书·艺文志·六艺略》中,有《论语》一书,包括"《论语》古二十一篇。出孔子壁中,两《子张》","《齐》二十二篇。多《问王》、《知道》","《鲁》二十篇,《传》十九篇"等家《论语》③,又指出:

> 《论语》者,孔子应答弟子时人及弟子相与言而接闻于夫子之语也。当时弟子各有所记。夫子既卒,门人相与辑而论纂,故谓之《论语》。汉兴,有齐、鲁之说。传《齐论》者,昌邑中尉王吉、少府宋畸、御史大夫贡禹、尚书令五鹿充宗、胶东庸生,唯王阳名家。传《鲁论语》者,常山都尉龚奋、长信少府夏侯胜、丞相韦贤、鲁扶卿、前将军萧望

---

① 荆门市博物馆:《郭店楚墓竹简》,文物出版社1998年版;马承源主编:《上海博物馆藏战国楚竹书(一)》,上海古籍出版社2001年版。
② [汉]郑玄注,[唐]孔颖达疏:《礼记正义》卷十一,《十三经注疏》,中华书局1980年版。
③ 《汉书》卷三十,中华书局1962年版。

之、安昌侯张禹，皆名家。张氏最后而行于世。①

又何晏《论语注释经解序》云：

> 叙曰：汉中垒校尉刘向言《鲁论语》二十篇，皆孔子弟子记诸善言也。大子大傅夏侯胜、前将军萧望之、丞相韦贤及子玄成等传之。《齐论语》二十二篇，其二十篇中，章句颇多于《鲁论》。琅邪王卿及胶东庸生、昌邑中尉王吉皆以教授。故有《鲁论》、有《齐论》。鲁共王时，尝欲以孔子宅为官，坏，得《古文论语》。《齐论》有《问王》、《知道》，多于《鲁论》二篇。《古论》亦无此二篇，分《尧曰》下章"子张问"以为一篇，有两《子张》，凡二十一篇。篇次不与《齐》、《鲁论》同。安昌侯张禹本受《鲁论》，兼讲《齐》说，善者从之，号曰"张侯论"，为世所贵。包氏、周氏《章句》出焉。《古论》唯博士孔安国为之训解，而世不传，至顺帝时，南郡太守马融亦为之训说。汉末，大司农郑玄就《鲁论》篇章考之《齐》、《古》，为之注。近故司空陈群、太常王肃、博士周生烈皆为《义说》。前世传授师说，虽有异同，不为训解。中间为之训解，至于今多矣。所见不同，互有得失。今集诸家之善，记其姓名，有不安者颇为改《易》，名曰《论语集解》。②

又《隋书·经籍志》云：

> 《论语》者，孔子弟子所录。孔子既叙六经，讲于洙、泗之上，门徒三千，达者七十。其与夫子应答，及私相讲肆，言合于道，或书之于绅，或事之无厌。仲尼既没，遂辑而论之，谓之《论语》。汉初，有齐、鲁之说。其齐人传者二十二篇，鲁人传者二十篇。齐则昌邑中尉王吉、少府宗畸、御史大夫贡禹、尚书令五鹿充宗、胶东庸生。鲁则常山都尉龚奋、长信少府夏侯胜、韦丞相节侯父子、鲁扶卿、前将军萧望之、安昌侯张禹，并名其学。张禹本授《鲁论》，晚讲《齐论》，后遂合而考之，删其烦惑。除去《齐论·问王》、《知道》二篇，从《鲁论》二十篇为定，号《张侯论》，当世重之。周氏、包氏为之章句，马融又为之训。

---

① 《汉书》卷三十，中华书局1962年版。
② 《论语注疏》序，[三国魏]何晏集解，[唐]陆德明音义，[宋]邢昺疏：《论语注疏》卷十五，《十三经注疏》，中华书局1980年版。

又有古《论语》,与《古文尚书》同出,章句烦省,与《鲁论》不异,唯分《子张》为二篇,故有二十一篇。孔安国为之传。汉末,郑玄以《张侯论》为本,参考《齐论》、《古论》而为之注。魏司空陈群、太常王肃、博士周生烈,皆为义说。吏部尚书何晏又为集解。是后诸儒多为之注,《齐论》遂亡。《古论》先无师说,梁、陈之时,唯郑玄、何晏立于国学,而郑氏甚微。周、齐,郑学独立。至隋,何、郑并行,郑氏盛于人间。①

孔子生活时代约为公元前551年至公元前479年之间。孔子去世之时,《春秋》早已绝笔,而《论语》记孔子,又称曾参、有若为曾子、有子,《论语·泰伯》并及曾子之疾,召门人弟子曰:"启予足,启予手。《诗》云:'战战兢兢,如临深渊,如履薄冰。'而今而后,吾知免夫,小子!"又曰:"鸟之将死,其鸣也哀;人之将死,其言也善。……"②《孝经·开宗明义章》③孔子以"身体发肤,受之父母,不敢毁伤,孝之始也"教导曾子,曾子老死之时,命弟子启而观察,完整无缺,从此以后,长眠地下,可以免灾祸。又慨叹人将死之言善,则《论语》之成,起码是在曾参死后。《史记·仲尼弟子列传》曰:"曾参,南武城人,字子舆,少孔子四十六岁。"④曾子老寿,《论语》成书,必在战国时代无疑。因而,《论语》应属战国文学史讨论的文本之一。

汉代传《论语》的,有《古文论语》、《鲁论语》、《齐论语》等家,今存《论语》,出于张禹的《张侯论语》,其根源在《鲁论语》,并参考了《齐论语》、《古文论语》,应该是最优的传本了。

《论语》一书,虽在《汉书·艺文志·六艺略》中,其特征却应属诸子之列,只不过《论语》所记载的,主要是圣人孔子的言行而已。

《汉书·艺文志·六艺略》中,有《孝经古孔氏》一篇,二十二章。又有《孝经》一篇,十八章,有长孙氏、江氏、后氏、翼氏四家传其学。《史记·仲尼弟子列传》曰:

  曾参,南武城人,字子舆。少孔子四十六岁。孔子以为能通孝

---

① 《隋书》卷三十二,中华书局1973年版。
② [清]刘宝楠:《论语正义》卷九,《诸子集成》,中华书局1954年版。
③ [唐]李隆基注,[宋]邢昺疏:《孝经注疏》卷一,《十三经注疏》,中华书局1980年版。
④ 《史记》卷六十七,中华书局1959年版。

道,故授之业。作《孝经》。死于鲁。①

又《汉书·艺文志》曰:

《孝经》者,孔子为曾子陈孝道也。夫孝,天之经,地之义,民之行也。举大者言,故曰《孝经》。汉兴,长孙氏、博士江翁、少府后仓、谏大夫翼奉、安昌侯张禹传之,各自名家。经文皆同,唯孔氏壁中古文为异。"父母生之,续莫大焉","故亲生之膝下",诸家说不安处,古文字读皆异。②

关于《孝经》的作者问题,有多种说法,但是,比较起来,有根据的应该是汉代学者的说法,后代学者的观点,基本上都是推测之词,如姚际恒《古今伪书考》更认为该书"出于汉儒,不惟非孔子作,并非周秦之言也"③。《孝经》的成书时间应该和《礼记》大体相当。

鲁恭王坏孔子旧宅,得《古文孝经》等,颜师古指出《古文孝经》与《孝经》章数的区别,在于把《庶人章》一分为二,《曾子敢问章》分为三,又多一章。颜师古又引桓谭《新论》说:"《古孝经》千八百七十二字,今异者四百余字。"④《古文孝经》虽然与汉代流传之《孝经》有差异,但是,《古文孝经》与汉代流传《孝经》的共同之处还是很多的,而汉代长孙氏、博士江翁、少府后仓、谏大夫翼奉、安昌侯张禹等都传《孝经》,且《孝经》经文皆同,说明《孝经》成书于汉以前,应该是没有问题的。

邢昺《孝经注疏序》云:

夫《孝经》者,孔子之所述作也。述作之旨者,昔圣人蕴大圣德,生不偶时,适值周室衰微,王纲失坠,君臣僭乱,礼乐崩颓。居上位者赏罚不行,居下位者褒贬无作。孔子遂乃定礼、乐,删《诗》、《书》,赞《易》《道》,以明道德仁义之源;修《春秋》,以正君臣父子之法。又虑虽知其法,未知其行,遂说《孝经》一十八章,以明君臣父子之行所寄。知其法者修其行,知其行者谨其法。故《孝经纬》曰:"孔子云:'欲观

---

① 《史记》卷六十七,中华书局1959年版。
② 《汉书》卷三十,中华书局1962年版。
③ [清]姚际恒:《古今伪书考》,齐鲁书社1980年版。
④ 《汉书》卷三十,中华书局1962年版。

我褒贬诸侯之志,在《春秋》;崇人伦之行,在《孝经》。'"是知《孝经》虽居六籍之外,乃与《春秋》为表矣。先儒或云"夫子为曾参所说",此未尽其指归也。盖曾子在七十弟子中,孝行最著,孔子乃假立曾子为请益问答之人,以广明孝道。既说之后,乃属与曾子。泊遭暴秦焚书,并为煨烬。汉膺天命,复阐微言。《孝经》河间颜芝所藏,因始传之于世。自西汉及魏,历晋、宋、齐、梁,注解之者迨及百家。至有唐之初,虽备存秘府,而简编多有残缺,传行者唯孔安国、郑康成两家之注,并有梁博士皇侃《义疏》,播于国序。然辞多纰缪,理昧精研。至唐玄宗朝,乃诏群儒学官,俾其集议。是以刘子玄辨郑注有十谬七惑,司马坚斥孔注多鄙俚不经。其余诸家注解,皆荣华其言,妄生穿凿。明皇遂于先儒注中,采摭菁英,芟去烦乱,撮其义理允当者,用为注解。至天宝二年注成,颁行天下,仍自八分御札,勒于石碑,即今京兆石台《孝经》是也。①

综合上述各家意见,我们推测,《孝经》的大意出于孔子,而由曾子等人整理、传播,其成书在孔子之后,约战国时期,应该是没有问题的。其具体时代,大约跟《礼记》的《大学》、《中庸》等篇仿佛。

二、战国儒家著作举要

战国时期诸子著作,大体皆为论说文章。其九流十家著作,《汉书·艺文志》所载含汉代诸子,说有"百八十九家,四千三百二十四篇"②之众,若去除其中的汉代作品,为数仍有不少。其中虽有大量散佚,今存仍然足以想见昔日的辉煌。现分别不同派别加以检索。

战国诸子,儒家为首。今存以《孟子》、《荀子》为最重要。《史记·孟子荀卿列传》云:

> 孟轲,邹人也。受业子思之门人。③ 道既通,游事齐宣王,宣王

---

① [唐]李隆基注,[宋]邢昺疏:《孝经注疏》卷一,《十三经注疏》,中华书局1980年版。
② 《汉书》卷三十,中华书局1962年版。
③ 《史记索隐》引王劭之说曰:"人"为衍字,则主张孟子是子思弟子。

不能用。适梁，梁惠王不果所言，则见以为迂远而阔于事情。当是之时，秦用商君，富国强兵；楚、魏用吴起，战胜弱敌；齐威王、宣王用孙子、田忌之徒，而诸侯东面朝齐。天下方务于合从连衡，以攻伐为贤，而孟轲乃述唐、虞、三代之德，是以所如者不合。退而与万章之徒序《诗》、《书》，述仲尼之意，作《孟子》七篇。①

《汉书·艺文志》曰"《孟子》十一篇"，又说，"名轲，邹人，子思弟子"②。刘向《古列女传·母仪传》曰："孟子惧，且夕勤学不息，师事子思，遂成天下之名儒。"③《风俗通义·穷通》曰："孟子受业于子思。"④赵岐《孟子题辞》曰："或曰，孟子，鲁公族孟孙之后"，"长师孔子之孙子思"，著书七篇外，又有"外书"四篇，即《性善辩》、《文说》、《孝经》、《为政》，"其文不能宏深，不与内篇相似，似非孟子本真，后世依放而托也"⑤。外书四篇今不存世。

孟子生活的时代大致是公元前372年至公元前289年，其出生之时，距孔子之死一百余年。《孟子》七篇，大体可以认为是孟子自著，而万章之徒，也曾参与。

《史记·孟子荀卿列传》曰：

> 荀卿，赵人，年五十始来游学于齐。……齐襄王时，而荀卿最为老师。齐尚修列大夫之缺，而荀卿三为祭酒焉。齐人或谗荀卿，荀卿乃适楚，而春申君以为兰陵令。春申君死而荀卿废，因家兰陵。李斯尝为弟子，已而相秦。荀卿嫉浊世之政，亡国乱君相属，不遂大道而营于巫祝，信禨祥，鄙儒小拘，如庄周等又猾稽乱俗，于是推儒、墨、道德之行事兴坏，序列著数万言而卒。⑥

又《盐铁论·毁学》引文学之言曰：

> 方李斯之相秦也，始皇任之，人臣无二，然而荀卿谓之不食，睹其

---

① 《史记》卷七十四，中华书局1959年版。
② 《汉书》卷三十，中华书局1962年版。
③ [汉]刘向：《古列女传》卷三，《文渊阁四库全书·史部七·传记类三》。
④ [汉]应劭：《风俗通义》卷七，《文渊阁四库全书·子部十·杂家类三》。
⑤ [清]焦循：《孟子正义》，《诸子集成》，中华书局1954年版。
⑥ 《史记》卷七十四，中华书局1959年版。

罹不测之祸也。①

《风俗通义·穷通》曰：

齐威、宣王之时，聚天下贤士于稷下……孙卿有秀才，年十五，始来游学。……至襄王时，而孙卿最为老师。②

荀子，名况，生活时代大致在战国后期。春申君死在楚孝烈王二十五年（公元前238年）或者更后，荀子生当齐威王、宣王之世。《汉书·艺文志》有"《孙卿子》三十三篇"③，孙卿即荀况。《荀子》今有三十二篇，案刘向《孙卿书录》曰："所校雠中《孙卿书》凡三百二十二篇，以相校，除复重二百九十篇，定著三十二篇。"④因而《诸子通考》以为："刘向校定之本，本只三十二篇，《汉志》作'三十三篇'者，字之误也。"⑤该书基本是荀子自著，《大略》、《宥坐》等篇，也可能是荀子弟子所记。

除《孟子》、《荀子》外，较重要的儒家著作还有《晏子》，又称《晏子春秋》。1972年山东临沂银雀山汉墓出土有《晏子》残简多枚，《晏子》作为秦以前的著作，自是不成问题的。柳宗元《辩晏子春秋》指出：

司马迁读《晏子春秋》，高之，而莫知其所以为书。或曰：晏子为之而人接焉；或曰：晏子之后为之。皆非也。吾疑其墨子之徒有齐人者为之。墨好俭，晏子以俭名于世，故墨子之徒，尊著其事，以增高为己术者，且其旨多尚同兼爱，非乐节用非厚葬久丧者，是皆出墨子。又非孔子，好言鬼事，非儒明鬼，又出墨子。……⑥

又《四库全书总目》云：

《晏子春秋》八卷，旧本题齐晏婴撰，晁公武《读书志》，婴相景公，此书著其行事及谏诤之言。《崇文总目》谓后人采婴行事为之，非婴所撰。然则是书所记乃唐人《魏征谏录》、《李绛论事集》之流，特失其

---

① [汉]桓宽：《盐铁论》，《诸子集成》，中华书局1954年版。
② [汉]应劭：《风俗通义》卷七，《丛书集成初编》，商务印书馆1927年版。年"十五"当为"五十"之误。
③ 《汉书》卷三十，中华书局1962年版。
④ 《全汉文》卷三十七，[清]严可均编：《全上古三代秦汉三国六朝文》，中华书局1958年版。
⑤ 蒋伯潜：《诸子通考》下编第二章，浙江古籍出版社1985年版。
⑥ [唐]柳宗元：《柳河东全集》卷四，中国书店1991年版。

编次者之姓名耳。题为婴者,依托也。其中如王士禛《池北偶谈》所摘齐景公囚人一事,鄙倍荒唐,殆同戏剧,则妄人又有所窜入,非原本矣。刘向、班固俱列之儒家中,惟柳宗元以为墨子之徒有齐人者为之,其旨多尚兼爱,非厚葬久丧者,又往往言墨子闻其道而称之。薛季宣《浪语集》又以为《孔丛子》诘墨诸条今皆见《晏子》书中,则婴之学实出于墨。盖婴虽略在墨翟前,而史角止鲁,实在惠公之时,见《吕氏春秋·仲春纪·当染篇》,故婴能先宗其说也。其书自《史记·管晏列传》已称为《晏子春秋》,故刘知几《史通》称晏子、虞卿、吕氏、陆贾,其书篇第本无年月,而亦谓之《春秋》,然《汉志》惟作《晏子》,《隋志》乃名《春秋》,盖二名兼行也。《汉志》、《隋志》皆作八篇,至陈氏、晁氏《书目》乃皆作十二卷,盖篇帙已多,有更改矣。①

《晏子》一书的成书比较复杂,当然不是出于晏婴本人手笔,至于是否晏婴后人或墨子之徒所为,却也很难遽下结论。《四库全书总目提要》以为"由后人摭拾其轶事为之"②,虽嫌宽泛,却最接近真理。齐稷下先生众多,晏婴又是齐国著名宰相,晏婴事迹被齐人用来烘托或表达自己的思想,是完全有可能的。谭家健、郑君华以《晏子》为"战国中期以后,即《墨子》之后,《战国策》、《荀子》、《韩非子》、《吕氏春秋》之前"之著作,因为其语言风格接近墨子而又略有演进,但无《战国策》、《荀子》之铺排;其记事详略可见其参考过《左传》,而为《韩非子》、《吕氏春秋》所摘,又预言田氏代齐,称赞田氏,当写于田氏代齐后,秦灭齐前③,可备参考。

战国儒家著作,还包括近年出土的大量战国文献,如《郭店楚墓竹简》之《鲁穆公问子思》、《穷达以时》、《五行》、《唐虞之道》、《忠信之道》、《成之闻之》、《尊德义》、《性自命出》、《六德》等④,以及《上海博物馆藏战国楚竹书》⑤中的一些著作。

---

① [清]永瑢、纪昀:《四库全书总目提要》卷五十七《史部十三·传记类一》,湖南出版社1999年版。
② 同上。
③ 谭家健、郑君华:《先秦散文纲要》之十,陕西人民出版社1987年版。
④ 《郭店楚墓竹简》,文物出版社1998年版。
⑤ 该书六册,马承源主编,上海古籍出版社2001年后陆续出版。

三、战国黄老道家著作举要

《汉书·艺文志》以道家次儒家之后,凡三十七家,九百九十三篇,其篇数在九流中居第一①。今存而可以认定为战国著作者,包括《管子》、《文子》、《庄子》、《列子》、《鹖冠子》、《黄帝四经》以及《道德经》②等。

如果就诸书之影响而言,以《道德经》、《庄子》为最重要,但《黄帝四经》一书,久已失传,1973年出土于长沙马王堆汉墓,西汉人每每"黄老"并举,可见《黄帝四经》于黄老学之重要性,当不在《道德经》之下。

《黄帝四经》不是传说中的黄帝所著,其成书大约在战国中期,约公元前四世纪左右③。《淮南子·修务训》曰:"世俗之人,多尊古而贱今,古为道者必托之于神农、黄帝而后能入说。"《黄帝四经》是战国时托名黄帝的众多著作之一。《隋书·经籍志》曾肯定汉时所存诸子道书之流三十七家,以《黄帝四经》、《老子》二篇"最得深旨"。

《老子》,即《道德经》,《史记·老子韩非列传》曰:

> 老子者,楚苦县厉乡曲仁里人也。姓李氏,名耳,字聃,周守藏室之史也。孔子适周,将问礼于老子。老子曰:"子所言者,其人与骨皆已朽矣,独其言在耳。且君子得其时则驾,不得其时则蓬累而行。吾闻之,良贾深藏若虚,君子盛德,容貌若愚。去子之骄气与多欲,态色与淫志,是皆无益于子之身。吾所以告子,若是而已。"孔子去,谓弟子曰:"鸟,吾知其能飞;鱼,吾知其能游;兽,吾知其能走。走者可以为罔,游者可以为纶,飞者可以为矰。至于龙吾不能知,其乘风云而上天。吾今日见老子,其犹龙邪!"老子修道德,其学以自隐无名为务。居周久之,见周之衰,乃遂去。至关,关令尹喜曰:"子将隐矣,强

---

① 《汉书》卷三十,中华书局1962年版。
② 《汉书·艺文志》所载老子书,包括《老子邻氏经传》、《老子傅氏经说》、《老子徐氏经说》、《刘向说老子》等四种。《汉书》卷三十,中华书局1962年版。
③ 参见唐兰:《马王堆出土〈老子〉乙本卷前古佚书研究》,《考古学报》1975年第1期;龙晦:《马王堆出土〈老子〉乙本前古佚书探原》1975年第2期;余明光:《黄帝四经与黄老思想》,黑龙江人民出版社1983年版。

为我著书。"于是老子乃著书上下篇,言道德之意五千余言而去,莫知其所终。或曰:老莱子亦楚人也,著书十五篇,言道家之用,与孔子同时云。盖老子百有六十余岁,或言二百余岁,以其修道而养寿也。自孔子死之后百二十九年,而史记周太史儋见秦献公曰:"始秦与周合,合五百岁而离,离七十岁而霸王者出焉。"①或曰儋即老子,或曰非也,世莫知其然否。老子,隐君子也。老子之子名宗,宗为魏将,封于段干。宗子注,注子宫,宫玄孙假,假仕于汉孝文帝。而假之子解为胶西王卬太傅,因家于齐焉。②

司马迁"采经撮传,分散数家之事,甚多疏略,或有抵梧"③,其论老子,即为一例。

老子之存在,当然是不成问题的,但究竟老子是李耳、老莱子,还是周太史儋,司马迁未作考证。言老子寿命,竟至二百余岁,这说明在汉初,老子其人之事迹已难下确论。不过,《庄子》之《德充符》、《天地》、《天道》、《天运》诸篇有关于孔子问礼老子之事④。如果说《庄子》多寓言,其言可信者少,而《礼记·曾子问》云:

  曾子问曰:"葬引至于堩,日有食之,则有变乎?且不乎?"孔子曰:"昔者,吾从老聃,助葬于巷党,及堩,日有食之,老聃曰:'丘!止柩,就道右,止哭以听变'。既明,反而后行,曰:'礼也。'反葬,而丘问之曰:'夫柩不可以反者也,日有食之,不知其已之迟数,则岂如行哉?'老聃曰:'诸侯朝天子,见日而行,逮日而舍奠。大夫使,见日而行,逮日而舍。夫柩不蚤出,不暮宿。见星而行者,唯罪人与奔父母之丧者乎?日有食之,安知其不见星也。且君子行礼,不以人之亲痁患。'吾闻诸老聃云。"⑤

---

① [唐]司马贞:《史记索隐》曰:"周、秦二本纪并云:'始周与秦国合而别,别五百载又合,合七十岁而霸王者出。'然与此传离合正反,寻其意义,亦并不相违也。"《史记》卷六十五,中华书局1959年版。
② 《史记》卷六十三,中华书局1959年版。
③ 《汉书》卷六十二《司马迁传》,中华书局1962年版。
④ [清]王先谦:《庄子集解》,《诸子集成》,中华书局1954年版。
⑤ [汉]郑玄注,[唐]孔颖达疏:《礼记正义》卷十八,《十三经注疏》,中华书局1980年版。

《礼记》成书于战国时期,孔子之言曾从老聃,其言或无不差。如此,则老聃当为孔子同时之人,当有可能。梁启超《老子哲学》认为,关于老子的资料,可以确认的是:一、老子姓李名耳,亦名聃;二、他是楚国人,或者说是陈国人;三、他在周朝做过守藏史,相当于国立图书馆馆长;四、他和孔子是见过面的①。不过,近人罗根泽指出:

> 史公误信孔子问老聃之说,而又确知孔子卒后百二十九年太史儋见秦献公,故有老子寿二百余岁之妄,老聃、史儋是否一人之疑。其实老聃即史儋,何以言之?一、聃儋音同字通,《吕氏春秋》作老耽,亦即此人,古声音同则可假借,故荀卿一作孙卿,荆卿一作庆卿,厥例繁矣。二、聃为周柱下史,儋亦为周之史官。三、老子出函谷关;史儋入秦,亦必出函谷关。四、……而考《孔子世家》,孔子十世孙襄,为孝惠博士,何老子先于孔子,反八世已至孝文?……然则老耽亦战国时人。关尹更不必论矣。②

罗根泽此言,为我们认识老聃,提供了另外一个思路。实际上,既然老聃又可能是太史儋,当然也存在老聃与李聃、老子未必是一个人的可能性。

无论老子是春秋时代还是战国时人物,《道德经》的成书,却不应早于战国时期。梁启超指出《老子》攻击仁义,必然出于孔子之后③,顾颉刚更指出《老子》称《道德经》,"经"是战国后期才有的称呼,而对圣智的批判,更体现战国后期的时代特征④。蒋伯潜先生认为《老子》之为战国时人掇拾荟萃而成,《诸子通考》为此而举六证,其一,《论语》记言,有某曰,而《老子》无,《论语》更古。其二,《论语》、《墨子》、《孟子》不及老子,而《老子》却反儒墨,《老子》当晚于《墨子》、《孟子》。其三,《老子》比《论语》更多重见迭出之语,非一人自著。其四,《论语》无韵,《孟子》韵语极少,而《老子》韵

---

① 梁启超:《饮冰室专集》三十五,《饮冰室合集》,中华书局 1989 年版。
② 罗根泽:《诸子考索》之《战国前无私家著作说》,人民出版社 1958 年版。
③ 梁启超:《古书真伪及其年代》,见《饮冰室专集》一百零四,《饮冰室合集》,中华书局 1989 年版。
④ 顾颉刚:《论诗经经历及老子与道家书》,《古史辨》第一册,海南出版社 2005 年版。

语极多,类似《尚书》之《洪范》,《易传》之《文言》、《系辞》,议论文用韵语,当较晚。其五,《老子》曰:"故失道而后德,失德而后仁,失仁而后义,失义而后礼,夫礼者,忠信之薄而乱之首。前识者,道之华而愚之始也。"《庄子·知北游》引黄帝之言曰:"故曰,失道而后德,失德而后仁,失仁而后义,失义而后礼,礼者,道之华而乱之首也。"孔子讲仁,孟子讲义,荀子讲礼,此语出自战国末世,而托言黄老,因而《老子》成书最早同于《庄子》,甚至在《庄子》之后。其六,《老子》语多并见于《庄子》,且多杂法家、兵家、纵横家之言,明系杂集而成。"据此六证,可以断定《老子》决非出于一人,作于一时,而为战国时人条录道家传诵之格言,(《老子》中韵语,当为口耳相传之格言。)采自他书之精语,荟萃成书,托之老子"①。

钱穆《再论老子成书年代》一文也指出,"就《老子》书中对政治社会所发种种理论而推测其当时之背景,则其书颇似战国晚年之作品","今《老子》书中思想,明与庄周、公孙龙、宋钘诸家相涉;其书似可出诸家后。乃有兼采诸家以成书之嫌疑也"②。

余明光以帛书为根据,认为"它是老子后学根据老子的思想和道家的学说不断增益编纂而成的,要不然就不会在帛书中出现前后重复和矛盾的现象"。又说"三十辐,共一毂,当其无,有车之用"一语所云"三十辐共一毂"之车子,通过考古发掘,证明是战国才出现的,其成为车子之定制,"还是战国中后期的事";证明"万乘之主"之说法,只能出现于七国争雄之时,而春秋诸侯兵车至多不超过五千乘。③ 又《道德经》曰:"偏将军居左,而上将军居右。""上将军"之名出现于战国。有人认为此段文字非《道德经》原文,为后人增入,而帛书《老子》却有此章,证明此章属《道德经》原文。这些证据都说明《老子》之出现,当在战国中晚期。

1993年在湖北荆门郭店出土的楚简之《老子》甲本、乙本、丙本,为我们认识《老子》成书提供了新证据,《郭店楚墓竹简·前言》云:

　　简本《老子》甲、乙、丙是迄今为止所见年代最早的《老子》传抄

---

① 蒋伯潜:《诸子通考》下编第七章,浙江古籍出版社1985年版。
② 钱穆:《老子辩》,大华书局1935年版。
③ 余明光:《黄帝四经与黄老思想》第四章,黑龙江人民出版社1983年版。

本,它的绝大部分文句与今本《老子》相近或相同,但不分德经和道经,而且章次与今本也不相对应。①

郭店楚墓的时代大约是战国中期偏晚,虽然简本《老子》存在着因盗墓而散佚的可能性,但是,就现存的内容看,我们认为,在战国中晚期,《老子》并没有形成一个完整的定本,这说明《老子》是拾萃众家之言的可能性很大。

今存黄老道家著作,还包括《管子》、《文子》、《鹖冠子》等。这些书过去曾被人怀疑为伪书,随着考古资料的丰富,皆大体可以肯定为战国中晚期人所作。《管子》、《文子》、《鹖冠子》中都大量引用《黄帝四经》中的语句②,梁启超先生认为《管子》中有关"兼爱"、"非攻"之说,已经标明它的成书应该在墨家出现之后③,而银雀山汉墓竹简中古佚篇《王兵》之内容则散见于《管子》之《参患》、《七法》、《地图》等篇④。1973年在河北省定县八角廊村西汉墓中也发现了竹简本《文子》,与今本《文子》大致不差。则《管子》、《文子》、《鹖冠子》当成书于《黄帝四经》之后。具体说,《管子》八十六篇⑤,当成于战国中后期,《吕氏春秋》、《韩非子》曾引用该书材料⑥。《汉书·艺文志》载《文子》九篇⑦,今有十二篇,约"产生在战国末年"⑧。当然,传世本《文子》中也可能有秦汉后窜入的内容,如赵雅丽《〈文子〉思想及竹简〈文子〉复原研究》就认为《文子》书中的《上德》、《微明》、《自然》、《下德》、《上义》、《上礼》是汉代初期的著作⑨。而《汉书·艺文志》曰"《鹖

---

① 荆门博物馆:《郭店楚墓竹简》,文物出版社1998年版。
② 参见唐兰:《马王堆出土〈老子〉乙本卷前古佚书研究》附录一《〈老子〉乙本卷前古佚书引文表》,《考古学报》1975年第1期。
③ 梁启超:《古书真伪及其年代》,见《饮冰室专集》之一百零四,《饮冰室合集》,中华书局1989年版。
④ 参见《银雀山汉墓竹简》(壹),文物出版社1985年版。
⑤ 其中十篇有目无文,实有七十六篇之数。
⑥ 参见谭家健、郑君华:《先秦散文纲要》,山西人民出版社1987年版。
⑦ 《汉书》卷三十,中华书局1962年版。
⑧ 熊铁基:《秦汉新道家略论稿》之《对〈文子〉的初步探讨》,上海人民出版社1984年版。
⑨ 赵雅丽:《〈文子〉思想及竹简〈文子〉复原研究》之《结语篇》,北京燕山出版社2005年版。

冠子》一篇",又曰,"楚人,居深山,以鹖为冠"①。据李学勤之推论,鹖冠子的活动年代"可估计相当赵惠文王、孝成王至悼襄王初年,即楚顷襄王、考烈王之世,也就是公元前300年到240年左右,战国晚期的前半",《鹖冠子》之成书,则"不会早于公元前235年","但书内没有作于汉代的迹象",大体为战国晚期著作②。今存《鹖冠子》十九篇,与《汉书·艺文志》篇数虽不合,但根据其中引用《黄帝四经》的情况,当皆属先秦古籍③。

四、战国庄子学派著作举要

道家学派中庄子一派,以庄子为代表。《史记·老子韩非列传》曰:

> 庄子者,蒙人也,名周。周尝为蒙漆园吏,与梁惠王、齐宣王同时。其学无所不窥,然其要本归于老子之言。④

庄子是战国中期宋国蒙人,曾做过漆园吏,其生活时代大约在公元前369年至公元前286年左右。《汉书·艺文志》曰:"《庄子》五十二篇。"⑤今存三十三篇,其中包括内篇七,外篇十五,杂篇十一。内篇当是庄子自著,外、杂篇中多有出自庄子后学之手的著作,但也基本上代表了庄子道家的思想,这已成学术界的共识。

庄子道家,尚有《列子》一书。《汉书·艺文志》曰:"《列子》八篇。"又曰:"名圄寇,先庄子,庄子称之。"柳宗元《辩列子》曰:

> 刘向古称博极群书,然其录《列子》,独曰郑穆公时人。穆公在孔子前几百岁,《列子》书言郑国,皆云子产、邓析,不知向何以言之如此?《史记》,郑缟公二十四年、楚悼王四年围郑,郑杀其相驷子阳,子阳正与列子同时。是岁,周安王三年,秦惠王、韩烈侯、赵武侯二年,

---

① 《汉书》卷三十,中华书局1962年版。
② 李学勤:《鹖冠子》与两种帛书》,陈鼓应主编:《道家文化研究》第二辑,上海古籍出版社1992年版。
③ [明]胡应麟:《四部正讹》疑今本《鹖冠子》与《庞煖》之合。又鹖冠子为庞煖之师,故有人疑兵家《鹖冠子》入于今本。《四部正讹》,上海古籍出版社1996年版。
④ 《史记》卷六十三,中华书局1959年版。
⑤ 《汉书》卷三十,中华书局1962年版。

魏文侯二十七年,燕釐公五年,齐康公七年,宋悼公六年,鲁穆公十年。不知向言鲁穆公时遂误为郑耶!不然,何乘错至如是。其后,张湛徒知怪《列子》书言穆公后事,亦不能推知其时。然其书亦多增窜,非其实。……其《杨朱》、《力命》疑其杨子书。其言魏牟、孔穿,皆出列子后,不可信。然观其辞,亦足通知古之多异术也,读焉者慎取之而已矣①。

庄子书中,多次提及子列子、御寇、列御寇之名。《庄子·让王》曰:"子列子穷,容貌有饥色,客有言之于郑子阳者。"②列子与子阳同时,子阳之死在公元前389年。《列子》其书,作者既非一人,成书亦非一时,许抗生《列子考辨》认为,"《列子》基本上是一部先秦道家典籍,基本上保存了列子及其后学的思想,它大约作于战国中后期。列子学派后学所为,并夹杂有道家杨朱学派后学的著作","《黄帝篇》、《汤问篇》很可能成书较早,先于《庄子》内篇,而《天瑞篇》则作于《庄子》外、杂篇同时或稍晚,其他诸篇大抵亦作于战国中后期",并在散佚后经后人增删、伪纂、润色③。这个推论大致可信。

五、战国其他诸子著作举要

《汉书·艺文志》以法家次阴阳家之后,现存战国时法家著作主要包括《商君书》、《韩非子》,另外还有《慎子》、《申子》辑本。

《商君书》二十九篇,今存二十四篇。《汉书·艺文志》曰:商君"名鞅,姬姓,卫后也,相秦孝公。"④商鞅大约生于公元前390年,死于公元前338年,本名公孙鞅,后仕秦,为孝公封于商,故称商君、商鞅。因本为卫国公族,又称卫鞅。《商君书》不是商鞅自己一人所作,而是以他为代表的战国法家思想家的著作汇编,其编定时间大约在秦昭襄王晚年,即公元前251

---

① [唐]柳宗元:《柳河东全集》卷四,中国书店1991年版。
② [清]王先谦:《庄子集解》卷八,《诸子集成》,中华书局1954年版。
③ 参见陈鼓应主编:《道家文化研究》第一辑,上海古籍出版社1992年版。
④ 《汉书》卷三十,中华书局1962年版。

年左右，基本上仍可以看作是商鞅思想。

《汉书·艺文志》曰：韩子"名非，韩诸公子，使秦，李斯害而杀之"①。而《史记·老子韩非列传》云：

> 韩非者，韩之诸公子也。喜刑名法术之学，而其归本于黄、老。非为人口吃，不能道说，而善著书。与李斯俱事荀卿，斯自以为不如非。非见韩之削弱，数以书谏韩王，韩王不能用。于是韩非疾治国不务修明其法制，执势以御其臣下，富国强兵而以求人任贤，反举浮淫之蠹而加之于功实之上。以为儒者用文乱法，而侠者以武犯禁。宽则宠名誉之人，急则用介冑之士。今者所养非所用，所用非所养。悲廉直不容于邪枉之臣，观往者得失之变，故作《孤愤》、《五蠹》、《内外储》、《说林》、《说难》十余万言。②

韩非大约生于公元前280年，他出身韩国宗室贵族，曾与李斯同为荀子的学生，秦王政看了他的著作，强召而入秦，为李斯、姚贾陷害入狱，于公元前233年自杀。其著作《韩子》，即《韩非子》，基本属于他自己所著，但编辑成书，则是他身后之事。

《汉书·艺文志》所录名家著作，今存《邓析子》、《尹文子》两书较完整，其次则有残本《公孙龙子》。

《汉书·艺文志》云："《邓析》二篇。"③今有《无厚篇》、《转辞篇》两文。当非邓析本人所作，而为后人附益。其内容颇为驳杂不伦，钞同他书，节次不相属，甚而有庄子之语④。罗根泽《"邓析子"探源》谓："今本二篇，出于晋人之手，半由捃拾群书，半由伪造附会。"⑤此说虽未必可靠，但今本确难体现名家学说全貌，却是无疑的。

---

① 《汉书》卷三十，中华书局1962年版。
② 《史记》卷六十三，中华书局1959年版。
③ 《汉书》卷三十，中华书局1962年版。
④ 参见[宋]晁公武：《郡斋读书志》卷十一，上海古籍出版社1990年版；[宋]王应麟：《汉书·艺文志考证》卷六、七，见《文渊阁四库全书·史部十四·目录类一》；《四库全书总目提要》卷一百十七《子部二十七·杂家类一》，海南出版社1999年版。
⑤ 罗根泽：《诸子考索》，人民出版社1958年版。

《汉书·艺文志》曰:"《尹文子》一篇。"①罗根泽《"尹文子"探源》一文,以今本《大道》上下两篇为魏晋人伪作②。而胡家聪《〈尹文子〉并非伪书》一文,认为《尹文子》作于战国无疑,其学以黄老为中心,有"持守道家本位","申论刑名法术之学","融合百家学说"之倾向③。《尹文子》之真伪虽难论,但其作为典型的名家著作,似亦可怀疑。《汉书·艺文志》所载《公孙龙子》十四篇,今有六篇,有《白马论》、《指物论》、《通变论》、《坚白论》、《名实论》等五篇理论著述,而《迹府》一篇,为公孙龙子事迹汇编。《公孙龙子》可以看作是名家学说的代表作。

《汉书·艺文志》以墨家次名家之后。《韩非子·显学》曰:"世之显学,儒墨也。"④但墨家著作,《汉书·艺文志》所载六家,今仅存《墨子》一种。《汉书·艺文志》曰:"《墨子》七十一篇。"⑤今存五十三篇。《墨子》一书,是以墨翟为代表的墨家学派的著作汇编,包括墨子及其后学的著作。墨子生活的时代,大约在孔子之后,孟子之前。据孙诒让《墨子传略》,当生于公元前468年前后,死于公元前376年左右⑥。《墨子》书中《尚贤》、《尚同》、《兼爱》、《非攻》、《节用》、《节葬》、《天志》、《明鬼》、《非乐》、《非命》皆分上中下,《非儒》分上下,其中部分篇目缺佚。依现存篇目考察,上中下三篇内容基本一致,所以可以相信是墨子后学记录墨子学说的三种版本。《亲士》、《修身》、《所染》、《法仪》、《七患》、《辞过》、《三辩》等发挥墨学,《所染》提及宋康王之灭,事在楚顷襄王十一年(公元前284年),则其写定不得早此。《经》上下、《经说》上下、《大取》、《小取》六篇,为后期墨家学说。《耕柱》、《贵义》、《公孟》、《鲁问》、《公输》等,记墨子言辞,为语录体,其中称墨子弟子禽滑厘为禽子,因而当出自墨子三四传弟子之手。

《汉书·艺文志》有纵横家十二家,其中包括《苏子》三十一篇,为苏秦

---

① 《汉书》卷三十,中华书局1962年版。
② 罗根泽:《诸子考索》,人民出版社1958年版。
③ 陈鼓应主编:《道家文化研究》第二辑,上海古籍出版社1992年版。
④ [清]王先慎:《韩非子集解》卷十九,《诸子集成》,中华书局1954年版。
⑤ 《汉书》卷三十,中华书局1962年版。
⑥ [清]孙诒让:《墨子闲诂·墨子后语》卷上,中华书局2001年版。

所作；《张子》十篇，为张仪所作。今存仅马王堆汉墓帛书《战国纵横家书》①二十七章，其中包括苏秦、韩眠、须贾、朱己、触龙、虞卿、公仲倗、李园等人的说辞，为战国时所作。

又《隋书·经籍志》载有《鬼谷子》三卷，长孙无忌序云：

> 《鬼谷子》三卷，皇甫谧注。鬼谷子，楚人也，周世隐于鬼谷。②

虽然鬼谷子是战国时期人，《史记·苏秦列传》云："苏秦者，东周雒阳人也。东事师于齐，而习之于鬼谷先生。"③《史记·张仪列传》云："张仪者，魏人也。始尝与苏秦俱事鬼谷先生，学术，苏秦自以不及张仪。"④但是，《汉书·艺文志》不载《鬼谷子》，所以《鬼谷子》是否成书于战国，就成为值得怀疑的事情了。柳宗元《辩鬼谷子》云：

> 元冀好读古书，然甚贤《鬼谷子》，为其《指要》几千言。《鬼谷子》要为无取（一作能）。汉时刘向、班固录书无《鬼谷子》。《鬼谷子》后出，而险螫峭薄，恐其妄言乱世，难信，学者宜其不道。而世之言纵横者，时葆其书。尤者，晚乃益出七术。怪谬异甚，不可考校，其言益奇，而道益陿狭，使人狙狂失守，而易于陷坠。幸矣，人之葆之者少。今元子又文之以《指要》，呜呼，其为好术也过矣。⑤

又《四库全书总目提要》云：

> 案《鬼谷子》，《汉志》不著录，《隋志》纵横家有《鬼谷》三卷，注曰周世隐于鬼谷。《玉海》引《中兴书目》曰："周时高士，无乡里族姓名字，以其所隐，自号鬼谷先生。苏秦、张仪事之，授以《捭阖》至《符言》等十有二篇，及《转丸本经》、《持枢中经》等篇。"因《隋志》之说也。《唐志》卷数相同，而注曰苏秦撰。张守节《史记正义》曰："鬼谷在雒州阳城县北五里。"《七录》有苏秦书，乐壹注云："秦欲神秘其道，故假

---

① 《战国纵横家书》，文物出版社1976年版。
② 《隋书》卷三十四，中华书局1973年版。
③ 《史记》卷六十九，中华书局1959年版。
④ 同上书卷七十。
⑤ [唐]柳宗元：《柳河东全集》卷四，中国书店1991年版。

名鬼谷。"此又《唐志》之所本。胡应麟《笔丛》则谓《隋志》有《苏秦》三十一篇,《张仪》十篇,必东汉人本二书之言,荟粹为此,而托于鬼谷,若子虚、亡是之属。其言颇为近理,然亦终无确证。《隋志》称皇甫谧注,则为魏晋以来书,固无疑耳。《说苑》引鬼谷子有"人之不善而能矫之者,难矣"一语,今本不载。又惠洪《冷斋夜话》引鬼谷子曰:"崖蜜,樱桃也。"今本亦不载。疑非其旧。然今本已佚其《转丸》、《胠箧》二篇,惟存《捭阖》至《符言》十二篇,向所引者或在佚篇之内。至惠洪所引,据王直方《诗话》,乃《金楼子》之文,惠洪误以为《鬼谷子》耳,均不足以致疑也。高似孙《子略》称其"一阖一辟,为《易》之神;一翕一张,为老氏之术。出于战国诸人之表。"诚为过当。宋濂《潜溪集》诋为"蛇鼠之智",又谓"其文浅近,不类战国时人",又抑之太甚。柳宗元《辨鬼谷子》以为"言益奇而道益陿",差得其真。盖其术虽不足道,其文之奇变诡伟,要非后世所能为也。①

今存《鬼谷子》包括《捭阖》、《反应》、《内揵》、《抵巇》、《飞箝》、《忤合》、《揣篇》、《摩篇》、《权篇》、《谋篇》、《决篇》、《符言》十二篇,《转丸》、《胠箧》只存篇名。以上诸篇,虽然不见得是鬼谷子的作品,但多少反映战国时期鬼谷子及苏秦、张仪的思想,应该是可能的。至于《鬼谷子》之《本经阴符》七篇等,所谓《阴符七术》,柳宗元认为乖缪之作,当是可信的。

《汉书·艺文志》所录杂家著作,有《尸子》、《尉缭子》、《吕氏春秋》数种为战国著作。刘向《别录》云:《尸子》之作者尸佼,"晋人也,名佼,秦相卫鞅客也。卫鞅商君谋事画计,立法理民,未尝不与佼规也。商君被刑,佼恐并诛,乃亡逃入蜀,自为造此二十篇书,凡六万余言。卒,因葬蜀"②。《尸子》一书已佚,清人章宗源、孙星衍有辑本,约一万余字,已难窥其仿佛。

---

① [清]永瑢、纪昀:《四库全书总目提要》卷一百十七《子部二十七·杂家类一》,海南出版社1999年版。
② 《全汉文》卷三十八,[清]严可均编:《全上古三代秦汉三国六朝文》,中华书局1958年版。引自《史记》卷七十四《孟子荀卿列传集解》,中华书局1959年版。

《汉书·艺文志》之《诸子略》曰:"《尉缭子》二十九篇。"而《兵形势》曰:"《尉缭》三十一篇。"①今存二十四篇。尉缭是六国时人,该书之成,当在战国无疑,因为1972年山东临沂银雀山汉墓发现竹书六篇,与今本《尉缭子》相同。但检索今本之内容,当应属兵书一类。

《汉书·艺文志》所录杂家著作,最完整的是《吕氏春秋》。《汉书·艺文志》曰:"《吕氏春秋》二十六篇。"②《隋书·经籍志》则曰:"《吕氏春秋》二十六卷。"③今存高诱注二十六卷,一百六十篇。《史记·吕不韦列传》曰:"吕不韦乃使其客人人著所闻,集论以为《八览》、《六论》、《十二纪》,二十余万言。……号曰《吕氏春秋》。"④据此知,二十六篇即今二十六卷,篇名即卷名。该书之成,当是吕不韦之门人所作。《吕氏春秋·序意》曰:"维秦八年,岁在涒滩,秋,甲子朔,朔之日,良人请问《十二纪》。"⑤秦王政八年(公元前239年)为壬戌年,而"岁在涒滩"当为申年,因此,孙星衍认为:"考庄襄王灭周后二年癸丑岁,至始皇六年共八年,适得庚申岁,申为涒滩,吕不韦指为是年。"⑥则"维秦八年",当指公元前241年。依《史记》所言《吕氏春秋》次序⑦,《十二纪》之成可能最晚,据此则可推断至迟在公元前241年前后,《吕氏春秋》已成书。

战国时阴阳家著作,主要有《邹子》、《邹子终始》、《公梼生终始》、《公孙发》《邹奭子》等。农家著作,有《神农》、《野老》等,今俱不传。

儒、道、阴阳、法、名、墨、纵横、杂、农九家之外,《汉书·艺文志》尚录小说家著作十五种,今佚。其中《伊尹说》、《鬻子说》、《周考》、《青史子》、《师旷》、《务成子》、《宋子》、《天乙》、《黄帝说》等,当为战国人所著。

---

① 《汉书》卷三十,中华书局1962年版。
② 同上。
③ 《隋书》卷三十四,中华书局1973年版。
④ 《史记》卷八十五,中华书局1959年版。
⑤ [汉]高诱:《吕氏春秋注》,《诸子集成》,中华书局1954年版。
⑥ [清]孙星衍:《问字堂集·太阴考》,中华书局1996年版。
⑦ 除《史记·吕不韦列传》提及《八览》、《六论》、《十二纪》外,《史记·十二诸侯年表》曰:吕不韦"上观尚古,删拾《春秋》,集六国时事以为《八览》、《六论》、《十二纪》,为《吕氏春秋》",《史记》卷十四,中华书局1959年版。

第四节　现存战国主要叙事体及抒情体文学著作

现存战国叙事及诗赋体文学,见于《汉书·艺文志》之《六艺略》及《诗赋略》中。叙事体文学,主要是历史类的著作,包括《左传》、《国语》、《战国策》,其中《左传》属编年体,《国语》、《战国策》为国别体。战国抒情体文学,则主要以屈原、宋玉的作品为代表。

一、《左传》的作者与传承

《汉书·艺文志·六艺略》有《春秋》一类,包括"《左氏传》三十卷。左丘明,鲁太史","《公羊传》十一卷。公羊子,齐人","《穀梁传》十一卷。穀梁子,鲁人","《邹氏传》十一卷","《夹氏传》十一卷,有录无书"①。《史记·十二诸侯年表》云:

> 太史公读《春秋历谱谍》,至周厉王,未尝不废书而叹也。曰:呜呼,师挚见之矣!纣为象箸而箕子唏。周道缺,诗人本之衽席,《关雎》作。仁义陵迟,《鹿鸣》刺焉。及至厉王,以恶闻其过,公卿惧诛而祸作,厉王遂奔于彘,乱自京师始,而共和行政焉。是后或力政,彊乘弱,兴师不请天子。然挟王室之义,以讨伐为会盟主,政由五伯,诸侯恣行,淫侈不轨,贼臣篡子滋起矣。齐、晋、秦、楚其在成周微甚,封或百里或五十里。晋阻三河,齐负东海,楚介江淮,秦因雍州之固,四海迭兴,更为伯主,文武所褒大封,皆威而服焉。是以孔子明王道,干七十余君,莫能用,故西观周室,论史记旧闻,兴于鲁而次《春秋》,上记隐,下至哀之获麟,约其辞文,去其烦重,以制义法,王道备,人事浃。七十子之徒口受其传指,为有所刺讥褒讳挹损之文辞不可以书见也。

---

① 《汉书》卷三十,中华书局1962年版。

鲁君子左丘明惧弟子人人异端,各安其意,失其真,故因孔子史记具论其语,成《左氏春秋》。铎椒为楚威王傅,为王不能尽观《春秋》,采取成败,卒四十章,为《铎氏微》。赵孝成王时,其相虞卿上采《春秋》,下观近势,亦著八篇,为《虞氏春秋》。吕不韦者,秦庄襄王相,亦上观尚古,删拾《春秋》,集六国时事,以为八览、六论、十二纪,为《吕氏春秋》。及如荀卿、孟子、公孙固、韩非之徒,各往往捃摭春秋之文以著书,不同胜纪。汉相张苍历谱五德,上大夫董仲舒推《春秋》义,颇著文焉。①

又《汉书·艺文志》云:

古之王者世有史官。君举必书,所以慎言行,昭法式也。左史记言,右史记事,事为《春秋》,言为《尚书》,帝王靡不同之。周室既微,载籍残缺,仲尼思存前圣之业,乃称曰:"夏礼吾能言之,杞不足征也;殷礼吾能言之,宋不足征也。文献不足故也,足则吾能征之矣。"以鲁周公之国,礼文备物,史官有法,故与左丘明观其史记,据行事,仍人道,因兴以立功,就败以成罚,假日月以定历数,借朝聘以正礼乐。有所褒讳贬损,不可书见,口授弟子,弟子退而异言。丘明恐弟子各安其意,以失其真,故论本事而作传,明夫子不以空言说经也。《春秋》所贬损大人当世君臣,有威权势力,其事实皆形于传,是以隐其书而不宣,所以免时难也。及末世口说流行,故有《公羊》、《穀梁》、《邹》、《夹》之《传》。四家之中,《公羊》、《穀梁》立于学官,邹氏无师,夹氏未有书。②

《左传》,又称《春秋左氏传》、《左氏春秋》,《史记》、《汉书》的作者肯定《左传》的作者为鲁君子左丘明。左丘明动议写《左传》的原因,是"惧弟子人人异端,各安其意,失其真",所以,因孔子史记而"具论其语"。之所以《左传》比《春秋》有"具"即详尽的特点,是因为孔子时代"《春秋》所贬损大人当世君臣,有威权势力,其事实皆形于传,是以隐其书而不宣,所以免时

---

① 《史记》卷十四,中华书局1959年版。
② 《汉书》卷三十,中华书局1962年版。

难也"。

根据《史记·十二诸侯年表》与《汉书·艺文志》，左丘明生活的时代大约与孔子同时而略晚，《论语·公冶长》载孔子曰："巧言令色足恭，左丘明耻之，丘亦耻之。匿怨而友其人，左丘明耻之，丘亦耻之。"①左丘明作为孔子弟子，虽然未能进入《史记·仲尼弟子列传》②中高足弟子行列，但孔子对左丘明的欣赏，却是毫无疑问的了。

关于《左传》是否左丘明所作，以及左丘明是否孔子弟子，后代学者尚有疑问，如宋人叶梦得云：

> 今《春秋》终哀十四年，而孔子卒；《传》终二十七年，后孔子卒十三年。辞及韩、魏、知伯、赵襄子之事，而名鲁悼公、楚惠王。夫以《春秋》为经，而续之，知孔子者固不敢为是矣。以年考之，楚惠王卒，去孔子四十七年；鲁悼公卒，去孔子四十八年；赵襄子卒，去孔子五十三年。察其辞，仅以哀公逊于越，尽其一世之事为经，终泛及后事。赵襄子为最远，而非止于襄子，不知左氏后襄子复几何时？岂有与孔子同时，非弟子，而如是其久者乎？以左氏为丘明，自司马迁失之也。唐赵氏虽疑之，而不能必其说。今考其书，杂见秦孝公以后事甚多。以予观之，殆战国周、秦之间人无疑也。③

又宋人郑樵云：

> 今以《左氏传》质之，则知其非丘明也。《左氏》终纪韩、魏、智伯之事，又举赵襄子之谥，则是书之作，必在赵襄子既卒之后。若以为丘明，自获麟至襄子卒，已八十年矣。使丘明与孔子同时，不应孔子既没七十有八年之后，丘明犹能著书。今《左氏》引之，此左氏为六国人，在于赵襄子既卒之后，明验一也。……④

叶梦得、郑樵还有其他例证，如《左传》言秦之"不更"、"庶长"之号，此

---

① [清]刘宝楠:《论语正义》卷六,《诸子集成》,中华书局1954年版。
② 《史记》卷六十七,中华书局1959年版。
③ [宋]叶梦得:《春秋考》卷三《统论》,《文渊阁四库全书·经部五·春秋卷》。
④ [宋]郑樵:《六经奥论》卷四《左氏非丘明辨》,《文渊阁四库全书·经部七·五经总义类》。

秦孝公时始有;《左氏》云"腊",秦惠王十二年初腊;《左氏》师承齐威王时邹衍推五德终始之言;《左氏》言分星,比准堪舆,事在韩、魏分晋之后;《左氏》言"左师辰将以公乘马而归",骑兵之出现,在苏秦合纵六国之后;《左氏》言吕相绝齐,声子说齐,有六国游说之习,等等。

案刘向《别录》说《左传》传承云:

左丘明授曾申;申授吴起;起授其子期;期授楚人铎椒;铎椒作《钞撮》八卷,授虞卿;虞卿作《钞撮》九卷,授荀卿;荀卿授张苍。①

如果据此传授体系,左丘明之授曾申,当在战国初年。我们不排除《左传》经曾申、吴起、吴起子期加工的可能性,姚鼐云:"《左氏》之书,非出一人所成。自左氏丘明作传以授曾申,申传吴起,起传其子期,期传楚人铎椒,椒传赵人虞卿,虞卿传荀卿,盖后人屡有附益。其为丘明说经之旧,及为后所益者,今不知孰为多寡矣!余考其书,于魏氏事造饰尤甚,窃以为吴起为之者盖尤多。"②《左传》记战争甚为详备,而吴起是著名的军事家,左丘明则未必有军事天才。但铎椒之时,《左传》当已成繁复巨制,因而铎椒要作《钞撮》八卷。《汉书·艺文志》有《左氏微》、《铎氏微》、《张氏微》、《虞氏微传》,其中《铎氏微》、《虞氏微传》当即楚太傅铎椒、赵相虞卿之《钞撮》。而公羊、穀梁、邹、夹之《传》口头传授,未形诸文字,则不必钞撮。所以,《左氏微》、《张氏微》,也当与《铎氏微》、《虞氏微传》具有同样性质。这说明《左传》成书后,仍然多次被人改编,其中窜入战国稍晚的部分内容,也在情理之中。如果据此否定司马迁、班固等人的说法,显然是草率的。

今存《春秋》之传,尚有《公羊传》、《穀梁传》,《公羊》、《穀梁》的传授当然在战国时代就应该开始了,不过,《公羊传》、《穀梁传》是否在汉之前成书,尚可质疑,且二书都是典型的经典传疏,不能被视为文章,所以,二书不属于我们这里讨论的范围。《隋书·经籍志》云:

《春秋》者,鲁史策书之名。昔成周微弱,典章沦废,鲁以周公之

---

① 《全汉文》卷三十八,引自[唐]孔颖达:《春秋左氏传序正义》卷一,[晋]杜预注,[唐]孔颖达疏:《春秋左传正义》卷二十五,《十三经注疏》,中华书局1980年版。

② [清]姚鼐:《春秋左氏传补注序》,参见北京大学中国文学史教研室选注:《先秦文学史参考资料》,高等教育出版社1957年版。

故，遗制尚存。仲尼因其旧史，裁而正之，或婉而成章，以存大顺，或直书其事，以示首恶。故有求名而亡，欲盖而彰，乱臣贼子，于是大惧。其所褒贬，不可具书，皆口授弟子。弟子退而异说，左丘明恐失其真，乃为之传。遭秦灭学，口说尚存。汉初，有公羊、穀梁、邹氏、夹氏，四家并行。王莽之乱，邹氏无师，夹氏亡。初，齐人胡母子都传《公羊春秋》，授东海嬴公。嬴公授东海孟卿，孟卿授鲁人眭孟，眭孟授东海严彭祖、鲁人颜安乐。故后汉《公羊》有严氏、颜氏之学，与穀梁三家并立。汉末，何休又作《公羊解说》。而《左氏》，汉初出于张苍之家，本无传者。至文帝时，梁太傅贾谊为训诂，授赵人贯公。其后刘歆典校经籍，考而正之，欲立于学，诸儒莫应。至建武中，尚书令韩歆请立而未行。时陈元最明《左传》，又上书讼之。于是乃以魏郡李封为《左氏》博士。后群儒蔽固者，数廷争之。及封卒，遂罢。然诸儒传《左氏》者甚众。永平中，能为《左氏》者，擢高第为讲郎。其后贾逵、服虔并为训解。至魏，遂行于世。晋时，杜预又为《经传集解》。《穀梁》范宁注、《公羊》何休注、《左氏》服虔、杜预注，俱立国学。然《公羊》、《穀梁》，但试读文，而不能通其义。后学三传通讲，而《左氏》唯传服义。至隋，杜氏盛行，服义及《公羊》、《穀梁》浸微，今殆无师说。①

虽然《公羊传》、《穀梁传》在汉代很早就被立于学官，其解释《春秋》大义，应该有胜于《左传》之处，而其体例"但试读文，而不能通其义"的特殊性，应该是其流传不如《左传》广远的重要原因。

二、《国语》及《战国策》的作者与成书

关于《国语》一书的作者，司马迁《报任安书》、《史记·太史公自序》皆肯定为"左丘失明，厥有《国语》"②。《汉书·司马迁传赞》云：

---
① 《隋书》卷三十二，中华书局1973年版。
② 《汉书》卷六十二，中华书局1962年版；《史记》卷一百三十，中华书局1959年版。

及孔子因鲁史记而作《春秋》，而左丘明论辑其本事以为之传，又纂异同为《国语》。①

类似的说法亦见于《后汉书·班彪传》所引班彪之言，班彪云：

鲁君子左丘明论集其文，作《左氏传》三十篇，又撰异同，号曰《国语》，二十一篇。②

以《国语》出于左丘明，是与《国语》为《春秋外传》的看法相联系的。王充《论衡·案书》云：

《国语》，左氏之外传也。左氏传经，辞语尚略，故复选录《国语》之辞以实。然则《左氏》、《国语》，世儒之实书也。③

以《国语》为《春秋外传》，还可以找到证据。《汉书·韦贤传》云：

（刘）歆又以为礼去事有杀，故《春秋外传》曰："日祭，月祀，时享，岁贡，终王。"④

此处所引《春秋外传》之言，见于《国语·周语上》，而《汉书·律历志下》也以《国语》为《春秋外传》。《春秋》以鲁为内，以诸国为外，因而《国语》可以称为《春秋外传》。刘知几《史通·六家》曰：

《国语》家者，其先亦出于左丘明，既为《春秋内传》，又稽其逸文，纂其别说，分周、鲁、齐、晋、郑、楚、吴、越八国事，起自周穆王，终于鲁悼公，列为春秋外传《国语》，合为二十一篇。其文以方内传，或重出或小异。然自古名儒贾逵、王肃、虞翻、韦曜之徒，并申以注释，治其章句，此亦六经之流，三传之亚也。⑤

《春秋外传》之名，并不见于《汉书·艺文志》。《国语》记事，上自周穆王，而下迄鲁悼公，其终结与《左传》时代相近，而其体例与《左传》不合，应是左丘明所整理各国史记而成，按情理推测，左丘明以春秋各国史料著《左传》，又以各国史记编辑成《国语》一书，所以，《国语》的某些记载可与

---

① 《汉书》卷六十二，中华书局1962年版。
② 《后汉书》卷四十，中华书局1965年版。
③ [汉]王充：《论衡》，《诸子集成》，中华书局1954年版。
④ 《汉书》卷七十三，中华书局1962年版。
⑤ [唐]刘知几：《史通·内篇·六家》，张振培笺注：《史通笺注》卷一，贵州人民出版社1985年版。

《左传》互相发明。其成书时代,也大体与《左传》相仿佛。

关于《战国策》,刘向《战国策叙》云:

> 所校中《战国策》书,中书余卷,错乱相糅莒。又有国别者八篇,少不足,臣向因国别者,略以时次之,分别不以序者以相补,除复重,得三十三篇。……中书本号,或曰《国策》,或曰《国事》,或曰《短长》,或曰《事语》,或曰《长书》,或曰《修书》。臣向以为战国时游士,辅所用之国,为立筴谋,宜为《战国策》。其事继春秋以后,讫楚、汉之起,二百四十五年间之事,皆定以杀青,书可缮写。①

一说《战国策》的作者为楚汉战争时期的韩信谋士蒯通,蒯通本齐辩士,为韩信重要谋士,曾多次鼓励韩信脱离刘邦自立,韩信不听,韩信遇害后,蒯通被赦,为齐相曹参门客。《汉书·蒯伍江息夫传》云:"通论战国时说士权变,亦自序其说,凡八十一首,号曰《隽永》。"②《隽永》是否《战国策》,疑不能明也。《战国策》分西周、东周、秦、齐、楚、赵、魏、韩、燕、宋、卫、中山等十二国,共三十三篇,其中某些篇章见于长沙马王堆出土之《战国纵横家书》③。其成书当在战国末,而经刘向编辑,其体例与《国语》大体相近。《吕氏春秋》、《韩非子》曾摘抄《战国策》故事,但《战国策》个别篇章言及秦灭六国以后,当为成书之后秦汉人所增益。

战国时期属于叙事体文学的,还有长沙马王堆汉墓出土的帛书《战国纵横家书》,以及《春秋事语》④。

三、战国抒情体文学及赋文学

《汉书·艺文志·诗赋略》载战国诗赋作品有屈原赋二十五篇,唐勒赋四篇,宋玉赋十六篇,孙卿赋十篇。又云:

> 传曰:"不歌而诵谓之赋,登高能赋可以为大夫。"言感物造耑,材

---

① 《战国策》,商务印书馆 1934 年版。
② 《汉书》卷四十五,中华书局 1962 年版。
③ 《战国纵横家书》,文物出版社 1976 年版。
④ 参见《文物》1977 年第 1 期。

知深美,可与图事,故可以为列大夫也。古者诸侯卿大夫交接邻国,以微言相感,当揖让之时,必称《诗》以谕其志,盖以别贤不肖而观盛衰焉。故孔子曰"不学《诗》,无以言"也。春秋之后,周道浸坏,聘问歌咏不行于列国,学《诗》之士逸在布衣,而贤人失志之赋作矣。大儒孙卿及楚臣屈原离谗忧国,皆作赋以风,咸有恻隐古诗之义。其后宋玉、唐勒;汉兴,枚乘,司马相如,下及扬子云,竞为侈丽闳衍之词,没其风谕之义。①

《史记·屈原贾生列传》云:"屈平疾王听之不聪也,谗谄之蔽明也,邪曲之害公也,方正之不容也,故忧愁幽思而作《离骚》。"又说,"屈原既死之后,楚有宋玉、唐勒、景差之徒者,皆好辞而以赋见称。"②战国辞赋家,除荀卿、屈原之外,还有宋玉、唐勒、景差等人。屈原、唐勒、宋玉、荀卿,以及景差之"赋",虽被汉代人视为一体,实却有"楚辞"与"赋"两种体裁的区别。荀子之赋,与宋玉等楚赋,亦不同流。屈原之辞,属抒情诗,荀卿、宋玉等赋,别为一种文学形式。

战国大儒荀子除了文章作品以外,在《荀子》一书中,《赋》篇是赋体作品,另外,《成相》是一种独特的诗歌形式,与《汉书·艺文志》所谓"成相杂辞"应属于同一种类型的作品,而《赋》篇中所列《佹诗》,则是一首完整的四言诗。

---

① 《汉书》卷三十,中华书局1962年版。
② 《史记》卷八十四,中华书局1959年版。

第三章　战国时期的主要文学思想

人类的发展,促使人类创造文字以进行交流,为了更好地传达思想,这就产生了文学。可以说,文学的产生,是自然的现象。而文学思想的产生,也正像文学产生一样自然。战国时期,是中国文学思想形成与发展的重要时期,了解这个时期的文学思想,对于探求中国文学思想形成和发展的轨迹,有重要的现实意义和历史意义。

第一节　孔门弟子记述的孔子文学观

在中国文化史上,没有一个人像孔子那样伟大,这种伟大,同样表现在文学理论发展史上。《论语》一书,全面地体现了孔子的文学观,而这种文学观,是通过孔门弟子整理、传播的,因而也是战国孔门弟子的文学观。

一、孔子强调对文及文学的重视

《论语》中孔子的文学思想,首先表现为重视"文",孔子曰:

> 弟子入则孝,出则弟。谨而信,泛爱众而亲仁。行有余力,则以学文。①

又曰:

> 君子博学于文,约之以礼,亦可以弗畔矣夫。②

---

① 《论语·学而》,[清]刘宝楠:《论语正义》卷一,《诸子集成》,中华书局1954年版。
② 《论语·雍也》,同上书卷七。

又曰：

> 兴于诗，立于礼，成于乐。①

孔子屡屡言及博学于文的重要性，并把"文"与孝、悌、谨、信、仁、礼联系在一起，认为这是修成君子的必然途径。其教弟子，有"文学"一科，子游、子夏，为其翘楚。两人之外，也不废文学习养，所以颜渊喟然而叹，称曰："仰之弥高，钻之弥坚，瞻之在前，忽焉在后。夫子循循然善诱人，博我以文，约我以礼，欲罢不能，既竭吾才，如有所立卓尔。虽欲从之，末由也已。"②

孔子四教，"文行忠信"③，文为其首，而论人论世，也以"文"为评判标准。认为"周监于二代，郁郁乎文哉"，所以说"吾从周"④。子贡问："孔文子何以谓之文也"，孔子说："敏而好学，不耻下问，是以谓之文也。"⑤又公叔文子之臣大夫僎，与文子同升诸公。孔子闻之，曰："可以为文矣。"⑥

孔子对他所无限推崇的唐尧的评价，也是认为他有文章。《论语·泰伯》曰：

> 子曰："大哉，尧之为君也。巍巍乎唯天为大，唯尧则之。荡荡乎民无能名焉。巍巍乎其有成功也，焕乎其有文章。"⑦

"文"、"文章"，既表现为一种天下为公的道德修养，也表现为建立天下为公的礼乐文化的修习。在这里，"文"、"文章"虽然不能等同于战国时期的"文学"，但实已将其包含在内。

孔子以其好学不倦，而自诩其文，所以他说：

> 文王既没，文不在兹乎！天之将丧斯文也，后死者不得与于斯文也；天之未丧斯文也，匡人其如予何？⑧

---

① 《论语·泰伯》，[清]刘宝楠：《论语正义》卷九，《诸子集成》，中华书局1954年版。
② 《论语·子罕》，同上书卷十。
③ 《论语·述而》曰："子以四教：文、行、忠、信。"同上书卷八。
④ 《论语·八佾》，同上书卷三。
⑤ 《论语·公冶长》，同上书卷六。
⑥ 《论语·宪问》，同上书卷十七。
⑦ 同上书卷九。
⑧ 《论语·子罕》，同上书卷十。

孔子身处匡之危境,仍深信自身担负"文"之使命。他修订、整理"六经",正是其"文"的体现。而孔门弟子,也认为孔子之"文章"最为可观,子贡说:

> 夫子之文章,可得而闻也;夫子之言性与天道,不可得而闻也。①

孔子之"文章",基于绷中彪外的表现,最是耀艳深华,而对其弟子之教学,也以"文"为首,所以,其弟子最易闻见。

二、孔子强调文学对个人及社会的积极作用

孔子对"文"的重视,基于文学对个人及社会有非常重要的意义。孔子在对弟子的教学实践中,多次告诫弟子学诗,并认为学诗是修身齐家治国平天下所不可忽视的手段。孔子说:

> 不学诗,无以言。②

> 小子何莫学夫诗,诗可以兴,可以观,可以群,可以怨。迩之事父,远之事君,多识于鸟兽草木之名。③

> 女为周南、召南矣乎?人而不为周南、召南,其犹正墙面而立也与?④

孔子强调学诗的重要性,几乎到了无以复加的地步,认为不学诗,则不足以言,如面壁而立,不知方向。而诗之功用,又有兴、观、群、怨,事父事君,博物之多途。何晏《论语集解》引孔安国注曰:"兴,引譬连类","群居相切磋","怨刺上政"。引郑玄注曰:"观风俗之盛衰。"⑤又朱熹《论语集注》说兴曰"感发志意",说观曰"考见得失"⑥。刘宝楠《论语正义》引焦循《补疏》曰:"案诗之教,温柔敦厚,学之则轻薄嫉忌之习消,故可以群居

---

① 《论语·公冶长》,[清]刘宝楠:《论语正义》卷六,《诸子集成》,中华书局1954年版。
② 《论语·季氏》,同上书卷十九。
③ 《论语·阳货》,同上书卷二十。
④ 同上。
⑤ [三国魏]何晏集解,[唐]陆德明音义,[宋]邢昺疏:《论语注疏》卷十四,《十三经注疏》,中华书局1980年版。
⑥ [宋]朱熹:《四书章句集注·论语集注》卷七,中华书局1983年版。

相切磋。"①"兴"是一种启发、鼓舞、感染的作用;"观"即认识社会现实,有考察社会政治制度、民俗风情善恶厚薄的作用;"群"指相互感染和互相提高,是培养仁心的重要途径;"怨"指批评和讽刺社会丑恶。兴、观、群、怨的具体化便是事父、事君、博物,所以孔子又说:

诵诗三百,授之以政,不达;使于四方,不能专对。虽多,亦奚以为?②

归根结底,孔子认为学诗必须与修身、齐家、治国、平天下的终极目标相契合。

三、孔子强调文学内容和形式之间的本末和谐

孔子强调文学对个人以及社会发挥积极的实际作用,所以十分重视文学内容的纯粹性,他说:

诗三百,一言以蔽之,曰:思无邪。③

《关雎》乐而不淫,哀而不伤。④

文学的内容,应该是纯正无邪、不过淫、不伤和的。何晏《论语集解》引孔安国注曰:"乐不至淫,哀不至伤,言其和也。"⑤朱熹《论语集注》曰:"淫者,乐之过而失其正者也;伤者,哀之过而害于和者也。"⑥这就是一种合于中庸的和谐之美。

孔子基于追求文学实用目的的考虑,提出文质彬彬的审美标准,《论语·雍也》载:

子曰:"质胜文则野,文胜质则史,文质彬彬,然后君子。"⑦

---

① [清]刘宝楠:《论语正义》卷十七,《诸子集成》,中华书局1954年版。
② 《论语·子路》,同上书卷十六。
③ 《论语·为政》,同上书卷二。
④ 《论语·八佾》,同上书卷四。
⑤ [三国魏]何晏集解,[唐]陆德明音义,[宋]邢昺疏:《论语注疏》卷三,《十三经注疏》,中华书局1980年版。
⑥ [宋]朱熹:《四书章句集注·论语集注》卷二,中华书局1983年版。
⑦ [三国魏]何晏集解,[唐]陆德明音义,[宋]邢昺疏:《论语注疏》卷六,《十三经注疏》,中华书局1980年版。

质是文学作品所表达的内容,文是文学作品的表现形式。二者互相补充,互相配合,相得益彰,才为文质彬彬。若其中一胜一劣,即伤斯文。具体说,就是形式足以最充分地表现出善的内容,如果不能充分地表现内容,就是形式未尽其美。

孔子认为文质应相称,并不是说文与质是一种并列关系。写文章的目的,不是为了制造一个没有意义的美丽的符号,而是要表达作者的思想,所以,孔子说:"辞达而已矣。"①此言把文与质的关系说得清清楚楚了。就是文辞永远只能是为表达内容服务,对文辞的要求只有一点,就是要恰当地完成表达内容的使命。

在强调内容的时候,不能理解为文辞一点都不重要。孔子所强调的是文辞与内容相称,既不使文辞喧宾夺主,也不能置诸脑后。

孔子关于文辞与内容的和谐关系,可以证之于《左传·襄公二十五年》中孔子的一段话,孔子说:

> 言以足志,文以足言。不言,谁知其志?言之无文,行之不远。……非文辞不为功,慎辞哉。②

《经籍纂诂》曰:"达,通也。"③通达晓畅,而无滞碍。足言足志,则以行远,即成美文。孔子以"辞达"、"足言"、"足志"规范文学形式,认为非文辞则不足以有功用,因而慎重其文辞,是对文学形式与内容统一的最高要求。

孔子对文辞与内容统一的要求,实际上包含着对文辞的重视,但是,更多的是强调文辞和文辞所要表达的内容之间的末与本、手段与目标的关系。苏轼在许多场合,曾经对孔子的"辞达"进行了合理的发挥,他说:

> "辞达而已矣",辞至于达,止矣,不可以有加矣。④

> 孔子曰:"言之不文,行之不远。"又曰:"辞达而已矣"。夫言止于

---

① 《论语·卫灵公》,[三国魏]何晏集解,[唐]陆德明音义,[宋]邢昺疏:《论语注疏》卷十五,《十三经注疏》,中华书局1980年版。
② [晋]杜预注,[唐]孔颖达疏:《春秋左传正义》卷三十六,《十三经注疏》,中华书局1980年版。
③ [清]阮元:《经籍纂诂》,成都古籍书店1982年影印本。
④ [宋]苏轼:《答王庠书》,《东坡全集》卷七十五,《文渊阁四库全书·集部三·别集类二》。

达意,即疑若不文,是大不然。求物之妙,如系风捕影,能使是物了然于心者,盖千万人而不一遇也,而况能使了然于口与手者乎?是之谓辞达。辞至于能达,则文不可胜用矣。①

孔子曰:"辞达而已矣。"物固有是理。患不知,知之,患不能达之于口与手。所谓文者,能达是而已。②

苏轼指出孔子之辞达而已,不是忽视文学形式的重要性,而是对文学形式表现内容提出的最高要求,这个见解无疑是准确而深刻的。但是,我们不能因此忽略孔子的本意,也不能认为苏轼主张文辞不为内容服务的观点。

四、作为文学终极追求的尽善尽美理想

与强调内容、形式和谐统一相联系的另一观点是尽善尽美的理想,也应该引起我们的高度重视。《论语·八佾》曰:

子谓《韶》,尽美矣,又尽善也。谓《武》,尽美矣,未尽善也。③

《韶》,舜乐名。《武》,武王乐也,又称为《舞》。要了解孔子关于尽善尽美一词的真正含义,我们首先需要对《韶》、《武》所代表的文化内涵作一个说明。

孔子在《礼记·礼运》中提出的大同理想④,所谓大同,就是人人一切平等,就是民主政治,而孔子赞扬尧、舜、禹的圣治,就是赞赏民主,如《论语·泰伯》之言"巍巍乎舜禹之有天下也,而不与焉","大哉!尧之为君也,巍巍乎唯天为大,唯尧则之",⑤指出原始氏族社会的特点是遵从天的

---

① [宋]苏轼:《答谢民师书》,《东坡全集》卷七十五,《文渊阁四库全书·集部三·别集类二》。
② [宋]苏轼:《答虔倅俞括奉议书》,同上书卷七十六。
③ [三国魏]何晏集解,[唐]陆德明音义,[宋]邢昺疏:《论语注疏》卷三,《十三经注疏》,中华书局1980年版。
④ [汉]郑玄注,[唐]孔颖达疏:《礼记正义》卷二十一,《十三经注疏》,中华书局1980年版。
⑤ [三国魏]何晏集解,[唐]陆德明音义,[宋]邢昺疏:《论语注疏》卷八,《十三经注疏》,中华书局1980年版。

平等公正,而"不与",即"无为",也就是说要给人民以充分的自由。与此相对应,孔子对"小康"之世心存批判,天下为家是专制主义的特征,与大同背道而驰,所以令孔子深为不满。今人多强调孔子欲恢复周礼,周礼所代表的小康政治,与民主政治相反,殊不知孔子的最终理想是实现大同,他希望在礼崩乐坏的环境中,通过恢复周礼,为大同理想的实现积累基础,通过礼制秩序的建立,由德治最终发展为自然之道制。

孔子的大同理想,在后代没有引起足够重视,是源于人们怀疑《礼记》作为先秦典籍的可靠性。近年郭店楚简出土的诸儒家典籍,不仅有《礼记》中的大量篇章,而且,新出土的一些传世文献所不载的儒家文献,使我们清楚地发现了儒家限制君主官吏的权利,倡导君主官吏为人民服务的宗旨,而论述禅让思想的《唐虞之道》更可以成为孔子后学发挥其仁爱、民主、平等思想的纲领。《唐虞之道》对禅让的描述和赞颂全面而充分,如曰:

唐虞之道,禅而不传。尧舜之王,利天下而弗利也。禅而不传,圣之盛也。利天下而弗利也,仁之至也。

尧舜之行,爱亲尊贤。爱亲故孝,尊贤故禅。

孝,仁之冕也;禅,义之至也。

爱亲忘贤,仁而未义也;尊贤遗亲,义而未仁也。

方在下位,不以匹夫为轻;及其有天下也,不以天下为重。有天下弗能益,亡天下弗能损,极仁之至,利天下而弗利也。禅也者,上德授贤之谓也。上德则天下有君而世明,授贤则民兴教而化乎道。不禅而化民者,自生民则未之有也。①

禅让的核心是天下为公和人人平等,并不因为在下位做匹夫和在上位做天子而有不同。禅让与尊亲并不冲突,孝亲和禅贤都是仁义的体现。在这里,作者把"仁"、"义"、"圣"与天下为公的大同"禅让"理想结合起来,并认为真正治世的到来必然依赖于建立"禅让"的民主政体,这就使"仁"

---

① 荆门博物馆:《郭店楚墓竹简》,文物出版社1998年版。为了方便阅读,引文一律用现代同行文字写出。

所具有的自由精神更加清晰。从而也证明孔子及儒家思想决不是维护专制主义体制的,而是把实现大同看作最后的归宿。

在专制时代开始以后,能准确把握孔子思想精粹的,首先是西汉儒生,其实践就是鼓吹禅让,并最终在王莽时代付诸实施。不过,西汉的禅让之弊在于缺少禅让制度的逻辑发展过程,因此,虽有禅让之名,却没有大同之实。今人康有为标榜民主革命,以现代西方民主解释孔子的大同理想,反深得孔子理想之三昧。康有为在《新学伪经考》、《孔子改制考》、《大同书》等著作中,首先标榜"爱",也即孔子所说的"仁",孟子所说的"不忍人之心",《大同书》说:"不忍人之心,仁也。"《孟子微》说:"一切仁政,皆从不忍之心生,为一切根一切源……太平大同,皆从此出。"他认为,只要从博爱的立场出发,就可以产生平等、自由、民主诸观念,进而实现世界大同。这与孔子的逻辑线索一致。康有为在《春秋董氏学》卷二中把何休在解说《春秋公羊传》时提到的"公羊三世"与"大同"、"小康"之说联系起来,认为"三世为孔子非常大义,托之《春秋》以明之。'所传闻世'为据乱,'所闻世'托升平,'所见世'托太平。乱世者,文教未明也;升平者,渐有文教,小康也;太平者,大同之世,远近大小如一,文教全备也。……此为《春秋》第一大义"①。在孔子看来,先有大同,其次小康,其次乱世,这是一个社会自觉退化的必然环节,而要拯救退化的社会,不可能直接由乱世实现太平,而应该以渐变的步骤,通过克己复礼实现小康,再至太平。孔子欲由乱世而至小康,再由小康而至大同,是一种科学的符合人类内心诉求,符合现代人文精神的社会发展理想。康有为正是清楚地体会到了孔子的用心,而认为专制主义必将走向立宪政治,最后走向共和政治,实现人类真正的民主、平等、自由、博爱、独立。

在我们对孔子的思想建立以上认识之后,再来挖掘孔子文学艺术观中的人文精神,就会有更深入一步的看法。我们发现,孔子把他对大同的渴望,贯彻在他的审美理想中,他对文学艺术的最高要求,既表现为对美的重视,更表现为对善的重视,而善,既有普通意义的善,又以至善为最终

---

① [清]康有为:《春秋董氏学》卷二,《康有为全集》第2册,上海古籍出版社1990年版。

追求,而至善就是要体现大同意志。

追求善,戒除不善,是孔子及其门人一向的追求。《论语·述而》孔子曰:

> 德之不修,学之不讲,闻义不能徙,不善不能改,是吾忧也。
>
> 三人行,必有我师焉:择其善者而从之,其不善者而改之。①

《论语·季氏》孔子曰:

> 见善如不及,见不善如探汤。②

孔子对善的追求,对不善的警惕,在这些论述中一览无余。正像孟子所说:"鸡鸣而起,孳孳为善者,舜之徒也;鸡鸣而起,孳孳为利者,跖之徒也。欲知舜与跖之分,无他,利与善之间也。"③ 积极于善,与人为善,必然归结为追求大同;反大同,必然与人为恶,屈服于私利的驱使。所以,孔子赞扬善,与他赞成大同,体现了一种必然的因果关系。

孔门对善的重视,也体现在《易传》之中,《易传》是孔子及其弟子重要的思想著作,其强调善,也与《论语》无二,《坤文言》曰:

> 积善之家必有余庆,积不善之家必有余殃。④

《大有》象曰:

> 君子以遏恶扬善,顺天休命。⑤

《益》象曰:

> 君子以见善则迁,有过则改。⑥

《系辞下》曰:

> 善不积不足以成名,恶不积不足以灭身。小人以小善为无益而弗为也,以小恶为无伤而弗去也,故恶积而不可掩,罪大而不可解。⑦

---

① [三国魏]何晏集解,[唐]陆德明音义,[宋]邢昺疏:《论语注疏》卷七,《十三经注疏》,中华书局1980年版。
② 同上书卷十六。
③ 《孟子·尽心上》,[清]焦循:《孟子正义》卷十三,《诸子集成》,中华书局1954年版。
④ [三国魏]王弼、[晋]韩康伯注,[唐]孔颖达疏:《周易正义》卷一,《十三经注疏》,中华书局1980年版。
⑤ 同上书卷二。
⑥ 同上书卷四。
⑦ 同上书卷八。

孔子对善的追求,体现在他的审美理想之中,是自然而然的事情。而善,对于文学艺术作品来讲,就是强调文学艺术作品内容的重要性。一切文学艺术作品,其最终的归结点,绝不仅仅是文采的愉悦,形式的超凡脱俗,而是对人的关怀,只有善,才是符合人文精神的追求。

孔子对内容的善的重视,是所谓尽善。舜以圣德受禅,故《韶》尽善;武王以征伐取天下,故《武》未尽善。孔子所以强调《韶》的尽善尽美,就在于《韶》体现了大同理想,而《武》却无此精神,所以有美而未能至"尽善"。也就是说,文学艺术作品达到"尽美"的高度,并不是顶点,还应该再向前走,达到"尽善","尽善"就是文学艺术作品必须体现出大同的精神追求,文学艺术作品只有在内容上达到"尽善"的高度,才能满足孔子审美理想的终极追求。

正因为孔子认为《韶》体现了他对大同的审美追求,所以,孔子对《韶》的赞扬比比皆是,《论语·述而》云:

> 子在齐闻《韶》,三月不知肉味,曰:"不图为乐之至于斯也。"①

又《论语·卫灵公》云:

> 颜渊问为邦。子曰:"行夏之时,乘殷之辂,服周之冕,乐则《韶》、《舞》。放郑声,远佞人;郑声淫,佞人殆。"②

夏之时,殷之辂,周之冕,不过是器用,且后来者居上,而乐舞则关乎人之精神大局,所谓"兴于诗,立于礼,成于乐"③,所以乐舞非《韶》、《武》不可,而《韶》代表了大同之精神,《武》则代表了实现大同道路上的一个阶段——所谓小康时代的精神追求。又《左传·襄公二十九年》载吴公子札在鲁观乐:

> 见舞《象箾》、《南籥》者,曰:"美哉!犹有憾。"见舞《大武》者,曰:"美哉!周之盛也,其若此乎!"见舞《韶濩》者,曰:"圣人之弘也,而犹

---

① [三国魏]何晏集解,[唐]陆德明音义,[宋]邢昺疏:《论语注疏》卷七,《十三经注疏》,中华书局1980年版。
② 同上书卷十五。
③ 《论语·泰伯》,[三国魏]何晏集解,[唐]陆德明音义,[宋]邢昺疏:《论语注疏》卷八,《十三经注疏》,中华书局1980年版。

有惭德,圣人之难也。"见舞《大夏》者,曰:"美哉!勤而不德,非禹其谁能修之?"见舞《韶箾》者,曰:"德至矣哉!大矣!如天之无不帱也,如地之无不载也,虽甚盛德,其蔑以加于此矣。观止矣!若有他乐,吾不敢请已!"①

《象箾》、《南籥》为颂扬文王之乐舞,《大武》为武王之乐舞,《韶濩》为汤之乐舞,《大夏》为夏禹之乐舞,《韶箾》为虞舜之乐舞。季札是孔子理想所寄托之人,其审美判断也折射出孔子作《春秋》的意志。

孔子陶醉于《韶》,绝不仅仅缘于其形式之"尽美",而在于其内容之"尽善"。而此"尽善",应该看作是绝对的善,即人类对理想化社会的终极追求,与孔子的大同理想密切相关。可见,孔子的尽善尽美的审美理想,不仅仅是一种艺术追求,而且体现了他对人的生存状态、生存处境的一种人文关怀。

孔子的文学艺术观,把人文关怀放在最重要的位置。不仅如此,孔子认为,一切治学,至善才是终极的追求,《礼记·大学》云:"大学之道,在明明德,在亲民,在止于至善。"②此处对"止于至善"的强调,正是对孔子思想的精确把握,而"明德"、"亲民",正是"止于至善"的最好注脚。孔子在阐发六经内容时,也基于这一点,《礼记·经解》云:

> 孔子曰:"入其国,其教可知也。其为人也,温柔敦厚,《诗》教也;疏通知远,《书》教也;广博易良,《乐》教也;洁静精微,《易》教也;恭俭庄敬,《礼》教也;属辞比事,《春秋》教也。故《诗》之失愚,《书》之失诬,《乐》之失奢,《易》之失贼,《礼》之失烦,《春秋》之失乱。其为人也温柔敦厚而不愚,则深于《诗》者也;疏通知远而不诬,则深于《书》者也;广博易良而不奢,则深于《乐》者也;洁静精微而不贼,则深于《易》者也;恭俭庄敬而不烦,则深于《礼》者也;属辞比事而不乱,则深于《春秋》者也。"③

---

① [晋]杜预注,[唐]孔颖达疏:《春秋左传正义》卷三十九,《十三经注疏》,中华书局1980年版。

② [汉]郑玄注,[唐]孔颖达疏:《礼记正义》卷六十,《十三经注疏》,中华书局1980年版。

③ 同上书卷五十。

《诗》、《书》、《礼》、《乐》、《易》、《春秋》是中国传统文化的源头,其所标榜者,在于培养温柔敦厚、疏通知远、广博易良、洁静精微、恭俭庄敬的人格,欲人之不贼,不诬,不奢,不愚,不烦,不乱,而养志知事,行端性和,明乎阴阳名分。六经为孔子所厘定,孔子是六经精神最初、最权威的诠释者,其所阐述的六经关怀人的主旨,正是中国后世文化学术发展的方向。

刘勰认为,六经的这种特点既体现为内容的纯正,也表现为形式的清约简丽的典雅方面,是所谓"义既极乎性情,辞亦匠于文理","根柢槃深,枝叶峻茂,辞约而旨丰,事近而喻远",并称"文能宗经,体有六义",具体而言,"一则情深而不诡,二则风清而不杂,三则事信而不诞,四则义直而不回,五则体约而不芜,六则文丽而不淫",所以能"开学养正,昭明有融"。① 刘勰概括了六经内容的纯正与形式的清约简丽,但是,如果不能认识到孔子所谓内容的纯正,就在于强调文学表现善,而此善的最高境界是尽善,尽善就是要体现大同理想,体现天下为公的精神,那也是不准确的。

第二节 《礼记·乐记》与孔子的礼乐理论

春秋战国时期,是中国历史上空前变化的时代,这种变化,主要体现为以成周社会所辛苦建立起来的礼乐文明为代表的传统文化的崩溃。

所谓礼乐文明,是以礼节制,以乐教化,因此,乐对于移风易俗,建立礼乐文化秩序,有着非同寻常的重要性。如此,则诸侯悖乱,破坏礼乐文化,也是情理之中的事情。

一、批评礼乐文化以僭越为标志的衰亡

礼乐文明遭到破坏,首先表现为僭越现象的发生,《论语·八佾》曰:

---

① [南朝梁]刘勰:《文心雕龙·宗经》,吴林伯:《文心雕龙义疏》,武汉大学出版社2002年版。

孔子谓:"季氏八佾舞于庭,是可忍也,孰不可忍也。"①

皇侃《论语集解义疏》引马融注曰:

天子八佾,诸侯六,卿大夫四,士二。八人为列,八八六十四人也,鲁以周公故,受王者礼乐,有八佾之舞,今季桓子僭,于其家庙舞之,故孔子讥之也。②

《论语·八佾》又曰:

三家者以雍彻,子曰:"'相维辟公,天子穆穆矣',奚取于三家之堂。"③

皇侃《论语集解义疏》引马融注曰:

三家者,谓仲孙、叔孙、季孙也。《雍》,《周颂》篇名也,天子祭于宗庙,歌之以彻,祭,今三家亦作此乐者也。④

又引包咸注曰:

辟公,谓诸侯及二王之后也,穆穆,天子之容也,《雍》篇歌此曲者,有诸侯及二王之后来助祭故也。今三家但家臣而已,何取此义而作之于堂耶?⑤

通过上述例证,我们知道孔子对春秋时期的僭越现象是非常不满的。因为礼乐的崩溃,不仅仅是君主权威受到挑战的小问题,而是关系到民生的重要问题,《论语·子路》云:

子路曰:"卫君待子而为政,子将奚先?"子曰:"必也,正名乎!"子路曰:"有是哉? 子之迂也。奚其正?"子曰:"野哉,由也! 君子于其所不知,盖阙如也。名不正则言不顺,言不顺则事不成,事不成则礼乐不兴,礼乐不兴则刑罚不中,刑罚不中则民无所措手足。故君子名

---

① [三国魏]何晏集解,[南朝梁]皇侃义疏:《论语集解义疏》卷二,《文渊阁四库全书·经部八·四书类》。
② 同上。
③ 同上。
④ 同上。
⑤ 同上。

之必可言也,言之必可行也。"①

名正言顺关系到社会的稳定和治理的成功,一旦没有正名分,就会影响到礼乐文化建设,而礼乐文化与刑罚密切相关,当礼乐文化崩溃后,刑罚会相继失去公平,这个时候,最终受害的是民。所以,礼乐文化是关系到人民生存状态和生活质量的大问题。《诗经》三百篇,"孔子皆弦歌之"②,而《墨子·公孟》云:

> 诵诗三百,弦诗三百,歌诗三百,舞诗三百。③

《诗经》的影响,不仅仅靠字面所揭示的意思,实际上已经延伸到了音乐领域。作为音乐的《诗经》,发挥着和作为文学的《诗经》同样的作用。《汉书·礼乐志》曰:

> 六经之道同归,而礼乐之用为急。治身者斯须忘礼,则暴嫚入之矣;为国者一朝失礼,则荒乱及之矣。人函天地阴阳之气,有喜怒哀乐之情,天禀其性而不能节也,圣人能为之节而不能绝也。故象天地而制礼乐,所以通神明,立人伦,正情性,节万事者也。人性有男女之情,妒忌之别,为制婚姻之礼;有交接长幼之序,为制乡饮之礼;有哀死思远之情,为制丧祭之礼;有尊尊敬上之心,为制朝觐之礼。哀有哭踊之节,乐有歌舞之容,正人足以副其诚,邪人足以防其失,故婚姻之礼废,则夫妇之道苦,而淫辟之罪多;乡饮之礼废,则长幼之序乱,而争斗之狱蕃;丧祭之礼废,则骨肉之恩薄,而背死忘先者众;朝聘之礼废,则君臣之位失,而侵陵之渐起。故孔子曰:"安上治民莫善于礼,移风易俗,莫善于乐。"礼节民心,乐和民声,政以行之,刑以防之。礼乐政刑四达而不悖,则王道备矣。乐以治内而为同,礼以修外而为异;同则和亲,异则畏敬;和亲则无怨,畏敬则不争。揖让而天下治者,礼乐之谓也。二者并行,合为一体。畏敬之意难见,则著之于享献辞受,登降跪拜;和亲之说难形,则发之于诗歌咏言,钟石管弦。嘉

---

① [三国魏]何晏集解,[南朝梁]皇侃义疏:《论语集解义疏》卷七,《文渊阁四库全书·经部八·四书类》。
② 《史记》卷四十七《孔子世家》,中华书局1959年版。
③ [清]孙诒让:《墨子闲诂》卷十二,《诸子集成》,中华书局1954年版。

其敬意而不及其财贿,美其欢心而不流其声音。故孔子曰:"礼云,礼云,玉帛云乎哉!乐云,乐云,钟鼓云乎哉!"此礼乐之本也。故曰:"知礼乐之情者能作,识礼乐之文者能述;作者之谓圣,述者之谓明。明圣者,述作之谓也。"王者必因前王之礼,顺时施宜,有所损益,即民之心,稍稍制作,至太平而大备。周监于二代,礼文尤具,事为之制,曲为之防,故称礼经三百,威仪三千。于是教化浃洽,民用和睦,灾害不生,祸乱不作,囹圄空虚,四十余年。孔子美之曰:"郁郁乎文哉,吾从周!"及其衰也,诸侯逾越法度,恶礼制之害己,去其篇籍。遭秦灭学,遂以乱亡。①

这里所说的是礼乐之重要性,及礼乐在春秋战国时期的衰亡问题。作者认为"六经之道同归,而礼乐之用为急",准确地概括了乐与《诗经》及其他六经著作互相补充的关系。

在崇尚礼乐文化的背景下,以乐赠人,对于施赠者和受赠者来说,未尝不是一种风雅的行为,因此,《左传·襄公十一年》载晋侯伐郑,郑人以师悝、师触、师蠲及乐器、女乐贿赂晋侯,晋侯并以赠大臣魏绛:

> 郑人赂晋侯以师悝、师触、师蠲,广车、轴车淳十五乘,甲兵备,凡兵车百乘,歌钟二肆,及其镈磬,女乐二八。晋侯以乐之半赐魏绛,曰:"子教寡人和诸戎狄以正诸华,八年之中,九合诸侯,如乐之和,无所不谐,请与子乐之。"辞曰:"夫和戎狄,国之福也。八年之中,九合诸侯,诸侯无慝,君之灵也,二三子之劳也,臣何力之有焉?抑臣愿君安其乐而思其终也,诗曰:'乐只君子,殿天子之邦。乐只君子,福禄攸同。便蕃左右,亦是帅从。'夫乐以安德,义以处之,礼以行之,信以守之,仁以厉之,而后可以殿邦国,同福禄,来远人,所谓乐也。书曰:'居安思危。'思则有备,有备无患,敢以此规。公曰:'子之教,敢不承命。抑微子,寡人无以待戎,不能济河。夫赏,国之典也,藏在盟府,不可废也。子其受之。'"魏绛于是乎始有金石之乐,礼也。②

---

① 《汉书》卷二十二,中华书局1962年版。
② [晋]杜预注,[唐]孔颖达疏:《春秋左传正义》卷二十五,《十三经注疏》,中华书局1980年版。

这是为了奖掖的原因而发生的赐赠行为。又《左传·襄公二十五年》载晋侯伐齐,齐人则以宗器、乐器贿赂晋侯:

> 晋侯济自泮,会于夷仪,伐齐,以报朝歌之役。齐人以庄公说,使隰鉏请成,庆封如师。男女以班,赂晋侯以宗器、乐器。自六正、五吏、三十帅、三军之大夫、百官之正长、师旅及处守者皆有赂。晋侯许之,使叔向告于诸侯。公使子服惠伯对曰:"君舍有罪,以靖小国,君之惠也。寡君闻命矣。"①

这两件事情,讲的是诸侯之间馈赠礼乐器皿及女乐,本身不存在僭越的可能性,而这种赠送行为本身,既体现了承认错误的道歉行为,又贯彻了弭兵的和平目的,所以,符合礼乐文化的仁义目的。而晋侯以乐赐魏绛,就如鲁周公之国,而有八佾之舞的奖赏,魏绛虽然最终接受了赏赐,但他的辞让行为,就是礼乐文化的体现,所以,这种赐赠行为,应该是可以接受的。②

但是,如果是索求自己本来不应该有的礼器、乐器,就是违背礼乐文化的精义,应该受到谴责。孔子反对春秋战国时期发生的这种僭越礼义的赠乐行为,并视之为一种亡国征兆。《左传·成公二年》载:

> 新筑人仲叔于奚救孙桓子,桓子是以免,既卫人赏之以邑,辞,请曲县、繁缨以朝,许之。仲尼闻之,曰:"惜也!不如多与之邑,唯器与名,不可以假人,君之所司也。名以出信,信以守器,器以藏礼,礼以行义,义以生利,利以平民,政之大节也。若以假人,与人政也,政亡,则国家从之,弗可止也已。③

曲县,轩悬也,《周礼·春官·小胥》曰:"正乐县之位,王宫县,诸侯轩县,卿大夫判县,士特县,辨其声。"郑众注云,宫县四面县,轩县去其一面,

---

① [晋]杜预注,[唐]孔颖达疏:《春秋左传正义》卷二十五,《十三经注疏》,中华书局1980年版。
② 参见陈元锋:《乐官文化与文学》,山东教育出版社1999年版。该书探讨了先秦乐官文化的形成及解体过程,很有参考价值。不过,对于《春秋左氏传》之《襄公十一年》和《襄公二十五年》赠乐事,与下文《成公二年》索乐之事等同,似有不妥。
③ [晋]杜预注,[唐]孔颖达疏:《春秋左传正义》卷二十五,《十三经注疏》,中华书局1980年版。

判县又去一面,特县又去一面。四面像宫室四面有墙,故谓之宫县;轩县三面,其形曲,故《春秋传》曰"请曲县、繁缨以朝",诸侯之礼也。郑玄注云,轩县去南面,辟王也;判县左右之合,又空北面;特县县于东方,或于阶间而已。繁缨,诸侯之马饰。① 孔子认为,乐之与器,实际关系到政治之大节,不可以随便假人,否则会有亡国之祸,不可挽回。

礼乐的崩坏,造成了乐师的失业,《汉书·艺文志·诗赋略》云:"春秋之后,周道浸坏,聘问歌咏不行于列国,学《诗》之士逸在布衣,而贤人失志之赋作矣。"②此言春秋之后,因为列国之间没有聘问歌咏之事,所以乐官及歌诗之人流落民间,不歌而诵之赋,取代歌诗的创作,则战国之际,歌诗面临衰亡的境遇。

歌诗的衰亡,导致了歌舞艺人的流失,《论语·微子》曰:"大师挚适齐,亚饭干适楚,三饭缭适蔡,四饭缺适秦,鼓方叔入于河,播鼗武入于汉,少师阳、击磬襄入于海。"③这是春秋后期鲁国乐官的流失状况。鲁国作为礼乐文化的发祥地,在贵族社会解体之后,作为贵族社会礼乐文化重要组成部分的乐,以及作为礼乐文化的传承者乐官,其本身处境的风雨飘摇,也反映出礼崩乐坏的社会状况。

二、对郑卫新乐的批判

春秋战国时期礼乐文化的消亡或者衰退,并不意味着歌舞的消失,而是孔子及儒家所倡导的礼乐的分离,以及代表礼乐文化精神的雅乐的衰落。我们在讨论孔子的礼乐文化精神的时候,时刻不能忘记孔子所认为的礼乐文化作为实现终极目标的手段和工具的意义。《论语·阳货》载:

> 子曰:"礼云,礼云,玉帛云乎哉! 乐云,乐云,钟鼓云乎哉!"④

---

① [汉]郑玄注,[唐]贾公彦疏:《周礼注疏》卷二十三,《十三经注疏》,中华书局1980年版。
② 《汉书》卷三十,中华书局1962年版。
③ [三国魏]何晏集解,[唐]陆德明音义,[宋]邢昺疏:《论语注疏》卷十八,《十三经注疏》,中华书局1980年版。
④ [三国魏]何晏集解,[南朝梁]皇侃义疏:《论语集解义疏》卷九,《文渊阁四库全书·经部八·四书类》。

皇侃《论语集解义疏》引郑玄注曰：

> 玉，璋珪之属也；帛，束帛之属也。言礼非但崇此玉帛而已，所贵者乃贵其安上治民也。①

又引马融注曰：

> 乐之所贵者，移风易俗也，非谓钟鼓而已也。②

孔子从来不是为了礼乐而推崇礼乐，而是把礼乐看作是移风易俗的工具，而这个移风易俗的工具，可以有安上治民的效果。

礼乐文化是孔子实现终极目标的工具，其作为工具的价值，就是礼乐的教化作用，孔子及其弟子非常重视体现礼乐文化的雅乐的教化作用，《论语·阳货》载：

> 子之武城，闻弦歌之声。夫子莞尔而笑，曰："割鸡焉用牛刀。"子游对曰："昔者偃也闻诸夫子曰，君子学道则爱人，小人学道则易使也。"子曰："二三子，偃之言是也，前言戏之耳。"③

可以看出，孔子及其弟子，把鼓舞歌诗的礼乐文化当作实现社会文明与进步的重要工具。正因为鼓舞歌诗的意义重大，孔子对乐舞的钻研，也是孜孜不倦。而且，把鼓舞歌诗与其政治理想结合在一起，成为他追求的仁政的寄托。据《史记·孔子世家》载，孔子学鼓琴师襄子，十日不进。师襄子曰："可以益矣。"孔子曰："丘已习其曲矣，未得其数也。"有间，曰："已习其数，可以益矣。"孔子曰："丘未得其志也。"有间，曰："已习其志，可以益矣。"孔子曰："丘未得其为人也。"有间，有所穆然深思焉，有所怡然高望而远志焉。曰："丘得其为人，黯然而黑，几然而长，眼如望羊，如王四国，非文王其谁能为此也！"师襄子辟席再拜，曰："师盖云《文王操》也。"又载孔子击磬，有荷蒉而过门者，曰："有心哉，击磬乎！硁硁乎，莫己知也夫而已矣！"④

---

① [三国魏]何晏集解，[南朝梁]皇侃义疏：《论语集解义疏》卷九，《文渊阁四库全书·经部八·四书类》。
② 同上。
③ [三国魏]何晏集解，[唐]陆德明音义，[宋]邢昺疏：《论语注疏》卷十七，《十三经注疏》，中华书局 1980 年版。
④ 《史记》卷四十七，中华书局 1959 年版。

孔子积极挽救礼乐文化的消亡,正乐是孔子对礼乐文化的正面建设。同时,如前所述,孔子也极力反对春秋时代僭越礼乐的现象,认为这是社会衰亡的重要体现。但是,孔子所面临的,不仅仅是一个僭越的问题,还有"新声"的侵袭。新声主要指郑卫之音,而以郑声为孔子所经常提及。

《汉书·艺文志》云:

> 孔子曰:"安上治民,莫善于礼;移风易俗,莫善于乐。"二者相与并行。周衰俱坏,乐犹微眇,以音律为节,又为郑卫所乱,故无遗法。①

又《论语·卫灵公》曰:

> 颜渊问为邦,子曰:"行夏之时,乘殷之辂,服周之冕,乐则韶舞。放郑声,远佞人;郑声淫,佞人殆。"②

皇侃《论语集解义疏》引何晏注云:

> 夏时据见万物之生以为四时之始,取其易知也。③

又引马融注云:

> 殷车曰大辂。《左传》曰大辂,越席也,昭其俭也。④

又引包咸注曰:

> 冕,礼冠也,周之礼文而备也,取其黈纩塞耳,不任视听也。《韶》,舜乐也,尽善尽美,故取之也。⑤

又引孔安国注曰:

> 郑声、佞人亦俱能感人心,与雅乐贤人同,而使人淫乱危殆,故当放远之也。⑥

《论语·阳货》曰:

> 子曰:"恶紫之夺朱也,恶郑声之乱雅乐也,恶利口之覆邦家者。"⑦

---

① 《汉书》卷三十,中华书局1962年版。
② [三国魏]何晏集解,[南朝梁]皇侃义疏:《论语集解义疏》卷八,《文渊阁四库全书·经部八·四书类》。
③ 同上。
④ 同上。
⑤ 同上。
⑥ 同上。
⑦ 同上书卷九。

皇侃《论语集解义疏》引孔安国注曰：

> 朱,正色;紫,间色之好者,恶其邪好而夺正色也。①

又引包咸注曰：

> 郑声,淫声之哀者,恶其夺雅乐也。②

又引孔安国注曰：

> 利口之人多言少实,苟能悦媚时君,倾覆其国家也。③

郑卫之音对雅乐的威胁,实在是不能忽视的。孔子把郑声看作是如间色利口之祸,对抗郑声的立场是特别坚决的。而孔子之所以如此重视对郑声的防范,是因为以郑声为代表的新声具有强大的感染力,而这种感染力足以颠覆人们对传统礼乐文化的向往,最终丢弃音乐的教化功能,而使君主和人臣陷于私欲之中,忽略民众的苦难,为所欲为。

孔子关于郑声的看法,在《礼记》中得到忠实体现。《礼记·王制》云：

> 析言破律,乱名改作,执左道以乱政,杀;作淫声、异服、奇技、奇器以疑众,杀;行伪而坚,言伪而辩,学非而博,顺非而泽以疑众,杀;假于鬼神,时日卜筮以疑众,杀。此四诛者不以听。④

《礼记·王制》把淫声、异服、奇技、奇器看作是与"析言破律,乱名改作,执左道以乱政","行伪而坚,言伪而辩,学非而博,顺非而泽以疑众","假于鬼神,时日卜筮以疑众"同等程度的危害行为,而郑玄注曰："淫声,郑卫之属也。"⑤

又《礼记·乐记》曰：

> 郑卫之音,乱世之音也,比于慢矣;桑间濮上之音,亡国之音也,其政散,其民流,诬上行私而不可止也。⑥

---

① [三国魏]何晏集解,[南朝梁]皇侃义疏：《论语集解义疏》卷九,《文渊阁四库全书·经部八·四书类》。
② 同上。
③ 同上。
④ [汉]郑玄注,[唐]孔颖达疏：《礼记正义》卷十三,《十三经注疏》,中华书局1980年版。
⑤ 同上。
⑥ 同上书卷三十七。

孔颖达《礼记注疏》引郑玄注曰：

> 濮水之上地有桑间者，亡国之音于此之水出也，昔殷纣使师延作靡靡之乐，已而自沉于濮水。后师涓过焉，夜闻而写之，为晋平公鼓之，是之谓也。①

郑声虽然是淫亵亡国之音，但因为其声乐歌舞具有时尚的特点，所以，很容易为一般大众所接受，《礼记·乐记》记载过魏文侯与子夏的一段对话，涉及到雅乐与新声的感染力对比问题，子夏认为，雅乐是乐，而郑卫之音是音，不能与乐同日而语。《礼记·乐记》曰：

> 魏文侯问于子夏曰："吾端冕而听古乐，则唯恐卧，听郑卫之音，则不知倦。敢问古乐之如彼，何也？新乐之如此，何也？"
>
> 子夏对曰："今夫古乐，进旅退旅，和正以广，弦匏笙簧，会守拊鼓，始奏以文，复乱以武，治乱以相，讯疾以雅。君子于是语，于是道古，修身及家，平均天下。此古乐之发也。今夫新乐，进俯退俯，奸声以滥，溺而不止，及优侏儒，猱杂子女，不知父子。乐终不可以语，不可以道古。此新乐之发也。今君之所问者乐也，所好者音也。夫乐之与音，相近而不同。"
>
> 文侯曰："敢问何如？"
>
> 子夏对曰："夫古者，天地顺而四时当，民有德而五谷昌，疾疢不作而无妖祥，此之谓大当。然后圣人作，为父子君臣，以为之纪纲。纪纲既正，天下大定。天下大定，然后正六律，和五声，弦歌诗颂，此之谓德音，德音之谓乐。诗云：'莫其德音，其德克明。克明克类，克长克君。王此大邦，克顺克俾。俾于文王，其德靡悔。既受帝祉，施于孙子。'此之谓也。今君之所好者，其溺音乎？"
>
> 文侯曰："敢问溺音何从出也？"
>
> 子夏对曰："郑音好滥淫志，宋音燕女溺志，卫音趣数烦志，齐音骜辟骄志。此四者皆淫于色而害于德，是以祭祀弗用也。诗曰：'肃

---

① [汉]郑玄注，[唐]孔颖达疏：《礼记正义》卷三十七，《十三经注疏》，中华书局1980年版。

雍和鸣,先祖是听。'夫肃肃,敬也;雍雍,和也。夫敬以和,何事不行?为人君者,谨其所好恶而已矣。君好之,则臣为之;上行之,则民从之。诗曰'诱民孔易',此之谓也。然后圣人作为鼗、鼓、椌、楬、埙、篪,此六者,德音之音也。然后钟磬竽瑟以和之,干戚旄狄以舞之。此所以祭先王之庙也,所以献酬酳酢也,所以官序贵贱各得其宜也,所以示后世有尊卑长幼之序也。钟声铿,铿以立号,号以立横,横以立武,君子听钟声则思武臣。石声磬,磬以立辨,辨以致死。君子听磬声则思死封疆之臣。丝声哀,哀以立廉,廉以立志,君子听琴瑟之声则思志义之臣。竹声滥,滥以立会,会以聚众,君子听竽笙箫管之声则思畜聚之臣。鼓鼙之声欢,欢以立动,动以进众,君子听鼓鼙之声则思将帅之臣。君子之听音,非听其铿锵而已也,彼亦有所合之也。①

魏文侯是有德君主,虽然如此,他还是听古乐而欲眠,听郑卫之音则不知疲倦。子夏分析其中的原因,认为古乐目的在于修身及家,平均天下,新声乐终不可以语,不可以道古,只有声音而已。乐者乐也,乐不同于音,就在于乐有教化的目的。圣人正六律,和五声,弦歌诗颂,谓之德音,故称为乐,可以为父子君臣纪纲,为天下大定,郑卫之音,为溺音。如郑音好滥淫志,宋音燕女溺志,卫音趣数烦志,齐音骜辟骄志,皆淫于色而害于德,君主如果好淫声,必然导致上行下效。圣人以雅乐之鼗、鼓、椌、楬、埙、篪此六者为德音之音,以钟磬竽瑟和之,以干戚旄狄舞之,以此祭先王,献酬酳酢,官序贵贱,示后世有尊卑长幼之序。君子之鼓舞歌诗,绝不是为了音律的铿锵动听,而是出于德治的需要。

子夏关于郑声与雅乐的区别,归根结底,就是郑声追求音律的轻柔低靡,引人沉醉于音乐形式之中,追求鼓舞歌诗艺术美的享乐感受,而雅乐所追求的,则是音乐背后所暗示的道德力量,是移风易俗的伟大魅力。司马迁《史记·乐书》刊载《礼记》全文,以《乐记》为先秦礼乐文化的经典,而子夏关于郑声与雅乐的论述,其权威性也就在这里了。

---

① [汉]郑玄注,[唐]孔颖达疏:《礼记正义》卷三十九,《十三经注疏》,中华书局1980年版。

三、《乐记》各篇主要观点辨析

春秋战国之际，人们对音乐文化的讨论是很多的，这种现象，既说明这个时代音乐存在的普遍性，同时也体现出人们充分认识到音乐的强大生命力。这其中，以成书于战国时期的孔子及其弟子关于乐的言论《礼记·乐记》[①]最有代表性。

《乐记》据载由公孙尼子所记，应该是孔子及其弟子说乐的言论结集，其成书在战国时期。根据《汉书·艺文志》，汉初刘德整理周官及诸子乐论，亦称《乐记》，经王定传王禹，有二十四篇之书。今存《乐记》，与刘德所编撰《乐记》不同，是刘向校书时确定的二十三篇的传本，当为先秦传本。今存《乐记》，凡十一篇。

《乐记》作为成书于战国时期的孔子及其弟子关于乐的言论辑录，与马王堆帛书所见孔子及其弟子关于《周易》的言论《帛书易传》，及上海博物馆藏《战国楚竹书》中的《孔子诗论》孔子及其弟子关于《诗经》的言论一样，其与孔子的关系，及其作为战国时期的著作，应该是无庸怀疑的。

《乐记》今在《礼记》中，而《史记·乐书》亦有全文收录。两处十一篇次序不同。另外，刘向校书之时，也有一个次序，也与《礼记》、《史记》次序不同。今《礼记》中次序，为郑玄注之次序，以《乐本》、《乐论》、《乐礼》、《乐施》、《乐言》、《乐象》、《乐情》、《魏文侯》、《宾牟贾》、《乐化》、《师乙》为次序。而《史记》以《乐本》、《乐论》、《乐礼》、《乐施》、《乐情》、《乐言》、《乐象》、《乐化》、《魏文侯》、《宾牟贾》、《师乙》为次序，《别录》以《乐本》、《乐论》、《乐施》、《乐言》、《乐礼》、《乐情》、《乐化》、《乐象》、《宾牟贾》、《师乙》、《魏文侯》为次序。根据《乐记》内容，则《别录》的次序，应该最有道理。本文分析《乐记》诸篇主旨，即以《别录》的篇目次序为根据。

《乐记》认为，音的产生是人心受物的感动的产物，乐是由音组成的，

---

① 以下文字依据《礼记·乐记》，[汉]郑玄注，[唐]孔颖达疏：《礼记正义》卷三十七至三十九，《十三经注疏》，中华书局1980年版。

所以,乐之本,就在于人心之感于物,不同的心,带来音乐的差异,所以,礼乐政刑,先王所用,各有重点。《乐本》云:"凡音之起,由人心生也。人心之动,物使之然也。感于物而动,故形于声;声相应,故生变;变成方,谓之音。比音而乐之,及干戚羽旄,谓之乐。乐者,音之所由生也,其本在人心之感于物也。是故其哀心感者,其声噍以杀;其乐心感者,其声啴以缓;其喜心感者,其声发以散;其怒心感者,其声粗以厉;其敬心感者,其声直以廉;其爱心感者,其声和以柔。六者,非性也,感于物而后动。是故先王慎所以感之者。故礼以道其志,乐以和其声,政以一其行,刑以防其奸。礼乐刑政,其极一也,所以同民心而出治道也。"

《乐记》认为,声音与政治相通,《乐本》云:"凡音者,生人心者也。情动于中,故形于声。声成文,谓之音。是故,治世之音安以乐,其政和;乱世之音怨以怒,其政乖;亡国之音哀以思,其民困。声音之道,与政通矣。宫为君,商为臣,角为民,徵为事,羽为物,五者不乱,则无怗懘之音矣。宫乱则荒,其君骄;商乱则陂,其官坏;角乱则忧,其民怨;徵乱则哀,其事勤;羽乱则危,其财匮。五者皆乱,迭相陵,谓之慢。如此,则国之灭亡无日矣。"

由于声音体现社会治乱,所以,《乐记》批评亡国之音,《乐本》云:"郑卫之音,乱世之音也,比于慢矣。桑间濮上之音,亡国之音也。其政散,其民流,诬上行私而不可止也。"所谓慢,就是五音之乱,互相侵凌。所以,《乐记》对春秋战国之际的新声是批判的。

礼乐文化之中,礼与乐的关系是相反相成,密不可分的。所以,《乐记》认为乐与伦理相通,《乐本》云:"凡音者,生于人心者也;乐者,通伦理者也。是故,知声而不知音者,禽兽是也;知音而不知乐者,众庶是也。唯君子为能知乐。是故,审声以知音,审音以知乐,审乐以知政,而治道备矣。是故,不知声者不可与言音,不知音者不可与言乐。知乐,则几于礼矣。礼乐皆得,谓之有德。德者得也。是故,乐之隆,非极音也;食飨之礼,非致味也。清庙之瑟,朱弦而疏越,一倡而三叹,有遗音者矣。大飨之礼,尚玄酒而俎腥鱼,大羹不和,有遗味者矣。是故先王之制礼乐也,非以极口腹耳目之欲也,将以教民平好恶而反人道之正也。人生而静,天之性也;感于物而动,性之欲也。物至知知,然后好恶形焉。好恶无节于内,知诱于外,不能反躬,天理灭矣。夫物之感人无穷,而人之好恶无节,则是物至而人化物也。人化物也者,灭天理而穷人欲者也。于是有悖逆诈伪之心,有淫泆作乱之事。是故强者胁弱,众者暴寡,知者诈愚,勇者苦怯,疾病不养,老幼孤独不得其所,此大乱之道也。是故先王之制礼乐,人为之节,衰麻哭泣,所以节丧纪也;钟鼓干戚,所以和安乐也;昏姻冠笄,所以别男女也;射乡食飨,所以正交接也。礼节民心,乐和民声,政以行之,刑以防之。礼乐刑政,四达而不悖,则王道备矣。"

《乐记》认为,礼是彰显区别的,乐是表现同一的,所以,礼区分等级贵贱,乐疏通上下关系。礼是外在的约束,乐是内在的诉求,二者共同以天地为原则,追求简易。二者相反相成,共同为实现全社会的敬爱发挥自己的作用。所以,《乐论》云:"乐者为同,礼者为异。同则相亲,异则相敬。乐胜则流,礼胜则离。合情饰貌者,礼乐之事也。礼义立,则贵贱等矣;乐文同,则上下和矣;好恶著,则贤不肖别矣;刑禁暴,爵举贤,则政均矣;仁以爱之,义以正之,如此,则民治行矣。乐由中出,礼自外作。乐由中出,故静;礼自外作,故文。大乐必易,大礼必简。乐至则无怨,礼至则不争。揖让而治天下者,礼乐之谓也。暴民不作,诸侯宾服,兵革不试,五刑不用,百姓无患,天子不怒,如此,则乐达矣。合父子之亲,明长幼之序,以敬四海之内,天子如此,则礼行矣。大乐与天地同和,大礼与天地同节。和故百物不失,节故祀天祭地,明则有礼乐,幽则有鬼神。如此,则四海之内,合敬同爱矣。礼者,殊事合敬者也;乐者,异文合爱者也。礼乐之情同,故明王以相沿也。故事与时并,名与功偕。……故知礼乐之情者能作,识礼乐之文者能述。作者之谓圣,述者之谓明。明圣者,述作之谓也。乐者,天地之和也。礼者,天地之序也。和故百物皆化,序故群物皆别。乐由天作,礼以地制。过制则乱,过作则暴。明于天地,然后能兴礼乐也。"

《乐记》认为,和谐而不侵害,欣喜欢爱,是乐的功能,《乐论》云:"论伦无患,乐之情也;欣喜欢爱,乐之官也。中正无邪,礼之质也;庄敬恭顺,礼之制也。若夫礼乐之施于金石,越于声音,用于宗庙社稷,事乎山川鬼神,则此所与民同也。"郑玄以为伦犹类也,患犹害也。"论伦无患",按照孔颖达《礼记注疏》的解释,"言乐之本情,欲使伦等和同无相损害也"。

乐舞为有德者所作,因此,通过歌诗乐舞了解德治,就是顺理成章的了。《乐施》云:"昔者,舜作五弦之琴以歌南风,夔始制乐以赏诸侯,故天子之为乐也,以赏诸侯之有德者也。德盛而教尊,五谷时熟,然后赏之以乐。故其治民劳者,其舞行缀远;其治民逸者,其舞行缀短。故观其舞,知其德;闻其谥,知其行也。《大章》,章之也;《咸池》,备矣;《韶》,继也;《夏》,大也。殷周之乐,尽矣。"又云:"乐者所以象德也,礼者所以缀淫也。是故先王有大事,必有礼以哀之,有大福,必有礼以乐之。哀乐之分,皆以礼终。乐也者,圣人之所乐也,而可以善民心,其感人深,其移风易俗,故先王著其教焉。"作者认为,乐者象德,《大章》是颂扬唐尧功德的歌舞,《咸池》是颂扬黄帝功德的歌舞,《韶》是颂扬虞舜功德的歌舞,《夏》是颂扬夏禹功德的歌舞。至于殷周之乐,歌颂商汤功德的《大濩》,歌颂周武王功德的《大武》,也是歌舞的极致。正因为乐颂扬圣人功德力量,因此可以移风易俗。

《乐记》强调乐舞的中庸平和对教化的积极影响。《乐言》云:"夫民有血气心知之性,而无哀乐喜怒之常,应感起物而动,然后心术形焉。是故志微噍杀之音作,而民思忧;啴谐慢易繁文简节之音作,而民康乐;粗厉猛起奋末广贲之音作,而民刚毅;廉直劲正庄诚之音作,而民肃敬;宽裕肉好顺成和动之音作,而民慈爱;流辟邪散狄成涤滥之音作,而民淫乱。是故先王本之情性,稽之度数,制之礼义。合生气之和,道五常之行,使之阳而不散,阴而不密,刚气不怒,柔气不慑,四畅交于中而发作于外,皆安其位而不相夺也。然后立之学等,广其节奏,省其文采,以绳德厚。律小大之称,比终始之序,以象事行。使亲疏贵贱长幼男女之理,皆形见于乐,故曰:乐观其深矣。"

《乐记》认为,淫声或者新声最主要的问题是失去平和之德。《乐言》云:"土敝则草木不长,水烦则鱼鳖不大,气衰则生物不遂,世乱则礼慝而乐淫。是故其声哀而不庄,乐而不安,慢易以犯节,流湎以忘本。广则容奸,狭则思欲。感条畅之气而灭平如之德。是以君子贱之也。"

《乐记》认为，成功者可以作乐，而德高者乐高，所以，要追求乐而无忧的境界。《乐礼》云："王者功成作乐，治定制礼。其功大者其乐备，其治辩者其礼具。干戚之舞非备乐也，孰亨而祀？非达礼也。五帝殊时，不相沿乐；三王异世，不相袭礼。乐极则忧，礼粗则偏矣。及夫敦乐而无忧，礼备而不偏者，其唯大圣乎！天高地下，万物散殊，而礼制行矣。流而不息，合同而化，而乐兴焉。春作夏长，仁也；秋敛冬藏，义也。仁近于乐，义近于礼。乐者敦和，率神而从天；礼者别宜，居鬼而从地。故圣人作乐以应天，制礼以配地。礼乐明备，天地官矣。"圣人之乐，体现天地之大道，符合《礼记·礼运》中孔子所言大同时代大道之行，所以《论语·八佾》中孔子才赞扬《韶》乐之尽美尽善。

《乐记》认为，乐者天下之大和，《乐礼》云："天尊地卑，君臣定矣。卑高已陈，贵贱位矣；动静有常，小大殊矣。方以类聚，物以群分，则性命不同矣。在天成象，在地成形，如此，则礼者天地之别也。地气上齐，天气下降，阴阳相摩，天地相荡，鼓之以雷霆，奋之以风雨，动之以四时，暖之以日月，而百化兴焉。如此，则乐者天地之和也。化不时则不生，男女无辨则乱升，天地之情也。及夫礼乐之极乎天而蟠乎地，行乎阴阳而通乎鬼神，穷高极远而测深厚。乐著大始，而礼居成物。著不息者天也，著不动者地也。一动一静者天地之间也。故圣人曰'礼云'、'乐云'。"

《乐记》认为，掌握乐之情，就是把握乐的根本，而掌握乐的技巧，相对来说是次要的事情。《乐情》云："乐也者，情之不可变者也。礼也者，理之不可易者也。乐统同，礼辨异，礼乐之说管乎人情矣。穷本知变，乐之情也；著诚去伪，礼之经也。……乐者，非谓黄钟大吕弦歌干扬也，乐之末节也，故童者舞之。铺筵席，陈尊俎，列笾豆，以升降为礼者，礼之末节也，故有司掌之。乐师辨乎声诗，故北面而弦；宗祝辨乎宗庙之礼，故后尸；商祝辨乎丧礼，故后主人。是故德成而上，艺成而下，行成而先，事成而后。是故先王有上有下，有先有后，然后可以制于天下也。"

《乐记》强调乐的重要，及情感、品德对乐的重要，是因为乐最终是要实现教化目的的。教而化之，则治天下易如反掌。所以，《乐化》云："君子曰：'礼乐不可斯须去身。'致乐以治心，则易直子谅之心油然生矣；易直子谅之心生则乐,乐则安,安则久,久则天,天则神。天则不言而信,神则不怒而威,致乐以治心者也。致礼以治躬则庄敬,庄敬则严威。心中斯须不和不乐,而鄙诈之心入之矣。外貌斯须不庄不敬,而易慢之心入之矣。故乐也者,动于内者也;礼也者,动于外者也。乐极和,礼极顺,内和而外顺,则民瞻其颜色而弗与争也,望其容貌而民不生易慢焉。故德辉动于内,而民莫不承听;理发诸外,而民莫不承顺。故曰致礼乐之道,举而错之,天下无难矣。"

《乐记》认为,乐的教化作用,上至宗庙,下及闺阁。《乐化》云:"夫乐者,乐也,人情之所不能免也。乐必发于声音,形于动静,人之道也。声音动静,性术之变,尽于此矣。……先王耻其乱,故制雅颂之声以道之,使其声足乐而不流,使其文足论而不息,使其曲直繁瘠廉肉节奏足以感动人之善心而已矣。不使放心邪气得接焉,是先王立乐之方也。是故乐在宗庙之中,君臣上下同听之,则莫不和敬;在族长乡里之中,长幼同听之,则莫不和顺;在闺门之内,父子兄弟同听之,则莫不和亲。故乐者,审一以定和,比物以饰节;节奏合以成文。所以合和父子君臣,附亲万民也,是先王立乐之方也。故听其雅颂之声,志意得广焉;执其干戚,习其俯仰诎伸,容貌得庄焉;行其缀兆,要其节奏,行列得正焉,进退得齐焉。故乐者,天地之命,中和之纪,人情之所不能免也。"

《乐记》认为,奸声与正声感人,对人有不同的效果。奸声害人,所以君子应该远离奸声,以道制欲。《乐象》云:"凡奸声感人,而逆气应之,逆气成象,而淫乐兴焉;正声感人,而顺气应之,顺气成象,而和乐兴焉。倡和有应,回邪曲直,各归其分。而万物之理,各以类相动也。是故君子反情以和其志,比类以成其行,奸声乱色不留聪明,淫乐慝礼不接心术,惰慢邪辟之气不设于身体,使耳目鼻口心知百体,皆由顺正,以行其义。然后发以声音,而文以琴瑟,动以干戚,饰以羽旄,从以箫管。奋至德之光,动四气之和,以著万物之理。是故清明象天,广大象地,终始象四时,周还象风雨。五色成文而不乱,八风从律而不奸,百度得数而有常,小大相成,终始相生。倡和清浊,迭相为经。故乐行而伦清,耳目聪明,血气和平,移风易俗,天下皆宁。故曰:乐者乐也。君子乐得其道,小人乐得其欲。以道制欲,则乐而不乱;以欲忘道,则惑而不乐。是故,君子反情以和其志,广乐以成其教,乐行,而民乡方,可以观德矣。"

《乐记》还讨论了诗、歌、舞之间的志、声、容的关系,《乐象》云:"德者,性之端也;乐者,德之华也;金石丝竹,乐之器也。诗言其志也,歌咏其声也,舞动其容也。三者本于心,然后乐气从之。是故情深而文明,气盛而化神,和顺积中而英华发外,唯乐不可以为伪。"

《乐记》强调以情德为本,以声音、文采、节奏等形式为末的观点,《乐象》云:"乐者,心之动也;声者,乐之象也;文采节奏,声之饰也。君子动其本,乐其象,然后治其饰。……是故情见而义立,乐终而德尊。君子以好恶,小人以听过。故曰:生民之道,乐为大焉。"

《乐化》之后,是《宾牟贾》,记载孔子给宾牟贾解说《武》乐的谈话,孔子指出:"夫乐者,象成者也。"正是强调乐的象德特点。

其后,则是《师乙》,记师乙给子赣讲解"声歌各有宜"的问题,师乙云:"爱者宜歌《商》,温良而能断者宜歌《齐》。夫歌者,直己而陈德也,动己而天地应焉,四时和焉,星辰理焉,万物育焉。故商者,五帝之遗声也。宽而静,柔而正者宜歌《颂》;广大而静,疏远而信者宜歌《大雅》;恭俭而好礼者,宜歌《小雅》;正直而静,廉而谦者宜歌《风》。肆直而慈爱,商之遗声也,商人识之,故谓之《商》。齐者,三代之遗声也,齐人识之,故谓之《齐》。明乎商之音者,临事而屡断;明乎齐之音者,见利而让。临事而屡断,勇也;见利而让,义也。有勇有义,非歌孰能保此?……故歌之为言也,长言之也。说之,故言之;言之不足,故长言之;长言之不足,故嗟叹之;嗟叹之不足,故不知手之舞之,足之蹈之也。"这段话对我们了解《诗经》歌诗各部分的内容及形式也有帮助意义。

《乐记》的最后一篇是《魏文侯》,记载子夏与魏文侯辨别"古乐"与"郑卫之音"的对话,已见前引。

蔡仲德《〈乐记〉〈声无哀乐论〉注译与研究》认为《乐记》这十一篇可以分为四类,《乐本》论乐的本原,《乐象》论乐的特征,《乐言》论作乐之事,此三篇为一类;《乐化》论乐对个人的感化作用,《乐施》论乐对民众的教化作用,此二篇为一类;《乐论》、《乐礼》、《乐情》论礼乐异同及其与鬼神的关系,以及论礼乐的社会功用,此为一类;《宾牟贾》、《师乙》、《魏文侯》以时间先后为序,是孔子、师乙、子夏论乐,应该为一类。① 这个分类的参考意义在于它告诉我们《乐记》实际上讨论了乐的本原及特征,乐的社会作用,礼乐的联系及区别,以及《武》乐的歌诗鼓舞程序、歌诗与个人修养的关系、古乐与郑卫之音的差异等问题。而其核心,就是乐本之于情,与政治伦理相通,能够反映治乱变化;乐与礼相辅相成,礼以区别等级贵贱,乐以和合人情,所以,乐是高尚道德的体现,是贯彻中庸平和,体现天地之至情的,乐歌咏鼓舞圣人之功德,也只有圣人才能创造出最美好的乐舞;乐的强大教化力量,无所不在,教而化之,则治理天下,无往而不胜;音乐的强大力量,是对奸声或郑卫之音保持高度警惕,观乐不是为了追求节奏的铿锵,音律的缠绵,而是观德,从其中明晰礼乐教化。

第三节　孟子、荀子及《吕氏春秋》的文学观

战国时期的儒家学者都尊师孔子,因此,孔子的文学肯定论,对战国儒家的影响,是决定性的。也就是说,战国时期的儒家学者,都是在孔子的学说基础上,建立自己的文学理论主张。

战国儒家,是文学肯定论者,他们强调文学对社会的积极作用。同时,也注意到了文学的内容、文学创作及欣赏等美学问题。

一、孟子的主要文学主张

《孟子·告子上》曰:

口之于味也,有同耆焉;耳之于声也,有同听焉;目之于色也,有同美焉。至于心,独无所同然乎?心之所同然者,何也?谓理也,义

---

① 蔡仲德:《〈乐记〉〈声无哀乐论〉注译与研究》,中国美术学院出版社1997年版。该书认为《乐记》为西汉河间献王刘德所著,恐把《汉书·艺文志》之言刘德编辑"周官及诸子言乐事者,以作《乐记》",当作创作《乐记》了。

也。圣人先得我心之所同然耳!故理义之悦我心,犹刍豢之悦我口。①

孟子认为理、义与味、声、色一样具有审美价值,可以引起人们普遍而必然的愉悦,即认为人格精神也能成为审美对象。而《孟子·离娄上》又说"乐之实"为乐仁与义,所谓"乐斯二者,乐则生矣;生则恶可已也;恶可已,则不知足之蹈之手之舞之"②。这表明孟子认为艺术的产生根源在仁、义二者。孟子称"圣人"之得我心,强调仁之与义,表现出了对孔子及其主张的敬重。孟子对心之理义的美感价值的发掘,是对个体人格美的张扬。

孟子在善、美等问题上,表现出了对个体人格美的重视。《孟子·尽心下》云:

浩生不害问曰:"乐正子何人也?"孟子曰:"善人也,信人也。""何谓善?何谓信?"曰:"可欲之谓善,有诸己之谓信,充实之谓美,充实而有光辉之谓大,大而化之之谓圣,圣而不可知之之谓神。乐正子,二之中,四之下也。"③

孟子在对乐正子之人格进行评价的时候,提到了善、信、美、大、圣、神诸概念。赵岐注曰:"己之可欲,乃使人欲之,是为善人;己所不欲,勿施于人也,有之于己,乃谓人有之,是为信人;不亿不信也,充实善信,使之不虚,是为美人,美德之人也;充实善信而宣扬之,使有光辉,是为大人;大行其道,使天下化之,是为圣人;有圣知之明,其道不可得知,是为神人。人有是六等,乐正子能善能信,在二者之中,四者之下也。"④要而言之,善、信、美、大、圣、神诸人虽有差等,但皆以仁义之原则为根据。在六种等级的递进中,高等级包容低等级,即"美"之中含有"善"、"信",而美之上的大、圣、神,又表明了孟子更高的审美理想。"大"标志着美的充实,而又比美更具光辉,更具磅礴的气势;"圣"标志着以仁义化人;"神"则意味着个

---

① [清]焦循:《孟子正义》卷二十二,《诸子集成》,中华书局1954年版。
② 同上书卷十五。
③ 同上书卷二十八。
④ [汉]赵岐注,[宋]孙奭疏:《孟子注疏》卷十四上,《十三经注疏》,中华书局1980年版。

体人格的丰富深厚。孟子的美学观,实际就是由善、信、美、大、圣、神六者结合而成的。孟子虽未专门论及文学之美,而其美学观,必然代表着他对文学美的追求。

孟子强调耳、目、口、心、圣人与我的同一,即肯定美感的共同性、普遍性、绝对性,这代表着一种对一致、和谐、统一的追求。这不同于道家之强调差异、对立、矛盾,而揭示是与非、美与丑、大与小等审美范畴的不确定性、相对性、差异性。正因如此,孟子注重审美活动的社会性,《孟子·梁惠王下》孟子说齐宣王,以为"与众乐"比之"与少乐"乐,所以要"与民同乐"①。这个观点除却其民主精神之外,也包括了艺术美大众化、社会化的要求。

孟子关于言辞、风格以及读诗、书等文学欣赏活动,也有极精辟之创见。《孟子·公孙丑上》载:

"敢问夫子恶乎长?"曰:"我知言;我善养吾浩然之气。""敢问何谓浩然之气?"曰:"难言也。其为气也,至大至刚,以直养而无害,则塞于天地之间。其为气也,配义与道;无是,馁也。是集义所生者,非义袭而取之也。行有不慊于心,则馁矣。……""何谓知言?"曰:"诐辞知其所蔽,淫辞知其所陷,邪辞知其所离,遁辞知其所穷。生于其心,害于其政;发于其政,害于其事。圣人复起,必从吾言矣。"②

孟子以"养气"、"知言"自许,"气"虽然是一种难以捉摸的存在,但与"言"一样,都是孟子所谓人格修养的内容之一。养浩然之气,即在人格修养中表现出一种善的正气;知言则强调言辞与人格的一种联系,孔子曰:"不知言,无以知人也。"③言辞与人格是紧密相联系的,诐辞、淫辞、邪辞、遁辞,都是不同处境的人个性的体现。孟子认为言辞对于政事影响至大,诐辞、淫辞、邪辞、遁辞生于人心,而害政事,浩然之气可以培养勇气。若有不善之行,则必气馁。孟子"养气"、"知言"的观点,是孔子"尽善尽美",

---

① [清]焦循:《孟子正义》卷四,《诸子集成》,中华书局1954年版。
② 同上书卷六。
③ 《论语·尧曰》,[三国魏]何晏集解,[唐]陆德明音义,[宋]邢昺疏:《论语注疏》卷二十,《十三经注疏》,中华书局1980年版。

注重文学功用思想的补充。而关于言辞与个性人格的联系之论点,强调了言辞风格所存在的个性,与孔子之言"有德者必有言,有言者不必有德"①之观点一脉相承,却更见具体化、深入化。

孟子在论及理解诗歌,以及尚友之道理时,提出了"以意逆志"、"知人论世"的观点。《孟子·万章上》载:

> 咸丘蒙曰:"舜之不臣尧,则吾既得闻命矣。《诗》云:'普天之下,莫非王土;率土之滨,莫非王臣。'而舜既为天子矣,敢问瞽瞍之非臣。如何?"曰:"是诗也,非是之谓也。……故说诗者不以文害辞,不以辞害志。以意逆志,是为得之。如以辞而已矣,《云汉》之诗曰:'周余黎民,靡有孑遗。'信斯言也,是周无遗民也。"②

又《孟子·万章下》曰:

> 颂其诗,读其书,不知其人,可乎?是以论其世也,是尚友也。③

文采与言辞,言辞与意旨,在具体作品中并不见得是统一的,所以不要望文生义,要领会全篇的精神实质④。一个作品的创作,渗透作者的个性,以及形成此个性的时代氛围,所以正确地掌握一个作品,必须联系作者的生平境遇、时代环境。"知人论世"与"以意逆志"是评论文学作品时相辅相成的一个原则,"是故由其世以知其人,由其人以逆其志,则古诗虽有不能解者,寡矣"⑤。孟子"知人论世"、"以意逆志"主张的提出,标志着孟子对文学的艺术创作手法的理解,以及对文学之个性及时代风貌的肯定。

孟子把孔子所作之《春秋》与《诗》并列,都视为一种创作。《孟子·离娄下》曰:

> 王者之迹息而《诗》亡,《诗》亡然后《春秋》作。晋之《乘》,楚

---

① 《论语·宪问》,[三国魏]何晏集解,[唐]陆德明音义,[宋]邢昺疏:《论语注疏》卷十四,《十三经注疏》,中华书局1980年版。
② [清]焦循:《孟子正义》卷十八,《诸子集成》,中华书局1954年版。
③ 同上书卷二十一。
④ 顾易生、蒋凡:《中国文学批评通史》第一编第三章,上海古籍出版社1996年版。
⑤ 王国维:《玉谿生年谱会笺序》,见张采田:《玉谿生年谱会笺》,上海古籍出版社1983年版。

《梼杌》，鲁之《春秋》，一也。其事则齐桓、晋文，其文则史。孔子曰："其义则丘窃取之矣。"①

《孟子·滕文公下》称孔子作《春秋》是缘于"世衰道微，邪说暴行有作，臣弑其君者有之，子弑其父者有之"，因此，"孔子惧，作《春秋》"，取古史《乘》、《梼杌》、《鲁春秋》等"义"，继《诗》而起，担负起"天子之事"，即维护社会秩序的责任，因此，"孔子成《春秋》，而乱臣贼子惧"②。孟子称述孔子作《春秋》所蕴涵的是与《诗经》的作者同样具有的那种社会责任感。而他自己也以天下为己任，有一种强烈的拯救现实社会的使命感。

二、荀子的主要文学理论主张

荀子是战国时期重要的儒家思想家，他的基本思想，仍然和孔子一脉相承。他非常重视文学的作用，极力强调博学与文学的重要性，同时，又强调要注意学习的方法。《荀子·劝学》曰：

> 君子曰：学不可以已。青取之于蓝而青于蓝，冰水为之而寒于水。木直中绳，𫐓以为轮，其曲中规，虽有槁暴不复挺者，𫐓使之然也。故木受绳则直，金就砺则利，君子博学而日参省乎己，则知明而行无过矣。故不登高山，不知天之高也；不临深溪，不知地之厚也；不闻先王之遗言，不知学问之大也。干越夷貉之子，生而同声，长而异俗，教使之然也。诗曰："嗟尔君子，无恒安息。靖共尔位，好是正直。神之听之，介尔景福。"神莫大于化道，福莫长于无祸。吾尝终日而思矣，不如须臾之所学也；吾尝跂而望矣，不如登高之博见也。登高而招，臂非加长也，而见者远；顺风而呼，声非加疾也，而闻者彰。假舆马者，非利足也，而致千里；假舟楫者，非能水也，而绝江河。君子生非异也，善假于物也。③

---

① ［清］焦循：《孟子正义》卷十六，《诸子集成》，中华书局1954年版。
② 同上书卷十三。
③ ［清］王先谦：《荀子集解》卷一，《诸子集成》，中华书局1954年版。

又曰:

> 君子之学也,入乎耳,著乎心,布乎四体,形乎动静,端而言,蠕而动,一可以为法则。小人之学也,入乎耳,出乎口。口耳之间,则四寸耳,何足以美七尺之躯哉?古之学者为己,今之学者为人。君子之学也,以美其身;小人之学也,以为禽犊。故不问而告谓之傲,问一而告二谓之囋。傲,非也,囋,非也;君子如响矣。学莫便乎近其人,《礼》、《乐》法而不说,《诗》、《书》故而不切,《春秋》约而不速。方其人之习君子之说,则尊以徧矣,周于世矣。故曰学莫便乎近其人。学之经,莫速乎好其人,隆礼次之。上不能好其人,下不能隆礼,安特将学杂识志,顺《诗》、《书》而已耳,则末世穷年,不免为陋儒而已。①

荀子用形象而富于说服力的比喻说明学习的重要性,同时,又区分了君子之学和小人之学,提倡君子之学,反对小人之学。《礼》、《乐》、《诗》、《书》、《春秋》各有特点,《礼》、《乐》就行为规范而言,陈述的是一般性原则,并不阐述建立这些原则的原因,《诗》、《书》收录的是过去的文献,并不直接与现实相关联,《春秋》在于通过微言阐述大义,其意义需要仔细体会。所以,要通过师徒传授认真地领会五经意旨。学习又不仅仅是把握典籍,而是要通过学习典籍,亲近圣人的伟大人格,通过对圣人伟大人格的实践,达到实现全面灵活把握经典的学习目的。

荀子认为,学习的目的,是为了修身的需要,而不是为了炫耀才华,所以,学习不仅仅是学习文献,而是要学习圣人的人格,要把学习看作是人生的一个组成部分。所以,《荀子·解蔽》曰:

> 故学也者,固学止之也。恶乎止之?曰:止诸至足。何谓至足?曰:圣也。圣也者,尽伦者也;王也者,尽制者也。两尽者,足以为天下极矣。故学者以圣王为师。②

又《荀子·大略》曰:

> 故礼之生,为贤人以下至庶民也,非为成圣也。然而亦所以成圣

---

① [清]王先谦:《荀子集解》卷一,《诸子集成》,中华书局1954年版。
② 同上书卷十五。

也。不学不成。尧学于君畴,舜学于务成昭,禹学于西王国。

  人之于文学也,犹玉之于琢磨也。《诗》曰:"如切如磋,如琢如磨。"谓学问也。①

  荀子这里所说的"学"、"博学"、"文学",其内容包括一切学习,其中包括学习今日所言之文学。荀子把文学视为修养之重要内容,这正是对孔子重视"文"、"文学"主张的继承。

  荀子是宗经、征圣、明道学说的倡导者,他重视博学、文学,重视诗之言志、风之不逐、雅之文饰光大、颂之美盛德,都是注重人伦纲纪,所以学习的范围和目的是既定的。《荀子·劝学》曰:

  学恶乎始?恶乎终?曰:其数则始乎诵经,终乎读礼;其义则始乎为士,终乎为圣人。真积力久则入,学至乎没而后止也。故学数有终,若其义则不可须臾舍也,为之人也,舍之禽兽也。故《书》者,政事之纪也;《诗》者,中声之所止也;《礼》者,法之大分,类之纲纪也,故学至乎礼而止矣。夫是之谓道德之极。《礼》之敬文也,《乐》之中和也,《诗》、《书》之博也,《春秋》之微也,在天地之间者毕矣。②

  六经皆有其存在的永恒价值,学习六经,是修身的不二法则,因为《尚书》之言政事,《诗》之述情态,《礼》为建立行为纲纪,《乐》主中和,《春秋》具微言大义,可以教导人超凡入圣,成为君子,因此是学习的最高典范。

  荀子是一位博学的学者,他对于《易》、《诗》、《礼》、《春秋》等儒家经典的流传,居功甚伟,他通过对儒家经典的传播,发现了圣人孔子是人类智慧的集大成者,五经是圣人智慧及情志文采的完美体现,所以学习必须以圣人及圣人创设的经典为根据,学习的目的是成为圣人。

  荀子以征圣、宗经、明道的纲领为基石,发表了他对"言"、"名"、"乐"等问题的看法。《荀子·非相》曰:

  凡言不合先王,不顺礼义,谓之奸言;虽辩,君子不听。……故君

---

① [清]王先谦:《荀子集解》卷十九,《诸子集成》,中华书局1954年版。
② 同上书卷一。

子之于言也,志好之,行安之,乐言之。故君子必辩。①

又《荀子·正论》曰:

故凡言议期命,是非以圣王为师。②

又《荀子·正名》曰:

今圣王没,天下乱,奸言起,君子无执以临之,无刑以禁之,故辨说也。实不喻然后命,命不喻然后期,期不喻然后说,说不喻然后辨。故期、命、辨、说也者,用之大文也,而王业之始也。名闻而实喻,名之用也。累而成文,名之丽也。用丽俱得,谓之知名。名也者,所以期累实也。辞也者,兼异实之名以论一意也。辨说也者,不异实名以喻动静之道也。期命也者,辨说之用也。辨说也者,心之象道也。心也者、道之工宰也。道也者,治之经理也。心合于道,说合于心,辞合于说,正明而期,质请而喻,辨异而不过,推类而不悖;听则合文,辨则尽故。③

所谓辨,就是一种有说服力的言谈,文以明道,君子好辨说,正命名而辨异同,是基于卫道的目的。道关乎治乱人情,心之与言、说、辞、命,必须合于道,而道则以礼义之顺,合于圣人。背离道,名不副实,虽辨丽,也是应抛弃的。言、名的道理,用于文学创作,便是对文学内容明道目的和文章用词命意的一种切实反映。"言必当理,事必当务。"④"君子之言,涉然而精,俛然而类,差差然而齐……名足以指实,辞足以见极。"⑤欲要名实相称,言理当务,有助于王化大业,若"饰邪说,文奸言,以枭乱天下,矞宇嵬琐,使天下混然不知是非治乱之所存者"⑥,"诱其名,眩其辞,而无深于其志义者"⑦,违背名辞为"志义之使"的本分,无疑是有害的。

荀子对于孔子所整理的六经有精深的研究,他在评论《诗》、《书》、

---

① [清]王先谦:《荀子集解》卷三,《诸子集成》,中华书局1954年版。
② 同上书卷十二。
③ 同上书卷二十二。
④ 《荀子·儒效》,同上书卷四。
⑤ 《荀子·正名》,同上书卷二十二。
⑥ 《荀子·非十二子》,同上书卷三。
⑦ 《荀子·正名》,同上书卷二十二。

《礼》、《乐》、《春秋》等时,强调"诗言是其志也"的观点。《荀子·儒效》曰:

圣人也者,道之管也。天下之道管是矣,百王之道一是矣,故《诗》、《书》、《礼》、《乐》之归是矣。《诗》言是其志也,《书》言是其事也,《礼》言是其行也,《乐》言是其和也,《春秋》言是其微也。故《风》之所以为不逐者,取是以节之也;《小雅》之所以为小雅者,取是而文之也;《大雅》之所以为大雅者,取是而光之也;《颂》之所以为至者,取是而通之也。天下之道毕是矣。①

荀子之言诗言其志,指的是《诗》为圣人人格之表现,此与《尚书·尧典》宽泛地说"诗言志"②不同。王先谦《荀子集解》曰:"国风所以不随荒暴之君而流荡者,取圣人之儒道以节之也。"③即《诗序》之"发乎情,止乎礼义。"④"文"指文饰;"光"者,广也;"至"指"盛德之极"。而《书》、《礼》、《乐》、《春秋》虽不可概称为文学,其言事、言行、言和、微隐,与《诗》之言志互为表里,构成圣人人格内容与形式的大系统。文学正是养成圣人人格内容与形式的途径之一。

先秦诗歌,融于乐舞,三百篇《诗》,皆可被之管弦,荀子论乐,近于论诗。《荀子·乐论》曰:

夫乐者,乐也,人情之所不免也。故人不能无乐,乐则必发于声音,形于动静;而人之道,声音动静,性术之变尽是矣。故人不能不乐,乐则不能无形,形而不为道,则不能无乱。先王恶其乱也,故制雅颂之声以道之,使其声足以乐而不流,使其文足以辨而不谍,使其曲直繁省廉肉节奏足以感动人之善心,使夫邪污之气无由得接焉,是先王立乐之方也。而墨子非之,奈何?故乐在宗庙之中,君臣上下同听之,则莫不和敬;闺门之内,父子兄弟同听之,则莫不和亲;乡里族长之中,长少同听之,则莫不和顺。故乐者,审一以定和者也,比物以饰

---

① [清]王先谦:《荀子集解》卷四,《诸子集成》,中华书局1954年版。
② [汉]孔安国注,[唐]孔颖达疏:《尚书正义》卷二,《十三经注疏》,中华书局1980年版。
③ [清]王先谦:《荀子集解》卷四,《诸子集成》,中华书局1954年版。
④ [汉]毛亨传、郑玄笺,[唐]孔颖达疏:《毛诗正义》卷一之一,《十三经注疏》,中华书局1980年版。

节者也,合奏以成文者也,足以率一道,足以治万变,是先王立乐之术也。而墨子非之,奈何?故听其《雅》、《颂》之声,而志意得广焉;执其干戚,习其俯仰屈伸,而容貌得庄焉;行其缀兆,要其节奏,而行列得正焉,进退得齐焉。故乐者,出,所以征诛也;入,所以揖让也。征诛揖让,其义一也。出所以征诛则莫不听从,入所以揖让则莫不从服。故乐者,天下之大齐也,中和之纪也,人情之所必不免也,是先王立乐之术也。而墨子非之,奈何?且乐者,先王之所以饰喜也;军旅铁钺者,先王之所以饰怒也。先王喜怒皆得其齐焉,是故喜而天下和之,怒而暴乱畏之。先王之道,礼乐正其盛者也,而墨子非之,故曰墨子之于道也,犹瞽之于白黑也,犹聋之于清浊也,犹欲之楚而北求之也。夫声乐之入人也深,其化人也速,故先王谨为之文。乐中平则民和而不流,乐肃庄则民齐而不乱,民和齐则兵劲城固,敌国不敢婴也。如是,则百姓莫不安其处,乐其乡,以至足其上矣。然后名声于是白,光辉于是大,四海之民莫不愿得以为师,是王者之始也。乐姚冶以险,则民流僈鄙贱矣。流僈则乱,鄙贱则争,乱争则兵弱城犯,敌国危之。如是,则百姓不安其处,不乐其乡,不足其上矣。故礼乐废而邪音起者,危削侮辱之本也。故先王贵礼乐而贱邪音,其在序官也。曰:"修宪命,审诛赏,禁淫声,以时顺修,使夷俗邪音不敢乱雅,太师之事也。"墨子曰:"乐者圣王之所非也,而儒者为之过也。"君子以为不然。乐者,圣人之所乐也,而可以善民心。其感人深,其移风易俗。故先王道之以礼乐而民和睦。夫民有好恶之情而无喜怒之应,则乱。先王恶其乱也,故修其行,正其乐,而天下顺焉。①

又曰:

故君子耳不听淫声,目不视女色,口不出恶言。此三者,君子慎之。凡奸声感人而逆气应之,逆气成象而乱生焉。正声感人而顺气应之,顺气成象而治生焉。唱和有应,善恶相象,故君子慎其所去就也。②

---

① [清]王先谦:《荀子集解》卷十四,《诸子集成》,中华书局1954年版。
② 《荀子·乐论》,同上书。

荀子针对墨子对乐的批评,全面论述了音乐对于修身、齐家、治国、平天下的伟大意义。可以看出,荀子之《乐论》,与《礼记·乐记》的思想相一致,所强调的仍然是一种修身的持正。他认为音乐的产生是人情所不可免的事情,音乐表现人们的感情波澜,易于感化人心,所以是实现人伦纲纪的好工具,奸声、正声皆可感人,而有不同效果,因此,在欣赏音乐的过程中,要注意选择,区别善恶。乐声必然伴随着相应的诗歌内容,荀子的音乐观,实际上也反映了他为治化服务的文学观,即充分重视文学的社会作用,强调文学导人向善。

三、《吕氏春秋》的文学观

《史记·太史公自序》曰:"不韦迁蜀,世传《吕览》",又认为《吕览》表达了"郁结"之情①。《吕氏春秋》虽未必表达了吕不韦的郁结之情,但却提出了通过言说以解决郁结的创作动机论。《达郁》曰:

> 凡人三百六十节,九窍、五藏、六府。肌肤欲其比也,血脉欲其通也,筋骨欲其固也,心志欲其和也,精气欲其行也。若此,则病无所居,而恶无由生矣。病之留,恶之生也,精气郁也。故水郁则为污,树郁则为蠹,草郁则为蕡。国亦有郁:生德不通,民欲不达,此国之郁也。国郁处久,则百恶并起,而万灾丛至矣。上下之相忍也,由此出矣。故圣王之贵豪士与忠臣也,为其敢直言而决郁塞也。②

"国郁"积聚,将危社稷,而语言可以通上德,达民意,表达作者或说话者的欲念,因而文学等言说,其作用是不可低估的。《贵直》曰:

> 贤主所贵莫如士。所以贵士,为其直言也;言直,则枉者见矣。③

《壅塞》曰:

---

① 《史记》卷一百三十,中华书局1959年版。
② 高诱注曰:"生德",疑"主德"。[汉]高诱:《吕氏春秋注》卷十六《恃君览第八》,《诸子集成》,中华书局1954年版。
③ 同上书卷二十三《贵直论第三》。

> 亡国之主不可以直言,不可以直言则过无道闻。①

直言决"国郁",主要是见枉与过。文学如能尽此政治责任,则无疑是可以肯定的。而君主容许文学之士存在,也正是基于此目的。所以《贵当》云:

> 故贤主之时见文艺之人也,非特具而已也,所以就大务也。②

《吕氏春秋》贵直言,又贵信言,即言与意合,意与事合。《贵信》曰:

> 凡人主必信,信而又信,谁人不亲。故《周书》曰:"允哉!允哉!"以言非信则百事不满也。故信之为功大矣。信立则虚言可以赏矣。虚言可以赏,则六合之内皆为己府矣,信之所及尽制之矣。制之而不用,人之有也。制之而用之,己之有也,己有之,则天地之物毕为用矣。③

贵信与贵直一样,也是出于功利的目的。信立,则虚言可以览,用之世事,无往而不尽其用。

《吕氏春秋》关于言意关系,文辞与心意相统一的论述,也颇为可取。《离谓》云:

> 言者以喻意也,言意相离,凶也。乱国之俗,甚多流言,而不顾其实,务以相毁,务以相誉,毁誉成党,众口熏天。……夫辞者意之表也,鉴其表而弃其意,悖。故古之人得其意则舍其言矣。听言者,以言观意也,听言而意不可知,其与桥言无择。④

高诱注曰:"桥,戾也;择犹异。"⑤《吕氏春秋》的作者通过说明创作动机言以喻意与文学欣赏以言观意的规律,证明言意、辞意的统一为文学的基本要求,而统一关系之中,言、辞服从意理的表述需要,而意理务实,则言辞不脱离喻意,听言辞而可知意。《吕氏春秋》主张得意而舍弃言辞的形式,这与庄子道家的观点是一致的。

---

① [汉]高诱:《吕氏春秋注》卷二十三《贵直论第三》,《诸子集成》,中华书局1954年版。
② 同上书卷二十三《不苟论第四》。
③ 同上书卷二十三《离俗览第七》。
④ 同上书卷二十三《审应览第六》。
⑤ 《吕氏春秋·离谓》注,同上书卷二十三《审应览第六》。

《吕氏春秋》也主张劝学，《吕氏春秋·劝学》云：

先王之教，莫荣于孝，莫显于忠。忠孝，人君人亲之所甚欲也；显荣，人子人臣之所甚愿也。然而人君人亲不得其所欲，人子人臣不得其所愿，此生于不知理义，不知义理生于不学。学者师达而有材，吾未知其不为圣人，圣人之所在，则天下理焉。在右则右重，在左则左重。是故古之圣王未有不尊师者也，尊师，则不论其贵贱贫富矣。若此，则名号显矣，德行彰矣。故师之教也，不争轻重尊卑贫富，而争于道。其人苟可，其事无不可，所求尽得，所欲尽成，此生于得圣人，圣人生于疾学。不疾学而能为魁士名人者，未之尝有也。疾学在于尊师，师尊则言信矣，道论矣。故往教者不化，召师者不化，自卑者不听，卑师者不听。师操不化不听之术，而以强教之，欲道之行身之尊也，不亦远乎。学者处不化不听之势，而以自行，欲名之显身之安也，是怀腐而欲香也，是入水而恶濡也。……故为师之务在于胜理，在于行义，理胜义立则位尊矣，王公大人弗敢骄也。上至于天子朝之而不惭。凡遇，合也。合不可必，遗理释义以要不可必，而欲人之尊之也，不亦难乎？故师必胜理行义然后尊。①

又《吕氏春秋·尊师》云：

神农师悉诸，黄帝师大挠，帝颛顼师伯夷父，帝喾师伯招，帝尧师子州父，帝舜师许由，禹师大成贽，汤师小臣，文王、武王师吕望、周公旦，齐桓公师管夷吾，晋文公师咎犯、随会，秦穆公师百里奚、公孙枝，楚庄王师孙叔敖、沈尹巫，吴王阖闾师伍子胥、文之仪，越王句践师范蠡、大夫种。此十圣人六贤者，未有不尊师者也。今尊不至于帝，智不至于圣，而欲无尊师，奚由至哉？此五帝之所以绝，三代之所以灭。且天生人也，而使其耳可以闻，不学，其闻不若聋；使其目可以见，不学，其见不若盲；使其口可以言，不学，其言不若爽；使其心可以知，不学，其知不若狂。故凡学非能益也，达天性也。能全天之所生而勿败

---

① [汉]高诱：《吕氏春秋注》卷四《孟夏纪第四》，《诸子集成》，中华书局1954年版。

之,是谓善学。①

《吕氏春秋》强调学习的重要性,认为学习关系到国家的长治久安,而历史上贤明的君主都劝学而尊师。

《吕氏春秋》关于音乐,也有一些独到见解,如《本生》曰:

> 今有声于此,耳听之必慊,已听之则使人聋,必弗听;有色于此,目视之必慊,已视之则使人盲,必弗视;有味于此,口食之必慊,已食之则使人瘖,必弗食。是故圣人之于声色滋味也,利于性则取之,害于性则舍之,此全性之道也。②

又《孝行》云:

> 树五色,施五采,列文章,养目之道也。正六律,和五声,杂八音,养耳之道也。③

又《大乐》云:

> 形体有处,莫不有声,声出于和,和出于适。④

又《适音》云:

> 耳之情欲声,心不乐,五音在前弗听;目之情欲色,心弗乐,五色在前弗视;鼻之情欲芬香,心弗乐,芬香在前弗嗅;口之情欲滋味,心弗乐,五味在前弗食。欲之者,耳目鼻口也;乐之弗乐者,心也。心必和平然后乐,心必乐然后耳目鼻口有以欲之,故乐之务在于和心,和心在于行适。⑤

在这里,有三点最值得注意:一是音乐等艺术必须合于性,利于性,合于心,利于心,养目而养耳,这就充分肯定了音乐等艺术形式所具有的娱乐功能。二是肯定一种和平适度的中庸原则,所以《适音》又强调:

> 夫音亦有适:太巨则志荡,以荡听巨则耳不容,不容则横塞,横塞则振;太小则志嫌,以嫌听小则耳不充,不充则不詹,不詹则窕;太清

---

① [汉]高诱:《吕氏春秋注》卷四《孟夏纪第四》,《诸子集成》,中华书局1954年版。
② 同上书卷一《孟春纪第一》。
③ 同上书卷十四《孝行览第二》。
④ 同上书卷五《仲夏纪第五》。
⑤ 同上。

则志危,以危听清则耳溪极,溪极则不鉴,不鉴则竭;太浊则志下,以下听浊则耳不收,不收则不抟,不抟则怒。故太巨、太小、太清、太浊皆非适也。何谓适?衷音之适也。何谓衷?大不出钧,重不过石,小大轻重之衷也。①

这种中和审美观,与孔子及《礼记》的音乐观是一致的。三是主张全性,肯定耳目鼻口之情欲,在艺术欣赏之时,充分地关注到个性及欲念的合理性。《吕氏春秋》关于音乐的上述看法,可以看作是《吕氏春秋》的文艺美学观,推及至文学,则表明《吕氏春秋》的作者对文学审美娱乐功能的肯定,以及文学中和之美及个性风格的提倡。

《吕氏春秋》当然也强调音乐的社会功用。《古乐》曰:

> 乐所由来者尚也,必不可废。有节有侈,有正有淫矣。贤者以昌,不肖者以亡。②

《音初》曰:

> 凡音者,产乎人心者也。感于心则荡乎音,音成于外而化乎内,是故闻其声而知其风,察其风而知其志,观其志而知其德。盛、衰、贤、不肖、君子、小人,皆形于乐,不可隐匿。故曰:乐之为观也深矣。③

音乐的艺术形式,其内容虽有淫侈、节正之不同,但却有很强烈的社会作用,不可以偏废,贤明者可以通过音乐观教化,知得失,从而国运繁兴;不肖者则难免沉溺于靡靡之音中,成为亡国之君。音乐产生缘于心感,因而音乐之中,有风、志、德存在,社会治乱、人品贤否,都表现在音乐之中,音乐实际上是社会大环境与作者个性的表现,其认识作用是不可低估的。

《吕氏春秋》所言音乐,实际是含有歌舞的综合艺术,《古乐》所举"葛天氏之乐",曰:

> 三人操牛尾,投足以歌八阕:一曰载民,二曰玄鸟,三曰遂草木,四

---

① [汉]高诱:《吕氏春秋注》卷五《仲夏纪第五》,《诸子集成》,中华书局1954年版。
② 同上。
③ 同上书卷六《季夏纪第五》。

日奋五谷,五日敬天常,六日建帝功,七日依地德,八日总禽兽之极。①

音乐不仅仅是一节旋律,更是伴随着具体现实的主题诗歌,以及象征化舞步的诗、舞、乐混合的表演形式。因此,《吕氏春秋》对音乐作用的肯定,也包含着一种对诗歌作用的认识。

第四节 战国的文学否定论

如果说孔门弟子及儒家,以及杂家著作《吕氏春秋》,呈现出的文学观是文学肯定论,那么,道家、法家则是文学否定论者。墨家虽不否定文学存在的权利,但否定文学对美的追求,也就是否定文学审美价值,否定文学。

对于文学否定论的道家、法家来说,有一个有趣的现象,即他们一方面力主消灭文学,另一方面,他们又不得不以文学的形式,来表达他们的各种思想(包括否定文学在内)。而且,为了使他们的著作具有更强的渗透力和说服力,他们总是力求使自己的著作更完善更具美感。这使我们相信,文学否定论本身是行不通的,同时,我们在研究文学观时,不仅应考察他们怎么说,还要研究他们是不是按照他们所说的做了。

大致说来,孔子及其门人的文学肯定论,代表了战国时文学观念的主流,这也是战国时出现大量文学之士,并使战国文学走向繁荣的原因。而文学否定论,特别是法家的观点,在变成了秦国的政治行为之后,随着秦的强大及统一渐渐成为政府行为,焚书坑儒,即其极端,刘勰称"秦世不文"②,正是文学否定论泛滥的直接后果。

一、道家文学观

道家最有文学素养的学者当然是庄子,《庄子》一书,系统地反映了庄

---

① [汉]高诱:《吕氏春秋注》卷五《仲夏纪第五》,《诸子集成》,中华书局1954年版。
② [南朝梁]刘勰:《文心雕龙·诠赋》,吴林伯:《文心雕龙义疏》,武汉大学出版社2002年版。

子及其后学的文学思想。首先他们认为,文学等"文明"成果是社会混乱的根源。《庄子·胠箧》曰:

> 故绝圣弃知,大盗乃止;擿玉毁珠,小盗不起;焚符破玺,而民朴鄙;掊斗折衡,而民不争;殚残天下之圣法,而民始可与论议。擢乱六律,铄绝竽瑟,塞瞽旷之耳,而天下始人含其聪矣。灭文章,散五采,胶离朱之目,而天下始人含其明矣;毁绝钩绳,而弃规矩,攦工倕之指,而天下始人有其巧矣。故曰大巧若拙。削曾史之行,钳杨墨之口,攘弃仁义,而天下之德始玄同矣。彼人含其明,则天下不铄矣。人含其聪,则天下不累矣。人含其知,则天下不惑矣。人含其德,则天下不僻矣。彼曾史杨墨师旷工倕离朱,皆外立其德,而以爚乱天下者也,法之所无用也。①

也就是说,圣知、六律、文章、五采,是引起竞争、奸诈、巧伪等社会丑恶现象的根源。文学作为人类文明的产物,当然也是引起社会混乱,破坏朴素、纯真、宁静的自然氛围的因素之一。

其次,他们认为,文学并不足以表现真正的思想精华,《庄子·天道》曰:

> 世之所贵道者,书也。书不过语,语有贵也;语之所贵者,意也。意有所随;意之所随者,不可以言传也。而世因贵言传书,世虽贵之,我犹不足贵也,为其贵非其贵也。故视而可见者,形与色也;听而可闻者,名与声也。悲夫!世人以形色名声,为足以得彼之情。夫形色名声,果不足以得彼之情。则知者不言,言者不知,而世岂识之哉?②

庄子还举轮扁之言以为喻,轮扁斫轮,不疾不徐,"得之于手而应于心,口不能言,有数存焉于其间"③,父不能以喻子。而此规律,得之实践的总结,是真正的精华所在。

又《庄子·秋水》曰:

> 可以言论者,物之粗也;可以意致者,物之精也;言之所不能论,

---

① [清]王先谦:《庄子集解》卷三,《诸子集成》,中华书局1954年版。
② 同上书卷四。
③ 《庄子·天道》,同上书卷四。

意之所不能察致者,不期精粗焉。①

言粗而意精,言意之外,又有无形之物,"数之所不能分也"②。言论虽可记录有形之语言和具体之情态,然而情态的产生,是非常复杂的,由内在、外在诸作用共同推动,我们所能观察的,不过是外在的东西而已。我们认识某现象世界而通过言论表达出来,事实上并没有透过现象的表象而深触根本。加之世界无限丰富,又有难以言论、意致者,这样看来,我们用文学等形式表现某种观念,岂不是很徒劳。

庄子及其后学认识到了以文学等语言来表现我们的认知之困难,而强调通过超越语言的局限,以心灵的契悟来洞彻玄旨。《庄子·外物》曰:

> 荃者所以在鱼,得鱼而忘荃;蹄者所以在兔,得兔而忘蹄;言者所以在意,得意而忘言。③

语言犹如捕鱼之荃笱,猎兔之蹄网,只是达意的工具,而不是目的。这种认识,既是一种创作态度,又是一种欣赏原则:创作之时,语言形式必须服从内容的需要;欣赏之时,又不拘泥于语言自身,而应捕捉、感悟言外之旨。

其三,与庄子对社会的批判态度、对文学的否定观点及言不尽意、得意忘言之观点相适应,庄子提倡一种"寓言"、"荒唐"的文风,《庄子·寓言》曰:

> 寓言十九,重言十七,卮言日出,和以天倪。④

《庄子·天下》曰:

> 以谬悠之说,荒唐之言,无端崖之辞,时恣纵而不傥,不以觭见之也。以天下为沉浊,不可与庄语,以卮言为曼衍,以重言为真,以寓言为广,……其书虽瑰玮,而连犿无伤也;其辞虽参差,而諔诡可观。彼其充实,不可以已。⑤

---

① [清]王先谦:《庄子集解》卷四,《诸子集成》,中华书局1954年版。
② 《庄子·秋水》,同上书。
③ 同上书卷七。
④ 同上。
⑤ 同上书卷八。

所谓寓言指寄托之言,借此喻彼,借远喻近,借古喻今,借小喻大,借具象喻抽象;重言指重复之言;卮言指模棱两可之言;和以天倪,指"是不是,然不然"①,调和自然之分,无差别性。这里喻示了文学以形象、隐喻表现其观念的特征,而其谬悠之说,荒唐之言,无端崖之辞,以及非"庄语"的滑稽,放恣而不直言,其辞之觭见多样,曼衍而多变,瑰玮奇诡的风格追求,又与文学的虚构、夸张、想象、独创性、丰富性、含蓄性相一致。

黄老道家,重在韬略,于文学所论甚少,其基本倾向,同于庄子及其后学的文学否定论。《道德经》曰:

  道可道,非常道;名可名,非常名。
  知者不言,言者不知。②

即道、名皆具有神秘的自性,是不可以说明,不可以用名来定义的。因此,真正具大智慧的人,是不言的,相应地,喜欢表现自己观点的人,表面上看起来很聪明,实际是真正没有智慧的人。

基于对社会现实的不满,《道德经》对人类的一切文明的智慧成果抱持否定态度。《道德经》曰:

  五色令人目盲,五音令人耳聋,五味令人口爽,驰骋畋猎令人心发狂,难得之货令人行妨。
  信言不美,美言不信。善者不辩,辩者不善。知者不博,博者不知。③

《道德经》对人类所认可的一切文明都持怀疑之态度,所以,也就当然把文学之美与内容、人格之善对立起来了。这样的观点,与《庄子》的有关论点是完全一致的。

马王堆帛书中,《黄帝四经》作为道家的重要代表,其中也有一些与文学有关的论点,如《经法》曰:

  事必有言,言有害,曰不信,曰不知畏人,曰自诬,曰虚夸,以不足

---

① 《庄子·齐物论》曰:"何谓和之以天倪?曰:是不是,然不然。"[清]王先谦:《庄子集解》卷一,《诸子集成》,中华书局1954年版。
② [三国魏]王弼:《老子注》,《诸子集成》,中华书局1954年版。
③ 同上。

为有余。
> 女乐玩好燔材,乱之基也。①

《十六经》曰:
> 言之壹,行一壹,得而勿失。②

《称》曰:
> 实谷不华,至言不饰。③

这些话,可以认为是反对文饰而重实用的观点。《黄帝四经》对于人类文明的成果的看法,和庄子、老子的意见是一致的,即认为虚夸修饰以为文华之美,是社会混乱的根源。

二、法家文学观

法家自商鞅至韩非,都是以文学为害虫的文学否定论者,《商君书·农战》曰:

> 农战之民千人,而有《诗》、《书》、辩慧者一人焉,千人者皆怠于农战矣。
>
> 《诗》、《书》、《礼》、《乐》、善、修、仁、廉、辩、慧,国有十者,上无使守战。国以十者治,敌至必削,不至必贫;国去此十者,敌不敢至,虽至必却;兴兵而伐,必取;按兵不伐,必富。④

也就是说,文学之士的文学活动,会引导千万个农战之士趋而向风,遂使无人耕战。商鞅显然把包括文学在内的精神文明与国家富强繁荣等物质文明对立起来,认为精神文明有害于物质文明。

在某些场合,他把精神文明的内容称为蠹害国家肌体的"六虱",《商君书·靳令》曰:

> 六虱:曰《礼》、《乐》,曰《诗》、《书》,曰修善,曰孝弟,曰诚信,曰贞

---

① 《老子乙本卷前古佚书释文》,《马王堆汉墓帛书》(一),文物出版社1980年版。
② 同上。
③ 同上。
④ [清]严万里校:《商君书》第三,《诸子集成》,中华书局1954年版。

廉,曰仁义,曰非兵,曰羞战。国有十二者,上无使农战,必贫至削。①

《礼》《乐》《诗》《书》等传统经典,所宣扬的是修善、孝悌、诚信、贞廉、仁义,因为其好德治,所以非兵而羞战,这与法家的目标显然不一致,这样的精神文明,在法家看来,无疑是一种精神的"污染",是一种"自由化"的思想倾向,因而可比之虱。

商鞅反对以《诗》、《书》、《礼》、《乐》等为代表的精神"文明",是基于其统一思想、统一认识、统一行动的集权目的。为此目的,必须"去言"、"言寡",没有反对之声,以达到"治省"之目的。反是而"致言",使异端邪说萌生,则"治烦"而天下大乱。《商君书·靳令》曰:

> 国以功授官予爵,则治省言寡,此谓以法去法,以言去言。国以六虱授官予爵,则治烦言生,此谓以治致治,以言致言。②

以"六虱"授官爵,即一种对包括文学在内的精神文明的重视,在商鞅看来,必定会引发千万个文学之士的涌现,因为文学之士游宦、辩智能,为显私名而驰其辩说,不利于君主权威的建立和政令的畅通。商鞅把文学之士的私名显耀看作"淫道",并且强调要使"文学私名不显"③,这表现出一种愚民的动机。

商鞅大部分言论都是否定文学等精神文明产品的,但这种否定主要是基于缺乏符合法家所需要的主题的文学。如果文学能为法家主张的政治措施服务,则另当别论。《商君书·赏刑》云:

> 起居饮食所歌谣者,战也。④

即以歌颂耕战的诗歌民谣代替宣扬礼乐、仁义、修善等内容的传统文化。所以,法家的文学否定论不是不要文学,而是不要传统道德的文学,通过对旧的文学内容的否定,建立一种为政治目的服务的耕战文学。

同样是强调文学的使用功能,儒家学者主张文学在引导人向善中发挥作用,所以文学有其独立不可更改的高尚的价值。法家要求文学为君

---

① [清]严万里校:《商君书》第十三,《诸子集成》,中华书局1954年版。
② 同上。
③ 《商君书·外内》,同上书第二十二。
④ 同上书第十七。

主的政治措施服务,则是要扼杀文学家所可能具有的独立意志,要求文学为领导人的恶歌功颂德,其中的是非曲直,高尚卑劣,自然一目了然。

韩非继承了《商君书》中的文学观,《韩非子·五蠹》云:

儒以文乱法,侠以武犯禁,而人主兼礼之,此所以乱也。夫离法者罪,而诸先生以文学取,犯禁者诛,而群侠以私剑养。故法之所非,君之所取;吏之所诛,上之所养也。法趣上下,四相反也,而无所定,虽有十黄帝不能治也。故行仁义者非所誉,誉之则害功;工文学者非所用,用之则乱法。楚之有直躬,其父窃羊,而谒之吏,令尹曰:"杀之。"以为直于君而曲于父,报而罪之。以是观之,夫君之直臣,父之暴子也。鲁人从君战,三战三北,仲尼问其故,对曰:"吾有老父,身死莫之养也。"仲尼以为孝,举而上之。以是观之,夫父之孝子,君之背臣也。故令尹诛而楚奸不上闻,仲尼赏而鲁民易降北,上下之利若是其异也。而人主兼举匹夫之行,而求致社稷之福,必不几矣。古者苍颉之作书也,自环者谓之私,背私谓之公,公私之相背也,乃苍颉固以知之矣。今以为同利者,不察之患也。然则为匹夫计者,莫如修行义而习文学。行义修则见信,见信则受事;文学习则为明师,为明师则显荣。此匹夫之美也。然则无功而受事,无爵而显荣,有政如此,则国必乱,主必危矣。故不相容之事不两立也。斩敌者受赏,而高慈惠之行;拔城者受爵禄,而信廉爱之说;坚甲厉兵以备难,而美荐绅之饰;富国以农,距敌恃卒,而贵文学之士;废敬上畏法之民,而养游侠私剑之属。举行如此,治强不可得也。国平养儒侠,难至用介士,所利非所用,所用非所利,是故服事者简其业,而游学者日众,是世之所以乱也。且世之所谓贤者,贞信之行也;所谓智者,微妙之言也。微妙之言,上智之所难知也,今为众人法。而以上智之所难知,则民无从识之矣。故糟糠不饱者不务粱肉,短褐不完者不待文绣,夫治世之事,急者不得,则缓者非所务也。今所治之政,民间之事,夫妇所明知者不用,而慕上知之论,则其于治反矣。故微妙之言,非民务也。若夫贤良贞信之行者,必将贵不欺之士。贵不欺之士者,亦无不欺之术也。布衣相与交,无富厚以相利,无威势以相惧也,故求不欺之士。

今人主处制人之势,有一国之厚,重赏严诛,得操其柄。以修明术之所烛,虽有田常、子罕之臣,不敢欺也,奚待于不欺之士?今贞信之士不盈于十,而境内之官以百数,必任贞信之士,则人不足官。人不足官,则治者寡而乱者众矣。故明主之道,一法而不求智,固术而不慕信,故法不败而群官无奸诈矣。今人主之于言也,说其辩而不求其当焉;其用于行也,美其声而不责其功焉。是以天下之众,其谈言者务为辩,而不周于用。故举先王言仁义者盈廷,而政不免于乱;行身者竞于为高,而不合于功,故智士退处岩穴,归禄不受,而兵不免于弱,政不免于乱。此其故何也?民之所誉,上之所礼,乱国之术也。①

韩非子的基本立场,是强调君主不要相信臣下,要君主以强势政策控制人民,所以,凡是对君主的权威可能形成挑战的,他都要口诛而笔伐之。文学之士以文学而取得声誉,而不是靠君主之赏赐,他们的是非观来自于孔子,而不是来自于法律,所以,文学之士的名声和价值观都具有独立性;侠义之士靠自己的武艺行走于天下,路见不平,拔刀相助,他们不会等待君主来裁判是非,更不需要等待官吏的保护,其快意恩仇,必然使君主的权威性受到挑战。所以,韩非子对文学和游侠的独立性充满了恐惧,极力主张消除文学与游侠之士,并称之为国家蠹虫,因此,特别强调"息文学而明法度",以为"贵文学以疑法,尊行修以贰功,索国之富强,不可得也"②。

又《韩非子·问辩》指出:

> 或问曰:"辩安生乎?"对曰:"生于上之不明也。"问者曰:"上之不明,因生辩也,何哉?"对曰:"明主之国,令者言最贵者也,法者事最适者也。言无二贵,法不两适,故言行而不轨于法令者必禁。若其无法令,而可以接诈应变,生利揣事者,上必采其言而责其实,言当则有大利,不当则有重罪。是以愚者畏罪而不敢言,智者无以讼,此所以无辩之故也。乱世则不然,主上有令,而民以文学非之;官府有法,民以私行矫之。人主顾渐其法令,而尊学者之智行,此世之所以多文学

---

① [清]王先慎:《韩非子集解》卷十九,《诸子集成》,中华书局1954年版。
② 《韩非子·八说》,同上书卷十八。

也。夫言行者,以功用为之的彀者也,夫砥砺杀矢,而以妄发,其端未尝不中秋毫也,然而不可谓善射者,无常仪的也。……故有常则羿、逄蒙以五寸的为巧,无常则以妄发之中秋毫为拙。今听言观行,不以功用为之的彀,言虽至察,行虽至坚,则妄发之说也。是以乱世之听言也,以难知为察,以博文为辩。其观行也,以离群为贤,以犯上为抗。人主者,说辩察之言,尊贤抗之行,故夫作法术之人,立取舍之行,别辞争之论,而莫为之正。是以儒服带剑者众,而耕战之士寡;坚白无厚之词章,而宪令之法息。故曰:"上不明则辩生焉。"①

韩非子对于文学的厌恶,在这里又得到了充分的表现,他主张对言辞治罪,言当则有大利,不当则有重罪,这样,让人畏罪而不敢言,而把文学之士对社会的批评,看作是乱世的征兆。

对于韩非子来说,虽然他极力要消灭文学之士,但他作为被自己祖国抛弃的贵族,其身份仍然是一个文学之士,他的所有的主张,都只能借助文学的形式体现出来。

韩非子自己不能不写文章,但是,他可以对文章的风格进行一些限制。跟他反对文学的立场一致,他也反对文辞之修饰辩慧。《韩非子·外储说上》云:

> 范且、虞庆之言皆文辩辞胜而反事之情,人主说而不禁,此所以败也。夫不谋治强之功,而艳乎辩说文丽之声,是却有术之士而任坏屋折弓也。②

韩非主张一切行为的功用原则,息文学,禁辩丽,是缘于文学辩丽无益于用,而有害于世。《韩非子·解老》曰:

> 礼为情貌者也,文为质饰者也。夫君子取情而去貌,好质而恶饰。夫恃貌而论情者,其情恶也;须饰而论质者,其质衰也。……夫物之待饰而后行者,其质不美也。③

如果违背了功用的目的,一切言论行为不过是所谓"妄发"而已。恃

---

① [清]王先慎:《韩非子集解》卷十七,《诸子集成》,中华书局1954年版。
② 同上书卷十一。
③ 同上书卷六。

貌饰而论情质,其情质无美,所以,正确的态度是取情好质,去貌恶饰,即文章惟以表达情感与内容,而不在于形式的华美。

三、墨家文学观

墨家的文学观,集中体现在《墨子》一书中。墨家非乐,因而排斥文学之"美",但并不完全否定文学存在之价值。《墨子·非乐上》曰:

> 具且夫仁者之为天下度也,非为其目之所美,耳之所乐,口之所甘,身体之所安;以此亏夺民衣食之财,仁者弗为也。是故子墨子之所以非乐者,非以大钟、鸣鼓、琴瑟、竽笙之声,以为不乐也;非以刻镂华章之色,以为不美也;非以犓豢煎炙之味,以为不甘也;非以高台厚榭邃野之居,以为不安也。虽身知其安也,口知其甘也,目知其美也,耳知其乐也,然上考之不中圣王之事,下度之不中万民之利。是故子墨子曰:为乐非也。①

墨家认为目之美、耳之乐、口之甘、身之安,上不合古代圣王之事,而在实践中不利于民生,因而不可以提倡。这是一种实用的观点,这种观点,导致一种实用的文学观。《墨子·非命下》曰:

> 今天下之君子之为文学出言谈也。非将勤劳其惟舌,而利其唇呡也,中实将欲其国家邑里万民刑政者也。②

也就是说,文学必须为万民利益服务。为实现文学此目的,墨子提出三表之说,即"上本之于古者圣王之事","下原察百姓耳目之实","废以为刑政,观其中国家百姓人民之利"③。文学创作之根本在于言必以古圣贤之事为准则;而文学创作之立言,要以百姓的实际体验为依据;文学之用,要贯彻到政治实效之中。不能有本原实用之文学,称之为"荡口",《墨子·贵义》曰:"言足以迁行者常之,不足以迁行者勿常。不足以迁行而常之,是荡口也。"④"常"为尚之义,荡口即无根据的言辞。

---

① [清]孙诒让:《墨子闲诂》卷八,《诸子集成》,中华书局1954年版。
② 同上书卷九。
③ 《墨子·非命上》,同上书卷九。
④ [清]孙诒让:《墨子闲诂》卷十二,《诸子集成》,中华书局1954年版。

第四章　战国论说体文学研究

战国论说体文学著作虽然数量庞大，但其中保存完整，影响广泛，主要还是指战国时期的诸子著作，《汉书·艺文志》云：

> 诸子十家，其可观者九家而已。皆起于王道既微，诸侯力政，时君世主，好恶殊方，是以九家之术蜂出并作，各引一端，崇其所善，以此驰说，取合诸侯。其言虽殊，辟犹水火，相灭亦相生也。仁之与义，敬之与和，相反而皆相成也。《易》曰："天下同归而殊涂，一致而百虑。"今异家者各推所长，穷知究虑，以明其指，虽有蔽短，合其要归，亦《六经》之支与流裔。使其人遭明王圣主，得其所折中，皆股肱之材已。仲尼有言："礼失而求诸野。"方今去圣久远，道术缺废，无所更索，彼九家者，不犹愈于野乎？若能修六艺之术。而观此九家之言，舍短取长，则可以通万方之略矣。①

战国论说体文学以战国诸子为代表，战国诸子著作，是战国时期各个思想家拯救社会的不同思想体系的总汇，其思想体现出无限丰富性的特征。

第一节　《论语》与《易传》的主要内容

儒家是战国诸子思想中最重要的一个流派，是中国古代传统文化的集中体现。《汉书·艺文志》曰：

> 儒家者流，盖出于司徒之官，助人君顺阴阳明教化者也。游文于

---

① 《汉书》卷三十《艺文志·诸子略》，中华书局1962年版。

六经之中,留意于仁义之际,祖述尧、舜,宪章文、武,宗师仲尼,以重其言,于道最为高。①

儒家以《诗》、《书》、《礼》、《乐》、《易》、《春秋》六经为典范,提倡仁义之道,而尊孔子为师。《孟子》、《荀子》、《晏子春秋》,都有此倾向。

一、《论语》阐述的仁政思想

我们在讨论儒家著作的时候,不能不先谈《论语》。虽然圣人孔子不能归于诸子之列,但《论语》作为孔门弟子记录孔子言行之书,实无异于诸子著作。其思想,也正是战国时孔门弟子所尊崇的法宝。

孔子思想以"仁"为核心,"仁"是孔子及其弟子愿意用生命捍卫的东西,所以,孔子说:"君子无终食之间违仁,造次必于是,颠沛必于是。"②又说:"志士仁人,无求生以害仁,有杀身以成仁。"③其得意门生曾子则说:"士不可不弘毅,任重而道远。仁以为己任,不亦重乎?死而后已,不亦远乎?"④

孔子的弟子问仁,孔子回答说"爱人"⑤,孔子又说,"泛爱众而亲仁"⑥,"君子学道则爱人"⑦。"爱人"就是以善心对待同类,其前提就是承认人的平等权利,而对人的平等权利的肯定,也就意味着承认他人的自由。

孔子为了贯彻"爱人"的原则,提出了"恕"的行动纲领,学生问他"有一言而可以终身行之者乎?"孔子回答说:"其恕乎!己所不欲,勿施于人。"⑧"恕"作为孔子"一以贯之"之"道"⑨,是实现"仁"的基本途径,实现

---

① 《汉书》卷三十《艺文志·诸子略》,中华书局1962年版。
② 《论语·里仁》,[清]刘宝楠:《论语正义》卷五,《诸子集成》,中华书局1954年版。
③ 《论语·卫灵公》,同上书卷十八。
④ 《论语·泰伯》,同上书卷九。
⑤ 《论语·颜渊》,同上书卷十五。
⑥ 《论语·学而》,同上书卷一。
⑦ 《论语·阳货》,同上书卷二十。
⑧ 《论语·卫灵公》,同上书卷十八。
⑨ 《论语·里仁》,同上书卷五。

了"恕",也就实践了"仁",孔子说:"夫仁者,己欲立而立人,己欲达而达人,能近取譬,可谓仁之方也已。"①"己欲立而立人,己欲达而达人"与"己所不欲,勿施于人"是一种行为原则的两个方面,都是"能近取譬"的"恕",其核心是推己以谅人,即自己不愿意做的事,自己不愿意承受的痛苦,绝不能强加于人;自己想实现的愿望,应该让别人也实现。也就是说,要承认他人和自己有同等的权利,不驱使他人,不强迫他人,给他人自由的权力。这实际是一种具有反专制、暴政色彩的人道主义思想和民主思想。这种思想的提出,是与孔子重视人的价值观相一致的。

孔子在强调"爱人"的时候,更多强调的是给他人自由,他说,"躬自厚而薄责于人","君子求诸己,小人求诸人"②,即对自己严格要求,而对别人宽宏大量。孔子这样做,并不是认为自由对自己不重要,而是要教导他的学生去治国平天下。治国平天下者只有限制自己的欲望,才能通过身体力行,以模范的行为影响他人,进而创造一个好的道德环境,实现全民的福祉。所以,孔子说:"道千乘之国,敬事而信,节用而爱人,使民以时。"③"节用"就是抑制欲望,"爱人"就是强调统治者与人民的平等,"使民以时",就是要给人民更大的自由权利。所以,孔子赞扬原始氏族社会的"无为",他说:"无为而治者,其舜也与!夫何为哉,恭己正南面而已矣。"④"无为"就是不限制人民的自由,让人民自由地生活。这个认识,与近年郭店楚简出土的诸儒家典籍限制君主官吏的权利,倡导君主官吏为人民服务的宗旨一致,论述禅让思想的《唐虞之道》更可以作为孔子后学发挥孔子仁爱、民主、平等思想的纲领。《唐虞之道》以禅让为大仁、大义、大圣,曰:"唐虞之道,禅而不传。尧舜之王,利天下而弗利(自利)也。禅而不传,圣之盛也。利天下而弗利也,仁之至也。""尧舜之行,爱亲尊贤。爱亲故孝,尊贤故禅。""孝,仁之冕也;禅,义之至也。""爱亲忘贤,仁而未义也;尊贤遗亲,义而未仁也。""方在下位,不以匹夫为轻;及其有天下也,

---

① 《论语·雍也》,[清]刘宝楠:《论语正义》卷七,《诸子集成》,中华书局1954年版。
② 《论语·卫灵公》,同上书卷十八。
③ 《论语·学而》,同上书卷一。
④ 《论语·卫灵公》,同上书卷十八。

不以天下为重。有天下弗能益,亡天下弗能损,极仁之至,利天下而弗利也。禅也者,上德授贤之谓也。上德则天下有君而世明,授贤则民兴教而化乎道。不禅而化民者,自生民则未之有也。"①在这里,作者把"仁"、"义"、"圣"与天下为公的大同"禅让"的理想结合起来,并认为真正的治世的到来必然依赖于建立"禅让"的民主政体,这就使"仁"所具有的自由主义精神更加清晰。从而也证明儒家思想绝不是维护专制主义体制的,而是把实现大同看作是最后的归宿。

孔子认为,社会堕落的根源是"谋用是作",要实现大同,就需要"谋闭而不兴",所以他提出这样的口号:"民可使由之,不可使知之。"②"由"就是纵民所为,"知"即指"谋",应该给人民以自由行动的权利,却不能使民风狡诈。"仁者安仁,知者利仁"③,人民如果变得狡诈的话,就会产生私心,"大同"和"禅让"就变成了一句空话。

孔子认为,要实现仁,必须从恢复周礼开始,所以,《论语》一书,强调最多的,是维护礼教传统,《颜渊》云:

> 齐景公问政于孔子,孔子对曰:"君君、臣臣、父父、子子"。④

这句话的意思是说,君父、臣子,各有本分,不可违背。违背本分,"君不君,臣不臣,父不父,子不子"⑤,社会必将陷入混乱,因此,孔子对诸侯、大夫、陪臣的尾大不掉表示了强烈不满。《季氏》云:

> 天下有道,则礼乐征伐自天子出;天下无道,则礼乐征伐自诸侯出。自诸侯出,盖十世希不失矣;自大夫出,五世希不失矣;陪臣执国命,三世希不失矣。天下有道,则政不在大夫;天下有道,则庶人不议。⑥

孔子处鲁国,当孔子之时,鲁国大夫执政,而季氏之陪臣阳虎又凌驾大夫之上,这是礼崩乐坏的最显著征兆。

---

① 荆门博物馆:《郭店楚墓竹简》,文物出版社1998年版。
② 《论语·泰伯》,[清]刘宝楠:《论语正义》卷九,《诸子集成》,中华书局1954年版。
③ 《论语·里仁》,同上书卷五。
④ 《论语·颜渊》,同上书卷十五。
⑤ 同上。
⑥ 《论语·季氏》,同上书卷十九。

孔子不满于礼崩乐坏的现实,提出的救助措施是"正名"。《子路》云:

> 子路曰:"卫君待子而为政,子将奚先?"子曰:"必也,正名乎!"子路曰:"有是哉?子之迂也。奚其正?"子曰:"野哉,由也!君子于其所不知,盖阙如也。名不正,则言不顺;言不顺,则事不成;事不成,则礼乐不兴;礼乐不兴,则刑罚不中;刑罚不中,则民无所措手足。故君子名之必可言也,言之必可行也。君子于其言,无所苟而已矣。"①

正名关系言顺、事成、礼乐之兴、刑罚之中,而最终可以落实到使民可"措手足",即有规矩可依之目的。

在孔子的观念里,忠君并不是第一位的。《子路》云:

> 叶公语孔子曰:"吾党有直躬者,其父攘羊,而子证之。"孔子曰:"吾党之直者异于是:父为子隐,子为父隐,直在其中矣。"②

子证父之犯罪,是忠君;父子之隐,则尽孝。在孔子看来,血缘伦理之亲情是第一位的。而尽忠之根据,来自于孝。所以《为政》云:"孝慈,则忠。"又云:"《书》云:'孝乎惟孝,友于兄弟,施于有政。'是亦为政。"③即孝道本身就包含着忠道政道。

《论语》也反映了孔子要求各级官员尊重人民、为人民服务的思想。《阳货》云,仁人必须行恭、宽、信、敏、惠五道于天下:

> 恭则不侮,宽则得众,信则人任焉,敏则有功,惠则足以使人。④

《公冶长》云子产有君子之道四:

> 其行己也恭,其事上也敬,其养民也惠,其使民也义。⑤

《子路》孔子教弟子"富民"、"教民"⑥,《尧曰》把"尊五美,屏四恶"当作可以从政之先决条件,而"五美"、"四恶"所指,与民关系密切:

> 子张问于孔子曰:"何如斯可以从政矣?"子曰:"尊五美,屏四恶,斯可以从政矣。"子张曰:"何谓五美?"子曰:"君子惠而不费,劳而不

---

① [清]刘宝楠:《论语正义》卷十六,《诸子集成》,中华书局1954年版。
② 同上。
③ 同上书卷二。
④ 同上书卷二十。
⑤ 同上书卷六。
⑥ 同上书卷十六。

怨,欲而不贪,泰而不骄,威而不猛。"子张曰:"何谓惠而不费?"子曰:"因民之所利而利之,斯不亦惠而不费乎?择可劳而劳之,又谁怨?欲仁而得仁,又焉贪?君子无众寡,无小大,无敢慢,斯不亦泰而不骄乎?君子正其衣冠,尊其瞻视,俨然,人望而畏之,斯不亦威而不猛乎?"子张曰:"何谓四恶?"子曰:"不教而杀谓之虐;不戒视成谓之暴;慢令致期谓之贼;犹之与人也,出纳之吝谓之有司。"①

领导人应该有美好的品德,要厚待老百姓,而自奉节俭,吃苦在前,没有贪欲,没有骄横,没有暴虐,要保护广大人民的利益,要引导人民一心向仁。对人民不教而杀,刻薄要求,随心所欲,毫不关心,都是人民之贼。

"利民"、"惠民"都根源于重民。而《为政》云:

> 举直错诸枉则民服,举枉错诸直则民不服。②

如果说"利民"、"惠民"侧重于民众的物质利益的话,"民服",以及"使民以义","教民",则包括了对人民精神权利的肯定。

二、《论语》关于君子人格建设的思想

《礼记·大学》云:"天子以至于庶人,壹是皆以修身为本,其本乱而末治者否矣。其所厚者薄,而其所薄者厚,未之有也。此谓知本,此谓知之至也。"③所谓修身,在孔子那里,就是要培养君子人格。

《论语》论君子人格建设,内容丰富而全面。具体说,则大致包含如下内容:

首先,君子务本,明乎道。而仁就是本,培养孝悌观念,就是从小培养对人的亲和力。如《学而》云:"君子务本,本立而道生。孝弟也者,其为仁之本与!"④君子注重根本的东西,譬如孝悌,即仁之根本。在家孝悌,就

---

① [清]刘宝楠:《论语正义》卷二十三,《诸子集成》,中华书局1954年版。
② 同上书卷二。
③ [汉]郑玄注,[唐]孔颖达疏:《礼记正义》卷六十,《十三经注疏》,中华书局1980年版。
④ [清]刘宝楠:《论语正义》卷一,《诸子集成》,中华书局1954年版。

不会犯上作乱。《为政》云:"君子不器。"①君子之德无所不化,非一器之小用。《子罕》云:"子欲居九夷,或曰:'陋,如之何?'子曰:'君子居之,何陋之有?'"②君子重视道的实现,不关心其他的。《子罕》又云:"大宰问于子贡曰:'夫子圣者与!何其多能也?'子贡曰:'固天纵之将圣,又多能也。'子闻之曰:'大宰知我乎?吾少也贱,故多能鄙事。君子多乎哉?不多也!'"③君子不多能,即为务本。《宪问》云:"君子上达;小人下达。"④上达即明乎道。《卫灵公》云:"君子不可小知,而可大受也;小人不可大受,而可小知也。"⑤君子有大智慧,小人有小巧妙,君子可任大,小人则不可任大。

君子尚德。君子把培养德行,即修身看作是最重要的事情。《里仁》云:"君子怀德,小人怀土;君子怀刑,小人怀惠。"⑥君子安于德,小人重迁;君子守法,小人重视恩惠。《宪问》云:"子曰:'君子哉若人!尚德哉若人!君子而不仁者有矣夫?未有小人而仁者也!'"⑦君子尚德,尚德即是君子,君子虽可能有未达到仁的境界的,但小人则必然不仁。

君子忠信而又合乎仁义。君子重视忠信,把忠信建立在仁义这个大原则基础上,不因为忠信而废弃仁义,而是以仁义约束忠信。《为政》云:"君子周而不比,小人比而不周。"⑧君子忠信,小人则结党营私。《卫灵公》云:"君子贞而不谅。"⑨贞,正,即合乎仁义;谅,信。君子不能因信而废仁义,信必须符合仁义。《子张》云:"子夏曰:'君子信而后劳其民;未信,则以为厉己也。信而后谏;未信,则以为谤己也。'"⑩君子言有信,而可使民谏君,否则民怨君怒。

---

① [清]刘宝楠:《论语正义》卷二,《诸子集成》,中华书局1954年版。
② 同上书卷十。
③ 同上。
④ 同上书卷十七。
⑤ 同上书卷十八。
⑥ 同上书卷五。
⑦ 同上书卷十七。
⑧ 同上书卷二。
⑨ 同上书卷十八。
⑩ 同上书卷二十二。

君子以仁为己任。君子认为,仁是人的道德修养最重要的部分,所以,君子把仁的追求看作是毕生的信念。《里仁》云:"富与贵,是人之所欲也,不以其道得之,不处也;贫与贱,是人之所恶也,不以其道得之,不去也。君子去仁,恶乎成名?君子无终食之间违仁,造次必于是,颠沛必于是。"①君子重视仁,富贵的取得、贫贱的解脱都要遵从仁义的原则。君子一生决不舍弃仁。《雍也》云:"宰我问曰:'仁者虽告之曰井有仁焉,其从之也?'子曰:'何为其然也?君子可逝也,不可陷也;可欺也,不可罔也。'"②有人告诉仁者井中有仁,他会不会下到井中去呢?孔子回答说,君子可以去看,但不可能下到井中去;君子可以被欺骗,但是不可能受蒙蔽。此处把君子和"仁者"平等置换,说明君子和仁者是一个概念。《颜渊》云:"君子以文会友,以友辅仁。"③文为实现仁的重要手段。《阳货》云:"君子学道则爱人,小人学道则易使也。"④爱人即仁。

君子亲民。君子通过培养自己的孝悌之行,学习对别人的亲近感,并以此影响人民,引导人民向善。《公冶长》云:"子谓子贱:'君子哉若人!鲁无君子者,斯焉取斯?'"⑤根据《吕氏春秋·察贤》、《韩诗外传》,宓子贱治单父,受到人民拥护,其原因在于他父事三人,兄事五人,友十二人,师一人,父事有孝,兄事有悌,友可去蔽,师可无失。《泰伯》云:"君子笃于亲,则民兴于仁。故旧不遗,则民不偷。"⑥君子笃亲而不忘故旧,则百姓仁义而敦厚。《阳货》云:"宰我问:'三年之丧期已久矣!君子三年不为礼,礼必坏;三年不为乐,乐必崩。旧谷既没,新谷既升;钻燧改火,期可已矣。'子曰:'食夫稻,衣夫锦,于女安乎?'曰:'安!''女安,则为之!夫君子之居丧,食旨不甘,闻乐不乐,居处不安,故不为也。今女安,则为之!'宰我出。子曰:'予之不仁也!子生三年,然后免于父母之怀。夫三年之丧,

---

① 〔清〕刘宝楠:《论语正义》卷五,《诸子集成》,中华书局 1954 年版。
② 同上书卷七。
③ 同上书卷十五。
④ 同上书卷二十。
⑤ 同上书卷六。
⑥ 同上书卷九。

天下之通丧也;予也,有三年之爱于其父母乎?'"①三年之丧是孝悌的重要内容。

君子恭敬、宽惠、善良。君子对自己严格要求,对工作极端负责,对人民充满热爱,并按照道义原则领导人民。《公冶长》云:"子谓子产有君子之道四焉:其行己也恭,其事上也敬,其养民也惠,其使民也义。"②子产的自奉恭俭、事上恭敬、养民宽惠、以义使民,凡此四者,皆君子之道。《宪问》云:"子路问君子。子曰:'修己以敬。'曰:'如斯而已乎?'曰:'修己以安人。'曰:'如斯而已乎?'曰:'修己以安百姓。修己以安百姓,尧舜其犹病诸。'"③通过修己来安民及百姓,尧舜所难,正是君子一生的追求。《阳货》云:"亲于其身为不善者,君子不入也。"④君子不入不善之国。

君子行义。君子在利益面前,永远牢记义,而不会见利忘义,君子认为,勇敢或者财富,都远远不如义重要。君子做的是自己应该做的事情,而不一定是做对自己有利益的事情,也不把成功当作终极追求。《里仁》云:"君子之于天下也,无适也,无莫也,义之于比。"⑤君子无敌无慕,好恶以义为标准。《里仁》又说:"君子喻于义,小人喻于利。"⑥君子明白义,小人明白利。《卫灵公》云:"君子义以为质,礼以行之,孙以出之,信以成之;君子哉!"⑦义礼谦逊及信,为君子所不可缺少。《季氏》云:"求!君子疾夫舍曰欲之而必为之辞。丘也闻有国有家者,不患寡而患不均,不患贫而患不安;盖均无贫,和无寡,安无倾。夫如是,故远人不服,则修文德以来之。既来之,则安之。今由与求也,相夫子,远人不服而不能来也,邦分崩离析,而不能守也,而谋动干戈于邦内,吾恐季孙之忧,不在颛臾,而在萧墙之内也!"⑧孔子的学生冉有、子路为季氏家臣,为季氏伐颛臾寻找借

---

① [清]刘宝楠:《论语正义》卷二十,《诸子集成》,中华书局1954年版。
② 同上书卷六。
③ 同上书卷十七。
④ 同上书卷二十。
⑤ 同上书卷五。
⑥ 同上。
⑦ 同上书卷十八。
⑧ 同上书卷十九。

口,孔子认为他们言不由衷,教育他们应该行仁义之政。《阳货》又说:"子路曰:'君子尚勇乎?'子曰:'君子义以为上。君子有勇而无义为乱,小人有勇而无义为盗。'"①君子认为义比勇敢重要得多。《微子》云:"君子之仕也,行其义也。道之不行,已知之矣。"②此知其不可为而为之。

君子礼让无争。君子不把自己的成功建立在别人的痛苦基础上,强调公正公平的竞争原则,竞争不可以牺牲友好和谐为代价。《八佾》云:"君子无所争。必也射乎!揖让而升,下而饮。其争也君子。"③君子谦让不争,只有在比赛射箭之时才有竞争,但这种竞争也是君子的友好和谐的竞争,谦让而升堂射箭,结束则一起饮食。

君子好学而有所选择。君子在社会之中,明白轻重缓急,明白自己所要追求的根本,学以致道。《学而》云:"君子食无求饱,居无求安,敏于事而慎于言,就有道而正焉,可谓好学也已。"④君子不求饱食,不求安居,对事敏锐,出言谨慎,接近有道之人,以改正自己的行为,可以说是好学了。《雍也》云:"君子博学于文,约之以礼,亦可以弗畔矣夫!"⑤君子学文博,约束以礼,就可以不背离正道。《季氏》云:"陈亢问于伯鱼曰:'子亦有异闻乎?'对曰:'未也。尝独立,鲤趋而过庭。曰:"学诗乎?"对曰:"未也。""不学诗,无以言!"鲤退而学诗。他日又独立,鲤趋而过庭。曰:"学礼乎?"对曰:"未也。""不学礼,无以立!"鲤退而学礼。闻斯二者。'陈亢退而喜曰:'问一得三:闻诗,闻礼,又闻君子远其子也。'"⑥孔子教导子弟学习诗礼,认为二者关系言与立之大问题。《子张》云:"虽小道,必有可观者焉;致远恐泥,是以君子不为也。"⑦此说学习仍然应该有重点。《子张》又说:"子夏曰:'百工居肆以成其事,君子学以致其道。'"⑧强调学习对君子

---

① 〔清〕刘宝楠:《论语正义》卷二十,《诸子集成》,中华书局 1954 年版。
② 同上书卷二十一。
③ 同上书卷三。
④ 同上书卷一。
⑤ 同上书卷七。
⑥ 同上书卷十九。
⑦ 同上书卷二十二。
⑧ 同上。

致道的重要性。

君子周急不继富。君子应该是做雪中送炭的使者,而不追求锦上添花。《雍也》:"君子周急不继富。"①孔子的学生公西华使齐,冉有为公西华的母亲申请求粮食救助,孔子起初给得很少,冉有申请增加,孔子增加得不多,冉有自作主张多给了公西华母亲粮食,孔子认为公西华经济状况不错,不主张多给,认为君子应该是雪中送炭,而不是锦上添花。

君子文质彬彬。君子内外统一,美好的心灵和优雅的举止结合在一起。《雍也》云:"质胜文则野,文胜质则史,文质彬彬,然后君子。"②君子文质相称,外表和本质一致,文胜质则虚浮,质胜文则粗野。《述而》云:"文,莫吾犹人也。躬行君子,则吾未之有得。"③此言做君子是做人追求的目标,《颜渊》云:"棘子成曰:'君子质而已矣,何以文为?'子贡曰:'惜乎,夫子之说君子也,驷不及舌!文犹质也,质犹文也;虎豹之鞹,犹犬羊之鞹。'"④此意思是说惟有质是不行的,文明的仪表也是非常重要的。

君子言行一致。君子强调学以致用,重视行动,要求言行一致,不可以口是心非,纸上谈兵。《为政》:"子贡问君子。子曰:'先行其言而后从之。'"⑤君子注重言行一致。《里仁》:"君子欲讷于言而敏于行。"⑥君子慎于言而疾于行。《宪问》云:"君子耻其言而过其行。"⑦言过其行,则为虚浮之人。

君子坦荡荡。君子光明正大,没有忧惧。此无忧无惧,指的是不担心自身利益,但是对民生的忧虑,是时刻不停的。《述而》云:"君子坦荡荡,小人长戚戚。"⑧君子光明正大。《子路》云:"君子泰而不骄,小人骄而不泰。"⑨泰而不骄,也即坦荡荡,无忧无惧。《宪问》云:"君子道者三,我无

---

① [清]刘宝楠:《论语正义》卷七,《诸子集成》,中华书局1954年版。
② 同上。
③ 同上书卷八。
④ 同上书卷十五。
⑤ 同上书卷二。
⑥ 同上书卷五。
⑦ 同上书卷十七。
⑧ 同上书卷八。
⑨ 同上书卷十六。

能焉。'仁者不忧,知者不惑,勇者不惧。'子贡曰:'夫子自道也!'"①不忧、不惑、不惧,是君子之修养。

君子能够自省其身,修正过失。《颜渊》云:"司马牛问君子。子曰:'君子不忧不惧。'曰:'不忧不惧,斯谓之君子已乎?'子曰:'内省不疚,夫何忧何惧?'"②内省即自我反省。《卫灵公》云:"君子病无能焉,不病人之不己知也。"③这也是内省,也可以说是严格要求自己,所以《卫灵公》又说:"君子求诸己,小人求诸人。"④《季氏》云:"君子有三戒:少之时,血气未定,戒之在色;及其壮也,血气方刚,戒之在斗;及其老也,血气既衰,戒之在得。"⑤此为君子一生所应小心者。

君子慎言慎行,知错能改;不以自己的缺点为耻辱,而以不能改正缺点为耻辱。《子张》:"子贡曰:'纣之不善,不如是之甚也。是以君子恶居下流,天下之恶皆归焉。'"这是说君子应该慎行。又说:"子贡曰:'君子之过也,如日月之食焉。过也,人皆见之;更也,人皆仰之。'"⑥君子应该知错能改,则人皆仰慕。《子张》又说:"陈子禽谓子贡曰:'子为恭也,仲尼岂贤于子乎?'子贡曰:'君子一言以为知,一言以为不知,言不可不慎也!夫子之不可及也,犹天之不可阶而升也。夫子之得邦家者。所谓立之斯立,道之斯行,绥之斯来,动之斯和。其生也荣,其死也哀,如之何其可及也?'"⑦此子贡赞扬孔子之不可企及,立教、行道、安远、和睦,生有荣耀,死极哀荣,如天之不可拾级而上。子贡强调君子说话一定要谨慎,如陈子禽那样言而不慎,即非君子所为。

君子不求全责备,善于发现别人的优点,能宽容地对待别人。《子路》云:"君子易事而难说也,说之不以道,不说也,及其使人也,器之。小人难

---

① [清]刘宝楠:《论语正义》卷十七,《诸子集成》,中华书局1954年版。
② 同上书卷十五。
③ 同上书卷十八。
④ 同上。
⑤ 同上书卷十九。
⑥ 同上书卷二十二。
⑦ 同上。

事而易说也,说之虽不以道,说也,及其使人也,求备焉。"①君子看见个人的长处,不求全责备。《卫灵公》云:"君子不以言举人,不以人废言。"②君子实事求是,具体问题具体分析。《微子》云:"君子不施其亲,不使大臣怨乎不以。故旧无大故,则不弃也。无求备于一人。"③施,易。大故,指重罪。君子重视亲朋故旧,不求全责备于一人。

君子明于去就,明白自身的价值所在,追求自身的人格完善,所以,不因为穷达而改变自己的志向。《学而》云:"人不知而不愠,不亦君子乎?"④君子的特点是人不了解自己,但是自己并不生气,也就是说,君子明于出处去就。《雍也》云:"女为君子儒,无为小人儒!"⑤孔子对学生子夏说,你要做君子儒,不做小人儒,意思是儒者也有君子与小人之区别。君子儒者有君子行,小人儒者无君子行。《卫灵公》云:"子路愠见,曰:'君子亦有穷乎?'子曰:'君子固穷;小人穷斯滥矣。'"⑥君子固穷,君子即使处于穷困之地,亦知自守,而小人则反之。《卫灵公》又说:"直哉史鱼!邦有道如矢;邦无道如矢。君子哉蘧伯玉!邦有道,则仕;邦无道,则可卷而怀之。"⑦蘧伯玉为君子,在于明白去就之智慧,而史鱼则可以谓正直。

君子有强烈的责任心。君子有建功立业的愿望,有承担责任的勇气,不以丰衣足食为自己的追求。《泰伯》云:"可以托六尺之孤,可以寄百里之命,临大节,而不可夺也,君子人与,君子人也。"⑧此指君子可以依靠。《卫灵公》云:"君子疾没世而名不称焉。"⑨君子担心无所成名,虚度光阴。《卫灵公》又说:"君子谋道不谋食;耕也,馁在其中矣;学也,禄在其中矣。君子忧道不忧贫。"⑩此谋道忧道,正是社会责任心的表现。

---

① [清]刘宝楠:《论语正义》卷十六,《诸子集成》,中华书局1954年版。
② 同上书卷十八。
③ 同上书卷二十一。
④ 同上书卷一。
⑤ 同上书卷七。
⑥ 同上书卷十八。
⑦ 同上。
⑧ 同上书卷九。
⑨ 同上书卷十八。
⑩ 同上。

君子有威仪尊严。威仪不是为了让人民害怕,而是为了不让小人与暴君凌辱。所以,君子的威仪尊严是和温和的态度联系在一起的。《学而》云:"君子不重则不威,学则不固,主忠信,无友不如己者,过则勿惮改。"①君子不庄重则不威严,为学则不坚实。忠信为主,认识到没有朋友不如自己,有过错则不要害怕改正。《泰伯》云:"君子所贵乎道者三:动容貌,斯远暴慢矣;正颜色,斯近信矣;出辞气,斯远鄙倍矣。"②君子容貌庄重,神色端庄,辞气文雅,则有礼遇。《乡党》云:"君子不以绀緅饰,红紫不以为亵服……"③此言君子对服饰的重视,亦为威仪的重要组成部分。《子张》云:"子夏曰:'君子有三变:望之俨然,即之也温,听其言也厉。'"④君子有尊严,但态度温和,言语严肃。

君子恭敬有礼。君子对人恭敬,别人对君子也应该恭敬,君子把天下之人,都看作是自己的兄弟。《颜渊》云:"君子敬而无失,与人恭而有礼;四海之内,皆兄弟也。君子何患乎无兄弟也?"⑤恭敬有礼则人人亲睦。《季氏》云:"侍于君子有三愆:言未及之而言,谓之躁;言及之而不言,谓之隐;未见颜色而言,谓之瞽。"⑥此指对君子应该恭敬。

君子尊贤。君子不但尊重有才能的人,对于没有才能的人,也充满怜悯和同情。《子张》云:"子夏之门人问交于子张。子张曰:'子夏云何?'对曰:'子夏曰:'可者与之,其不可者拒之。'子张曰:'异乎吾所闻。君子尊贤而容众,嘉善而矜不能。我之大贤与,于人何所不容。我之不贤与,人将拒我,如之何其拒人也!'"⑦尊贤而容众,嘉善而同情不能,既表现了君子的道义,也体现了君子的道德。

君子有成人之美。君子与人为善,所以能近取譬。《颜渊》云:"君子

---

① [清]刘宝楠:《论语正义》卷一,《诸子集成》,中华书局1954年版。
② 同上书卷九。
③ 同上书卷十二。
④ 同上书卷二十二。
⑤ 同上书卷十五。
⑥ 同上卷十九。
⑦ 同上书卷二十二。

成人之美,不成人之恶;小人反是。"①成人之美,就是己所不欲勿施于人,己欲立而立人,己欲达而达人。《阳货》云:"子贡曰:'君子亦有恶乎?'子曰:'有恶。恶称人之恶者,恶居下流而讪上者,恶勇而无礼者,恶果敢而窒者。'曰:'赐也亦有恶乎?''恶徼以为知者,恶不孙以为勇者,恶讦以为直者。'"②称人之恶,居下流而讪上,勇而无礼,果敢而不通大道,抄袭他人之意以为智慧,不逊以为勇敢,攻讦人之隐私以为正直,皆无礼无理之行为,无自知之明。而喜称人之恶,即违背了成人之美的原则。

君子正名。不在其位不谋其政,强调名实相符。《子路》云:"野哉,由也!君子于其所不知,盖阙如也。名不正,则言不顺;言不顺,则事不成;事不成,则礼乐不兴;礼乐不兴,则刑罚不中;刑罚不中,则民无所措手足。故君子名之必可言也,言之必可行也。君子于其言,无所苟而已矣!"③正名关系到礼乐刑罚的大问题,所以君子不能随意发表意见。《宪问》:"君子思不出其位。"④这也是本分问题。

君子和而不同。君子有朋友,但是是因为道义的相同而走到一起,不是为了谋求私利。《子路》云:"君子和而不同;小人同而不和。"⑤和为褒义,同为贬义。《卫灵公》云:"君子矜而不争,群而不党。"⑥此皆言君子追求志同道合,而不结党营私。

君子知言知礼知人知乎天命,尊重现实,尊重历史,尊重命运。知道审时度势。《季氏》云:"君子有三畏:畏天命,畏大人,畏圣人之言。小人不知天命而不畏也,狎大人,侮圣人之言。"⑦是言君子尊重现实,尊重历史,尊重命运。《尧曰》云:"子曰:'不知命,无以为君子也。不知礼,无以立也。不知言,无以知人也。'"⑧君子知言知礼知人知乎天命,则知畏惧。

---

① [清]刘宝楠:《论语正义》卷十五,《诸子集成》,中华书局1954年版。
② 同上书卷二十。
③ 同上书卷十六。
④ 同上书卷十七。
⑤ 同上书卷十六。
⑥ 同上书卷十八。
⑦ 同上书卷十九。
⑧ 同上书卷二十三。

君子注重个人的全面修养。《季氏》云："君子有九思：视思明，听思聪，色思温，貌思恭，言思忠，事思敬，疑思问，忿思难，见得思义。"①是言君子在各个方面都追求完美。

君子中庸。君子强调和谐得体、中庸之道，不做过激的事情。《尧曰》云："君子惠而不费，劳而不怨，欲而不贪，泰而不骄，威而不猛。"②此为中庸。《尧曰》又说："因民之所利而利之，斯不亦惠而不费乎？择可劳而劳之，又谁怨！欲仁而得仁，又焉贪！君子无众寡，无小大，无敢慢，斯不亦泰而不骄乎？君子正其衣冠，尊其瞻视，俨然人望而畏之，斯不亦威而不猛乎？"③不费、不怨、不贪、不骄、不猛，则合乎谦谦君子的要求。

君子有始有终，始终如一，不半途而废。《子张》云："子游曰：'子夏之门人小子，当洒扫，应对，进退，则可矣。抑末也。本之则无，如之何？'子夏闻之曰：'噫！言游过矣！君子之道，孰先传焉？孰后倦焉？譬诸草木，区以别矣。君子之道，焉可诬也？有始有卒者，其惟圣人乎！'"④君子之道贯彻在一切方面，做事应该有始有终。

如果我们仔细地考察《易》与《论语》的本意，就会发现，实际上，孔子对君子人格的要求，就是仁、义、礼、智、信，温、良、恭、俭、让。仁、义、礼、智、信，温、良、恭、俭、让，是一切君子所应遵循的不二修养法门。君子通过对仁、义、礼、智、信，温、良、恭、俭、让的把握，确立自己高尚的君子之人格，修身齐家治国平天下，以实现仁政理想。

三、《易传》关于君子人格建设的思想

《易·系辞下传》云："爻象动乎内，吉凶见乎外，功业见乎变，圣人之情见乎辞。"⑤《易》之经传，特别是《易传》，在君子本位立场上，坚持君子与

---

① ［清］刘宝楠：《论语正义》卷十九，《诸子集成》，中华书局1954年版。
② 同上书卷二十三。
③ 同上。
④ 同上书卷二十二。
⑤ ［三国魏］王弼、［晋］韩康伯注，［唐］孔颖达疏：《周易正义》卷八，《十三经注疏》，中华书局1980年版。

小人的对立,这种对立不仅仅表现在社会地位方面,更表现在品德才学方面。圣人聪明睿智,圣人之情存乎其中,其对君子精神已有清楚的说明。

《乾》九三云:"君子终日乾乾,夕惕若厉,无咎。"象说:"天行健,君子以自强不息。"《文言》引孔子之言说:"君子进德修业。忠信,所以进德也;修辞立其诚,所以居业也。知至至之,可与言几也;知终终之,可与存义也。是故,居上位而不骄,在下位而不忧。故乾乾,因其时而惕,虽危而无咎矣。""上下无常,非为邪也;进退无恒,非离群也。君子进德修业,欲及时也,故无咎。"又说:"君子以成德为行,日可见之行也。潜之为言也,隐而未见,行而未成,是以君子弗用也。""君子学以聚之,问以辩之,宽以居之,仁以行之。易曰:'见龙在田,利见大人。'君德也。"又说:"亢之为言也,知进而不知退,知存而不知亡,知得而不知丧。其唯圣人乎?知进退存亡,而不失其正者,其唯圣人乎?"①这段文字,提出君子的三个特点:第一,终日乾乾,即谨慎;第二,自强不息;第三,进德修业。《易·系辞上传》说:"子曰:'君子之道,或出或处,或默或语,二人同心,其利断金;同心之言,其臭如兰。'"这里说的或出或处,或默或语,是就其进退存亡而言,又说:"'劳谦君子,有终吉。'子曰:'劳而不伐,有功而不德,厚之至也,语以其功下人者也。德言盛,礼言恭,谦也者,致恭以存其位者也。'"②此处强调的是谦虚的问题。《易·系辞下传》引《易》说:"君子藏器于身,待时而动,何不利之有?"君子藏器于身,待时而动,说的仍然是进退存亡的问题。"善不积,不足以成名;恶不积,不足以灭身。小人以小善为无益,而弗为也,以小恶为无伤而弗去也,故恶积而不可掩,罪大而不可解。"③则说的是进德修业的问题。君子能够知进退存亡的道理,就已经接近于圣人了。其实,圣人与君子本来就是相通的。

《坤》卦云:"元,亨,利牝马之贞。君子有攸往,先迷后得主,利西南得朋,东北丧朋。安贞,吉。"象说:"至哉坤元,万物资生,乃顺承天。坤厚载

---

① [三国魏]王弼、[晋]韩康伯注,[唐]孔颖达疏:《周易正义》卷一,《十三经注疏》,中华书局1980年版。
② 同上书卷七。
③ 同上书卷八。

物,德合无疆。含弘光大,品物咸亨。牝马地类,行地无疆,柔顺利贞。君子攸行,先迷失道,后顺得常。西南得朋,乃与类行;东北丧朋,乃终有庆。安贞之吉,应地无疆。"象说:"地势坤,君子以厚德载物。"《文言》云:"坤至柔,而动也刚,至静而德方,后得主而有常,含万物而化光。坤其道顺乎?承天而时行。积善之家,必有余庆;积不善之家,必有余殃。臣弑其君,子弑其父,非一朝一夕之故,其所由来者渐矣,由辩之不早辩也。易曰:'履霜坚冰至。'盖言顺也。"又说:"直其正也,方其义也。君子敬以直内,义以方外,敬义立,而德不孤。'直,方,大,不习无不利';则不疑其所行也。"又说:"阴虽有美,含之;以从王事,弗敢成也。地道也,妻道也,臣道也。地道无成,而代有终也。""天地变化,草木蕃;天地闭,贤人隐。易曰:'括囊;无咎,无誉。'盖言谨也。"又说:"君子黄中通理,正位居体,美在其中,而畅于四支,发于事业,美之至也。"①此段文字,其强调之意义有四:第一,赞扬坤德的宽大广博,无所不包,君子之道亦如是。第二,积善。第三,直内外方,敬义结合。第四,黄中通理,正位居体。地为黄色,坤为理,以乾通坤,谓之通理,即立天下之正位。

《乾》、《坤》二卦为《易经》母体,而孔子深明此义,为制《文言》,强调这两卦的精神内核。所以,这两卦论君子最多,也最为全面。《乾》、《坤》两卦以下,《易》之经传,特别是《易传》,几乎每一卦都与君子的行止联系在一起,概括其所列举君子人格的内容,则包括如下方面:

君子修德。君子强调对自己德行的培养,时刻严格要求自己,做一个有道、善良、正直、坚定、勇敢的人。《屯》象说:"君子以经纶。"②指君子不失常道。《蒙》象说:"君子以果行育德。"③指君子果毅养正。《小畜》象说:"君子以懿文德。"④指君子培养温柔圣善之德。《大畜》象说:"刚健笃

---

① [三国魏]王弼、[晋]韩康伯注,[唐]孔颖达疏:《周易正义》卷一,《十三经注疏》,中华书局1980年版。
② 同上书卷一。
③ 同上。
④ 同上书卷二。

实辉光,日新其德,刚上而尚贤。"象说:"君子以多识前言往行,以畜其德。"①指君子积极积累和培养德行。《恒》象说:"日月得天,而能久照,四时变化,而能久成,圣人久于其道,而天下化成;观其所恒,而天地万物之情可见矣。"象说:"君子以立不易方。"②指君子立身守节而不改其常道也。《遁》象说:"君子以远小人,不恶而严。"③指君子不与小人同流合污,无恶容而有正气之威严。《大壮》象说:"君子以非礼弗履。"④指君子守礼。《晋》象说:"君子以自昭明德。"⑤指君子善于自省其德。

君子顺势。君子遵守自然规律,不做违背自然规律的事情,不强迫人民违背自然规律以适应自己的私欲。《需》象说:"君子以饮食宴乐。"⑥指君子需要饮食宴乐以养身。《豫》象说:"天地以顺动,故日月不过,而四时不忒;圣人以顺动,则刑罚清而民服。"⑦此处圣人与君子无二,君子不违背天时,刑罚轻省而百姓服膺。《随》象说:"君子以向晦入宴息。"⑧指君子遵守时令,日出而作,日夕而歇。《剥》象说:"君子尚消息盈虚,天行也。"⑨指君子不违背自然规律。

君子谨慎节俭。君子体恤民生的艰难,行政以节俭、谨慎为基本行为方式,关心民情,不劳民伤财,言语行为颇为谨慎。《讼》象说:"君子以作事谋始。"⑩指君子关心民情,慎于事先。《否》象说:"君子以俭德辟难,不可荣以禄。"⑪指君子以节俭辟难,不可追求高官厚禄。《大有》象说:"君子以遏恶扬善,顺天休命。"⑫指君子止恶扬善,顺天美命。《颐》象说:"天

---

① [三国魏]王弼、[晋]韩康伯注,[唐]孔颖达疏:《周易正义》卷三,《十三经注疏》,中华书局1980年版。
② 同上书卷四。
③ 同上。
④ 同上。
⑤ 同上。
⑥ 同上书卷二。
⑦ 同上。
⑧ 同上书卷三。
⑨ 同上。
⑩ 同上书卷二。
⑪ 同上。
⑫ 同上。

地养万物,圣人养贤,以及万民。"象说:"君子以慎言语,节饮食。"①《节》象说:"天地节而四时成,节以制度,不伤财,不害民。"象说:"君子以制数度,议德行。"②指君子节俭爱民,颐养其德。《小过》象说:"君子以行过乎恭,丧过乎哀,用过乎俭。"③君子中正,若有小过,只是过恭、过哀、过俭而已。《未济》象说:"君子以慎辨物居方。"④指君子慎辨物宜,居之以道。《易·系辞上传》说:"子曰:'君子居其室,出其言,善则千里之外应之,况其迩者乎?居其室,出其言,不善千里之外违之,况其迩者乎?言出乎身,加乎民;行发乎迩,见乎远;言行君子之枢机,枢机之发,荣辱之主也。言行,君子之所以动天地也,可不慎乎?'"⑤君子慎言语,谨慎也;节饮食,节俭也。

君子修身容民以尽社会责任。君子应该有强烈的社会责任感和宽广的胸怀,以礼义教育人民,教民为善,顺应时势,承当社会责任。《师》象说:"君子以容民畜众。"⑥指君子对民宽容,并以养民为其责任。《履》象说:"君子以辨上下,定民志。"⑦指君子明乎上下之分,以礼节制民心。《蛊》象说:"君子以振民育德。"⑧指君子教民为善。《临》象说:"君子以教思无穷,容保民无疆。"⑨指君子聚学、辨问、居宽、行仁。《萃》象说:"君子以除戎器,戒不虞。"⑩除,修也。戎器,兵器。指君子提高警惕,以防不测。《井》象说:"君子以劳民劝相。"⑪指君子养民助民,关心民生。《革》象说:"天地革而四时成,汤武革命,顺乎天而应乎人,革之时大矣哉。"象说:"君子以治历明时。"⑫指君子顺应时事,承担社会责任。《鼎》象说:

---

① [三国魏]王弼、[晋]韩康伯注,[唐]孔颖达疏:《周易正义》卷二,《十三经注疏》,中华书局1980年版。
② 同上书卷六。
③ 同上。
④ 同上。
⑤ 同上书卷七。
⑥ 同上书卷二。
⑦ 同上。
⑧ 同上书卷三。
⑨ 同上。
⑩ 同上书卷五。
⑪ 同上。
⑫ 同上。

"君子以正位凝命。"①指君子当位则成就其使命。《震》象说:"君子以恐惧修身。"②指君子积极追求自己所不能,严于律己。《艮》象说:"君子以思不出其位。"③指君子慎思。《既济》象说:"君子以思患而豫防之。"④指君子治不忘乱。

君子博大宽仁。君子要秉持仁义,对自己严格要求,对他人宽厚,善于原谅别人的过错,厚待下人,不居功,不自傲,爱惜人民生命。《同人》象说:"唯君子为能通天下之志。"象说:"君子以类族辨物。"⑤指君子明白和而不同、方以类聚、物以群分之道理。《睽》象说:"君子以同而异。"⑥指君子求大同而存小异。《解》象说:"君子以赦过宥罪。"⑦指君子宽厚待人。《夬》象说:"君子以施禄及下,居德则忌。"⑧指君子厚待下人,而不居功。《中孚》象说:"君子以议狱缓死。"⑨指君子宽仁,爱惜人民的生命。

君子谦恭。君子自强不息,而且谦虚谨慎,追求天道精神,善于向别人学习,做好自己的本分。《谦》卦说:"亨,君子有终。"象说:"谦,亨,天道下济而光明,地道卑而上行。天道亏盈而益谦,地道变盈而流谦,鬼神害盈而福谦,人道恶盈而好谦。谦尊而光,卑而不可逾,君子之终也。"象说:"君子以裒多益寡,称物平施。"⑩指君子追求天道,谦虚谨慎。《咸》象说:"天地感而万物化生,圣人感人心而天下和平;观其所感,而天地万物之情可见矣!"象说:"君子以虚受人。"⑪指君子谦虚。《家人》象说:"家人,女正位乎内,男正位乎外,男女正,天地之大义也。家人有严君焉,父母之谓

---

① [三国魏]王弼、[晋]韩康伯注,[唐]孔颖达疏:《周易正义》卷五,《十三经注疏》,中华书局1980年版。
② 同上。
③ 同上。
④ 同上书卷六。
⑤ 同上书卷二。
⑥ 同上书卷四。
⑦ 同上。
⑧ 同上书卷五。
⑨ 同上书卷六。
⑩ 同上书卷二。
⑪ 同上书卷四。

也。父父,子子,兄兄,弟弟,夫夫,妇妇,而家道正;正家而天下定矣。"象说:"君子以言有物,而行有恒。"①指君子言必有中,不在其位不谋其政,行有常规。

君子施仁政。君子不但平时严格要求自己,有高尚的人格,在做领导人的时候,也要把仁义的精神贯彻在政治之中,特别是在法律施行方面,体现出人文关怀。《观》象说:"中正以观天下……观天之神道,而四时不忒,圣人以神道设教,而天下服矣。"象说:"先王以省方,观民设教。"②此处先王等同于君子,指先王应天顺民,根据民俗以设教化。《噬嗑》象说:"先王以明罚敕法。"③此处先王等同于君子,指明罚敕法,欲天下一心。《贲》象说:"君子以明庶政,无敢折狱。"④指君子无敢折狱。《离》象说:"大人以继明照于四方。"⑤继明即继日之明。指大人之光辉照于四方。《渐》象说:"君子以居贤德善俗。"⑥指君子以贤德易俗。《归妹》象说:"君子以永终知敝。"⑦指君子知得知失,不失其时。《丰》象说:"君子以折狱致刑。"⑧指君子以光明除祸患。《旅》象说:"君子以明慎用刑,而不留狱。"⑨指君子勤政慎刑,重视民生。《巽》象说:"君子以申命行事。"⑩指君子治国,注重法令之贯彻。

君子穷则独善。君子无论穷达,都保持乐观的胸怀,明白社会治乱,在处于逆境的时候,不怨天尤人,不降志辱身。《大过》象说:"君子以独立不惧,遁世无闷。"⑪指君子安贫乐道。《明夷》象说:"内文明而外柔顺,以蒙大难,文王以之。……内难而能正其志,箕子以之。"象说:"君子以莅

---

① [三国魏]王弼、[晋]韩康伯注,[唐]孔颖达疏:《周易正义》卷四,《十三经注疏》,中华书局1980年版。
② 同上书卷三。
③ 同上。
④ 同上。
⑤ 同上。
⑥ 同上书卷五。
⑦ 同上。
⑧ 同上书卷六。
⑨ 同上。
⑩ 同上。
⑪ 同上书卷三。

众,用晦而明。"①指君子处乱世,虽在黑暗之中,其志犹能自明。《困》象说:"困,刚掩也。险以说,困而不失其所,亨;其唯君子乎?"象说:"君子以致命遂志。"②指君子固穷,穷而不改其道。

君子好学不厌。君子追求光明,把修身当作自己的目标,所以,不断学习,以成就自己高尚的人格。《坎》象说:"水流而不盈,行险而不失其信。"象说:"君子以常德行,习教事。"③指君子学而不厌。《蹇》象说:"君子以反身修德。"④指君子重视修德。《损》象说:"君子以惩忿窒欲。"⑤指君子节制愤怒,堵塞私欲。《益》象说:"君子以见善则迁,有过则改。"⑥指君子从善如流,勇于改正自己的错误。《升》象说:"君子以顺德积小,以成高大。"⑦指君子细大不捐,日积月累,以成其德。《兑》象说:"君子以朋友讲习。"⑧指君子重视学问之道。

为了认识《易》之经传所论述的君子人格,以上作了一个相对简洁的分析。上述诸条与《乾》、《坤》两卦经传所揭示的道理并行不悖。其论述君子之特点,如修德,顺势,谨慎节俭,社会责任,博大宽容,谦虚,仁政,穷则独善,好学不厌,凡此等等,其核心是在政治制度的建立方面贯彻宽惠爱民的原则,有社会责任感;于个人则进德修业,节俭自律,顺应时事,不与黑暗势力妥协。《易·系辞下传》引孔子之言说:"君子安其身而后动,易其心而后语,定其交而后求。君子修此三者,故全也。危以动,则民不与也;惧以语,则民不应也;无交而求,则民不与也。莫之与,则伤之者至矣。"⑨君子处事,先安其身,次易其心,次定其交,安身是审时度势,易其心是进德修业,定其交是掌握主动权,而后则无往不胜。

---

① [三国魏]王弼、[晋]韩康伯注,[唐]孔颖达疏:《周易正义》卷四,《十三经注疏》,中华书局1980年版。
② 同上书卷五。
③ 同上书卷三。
④ 同上书卷四。
⑤ 同上。
⑥ 同上。
⑦ 同上书卷五。
⑧ 同上书卷六。
⑨ 同上书卷八。

第二节 《孟子》与《荀子》

孟子是曾子的再传弟子,其思想,基本继承了孔子的观点,而又有进一步的完善。荀子是战国后期重要的儒家学者,也是当时儒学演变的重要代表。《孟子》、《荀子》也是传世文献中继《论语》之后最为重要的两本著作。

一、《孟子》的主要内容

孟子是战国儒家学派的代表人物,《孟子》一书,特别强调善的动力,《告子上》云:

> 人性之善也,犹水之就下也。人无有不善,水无有不下。
> 仁义礼智,非由外铄我也,我固有之也。①

在孟子看来,人性之向善,人性之中具有仁义礼智的内蕴,是人先天所秉赋的品性。善是"仁义礼智"通过恻隐、羞恶、恭敬、是非之心表现出来的。《告子上》云:

> 恻隐之心,人皆有之;羞恶之心,人皆有之;恭敬之心,人皆有之;是非之心,人皆有之。恻隐之心,仁也;羞恶之心,义也;恭敬之心,礼也;是非之心,智也。②

仁表现为一种爱人的品性,所以,仁包含在恻隐之心中;义是有关进退取舍的当行道理,人有羞耻,则知可为与不可为,当为与不当为,所以羞恶之心包含着义;敬爱尊长,这也是人之常情,礼教人礼敬次序,恭敬之心所说的正是礼的精神;是之与非,要靠智慧来分辨,无智之人,不别是非,以是为非,以非为是,是非之心的存在,正代表着智的存在。

---

① [汉]赵岐注,[宋]孙奭疏:《孟子注疏》卷十一上,《十三经注疏》,中华书局1980年版。
② 同上。

孟子认为:"人之所以异于禽兽者几希,庶民去之,君子存之。"①人所以异于禽兽,就在于人有恻隐、羞恶、恭敬、是非之心,持有仁义礼智等人生信条。而君子小人之区别,也正在于君子坚守先天所具有的仁义礼智诸禀性而加以发扬,小人则弃仁义礼智不顾而行不仁不义不礼不智之事。拥有恻隐、羞恶、恭敬、是非之心,即成仁义礼智的起点,所以,《公孙丑上》曰:

> 无恻隐之心,非人也;无羞恶之心,非人也;无辞让之心,非人也;无是非之心,非人也。恻隐之心,仁之端也;羞恶之心,义之端也;辞让之心,礼之端也;是非之心,智之端也。②

如果丧失了恻隐之心,就丧失了仁;丧失了羞恶之心,就丧失了义;丧失了辞让之心,就丧失了礼;丧失了是非之心,就丧失了智。

孟子在这里,用辞让之心代替恭敬之心。恭敬之心,实即一种敬奉尊长的心性,孔子所谓"有事,弟子服其劳;有酒食,先生馔"③,便是敬让最简单的形式。孟子把仁义礼智看作是人与非人的分水岭,而人皆有仁义礼智的心性,所以凡人、圣人的心性本来就是相通的。《告子上》之所谓"故凡同类者,举相似也,何独至于人而疑之? 圣人,与我同类者",④正指的是凡人与圣人天赋平等。

孟子把人性的先天禀赋表述为仁义礼智四个要素,认为此四者代表人性之"善",所以,在处世方法上,孟子强调仁义礼智的重要性。《公孙丑上》曰:

> 凡有四端于我者,知皆扩而充之矣。若火之始然,泉之始达。苟能充之,足以保四海;苟不充之,不足以事父母。⑤

也就是说,人之处世,必须不断扩充仁义礼智四者,只停留在有恻隐、羞

---

① 《孟子·离娄下》,[汉]赵岐注,[宋]孙奭疏:《孟子注疏》卷八上,《十三经注疏》,中华书局 1980 年版。
② 同上书卷三下。
③ 《论语·为政》,[清]刘宝楠:《论语正义》卷二,《诸子集成》,中华书局 1954 年版。
④ [汉]赵岐注,[宋]孙奭疏:《孟子注疏》卷十一上,《十三经注疏》,中华书局 1980 年版。
⑤ 同上书卷三下。

耻、恭敬(或辞让)、是非之心的阶段,显然是不够的。只有充实发挥,仁义礼智的光辉才可能做到保四海而事父母。

仁义礼智的充实如此重要,那么,如何扩充仁义礼智之光辉呢?《尽心下》有具体的提示,孟子说:

> 人皆有所不忍,达之于其所忍,仁也;人皆有所不为,达之于其所为,义也。人能充无欲害人之心,而仁不可胜用也;人能充无穿逾之心,而义不可胜用也。①

君子为人,无欲害人,便是仁;无欲穿墙逾屋而生奸利之心,便是义。

事亲从兄,可以充分地表现仁与义,而智、礼,则表现为对仁义的认识与应用。所以《离娄上》曰:

> 仁之实,事亲是也;义之实,从兄是也。智之实,知斯二者弗去是也;礼之实,节文斯二者是也,乐之实,乐斯二者。②

智、礼是对仁义的应用,智表现为可以明确分辨仁与不仁、义与不义的界线,而不离于仁义;礼则取仁义之中,不过,不质,节而文饰之。

在孟子看来,仁义礼智四者是具体而可行的,四者之中,又以仁义为最重要者。所以,《离娄下》曰:"由仁义行。"③《尽心上》曰:"居恶在?仁是也。路恶在?义是也。居仁由义,大人之事备矣。"④仁义是人行为处世的必由之路,人生在世,一切行为都要以仁义为约束。要走在仁义所规定的道路上,而不要"行仁义也"⑤,即不要把仁义看作是异己的限制,而要看作是人性所具有的天性。因此,违背仁义之行的产生,只不过是自贼、自暴、自弃而已。《公孙丑上》曰:"人之有是四端也,犹其有四体也。有是四端而自谓不能者,自贼者也。"⑥《离娄上》曰:"言非礼义,谓之自暴也;吾身不能居仁由义,谓之自弃也。"⑦"自贼"、"自暴"、"自弃"都是自己

---

① [汉]赵岐注,[宋]孙奭疏:《孟子注疏》卷十四下,《十三经注疏》,中华书局1980年版。
② 同上书卷七下。
③ 同上书卷八上。
④ 同上书卷十三下。
⑤ 《孟子·离娄下》,同上书卷八上。
⑥ 同上书卷三下。
⑦ 同上书卷七下。

伤害自己,"天作孽犹可违,自作孽不可活"①,"夫人必自侮然后人侮之,家必自毁而后人毁之,国必自伐而后人伐之"②,违背仁义,必然自招其祸,而不可救药。

孟子在人性问题上,强调个人的人格力量,为了防止人走到自贼、自暴、自弃的邪路,孟子主张自反,即一种反躬自问的内省意识。《公孙丑上》引曾子谓弟子子襄曰:

> 子好勇乎?吾尝闻大勇于夫子矣。自反而不缩,虽褐宽博,吾不惴焉!自反而缩,虽千万人吾往矣!③

关于这句话的意思,《孟子注疏》引赵岐注云:"曾子谓子襄,言孔子告我大勇之道,人加恶于己,己内自省,有不义不直之心,虽敌人被褐宽博一夫,不当轻,惊惧之也。自省有义,虽敌家千万人,我直往突之,言义之强也。"孙奭疏云:"孟子言往者曾子谓子襄曰:子能好勇乎,言我尝闻夫子有大勇之义告于我,以谓自反己之勇为非义,则在人者有可陵之辱,故虽一褐宽博之独夫,我且不以小恐惴之,而且亦大恐焉;自反己之勇为义,则在人无可惮之威,故虽千万人之众,我且直往其中,而不惧矣。"④恃强凌弱,不是君子所为,但对于违背道义的人或者事,即使力所不逮,也决不能退缩。

又《离娄上》曰:

> 爱人,不亲,反其仁;治人,不治,反其智;礼人,不答,反其敬。行有不得者,皆反求诸己,其身正而天下归之。⑤

大致说来,扩充仁义礼智,可以看作是对个人道德的积极建设,而反躬自问及自省则是对个人道德的消极防御或修正,两者相辅相成,构成一个完善的道德修养的互补体系。

孟子的政治观是与他的处世哲学相联系的,概括地说,就是把仁义礼

---

① 《孟子·公孙丑上》,[汉]赵岐注,[宋]孙奭疏:《孟子注疏》卷三下,《十三经注疏》,中华书局1980年版。
② 《孟子·离娄上》,同上书卷七上。
③ 同上书卷三上。
④ 同上。
⑤ 同上书卷七上。

智推广到政治活动之中。《尽心上》曰:

> 人之所不学而能者,其良能也;所不虑而知者,其良知也。孩提之童无不知爱其亲者;及其长也,无不知敬其兄也。亲亲,仁也;敬长,义也。无他,达之天下也。①

人先天具有良能、良知,亲亲、敬长即是其良能与良知,治理社会,便是把亲亲、敬长的原则推广到天下万民之中,所谓"老吾老,以及人之老;幼吾幼,以及人之幼"②,即"推恩"。《梁惠王上》曰:

> 故推恩足以保四海,不推恩无以保妻子,古之人所以大过人者无他焉,善推其所为而已矣。③

推恩就是要统治者把亲亲、敬上之心用于治民。《公孙丑上》曰:"人皆有不忍人之心。先王有不忍人之心,斯有不忍人之政矣。以不忍人之心行不忍人之政,治天下可运之掌上。"④这种不忍人之政就是推恩之政,孟子称为"仁政"。

仁政有哪些具体措施呢?《滕文公上》曰:

> 夫仁政必自经界始。经界不正,井地不钧,谷禄不平,是故暴君污吏必慢其经界。经界既正,分田制禄,可坐而定也。
>
> 贤君必恭俭礼下,取于民有制。⑤

《梁惠王上》曰:

> 是故明君制民之产,必使仰足以事父母,俯足以畜妻子,乐岁终身饱,凶年免于死亡。
>
> 老者衣帛食肉,黎民不饥不寒。⑥
>
> 施仁政于民,省刑罚,薄税敛。⑦

《公孙丑上》曰:

---

① [汉]赵岐注,[宋]孙奭疏:《孟子注疏》卷十三上,中华书局1980年版。
② 《孟子·梁惠王上》,同上书卷一下。
③ 同上书卷一下。
④ 同上书卷三下。
⑤ 同上书卷五上。
⑥ 同上书卷一下。
⑦ 同上书卷一上。

贵德而尊士,贤者在位,能者在职。国家闲暇,及是时,明其政刑。

尊贤使能,俊杰在位,则天下之士皆悦,而愿立于其朝矣。市,廛而不征,法而不廛,则天下之商皆悦而愿藏于其市矣。关,讥而不征,则天下之旅皆悦而愿出于其路矣。耕者助而不税,则天下之农皆悦而愿耕于其野矣。廛,无夫里之布,则天下之民皆悦而愿为之氓矣。信能行此五者,则邻国之民,仰之若父母矣。率其子弟,攻其父母,自生民以来,未有能济者也。如此,则无敌于天下。无敌于天下者,天吏也,然而不王者,未之有也。①

这是说仁政必须使耕者有其田,从而防止暴君污吏的侵驳。还要使民众安居乐业,生存有保障。在具体制度上,则要省刑罚,薄税敛,贵德尊士,尊贤使能,恭俭礼下。

孟子主张立国以民为根本,由此民主观念出发,他认为仁政措施要使天下之士、天下之商、天下之旅、天下之农、天下之民皆悦。君主要与百姓同之,与民同乐,《孟子·梁惠王下》云:

齐宣王见孟子于雪宫。王曰:"贤者亦有此乐乎?"孟子对曰:"有人不得则非其上矣。不得而非其上者,非也。为民上而不与民同乐者,亦非也。乐民之乐者,民亦乐其乐;忧民之忧者,民亦忧其忧。……"②

与民同乐,乐民之乐,实际就是以人民的利益为重,君主除了人民的利益,不应该有别的利益。所以,孟子主张在选任和考核官员的时候,充分重视人民的意见。《孟子·梁惠王下》云:

孟子见齐宣王曰:"所谓故国者,非谓有乔木之谓也,有世臣之谓也。王无亲臣矣。昔者所进,今日不知其亡也。"王曰:"吾何以识其不才而舍之?"曰:"国君进贤,如不得已,将使卑逾尊,疏逾戚,可不慎与!左右皆曰贤,未可也;诸大夫皆曰贤,未可也;国人皆曰贤,然

---

① [汉]赵岐注,[宋]孙奭疏:《孟子注疏》卷三下,《十三经注疏》,中华书局1980年版。
② 同上书卷二上。

后察之,见贤焉,然后用之。左右皆曰不可,勿听;诸大夫皆曰不可,勿听;国人皆曰不可,然后察之,见不可焉,然后去之。左右皆曰可杀,勿听;诸大夫皆曰可杀,勿听;国人皆曰可杀,然后察之,见可杀焉,然后杀之,故曰国人杀之也。"①

君主不一定要听大臣和亲信的话,而应该听大部分人的意见,来决定官员的升黜。当然,考虑到国民有的时候也可能有判断失误,所以,对于国人抛弃的人,也需要仔细考察真伪。孟子的这个主张,既体现出重视民意的立场,也表现出对选举和处罚的重视。

孟子甚至认为,如果君主不能完成照顾人民的责任,其身处王位的理由就要受到挑战。如果敌国人民处于水火之中,兴兵诛暴乱,也是正义的事情。《孟子·梁惠王下》载:

孟子谓齐宣王曰:"王之臣有托其妻子于其友而之楚游者。比其反也,则冻馁其妻子,则如之何?"王曰:"弃之。"曰:"士师不能治士,则如之何?"王曰:"已之。"曰:"四境之内不治,则如之何?"王顾左右而言他。

齐宣王问曰:"汤放桀,武王伐纣,有诸?"孟子对曰:"于传有之。"曰:"臣弑其君,可乎?"曰:"贼仁者谓之贼,贼义者谓之残,残贼之人,谓之一夫。闻诛一夫纣矣,未闻弑君也。"

齐人伐燕,胜之。宣王问曰:"或谓寡人勿取,或谓寡人取之。以万乘之国伐万乘之国,五旬而举之,人力不至于此,不取必有天殃,取之何如?"孟子对曰:"取之而燕民悦,则取之。古之人有行之者,武王是也。取之而燕民不悦,则勿取。古之人有行之者,文王是也。以万乘之国,伐万乘之国,箪食壶浆以迎王师,岂有它哉!避水火也。如水益深,如火益热,亦运而已矣。"②

毫无疑问,孟子对夏商周易代和汤放桀、武王伐纣的解释,以及齐是否灭燕的问题上所持的观点,正与孔子大同主张和天下为公的理念完全一致。

---

① [汉]赵岐注,[宋]孙奭疏:《孟子注疏》卷二上,《十三经注疏》,中华书局1980年版。
② 同上。

孔子和孟子在他们的时代,多次强调什一为特征的井田的重要性。井田的优点在于人民只承担劳役地租,而丰收与歉收的得失由君主和人民共担。实物地租出现以后,人民不仅仅要付给君主实物税收,还要承担因为自然灾害可能带来的歉收的风险。虽然歉收和丰收从一个较长的时间段来看是平衡的,但是,人民一般不担心丰收后储存粮食的负担,歉收时的抗灾能力却明显不足。后来以货币地租取代了实物地租,人民不但要承担歉收的风险,还要承担物价变动的风险。从这个意义来说,从劳役地租到实物地租,从实物地租到货币地租,并不是简单意义上的社会进步,而是君主和政策制定者琢磨如何把风险转嫁给百姓,把方便留给自己的阴险策略。有学者批评孔子与孟子等人不能顺应时代的变化,而鼓吹井田,显然是没有能像孔子与孟子一样,站在人民本位的立场上认识问题。

孟子的仁政思想,建立在他重民的观念基础上,孟子有天下为公的理念,所以强调民比国家社稷、君主具有更加重要的地位,《尽心下》指出:

> 民为贵,社稷次之,君为轻,是故得乎丘民而为天子。得乎天子为诸侯。得乎诸侯为大夫。诸侯危社稷,则变置。牺牲既成,粢盛既絜,祭祀以时,然而旱干水溢,则变置社稷。"①

在人民、国家、君主三者之间,人民是最重要的,天子和最具国家象征的社稷,都要体现为人民服务的原则。只有得到广大人民的拥护,才可以做天子。而天子任命诸侯,诸侯任命大夫,也要考察他们是否可以为人民服务,如果不能为人民服务,则会威胁到国家的存在,国家不存在,天子也就没有存在的理由了,所以天子要按照为民的原则,变置诸侯。即使在今天,这也是和人类最先进的普遍价值观相一致的认识,即建立国家的目的,仍是为国民服务,如果违背了此根本,国家就变成了少数人奴役人民的工具,这个国家就没有存在的前提,这也是马克思主义国家学说的根本观点。

孟子重民而轻君,所以,在对待君主的态度方面,也表现出很大的反

---

① [汉]赵岐注,[宋]孙奭疏:《孟子注疏》卷十四上,《十三经注疏》,中华书局1980年版。

抗性和民主意识。首先,孟子认为得天下与失天下,在于民心之向背。
《离娄上》曰:

> 桀纣之失天下也,失其民也。失其民者,失其心也。得天下有道,得其民斯得天下矣。得其民有道,得其心斯得民矣。得其心有道,所欲与之聚之,所恶勿施尔也。①

孟子在君民问题上的进步意识主要是他认为君民背离的责任只在于君,民永远是无辜的。民可以根据君主的善恶改变自己对君主的立场。所以,在《梁惠王下》中,孟子认为,汤放桀、武王伐纣不是"以臣弑君",而是诛一独夫。

孟子主张"志士不忘在沟壑,勇士不忘丧其元"②,士人之使命,便是阻止残贼之人伤害百姓。所以,孟子把杀掉暴君,看作是"为匹夫匹妇复仇","救民于水火之中"③的正义之举。《万章下》分卿为"贵戚之卿"与"异姓之卿"两种,认为贵戚之卿,"君有大过则谏,反覆之而不听,则易位";异姓之卿,"君有过则谏,反覆之而不听,则去"④。贵戚之卿根基深厚,故可动摇君王,行改朝换代之事;异姓之卿,根基单薄,没有能力把暴君赶下台,明智的办法是离开君主,独善其身。而《离娄下》曰:

> 君之视臣如手足,则臣视君如腹心;君之视臣如犬马,则臣视君如国人;君之视臣如土芥,则臣视君如寇仇。⑤

在孟子眼里,君不仁则臣可"不义"。臣民视君如寇仇,乃至于"易位",诛"一夫",就重君观念而言,是所谓"不义",但从孟子重民贱君的观念看来,却正是大义所存。

《孟子》基于爱民思想,所以反对战争。《尽心下》曰:"春秋无义战。"⑥又曰:

> 有人曰:"我善为陈,我善为战。"大罪也。国君好仁,天下无敌

---

① [汉]赵岐注,[宋]孙奭疏:《孟子注疏》卷七上,《十三经注疏》,中华书局1980年版。
② 《孟子·滕文公下》,同上书卷六上。
③ 同上。
④ 同上书卷十下。
⑤ 同上书卷八上。
⑥ 同上书卷十四上。

焉,……焉用战?①

孟子倡导王道,王道就是好仁,强调以德服人,不同于霸道,所以《梁惠王上》曰:

> 养生丧死无憾,王道之始也。②

《离娄下》云:

> 天下不心服而王者未之有也。③

霸道,"争地以战,杀人盈野;争城以战,杀人盈城"④。兼并战争,不仅不能使被征服者心悦诚服,反而会带给人民无穷灾难,所以说,发动战争之人,甚至善于战争之人,实际上都是人民的大罪人。孟子之言"五霸者,三王之罪人也;今之诸侯,五霸之罪人也;今之大夫,今之诸侯之罪人也",是因为诸侯违背"天子讨而不伐,诸侯伐而不讨"的原则,不巡狩,不述职,五霸"搂诸侯以伐诸侯",而今之诸侯,不遵礼义秩序,今之大夫,"逢君之恶"⑤,又是有罪。孟子把批判的锋芒直指炙手可热的诸侯及大夫。

《孟子》一书,"仁义"常联类而及,但孟子表现出更重视义的倾向。《尽心上》云:

> 王子垫问曰:"士何事?"孟子曰:"尚志。"曰:"何谓尚志?"曰:"仁义而已矣。杀一无罪,非仁也。非其有而取之,非义也。居恶在,仁是也;路恶在,义是也。居仁由义,大人之事备矣。"⑥

仁是一个人的心性,义则是执行仁的途径。仁强调的是施与,义强调的是平等自律。对于个人来说,义也是至为重要的。所以,《尽心上》又曰:"故士穷不失义,达不离道。穷不失义,故士得己焉;达不离道,故民不失望焉。古之人得志,泽加于民;不得志,修身见于世。穷则独善其身,达

---

① [汉]赵岐注,[宋]孙奭疏:《孟子注疏》卷十四上,《十三经注疏》,中华书局1980年版。
② 同上书卷一上。
③ 同上书卷八上。
④ 《孟子·离娄上》,同上书卷七下。
⑤ 《孟子·告子下》,同上书卷十二下。
⑥ 同上书卷十三下。

则兼善天下。"①《告子上》曰："舍生而取义者也。"②义是保持自我价值的先决条件,是高于生命的存在。

二、《荀子》及《晏子春秋》的主要内容

《荀子》一书,内容丰富,所论专题,包括《劝学》、《修身》、《不苟》(不存侥幸)、《荣辱》、《非相》(批评相面之术)、《非十二子》(批评战国时期的各种流行学说)、《儒效》(大儒之用)、《王制》、《富国》、《王霸》、《君道》、《臣道》、《致士》、《议兵》、《强国》、《天论》、《正论》、《礼论》、《乐论》、《解蔽》、《正名》、《性恶》、《君子》、《子道》、《法行》等。《仲尼》言屈伸之道,《成相篇》是一篇讨论君臣治乱内容的成相杂辞,《赋篇》是五篇体现讽谏目的的咏物赋,《大略》是荀子言论的略记,《宥坐》、《哀公》记录一部分孔子旧事,《尧问》讨论治国之道。

荀子的观点,与孟子等人表现出了一定差异性。如孟子发现了人所具有的恻隐之心,因而得出人性本善的可能性,如果不能推广善心,就会向恶发展,所以孟子强调维持正义感的重要性。而荀子则认为人性本恶。其《性恶》曰:

> 今人之性,生而有好利焉?顺是,故争夺生而辞让亡焉;生而有疾恶焉,顺是,故残贼生而忠信亡焉;生而有耳目之欲,有好声色焉,顺是,故淫乱生而礼义文理亡焉。然则从人之性,顺人之情,必出于争夺,合于犯分乱理,而归于暴,故必将有师法之化,礼义之道,然后出于辞让,合于文理,而归于治。③

荀子把作为先天生理本能的"性"与后天习养教化之"伪"对立起来,认为性恶而善伪,先天本性必须借助后天习养而成其美。《礼论》云:

> 性者,本始材朴也;伪者,文理隆盛也。无性则伪之无所加,无伪

---

① [汉]赵岐注,[宋]孙奭疏:《孟子注疏》卷十三上,《十三经注疏》,中华书局1980年版。
② 同上书卷十一下。
③ [清]王先谦:《荀子集解》卷十七,《诸子集成》,中华书局1954年版。

则性不能自美。①

性与伪,相互对立又联系,矛盾而统一。后天之伪可以改造先天之性,使人趋之于善。"伪"的主要手段是所谓"礼",因而《礼论》又云:

> 礼起于何也?曰:人生而有欲,欲而不得,则不能无求,求而无度量分界,则不能不争。争则乱,乱则穷。先王恶其乱也,故制礼义以分之,以养人之欲,给人以求,使欲必不穷乎物,物必不屈于欲,两者相持而长,是礼之所起也。②

荀子认为,"今人之性恶,必将待圣王之治、礼义之化,然后皆出于治,合于善也"③。礼义之化可以使天下皆出于治,合于善,并"使有贵贱之等,长幼之差,知愚、能不能之分,皆使人载其事而各得其宜,然后使慤禄多少厚薄之称,是夫群居和一之道也"④。而反是,则天下大乱。《性恶》云:"今当试去君上之执,无礼义之化,去法正之治,无刑罚之禁,倚而观天下民人之相与也,若是,则夫强者害弱而夺之,众者暴寡而哗之,天下之悖乱而相亡,不待顷矣。"⑤正此意也。

荀子重礼,同时主张法后王。《非相》曰:

> 故人道莫不有辨,辨莫大于分,分莫大于礼,礼莫大于圣王。圣王有百,吾孰法焉?故曰:文久而息,节族久而绝。守法数之有司,极礼而褫。故曰:欲观圣王之迹,则于其粲然者矣,后王是也。彼后王者,天下之君也。舍后王而道上古,譬之是犹舍己之君而事人之君也。故曰:欲观千岁,则数今日;欲知亿万,则审一二;欲知上世,则审周道;欲知周道,则审其人所贵君子。故曰:以近知远,以一知万,以微知明。此之谓也。⑥

在儒家的传承体系中,夏商周三代的几位贤明君主,都受孔子、孟子的称赞,荀子认为,这些圣王其年代久远,事迹渺邈,不足以征,而周,近在

---

① [清]王先谦:《荀子集解》卷十三,《诸子集成》,中华书局1954年版。
② 同上。
③ 《荀子·性恶》,同上书卷十七。
④ 《荀子·荣辱》,同上书卷二。
⑤ 同上书卷十七。
⑥ 同上书卷三。

今世,其文章可观,是最可效法的。

当然,如果认为荀子的法后王,与孔子的复古思想背道而驰,那显然失之浅薄。孔子赞其监于夏、殷二代,郁郁乎有文,所以说:"吾从周。"①在孔子拯救中国的文化体系中,恢复周礼正是近期目标,只有实现了这个近期目标,才能渐进到大同时代。所以,荀子从周,与孔子一致。

荀子法后王,并不是认为先王不可法,《非相》曰:"五帝之外无传人,非无贤人也,久故也;五帝之中无传政,非无善政也,久故也;禹汤有传政,而不若周之察也,非无善政也,久故也。"②先王不可考察,法后王成为最切实可行的一种措施。

荀子法后王,如果认为他主张今胜于古,有所谓"历史进化思想",那显然不符合荀子思想产生的时代。时间在推移,人类在进步,但是在局部地区的某个时间段,这个时间段可能是一代人,也可能是几代人,甚至更长的时间,社会可能在倒退。荀子显然能预见到这一点,他认为,古代圣王所树立的全心全意为人民服务的原则,永远应该贯彻。《王制》曰:"道不过三代,法不贰后王,道过三代谓之荡,法贰后王谓之不雅。衣服有制,宫室有度,人徒有数,丧祭械用皆有等宜。声则凡非雅声者举废,色则凡非旧文者举息,械用则凡非旧器者举毁。夫是之谓复古,是王者之制也。"③荀子基于对社会礼崩乐坏、僭越、奢侈之风气的不满,而提出法后王,是因为他认为虽然"古今异情",但"类不悖,虽久同理"④,法后王就是法先王,先王和后王是没有区别的。也正如此,法后王和复古相统一。

《荀子》一书,也体现了荀子注重现实,批判虚妄、神秘论之思想。荀子《天论》⑤认为星坠、木鸣、日月之食、风雨不时、怪星之现,并不是天

---

① 《论语·八佾》,[清]刘宝楠:《论语正义》,《诸子集成》,中华书局1954年版。
② [清]王先谦:《荀子集解》卷三,《诸子集成》,中华书局1954年版。
③ 同上书卷五。
④ 《荀子·非相》,同上书卷三。
⑤ 同上书卷十一。

降惩罚,"是天地之变,阴阳之化,物之罕至者也。怪之可也,而畏之非也"。"天有其时,地有其财,人有其治"。"强本而节用,则天不能贫;养备而动时,则天不能病;修道而不贰,则天不能祸"。"本荒而用侈,则天不能使之富;养略而动罕,则天不能使之全;倍道而妄行,则天不能使之吉"。荀子明于天人之分,以为"天行有常,不为尧存,不为桀亡",否定天人感应、天命之说,而充分肯定人的能动性。这种认识,无疑具有积极意义。

荀子因人性之恶,所以欲以礼法限制君主,而重礼正是其修身、齐家、治国、平天下的思想基础,因此,荀子思想中,同样充满了重民而轻君的精神,这也是他作为儒家思想家的立场所在。《大略》云:

> 天之生民,非为君也;天之立君,以为民也。①

天所关注的是民,而非君,所以,荀子认为臣道"从道不从君"②。君道以仁为中心,所谓"行一不义,杀一无罪,而得天下,仁者不为也"③。荀子重民而强调礼法,是儒家思想发展至战国后期法家势力占主导地位的必然结果。

《晏子》一书,记晏子事迹,通过对晏子言行的记述,反映了晏子重视礼制秩序、重民、尊君、反对暴政之爱民思想。

《晏子》包括内篇和外篇,内篇有《谏》上下篇各二十五章,《问》上下篇各三十章,《杂》上下篇各三十章,外篇《重而异者》二十七章,《不和经术者》十八章。这些篇目合计起来有二百一十五章,记录的都是晏子的有关言行片段。概括而言,这些篇章中表现出了其禁暴、尚贤、行仁义、德政的主题。《内篇·问上》欲君主之"能爱邦内之民者"、"重士民之死力者"、"听凭贤者"、"安仁义而乐世利"④,体现了以仁义礼治国的策略。其书既然出自众人之手,其思想的独创性也不足与《孟子》、《荀子》相提并论。

---

① [清]王先谦:《荀子集解》卷十九,《诸子集成》,中华书局1954年版。
② 《荀子·臣道》,同上书卷九。
③ 《荀子·君王霸道》,同上书卷七。
④ 张纯一:《晏子春秋校注》,《诸子集成》,中华书局1954年版。

第三节　从《黄帝四经》到《道德经》

道家是战国诸子中重要的一派,其学说分为黄老与庄子两派。《汉书·艺文志》云:

> 道家者流,盖出于史官。历记成败存亡祸福古今之道,然后知秉要执本,清虚以自守,卑弱以自持,此君人南面之术也。合于尧之克攘,《易》之嗛嗛,一谦而四益,此其所长也。及放者为之,则欲绝去礼学,兼弃仁义,曰:独任清虚可以为治。①

《隋书·经籍志》云:

> 道者,盖为万物之奥,圣人之至赜也。《易》曰:"一阴一阳之谓道。"又曰:"仁者见之谓之仁,智者见之谓之智,百姓日用而不知。"夫阴阳者,天地之谓也。天地变化,万物蠢生,则有经营之迹。至于道者,精微淳粹,而莫知其体。处阴与阴为一,在阳与阳不二。仁者资道以成仁,道非仁之谓也;智者资道以为智,道非智之谓也;百姓资道而日用,而不知其用也。圣人体道成性,清虚自守,为而不恃,长而不宰,故能不劳聪明而人自化,不假修营而功自成。其玄德深远,言象不测。先王惧人之惑,置于方外,六经之义,是所罕言。《周官》九两,其三曰师,盖近之矣。然自黄帝以下,圣哲之士,所言道者,传之其人,世无师说。汉时,曹参始荐盖公能言黄老,文帝宗之。自是相传,道学众矣。下士为之,不推其本,苟以异俗为高,狂狷为尚,迂诞谲怪而失其真。②

道家可以分为黄老道家和庄子两派,这两派的观点既有联系,又相区别,概括而言,黄老之学,是所谓"南面之术",站在君主本位,重法术,是强调君主以道德方式去统治人民;庄子之学,是"放者"所为,站在被统治者

---

① 《汉书》卷三十,中华书局1962年版。
② 《隋书》卷三十四,中华书局1973年版。

立场上,主张用道的无为方式,去躲避君主的统治,其绝弃礼学仁义,一任清虚,就是这种躲避的表现方式。

一、《黄帝四经》的主要内容

《黄帝四经》①一书,分为《经法》、《十六经》、《称》、《道原》四篇。《经法》主要是讲治国必须依靠法制,《十六经》是关于政治、军事斗争的策略问题,《称》讲施政、执法必须权衡度量,区分轻重缓急,《道原》则主要讲宇宙观。

《经法》九节,其一《道法》认为,"道生法",治国必须靠法制,"刑(形)名立,则黑白之分已,""法者,(引)得失以绳,而明曲直者殹(也)。[故]执道者,生法而弗敢犯殹(也),法立而弗敢废殹(也)。□能自引以绳,然后见知天下而不惑矣"。这是强调法的重要性。

其二《国次》强调刑罚举措的得当和遵循自然法则,所谓"诛禁不当,反受其央(殃)","过极失[当],天将降央(殃)","故唯圣人能尽天极,能用天当",天即自然法则。

其三《君正》强调收买民心及顺乎民意,所谓"俗者顺民心殹(也),德者爱勉之[也]"。因此,要"从其俗"。"用其德",使"民有得",然后才可以"发号令","以刑正","民畏敬","可以正(征)"。"发号令"是让民"连为什伍","以刑正"是"罪杀不赦","可以征"则"民节死"。要用民,必须行德杀、刚柔之道,即"[文]武并行,则天下从矣"。又曰:"人之本在地,地之本在宜,宜之生在时,时之用在民,民之用在力,力之用在节。知地宜,须时而树,节民力以使,则财生。赋敛有度则民富,民富则有佴(耻),有佴(耻)则号令成俗而刑伐(罚)不犯,号令成俗而刑伐(罚)不犯则守固单(战)朕(胜)之道也。而生法度者,不可乱也。精公无私而赏罚信,所以治也。苟事,节赋敛,毋夺民时,治之安。无父之行,不得子之用;无母之德,不能尽

---

① 下文所引《黄帝四经》文字见唐兰:《马王堆出土老子乙本卷前古佚书的研究》,《考古学报》1975 年第 1 期;余明光:《黄帝四经与黄老思想》,黑龙江人民出版社 1983 年版。

民之力。父母之行备,则天地之德也。……号令阖(合)于民心,则民听令。兼爱无私,则民亲上。"

其四《大(六)分》强调君臣各守本分,"观国者观主,观家观父,能为国则能为主,能为家则能为父","为人主,南面而立,臣肃敬,不敢敝(蔽)其主。下比顺,不敢敝(蔽)其上。万民和辑而乐为其主上用,地广人众兵强,天下无适(敌)"。国有六逆则大乱,国有六顺则大治,六逆为主弱臣强,六顺为主强臣弱。

其五《四度》强调不失本、不失职、不失天、不失人,"君臣易立(位)胃(谓)之逆,贤不宵(肖)并立胃(谓)之乱,动静不时胃(谓)之逆,生杀不当胃(谓)之暴。逆则失本,乱则失职,逆则失天,[暴]则失人","审知四度,可以听天下,可以安一国"。

其六《论》强调君主"天天","重地","顺四时之度",察刑名,知情伪。

其七《亡论》,主要讲亡国之原因,曰:"一国而服(备)六危者威(来),一国而服(备)三不辜者死,废令者亡。一国之君而服(备)三雍者,亡地更君。一国而服(备)三凶者,祸反[自及]也。"六危指嫡子代父行事,大臣为主,谋臣有异志,听诸侯之废置,左右亲信比周雍塞,父兄党朋不听号令。三不辜指妄杀贤,杀服民,刑无罪。三雍指内位胜,外位胜,内外勾结孤立君主。从中令外,从外令中,惑贼交诤;一人主擅主,蔽光重雍。三凶指好凶器,行逆德,纵心欲。

其八《论约》强调顺天常,审刑名,曰:"故执道者之观于天下也,必审观事之所始起,审其刑(形)名。刑(形)名已定,逆顺有立(位),死生有分,存亡兴坏有处。然后参之于天地之恒道,乃定祸福死生存亡兴坏之所在。是故万举不失理,论天下而无遗策。"

其九《名理》强调"审其名","正道循理","虚静公正"。"重柔"而不重刚。

《黄帝四经》四篇,其内容主要是出于为君主统治术总结经验的目的,因此,其思想以致治术为中心。《黄帝四经》倡导文武并用,刑德兼行的道法、法术思想,最突出表现在《经法》一篇中。而其余三篇,也进一步发挥了这种思想,如《十六经》曰:"天德皇皇,非刑不行;穆穆天行,非德必倾。"

德与刑之间,又"先德后刑,顺于天","春夏为德,秋冬为刑,先德后刑以养生","并时以养民功"。《黄帝四经》倡虚柔之道,《经法》所谓"执道者之观天下也,无执也,无处也,无为也,无私也",则是把无为与法术相结合,如此无为,实为有为,所以《十六经》曰:"欲知得失,请必审名察形(刑)、形(刑)恒自定,是我愈静;事恒自施,是我无为。"《黄帝四经》强调君臣上下的本分。《经法》所谓:"贵贱有恒位","主主臣臣,上下不赾者,其国强。《称》曰"主阳臣阴,上阳下阴","贵阳贱阴,达阳穷阴",皆此类也。

《黄帝四经》也有保民、爱民、养民之思想,《十六经》曰"吾畏天,爱地,亲民","吾爱民而民不亡",又曰"毋雍民明"。

《黄帝四经》于君主的人格修养,则强调"兼爱无私"、慈惠爱人、诚信谦卑、公而无私。《经法》曰:"兼爱无私,则民亲上","言有害,曰不信,曰不知畏人,曰自诬,曰虚夸,以不足为有余","虚静谨听","唯公无私"。《十六经》曰"卑约主柔"。《称》曰:"宫室过度,上帝所恶"。而《十六经》之《雌雄节》专论贵柔守雌的道理。所有这些原则,都得之于对自然规律与社会规律的把握,也就是对"道"的认识。《道原》认为"道"无名无形,无为而无不为,"万物得之以生,百事得之以成",因而"抱道执度,天下可一",统一天下,就得守道、顺道、循道,而柔术、文武兼用,德刑并错,也就是《黄帝四经》的"道"。

二、《文子》、《鹖冠子》与《管子》

《文子》[①]一书,是发扬黄老大意之作。孙星衍《文子序》云:"黄帝之言,述于老聃;黄老之学,存于《文子》。西汉用以治世,当时诸臣皆能称道其说,故其书最显。"[②]柳宗元《辩文子》曰:"其指意皆本老子,然考其书,盖驳书也。"[③]传世本《文子》今有《道原》、《精诚》、《九守》、《符言》、《道德》、《上德》、《微明》、《自然》、《下德》、《上仁》、《上义》、《上礼》诸篇,通过

---

① 王利器:《文子义疏》,中华书局 2000 年版。
② [清]孙星衍:《问字堂集》卷四,中华书局 1996 年版。
③ [唐]柳宗元:《柳河东全集》卷四,中国书店 1991 年版。

称述老子之言,申述黄老思想,其中杂有名、法、儒、墨等诸家思想。

《鹖冠子》①一书,也是阐发黄老大意之作。今本《鹖冠子》包括《博选》、《著希》、《夜行》、《天则》、《环流》、《道端》、《近迭》、《度万》、《王铁》、《泰鸿》、《泰录》、《世兵》、《备知》、《兵政》、《学问》、《世贤》、《天权》、《能天》、《武灵王》等篇,这些篇章大量引用、发挥《黄帝四经》之学,如《博选》言"五至"②,《道端》言"四维"③,《度万》之言"法错而阴阳调"④,都可与《黄帝四经》中《称》之言君臣关系,《十六经·立命》之言"四面",《十六经·五正》之言"五正"⑤,联系在一起。韩愈《读鹖冠子》云:"《鹖冠子》十有九篇,其词杂黄老刑名,其《博选篇》四稽五至之说,当矣。使其人遇其时,援其道而施于国家,功德岂少哉?《学问篇》称贱生于无所用,中流失船,一壶千金者,余三读其辞而悲之。"⑥这个说法是站得住的。

《管子》一书,具有以道家为主,杂糅诸家之倾向。吕思勉认为,该书是"成于无意中之杂家也。书中道法家言诚精绝,然关涉他家处尤多。如《幼官》、《幼官图》、《四时》、《五行》、《轻重》已为阴阳家言;《七法》、《兵法》、《地图》、《参患》、《制分》、《九变》为兵家言;《霸言》为纵横家言;《地员》为农家言是也。诸家之书,所传皆少,存于此书中者,或转较其当家之书为精;即以道法家言论,亦理精文古,与老、庄、商、韩各不相掩"⑦。按黄老思想,兼有道法,因而韩非出黄老而讲法术。依此而言,《管子》之思想,归入道家,是刘向洞明黄老之学精华,至《隋书》改入法家,缘于黄帝之学失传,后人无法洞悉其全貌,所致误会。《管子》之《心术》、《内业》、《白心》、《枢言》四篇,无论其作者属谁,作为《管子》一书之有机组成部分,其思想中表现出的"虚无无形,谓之道","大道可安而不可说","天曰虚,地

---

① 黄怀信:《鹖冠子汇校集注》,中华书局2004年版。
② 同上书卷上。
③ 同上书卷上。
④ 同上书卷中。
⑤ 《黄帝四经》各篇文字见唐兰:《马王堆出土老子乙本卷前古佚书的研究》,《考古学报》1975年第1期;余明光:《黄帝四经与黄老思想》,黑龙江人民出版社1983年版。
⑥ [唐]韩愈:《韩昌黎全集》卷十一,中国书店1991年版。
⑦ 吕思勉:《先秦学术概论》下编,中国大百科全书出版社1985年版。

曰静","故必知不言无为之事,然后知道之纪"①,"能者无名,从事无事","空然勿两之,淑然自清"②,与《道德经》相类;而其言道法,曰:"无为之谓道……人间之理者谓其所以舍也,义者谓各处其宜也,礼者因人之情,缘义之理,而为之节文者也。……故礼出于义,义出乎理,理因乎宜者也。法者,所以同出不得不然者,……故事督乎法。"③这种观点,近于《黄帝四经》,而与商、韩一断于法不同。

三、《老子》的主要内容

黄老著作中,除《黄帝四经》外,《老子》最为重要。《老子》即《道德经》,其思想上的突出特点,首先是对传统价值观、道德观的批判,《老子》上篇曰:

> 天下皆知美之为美,斯恶已;皆知善之为善,斯不善已。
>
> 不尚贤,使民不争;不贵难得之货,使民不为盗;不见可欲,使民心不乱。是以圣人之治,虚其心,实其腹,弱其志,强其骨,常使民无知无欲,使夫智者不敢为也。为无为,则无不治。
>
> 五色令人目盲,五音令人耳聋,五味令人口爽,驰骋畋猎令人心发狂,难得之货令人行妨。④

在老子看来,天下所见之美,必引来恶;众人所誉之善,必有不善。尚贤,贵难得之货,欲望,是社会混乱的根源,而五色、五音、五味、畋猎、难得之货,虽可愉悦感观,却带来了不可挽救的后果,因此,都应予以否定。《老子》有反传统的强烈叛逆思想,矛头直指传统的善恶观。《老子》上篇云:

> 大道废,有仁义。智慧出,有大伪。六亲不和,有孝慈。国家昏乱,有忠臣。
>
> 绝圣弃智,民利百倍;绝仁弃义,民复孝慈;绝巧弃利,盗贼无有。

---

① 《管子·心术上》,[清]戴望:《管子校正》卷十三,《诸子集成》,中华书局1954年版。
② 《管子·白心》,同上书。
③ 《管子·心术上》,同上书。
④ [三国魏]王弼:《老子注》上篇,《诸子集成》,中华书局1954年版。

此三者，为文不足，故令有所属：见素抱朴，少私寡欲，绝学无忧。①
《老子》下篇云：

> 上德不德，是以有德；下德不失德，是以无德。上德无为而无以为，下德无为而有以为。上仁为之而无以为，上义为之而有以为。上礼为之而莫之应，则攘臂而仍之。故失道而后德，失德而后仁，失仁而后义，失义而后礼。夫礼者，忠信之薄，而乱之首。前识者，道之华，而愚之始。是以大丈夫处其厚不处其薄，居其实不居其华。故去彼取此。②

又认为"礼"之兴，为忠信之薄，道德仁义之失。儒家所倡导的道德、仁、义、礼、智、忠信、孝悌、惠慈等价值观，《老子》都加以批判，并倡导不道之道，不德之德，不言之知，确有惊世骇俗的效果。

《老子》思想，主要作为一种政治道术，其宗旨在训导君主之治。其政治术，以"无为"为核心，所谓"为无为，则无不治"。其下篇曰：

> 圣人之言曰："我无为而民自化，我好静而民自正，我无事而民自富，我不欲而民自朴。"③

也就是说，君主的无为，既是出于"治"的需要，则最终可以导致"民利"。《老子》之无为，虽有愚民之嫌，却能以民之自化、自正、自富、自朴为念，说明《老子》之"愚民"，并非害民，而是利民。具体而言，《老子》反对苛民之政：

> 其政闷闷，其民淳淳；其政察察，其民缺缺。祸兮福之所倚，福兮祸之所伏。孰知其极？其无正，正复为奇，善复为妖。人之迷，其日固久。是以圣人方而不割，廉而不刿，直而不肆，光而不耀。④

"闷闷"之政是所谓"无形无名无事无政可举"，"察察"之政则"立刑名，明赏罚以检奸伪"⑤。闷闷则淳淳而治，察察则招致祸患。又曰：

---

① ［三国魏］王弼：《老子注》下篇，《诸子集成》，中华书局1954年版。
② 同上。
③ 同上。
④ 同上。
⑤ 同上。

> 民不畏死,奈何以死惧之。
>
> 民之饥,以其上食税之多,是以饥。民之难治,以其上之有为,是以难治;民之轻死,以其上求生之厚,是以轻死。①

《老子》指出人民的反抗精神是任何力量都不能阻挡的。人民生活之艰难,缘于统治者对人民剥削无度;统治者好大喜功,是人民陷于饥馑的主要原因。如此,老子的"无为",正是用于反对统治者贪婪的武器。

《老子》倡导爱民,其上篇云:

> 天地不仁,以万物为刍狗;圣人不仁,以百姓为刍狗。②

下篇又云:

> 圣人无常心,以百姓心为心。③

韩愈《原道》就此指出:"博爱之谓仁,行而宜之之谓义;由是而之焉之谓道,足乎己无待于外之谓德。仁与义为定名,道与德为虚位。故道有君子小人,而德有凶有吉。老子之小仁义,非毁之也,其见者小也。坐井而观天,曰天小者,非天小也。彼以煦煦为仁,孑孑为义,其小之也则宜。其所谓道,道其所道,非吾所谓道也;其所谓德,德其所德,非吾所谓德也。凡吾所谓道德云者,合仁与义言之也,天下之公言也。老子之所谓道德云者,去仁与义言之也,一人之私言也。"④《老子》倡导尊重"百姓心"之旨,是很明白的。韩愈关于《老子》小仁义而非毁仁义的观点,正是看到了《老子》实际上不是认为博爱不好,而是认为统治者有不仁之心,在这样的社会风气下,要通过提倡"仁"来批判统治者之"不仁",是不可能的了。

《老子》"无为",其本质是一种韬光养晦的策略,其无论怎样表现对百姓的同情和肯定,对统治者的批判,本质上仍是要愚民的。《老子》曰:

> 致虚极,守静笃。
>
> 知其雄,守其雌。
>
> 将欲歙之,必固张之;将欲弱之,必固强之;将欲废之,必固与之。

---

① [三国魏]王弼:《老子注》下篇,《诸子集成》,中华书局1954年版。
② 同上书上篇。
③ 同上书下篇。
④ [唐]韩愈:《韩昌黎全集》卷十一,中国书店1991年版。

是谓微明。柔弱胜刚强。鱼不可脱于渊,国之利器不可以示人。①
又曰:

天下之至柔,驰骋天下之至坚。

以正治国,以奇用兵,以无事取天下。

古之善为道者,非以明民,将以愚之。民之难治,以其智多。故以智治国,国之贼;不以智治国,国之福。②

守虚、守静、守雌、守柔弱,用奇、用正、用无事,就是要通过愚民来治国,这样看来,其"绝圣弃智"之"民利",实为利君、欺民而已。

《老子》一书中,对道的产生的描述具有神秘色彩,上篇曰"道"与"名"两者同出,异名同谓,是"玄之又玄,众妙之门"。而传世《老子》云:

视之不见,名曰夷;听之不闻,名曰希;搏之不得,名曰微。此三者不可致诘,故混而为一。其上不皦,在下不昧。绳绳不可名,复归于无物。是谓无状之状,无物之象,是谓忽恍。迎不见其首,随不见其后。执古之道,以语今之有。以知古始,是谓道已。③

道作为有名、无名的统一,为"万物之始"、"万物之母",其特征是极其混沌的。也就是说,道的本体是无法诉诸感观的,只有抽象地去把握道的玄妙,才能接近道。而道的这种玄妙,是符合自然原始状态特征的。道的这种特征,是无为自然原则建立的基础。

应该看到,从《黄帝四经》到《老子》,法术的策略逐渐减少,而反对社会道德、秩序的批判精神逐渐增强,在这一点上,《老子》和《庄子》有了接近的契机。不过这并不能排除《老子》与《黄帝四经》、《管子》等书一样,出发点是统治者的治国方略,而不似《庄子》以个人的处世方法为出发点。所以说,《黄帝四经》、《道德经》以及《管子》等书,意在侍君,而非为民。

---

① [三国魏]王弼:《老子注》上篇,《诸子集成》,中华书局1954年版。
② 同上书下篇。
③ 同上书上篇。此段文字,马王堆出土帛书《老子》甲本云:"视之而弗见,名之曰微;听之而弗闻,名之曰希;搷之而弗得,名之曰夷。三者不可至计,故混而为一。一者,其上不谬,其下不忽,寻寻呵,不可名也,复归于物。是谓无状之状,无物之象,是谓忽恍,随而不见其后,迎而不见其首。"马王堆出土帛书《老子》乙本与甲本也略有出入。于此可见《老子》流传过程中的变异。参见高明:《帛书老子校注·道经》,中华书局1996年版。

第四节 从杨朱到《庄子》

战国道家,除了黄老之学外,另一派即庄子道家,由于其立足于人民本位的立场,所以其主张更多地为广大处于社会边缘的人所接受,其对后世有决定性的影响。

庄子道家,在传世文献中保存下来的,主要有《庄子》、《列子》等。而早于庄子的,还有一位著名的人物叫杨朱。杨朱是庄子一派道家思想的源头。讨论庄子道家,不能不溯源于杨朱。

一、杨朱的主要观点

杨朱的观点,载于《列子·杨朱》①。杨朱针对与礼教纲常互为补充的功名利禄,通过对尧、舜、伯夷、叔齐、管仲、田恒等人不同境遇的分析,得出结论:若实名贫,伪名富,其文曰:

> 实无名,名无实,名者,伪而已矣。昔者,尧舜伪以天下让许由、善卷,而不失天下,享祚百年。伯夷、叔齐,实以孤竹君让,而终亡其国,饿死于首阳之山。实伪之辩,如此其省也。

因此,礼义荣禄是人生的"重囚累梏"。人的本性在于享乐,而生命短促,贤如尧舜,恶如桀纣,死后都如腐骨,所以"太古之人,知生之暂来,知死之暂往,故从心而动,不违自然所好,当身之娱,非所去也,故不为名所劝。从性而游,不逆万物所好;死后之名非所取也,故不为刑所及","故生非所生,死非所死,贤非所贤,愚非所愚,贵非所贵,贱非所贱,然而万物齐生齐死,齐贤齐愚,齐贵齐贱。十年亦死,百年亦死;仁圣亦死,凶愚亦死。生则尧舜,死则腐骨;生则桀纣,死则腐骨。腐骨一矣,孰知其异?且趣当生,奚遑死后"。

---

① 下文所引见[晋]张湛:《列子注》卷七,《诸子集成》,中华书局1954年版。

杨朱既揭示了重现世之旨,又指出享乐的目的在于重生贵己,即不以穷损生,不以富累生。进而阐发贵己的重要意义。"古之人损一毫利天下不与也,悉天下奉一身不取也。人人不损一毫,人人不利天下,天下治矣"。在杨朱看来,"世固非一毛之所济",所以,损一毫利天下,是没有意义的。有人损一毫利天下,则有人以天下奉一身,如果人人不损一毫,则人人不得以天下为利。每个人都有权利发挥自己的智慧,保护自己的利益不受侵犯,所谓"智之所贵,存我为贵"。人人存我,则君主不能侵犯人民,人民有与君主平等的捍卫自己利益的权利。

杨朱认为,人之生死,也是一种自然现象,所以,他说,"理无久生,生非贵之所能存,身非爱之所能厚","贵生爱身"并不是执著于生命与身体,而是遵从自然本性,不"以礼教自持","无不废,无不任"。杨朱把"贵己"、"为我",看作是大智大圣大公,曰:"人肖天地之类,怀五常之性,有生之最灵者也。人者,爪牙不足以供守卫,肌肤不足以自捍御,趋走不足以逃利害,无毛羽以御寒暑,必将资物以为养,性任智而不恃力。故智之所贵,存我为贵;力之所贱,侵物为贱。然身非我有也,既生,不得不全之;物非我有也,既有,不得不去之。身固生之主,物亦养之主。虽全生身,不可有其身;虽不去物,不可有其物。有其物,有其身,是横私天下之身,横私天下之物。不横私天下之身,不横私天下物者①,其唯圣人乎?公天下之身,公天下之物,其唯至人矣。此之谓至至者也。"身非我有,物非我有,全生去物,不得利己,而是不横私天下之身,不横私天下之物,因此,贵己、为我,不是个人主义,为我主义,而是遵从自然本性的做法。

《列子·杨朱》还记载了杨朱对名的看法:

> 忠不足以安君,适足以危身;义不足以利物,适足以害生。安上不由于忠,而忠名灭焉;利物不由于义,而义名绝焉。君臣皆安,物我兼利,古之道也。鬻子曰:"去名者无忧。"老子曰:"名者实之宾。"而悠悠者趋名不已。名固不可去,名固不可宾邪?今有名则尊荣,亡名

---

① 以上两句十四字,张湛《列子注》(《诸子集成》,中华书局1954年版)无之,今据严北溟、严捷《列子译注》(上海古籍出版社1986年版)改。

则卑辱。尊荣则逸乐,卑辱则忧苦。忧苦,犯性者也;逸乐,顺性者也。斯实之所系矣。名胡可去?名胡可宾?但恶夫守名而累实。守名而累实,将恤危亡之不救,岂徒逸乐忧苦之间哉?①

"犯性"就是违反自然本性,"顺性"就是遵从自然,杨朱主张对名的自然态度,不可执著于取得,也不执著于抛弃,以不累实之顺性态度处理,也等于说是对名采取一种顺乎自然的态度。

《列子·杨朱》中杨朱追求自然的态度,也可从其他诸子著作中找到根据。《庄子·山木》曰:

> 阳子之宋,宿于逆旅。逆旅有妾二人,其一人美,其一人恶,恶者贵而美者贱。阳子问其故,逆旅小子对曰:"其美者自美,吾不知其美也;其恶者自恶,吾不知其恶也。"阳子曰:"弟子记之,行贤而去自贤之行,安往而不爱哉?②

此段文字,亦见于《韩非子·说林上》,其中"行贤而去自贤之行"作"行贤而去自贤之心"③。在这里,美者之"美"是自然天成的,而"美者自美",却是自我炫耀,违背了天赋美恶平等的原意,譬之行贤与自贤,贤为自然品性,而自贤则有人为执著存于其中,违背顺性之旨了。又《荀子·王霸》曰:"杨朱哭衢涂曰:'此夫过举蹞步而觉跌千里者夫!'哀哭之。"④是言在歧路口,一步走错,差失千里。《淮南子·说林》曰:"杨子见逵路而哭之,为其可以南可以北;墨子见练丝而泣之,为其可以黄可以黑。"⑤王充《论衡·率性》解释杨墨之哭曰:

> 是故杨子哭歧道,墨子哭练丝也,盖伤离本,不可复变也。

《论衡·艺增》又重复此意,曰:"墨子哭于练丝,杨子哭于歧道,盖伤失本,悲离其实也。"⑥"离本","失本",也就是失却本性。

战国诸子,常以杨朱与其他诸子相提并论,《孟子·滕文公下》曰:"杨

---

① [晋]张湛:《列子注》卷七,《诸子集成》,中华书局1954年版。
② [清]王先谦:《庄子集解》卷五,《诸子集成》,中华书局1954年版。
③ [清]王先慎:《韩非子集解》卷七,《诸子集成》,中华书局1954年版。
④ [清]王先谦:《荀子集解》卷七,《诸子集成》,中华书局1954年版。
⑤ [汉]刘安撰,[汉]高诱注:《淮南子》卷十七,《诸子集成》,中华书局1954年版。
⑥ [汉]王充:《论衡》,《诸子集成》,中华书局1954年版。

朱、墨翟之言盈天下，天下之言不归杨则归墨。""杨墨之道不息，孔子之道不著。""能言距杨墨者，圣人之徒也。"①《孟子·尽心下》曰："逃墨必归于杨，逃杨必归于儒。""今之与杨、墨辩者，如追放豚，既入其苙，又从而招之。"②《庄子·骈拇》曰："骈于辩者……而杨墨是已。"③《庄子·徐无鬼》曰："儒、墨、杨、秉四，与夫子为五。"④秉指公孙龙，夫子即惠施。可见杨朱一派，其势力足以与显学之儒墨抗衡。

而杨朱"为我"、"贵己"之思想，又被庄子学派所发扬光大。

二、《庄子》的主要内容

庄子学说，其中心在于教导人们认识社会现实的丑恶，并学会在现实中保护自己。这种思想，贯穿在《庄子》一书中，其中以内篇为最重要，自《逍遥游》至《应帝王》七篇，各有主旨，又互相联系。林云铭《读庄子法·总论》云：

> 三十三篇之中，反覆数十万言，大旨不外明道德，轻仁义，一死生，齐是非，虚静恬淡寂寞无为而已矣。篇之有内有外有杂，皆出于世俗，非当日著书本意。内七篇是有题目之文，为庄子所手定者；外篇、杂篇各取篇首两字名篇，是无题目之文，乃后人取庄子杂著而编次之者。《逍遥游》言人心多狃于小成而贵于大，《齐物论》言人心多泥于己见而贵于虚，《养生主》言人心多役于外应而贵于顺，《人间世》则入世之法，《德充符》则出世之法，《大宗师》则内而可圣，《应帝王》则外而可王。此内七篇分著之义也。然人心惟大，故能虚；惟虚，故能顺；入世而后出世，内圣而后外王，此又内七篇相因之理也。若是而大旨已尽矣。⑤

---

① [汉]赵岐注，[宋]孙奭疏：《孟子注疏》卷六下，《十三经注疏》，中华书局1980年版。
② 同上书卷十四下。
③ [清]王先谦：《庄子集解》卷三，《诸子集成》，中华书局1954年版。
④ 同上书卷六。
⑤ [清]张潮《昭代丛书》甲集，卷十九，《丛书人物传记资料类编·学林卷》，北京图书馆出版社2006年版。

《逍遥游》是庄子思想的总纲,该文提出了人生追求自由的目标,主张人通过"无己"、"无功"、"无名",而达到"无待"的悠闲自得、无拘无束的境界。

《齐物论》[①]认为客观事物不分彼此,本质上是同一的,而人们关于是非彼此之争论,皆出于成见,所谓"物无非彼,物无非是;自彼则不见,自知则知之","是亦彼也,彼亦是也。彼亦一是非,此亦一是非","以指喻指之非指,不若以非指喻指之非指也;以马喻马之非马,不若以非马喻马之非马也。天地一指,万物一马也","可乎可,不可乎不可","恶乎然?然于然。恶乎不然?不然于不然","无物不然,无物不可","其分也,成也;其成也,毁也。凡物无成与毁,复通为一。唯达者知通为一,为是不用而寓诸庸","故分也者,有不分也;辩也者,有不辩也","大道不称,大辩不言,大仁不仁,大廉不嗛,大勇不忮"。庄子认为,儒墨名辩之是非、概念的争论,是没有认识到对立中的同一性,爱憎出于是非,是非出于界限,界限由于物的形成,而物产生于无物,成亏、爱憎、是非,彼此之对立归源于虚无,因此,不称之道,不辩之言,不仁之仁,不谦之廉,不害之勇,以及不用之用,才是真正的道、辩、仁、廉、勇、用。人们之所以不能达到真正的同一,是源于有身有我,因此,"吾丧我",使形如"槁木",而心如"死灰",则可接近真道。

《养生主》[②]强调"为善无近名,为恶无近刑,缘督以为经,可以保身,可以全生,可以养亲,可以尽年",即人处世要把握养生之道,善于权衡名刑之分,不求名,也不致刑,沿着中庸、准确、无富贵名誉、罪恶刑罚的道路,"依乎天理","以无厚入有间","安时而处顺,哀乐不能入"。

《人间世》[③]是针对社会现实谈人生哲学。曰:"方今之时,仅免刑焉。福轻乎羽,莫之知载;祸重乎地,莫之知避。"这是庄子对当时社会现实的基本看法。又曰:"汝不知夫螳螂乎?怒其臂以当车辙,不知其不胜任也。"这是庄子对个人力量的客观估计。庄子认为,在乱世,靠一个人的力

---

① 该篇引文见[清]王先谦:《庄子集解》卷一,《诸子集成》,中华书局1954年版。
② 同上。
③ 同上。

量要改变社会是不可能的,因此,只能顺世,通过"心斋"的方式,达到虚心的境界:"若一志,无听之以耳而听之以心,无听之以心而听之以气。听止于耳,心止于符。气也者,虚而待物者也。唯道集虚,虚者,心斋也。"虚为道之所在,而虚心,即是心斋。"虚"的应用,便是"乘物以游心,托不得已以养中","无迁令,无劝成",不有任何思想和主张,"彼且为婴儿,亦与之为婴儿;彼且为无町畦,亦与之为无町畦;彼且为无崖,亦与之为无崖"。

《德充符》①强调道德充实最为高尚,但道德充实的标志不是外在的形体、名誉、情感,而是心中能齐同万物,超越名利情感,是非好恶。

《大宗师》②强调师法天道,天道为万物之大宗师,人之修道,应"知天之所为","古之真人",是天道的化身,"不知说生,不知恶死。其出不訢,其入不距,翛然而往,翛然而来而已矣。不忘其所始,不求其所终,受而喜之,忘而复之,是之谓不以心捐道,不以人助天,是之谓真人。若然者,其心志,其容寂,其颡頯。凄然似秋,煖然似春,喜怒通四时,与物有宜而莫知其极"。古之真人,忘怀于物,淡情寡欲,不计生死,随物而变,应时而行,与天合一。要达到古之真人的境界,要超脱生死界线,忘仁义礼乐,最后达到"坐忘",即"堕肢体,黜聪明,离形去知,同于大通"。

《应帝王》③强调如果人作为帝王而治天下,则应以无为为根本。"立乎不测,而游于无有",而不能靠才能智慧。

《庄子》外篇,主要是发挥内篇的大义。《骈拇》④认为人性自然,而仁义智辩以及为名、为利、为国、为家,都是违反人性的,曰:"意仁义其非人情乎!彼仁人何其多忧也。"仁义之类,就譬如骈拇枝指,使人争竞而"奔命于仁义",殉于仁义。《马蹄》⑤强调提倡仁义礼乐必然出现好智争利

---

① 该篇引文见王先谦:《庄子集解》卷二,《诸子集成》,中华书局1954年版。
② 同上。
③ 同上。
④ 同上书卷三。
⑤ 同上。

之倾向,而以人为君子小人,天下人争为君子。曰:"夫至德之世,同与禽兽居,族与万物并,恶乎知君子小人哉。""无知"、"无欲"则纯朴而有德。《胠箧》曰:"彼窃钩者诛,窃国者为诸侯,诸侯之门而仁义存焉,则是非窃仁义圣知邪?"统治者打着仁义的旗号弑君夺权,杀戮人民,危害天下,比小盗要可恶得多,因此,"绝圣弃知,大盗乃止","上诚好知而无道,则天下大乱矣"①。《在宥》主张"群子不得已而临莅天下,莫若无为,无为也,而后安其性命之情。故贵以身为天下,则可以托天下;爱以身为天下,则可以寄天下"。只有首先珍重、爱护自己,把这看作比爱护天下更重要,才可以实行无为之治,"绝圣弃知,而天下大治"。在这里,作者强调个体价值的珍贵,只有爱护自己,才不至于"有为"而扰民。"有为"之人,都是有名利思想和世俗智慧存在,所以要设立种种限制约束人民,"有天道,有人道。无为而尊者,天道也;有为而累者,人道也","主者,天道也;臣者,人道也。相去远矣,不可不察也",所以要遵从天道之无为②。《天地》、《天道》、《天运》,皆以天道、自然之道说明君主、臣子应遵从无为、虚静、恬淡、寂寞之法则,不要宣扬仁义忠信之人道。《刻意》、《缮性》讲修养心性之恬淡无为,穷乐无忧。《秋水》曰:"无以人灭天,无以故灭命,无以得徇名,谨守而勿失,是谓反其真。"③强调超脱于物质世界的得失而回归人的本真。《至乐》曰:"人之生也,与忧俱生。寿者惛惛,久忧不死,何苦也。"④说明生老病死是自然规律,只有死,才是最后摆脱苦恼的办法。《达生》也是强调看破生死,抛弃名位,排除杂念。《山木》认为身处"错上乱相之间"⑤,动辄得咎,所以要抛弃权利名誉,清心寡欲,忍让屈从,顺乎天道以免祸。《田子方》反对仁义有为,《知北游》曰:"失道而后德,失德而后仁,失仁而后义,失义而后礼。礼者,道之华而乱之首也。故曰:为道者日损,损之又损之,以至于无为,无为而

---

① [清]王先谦:《庄子集解》卷三,《诸子集成》,中华书局1954年版。
② 同上。
③ 同上书卷四。
④ 同上书卷五。
⑤ 同上。

无不为也。"①与《田子方》意旨相类。

外篇之外,又有杂篇,其意与内七篇相呼应。

概括而言,内七篇,都是处世之道。《逍遥游》是绝对自由,《齐物论》是一切平等,《养生主》是养生之道,《人间世》是处乱世之道,《德充符》是不言之教,《应帝王》是无为之治。②包括了日常修养、处事、为政诸方面。值得指出的是,与黄老之服务于君主不同,庄子的出发点在于个人,是教导普通民众如何处世,才能避开君主政治的迫害。因此,其思想深处,包含着对现实社会的深刻批判,对民众受奴役、受迫害的深刻同情;而倡导绝对自由,一切平等,自然无为,正是庄子对抗"有为"社会罪恶的方式。庄子通过对"心斋"、"坐忘"、"吾丧我"的描述,使我们清楚地看出了他的"顺世"论实际是以顺世反抗社会;通过对是非、彼此、爱憎的否定,表达了对现实价值观、是非观、道德观的否定;庄子之人生哲学,首先是为每一个个人着想,即"为我",肯定个人生存于社会而不受侵害的权利;其"绝对自由",是肯定人的思想上有维护自由的尊严,通过肉体上的忘我,摆脱现实束缚,而达到无束缚。尽管《庄子》书中常对杨朱有批评,但其言为我、养生、名誉、生死、宿命,"与杨子多相似"③,庄子与杨朱"主张个人自由的观念","反对干涉主义"④,更是一脉相承的。

《庄子》一书,也体现了庄子的理想社会模式,《马蹄》提到了"赫胥氏之时,民居不知所为,行不知所之,含哺而熙,鼓腹而游,民能以此矣"⑤,在这种原始的政治状态下,人民无所为而生活幸福。所以,庄子认为理想的社会应如赫胥氏之世一般。《马蹄》曰:

> 吾意善治天下者不然,彼民有常性,织而衣,耕而食,是谓同德;一而不党,命曰天放。故至德之世,其行填填,其视颠颠。当是时也,山无蹊隧,泽无舟梁,万物群生,连属其乡,禽兽成群,草木遂长,是故

---

① 〔清〕王先谦:《庄子集解》卷六,《诸子集成》,中华书局1954年版。
② 参阅陈柱:《老子与庄子》,商务印书馆1930年版。
③ 郎擎霄:《庄子学案》第十二章,天津古籍出版社1990年影印版。
④ 参见陈此生:《杨朱》,商务印书馆1930年版。
⑤ 〔清〕王先谦:《庄子集解》卷三,《诸子集成》,中华书局1954年版。

禽兽可系羁而游,鸟鹊之巢可攀援而窥。夫至德之世,同与禽兽居,族与万物并,恶乎知君子小人哉？同乎无知,其德不离;同乎无欲,是谓素朴,素朴而民性得矣。①

《胠箧》言"至德之世","民结绳而用之,甘而食,美其服,乐其俗,安其居,邻国相望,鸡犬之音相闻,民至老死而不相往来。若此之时,则至治已"②。可以看出,庄子学派之理想虽是保守的、复古的,但此复古体现了对原始素朴、自然而平等、民众幸福的渴望,就其本质来说,蕴涵着积极进步之思想。

《吕氏春秋·审分览·不二》曰:"列子贵虚。"③贵虚是《列子》一书的纲领。《天瑞》、《汤问》是言宇宙为人之所不能知;《黄帝》言气无彼我,彼我之分由形,不牵于情而任气,则与物为一,而物莫能害;《周穆王》言真幻无异;《仲尼》言人当忘情任理。《力命》、《说符》言机械命定论。其人生观"亦与《庄子》相同",而机械命定论"其理亦皆庄生书中所已有,特庄生言之,尚不如此之极端耳"④。

黄、老、杨、庄都主张自然无为,黄老立足于君主以无为之道术驾驭人民,而杨、庄则主张人民以无为之术来对付错上乱相,因此,可以说,黄老是站在当权者的立场,杨、庄是站在被统治者的立场。也正因此,杨、庄之学,具有更积极的平民色彩。

第五节　从《法经》到《韩非子》

法家是战国时期影响中国政治制度最为深远的一个流派,《汉书·艺文志》以法家次阴阳家之后,曰:

　　　　法家者流,盖出于理官,信赏必罚,以辅礼制。《易》曰:"先王以

---

① ［清］王先谦:《庄子集解》卷三,《诸子集成》,中华书局1954年版。
② 同上。
③ ［汉］高诱:《吕氏春秋注》卷十七,《诸子集成》,中华书局1954年版。
④ 吕思勉:《先秦学术概论》下编,中国大百科全书出版社1985年版。

明罚饬法。"此其所长也。及刻者为之,则无教化,去仁爱,专任刑法而欲致治,至于残害至亲,伤恩薄厚。①

司马谈《论六家要旨》曰:

> 法家严而少恩,然其正君臣上下之分,不可改矣。
>
> 法家不别亲疏,不殊贵贱,一断于法,则亲亲尊尊之恩绝矣。可以行一时之计,而不可长用也,故曰"严而少恩"。若尊主卑臣,明分职不得相逾越,虽百家弗能改也。②

《隋书·经籍志》云:

> 法者,人君所以禁淫慝,齐不轨,而辅于治者也。《易》著"先王明罚饬法",《书》美"明于五刑,以弼五教"。《周官》,司寇"掌建国之三典,以佐王刑邦国,诘四方";司刑"以五刑之法,丽万民之罪"是也。刻者为之,则杜哀矜,绝仁爱,欲以威劫为化,残忍为治,及至伤恩害亲。③

法家之命名,正以其崇法之故。吕思勉称说:"法家精义,在于释情而任法。""法家之义,则全绝感情,一准诸法。法之所在,丝毫不容出入。"④这个概括是准确的。

一、早期法家著作的内容

李悝,战国时魏文侯相,一说为魏文侯师。《汉书·艺文志》以《李子》三十二篇为法家之首⑤。《法经》或即李悝《李子》。《法经》思想,一是"重地力之教",即重视农业;二是强调君主集权;三是重刑而轻罪⑥。《晋书·刑法志》以秦汉旧律,源出《法经》,商鞅在魏,事魏相公叔座为中庶

---

① 《汉书》卷三十,中华书局1962年版。
② 《史记》卷一百三十《太史公自序》,中华书局1959年版。
③ 《隋书》卷三十四,中华书局1973年版。
④ 吕思勉:《先秦学术概论》下编,中国大百科全书出版社1985年版。
⑤ 参见《汉书》卷三十,中华书局1962年版。
⑥ 参阅董说:《七国考》,中华书局1956年版;张晋藩主编:《中国法制史》,群众出版社1991年版。

子,及至秦,以富国强兵之术说秦孝公,此富国强兵术,即出《法经》。由此可见,《法经》无疑是《商君书》的直接源头。

《商君书》是重要的法家著作,它系统地反映了商鞅的变法思想。首先是"明法"、"胜法"、"严刑"。《定分》曰:

> 故圣人为法,必使之明白易知。①

所谓明白易知,就是要使"万民皆知所避就"②。《开塞》曰:

> 利天下之民者,莫大于治,而治莫康于立君。立君之道,莫广于胜法。胜法之务,莫急于去奸。去奸之本,莫深于严刑。故王者以赏禁,以刑劝,求过不求善,藉刑以去刑。③

《更法》曰:

> 法者所以爱民也,礼者所以便事也。④

商鞅以"胜法"作为"利天下之民"的手段,强调君主求过不求善,以刑去刑,出发点虽不能说不好,但立君以治民,君主专权,未曾去奸,其实奸民。

为严刑法,商鞅也有一系列具体的措施,如主张行刑重轻,《去强》曰:

> 行刑重轻,刑去事成,国强;重重而轻轻,刑至事生,国削。⑤

即对轻微犯罪处以重刑。《汉书·五行志》称"商君之法,弃灰于道者,黥"⑥,即可见一斑。《汉书·刑法志》云:"秦用商鞅连相坐之法,造参夷之诛。"⑦参夷就是夷三族。在具体刑罚上,则增加肉刑、大辟,有凿颠、抽肋、镬烹之刑。极端违背人道的原则。商鞅还主张在人们将要犯罪之时予以重罚,《开塞》曰:

> 刑加于罪所终,则奸不去。赏施于民所义,则过不止。刑不能去

---

① [清]严万里校:《商君书》第二十六,《诸子集成》,中华书局1954年版。
② 同上。
③ [清]严万里校:《商君书》第七,《诸子集成》,中华书局1954年版。
④ 同上书第一。
⑤ 同上书第四。
⑥ 《汉书》卷二十七下,中华书局1962年版。
⑦ 同上书卷二十三。

奸，而赏不能止过者，必乱。故王者刑用于将过，则大邪不生。赏施于告奸，则细过不失。①

又令告奸，《赏刑》云：

> 守法守职之吏，有不行王法者，罪死不赦，刑及三族。周官之人，知而讦之上者，自免于罪。无贵贱，尸袭其官长之官爵田禄。②

严惩不告奸之人，而告奸者则可免罪，并受重赏。《史记·商君列传》也载，商鞅"令民为什伍，而相牧司连坐。不告奸者腰斩，告奸者与斩敌首同赏，匿奸者与降敌同罚"③。这样一来，"使天下必为己视听之道也"④。君主的耳目已明，天下百姓却人人自危，互为仇寇。《赏刑》曰："自卿相将军以至大夫庶人，有不从王令，犯国禁，乱上制者，罪死不赦。有功于前，有败于后，不为损刑；有善于前，有过于后，不为亏法。忠臣孝子有过，必以其数断。"⑤《史记·商君列传》载太子犯法，商鞅以"法之不行，自上犯之"，而"将法太子"，虽最终"刑其傅公子虔，黥其师公孙贾"⑥，以代替君嗣之刑，未能施刑太子，却也可见出商鞅变法突破等级贵贱秩序所具有的"平等"意识。可惜，商鞅的刑罚有勇气针对太子师傅，却在立法的时候就把君主凌驾于法律之上，惩罚太子，是为了维护太子父亲的权威，而不是维护所有人的公平，这样的刑罚，只表明在维护君主尊严的前提下人人平等，而不是真正意义上的人人平等。所以，商鞅的平等，建立在维护不平等制度的立场上，当然是违背平等和公平的。

《史记·商君列传》载："孝公既用卫鞅，鞅欲变法，恐天下议己。卫鞅曰：'疑行无名，疑事无功。且夫有高人之行者，固见非于世；有独知之虑者，必见敖于民。愚者暗于成事，知者见于未萌，民不可与虑始而可与乐

---

① [清]严万里校：《商君书》第七，《诸子集成》，中华书局1954年版。
② 同上书第十七。
③ 《史记》卷六十八，中华书局1959年版。
④ 《韩非子·奸劫弑臣》，[清]王先慎：《韩非子集解》卷四，《诸子集成》，中华书局1954年版。
⑤ [清]严万里校：《商君书》第十七，《诸子集成》，中华书局1954年版。
⑥ 《史记》卷六十八，中华书局1959年版。

成。论至德者不和于俗,成大功者不谋于众。是以圣人苟可以强国,不法其故;苟可以利民,不循其礼。'孝公曰:'善!'"①商鞅之所以能倡导变法,在于他一方面对自己的才能、行为充满自信,而对民众的才智有一种卑视;另一方面,他又以强国利民为己任,认为变法能强国、利民,所以不惜抛弃故法,不循旧礼,实行变革。商鞅之变法,实际包含了个性之中的自信与创新意识,以及强国、利民的现实目的。商鞅奖励耕战,正是由于强国的目的,所以《商君书·农战》曰:"国之所以兴者,农战也。""国待农战而安,主待农战而尊。"②又废除世卿世禄制度,以军功为爵禄分赏的主要根据;取消分封制,推行郡县制,把行政机构一直设置到每一个住户,五家为伍,十家为什,连坐告奸,全民皆兵,对秦国集权统治的加强,国力的富强无疑起到了重要作用。

早于《韩非子》的战国法家,尚有《申子》、《慎子》数种,其书皆佚,今人虽有辑本,但已难窥其全貌。《史记·老子韩非列传》曰:"申不害,京人也,故郑之贱臣,学术以干韩昭侯,昭侯用为相。内修政教,外应诸侯,十五年。终申子之身,国治兵强,无侵韩者。申子之学,本于黄老,而主刑名。著书二篇,号曰《申子》。"③《申子》二篇已佚,清人严可均有辑本,包括《君臣》、《大体》等篇名④。《韩非子·定法》曰:"今申不害言术,……术者,因任而授官,循名而责实,操杀生之柄,课群臣之能者也。此人主之所执也。"⑤

《汉书·艺文志》曰:慎子"名到,先申、韩,申、韩称之"⑥。《史记·孟子荀卿列传》曰:"慎到,赵人。……皆学黄老道德之术,因发明序其指意。故慎到著十二论。"⑦应劭《风俗通义·姓氏》云:"慎氏。慎到为韩大夫,

---

① 《史记》卷六十八,中华书局1959年版。
② [清]严万里校:《商君书》第三,《诸子集成》,中华书局1954年版。
③ 《史记》卷六十三,中华书局1959年版。
④ [清]严可均编:《全上古三代文》卷四,中华书局1958年版。
⑤ [清]王先慎:《韩非子集解》卷十七,《诸子集成》,中华书局1954年版。
⑥ 《汉书》卷三十,中华书局1962年版。
⑦ 《史记》卷七十四,中华书局1959年版。

著《慎子》三十篇。"①《慎子》四十二篇，已佚。清人钱熙祚辑有七篇，包括《威德》、《因循》、《民杂》、《知忠》、《德立》、《君人》、《君臣》等，其精粹在于倡导"势"之重要，《威德》曰："贤不足以服不肖，而势位足以屈贤矣。""法虽不善，犹愈于无法，所以一人心也。……法制礼籍，所以立公义也。凡立公，所以弃私也。明君动事分功必由慧，定赏分财必由法，行德制中必由礼。"②慎到的法律思想，强调法维持社会秩序的作用，但并未把法强调到极端化的程度，多多少少还包含着人情礼义德治的成分。

二、《韩非子》的主要内容

《韩非子》反映了韩非子倡导法、术、势相结合的法律思想。其中，《定法》批评了商鞅、申不害等割裂法、术二者的做法，认为商鞅讲法，"然而无术以知奸，则以其富强也资人臣而已矣"，结果是"战胜则大臣尊，益地则私封立"；"申不害不擅其法，不一其宪令，则奸多"；无法无术，都不足以维护君主的统治，"君无术，则弊于上；臣无法，则乱于下。此不可一无，皆帝王之具也"③。所谓法，即法令；所谓术，指君主驾驭群臣的权术，如果没有明法则不能治民防奸，若明法而无术，就难以防止大臣发展自己的势力范围。法术又必须借重于"势"，所谓势，就是君主的独尊地位。《难势》云："尧为匹夫不能治三人；而桀为天子，能乱天下。"④势实际上是执行法与权的重要条件。《扬权》之言"一家二贵，事乃无功，夫妻持政，子无适从"。又云："事在四方，要在中央；圣人执要，四方来效。"⑤一家二贵，则势不独专；圣人执要，则四方臣服。

关于法、术、势的具体内容，韩非基本继承了他的前辈的看法。《定

---

① ［清］严可均编：《全后汉文》卷四十，中华书局1958年版。
② 钱熙祚校：《慎子》，《诸子集成》，中华书局1954年版。该本与《诸子百家丛书》本《慎子》略有不同。
③ ［清］王先慎：《韩非子集解》卷十七，《诸子集成》，中华书局1954年版。
④ 同上。
⑤ 同上书卷二。

法》曰：

> 法者,宪令著于官府,刑罚必于民心,赏存乎慎法,而罚加乎奸令者也。①

法律是由官府体察民心,而行赏罚的工具,慎法者赏,奸令者罚。在执行法律之时,要法律面前人人平等,严刑峻法,《有度》所谓"法不阿贵,绳不挠曲。法之所加,智者弗能辞,勇者弗敢争。刑过不避大臣,赏善不遗匹夫"②。《韩非子·内储说上》曰:"使吾法之无赦,犹入涧之必死也,则人莫之敢犯也。"③《六反》曰:"吏用威严而民听从。"④韩非以法为"名",主张刑合于名,即以名行刑,法律是赏罚的根据,所以《二柄》曰:"审合刑名。"⑤而术,主要是隐蔽的手段,《难三》曰:

> 术者,藏之于胸中,以偶众端,而潜御群臣者也。故法莫如显而术不欲见。⑥

法欲明,术欲隐。《定法》以术者,因任而授官,循名而责实,可操生杀之柄,课群臣之能,为人主之所执。术作为君主控制群臣的隐蔽手段,其内容极其丰富,有所谓"参观"、"明威"、"信赏"、"一听"、"诡使"、"挟知"、"倒言",乃至于采取人质、禁锢以及特务、间谍、监视、暗杀等活动⑦。《难势》曰:

> 夫势者,名一而变无数者也。势必于自然,则无为言于势矣。吾所为言势者,言人之所设也。⑧

势是人为所设,作为普通君主,"抱法处势则治,背法去势则乱"⑨。

韩非尽管一生遭遇坎坷,被秦法所害,但他的法术势相结合之思想,

---

① [清]王先慎:《韩非子集解》卷十七,《诸子集成》,中华书局1954年版。
② 同上书卷二。
③ 同上书卷九。
④ 同上书卷十八。
⑤ 同上书卷二。
⑥ 同上书卷十六。
⑦ 谭家健、郑君华:《先秦散文纲要》第十四章,山西人民出版社1987年版。
⑧ [清]王先慎:《韩非子集解》卷十七,《诸子集成》,中华书局1954年版。
⑨ 《韩非子·难势》,同上。

其实质是为维护君主一人的集权。《五蠹》以文学为害虫①,《八说》主张"息文学而明法度"②,正是基于愚民专制之必要。当然韩非之主张革新,以为"圣人不期修古,不法常可,论世之事,因为之备"③。即以求实的态度服务于现实,不盲目迷信古人,无疑有进步意义。这种实事求是的态度,体现出了韩非不盲从的主体意识。韩非子还肯定社会的变化,《五蠹》指出:"上古竞于道德,中世逐于智谋,当今争于气力。"④这是一种承认社会进化的历史观点。战国时代,以实力为基础进行争战,所以韩非主张以法强国,这是适应现实需要的。

韩非子的法律思想,因为建立在维护君主统治的立场上,所以具有反人民的性质。但是,他直言不讳地为我们揭示了君臣、父子、夫妻、朋友之间所存在的一种利害关系,这对于我们深入认识专制社会关系的本质,无疑是有积极意义的。韩非子指出:

君上之于民也,有难则用其死,安平则尽其力。⑤

君主对人民是不存在"恩爱之心"⑥的。因此,"不恃赏罚而恃自善之民,明主弗贵也"⑦,"彼民之所以为我用者,非以吾爱之为我用者也,以吾势之为我用者也","主卖官爵,臣卖智力"⑧,"臣尽死力以与君市,君垂爵禄以与臣市。君臣之际,非父子之亲也,计数之所出也"⑨,因此,君子应"用法之相忍,而弃仁义之相怜也","君不仁,臣不忠,则可以霸王矣"⑩。

韩非认为,臣民之所以不犯上,并不是不愿犯上,而是没有能力犯上,

---

① [清]王先慎:《韩非子集解》卷十九,《诸子集成》,中华书局1954年版。
② 同上书卷十八。
③ 《韩非子·五蠹》,[清]王先慎:《韩非子集解》卷十九,《诸子集成》,中华书局1954年版。
④ 同上。
⑤ 《韩非子·六反》,同上书卷十八。
⑥ 同上。
⑦ 《韩非子·显学》,同上书卷十九。
⑧ 《韩非子·外储说右下》,同上书卷十四。
⑨ 《韩非子·难一》,同上书卷十五。
⑩ 《韩非子·六反》,原文曰:"不可以霸王矣。"今据顾广圻之说改。同上书卷十八。

《扬权》曰：

> 臣之所不弑其君者，党与不具也。①

这种振聋发聩的发论，把儒家笼罩在君臣关系上的那层脉脉温情，彻底捅破了。又《备内》曰：

> 故舆人成舆，则欲人之富贵；匠人成棺，则欲人之夭死也。非舆人仁而匠人贼也，人不贵则舆不售，人不死则棺不买。情非憎人也，利在人之死也。②

《外储说上》举雇农力耕，不是出于对主人之爱，而是可以多得报酬；主人对雇农善待，也不是由于爱护之心，而是欲求雇农之力耕。推而广之，子弑父，妻犯夫，朋友相离，无不缘于利益相对立，你死则我活。

韩非把社会关系的实质归结为人的自私之心，并承认这种自私之心的合理性，而设为法、术、势以驾驭。虽然自私之心未必可以概括一切社会关系，而法、术、势也未必能防止自私之"恶"，但韩非子以自己独特的认识，而发布此一观点，表明韩非子所具有独立思考的创造性思维特征，以及对个人权利合理性的维护。《解老》曰：

> 聪明睿智，天也；动静思虑，人也。人也者，乘于天明以视，寄于天聪以听，托于天智以思虑。③

韩非子一方面肯定天的伟大，同时肯定人作为动静思虑的主体，可以能动地运用"天"的聪明睿智以开创自己的事业，这种对人的能动性的肯定，是他倡导人为政治、独立思考的动力。也正因如此，《亡征》把抛弃对人的能力的崇敬，而"用时日，事鬼神，信卜筮而好祭祀者"④，当作亡征之一，《饰邪》曰："龟筴鬼神，不足举胜……然而持之，愚莫大焉。"⑤《解老》曰："人处疾则贵医，有祸则畏鬼。……夫内无痤疽瘅痔之害，而外无刑罚法诛之祸者，其轻恬鬼也甚。"⑥这也反映了一种独立思考的精神。

---

① [清]王先慎：《韩非子集解》卷二，《诸子集成》，中华书局1954年版。
② 同上书卷五。
③ 同上书卷六。
④ 同上书卷五。
⑤ 同上。
⑥ 同上书卷六。

战国法家，自李悝《法经》，至《商君书》，其思想都来源于改革实践，而韩非所著书，虽不是来自治国实践，却最能集中代表法家思想的精粹。法家思想，准确地抓住了人性的弱点，并最终认识到只有法、术、势结合，用冷冰冰的法律手段，才能彻底击灭一切被道德伪装起来的人欲。也只有彻底击灭普通人的欲望，才能保证君主欲望的完全实现。这种认识，随着秦的统一，被证明是符合战国时代需要的最切合实际而行之有效，可以富国强兵的法宝。《史记·商君列传》载商鞅入秦，见秦孝公，相谈良久，而孝公"时时睡，弗听"，是缘于商鞅说以"帝道"；后来，商鞅又以"王道"说孝公，孝公仍不喜欢；商鞅第三次以"霸道"说孝公，孝公以为可与语，而不足用。商鞅终于明白孝公之意，而说以"强国之术"，如此，孝公"不自知膝之前于席也。语数日不厌"，其原因正像孝公所言，三王五帝之术"久远，吾不能待。且贤君者，各及其身显名天下，安能邑邑待数十百年以成帝王乎"。也正是缘于秦孝公这样的君主的急功近利之实用目的，所以，不免如商鞅所言，"然亦难以比德于殷周矣"①。

孔子云："君子固穷，小人穷斯滥矣。"②战国时期，儒家坚守仁政思想，不为穷达而改变，而如法家之商鞅、李斯，以及纵横家如苏秦等，为了自己的功名富贵，而变易自己的主张，与时俱进，虽能显名一时，对社会发展和社会正义，负面影响是难以估量的。

第六节　阴阳名墨纵横诸家著作的内容

今存战国时期诸子著作，以儒、道、法诸家的影响最为深远。不过，曾经存在于战国时期的阴阳、名、墨、纵横、杂、农诸家，其主张也在中国古代社会产生过重要影响。

---

① 《史记》卷六十八，中华书局1959年版。
② 《论语·卫灵公》，[三国魏]何晏集解，[唐]陆德明音义，[宋]邢昺疏：《论语注疏》卷十五，《十三经注疏》，中华书局1980年版。

一、阴阳家的主要主张

《汉书·艺文志》以阴阳家次道家之后。阴阳家书今无所存。司马谈《论六家要旨》云:

> 尝窃观阴阳之术,大祥而众忌讳,使人拘而多所畏,然其序四时之大顺,不可失也。①

又《汉书·艺文志》曰:

> 阴阳家者流,盖出于羲和之官。敬顺昊天,历象日月星辰,敬授民时,此其所长也。及拘者为之,则牵于禁忌,泥于小数,舍人事而任鬼神。②

阴阳家既是天文历法学家,又是星象神秘主义者。其学说本之自然变化,其解释通之政治,大抵杂科学于神秘之中,以科学与神秘的混合精神,阐释政治现象。齐人邹衍及邹奭可为阴阳家的代表。阴阳家有所谓"五德终始"学说,《吕氏春秋·有始览·应同》云:

> 凡帝王者之将兴也,天必先见祥乎下民。黄帝之时,天先见大螾大蝼,黄帝曰:"土气胜。"土气胜,故其色尚黄,其事则土。及禹之时,天先见草木秋冬不杀,禹曰:"木气胜。"木气胜,故其色尚青,其事则木。及汤之时,天先见金刃生于水,汤曰:"金气胜。"金气胜,故其色尚白,其事则金。及文王之时,天先见火,赤乌衔丹书,集于周社,文王曰:"火气胜。"火气胜,故其色尚赤,其事则火。代火者必将水,天且先见水气胜。水气胜,故其色尚黑,其事则水。水气至而不知,数备,将徙于土。③

金木水火土五气成五德,五德循环,依次而兴,每一个朝代相当一个德,因而该朝代的一切制度设施都要与该朝代所属之"德"相适应,一部历史就是如此循环推演。邹衍学说,正是五德终始理论系统的阐述者。

---

① 《史记》卷一百三十《太史公自序》,中华书局 1959 年版。
② 《汉书》卷三十,中华书局 1962 年版。
③ [汉]高诱:《吕氏春秋注》卷十三,《诸子集成》,中华书局 1954 年版。

《史记·孟子荀卿列传》言邹衍学说云：

> 其语闳大不经，必先验小物，推而大之，至于无垠。先序今以上至黄帝，学者所共术，大并世盛衰，因载其机祥度制，推而远之，至天地未生，窈冥不可考而原也。先列中国名山大川，通谷禽兽，水土所殖，物类所珍，因而推之，及海外人之所不能睹。称引天地剖判以来，五德转移，治各有宜，而符应若兹。以为儒者所谓中国者，于天下乃八十一分居其一分耳。中国名曰赤县神州。赤县神州内自有九州，禹之序九州是也，不得为州数。中国外如赤县神州者九，乃所谓九州也。于是有裨海环之，人民禽兽莫能相通者，如一区中者，乃为一州。如此者九，乃有大瀛海环其外，天地之际焉。其术皆此类也。然其要归，必止乎仁义节俭，君臣上下六亲之施始也滥耳。王公大人初见其术，惧然顾化，其后不能行之。①

又曰：

> 邹奭者，齐诸邹子，亦颇采邹衍之术以纪文。②

邹衍、邹奭之徒，其学说虽杂以荒诞不经、神秘其事之外衣，但其目的却是有补于社会治乱，仁义节俭之旨归，也体现了阴阳家关心民生的精神。其倡导大九州概念，以及五德终始学说，以为周之德火，诸侯争强，终将归乎水德，也等于预言了战国局面必将结束，中国重归一统的未来形势。

邹衍之阴阳学说，在当世颇受重视，《史记·孟子荀卿列传》载："邹子重于齐。适梁，惠王郊迎，执宾主之礼。适赵，平原君侧行撇席。如燕，昭王拥彗先驱，请列弟子之座而受业，筑碣石宫，身亲往师之，作《主运》。其游诸侯见尊礼如此，岂与仲尼菜色陈蔡，孟轲困于齐梁同乎哉！……邹衍其言虽不轨，傥亦有牛鼎之意乎！"③邹衍之礼遇，与孔孟诸人的遭遇形成了鲜明的对照。

---

① 《史记》卷七十四，中华书局1959年版。
② 同上。
③ 同上。

二、名家的主要观点

名家是战国时期重要的思想流派,代表人物包括公孙龙子、惠施等人。《汉书·艺文志》以名家次法家之后,说名家得失云:

> 名家者流,盖出于礼官。古者名位不同,礼亦异数。孔子曰:"必也正名乎!名不正则言不顺,言不顺则事不成。"此其所长也,及謷者为之,则苟钩(鈲)[鈲]析乱而已。①

司马谈《论六家要旨》说名家优劣曰:

> 名家使人俭而善失真,然其正名实,不可不察也。②

《隋书·经籍志》说名家长短云:

> 名者,所以正百物,叙尊卑,列贵贱,各控名而责实,无相借滥者也。《春秋》传曰:"古者名位不同,节文异数。"孔子曰:"名不正则言不顺,言不顺则事不成。"《周官·宗伯》"以九仪之命,正邦国之位,辩其名物之类",是也。拘者为之,则苛察缴绕,滞于析辞而失大体。③

名家以正名实为得名之缘起,其学说以辩证绝对性、相对性为主要内容。与惠施"和同异"的观点不同,今存《公孙龙子》一书,主要体现其"离坚白"、"别同异"的绝对主义观点。《淮南子·齐俗》云:"公孙龙折辩抗辞,别同异,离坚白。"④《论衡·案书》云:"公孙龙著坚白之论,析言剖辞,务折曲之言,无道理之较,无益于治。"⑤公孙龙子把事物性质孤立起来,否定其中存在统一性。其目的是要解决名实相符的问题。《名实论》云:"夫名,实谓也。知此之非也,知此之不在此也,则不谓也;知彼之非彼也,知彼之不在彼也,则不谓也。"又云:"其正者,正其所实也;正其所实者,正

---

① 《汉书》卷三十,中华书局1962年版。"鈲"是原字,"鈲"是校字。
② 《史记》卷一百三十《太史公自序》,中华书局1959年版。
③ 《隋书》卷三十四,中华书局1973年版。
④ [汉]刘安撰,[汉]高诱:《淮南子注》卷十一,《诸子集成》,中华书局1954年版。
⑤ [汉]王充:《论衡》卷二十九,《诸子集成》,中华书局1954年版。

其名也。"①企图通过名实相应,来解决《通变论》所谓"暴则君臣争而两明"②的社会弊端。

惠施作为名辩家,其主张虽在于合同异,但与公孙龙子仍有一致性。惠施是庄子的朋友,《淮南子·修务》云:

  惠施死而庄子寝说言,见世莫可为语者也。③

又《说苑·谈丛》云:

  钟子期死,而伯牙绝弦破琴,知世莫可为鼓也;惠施卒,而庄子深瞑不言,见世莫可与语也。④

惠施善于对事物的名实、变化予以理性的分析,通过这种分析,在其中找出名与实之间的差异性、相对性和共性。《庄子·天下》云:

  惠施多方,其书五车,其道舛驳,其言也不中。历物之意,曰:"至大无外,谓之大一;至小无内,谓之小一。无厚,不可积也,其大千里。天与地卑,山与泽平。日方中方睨,物方生方死。大同而与小同异,此之谓小同异;万物毕同毕异,此之谓大同异。南方无穷而有穷,今日适越而昔来。连环可解也。我知天下之中央,燕之北、越之南是也。泛爱万物,天地一体也。"惠施以此为大,观于天下而晓辩者,天下之辩者相与乐之。卵有毛,鸡三足,郢有天下,犬可以为羊,马有卵,丁子有尾,火不热,山出口,轮不蹍地,目不见,指不至,至不绝,龟长于蛇,矩不方,规不可以圆,凿不围枘,飞鸟之景未尝动也,镞矢之疾而有不行不止之时,狗非犬,黄马骊牛三,白狗黑,孤驹未尝有母,一尺之捶,日取其半,万世不竭。辩者以此与惠施相应,终身无穷。桓团、公孙龙,辩者之徒,饰人之心,易人之意,能胜人之口,不能服人之心,辩者之囿也。惠施日以其知与人之辩,特与天下之辩者为怪,此其柢也。然惠施之口谈,自以为最贤,曰天地其壮乎!施存雄而无术。南方有倚人焉曰黄缭,问天地所以不坠不陷,风雨雷霆之故。惠

---

① 谭介甫:《公孙龙子刑名发微》,中华书局1963年版。
② 同上。
③ [汉]刘安撰,[汉]高诱:《淮南子注》卷十九,《诸子集成》,中华书局1954年版。
④ [汉]刘向撰,赵善诒疏证:《说苑疏证》卷十六,华东师范大学出版社1985年版。

施不辞而应,不虑而对,遍为万物说,说而不休,多而无已,犹以为寡,益之以怪。以反人为实而欲以胜人为名,是以与众不适也。弱于德,陈于物,其涂隩矣。由天地之道观惠施之能,其犹一蚊一虻之劳者也。其于物也何庸! 夫充一尚可,曰愈贵道,几矣! 惠施不能以此自宁,放于万物而不厌,卒以善辩为名。惜乎! 惠施之才,骀荡而不得,逐万物而不反,是穷响以声,形与影竞走也。悲夫! ①

通过庄子的记述,我们可以知道惠施一生的主要活动和主要观点。他以辩论为能,主要观点是所谓万物毕同毕异,天与地卑,山与泽平,日方中方睨,物方生方死,即世界上的一切事物都是相同的。又认为世界上的一切事物都是变化着的,互相转变,具有相对性,所谓卵有毛,鸡三足,郢有天下,犬可以为羊,马有卵,丁子有尾,火不热,山出口,轮不蹍地,目不见,指不至,至不绝,龟长于蛇,矩不方,规不可以圆,凿不围枘,飞鸟之景未尝动也,镞矢之疾而有不行不止之时,狗非犬,黄马骊牛三,白狗黑,孤驹未尝有母等。当然,惠施认为一尺之棰,日取其半,万世不竭,这个观点,如果抛开分割的困难,从逻辑上说,这个观点无疑是正确的。

今存《邓析》、《尹文子》二书,虽然问题较多,但是,我们可以从过去学者的记载中了解它们。《吕氏春秋·离谓》曰:"子产治郑,邓析务难之,与民之有狱者约,大狱一衣,小狱襦袴,民之献衣襦袴而学讼者,不可胜数。以非为是,以是为非,是非无度,而可与不可日变。所欲胜因胜,所欲罪因罪。郑国大乱,民口喧哗。子产患之,于是杀邓析而戮之,民心乃服,是非乃定,法律乃行。"②《列子·力命》、《荀子·宥坐》、《说苑·指武》也说子产杀邓析③。邓析是一位专与当政者作对的"律师",如果我们不论《吕氏春秋》作者的立场,而推测邓析行为之实,则可知邓析实具雄辩之才。

《荀子·不苟》尝谓:

---

① [清]王先谦:《庄子集解》卷八,《诸子集成》,中华书局1954年版。
② [汉]高诱:《吕氏春秋注》卷十八《审应览第六》,《诸子集成》,中华书局1954年版。
③ 分别见[晋]张湛:《列子注》卷六,[清]王先谦:《荀子集解》卷二十,[汉]刘向撰,赵善诒疏证:《说苑疏证》卷十五,《诸子集成》,中华书局1954年版。

> 山渊平,天地比,齐秦袭,入乎耳,出乎口,钩有须,卵有毛,是说之难持者也,而惠施、邓析能之。①

王先谦《荀子集解》云:"袭,合也。齐在东,秦在西,相去甚远,若以天地之大包之,则曾无隔异,亦可合为一国矣。"②荀子举不可能之事,以夸张惠施、邓析辩说之能。这正是名家之特征。关于这一点,刘向有过说明。刘向《邓析书录》云:"邓析者,郑人也。好刑名,操两可之说,设无穷之辞。……其论无厚者,言之异同,与公孙龙同类。"③也就是说《邓析子》书,原与《公孙龙子》内容接近。

尹文子思想,以利他为其中心,此一点,颇与墨学相通。《庄子·天下》曰:

> 不累于俗,不饰于物,不苟于人,不忮于众,愿天下之安宁,以活民命,人我之养,毕足而止,以此白心。古之道术有在于是者,宋钘、尹文闻其风而悦之。作为华山之冠以自表,接万物以别宥为始。语心之容,命之曰:"心之行。"以聏合欢,以调海内。请欲置之以为主,见侮不辱,救民之斗,禁攻寝兵,救世之战。以此周行天下,上说下教。虽天下不取,强聒而不舍者也。故曰:上下见厌而强见也。虽然,其为人太多,其自为太少,曰:"请欲固置五升之饭足矣。"先生恐不得饱,弟子虽饥,不忘天下,日夜不休,曰:"我必得活哉!"图傲乎救世之士哉!曰:"君子不为苛察。"不以身假物,以为无益于天下者,明之不如已也。以禁攻寝兵为外,以情欲寡浅为内。其小大精粗,其行适至是而止。④

宋钘、尹文不累俗,不饰物,于人无苟且,于众不忮逆,关心天下,而对自己的供养不望有余。华山之形如削,上下均平,所以戴形如华山之冠,以表其德。置立名教,应接人间,而区别万物,以此为本。发语吐辞,每令心容万物,欲以其道和天下。其出发点在于为天下万姓,而不是为一己之

---

① [清]王先谦:《荀子集解》卷二,《诸子集成》,中华书局1954年版。
② 同上。
③ [清]严可均编:《全汉文》卷三十七,中华书局1958年版。
④ [清]王先谦:《庄子集解》卷八,《诸子集成》,中华书局1954年版。

私。也正因如此,《荀子·非十二子》批评墨翟、宋钘"不知壹天下,建国家之权称,上功用,大俭约,而僈差等,曾不足以容辨异,悬君臣,然而其持之有故,其言之成理,足以欺惑愚众"①。宋钘与墨子同具俭约、平等之思想,也同样具有"持之有故"、"言之成理"、"以欺惑愚众"之风格,而庄子又以宋钘、尹文连类而言,因此,我们也完全可以假设尹文具有墨、宋之辩,这大约是刘向以《尹文子》入名家的原因吧。

三、《墨子》的主要思想观点

墨家是战国时期重要的思想流派,在当时其主张甚至可与儒家等量齐观,《汉书·艺文志》曰:

> 墨家者流,盖出于清庙之守。茅屋采椽,是以贵俭;养三老五更,是以兼爱;选士大射,是以上贤;宗祀严父,是以右鬼;顺四时而行,是以非命;以孝视天下,是以上同;此其所长也。及蔽者为之,见俭之利,因为非礼,推兼爱之意,而不知别亲疏。②

又《隋书·经籍志》云:

> 墨者,强本节用之术也。上述尧、舜、夏禹之行,茅茨不剪,粝粱之食,桐棺三寸,贵俭兼爱,严父上德,以孝示天下,右鬼神而非命。《汉书》以为本出清庙之守。然则《周官·宗伯》"掌建邦之天神地祇人鬼",肆师"掌立国祀及兆中庙中之禁令",是其职也。愚者为之,则守于节俭,不达时变,推心兼爱,而混于亲疏也。③

吕思勉曰:"墨子宗旨,全书一贯,兼爱为其根本。"④具体而论,则有所谓尚贤、尚同、兼爱、非攻、节用、节葬、明鬼、天志、非命、非乐等,且以专题论述。

《尚贤上》曰:"是故国有贤良之士众,则国家之治厚;贤良之士寡,则

---

① [清]王先谦:《荀子集解》卷三,《诸子集成》,中华书局1954年版。
② 《汉书》卷三十,中华书局1962年版。
③ 《隋书》卷三十四,中华书局1973年版。
④ 吕思勉:《先秦学术概论》下编,中国大百科全书出版社1985年版。

国家之治薄。故大人之务,将在于众贤而已。"贤良有关于社会之治,因而要"以尚贤事能为政",具体说,就是"富之贵之,敬之誉之"①。

《尚同上》曰:"察国之所以治者何也? 国君唯能壹同国之义,是以国治也。"墨子认为,上古之世,"一人则一义,二人则二义,十人则十义,其人兹众,其所谓义者亦兹众,因此,要"选天下之贤可者,立以为天子"。又立三公以下,使一同国人之思想,使"天子之所非,皆非之;去若不善言,学天子之善言;去若不善行,学天子之善行"②,因而达到是非、语言、行为的同一。墨子把天子、国君看作是仁人的代表,是通过选举而产生的楷模,因此,君主天子之是非、言语、行为,代表着善,而非权力意志。

《兼爱上》认为,天下之乱,起源于"不相爱","臣子之不孝君父","子自爱,不爱父,故亏父而自利;弟自爱,不爱兄,故亏兄而自利;臣自爱,不爱君,故亏君而自利",以及"父之不慈子,兄之不慈弟,君之不慈臣","父自爱也,不爱子,故亏子而自利;兄自爱也,不爱弟,故亏弟而自利;君自爱也,不爱臣,故亏臣而自利","盗爱其室,不爱其异室,故窃异室,以利其室;贼爱其身,不爱人,故贼人以利其身"。推而广之,诸侯之攻伐,皆由于不相爱,而若能"使天下兼相爱","爱人若爱其身","视父兄与君若其身","视弟子与臣若其身","视人之室若其室","视人身若其身","视人家若其家","视人国若其国",则没有盗贼、战乱、攻伐,所以"天下兼相爱则治,交相恶则乱"③。

《非攻上》曰:"今小为非,则知而非之;大为非攻国,则不知非,从而誉之,谓之义,此可谓知义与不义之辩乎? 是以知天下之君子也,辩义与不义之乱也。"④则是批判诸侯之攻伐,认为诸侯之攻伐亦是杀人,而且是更大的杀人。

《节用上》曰:"是故用财不费,民德不劳。"⑤认为衣服宫室甲盾,是为

---

① [清]孙诒让:《墨子闲诂》卷二,《诸子集成》,中华书局1954年版。
② 同上书卷三。
③ 同上书卷四。
④ 同上书卷五。
⑤ 同上书卷六。

蔽体防寒温,防盗贼、风雨、寇乱,不节用则害民生。

《节葬下》认为:"厚葬久丧,实不可以富贫众寡定危理乱乎!则非仁也,非义也,非孝子之事也。"①所以,主张薄葬以利国利民。

《天志上》主张顺天意,"顺天意者,兼相爱,交相利,必得赏;反天意者,别相恶,交相贼,必得罚"②。尧舜禹汤文武顺天意而昌,桀纣幽厉逆天意而亡。

《明鬼下》云,"逮至昔三代圣王既没,天下失义,诸侯力正。是以存夫为人君臣上下者之不惠忠也,父子弟兄之不慈孝、弟长、贞良也,正长之不强于听治,贱人之不强于从事也。民之为淫暴寇乱盗贼,以兵刃、毒药、水火,退无罪人乎道路率径,夺人车马、衣裘以自利者,并作由此始,是以天下乱。此其故何以然也?则皆以疑惑鬼神之有与无之别,不明乎鬼神之能赏贤而罚暴也。今若使天下之人,偕若信鬼神之能赏贤而罚暴也,则夫天下岂乱哉?"③墨子认为,天下之乱,在于怀疑鬼神之能"赏贤而罚暴",若使天下之人信鬼神之能赏贤而罚暴,则天下不乱。墨子批评以鬼神无有之无神论者,其观念虽难以证实,其目的却在"兴天下之利,除天下之害"。

《非乐上》以为乐有害民害用。"仁之事者,必务求兴天下之利,除天下之害。将以为法乎天下,利人乎即为,不利人乎即止。且夫仁者之为天下度也,非为其目之所美,耳之所乐,口之所甘,身体之所安,以此亏夺民衣食之财,仁者弗为也。是故子墨子之所以非乐者,非以大钟鸣鼓、琴瑟竽笙之声以为不乐也,非以刻镂华文章之色以为不美也,非以犓豢煎炙之味以为不甘也,非以高台厚榭邃野之居以为不安也。虽身知其安也,口知其甘也,目知其美也,耳知其乐也,然上考之不中圣王之事,下度之不中万民之利。是故子墨子曰:为乐非也。"④

《非命上》批评以贫富众寡委于命运之说,而认为是"上不听治,下不

---

① [清]孙诒让:《墨子闲诂》卷六,《诸子集成》,中华书局 1954 年版。
② 同上书卷七。
③ 同上书卷八。
④ 同上。

从事"的原因。不非命,则人必丧失"听治"、"从事"之能动性。墨子认为,"古者王公大人为政国家者,皆欲国家之富,人民之众,刑政之治。然而不得富而得贫,不得众而得寡,不得治而得乱,则是本失其所欲,得其所恶,是故何也?子墨子言曰:执有命者杂于民间者众。执有命者之言曰:'命富则富,命贫则贫,命众则众,命寡则寡,命治则治,命乱则乱,命寿则寿,命夭则夭。命虽强劲,何益哉?'上以说王公大人,下以驵百姓之从事。故执有命者不仁,故当执有命者之言,不可不明辨。"①

可以看出,在墨子思想中,始终贯彻着治国、为民的现实精神和批判精神。虽然墨子持非儒的观点,对孔子及其弟子的言行也多有微词②,但是穷其精神实质,与儒家的思想立场并不相悖。

《汉书·艺文志》载《墨子》七十一篇,今存十五卷,五十三篇,而《经》上下、《经说》上下、《大取》、《小取》六篇,被认为是战国末期墨家学说,属墨辩之学。

《庄子·天下》对墨子克己为人的主张,以及这种行为的负面缺陷作了精辟的论述,曰:

> 不侈于后世,不靡于万物,不晖于数度,以绳墨自矫而备世之急,古之道术有在于是者。墨翟、禽滑厘闻其风而说之,为之大过,已之大循。作为《非乐》,命之曰《节用》,生不歌,死无服。墨子泛爱兼利而非斗,其道不怒;又好学而博,不异,不与先王同,毁古之礼乐。黄帝有《咸池》,尧有《大章》,舜有《大韶》,禹有《大夏》,汤有《大濩》,文王有《辟雍》之乐,武王、周公作《武》。古之丧礼,贵贱有仪,上下有等。天子棺椁七重,诸侯五重,大夫三重,士再重。今墨子独生不歌,死不服,桐棺三寸而无椁,以为法式。以此教人,恐不爱人;以此自行,固不爱己。未败墨子道。虽然,歌而非歌,哭而非哭,乐而非乐,是果类乎? 其生也勤,其死也薄,其道大觳;使人忧,使人悲,其行难为也,恐其不可以为圣人之道,反天下之心,天下不堪。墨子虽能独

---

① [清]孙诒让:《墨子闲诂》卷九,《诸子集成》,中华书局1954年版。
② 同上。

任,奈天下何! 离于天下,其去王也远矣。墨子称道曰:"昔者禹之堙洪水,决江河而通四夷九州也。名山三百,支川三千,小者无数。禹亲自操橐耜而九杂天下之川;腓无胈,胫无毛,沐甚雨,栉疾风,置万国。禹大圣也,而形劳天下也如此。"使后世之墨者,多以裘褐为衣,以跂蹻为服,日夜不休,以自苦为极,曰:"不能如此,非禹之道也,不足谓墨。"相里勤之弟子五侯之徒,南方之墨者苦获、已齿、邓陵子之属,俱诵《墨经》,而倍谲不同,相谓别墨;以坚白同异之辩相訾,以觭偶不件之辞相应;以巨子为圣人,皆愿为之尸,冀得为其后世,至今不决。墨翟、禽滑厘之意则是,其行则非也。将使后世之墨者,必自苦以腓无胈、胫无毛,相进而已矣。乱之上也,治之下也。虽然,墨子真天下之好也,将求之不得也,虽枯槁不舍也。才士也夫!①

庄子认为墨子的主张是有道理的,而其行为,却是需要批评的。虽然庄子立足于全身避害,以利己为立论的出发点,但是,对墨家的评价,则具真知灼见。

《孟子·滕文公下》批评杨朱与墨子说:

圣王不作,诸侯放恣,处士横议,杨朱、墨翟之言盈天下,天下之言,不归杨则归墨。杨氏为我,是无君也。墨氏兼爱,是无父也。无父无君,是禽兽也。公明仪曰:"庖有肥肉,厩有肥马,民有饥色,野有饿莩,此率兽而食人也。"杨、墨之道不息,孔子之道不著,是邪说诬民,充塞仁义也。仁义充塞,则率兽食人,人将相食。吾为此惧,闲先圣之道,距杨墨,放淫辞,邪说者不得作。作于其心,害于其事;作于其事,害于其政。圣人复起,不易吾言矣。②

墨子利他,杨朱利我,其宗旨虽背道而驰,其出发点却皆不合于儒家思想的伦理精粹,儒家以利我之心利他,因而认为利我不利他,或不利我而利他,都是背离人情的。

不过,我们仍然要为墨子的精神感动。《孟子·尽心下》曰:

---

① [清]王先谦:《庄子集解》卷八,《诸子集成》,中华书局1954年版。
② [汉]赵岐注,[宋]孙奭疏:《孟子注疏》卷六下,《十三经注疏》,中华书局1980年版。

孟子曰:"杨子取为我,拔一毛而利天下,不为也。墨子兼爱,摩顶放踵利天下,为之。子莫执中。执中为近之。执中无权,犹执一也。所恶执一者,为其贼道也,举一而废百也。"①

孟子批评杨朱与墨子不能执中,是具有深刻意义的。不过,我们也应认识到,杨朱为我,自然有其道理;而墨子舍己为人的殉道精神,更值得肯定。

墨家学派,组织纪律性甚强,学说的片面性很大,所以,《荀子·非十二子》曰:"上功用,大俭约,而僈差等。"②《荀子·天论》曰:"墨子有见于齐,无见于畸。"③《荀子·解蔽》曰:"墨子蔽于用而不知文。"④即墨子看不见差异、文明之必要,与社会发展之趋于享乐、多样性有悖,因而与名辩家一样,辉煌过后,很快销声匿迹了。

四、《吕氏春秋》的主要内容

《汉书·艺文志》载杂家二十家,而曰:

> 杂家者流,盖出于议官,兼儒、墨,合名、法,知国体之有此,见王治之无不贯,此其所长也。及荡者为之,则漫羡而无所归心。⑤

《隋书·经籍志》云:

> 杂者,兼儒、墨之道,通众家之意,以见王者之化,无所不冠者也。古者司史历记前言往行,祸福存亡之道。然则杂者,盖出史官之职也。放者为之,不求其本,材少而多学,言非而博,是以杂错漫羡,而无所指归。⑥

杂家之所以"杂",就在于兼有诸子百家之特征。《吕氏春秋》作为杂家著作,其学说有兼容并包之倾向。如其中《应同》有"五德终始"之说⑦,

---

① [汉]赵岐注,[宋]孙奭疏:《孟子注疏》卷十三下,《十三经注疏》,中华书局1980年版。
② [清]王先谦:《荀子集解》卷三,《诸子集成》,中华书局1954年版。
③ 同上书卷十一。
④ 同上书卷十五。
⑤ 《汉书》卷三十,中华书局1962年版。
⑥ 《隋书》卷三十四,中华书局1973年版。
⑦ [汉]高诱:《吕氏春秋注》卷十三《有始览第一》,《诸子集成》,中华书局1954年版。

《十二纪》则重四时阴阳变化,这是阴阳家思想;《尊师》、《务本》、《孝行》、《上德》、《用民》、《贵信》有儒家之重民、德治、仁、义、礼、智、忠信、孝悌观念;《当染》、《节丧》、《听言》、《高义》、《爱类》诸篇却取墨子尚贤、兼有、非攻、贵义、节葬思想;《正名》、《审分》是名家思想;《察今》、《慎势》、《有度》、《处方》、《慎小》、《上农》有法家思想。

当然,《吕氏春秋》有阴阳、儒、墨、名、法诸家思想,并非一味采纳,而有所取舍,如言阴阳,则不过于荒诞神迷;言儒,则切于用而废烦琐;言墨,则不信鬼神;言名,则辩而不诡;言法,则不失人情。而其中又对道家用力最多,其《序意》云:

> 文信侯曰:"尝得学黄帝之所以诲颛顼矣,……盖闻古之清世,是法天地。凡《十二纪》者,所以纪治乱存亡也,所以知寿夭吉凶也。……天曰顺,顺维生;地曰固,固维宁;人曰信,信维听。三者咸当,而为无行。①

《吕氏春秋》其学黄帝,法天地,无为,皆道家主旨。至于《大乐》之言道"视之不见,听之不闻,不可为状","至精也,不可为形,不可为名,强为之,谓之太一"②,《君守》之主静,曰:"得道者必静,静者无知,知乃无知,可以言君道也","天之大静,既静而又宁,可以为天下正","天无形而万物以成,至精无象而万物以化,大圣无事而千官尽能,此乃谓不教之教,无言之诏"③。《分职》曰:"夫君也者,处虚素服而无智,故能使众智也;智反无能,故能使众能也;能执无为,故能使众为也。无智、无能、无为,此君之所执也。"④这种虚静、无为之思想,以及对"道"的神秘描述,都极近于黄老。

《吕氏春秋》具有反对君主专制的倾向,《贵公》云:

> 昔先圣王之治天下也,必先公。公则天下平矣。平得于公。尝试观于上志,有得天下者众矣,其得之以公,其失之必以偏。凡主之立也,生于公。故《鸿范》曰:"无偏无党,王道荡荡。无偏无颇,遵王

---

① [汉]高诱:《吕氏春秋注》卷十二《季冬纪第十二》,《诸子集成》,中华书局1954年版。
② 同上书卷五《仲夏纪第五》。
③ 同上书卷十七《审分览第五》。
④ 同上书卷二十五《似顺论第五》。

之义。无或作好,遵王之道。无或作恶,遵王之路。"天下非一人之天下也,天下之天下也。阴阳之和,不长一类;甘露时雨,不私一物;万民之主,不阿一人。伯禽将行,请所以治鲁。周公曰:"利而勿利也。"荆人有遗弓者,而不肯索,曰:"荆人遗之,荆人得之,又何索焉?"孔子闻之曰:"去其'荆'而可矣。"老聃闻之曰:"去其'人'而可矣。"故老聃则至公矣。天地大矣,生而弗子,成而弗有,万物皆被其泽,得其利,而莫知其所由始。此三皇五帝之德也。……人之少也愚,其长也智。故智而用私,不若愚而用公。日醉而饰服,私利而立公,贪戾而求王,舜弗能为。①

又《去私》云:

天无私覆也,地无私载也,日月无私烛也,四时无私行也。行其德,而万物得遂长焉。……尧有子十人,不与其子而授舜;舜有子九人,不与其子而授禹,至公也。②

又《圜道》云:

先王之立高官也,必使之方,方则分定,分定则下不相隐。尧舜,贤主也,皆以贤者为后,不肯与其子孙,犹若立官必使之方。今世之人主,皆欲世勿失矣,而与其子孙,立官不能使之方,以私欲乱之也,何哉?其所欲者之远,而所知者之近也。今五音之无不应也,其分审也。宫、徵、商、羽、角,各处其处,音皆调均,不可以相违,此所以不受也。贤主之立官有似于此。百官各处其职、治其事以待主,主无不安矣;以此治国,国无不利矣;以此备患,患无由至矣。③

公平,就是反私,"至公"就是天下为公,让贤而不世袭,这是战国时期重要思想家的共识,天下是众人的天下,不能成为个别人谋利的工具,这个观点,正是对孔子大同思想的继承。应该说,《吕氏春秋》批判天下为私的社会现实,把家天下之父死子继,看作是"私欲"之乱,这是极具批判性的。

《吕氏春秋》也体现了作者的平等、民主思想,《简选》云:"周灭商,行

---

① [汉]高诱:《吕氏春秋注》卷一《孟春纪第一》,《诸子集成》,中华书局1954年版。
② 同上。
③ 同上书卷三《季春纪第三》。

罚不避天子。"①《顺民》云:"先王先顺民心,故功名成。"②《精通》云:"圣人南面而立,以爱利民为心。"③这种不避天子而行罚,顺民心、爱利民之心,是与其反专制、反家天下之思想一致的。我们从这种平等思想中,也可窥见战国末年,秦欲一统天下,取周天子之位而代之的理论依据。

五、纵横、农、小说诸家的主要思想

纵横家是政治家,虽然鬼谷子是个隐士,但是,他的弟子如苏秦、张仪等,皆身居要职,其论说时务,皆切中要害,合纵连横,或为统一,或为反统一,皆足以成功。《汉书·艺文志》说纵横家曰:

> 纵横家者流,盖出于行人之官。孔子曰:"诵《诗》三百,使于四方,不能专对,虽多,亦奚以为?"又曰:"使乎!使乎!"言其当权事制宜,受命而不受辞,此其所长也。及邪人为之,则上诈谖而弃其信。④

又《隋书·经籍志》云:

> 从横者,所以明辩说,善辞令,以通上下之志者也。《汉书》以为本出行人之官,受命出疆,临事而制。故曰:"诵《诗》三百,使于四方,不能专对,虽多亦奚以为?"《周官》掌交"以节与币,巡邦国之诸侯及万姓之聚,导王之德意志虑,使辟行之,而和诸侯之好,达万民之说,谕以九税之利,九仪之亲,九牧之维,九禁之难,九戎之威"是也。佞人为之,则便辞利口,倾危变诈,至于贼害忠信,覆邦乱家。⑤

纵横家是机会主义者,他们的主要特点是因地制宜,与时俯仰,以获得实际的成功为追求目标,所以,谈不上有什么一贯的主张。优点是可以担当重任,缺点是有投机钻营之嫌。

---

① [汉]高诱:《吕氏春秋注》卷八《仲秋纪第八》,《诸子集成》,中华书局1954年版。
② 同上书卷九《季秋纪第九》。
③ 同上。
④ 《汉书》卷三十,中华书局1962年版。
⑤ 《隋书》卷三十四,中华书局1973年版。

马王堆汉墓帛书《战国纵横家书》二十七篇①,皆是关于国家政治外交之策略。其中部分文字见于《战国策》和《史记》,全书记苏秦为燕王上书及其他纵横之士之游说,反映了纵横家欲强国、美政、致胜的理想和现实的谋略。这种谋略,实具有杂家之实用特征。

《汉书·艺文志》云:

> 农家者流,盖出于农稷之官。播百谷,劝耕桑,以足衣食,故八政一曰食,二曰货。孔子曰"所重民食",此其所长也。及鄙者为之,以为无所事圣王,欲使君臣并耕,悖上下之序。②

又《隋书·经籍志》云:

> 农者,所以播五谷,艺桑麻,以供衣食者也。《书》叙八政,其一曰食,二曰货。孔子曰:"所重民食。"《周官》:冢宰"以九职任万民",其一曰"三农生九谷",地官司稼"掌巡邦野之稼,而辨穜稑之种,周知其名与其所宜地,以为法而悬于邑闾",是也。鄙者为之,则弃君臣之义,徇耕稼之利,而乱上下之序。③

重农耕之主张,存于诸子思想之中,而欲使人人耕而食之,则以农家为甚。而《孟子·滕文公上》提及一位"为神农之言"的许行,"其徒数十人,皆衣褐,捆屦织席以为食","愿受一廛而为氓",主张"贤者与民并耕而食,饔飧而治",即要求劳心者与劳力者共同从事农耕炊事。其批评滕国曰:"今也滕有仓廪府库,则是厉民而以自养也。"④即认为国君等劳心者及不力耕之人靠农民之粮食而食,令农民困苦来供养其身。虽然其说包含有反对社会分工的倾向,却也贯彻着对剥削行为的强烈不满。

《汉书·艺文志》曰:

> 小说家者流,盖出于稗官,街谈巷语,道听途说者之所造也。孔子曰:"虽小道,必有可观者焉。致远恐泥,是以君子弗为也。"然亦弗

---

① 《战国纵横家书》,文物出版社1976年版。
② 《汉书》卷三十,中华书局1962年版。
③ 《隋书》卷三十四,中华书局1973年版。
④ [汉]赵岐注,[宋]孙奭疏:《孟子注疏》卷五下,《十三经注疏》,中华书局1980年版。

灭也。间里小知者之所及,亦使缀而不忘。如或一言可采,此亦刍荛狂夫之议也。①

又《隋书·经籍志》云:

> 小说者,街说巷语之说也。《传》载舆人之诵,《诗》美询于刍荛。古者圣人在上,史为书,瞽为诗,工诵箴谏,大夫规诲,士传言而庶人谤。孟春,徇木铎以求歌谣,巡省观人诗,以知风俗。过则正之,失则改之,道听途说,靡不毕纪。《周官》:诵训"掌道方志以诏观事,道方慝以诏辟忌,以知地俗";而训方氏"掌道四方之政事,与其上下之志,诵四方之传道而观衣物"是也。孔子曰:"虽小道,必有可观者焉,致远恐泥。"②

小说家既然作为街谈巷议之言,其言不具有统一的思想体系,所以,《汉书·艺文志》以诸子十家,"其可观者九家而已"③,不可观其思想之不入流者,即小说家。遗憾的是《汉书·艺文志》所载十五家小说,至隋时全佚。袁行霈等人考其《伊尹说》、《鬻子说》、《师旷》、《务成子》、《宋子》等,大体如诸子之书,《周考》、《青史子》、《天乙》似史书,《黄帝说》为方士著作④。

第七节　战国诸子文学的文章风格

刘勰《文心雕龙·诸子》云:"诸子者,入道见志之书。"诸子著作,是以表现诸子各自不同的"志",即诸子个人或其学派对自然、社会、人生的观点为其目的的著作,因此,如何最恰当地反映诸子的思想,是诸子著作写作艺术所最为关心的。

---

① 《汉书》卷三十,中华书局1962年版。
② 《隋书》卷三十四,中华书局1973年版。
③ 《汉书》卷三十,中华书局1962年版。
④ 参见袁行霈:《汉书·艺文志小说家考辨》,《文史》第七辑;侯忠义:《中国文言小说史稿》,北京大学出版社1987年版。

一、与现实密切相关的形象性表达

战国诸子文章,以《论语》为发端。《论语》一书,作为语录体著作,基本上是以朴素的记述方式,直接把孔子及其弟子的观点呈现出来,而《论语》之后的诸子著作,往往以不得已之辩,来建立其论点。

《孟子·滕文公下》曰:"予岂好辩哉,予不得已也。"①孟子以好辩著名,《孟子》七篇,是所谓辩难体文章,通过对答辩说、驳论、辩难,以及富于战斗性的言辞论辩,在批驳别人的论点中建立自己的观点。具有好辩、善辩的特征,这也是适应孟子所处环境的需要。在"杨朱墨翟之言盈天下,天下之言不归杨则归墨"②的情况下,面对"无父"、"无君"的时代潮流,惟有"正人心,息邪说,距诐行,放淫辞",才可能使天下归之于正。而归正天下,必须以不得已之"好辩"来抗拒杨墨之言。《孟子·滕文公上》孟子批驳许行之言,可以为其思辨性之代表:

> 陈相见孟子道许行言曰:"滕君则诚贤君也。虽然,未闻道也。贤者与民并耕而食,饔飧而治,今也滕有仓廪府库,则是厉民而以自养也,恶得贤?"孟子曰:"许子必种粟而后食乎?"曰:"然。""许子必织布然后衣乎?"曰:"否。许子衣褐。""许子冠乎?"曰:"冠。"曰:"奚冠?"曰:"冠素。"曰:"自织之与?"曰:"否,以粟易之。"曰:"许子奚为不自织?"曰:"害于耕。"曰:"许子以釜甑爨,以铁耕乎?"曰:"然。""自为之与?"曰:"否,以粟易之。""以粟易械器者,不为厉陶冶,陶冶亦以其械器易粟者,岂为厉农夫哉?且许子何不为陶冶,舍皆取诸其宫中而用之?何为纷纷然与百工交易?何许子之不惮烦?"曰:"百工之事固不可耕且为也。""然则治天下独可耕且为与?有大人之事,有小人之事。且一人之身而百工之所为备,如必自为而后用之,是率天下而路也。故曰:或劳心,或劳力,劳心者治人,劳力者治于人,治于人者

---

① [汉]赵岐注,[宋]孙奭疏:《孟子注疏》卷六下,《十三经注疏》,中华书局1980年版。
② 《孟子·滕文公下》,同上书。

食人,治人者食于人,天下之通义也。……"①

农家尚耕,而看不到社会分工协作的必要性,孟子正是抓住了农家学说的偏颇之处,指出许行并未有做到事事躬亲,因而推衍出社会分工的合理性,认为治天下与百工之事一样,皆不可"耕且为"。孟子在这里,运用设问以逐层推论的方法,通过因势利导,由例证而后归纳、演绎,反驳了农家学说,从而建立了"劳心者治人,劳力者治于人,治于人者食人,治人者食于人"的社会分工论。《孟子》文章,感情充沛,气势磅礴,又善于用比喻的方法,其语言明白晓畅,精练准确,生动形象,富于感染力。

《荀子》文章,郭沫若以"宏富"、"浑厚"称之②,荀子学识鸿博,文风朴实、严谨,注重以理服人,引物连类,设譬说理,不渲染夸张。每一篇文章都有明确的意旨,通过概括性的标题来说明。谭家健先生认为,《荀子》著作中,《劝学》论学习,《修身》论道德修养,《非十二子》评论各家学说,《王制》阐述作者的政治主张,《君道》论述封建君主的作用,《臣道》讲封建大臣应当遵守的原则,《致士》讲招贤纳士,《富国》讨论经济问题,《议兵》讨论军事问题,《解蔽》专谈认识论,《性恶》专谈人性论……在《荀子》之前,《老子》没有标题,《论语》、《孟子》仅仅撮取首章首句二三字为题,与全章内容并无关系。《庄子》的一部分标题带有随意性,部分标题则难以理解,《墨子》的标题是墨子后学所加,《荀子》全书各篇都有简括精确的短语做题目③。

《荀子》开以简明标题概括文章内容的文章命名形式,因而其文章中心突出,结构严谨,脉络分明,首尾一贯。其《劝学》篇,系统论述人的后天习养的重要性,文章开首曰:

> 君子曰:学不可以已。青取之于蓝而青于蓝,冰水为之而寒于水。木直中绳,𫐓以为轮,其曲中规;虽有槁暴,不复挺者,𫐓使之然

---

① [汉]赵岐注,[宋]孙奭疏:《孟子注疏》卷五下,《十三经注疏》,中华书局1980年版。
② 郭沫若:《十批判书》之《荀子的批判》,《郭沫若全集》历史编第二卷,人民出版社1982年版。
③ 参见谭家健:《先秦散文艺术新探》(增订本)第一编《诸子散文研究》之八《荀子的议论散文》,齐鲁书社2007年版。

也。故木受绳则直,金就砺则利,君子博学而日参省乎己,则知明而行无过矣。①

荀子先借君子之口,提出学习的重要性,而后以青青于蓝,冰寒于水,来说明不断进取的必要性,又以木之成轮,木受绳则直,金就砺则利,说明后天习养可以改变事物之本性,然后得出结论,认为君子必须"博学"和反省,以求"知明而行无过"。

文章在提出"博学"的中心后,下文接着更进一步论证博学的必要性。曰:

> 故不登高山,不知天之高也;不临深溪,不知地之厚也;不闻先王之遗言,不知学问之大也。干、越、夷貉之子,生而同声,长而异俗,教使之然也。《诗》曰:"嗟尔君子,无恒安息。靖共尔位,好是正直。神之听之,介尔景福。"神莫大于化道,福莫长于无祸。吾尝终日而思矣,不如须臾之所学也。吾尝跂而望矣,不如登高之博见也。登高而招,臂非加长也,而见者远;顺风而呼,声非加疾也,而闻者彰。假舆马者,非利足也,而致千里;假舟楫者,非能水也,而绝江河。君子生非异也,善假于物也。②

学习可知天之高,地之厚,学问之大,可以利用前人认识的成果,而见远彰闻,致千里,绝江河。荀子从现实生活经验出发,把抽象的道理通过日常习见的经验平易地说出,亲切而中肯。接下去,他又针对学习问题,论述了"君子慎其所立","结于一",以及学习礼乐圣道,成就为"全"、"粹"之君子的途径,其思想既富赡,譬喻又切近,同时,文采灿烂,修辞诚恳。

荀子之文,常针锋相对地批判错误的观点,但不是通过辩难的形式,而是具体分析。《性恶》篇指出:虽说路途众人可以为禹,但是,"小人可以为君子,而不肯为君子;君子可以为小人,而不肯为小人。小人、君子者,未尝不可以相为也,然而不相为者,可以而不可使也。故途之人可以为禹则然,途之人能为禹,未必然也"。③可能性不是现实性,孟子性善论把可

---

① [清]王先谦:《荀子集解》卷一,《诸子集成》,中华书局1954年版。
② 同上。
③ 同上书卷十七。

能性当成了现实性,所以强调发扬先天良知;荀子性恶论则区分可能与现实的差距,所以主张以后天的改造使人趋向于善。《性恶》云:

> 孟子曰人之性善,曰:是不然!凡古今天下之所谓善者,正理平治也;所谓恶者,偏险悖乱也,是善恶之分也已。今诚以人之性固正理平治邪?则有恶用圣王、恶用礼义矣哉!虽有圣王礼义,将何加于正理平治也哉!今不然,人之性恶。故古者圣人以人之性恶,以为偏险而不正,悖乱而不治,故为之立君上之执以临之,明礼义以化之,起法正以治之,重刑罚以禁之,使天下皆出于治,合于善也,是圣王之治而礼义之化也。①

荀子认为,人性偏险悖乱,圣王因而设立礼法制度以约束民众,所以,礼义法律是适应社会现实的需要而设立的,具体说,则是为了防止乱恶和竞争。荀子没有纵横捭阖、铺张扬厉,甚至没有疾言厉色、高谈阔论,但在儒雅的言辞中,同样表现了他那坚定的信念。

诸子之中,最具雄辩之才的,当属公孙龙子。《公孙龙子·迹府》称公孙龙子"疾名实之散乱,因资材之所长,为守白之论,假物取譬,以守白辨"。其论点最中心的是"白马非马"的观点,《白马论》曰:

> 马者所以命形也,白者所以命色也;命色者非命形也,故曰白马非马。
>
> 求马,黄黑马皆可致。求白马,黄黑马不可致。使白马乃马也,是所求一也;所求一者,白马不异马也。所求不异,如黄黑马有可有不可,何也?可与不可,其相非明,故黄黑马一也,而可以应有马,而不可以应有白马,是白马之非马,审矣。
>
> 马固有色,故有白马。使马无色,如有马而已耳,安取白马?故白者非马也。白马者,马与白也。马与白马也,故曰:白马非马也。
>
> 白者不定所白,忘之而可也。白马者,言白定所白也。定所白者,非白也。马者,无去取于色,故黄黑皆所以应。白马者,有去取于色,黄黑马皆所以色去,故唯白马独可以应耳。无去者,非有去也,故

---

① [清]王先谦:《荀子集解》卷十七,《诸子集成》,中华书局1954年版。

曰白马非马。①

《韩非子·外储说左上》记载:"兒说,宋人,善辩者也。持白马非马也服齐稷下之辩者,乘白马而过关,则顾白马之赋。"②齐稷下盛于齐威、宣王时,当公元前356年至公元前302年,公孙龙为平原君门人,平原君赵胜相赵在赵惠文王与赵孝成王时,惠文、孝成在位时当公元前298年至公元前245年,则公孙龙之"白马非马",或晚于兒说。公孙龙之"白马非马"论,以"马"为名,以"白马"为实,名是抽象的,实是具体的,马的概念包含了各种颜色的马,而白马则是具体颜色的马,即事物的坚质和白色这两种属性,是孤立而分离存在的。所以,认为"白马非马"。

公孙龙子的这种认识方法,同样贯彻在其他篇章中。《指物》曰:"物莫非指,而指非指。天下无指,物无可以谓物。非指者天下,而物可谓指乎?"即一切事物,都由指定而来,指此物为树,便被称为树,但若不指定此物为树,则树不为树,所以"物莫非指"。树之名是一种抽象,不是此物之真体,所以"指非指"。《通变》曰:"二无一。"即任何二物,无可单独存在之一方面,譬如左右为二,无单独之左右,所以,"二无右","二无左"。《坚白论》曰:"坚、白、石三,可乎?曰:不可。曰:二,可乎?曰:可。"如果把石头分成坚、白、石三者不可,而可分为坚、白二者,具体说,用眼看,则"无坚得白",用手摸,则"无白得坚","得其所白,不可谓无白,得其所坚,不可谓无坚",而石分别与坚、白相附。因此,坚、白可离,"离也者天下",即天下事物皆有分离,可独立存在。一般的白与具体事物的白,一般的坚与具体事物的坚有差异,所以,一般的坚、白可以离开具体事物的坚、白而存在。《名实论》区分名实,而主张"审其名实,慎其所谓"。《迹府》说公孙龙这样孜孜不倦地分析名与实之区别,而倡"正其名",是缘于当时社会"名实散乱",欲"以名实而化天下"。《通变》批评名实混乱之情况,认为"君臣争而两明也,两明者,昏不明"。君臣位不正,俱明而俱昏,而君臣位正,则可强盛,"是正举也,其有君臣之于国焉,故强寿矣"③。所谓正举,

---

① 谭介甫:《公孙龙子刑名发微》,中华书局1963年版。
② [清]王先慎:《韩非子集解》卷十一,《诸子集成》,中华书局1954年版。
③ 以上引文见王琯:《公孙龙子悬解》,中华书局1992年版。

就是君臣名实相副。据此而言,公孙龙子正名实之论,虽呈现出"诡辩"之面貌,却并不是有分析辩说之好奇,而是欲以正名而治世,有着现实的目的。

《墨子》之言兼爱、非攻等主张,说理透彻,言而有据。及《非儒下》①、《耕柱》②、《公孟》③等批评儒者"必古言服而后仁"、"君子循而不作"、"述而已"等观点,通过实证说明古言服曾是新言服,古之人言古言,服古服,而不能尽成圣人;弓甲车舟皆古人所作,为后人因袭,若述而不作是君子,则创造弓甲车舟的智者反成小人。通过辩驳,以见荒谬,体现很高的辩驳艺术,而后期墨家,如《墨子》之《经》上下、《经说》上下、《大取》、《小取》六篇,是墨辩学说,体现出逻辑性和科学性,其思辨之致,同于名说家。

战国诸子文章之思辨,既依赖于作者敏捷的理性智慧,也与作者对现实的透彻了解,以及善于把握听众及读者心理的技巧分不开。战国纵横家纵横捭阖,游说诸侯,铺陈排比,从容应变,正是战国诸子思辨与应用结合之例证。苏秦、张仪二人可为纵横家之代表。《史记》之《苏秦列传》、《张仪列传》说苏秦、张仪长于"权变"④,《论衡·答佞》谓:"苏秦、张仪从横,习之鬼谷先生,掘地为坑,曰:'下说令我泣出,则耐分人君之地。'苏秦下说,鬼谷先生泣下沾襟。"⑤苏秦、张仪游说诸侯,位极人臣,以三寸不烂之舌,连横合纵,正是缘于其论辩之长,切中要害。战国末年,韩非子著《说难》,以为"凡说之难,非吾知之有以说之之难也,又非吾辩之能明吾意之难也,又非吾敢横失而能尽之难也。凡说之难,在知所说之心,可以吾说当之"⑥。游说之难,在于因时因势采取相应的措施,知己知彼,有的放矢,才能打中要害,打动对方。韩非眼见法、术、势分离之弊不适应集权专制之需要,而倡导三者合一之说,因而能使秦王政叹曰:"嗟乎!寡人得见

---

① [清]孙诒让:《墨子闲诂》卷九,《诸子集成》,中华书局1954年版。
② 同上书卷十一。
③ 同上书卷十二。
④ 《史记》卷六十九、七十,中华书局1959年版。
⑤ [汉]王充:《论衡》卷十一,《诸子集成》,中华书局1954年版。
⑥ [清]王先慎:《韩非子集解》卷四,《诸子集成》,中华书局1954年版。

此人与之游,死不恨矣。"①

二、以寓言为媒介的形象化叙述

《庄子·天下》解说庄子文风,提出"寓言"之概念,曰"寓言十九"②,而《史记·老子韩非列传》亦称庄子"其著书十余万言,大抵率寓言也"③。《庄子·寓言》云"寓言十九,藉外论之",《释文》云:"寓,寄也。以人不信己。故托之他人,十言而九见信也。"④寓言事实上是一段虚构的故事。《庄子》之文,其说理虽也不乏逻辑思辨,但更多是借助一段形象而生动的故事或他人之言,来阐述自己的观点。如《逍遥游》云:

> 北冥有鱼,其名为鲲,鲲之大,不知其几千里也。化而为鸟,其名为鹏。鹏之背,不知其几千里也;怒而飞,其翼若垂天之云。是鸟也,海运则将徙于南冥。南冥者,天池也。齐谐者,志怪者也,谐之言曰:"鹏之徙于南冥也,水击三千里,抟扶摇而上者九万里,去以六月息者也。"……蜩与学鸠笑之曰:"我决起而飞,抢榆枋,时则不至而控于地而已矣,奚以之九万里而南为?"……楚之南有冥灵者,以五百岁为春,五百岁为秋;上古有大椿者,以八千岁为春,八千岁为秋。……藐姑射之山有神人居焉,肌肤若冰雪,绰约若处子;不食五谷,吸风饮露;乘云气,御飞龙,而游乎四海之外;其神凝,使物不疵疠而年谷熟。⑤

我们抛开庄子所要表达的意念不论,仅就其创作手法而言,无疑是以极度夸张的虚构为基础的,也就是那种非"庄语"的形式,所谓"谬悠之说,荒唐之言,无端崖之辞"⑥。在庄子笔下,鱼之大不知几千里,鸟之背不知几千里,其大无以伦比,而蜩与学鸠,也有拟人之声气。冥灵、大椿、藐姑

---

① 《史记》卷六十三,《老子韩非列传》,中华书局1959年版。
② [清]王先谦:《庄子集解》卷八,《诸子集成》,中华书局1954年版。
③ 《史记》卷六十三,中华书局1959年版。
④ [清]郭庆藩:《庄子集释》杂篇,《诸子集成》,中华书局1954年版。
⑤ 同上书内篇。
⑥ 《庄子·天下》,同上书杂篇。

射之山的神人,都是作者虚构出的象征物。

由于庄子创作如此"荒唐"而无所约束的"寓言",是缘于对天下"沉浊"的不满,所谓"以天下为沉浊,不可与庄语"①,因而庄子寓言,既包含深刻的哲理,又融入了强烈的感情色彩。这种哲理和感情,在大多数情况下,是通过叙述一个比较完整的故事来体现的。如《养生主》云:

> 庖丁为文惠君解牛,手之所触,肩之所倚,足之所履,膝之所踦,砉然响然,奏刀騞然,莫不中音。合于"桑林"之舞,乃中"经首"之会。文惠君曰:"嘻,善哉!技盖至此乎?"庖丁释刀对曰:"臣之所好者道也,进乎技矣。始臣之解牛之时,所见无非全牛者。三年之后,未尝见全牛也。方今之时,臣以神遇而不以目视,官知止而神欲行。依乎天理,批大郤,导大窾,因其固然。技经肯綮之未尝,而况大軱乎!良庖岁更刀,割也;族庖月更刀,折也;今臣之刀十九年矣,所解数千牛矣,而刀刃若新发于硎。彼节者有间,而刀刃者无厚,以无厚入有间,恢恢乎其于游刃必有余地矣。是以十九年而刀刃若新发于硎。虽然,每至于族,吾见其难为,怵然为戒,视为止,行为迟,动刀甚微。謋然已解,如土委地,提刀而立,为之四顾,为之踌躇满志,善刀而藏之。"文惠君曰:"善哉!吾闻庖丁之言,得养生焉。"②

庖丁通过解牛活动,总结出了一个可以通于养生的道理,为文惠君所认识。文惠君得到的养生之道是什么呢?就是庖丁解牛时"缘督以为经","依乎天理","以神遇而不以目视","以无厚入有间",因而"游刃有余"的明哲保身避害的道理,就是"为善无近名,为恶无近刑。缘督以为经,可以保身,可以全生,可以养亲,可以尽年"③。这个道理,不是作者直接表述的,而是包含在庖丁解牛这个故事之中的。

又《庄子·天道》云:

> 桓公读书于堂上,轮扁斵轮于堂下,释椎凿而上,问桓公曰:"敢问公之所读者何言邪?"公曰:"圣人之言也。"曰:"圣人在乎?"公曰:

---

① 《庄子·天下》,[清]郭庆藩:《庄子集释》杂篇,《诸子集成》,中华书局1954年版。
② [清]郭庆藩:《庄子集释》内篇,《诸子集成》,中华书局1954年版。
③ 《庄子·养生主》,同上书。

"已死矣。"曰:"然则君之所读者,古人之糟魄已夫!"桓公曰:"寡人读书,轮人安得议乎?有说则可,无说则死?"轮扁曰:"臣也以臣之事观之,斲轮,徐则甘而不固,疾则苦而不入,不徐不疾,得之于手而应于心,口不能言,有数存焉于其间。臣不能以喻臣之子,臣之子亦不能受之于臣,是以行年七十而老斲轮。古之人与其不可传也死矣,然则君之所读者,古人之糟魄已夫!"①

轮扁之言虽含有愤世嫉俗的意味,但却揭示了实践的重要性,以及言不尽意的困惑。刘勰所谓"操千曲而后晓声,观千剑而后识器"②,"至精而后阐其妙,至变而后通其数,伊挚不能言鼎,轮扁不能语斤,其微矣乎"③,正是这个寓言所要告诉我们的哲理。

庄子是批判现实社会黑暗的,他在寓言中,表达了他对社会丑恶和不公,及统治阶级残酷剥削平民、压迫平民的愤慨。《应帝王》云:

> 南海之帝为倏,北海之帝为忽,中央之帝为浑沌,倏与忽时相与遇于浑沌之地,浑沌待之甚善。倏与忽谋报浑沌之德,曰:"人皆有七窍以视听食息,此独无有,尝试凿之。"日凿一窍,七日而浑沌死。④

庄子虚构一个象征自然的神浑沌,而好事之倏、忽譬如所谓有为之君主,意欲有为,实则害民。

又《则阳》云:

> 有国于蜗之左角者曰触氏,有国于蜗之右角者曰蛮氏,时相与争地而战,伏尸数万,逐北旬有五日而后反。⑤

小小之蜗角,竟也有伏尸数万之战,这是多么夸张的笔法!正是这夸张之笔,表达了庄子对战国诸侯之间发动争霸战争的讽刺。

又《列御寇》云:

> 宋人有曹商者,为宋王使秦。其往也,得车数乘。王说之,益车

---

① 《庄子·养生主》,[清]郭庆藩:《庄子集释》外篇,《诸子集成》,中华书局1954年版。
② [南朝梁]刘勰:《文心雕龙·知音》,吴林伯:《文心雕龙义疏》,武汉大学出版社2002年版。
③ [南朝梁]刘勰:《文心雕龙·神思》,同上书。
④ [清]郭庆藩:《庄子集释》内篇,《诸子集成》,中华书局1954年版。
⑤ 同上书杂篇。

百乘。反于宋,见庄子曰:"夫处穷闾陋巷,困窘织屦,槁项黄馘者,商之所短也。一悟万乘之主而从车百乘者,商之所长也。"庄子曰:"秦王有病召医,破痈溃痤者得车一乘,舐痔者得车五乘,所治愈下,得车愈多,子岂治其痔邪?何得车之多也?子行矣。"①

这里庄子用秦王赐车的故事表达对趋炎附势、助纣为虐之徒的憎恨。

庄子也通过寓言来表达他对平等、自由的渴望,《至乐》云:

> 庄子至楚,见空髑髅,髐然有形。撽以马捶,因而问之曰:"夫子贪生失理,而为此乎?将子有亡国之事,斧钺之诛,而为此乎;将子有不善之行,愧遗父母妻子之丑,而为此乎?将子有冻馁之患,而为此乎?将子之春秋,故及此乎?"于是语卒,援髑髅枕而卧。夜半,髑髅见梦曰:"子之谈者似辩士。视子所言,皆生人之累也。死则无此矣。子欲闻死之说乎?"庄子曰:"然。"髑髅曰:"死,无君于上,无臣于下,亦无四时之事,从然以天地为春秋。虽南面王,乐不能过也。"庄子不信,曰:"吾使司命复生子形,为子骨肉肌肤,反子父母、妻子、闾里、知识,子欲之乎?"髑髅深矉蹙頞曰:"吾安能弃南面王乐,而复为人间之劳乎?"②

庄子假髑髅之口,表达了"无君于上,无臣于下,无四时之事,从然以天地为春秋"的理想。无君无臣,则没有统治者,因而也无被统治者,众生平等。无四时之劳,不受寿夭之限,则是自由。庄子以寓言成文,其寓言皆出于虚构,而此虚构又极其异想天开,惊心动魄,形象千姿百态,而尤以变形、夸张的人物形象,以及人化的动物形象为主。寓言中的庖丁、轮扁等下层平民,皆具智慧,而统治者则多昏愦虚伪。庄子寓言想象之奇特,语言之生动,思想之深刻,足以为诸子文章之极致,正如《庄子·天下》自许的那样,"瑰玮"、"参差"、"诐诡可观"③。

在大部分场合,庄子不把抽象的观念用直观的形式直接表达出来,而是通过寓言这种隐晦、曲折的象征说话,具象与抽象结合,现实与虚幻交融,其文雄奇宏伟,气势磅礴,如大鹏之展翅,而有翱翔之致,所述内容虚

---

① [清]郭庆藩:《庄子集释》杂篇,《诸子集成》,中华书局 1954 年版。
② 同上书外篇。
③ 同上书杂篇。

构荒诞,立意神秘玄妙,语言又含辛辣冷峻的讽刺意味,态度极夸张,极幽默。李白《大鹏赋》云:"南华老仙发天机于漆园,吐峥嵘之高论,开浩荡之奇言……五岳为之震荡,百川为之崩奔。"①刘熙载《艺概·文概》云:"无端而来,无端而去,殆得飞之机也。"②陈子龙《谭子庄骚二学序》更论其"用心恢奇,遣辞荒诞……宕逸变幻"③。庄子之文,"如长江大河滚滚灌注,泛滥乎天下。又如万籁怒号,澎湃汹涌,声沉影灭,不可控搏"④。其深其奇,确实当得上"陵轹诸子"之论⑤。

韩非以文学为害虫,但他本人就是一个文学之士。《韩非子》基本上为政论文,《说难》、《孤愤》、《五蠹》等,构思宏伟,结构谨严,标志着政论文章的进一步成熟。大体说来,《韩非子》不论长文、短文,其辞锋犀利,往往走入极端,如《孤愤》批判"当途之人"欺下瞒上,使人主受蒙蔽;分析社会现实精辟透彻,言辞夹带热诚的情绪,如《五蠹》之攻击学者、言谈者、带剑者、患御者、工商之民为"五蠹",应予取缔。其分析问题,细致入微,如《亡征》总结可亡之道,竟至于四十七条。《说林》、《内储说》及《外储说》,运用寓言以说理,如《内储说上》云:

> 齐宣王使人吹竽,必三百人,南郭处士请为王吹竽,宣王说之,廪食以数百人。宣王死,湣王立,好一一听之,处士逃。⑥

齐宣王以好士著名,供养文学之士数千百。其中不乏南郭处士之类滥竽充数的人,韩非以此寓言,说明应重视贤才,善识贤才。

又《外储说上》曰:

> 郑人有欲买履者,先自度其足而置之其坐。至之市,而忘操之。已得履,乃曰:"吾忘持度。"反归取之。及反,市罢,遂不得履。人曰:"何不试之以足?"曰:宁信度,无自信也。"⑦

这里,韩非用极度夸张的情节,讽刺了那些不能随机应变者的保守和迂

---

① 安旗主编:《李白全集编年注释》,巴蜀书社1990年版。
② [清]刘熙载:《艺概》,上海古籍出版社1978年版。
③ [明]陈子龙:《陈卧子先生安雅堂稿》卷三,上海时中书局1910年版。
④ [宋]高似孙:《子略》,《四明丛书》及《四部备要》。
⑤ 鲁迅:《汉文学史纲要》,《鲁迅全集》,人民文学出版社1973年版。
⑥ [清]王先慎:《韩非子集解》卷九,《诸子集成》,中华书局1954年版。
⑦ 同上书卷十一。

腐。《韩非子》一书寓言故事三百余则，精彩而富于戏剧性，虽不至如《庄子》之虚诞，但平实的哲理，同样建立在艺术化的构思、形象生动的故事情节基础之上。

如果说《孟子》以气势取胜，《荀子》以鸿富见长，《老子》饱含哲理，《庄子》富于形象性，《韩非子》则把这些论辩方法结合在一起，灵活地运用，以作为其辩难的有力武器。尽管其气势不如《孟子》博大，说理也比《荀子》偏激，又缺乏如《庄子》那样奇诡的才气，但却集哲理文章之大成。

通过形象、生动的寓言故事来阐述哲理，表达劝戒、讽刺、诙谐、幽默之情绪，比之正面论述，有意想不到的效果，所以战国诸子之文除《庄子》、《韩非子》之外，其他诸子著作也有寓言，如《墨子·兼爱》之"楚王好细腰"[1]；《孟子·梁惠王上》之"五十步笑百步"[2]，《孟子·公孙丑上》之"揠苗助长"[3]，《孟子·滕文公下》之"攘鸡"[4]，《孟子·离娄下》之"齐人有一妻一妾者"[5]；《尹文子·大道上》有"齐宣王好射"、"黄公好谦卑"、"楚人担山雉者"、"田父得玉"[6]；《公孙龙子·迹府》之"楚王遗弓"[7]；《荀子·劝学》之"蒙鸠为巢"[8]；《吕氏春秋·审己》之"列子学射"[9]，《异用》之"网开三面"[10]，《当务》之"驳象虎疑"[11]；《晏子春秋·内篇问上》之"社鼠猛狗"[12]，《内篇杂上》之"晏子之御"[13]，《内篇杂下》之"晏子使楚"[14]，等等。这些寓言虽不如《庄子》寓言想象奇特、夸张，其来源或根据传说，或根据历史故事，但都经过艺术加工，都可以视为虚构的故事，都是以形象、生动

---

[1] [清]孙诒让：《墨子闲诂》卷四，《诸子集成》，中华书局1954年版。
[2] [汉]赵岐注，[宋]孙奭疏：《孟子注疏》卷一上，《十三经注疏》，中华书局1980年版。
[3] 同上书卷三上。
[4] 同上书卷六下。
[5] 同上书卷八下。
[6] [清]钱熙祚校：《尹文子》，《诸子集成》，中华书局1954年版。
[7] 谭介甫：《公孙龙子刑名发微》，中华书局1963年版。
[8] [清]王先谦：《荀子集解》卷一，《诸子集成》，中华书局1954年版。
[9] [汉]高诱：《吕氏春秋注》卷九《季秋纪第九》，《诸子集成》，中华书局1954年版。
[10] 同上书卷十《孟冬纪第十》。
[11] 同上书卷十一《仲冬纪第十一》。
[12] 张纯一：《晏子春秋校注》卷三，《诸子集成》，中华书局1954年版。
[13] 同上书卷五。
[14] 同上书卷六。

的叙述来说明抽象的道理,意在言外,具有具象与抽象结合、形象性、虚构性、想象性、幽默、机智、哲理等特征。

诸子之寓言,最近于《庄子》寓言的,当推《列子》,《列子·汤问》有愚公移山的寓言,曰:

> 太形、王屋二山,方七百里,高万仞,本在冀州之南,河阳之北。北山愚公者,年且九十,面山而居。惩山北之塞,出入之迂也,聚室而谋曰:"吾与汝毕力平险,指通豫南,达于汉阴,可乎?"杂然相许。其妻献疑曰:"以君之力,曾不能损魁父之丘,如太形、王屋何?且焉置土石?"曰:"投诸渤海之尾,隐土之北。"遂率子孙荷担者三夫,叩石垦壤,箕畚运于渤海之尾。邻人京城氏之孀妻,有遗男,始龀,跳往助之。寒暑易节,始一反焉。河曲智叟笑而止之曰:"甚矣,汝之不惠!以残年余力,曾不能毁山之一毛,其如土石何?"北山愚公长息曰:"汝心之固,固不可彻,曾不若孀妻弱子!虽我之死,有子存焉;子又生孙,孙又生子;子又有子,子又有孙;子子孙孙,无穷匮也。而山不加增,何苦而不平?"河曲智叟亡以应。操蛇之神闻之,惧其不已也,告之于帝。帝感其诚,命夸娥氏二子负二山,一厝朔东,一厝雍南。自此,冀之南,汉之阴,无陇断焉。①

这个寓言有描写,有叙述,故事有始有终,人物形态、举止、神气活现,而杂以人神之力,移山跨海,虚妄无实。想象之奇,正与庄子寓言相类。《列子》之《天瑞》有"杞人忧天"②,《汤问》有"夸父逐日"、"扁鹊换心"③等,也极尽想象之能,夸张、荒诞,而有深意。

三、人物个性的形神彰显

诸子文章,不以塑造人物形象为目的,但诸子文章通过对话、辩难为我们塑造了一大批富于个性的人物形象。孔子、孟子、晏子、庄子、墨子可

---

① [晋]张湛:《列子注》卷五,《诸子集成》,中华书局1954年版。
② 同上书卷一。
③ 同上书卷五。

为其中代表。

《论语》为我们塑造了孔子的光辉形象。孔子是位伟大的"圣人",颜渊叹曰:"仰之弥高,钻之弥坚,瞻之在前,忽焉在后。"①他是位伟大的教育家,"学而不厌,诲人不倦","好古敏以求之"②,循循然善诱人,亲切而活泼,以言语、政事、德行、文学教授弟子,教学相长,文、行、忠、信。知之为知之,不知为不知,实事求是。仁、义、礼、智,好义而不言利,重视人,爱人而具深情,弟子颜回之死,而"哭之恸"。他严格以道德规范约束自己及门人弟子,"非礼勿视,非礼勿听,非礼勿言,非礼勿动"③。以做君子和培养君子为责任。他把"仁"当作最高责任,强调君子无终食之间违仁,"造次必于是,颠沛必于是"④。倡导士之"弘毅",以仁为己任,"任重而道远","死而后已"⑤。"杀身以成仁",而"无求生以害仁"⑥。他有极强烈的是非之心,以为"唯仁者,能好人,能恶人"⑦,"以直报怨,以德报德"⑧,"刚毅、木讷"⑨,恭敬、忠信、宽弘、敏惠谦虚而平易,《乡党》云:"孔子于乡党,恂恂如也,似不能言者;其在宗庙、朝庭,便便言,唯谨尔。朝,与下大夫言,侃侃如也;与上大夫言,訚訚如也;君在,踧踖如也,与与如也。""齐必变食,居必迁坐,食不厌精,脍不厌细,食饐而餲,鱼馁而肉败不食,色恶不食,臭恶不食,失饪不食,不时不食,割不正不食,不得其酱不食。肉虽多,不使胜食气。唯酒无量,不及乱。沽酒市脯不食,不撤姜食,不多食。祭于公,不宿肉。祭肉不出三日,出三日不食之矣。食不语,寝不言。虽疏食、菜羹、瓜,祭必齐如也。""席不正不坐,乡人饮酒,杖者出,斯出矣。""问人于他邦,再拜而送之。""入太庙,每事问。""朋友死,无所归。曰:于我殡。朋友之馈,虽车马,非祭肉不拜。""寝不尸,居不容。""见齐衰者,虽狎

---

① 《论语·子罕》,[清]刘宝楠:《论语正义》卷十,《诸子集成》,中华书局1954年版。
② 《论语·述而》,同上书卷八。
③ 《论语·颜渊》,同上书卷十五。
④ 《论语·里仁》,同上书卷五。
⑤ 《论语·泰伯》,同上书卷九。
⑥ 《论语·卫灵公》,同上书卷十八。
⑦ 《论语·里仁》,同上书卷五。
⑧ 《论语·宪问》,同上书卷十七。
⑨ 《论语·子路》,同上书卷十六。

必变；见冕者与瞽者，虽亵必以貌。""升车，必正立执绥，车中不内顾，不疾言，不亲指。"①孔子日常行止，及斋戒祭祀，文质彬彬，端庄典雅，不卑不亢，不骄不躁。虽以其博大精深，于饮食投足此小事，亦庄严郑重，而透露出文化氛围。他推崇大同之尧舜禹三代②，周游列国，历尽艰辛，欲恢复礼制秩序。他对自己的才能深信不疑，面对不断的失望，虽时时萌发出世之念，却摆脱不了对社会的一份责任心。孔子是中国古代知识分子最杰出的代表。

《孟子》一书，通过对孟子游说的记载，为我们塑造了一个勇敢、坚强、高尚而有历史使命感的知识分子形象。孟子有"虽千万人吾往矣"③的勇气，《告子上》中孟子曰："生，亦我所欲也；义，亦我所欲也。二者不可得兼，舍生而取义者也。生亦我所欲，所欲有甚于生者，故不为苟得也；死亦我所恶，所恶有甚于死者，故患有所不辟也。"④大义当前，舍生忘死，慷慨赴难，这是何等的气概。孟子向往的是一种坚忍不拔、坚强不屈的正气，是维护正义，不与恶势力妥协的独立人格，所以，《滕文公下》孟子曰："居天下之广居，立天下之正位，行天下之大道。得志与民由之，不得志独行其道。富贵不能淫，贫贱不能移，威武不能屈，此之谓大丈夫。"⑤所谓广居，即仁；正位，即礼；大道，即义。居仁，行义，立于礼，不论贫富穷达，不为富贵所诱惑，不为贫贱所气馁，不为威武所屈服，顶天立地，不可动摇。孟子之所以能有如此气魄，是因为他坚信自己人格之高尚，事业之正义。《尽心上》载："王子垫问曰：'士何事？'孟子曰：'尚志。'曰：'何谓尚志？'曰：'仁义而已矣……'"⑥在孟子看来，"穷不失义，达不离道"⑦之士，要对仁义有一种使命感，因此，士不怕艰难困苦的折磨，并善于在困境中磨炼

---

① 《论语·子路》，[清]刘宝楠：《论语正义》卷十一、十二、十三，《诸子集成》，中华书局1954年版。
② 《论语·泰伯》曰："大哉尧之为君也。""巍巍乎舜禹之有天下也。"同上书卷九。
③ 《孟子·公孙丑上》，[清]焦循：《孟子正义》卷三，《诸子集成》，中华书局1954年版。
④ [清]焦循：《孟子正义》卷十一，《诸子集成》，中华书局1954年版。
⑤ 同上书卷六。
⑥ 同上书卷十三。
⑦ 《孟子·尽心上》，同上书卷十三。

自己。《告子下》孟子曰:"故天将降大任于是人也,必先苦其心志,劳其筋骨,饿其体肤,空乏其身,行拂乱其所为,所以动心忍性,曾益其所不能。"①孟子游说诸侯,被认为在做"迂远而阔于事情"②,不为世所重,但他"菜色困穷"③而不改其志,因为他坚信一个伟大的人物必须经过艰难困苦的玉成过程。而他作为一个先知先觉者的重任,就是使众生觉悟,《万章上》孟子曰:"天之生此民也,使先知觉后知,使先觉觉后觉也。予天民之先觉者也,予将以斯道觉斯民也。非予觉之而谁也?思天下之民匹夫匹妇有不被尧舜之泽者,若己推而内之沟中,其自任以天下之重如此。"④孟子虽强调"穷则独善其身"⑤,"不得志独行其道"⑥,但在他的处世哲学中,时刻不忘拯救万民,然而任重而道远,没有自信心和以天下为己任的一腔热情,是难以做到的。

《史记·管晏列传》曰:"晏平仲婴者,莱之夷维人也,事齐灵公、庄公、景公,以节俭力行重于齐。既相齐,食不重肉,妾不衣帛。其在朝,君语及之,即危言;语不及之,即危行。国有道,即顺命;无道,即衡命。以此三世显名于诸侯。"⑦《晏子》一书,通过对晏婴其人事迹的描述和语言的记录,为我们描绘了重礼、尊君、爱民、恪守职责的贤相形象。《内篇谏上》第二曰:

> 景公饮酒酣,曰:"今日愿与诸大夫为乐饮,请为无礼。"晏子蹴然改容曰:"君之言过矣。群臣固欲君之无礼也,力多足以胜其长,勇多足以弑其君,而礼不使也。禽兽以力为政,强者犯弱,故日易主。今君去礼,则是禽兽也。群臣以力为政,强者犯弱,而日易主,君将安立矣?凡人所以贵于禽兽者,以有礼也。"⑧

---

① [清]焦循:《孟子正义》卷十二,《诸子集成》,中华书局1954年版。
② 《史记》卷七十四《孟子荀卿列传》,中华书局1959年版。
③ 《史记·孟子荀卿列传》曰:"……仲尼菜色陈蔡,孟轲困于齐梁……"《史记索隐》曰:"仲尼、孟子法先王之道,行仁义之化,且菜色困穷……"《史记》卷七十四,中华书局1959年版。
④ [清]焦循:《孟子正义》卷九,《诸子集成》,中华书局1954年版。
⑤ 《孟子·尽心上》,同上书卷十三。
⑥ 《孟子·滕文公下》,同上书卷六。
⑦ 《史记》卷六十二,中华书局1959年版。
⑧ 张纯一:《晏子春秋校注》卷一,《诸子集成》,中华书局1954年版。

君臣相交之"礼"是维护社会安定、上下关系的最重要的调节器,一旦放弃"礼",就会有犯上作乱之事,所以君主不可一日无"礼"以驭下。晏子之谏君体现他恂恂守礼的性格特征。

晏子既以重礼劝谏君主,也以礼为约束自身的尺度,《内篇杂上》第十三载:

> 晏子侍于景公,朝寒,公曰:"请进暖食。"晏子对曰:"婴非君奉馈之臣也,敢辞。"公曰:"请进服裘。"对曰:"婴非君茵席之臣也,敢辞。"公曰:"然则夫子之于寡人何为者也?"对曰:"婴社稷之臣也。"公曰:"何谓社稷之臣?"对曰:"夫社稷之臣,能立社稷,别上下之义,使当其礼;制百官之序,使得其宜;作为辞令,可分布于四方。"①

晏婴以社稷之臣自许,自以为非君奉馈、茵席之臣,而恪守职责。

礼别上下,对于儒家来说,尊君是臣子的本分,勤政爱民,则是君主应行的仁政。《内篇谏上》第二十载晏子谏景公曰:"婴闻古之贤君,饱而知人之饥,温而知人之寒,逸而知人之劳,今君不知也。"②《内篇问上》第十一晏婴说古之贤君之行曰:"薄于身而厚于民,约于身而广于世;其处上也足以明政行教,不以威天下。其取财也,权有无,均贫富……尽智导民而不伐焉。劳力岁事民时而不责焉,政尚相利,故下不以相害为行;教尚相爱,故民不以相恶为名……"《内篇问上》第十七曰:"景公问晏子曰:'贤君之治国若何?'晏子对曰:'其政任贤,其行爱民,其取下节,其自养俭……'"③晏婴以古之贤君激励君主,劝谏君主关心百姓之饥饱、寒温、劳逸、任贤、爱民、节俭,并以相利、相爱为政教之所崇尚,体现出一种积极的民本意识。这也正是晏子为人民所喜爱的原因。

《晏子》所描写的晏婴,除了重礼、尊君、爱民、禁暴等品格外,同时也是一位预言家,料事如神,预卜祸福,《内篇谏上》第二十二载,晏子释梦,曰景公所梦为商汤、伊尹,并预见齐军之败④。晏子又是一位机智的外交

---

① 张纯一:《晏子春秋校注》卷五,《诸子集成》,中华书局1954年版。
② 同上书卷一。
③ 同上书卷三。
④ 同上书卷一。

家,《内篇杂下》第十载晏子机智对答楚王之难曰:"婴闻之,橘生淮南则为橘,生于淮北则为枳,叶徒相似,其实味不同。所以然者何?水土异也。今民生长于齐不盗,入楚则盗,得无楚之水土使民善盗耶?"①其机智也表现在二桃杀三士等行为之中。晏婴是齐国人心目中的民族英雄,当齐之衰落,齐国人希望有一位贤相能使齐国保持昔日霸主的尊严,所以赋予晏婴大量的神异色彩,与现实存在过的晏子,则未必是一回事了。

庄子是一位见解深刻,具有独立个性,追求绝对自由,愤世嫉俗,而又顺世的隐者。《史记·老子韩非列传》曰:"楚威王闻庄周贤,使使厚币迎之,许以为相。庄周笑谓楚使者曰:'千金,重利;卿相,尊位也。子独不见郊祭之牺牛乎?养食之数岁,衣以文绣,以入大庙。当是之时,虽欲为孤豚,岂可得乎?子亟去,无污我。我宁游戏污渎之中自快,无为有国者所羁,终身不仕,以快吾志焉。'"②《庄子》一书,成功地塑造了这位伟大的隐士形象。他生活贫困,但又极具傲骨,《列御寇》说他处穷巷陋闾,困穷织履槁项黄馘③,《山木》云:"庄子衣大布而补之,正縻,系履而过魏王。"④他拒绝出仕,追求上古真诚、直率、朴素、自然的人际关系和社会形态,追求人的平等、自由,反对一切昏上乱相,超越死生、是非,而心中又存在着深沉的痛苦,他以死灰一般的苍颜,槁骸一般的身躯,混同于世人之中,知世界之无可奈何,而安之若命。庄子的形象,是一个胸怀理想、不满现实、孤独而深沉的愤世嫉俗的隐士形象。

《庄子》一书,还为我们描绘了许多具有神话色彩,超凡脱俗,甚至具幽默感的人物和动物形象,如《逍遥游》中扶摇直上九千里的大鹏,坐井观天的蜩与学鸠,《养生主》中踌躇满志的庖丁,《人间世》中"颐隐于脐,肩高于顶,会撮指天,五管在上,两髀为胁。挫针治繲,足以餬口;鼓筴播精,足以食十人"⑤的支离疏,鲁之兀者王骀、申徒嘉、叔山无趾等,无不形象鲜

---

① 张纯一:《晏子春秋校注》卷六,《诸子集成》,中华书局1954年版。
② 《史记》卷六十三,中华书局1959年版。
③ 参见[清]郭庆藩:《庄子集释》杂篇,《诸子集成》,中华书局1954年版。
④ 同上书外篇。
⑤ 同上书内篇。

明,各具个性。

墨子出身"贱人",胸怀济世心肠,《墨子·备梯》云:"禽滑釐子事子墨子三年,手足胼胝,面目黧黑,役身给使,不敢问欲。"①墨子要求学生身体力行,从事体力劳动,而他本人也量体而衣,量腹而食,短褐草鞋,东跑西颠,孔席不暇暖,墨突不得黔。他极为勇敢,《公输》中墨子为制止楚国伐宋,"起于齐,行十日十夜,而至于郢"②,游说公输般。《淮南子·泰族》称"墨子服役者百八十人,皆可使赴火蹈刃,死不旋踵"③,正是墨子形象本身具有的品质的感召。《孟子·尽心上》说"墨子兼爱,摩顶放踵利天下为之"④,"摩顶放踵利天下",正是墨子形象的突出特征。

四、辞达而已矣

诸子文章的语言,充分体现了辞达而已的特点。也就是说,诸子文章,能用最俭省的语言,表达最丰富的意思。

《老子》文章,短小而精练,富于哲理性,其语言形象生动,节奏和谐,常用骈偶。如《上篇》云:"大道废,有仁义;慧智出,有大伪;六亲不和,有孝慈;国家昏乱,有忠臣。""绝圣弃智,民利百倍;绝仁弃义,民复孝慈;绝巧弃利,盗贼无有。"⑤言辞犀利,而又对称、和谐。又《下篇》云:"上德不德,是以有德,下德不失德,是以无德。上德无为而无以为,下德为之而有以为;上仁为之而无以为,上义为之而有以为,上礼为之而莫之应,则攘臂而扔之。故失道而后德,失德而后仁,失仁而后义,失义而后礼。夫礼者,忠信之薄而乱之首。前识者,道之华,而愚之始。是以大丈夫处其厚不居其薄,处其实不居其华,故去彼取此。"⑥这种分析,具有深层次的内蕴,其思辨的特征是极明显的。不但条理清晰,而且具有辩证的逻辑联系。其

---

① [清]孙诒让:《墨子闲诂》卷十四,《诸子集成》,中华书局1954年版。
② 同上书卷十三。
③ [汉]高诱:《淮南子注》卷二十,《诸子集成》,中华书局1954年版。
④ [清]焦循:《孟子正义》卷十三,《诸子集成》,中华书局1954年版。
⑤ [三国魏]王弼:《老子注》,《诸子集成》,中华书局1954年版。
⑥ 同上。

语言骈散结合，有韵、无韵互见，既是哲理诗，又饱含着激情。

《韩非子》中，也有韵文，如《主道》、《扬权》全篇用韵。《扬权》基本为四言，与《老子》相类。这种用韵文写成的议论文，音节和谐、流畅，语句整齐、排比，因而有一种气吞山河的气势。

《文心雕龙·情采》云："老子疾伪，故称美言不信；而五千精妙，则非弃美矣。庄周云辩雕万物，谓藻饰也。韩非云艳采辩说，谓绮丽也。绮丽以艳说，藻饰以辩雕，文辞之变，于斯极矣。研味李老，则知文质附乎情性；详览庄、韩，则见华实过乎淫侈。"①《老子》之文，美而文质附乎情性，这不是过誉。以《庄子》、《韩非子》辩说艳采，藻饰绮丽，也是不易之论。

《论语》一书，虽为语录体，但也见出辑录者对语言美感的追求，这种美感，既表现在语言的形象性方面，更体现在对语言节奏感的追求方面，使《论语》有散文诗般的韵致。而这一特点，也可以类比其余诸子文章。

节奏感就是运用对称、重复、低昂互节的变化来创造一种符合读者欣赏期待的跌宕起伏的旋律美感，是文学作品审美感受的主要形式之一。读者对节奏美的感受能力，根植于人体本身的生理机能。早在齐梁时代，刘勰就指出："夫音律所始，本于人声者也，声含宫商，肇自血气。"②美国著名文论家劳·坡林在他所著的《声音和意义——诗学概论》中指出："我们喜爱音乐重复，我们也喜爱节奏与格律，因为它们植根于更深的基础，这种喜爱和我们心脏的跳动有关，和我们脉搏的波动有关，和我们肺部呼吸有关。"③正由于这种天然的联系，人对于音乐效果有着特殊的爱好。

《论语》的编纂者虽未必意识到语言节奏能引起美感，但处在诗乐舞一体的良好传统之中，他们在组织语义结构之时，仅凭直觉感受，就创造了优美的旋律和动人的节奏，主要是复沓式、轻重音变化式和对称式。这里首先应提到的是排比句式。排比是一种修辞格，在《论语》中运用很多，

---

① 吴林伯：《文心雕龙义疏》，武汉大学出版社2002年版。
② [南朝梁]刘勰：《文心雕龙·声律》，吴林伯：《文心雕龙义疏》，武汉大学出版社2002年版。
③ [美]劳·坡林：《怎样欣赏英美诗歌》，北京出版社1985年版。

如《学而》曰:

> 学而时习之,不亦说乎?有朋自远方来,不亦乐乎?人不知而不愠,不亦君子乎?①

《为政》曰:

> 吾十有五而志于学,三十而立,四十而不惑,五十而知天命,六十而耳顺,七十而从心所欲不逾矩。
>
> 生事之以礼,死葬之以礼,祭之以礼。②

《述而》曰:

> 德之不修,学之不讲,闻义不能徙,不善不能改,是吾忧也。
>
> 志于道,据于德,依于仁,游于艺。③

《颜渊》曰:

> 非礼勿视,非礼勿听,非礼勿言,非礼勿动。④

排比句式的每一个单句结构和语音大致相似,这样排列在一起,就能形成一种语气和音节的重复,在增加表达气势的同时,也就形成了一种节奏的和谐感,其效果有些类似音乐乐章中的重复咏叹。

与排比句相近的是对偶句,对偶句是通过两个句子的字数对称来形成一种对称的变化旋律,如:

> 学而不思则罔,思而不学则殆。⑤
>
> 乐而不淫,哀而不伤。⑥
>
> 君子坦荡荡,小人长戚戚。⑦
>
> 死生有命,富贵在天。⑧
>
> 不患寡而患不均,不患贫而患不安。⑨

---

① [清]刘宝楠:《论语正义》卷一,《诸子集成》,中华书局1954年版。
② 同上书卷二。
③ 同上书卷八。
④ 同上书卷十五。
⑤ 《论语·为政》,同上书卷二。
⑥ 《论语·八佾》,同上书卷四。
⑦ 《论语·述而》,同上书卷八。
⑧ 《论语·颜渊》,同上书卷十五。
⑨ 《论语·季氏》,同上书卷十九。

排比与对偶作为修辞格,其主要目的在于增强语言的表达能力,在对比或重复中给人以深刻影响,但客观上,这种重复也创造了强烈的节奏感,从语音角度强调了语义特征。这种排比对偶句式,在骈文时代,在作家的认识中已不是单纯意义的需要,《文心雕龙·丽辞》曰:"自扬马张蔡,崇尚丽辞,如宋画吴冶,刻形镂法,丽句与深采并流,偶意共逸韵俱发。"①对偶、排比同时也是建设美的形式的手段。

排比与对偶的节奏在于重复之中的对称和谐,《论语》中运用叠音词与双声叠韵的联绵词也能达到一种音节节奏的重复效果。若这种叠音重复缀一轻音语气词,又能引起轻重音的调节变化,形成参差和错落。如:

  天子穆穆。②

  郁郁乎文哉。③

  造次必于是,颠沛必于是。④

  文质彬彬。⑤

  申申如也,夭夭如也。⑥

  战战兢兢。⑦

  恂恂如也。⑧

  侃侃如也。⑨

  行行如也。⑩

  硁硁乎。⑪

---

① 吴林伯:《文心雕龙义疏》,武汉大学出版社2002年版。
② 《论语·八佾》,[清]刘宝楠:《论语正义》卷三,《诸子集成》,中华书局1954年版。
③ 同上。
④ 《论语·里仁》,同上书卷五。
⑤ 《论语·雍也》,同上书卷七。
⑥ 《论语·述而》,同上书卷八。
⑦ 《论语·泰伯》,同上书卷九。
⑧ 《论语·乡党》,同上书卷十一。
⑨ 同上。
⑩ 《论语·先进》,同上书卷十四。
⑪ 《论语·宪问》,同上书卷十七。

应该说,重言也是一种音节的重复和重叠,在《论语》中,常用重言表示强调或感叹,所以重言的句子多带有语气词,在一个句子之中,就发音论,主谓语的轻重是不同的,而实词与虚词的轻重也不同。这种完全相同的重复所表示的两个具有波动性的音节重复,有一唱三叹、余音缭绕无尽之妙。如:

  弗如也,吾与女弗如也。①
  如其仁,如其仁。②

这里表示肯定语气。又如:

  人焉廋哉,人焉廋哉?③

以反诘语气表示肯定。又如:

  斯人也,而有斯疾也;斯人也,而有斯疾也。④

表示痛惜悲哀之情。又如:

  觚不觚,觚哉觚哉。⑤

表示愤怒之情。又如:

  沽之哉,沽之哉,吾待贾者也。⑥
  天丧予,天丧予。⑦

表示悲伤之情。又如《宪问》曰:

  彼哉!彼哉!⑧

表示轻视之意。又如反诘之中有不满的:

  礼云礼云,玉帛云乎哉?乐云乐云,钟鼓云乎哉!⑨

因为语气词本身就有表示节奏和旋律的音乐效果,再加上重复,犹如锦上添花。《诗经》民歌常用的三叠式结构或重复咏叹,也不过如此。

---

① 《论语·公冶长》,[清]刘宝楠:《论语正义》卷六,《诸子集成》,中华书局1954年版。
② 《论语·宪问》,同上书卷十七。
③ 《论语·为政》,同上书卷二。
④ 《论语·雍也》,同上书卷七。
⑤ 同上。
⑥ 《论语·子罕》,同上书卷十。
⑦ 《论语·先进》,同上书卷十四。
⑧ 同上书卷十七。
⑨ 《论语·阳货》,同上书卷二十。

另外，诸如为强调谓语的谓语前置句，以及几个语气词的重叠，也能创造一种节奏美，如《八佾》曰：

> 大哉！问。①

《公冶长》曰：

> 君子哉！若人。②

《先进》曰：

> 孝哉！闵子骞。③

《雍也》曰：

> 贤哉！回也。④

《述而》曰：

> 甚矣！吾衰矣。久矣！吾不复梦见周公矣。⑤

《子路》曰：

> 野哉！由也。
>
> 诚哉！是言也。⑥

因为一般是被强调的部分发重音，其余轻读，所以谓语前置句都有一个共同的旋律，就是由高音忽然转到低音，出现大幅度的跌宕。

语助者，助语也。语气是一种旋律和音节节奏的流动，如疑问句、反诘句用升调，陈述句用降调，这本身就是由语助词来表明的——特别是没有标点符号之前，更是如此。而两个语气词的重叠，会使两个纯表语气音节的虚词具有一种不可用实词组合替代的微妙的节奏快感和表意能力，如《雍也》曰：

> 亡之，命矣夫！⑦

充分地表达了孔子绝望与无可奈何的情绪，音节由重音到轻音，又从轻音"矣"滑到"夫"，轻到不用心去听就听不清的程度。但正是这种由高入低

---

① 《论语·阳货》，[清]刘宝楠：《论语正义》卷三，《诸子集成》，中华书局1954年版。
② 同上书卷六。
③ 同上书卷十四。
④ 同上书卷七。
⑤ 同上书卷八。
⑥ 同上书卷十六。
⑦ 同上书卷七。

的音节,就把说话人要表达的语气及神态淋漓尽致地表现了出来。又如《述而》曰:

> 仁远乎哉!①

《宪问》曰:

> 赐也贤乎哉!②

其效果正与"命矣夫"相类,把说话人要表达的仁的难以企及,以及端木赐的贤明之感叹准确地传达出来了。

汉语是单音节词,单个的音节虽有意义,但是很难形成节奏感,所以节奏都是在句子和词组中表现出来的。由于四言句式两两相对,比之二言要显得敦厚徐缓,比之三言五言要显得和谐对称,比之六言要精练。所以,中国的成语喜用四言,这种四言句式,有一种波浪式的旋律,又有简洁的力度。《论语》的作者大约也认识到了这一点,如《述而》曰:

> 用之则行,舍之则藏。
>
> 发愤忘食,乐以忘忧。
>
> 述而不作,信而好古。③

其中最杰出的句子是《泰伯》的"鸟之将死,其鸣也哀;人之将死,其言也善"④,其中既有对偶的和谐和重复,又有轻重音的高低起伏,还有四言句式的圆满,读之犹如一支抒情曲,哀婉之声,隐隐入耳,动人心弦。

五、情感的同一性和风格的多样性

诸子文章,其思想内容丰富多彩,而其艺术手法也千姿百态。《文心雕龙·诸子》曰:

> 研夫孟荀所述,理懿而辞雅;管晏属篇,事核而言练;列御寇之书,气伟而采奇;邹子之说,心奢而辞壮;墨翟随巢,意显而语质;尸佼

---

① [清]刘宝楠:《论语正义》卷八,《诸子集成》,中华书局1954年版。
② 同上书卷十七。
③ 同上书卷八。
④ 同上书卷九。

尉缭,术通而文钝;鹖冠绵绵,亟发深言;鬼谷眇眇,每环奥义;情辨以泽,文子擅其能;辞约而清,尹文得其要;慎到析密理之巧;韩非著博喻之富;吕氏鉴远而体周;淮南泛采而文丽;斯则得百氏之华采,而辞气之大略也。①

《孟子》、《荀子》倡导仁义礼智,在后人看来,其道理高明,而其文辞,也属雅正。《管子》、《晏子》记管、晏言行,所记事实翔核,而言辞精练。《列子》之书,以气伟奇彩见长。《邹子》有谈天之好,言辞闳大不经,辞采壮阔。墨子质朴,其著作为下层庶人所习,意思明白,文辞直率。《尸子》、《尉缭》,缺少文采;《鹖冠子》常发出世深言。《鬼谷》一书,不见于《汉书·艺文志》,其可靠虽可怀疑,但鬼谷子本人为苏秦、张仪老师,擅长诡道,自不难想象。而《文子》、《尹文子》、《慎到》、《韩非子》、《吕氏春秋》,也各有所长,或辨情,或辞约,或理密,或博喻,或远鉴,以各自个性,体现出了战国诸子文章的丰富性。

诸子之中,小说家独树一帜,蒋伯潜《诸子通考·绪论》指出:"据其书名度之,似皆外史、别传、杂纂、笔记之类。"②按《汉书·艺文志》曰:"《宋子》十八篇。"注曰:"孙卿道宋子,其言黄老意。"又注《伊尹说》二十七篇曰:"其语浅薄,似依托也。"注《鬻子说》十九篇曰:"后世所加。"注《周考》七十六篇曰:"考周事也。"注《青史子》五十七篇曰:"古史官记事也。"注《天乙》三篇曰:"天乙谓汤,其言非殷时,皆依托也。"注《黄帝说》四十篇曰:"迂诞依托。"③这些著作,大抵产生于战国之时。其内容荒诞神秘,浅薄俚俗,皆伪托成文。侯忠义论汉代的小说理论说:"一、小说的内容主要来自民间传说,'街谈巷语,道听途说',是不符合大道,不见于经典的杂说和琐闻轶事。既有志怪,也有轶事题材。二、小说的形式是'丛残小语','尺寸短书',即都是短篇。三、小说的性质,具有观赏性(传奇性)、知识性和说教性,对生活有指导作用。四、艺术上富有比喻、夸张、虚构等特点,

---

① 吴林伯:《文心雕龙义疏》,武汉大学出版社 2002 年版。
② 蒋伯潜:《诸子通考》,浙江古籍出版社 1985 年版。
③ 上引见《汉书》卷三十,中华书局 1962 年版。

具有生动和形象的色彩。"①汉初人的小说理论,是对战国"小说"的总结。汉初人对小说的认识也正是战国小说家著作之特征。因而桓谭《新论》曰:"若其小说家,合丛残小语,近取譬论,以作短语,治身理家,有可观之辞。"②应该说,战国小说家的艺术手法,与庄子寓言有相通之处,其内容都有荒诞之特征,而表现手法又与比喻、夸张、虚构联系在一起。

战国诸子文章,无论其写作手法如何千变万化,都是为说明各自的主张。他们或归纳,或演绎,或举例,或比喻,或批驳,或辩难,都不过是为了证明各自主张的正确。诸子在证明自己主张的正确性时,都充满了自信心,这种自信来自于渴望拯救社会的真挚感情。

《史记·太史公自序》曰:"不违迁蜀,世传《吕览》;韩非囚秦,《说难》、《孤愤》。"意者《吕氏春秋》、《韩非子》中,有"发愤之所为作也"③。《吕氏春秋》虽不成于吕不韦迁蜀之时,但其言"治乱存亡"、"寿夭吉凶"之结晶,也是有为而发。韩非见韩之弱,数以书谏,而不见听,其作疾治国不务修明法度,执势御下,富国强兵,求人任贤,而以蠹为能,所养非所用,悲谦直不容,邪枉得逞,此其"发愤"之意。事实上,不独二子为然,战国诸子文章,皆有为而发,贯穿着深沉的感情。赵岐《孟子题辞》云:

> 周衰之末,战国纵横,用兵争强,以相侵夺,当世取士,务先权谋以为上贤,先王大道,陵迟堕废,异端并起,若杨朱墨翟放荡之言,以干时惑众者非一。孟子闵悼尧舜汤文周孔之业,将遂湮微,正途壅底,仁义荒殆,佞伪驰骋,红紫乱朱。于是则慕仲尼,周流忧世,遂以儒道游于诸侯,思济斯民。由不肯枉尺直寻,时君咸谓之迂阔于事,终莫能听纳其说。孟子亦自知遭苍姬之讫录,值炎刘之未奋,进不得佐兴唐虞雍熙之和,退不能信三代之余风,耻没世而无闻焉,是故垂宪言以诒后人。④

孟子一腔古道热肠,欲上宣圣王之化,下济百万苍生,遂以儒术游说,

---

① 侯忠义:《中国小说史稿》上册,北京大学出版社1987年版。
② 江淹:《拟李都尉陵从军》,[南朝梁]萧统编:《文选》卷三十一,中华书局1977年版。
③ 《史记》卷一百三十,中华书局1959年版。
④ [清]焦循:《孟子正义》,《诸子集成》,中华书局1954年版。

不为世人所重,因此退而著述,把自己的理想化为卷卷竹帛,字里行间,浸透着感情的热流,因而态度激烈。

诸子批判社会不公,乐道个人理想,也正是其感情的真诚流露。《文心雕龙·诸子》云:"太上立德,其次立言。百姓之群居,苦纷杂而莫显;君子之处世,疾名德之不章。唯英才特达,则炳曜垂文,腾其姓氏,悬诸日月焉。"①诸子耻没世而名不立,因而发愤著文,欲成一家之言,因而善于用自己的触角接触现实。他们的一家之言,不是人云亦云,而是用自己的衷情所灌注,由经验所积累,因而发之内心,情绪激昂而深沉,理气充沛而坚实。

即使是以天下为沉浊,不可与庄语的庄子,他那非庄语的形式,以及行为上"知其不可奈何而安之若命"②的处世态度,并不意味着他真能达到"形若槁骸,心若死灰"③之境,相反,这种表白本身便是一种愤疾情绪的流露,胡文英《庄子独见》云:"庄子眼极冷,心肠极热。"又云:"庄子最是深情,人第知三闾之哀怨,而不知漆园之哀怨有甚于三闾也,盖三闾哀怨在一国,而漆园之哀怨在万世。"④屈原不满楚王信谗言,幽思而作《离骚》,其哀怨产生于一己之现实遭遇。庄子把不幸看作是一个时代的悲剧和人作为"有身"之存在的悲剧。所以,庄子的悲哀更深沉、更博大。庄子嬉笑怒骂,愤恨、悲伤、落寞,都蕴涵着悲愤之情,其文章,正如王先谦《庄子集解序》所说,是"求其术而不得,将遂独立于寥阔之野,以幸全其身而乐其生"⑤。

当然,庄子眼见社会之不可救药,因而一切委之天命,在无可奈何之中唉声叹气;屈原则欲改良楚国政治,其中存在出世与入世之差别。明人陈子龙云:

> 庄子、屈子,皆贤人也,而迹其所为绝相反。庄游天地之表,却诸

---

① 吴林伯:《文心雕龙义疏》,武汉大学出版社2002年版。
② 《庄子·人间世》,[清]郭庆藩:《庄子集释》内篇,《诸子集成》,中华书局1954年版。
③ 《庄子·知北游》,同上书外篇。
④ [清]胡文英:《庄子独见》,清乾隆十六年三多斋刊本。
⑤ [清]郭庆藩注,王孝鱼点校:《庄子集释》,《新编诸子集成》,中华书局1961年版。

侯之聘，自托于不鸣之禽，不材之木，此无意当世者也；而屈子则自以宗臣受知遇，伤王之不明而国之削弱，悲伤郁陶，沉渊以没，斯甚不忘情者也。以我观之，则二子固有甚同者：夫庄子勤勤焉欲返天下于骊、胥之间，岂得为忘情之士；而屈子思谒虞帝而从彭咸，盖于当世之人不数数然也。予尝谓二子皆才高而善怨者，或至于死，或遁于无何有之乡，随其所遇而成耳。①

庄子、屈原皆怀孤独之才，对社会人生有无法排遣之感情，庄子不得意于世俗，放言而不庄语，但正如叶适所言："庄周者，不得志于当世而放意于狂言，湛浊一世而思以寄之，是以至此，其怨愤之切，所以异于屈原者鲜矣。"②克罗齐指出："诗是情感的语言，散文是理智的语言，但是理智就其有具体性与实在性而言，仍是情感，所以一切散文都有它的诗的方面。"③诸子散文饱含的感情色彩，使其具有诗的品质。

---

① [明]陈子龙：《陈卧子先生安雅堂稿》卷三，上海时中书局1910年版。
② 叶适：《水心先生别集》卷六，台湾河洛图书出版社1974年版。
③ 〔意〕克罗齐：《美学原理》，外国文学出版社1981年版。

第五章 战国叙事体文学

战国时期的叙事体文学,主要是史传文学,重要的著作包括《左传》、《国语》、《战国策》等。史传文学,是中国古代文学中重要的类型,中国早期的叙事文学,都离不开史传体。即使后代的叙事小说,也往往脱胎于史传体文学。

中国古代的史传体文学,创始于孔子,发展为战国时期的《左传》、《国语》、《战国策》等,至司马迁《史记》,日渐成熟,而且成为后代史传文学的典范性作品。刘勰《文心雕龙·史传》云:

> 昔者夫子闵王道之缺,伤斯文之坠,静居以叹凤,临衢而泣麟,于是就太师以正《雅》、《颂》,因鲁史以修《春秋》,举得失以表黜陟,征存亡以标劝戒。褒见一字,贵逾轩冕;贬在片言,诛深斧钺。然睿旨幽秘,经文婉约,丘明同时,实得微言,乃原始要终,创为传体。传者,转也,转受经旨,以授于后,实圣文之羽翮,记籍之冠冕也。
>
> 及至纵横之世,史职犹存。秦并七王,而战国有《策》。盖录而弗叙,故即简而为名也。汉灭嬴项,武功积年。陆贾稽古,作《楚汉春秋》。爰及太史谈,世惟执简,子长继志,甄序帝勋。比尧称典,则位杂中贤;法孔题经,则文非元圣。故取式《吕览》,通号曰纪。纪纲之号,亦宏称也。故《本纪》以述皇王,《列传》以总侯伯,《八书》以铺政体,《十表》以谱年爵,虽殊古式,而得事序焉。①

又刘知几《史通·六家》云:

> 逮仲尼之修《春秋》也,乃观周礼之旧法,遵鲁史之遗文;据行事,仍人道;就败以明罚,因兴以立功;假日月而定历数,藉朝聘而正礼

---

① 吴林伯:《文心雕龙义疏》,武汉大学出版社2002年版。

乐；微婉其说，志晦其文；为不刊之言，著将来之法，故能弥历千载，而其书独行。又案儒者之说春秋也，以事系日，以日系月；言春以包夏，举秋以兼冬，年有四时，故错举以为所记之名也。苟如是，则晏子、虞卿、吕氏、陆贾其书篇第，本无年月，而亦谓之春秋，盖有异于此者也。至太史公著《史记》，始以天子为本纪，考其宗旨，如法《春秋》。自是为国史者，皆用斯法。然时移世异，体式不同。其所书之事也，皆言罕褒讳，事无黜陟，故马迁所谓整齐故事耳，安得比于《春秋》哉！……《左传》家者，其先出于左丘明。孔子既著《春秋》，而丘明受经作传。盖传者，转也，转受经旨，以授后人。或曰传者，传也，所以传示来世。案孔安国注《尚书》，亦谓之传，斯则传者，亦训释之义乎？观《左传》之释经也，言见经文而事详传内，或传无而经有，或经阙而传存。其言简而要，其事详而博，信圣人之羽翮，而述者之冠冕也。逮孔子云没，经传不作。于时文籍，唯有《战国策》及《太史公书》而已。①

传虽然来源于注经，但自《左传》而后，开辟了一种叙事的新风格，而《史记》等著作，效法《左传》者多。而如《晏子春秋》、《吕氏春秋》等书，虽名为春秋，又与史传相去甚远，自然不能纳入叙事文学来讨论。

第一节 战国史传文学的主题

文学作品，在任何时候都不是一种文字游戏，而只能是通过语言的文字形式，表达作者的一种思想。史传文学作为历史题材的叙事体文学著作，在对历史事件、历史人物的描写、叙述过程中，同样表现出一种思想倾向性，这就是其主题。战国史传文学，包括《左传》、《国语》、《战国策》，无不表现出符合其时代的主题。

---

① [唐]刘知几撰：《史通·内篇·六家》，张振珮笺注：《史通笺注》卷一，贵州人民出版社1985年版。

一、《左传》的主题

《左传》作为一部独立的历史著作,记载了自鲁隐公元年至鲁悼公四年间 260 年的史事。作者在历史记述中,运用自己的道德尺度,对历史事件、历史人物予以评判。或褒或贬,抑扬有度,劝善惩恶。

首先,《左传》对春秋时的暴君虐主、乱臣贼子进行了批判。如齐襄公是战国时期齐国一个荒淫的君主,《庄公八年》载齐连称、管至父之乱,曰:

> 齐侯使连称、管至父戍葵丘。瓜时而往,曰:"及瓜而代。"期戍,公问不至。请代,弗许,故谋作乱。……冬十二月,齐侯游于姑棼,遂田于贝丘。见大豕,从者曰:"公子彭生也。"公怒曰:"彭生敢见!"射之,豕人立而啼。公惧,坠于车,伤足,丧屦。反,诛屦于徒人费,弗得,鞭之见血。走出,遇贼于门,劫而束之。费曰:"我奚御哉!"袒而示之背,信之。费请先入,伏公而出斗,死于门中。石之纷如死于阶下。遂入,杀孟阳于床。曰:"非君也,不类!"见公之足于户下,遂弑之。①

虽说如徒人费、石之纷如、孟阳等,愿为齐襄公而死,但齐襄公暴虐无常,在叛乱者眼中,不足以为君,所以可以杀之而后快。齐襄公与其妹文姜私通,文姜于鲁桓公十八年与桓公入齐,桓公谴责齐侯与文姜之私情,得罪齐侯,齐侯遂令公子彭生杀桓公,后又杀彭生以谢鲁人,而留文姜于齐,频频私会,其荒淫可见一斑,最终导致杀身之祸,也是事出必然。

又《宣公二年》载:

> 晋灵公不君,厚敛以雕墙,从台上弹人,而观其辟丸也。宰夫胹熊蹯不熟,杀之,置诸畚,使妇人载以过朝。赵盾、士季见其手,问其故,而患之。将谏,士季曰:"谏而不入,则莫之继也。会请先,不入则子继之。"三进,及溜,而后视之。曰:"吾知所过矣,将改之。"稽首而

---

① [晋]杜预注,[唐]孔颖达疏:《春秋左传正义》卷八,《十三经注疏》,中华书局 1980 年版。

对曰:"人谁无过?过而能改,善莫大焉。《诗》曰:'靡不有初,鲜克有终。'夫如是,则能补过者鲜矣。君能有终,则社稷之固也,岂唯群臣赖之。又曰:'衮职有阙,惟仲山甫补之。'能补过也。君能补过,衮不废矣。"犹不改。宣子骤谏,公患之,使鉏麑贼之。晨往,寝门辟矣,盛服将朝,尚早,坐而假寐。麑退,叹而言曰:"不忘恭敬,民之主也。贼民之主,不忠。弃君之命,不信。有一于此,不如死也。"触槐而死。

秋九月,晋侯饮赵盾酒,伏甲将攻之。其右提弥明知之,趋登曰:"臣侍君宴,过三爵,非礼也。"遂扶以下,公嗾夫獒焉。明搏而杀之。盾曰:"弃人用犬,虽猛何为。"斗且出,提弥明死之。

初,宣子田于首山,舍于翳桑,见灵辄饿,问其病。曰:"不食三日矣。"食之,舍其半。问之,曰:"宦三年矣,未知母之存否,今近焉,请以遗之。"使尽之,而为之箪食与肉,置诸橐以与之。既而与为公介,倒戟以御公徒,而免之。问何故。对曰:"翳桑之饿人也。"问其名居,不告而退,遂自亡也。乙丑,赵穿攻灵公于桃园。宣子未出山而复。太史书曰:"赵盾弑其君。"以示于朝。宣子曰:"不然。"对曰:"子为正卿,亡不越竟,反不讨贼,非子而谁?"宣子曰:"乌呼,'我之怀矣,自诒伊戚',其我之谓矣!"孔子曰:"董狐,古之良史也,书法不隐。赵宣子,古之良大夫也,为法受恶。惜也,越竟乃免。"①

晋灵公残暴不道,贪婪无道,《左传》的作者真实地书写了晋灵公的劣迹,同时,用"不君"来说明晋灵公的荒唐。在作者看来,他不是一个君主,作者不为君隐。及晋灵公因无道而被赵穿所杀,董狐以赵盾为正卿,"亡不越竟,反不讨贼",曰:"赵盾弑其君。"而作者又引孔子之言说董狐乃古之良史,书法不隐,自然没有过错,而赵宣子又是古之良大夫,也没有过错,但是因为制度设计的问题,他要承担杀晋灵公的"恶名"。他认为这是一件遗憾的事情,如果赵盾能离开赵国,就可以不承担责任了。作者字里行间,未见对赵盾不追究赵穿弑君之罪的责难,反倒有对赵盾蒙不白之冤

---

① [晋]杜预注,[唐]孔颖达疏:《春秋左传正义》卷二十一,《十三经注疏》,中华书局1980年版。

的同情。

《宣公九年》载：

> 陈灵公与孔宁、仪行父通于夏姬，皆衷其衵服，以戏于朝。泄冶谏曰："公卿宣淫，民无效焉，且闻不令，君其纳之。"公曰："吾能改矣。"公告二子，二子请杀之。公弗禁。遂杀泄冶。①

《宣公十年》载：

> 陈灵公与孔宁、仪行父饮酒于夏氏，公谓行父曰："征舒似女。"对曰："亦似君。"征舒病之。公出，自其厩射而杀之。二子奔楚。②

夏姬是陈国重臣的遗孀，而陈灵公及大臣孔宁、仪行父与夏姬通奸，并公然在朝堂上宣淫，荒淫无耻，又杀掉进谏的正直大臣，最终为夏姬之子征舒所杀，也是罪有应得。

《左传》在揭露无道君主、乱臣贼子的荒淫奸佞的同时，也正面歌颂了那些尊王而攘夷，贤明而爱民的君主。《僖公二十六年》赞齐桓公曰：

> 桓公是以纠合诸侯，而谋其不协，弥缝其阙，而匡救其灾，昭旧职也。③

又《僖公二十七年》赞晋文公曰：

> 晋侯始入而教其民，……出定襄王，入务利民，民怀生矣。……伐原以示之信，民易资者，不求丰焉。明征其辞。……大蒐以示之礼，作执秩以正其官。民听不惑，而后用之，出谷戍，释宋围，一战而霸，文之教也。④

又《昭公十三年》云：

> 齐桓，卫姬之子也，有宠于僖，有鲍叔牙、宾须无、隰朋以为辅佐，有莒、卫以为外主，有国、高以为内主，从善如流，下善齐肃，不藏贿，不从欲，施舍不倦，求善不厌，是以有国，不亦宜乎！我先君文公，狐

---

① [晋]杜预注，[唐]孔颖达疏：《春秋左传正义》卷二十二，《十三经注疏》，中华书局1980年版。
② 同上。
③ 同上书卷十六。
④ 同上。

季姬之子也,有宠于献,好学而不贰,生十七年,有士五人,有先大夫子余、子犯以为腹心,有魏犨、贾佗以为股肱,有齐、宋、秦、楚以为外主,有栾、郤、狐、先以为内主。亡十九年,守志弥笃。惠怀弃民,民从而与之,献无异亲,民无异望,天方相晋,将何以代文?①

桓公任贤而尊能,南伐至吕陵,望熊山;北伐山戎、离枝、孤竹;西伐大夏,涉流沙;束马悬车登太行,至卑耳山而还。鲁庄公十三年,会北杏以平宋乱;僖公四年,侵蔡,并伐楚;僖公六年,伐郑,围新城。鲁庄公十四年与诸侯会于鄄;十五年,再会鄄;十六年,同盟于幽;僖公五年,会首止;八年,盟于洮;九年,会葵丘。又定周襄王为太子之位,兵车之会三,乘车之会六,九合诸侯,一匡天下,维护了周天子及中国诸侯的安定,并使齐国走向繁荣昌盛②。晋文公幼有贤名,而遭大难,流亡天下,最终归国而执政,"修政","施惠百姓","入王尊周",而被委以"伯"主之霸位③。在齐桓、晋文身上,《左传》的作者倾注了他的理想君主模式。

《左传》的作者为我们树立了圣君与暴君的典型,同时也对礼崩乐坏的现实提出了批评。如《隐公元年》云:"豫凶事,非礼也。"④《隐公五年》云:"公矢鱼于棠,非礼也。"⑤《隐公八年》云:"诬其祖矣,非礼也,何以能育。"⑥《桓公二年》云:"取郜大鼎于宋,……纳于大庙,非礼也。"⑦《桓公三年》云:"齐侯送姜氏,非礼也;凡公女嫁于敌国,姊妹,则上卿送之,以礼于先君;公子则下卿送之;于大国,虽公子,亦上卿送之;于天子,则诸卿皆行,公不自送;于小国,则上大夫送之。"⑧《桓公十五年》云:"天王使家父

---

① [晋]杜预注,[唐]孔颖达疏:《春秋左传正义》卷四十六,《十三经注疏》,中华书局1980年版。
② 参见[晋]杜预注,[唐]孔颖达疏:《春秋左传正义》卷二十五,《十三经注疏》,中华书局1980年版。《史记》卷三十二《齐太公世家》,中华书局1959年版。
③ 《史记》卷三十九《晋世家》,中华书局1959年版。
④ [晋]杜预注,[唐]孔颖达疏:《春秋左传正义》卷二,《十三经注疏》,中华书局1980年版。
⑤ 同上书卷三。
⑥ 同上书卷四。
⑦ 同上书卷五。
⑧ 同上书卷六。

来求车,非礼也;诸侯不贡车服,天子不私求财。"①《庄公十八年》云:"虢公、晋侯朝王,王飨醴,命之宥,皆赐玉五瑴,马三匹。非礼也。王命诸侯,名位不同,礼亦异数,不以礼假人。"②凡此种种,被作者指为"非礼"的行为,不胜枚举,"礼"成了《左传》作者判定是非的重要尺度。

非礼是罪过,而被赞为"礼也",则无异于殊荣,《隐公六年》云:"京师来告饥,公为之请籴于宋、卫、齐、郑,礼也。"《隐公八年》云:"齐人卒平宋、卫于郑;秋,会于温,盟于瓦屋,以释东门之役,礼也。""郑伯以齐人朝王,礼也。"③《桓公二年》云:"冬,公至自唐,告于庙也。凡公行,告于宗庙,反行饮至,舍爵策勋焉,礼也。"④《桓公八年》曰:"祭公来,遂逆王后于纪,礼也。"《桓公九年》曰:"冬,曹大子来朝,宾之以上卿,礼也。"《桓公十四年》曰:"春,会于曹,曹人致饩,礼也。"《桓公十七年》曰:"冬十月,朔,日有食之,不书日,官失之也。天子有日官,诸侯有日御,日官居卿以厎日,礼也。日御不失日,以授百官于朝。"⑤《庄公八年》曰:"治兵于庙,礼也。"⑥《庄公二十八年》曰:"冬,饥,臧孙辰告籴于齐,礼也。"⑦《左传》作者不但褒扬合礼之行为,而且说明如何才合于礼。

《左传》之所以如此强调礼,是与礼的性质及作者重视礼的作用分不开的,《隐公十一年》曰:

> 君子谓郑庄公于是乎有礼。礼,经国家、定社稷、序民人、利后嗣者也。⑧

《桓公二年》曰:

> 夫名以制义,义以出礼,礼以体政,政以正民,是以政成而民听,易则生乱。⑨

---

① [晋]杜预注,[唐]孔颖达疏:《春秋左传正义》卷七,《十三经注疏》,中华书局1980年版。
② 同上书卷九。
③ 同上书卷四。
④ 同上书卷五。
⑤ 同上书卷七。
⑥ 同上书卷八。
⑦ 同上书卷十。
⑧ 同上书卷四。
⑨ 同上书卷五。

《僖公二十八年》曰：

　　且合诸侯而灭兄弟，非礼也；与卫偕命，而不与偕复，非信也；同罪异罚，非刑也；礼以行义，信以守礼，刑以正邪，舍此三者，君将若之何？①

《文公二年》曰：

　　先大后小，顺也；跻圣贤，明也；明顺，礼也。……礼无不顺。②

《文公十五年》曰：

　　礼以顺天，天之道也。己则反天，而又以讨人，难以免矣。《诗》曰："胡不相畏，不畏于天。"君子不虐幼贱，畏于天也。在《周颂》曰："畏天之威，于时保之。"不畏于天，将何能保？以乱取国，奉礼以守，犹惧不终，多行无礼，弗能在矣。③

《成公二年》曰：

　　唯器与名，不可以假人，君之所司也。名以出信，信以守器，器以藏礼，礼以行义，义以生利，利以平民，政之大节也。若以假人，与人政也，政亡，则国家从之，弗可止也已。④

《成公十三年》曰：

　　礼，身之干也。⑤

《成公十五年》曰：

　　信以守礼，礼以庇身。信礼之亡，欲免得乎？⑥

《成公十六年》曰：

　　德、刑、详、义、礼、信，战之器也。德以施惠，刑以正邪，详以事神，义以建利，礼以顺时，信以守物。民生厚而德正，用利而事节，时

---

① ［晋］杜预注，［唐］孔颖达疏：《春秋左传正义》卷十六，《十三经注疏》，中华书局1980年版。
② 同上书卷十八。
③ 同上书卷十九下。
④ 同上书卷二十五。
⑤ 同上书卷二十七。
⑥ 同上。

顺而物成，上下和睦，周旋不逆，求无不具，各知其极。①

《襄公十一年》曰：

　　夫乐以安德，义以处之，礼以行之，信以守之，仁以厉之，而后可以殿邦国，同福禄，来远人，所谓乐也。②

《襄公二十一年》曰：

　　会朝，礼之经也；礼，政之舆也；政，身之守也。怠礼失政，失政不立，是以乱也。③

《襄公三十一年》曰：

　　礼之于政，如热之有濯也，濯以救热，何患之有？④

《昭公四年》曰：

　　诸侯无归，礼以为归。⑤

《昭公五年》曰：

　　礼所以守其国，行其政令，无失其民者也。⑥

《昭公二十六年》曰：

　　礼之可以为国也久矣，与天地并。君令臣共，父慈子孝，兄爱弟敬，夫和妻柔，姑慈妇听，礼也；君令而不违，臣共而不贰，父慈而教，子孝而箴，兄爱而友，弟敬而顺，夫和而义，妻柔而正，姑慈而从，妇听而婉，礼之善物也。⑦

礼是调节君臣、父子、兄弟、夫妻、姑妇之间关系的规则，礼意味着秩序、等级、和谐；治理国家，稳定社稷，领导人民，不能没有礼的约束；礼与信义刑罚，为人处世，奉天行道，强国富民，政治善恶密切相关；没有礼，就难以做到社会稳定，政治清明，人民安乐，国家富强，战争胜利。

---

① ［晋］杜预注，［唐］孔颖达疏：《春秋左传正义》卷二十八，《十三经注疏》，中华书局1980年版。
② 同上书卷三十一。
③ 同上书卷三十四。
④ 同上书卷四十。
⑤ 同上书卷四十二。
⑥ 同上书卷四十三。
⑦ 同上书卷五十二。

值得指出的是,《左传》的批判精神,以及重"礼"的思想,与重民思想是统一的。其批判暴君,以及以礼"正民"、"平民"、"民听",而认为礼是顺天,顺天则不虐幼贱,即不欺压小人百姓,无不显示出在思维过程中把民众当作一个重要的关注对象。《左传·桓公六年》云:

> 夫民,神之主也,是以圣王先成民而后致力于神。……故务其三时,修其五教,亲其九族,以致其禋祀。于是乎民和而神降之福,故动则有成。①

这是大夫季梁劝说随侯的一段话。随侯自以为"牲牷肥腯,粢盛丰备",会得天神之佑,而季梁则认为:"所谓道,忠于民而信于神也。上思利民,忠也;祝史正辞,信也。"②忠民就是利民,利民才能得神之助。民为神主,先成民而后致力于神是正确的态度,反是,则本末倒置。在民神关系上,重民的态度既体现了君、民、神三者关系中民的重要性,也体现了人神关系中人的重要性。神代表天命,天命顺民、利民,同时,"天命远,人道迩"③,紧紧把握现实的人道,考虑百姓的意志,是《左传》作者所极力宣扬的思想。

这一思想也同样反映在君、民关系上。《文公十三年》邾文公曰:

> 邾文公卜迁于绎。史曰:"利于民而不利于君。"邾子曰:"苟利于民,孤之利也。天生民而树之君,以利之也。民既利矣,孤必与焉。"左右曰:"命可长也,君何弗为?"邾子曰:"命在养民。死之短长,时也。民苟利矣,迁也,吉莫如之!"遂迁于绎。五月,邾文公卒。君子曰:"知命。"④

邾国是一个小国,当迁都之际,祝史卜卦,"利于民而不利于君",邾文公能置一己之利益于不顾,认为君主之任务在于利民,而非利君,决定迁都。

---

① [晋]杜预注,[唐]孔颖达疏:《春秋左传正义》卷六,《十三经注疏》,中华书局1980年版。
② 同上书卷六。
③ 《春秋左氏传·昭公十八年》引郑子产语。同上书卷四十八。
④ 同上书卷十四。

《左传》在叙述历史事件的时候,牢牢贯彻了重民的思想,这与孔子思想是一脉相承的。

二、《国语》的主题

《国语》最突出的思想是重民观点,如《周语上》批评周厉王无道:

> 厉王虐,国人谤王。邵公告王曰:"民不堪命矣。"王怒。得卫巫,使监谤者。以告,则杀之。国人莫敢言,道路以目。王喜,告邵公曰:"吾能弭谤矣,乃不敢言!"邵公曰:"是障之也。防民之口,甚于防川。川壅而溃,伤人必多。民亦如之。是故为川者决之使导,为民者宣之使言。故天子听政,使公卿至于列士献诗,瞽献曲,史献书,师箴,瞍赋,矇诵,百工谏,庶人传语,近臣尽规,亲戚补察,瞽史教诲,耆艾修之,而后王斟酌焉。是以事行而不悖。民之有口也,犹土之有山川也,财用于是乎出。犹其有原隰衍沃也,衣食于是乎生。口之宣言也,善败于是乎兴。行善而备败,其所以阜财用衣食者也。夫民虑之于心而宣之于口,成而行之,胡可壅也?若壅其口,其与能几何?"王不听。于是国莫敢出言。三年乃流王于彘。①

周厉王暴虐,反对人民发表批评意见,因而最终于公元前842年,被放逐到彘地,这是不重视民意的必然结果。召公所言"民不堪命","防民之口,甚于防川",不仅是把人民当作政治核心对象来看待,而且,也充分地认识到了民意的力量,认为人民发表自己的意见,是天经地义的事情,就好比土有山,有河,有高平之原,低湿之隰,低平之衍,有河灌之沃,可产生财用衣食。人民的意见,关系胜败关键。如果不重视民意,不给人民提供发表意见的机会,便不会有长治久安。

《国语》常把"民"与"神"放在同等的位置。《周语上》载:

> (惠王)十五年,有神降于莘。王问于内史过,曰:"是何故?固有之乎?"对曰:"有之。国之将兴,其君齐明衷正,精洁惠和,其德足以

---

① 徐元诰:《国语集解》(修订本)第一,中华书局2002年版。

昭其馨香,其惠足以同其民人,神飨而民听,民神无怨,故明神降之,观其政德,而均布福焉。国之将亡,其君贪冒辟邪,淫泆荒怠,粗秽暴虐;其政腥臊,馨香不登;其刑矫诬,百姓携贰,明神不蠲,而民有远志,民神怨痛,无所依怀;故神亦往焉,观其苛慝而降之祸。"

王曰:"虢其几何?"对曰:"昔尧临民以五,今其胄见,神之见也,不过其物。若由是观之,不过五年。"王使太宰忌父帅傅氏及祝、史奉牺牲、玉鬯往献焉。内史过从至虢,虢公亦使祝、史请土焉。内史过归,以告王曰:"虢必亡矣,不禋于神而求福焉,神必祸之,不亲于民而求用焉,人必违之。精意以享,禋也,慈保庶民,亲也。今虢公动匮百姓以逞其违,离民怒神而求利焉,不亦难乎?"十九年,晋灭虢。①

神灵是与人民站在一起的。掌握国家政权的人,只有重视人民,为人民着想,才能得到神的庇护。《楚语上》曰:"夫君国者,将民与之处。"②《楚语下》曰:"夫从政者,以庇民也。"③统治者是以神的意志领导百姓,庇护百姓的,如果不能实现与人民同甘共苦的神之本意,就会引起神的不满。

《国语》也特别强调礼义德信,《晋语一》云:

吾闻以乱得聚者,非谋不卒时,非人不免难,非礼不终年,非义不尽齿,非德不及世,非天不离数。今不据其安,不可谓能谋;行之以齿牙,不可谓得人;废国而向己,不可谓礼;不度而迁求,不可谓义;以宠贾怨,不可谓德;少族而多敌,不可谓天。德义不行,礼义不则,弃人失谋,天亦不赞。④

这段话出自郭偃之口,献公卜伐骊戎,史苏占之,以为"胜而不吉"。献公战胜,俘骊姬而归国,有宠,立为夫人。一次聚会,重提史苏之占,不以史苏之言为是,而史苏以"若晋以男戎胜戎,而戎必以女戎胜晋",举夏、

---

① 徐元诰:《国语集解》(修订本)第一,中华书局2002年版。
② 同上书第十七。
③ 同上书第十八。
④ 同上书第七。

商、周三代之亡为例,曰:"昔夏桀伐有施,有施人以妹喜女焉,妹喜有宠,于是乎与伊尹比而亡夏;殷辛伐有苏,有苏氏以妲己女焉,妲己有宠,于是乎与胶鬲比而亡殷;周幽王伐有褒,有褒人以褒姒女焉,褒姒有宠,生伯服,于是乎与虢石甫比,逐太子宜臼,而立伯服,太子出奔申,申人鄫人召西戎以伐周,周于是乎亡。"以三代天子之盛,尚且如此,因而史苏以为晋之乱也是必然的,曰:"今晋寡德,而安俘女,又增其宠,虽当三季之王,不亦可乎!"而郭偃以为:"夫三季王之亡也宜,民之主也,纵惑不疚,肆侈不违,流志而行,无所不疚,是以及亡。而不获追鉴。今晋国之方,偏侯也,其土又小,大国在侧。"①若欲生存,必须凭借谋取、人、礼、义、德、天,即审时度势,正确认识自己的处境,收买人心,以礼、义、德行,并得天命佑助。献公不听,后来终于导致晋国大乱,一直到晋文公流亡归国,才渐趋繁荣。

《晋语八》载卫灵公将如晋,舍于濮水之上,闻哀音,及见平公,令师涓鼓之,而平公悦新声,于是,师旷说:

  公室其将卑乎?君之萌兆衰矣。夫乐以开山川之风,以耀德于广远也,风德以广之,风山川以远之,风物以听之,修诗以咏之,修礼以节之。夫德广远,而有时节,是以远服而迩不迁。②

又鲁襄公二十七年,诸侯盟于宋,楚令尹欲袭晋军,晋叔向曰:

  ……忠不可暴,信不可犯,忠自中,而信自身,其为德也深矣,其为本也固矣,故不可抈也。今我以忠谋诸侯,而以信覆之。荆之逆诸侯也亦云,是以在此。若袭我,是自背其信,而塞其忠也。信反必毙,忠塞无用,安能害我?且夫合诸侯以为不信,诸侯何望焉?……③

当盟会之时,楚人欲先歃,叔向对赵文子说:

  霸王之势,在德不在先歃,子若能以忠信赞君,而裨诸侯之阙,歃虽后,诸侯将载之,何争于先?若违于德,而以贿成事,今虽先歃,诸侯将弃之,何欲于先?④

---

① 徐元诰:《国语集解》(修订本)第七,中华书局2002年版。
② 同上书第十四。
③ 同上。
④ 同上。

礼义德信是一种精神的力量,最终又会化为物质的潜能,使远者来,近者不走,可以防止祸患,成就霸业。

《晋语一》丕郑云:

> 吾闻事君者,从其义不阿其惑,惑则误民;民误失德,是弃民也。民之有君,以治义也,义以生利,利以丰民,若之何其民之与处而弃之也。①

担任领导人,既然是为了人民的利益,那么,就不能对君主趋炎附势,如果对君主趋炎附势,阿谀奉承,那就是抛弃人民。爱护人民,是一切义之所在,背离了人民,误民弃民,就是违背大义的事情。

《国语》既然由左丘明所编撰,当然会更多地具有儒家思想的影子,这既体现了《国语》作为《春秋》外传所受孔子的影响,也体现出战国早期儒学作为显学的痕迹。

三、《战国策》的主题

《战国策》主要写以战国策士为中心的政治斗争,对士的地位的肯定,是《战国策》的基本思想。《齐策四》载:

> 齐宣王见颜斶,曰:"斶前!"斶亦曰:"王前!"宣王不悦。左右曰:"王,人君也;斶,人臣也;王曰'斶前',亦曰'王前',可乎?"斶对曰:"夫斶前为慕势,王前为趋士;与使斶为趋势,不如使王为趋士。"王忿然作色曰:"王者贵乎,士贵乎?"对曰:"士贵耳,王者不贵。"王曰:"有说乎?"斶曰:"有。昔者秦攻齐,令曰:'有敢去柳下季垄五十步而樵采者,死不赦。'令曰:'有能得齐王头者,封万户侯,赐金千镒。'由是观之,生王之头曾不若死士之垄也。"宣王默然不悦。左右皆曰:"斶来!斶来!大王据千乘之地,而建千石钟,万石虡;天下之士,仁义皆来役处;辩知并进,莫不来语;东西南北莫敢不服;求万物不备具,而百无不亲附。今夫士之高者乃称匹夫、徒步而处农亩,下则鄙野、监

---

① 徐元诰:《国语集解》(修订本)第七,中华书局2002年版。

门间里。士之贱也亦甚矣！"斶对曰："不然，斶闻古大禹之时，诸侯万国。何则？德厚之道得，贵士之力也。故舜起农亩，出于野鄙，而为天子。及汤之时，诸侯三千。当今之世，南面称寡者乃二十四。由此观之，非得失之策与？稍稍诛灭，灭亡无族之时，欲为监门间里，安可得而有乎哉？是故《易传》不云乎：'居上位未得其实，以喜其为名者，必以骄奢为行；据慢骄奢，则凶从之。'是故无其实而喜其名者削；无德而望其福者约；无功而受其禄者辱；祸必握。故曰'矜功不立，虚愿不至'，此皆幸乐其名华而无其实德者也。是以尧有九佐，舜有七友，禹有五丞，汤有三辅，自古及今而能虚成名于天下者，无有。是以君王无羞亟问，不愧下学。是故成其道德，而扬功名于后世者，尧、舜、禹、汤、周文王是也。故曰：'无形者，形之君也；无端者，事之本也。'夫上见其原，下通其流，至圣人明学，何不吉之有哉？老子曰：'虽贵必以贱为本，虽高必以下为基。'是以侯王称孤、寡、不榖，是其贱之本与？非夫？孤、寡者，人之困贱下位也，而侯王以自谓，岂非下人而尊贵士与？夫尧传舜，舜传禹，周成王任周公旦，而世世称曰明主，是以明乎士之贵也。"宣王曰："嗟乎，君子焉可侮哉！寡人自取病耳。及今闻君子之言，乃今闻细人之行。愿请受为弟子。且颜先生与寡人游，食必太牢，出必乘车，妻子衣服丽都。"颜斶辞去，曰："夫玉生于山，制则破焉；非弗宝贵矣，然夫璞不完。士生乎鄙野，推选则禄焉；非不得尊遂也，然而形神不全。斶愿得归，晚食以当肉，安步以当车，无罪以当贵，清静贞正以自虞。制言者，王也；尽忠直言者，斶也。言要道已备矣，愿得赐归，安行而反臣之邑屋！"则再拜而辞去也。斶知足矣，归反扑，则终身不辱也。①

齐宣王会见颜斶，颜斶则命令齐宣王上前来，宣王不高兴，左右的人也认为宣王是君主，而颜斶是人臣，就社会地位而言，应是颜斶上前拜见齐宣王，但颜斶却自有他的道理，他认为如果自己去拜见齐宣王，则无异于趋炎附势，而齐宣王拜见他则可以视为礼贤下士。并由此说明士之作

---

① 缪文远：《战国策新校注》（修订本）卷十一，巴蜀书社1998年版。

用远胜君王,所谓"明乎士之贵也"。君主之贵,在于得士,一番旁征博引,纵横驰说,只令齐宣王连连称是,欲为弟子,并供给颜斶富贵之乐,这时,颜斶却表示士之贵在于独立、自由地生存。

为了突出士的地位,《战国策》还记载了贬损君主地位的一些事例。如《秦策三》云:

> 范雎至秦,王庭迎。……宫中虚无人,秦王跪而请曰:"先生何以幸教寡人?"范雎曰:"唯唯。"有间,秦王复请,范雎曰:"唯唯。"若是者三,秦王跽曰:"先生不幸教寡人乎?"①

不可一世的秦王,为了强国的目的,不惜委曲求全,再三请求范雎,这自然体现了秦王礼贤下士的一面,也体现了范雎作为士,具有比王者更高明的智慧。而秦王对人臣的一跪,跪出了富国强兵的主张,也跪塌了君尊臣卑的礼制秩序。

士之贵,在于士发挥着积极的社会作用,关于这一点,《战国策》有详细的描写。首先,士是智慧的化身,他们对于战国时代政治、军事、外交斗争起着举足轻重的作用。如苏秦、张仪,一合纵,一连横,左右着七国的分合形势,《秦策一》云苏秦说赵王而得重用:

> 约从散横以抑强秦,故苏秦相于赵而关不通。当此之时,天下之大,万民之众,王侯之威,谋臣之权,皆欲决苏秦之策。不费斗粮,未烦一兵,未战一士,未绝一弦,未折一矢,诸侯相亲,贤于兄弟。夫贤人在而天下服,一人用而天下从,故曰:"式于政不式于勇,式于廊庙之内,不式于四境之外。"当秦之隆,黄金万溢为用,转毂连骑,炫熿于道,山东之国从风而服,使赵大重。且夫苏秦,特穷巷掘门,桑户棬枢之士耳,伏轼撙衔,横历天下,廷说诸侯之王,杜左右之口,天下莫之能伉。②

又《秦策一》曰:"欲以一人智反覆东山之君。"③《赵策二》赞扬苏秦

---

① 缪文远:《战国策新校注》(修订本)卷五,巴蜀书社1998年版。
② 同上书卷三。
③ 同上。

曰:"诸侯休,天下安,二十九年不相攻。"①《秦策一》记张仪之作用曰:

> 楚攻魏,张仪谓秦王曰:"不如与魏以劲之,魏战胜,复听于秦,必入西河之外;不胜,魏不能守,王必取之。"王用仪言,取皮氏卒万人,车百乘,以与魏犀首,战胜魏王,魏兵罢弊,恐畏秦,果献西河之外。②

苏秦以一人之智慧,而使天下安定二十余年,六国君主俯首听命。张仪之一计,使秦王收取西河之外土地。这都体现了战国策士智慧的巨大作用。

战国策士,也力图纠正君主过错,极言进谏,是促进社会发展的社会良心所在,《齐策一》载:

> 邹忌修八尺有余,身体昳丽。朝服衣冠,窥镜,谓其妻曰:"我孰与城北徐公美?"其妻曰:"君美甚,徐公何能及公也!"城北徐公,齐国之美丽者也。忌不自信,而复问其妾曰:"吾孰与徐公美?"妾曰:"徐公何能及君也!"旦日,客从外来,与坐谈,问之客曰:"吾与徐公孰美?"客曰:"徐公不若君之美也。"明日,徐公来,孰视之,自以为不如,窥镜而自视,又弗如远甚。暮,寝而思之,曰:"吾妻之美我者,私我也;妾之美我者,畏我也;客之美我者,欲有求于我也。"于是,入朝见威王曰:"臣诚知不如徐公美,臣之妻私臣,臣之妾畏臣,臣之客欲有求于臣,皆以美于徐公。今齐地方千里,百二十城,宫妇左右莫不私王,朝廷之臣莫不畏王,四境之内莫不有求于王。由此观之,王之蔽甚矣。"王曰:"善。"乃下令:"群臣、吏民能面刺寡人之过者,受上赏;上书谏寡人者,受中赏;能谤议于市朝,闻寡人之耳者,受下赏。"令初下,群臣进谏,门庭若市。数月之后,时时而间进。期年之后,虽欲言,无可进者。燕、赵、韩、魏闻之,皆朝于齐。此所谓战胜于朝廷。③

邹忌从自己与徐公的美丑比较推演,妻子"私我",妾"畏我",客人"有求于我",而恭维自己比城北徐公美,因而不能准确地认识自己。认为"宫妇左右,莫不私王;朝廷之臣,莫不畏王;四境之内,莫不有求于王",使君主不

---

① 缪文远:《战国策新校注》(修订本)卷十九,巴蜀书社1998年版。
② 同上书卷四。
③ 同上书卷八。

能有自知之明,敦促齐王劝群臣进谏。

《齐策四》载王斗见齐宣王,曰:

> 先生王斗造门而欲见齐宣王,宣王使谒者延入。王斗曰:"斗趋见王,为好势;王趋见斗,为好士。于王何如?"使者复还报。王曰:"先生徐之,寡人请从。"宣王因趋而迎之于门,与入。曰:"寡人奉先君之宗庙,守社稷,闻先生直言正谏不讳。"王斗对曰:"王闻之过。斗生于乱世,事乱君,焉敢直言正谏?"宣王忿然作色不说。有间,王斗曰:"昔先君桓公所好者。九合诸侯,一匡天下。天子受籍,立为大伯。今王有四焉。"宣王说,曰:"寡人愚陋,守齐国,唯恐失抎之,焉能有四焉?"王斗曰:"否。先君好马,王亦好马;先君好狗,王亦好狗;先君好酒,王亦好酒;先君好色,王亦好色;先君好士,是王不好士。"宣王曰:"当今之世无士,寡人何好?"王斗曰:"世无骐骥、騄耳,王驷已备矣;世无东郭俊、卢氏之狗,王之走狗已具矣;世无毛嫱、西施,王宫已充矣。王亦不好士也,何患无士?"王曰:"寡人忧国爱民,固愿得士以治之。"王斗曰:"王之忧国爱民,不若王爱尺縠也。"王曰:"何谓也?"王斗曰:"王使人为冠,不使左右便辟,而使工者何也?为能之也。今王治齐,非左右便辟无使也,臣故曰'不如爱尺縠'也。"宣王谢曰:"寡人有罪国家。"于是举士五人任官,齐国大治。①

王斗批评齐宣王好马、狗、酒、色而不好士,齐宣王在王斗的批评之下,自感有罪于国,因而举士任官,使齐国大治。

又《楚策四》云庄辛谓楚襄王曰:"君王左州侯,右夏侯,辇从鄢陵君与寿陵君,专淫逸侈靡不顾国政,郢都必危矣。"庄辛批评楚襄王,言辞激烈,竟使楚襄王以为"先生老悖乎"②,其批判精神,是很强烈的。

齐威王在回答王斗的批评之时,曾提出"忧国爱民"一语,重民爱民之思想,也体现在《战国策》一书之中,《齐策四》云:

> 齐王使使者问赵威后。书未发,威后问使者曰:"岁亦无恙耶?

---

① 缪文远:《战国策新校注》(修订本)卷十一,巴蜀书社1998年版。
② 同上书卷十七。

民亦无恙耶？王亦无恙耶？"使者不说，曰："臣奉使使威后。今不问王而先问岁与民，岂先贱而后尊贵者乎？"威后曰："不然。苟无岁，何以有民？苟无民，何以有君？故有问舍本而问末者耶？"乃进而问之曰："齐有处士曰钟离子无恙耶？是其为人也，有粮者亦食，无粮者亦食；有衣者亦衣，无衣者亦衣。是助王养其民也。何以至今不业也？叶阳子无恙乎？是其为人，哀鳏寡，恤孤独，振困穷，补不足。是助王息其民者也。何以至今不业也？北宫之女婴儿子无恙耶？彻其环瑱，至老不嫁，以养父母。是皆率民而出于孝情者也。胡为至今不朝也？此二士弗业，一女不朝，何以王齐国、子万民乎？于陵子仲尚存乎？是其为人也，上不臣于王，下不治其家，中不索交诸侯。此率民而出于无用者。何为至今不杀乎？"①

齐王派使者问赵威后，赵威后先问收成好坏，其次问民，其次问君。又问钟离子、叶阳子、北宫之女婴儿子，皆以利民为出发点。赵威后以为，若没有百姓，就没有君主，舍民而问君，是舍本逐末。虽说赵太后之重民、爱民观念，出于维护统治者利益之需要，因而对"上不臣于王，下不治其家，中不索交诸侯"这样的人物恨之入骨，但能赞扬"养其民"、"息其民"者，其进步性是值得肯定的。

明人李梦阳《刻战国策序》指出："《战国策》，畔经离道之书也。"②《战国策》崇尚智谋，强调士的重要性，颂扬策士苏秦、张仪之智谋，侠士、义士如荆轲、聂政等士为知己者死，慷慨赴难，终而不顾，处士如颜斶、鲁仲连之扶危救难，释纷济弱，而不贪慕富贵。这些都是有积极意义的。

《战国策》标榜个性发展，对策士之追名逐利，崇尚诈谋，侠士之杀人越货，处士之追求独立自由，也颇多艳羡之意。书中描写战国策士，尤用力于苏秦、张仪二人。《史记·苏秦列传》云："苏秦者，东周洛阳人也，东事师于齐，而习之于鬼谷先生。"③《战国策·秦策一》记苏秦第一次游说经历云：

---

① 缪文远：《战国策新校注》（修订本）卷十一，巴蜀书社 1998 年版。
② 同上书卷二十九。
③ 《史记》卷六十九，中华书局 1959 年版。

说秦王书十上而说不行,黑貂之裘弊,黄金百斤尽,资用乏绝,去秦而归,嬴縢履蹻,负书担橐,形容枯槁,面目犁黑,状有归色①。归至家,妻不下纴,嫂不为炊,父母不与言。苏秦喟叹曰:"妻不以我为夫,嫂不以我为叔,父母不以我为子,是皆秦之罪也。"乃夜发书,陈箧数十,得太公阴符之谋,伏而诵之,简练以为揣摩。读书欲睡,引锥自刺其股,血流至足,曰:"安有说人主,不能出其金玉锦绣,取卿相之尊者乎?"期年,揣摩成,曰:"此真可以说当世之君矣。"于是乃摩燕乌集阙,见说赵王于华屋之下,抵掌而谈,赵王大悦,封为武安君。受相印,革车百乘,锦绣千纯,白璧百双,黄金万溢以随其后……将说楚王,路过洛阳,父母闻之,清宫除道,张乐设饮,郊迎三十里,妻侧目而视,倾耳而听。嫂蛇行匍伏,四拜自跪而谢。苏秦曰:"嫂何前倨而后卑也?"嫂曰:"以季子之位尊而多金。"苏秦曰:"嗟乎,贫穷则父母不子,富贵则亲戚畏惧。人生世上,势位富贵,盖可忽乎哉?"②

苏秦始游说秦王,欲秦王之吞并天下,统一中国,成就帝业,而秦王以时机不成熟为借口,拒绝了苏秦的游说,苏秦困在秦国,穷途潦倒。回到家以后,受到妻、嫂、父母的冷遇,苏秦发愤读书,以锥刺股,终成其术,改说合纵,得赵王之重用,从一个穷巷掘门桑户棬枢之士,变成驰骋天下的风云人物。这时候,其妻、嫂、父母前倨后恭,郊迎三十里。虽说此处反映了世态炎凉的时代风气,反之,如果苏秦没有对"势位富贵"、"金玉锦绣"、"卿相之尊"的追求,又如何可以从挫折中得到激励而成就一番事业呢?

《史记·张仪列传》云:"张仪者,魏人也。始尝与苏秦俱事鬼谷先生,学术,苏秦自以为不及张仪。张仪已学而游说诸侯,尝从楚相饮,已而楚相亡璧,门下意张仪,曰:'仪贫无行,必此盗相君之璧。'共执张仪,掠笞数百,不服,释之。其妻曰:'嘻,子毋读书游说,安得此辱乎?'张仪谓其妻曰:'视吾舌尚在不?'其妻笑曰:'舌在也。'仪曰:'足矣。'"③张仪因为穷,被误会为盗贼,虽掠笞之下,仍能维护自己的清白。其妻劝说他放弃取辱

---

① "归",高诱注曰:"当作愧,愧惭也。"[汉]高诱:《战国策》,商务印书馆1934年版。
② 缪文远:《战国策新校注》(修订本)卷三,巴蜀书社1998年版。
③ 《史记》卷七十,中华书局1959年版。

之读书游说生涯，但他却对自己的游说才能充满自信，表示只要有三寸之舌在，便将一如既往，不放弃谋取名利的机会。

自信的力量和奋发进取的精神，促使苏秦、张仪纵横驰骋，游说诸侯。苏秦说秦不成，而闭门读书，由连横改学合纵，最后游说赵王而术成，竟至于佩六国相印，为纵约之长。而张仪居楚受辱，西至于秦，发誓报楚相之辱，又说楚，说齐，说韩。如果苏秦固守其连横之说，则会虚度一生，无所作为。张仪若无机谋，便不能有转危为安之术。《秦策一》载秦王听了苏秦之言后说："寡人闻之，毛羽不丰满者，不可以高飞；文章不成者，不可以诛罚；道德不厚者，不可以使民；政教不顺者，不可以烦大臣。今先生俨然不远千里而庭教之，愿以异日。"①秦王承诺之"异日"，究竟是什么时间呢？苏秦"书十上而说不行"，便说明绝不是一天两天、一年两年可以力致。苏秦在穷困潦倒之中回家，受到父母、妻、嫂的冷遇，饮水思源，以为"是皆秦之罪也"，遂发誓改行合纵之术，以与秦周旋。虽被"天下不信人也"②之名，却成就了辉煌的事业。

又《楚策三》载：

> 张仪之楚贫，舍人怒而归，张仪曰："子必以衣冠之弊，故欲归。子待我为子见楚王。"当是之时，南后、郑袖贵于楚，张子见楚王，楚王不说，张子曰："王无所用臣，臣请北见晋君。"楚王曰："诺。"张子曰："王无求于晋国乎？"王曰："黄金珠玑犀象出于楚，寡人无求于晋国。"张子曰："王徒不好色耳？"王曰："何也？"张子曰："彼郑周之女，粉白墨黑，立于衢闲，非知而见之者以为神。"楚王曰："楚，僻陋之国也，未尝见中国之女，如此其美也。寡人之独何为不好色也？"乃资之以珠玉。南后、郑袖闻之大恐。令人谓张子曰："妾闻将军之晋国，偶有金千斤，进之左右，以供刍秣。"郑袖亦以金五百斤。张子辞楚王曰："天下关闭不通，未知见日也，愿王赐之觞。"王曰："诺"。乃觞之。张子中饮，再释而请曰："非有他人于此也，愿王召所便习而觞之。"王曰：

---

① 缪文远：《战国策新校注》（修订本）卷三，巴蜀书社1998年版。
② 《战国策·燕策一》，缪文远：《战国策新校注》（修订本）卷二十九，巴蜀书社1998年版。

"诺。"乃召南后、郑袖而觞之。张子再拜而请曰:"仪有死罪于大王。"王曰:"何也?"曰:"仪行天下遍矣,未尝见人如此其美也。而仪言得美人,是欺王也。"王曰:"子释之,吾固以为天下莫若是两人也。"①

张仪为了谋得金玉以脱贫致富,竟然设计了这样一幕骗局,使好色的楚王和专宠的南后、郑袖解囊相赠,这样的行为,当然是敦厚之人所不欲为。

使奸诈之谋略以追名逐利,是《战国策》中纵横之士的一种风尚。《东周策》载:

> 东周欲为稻,西周不下水,东周患之。苏子谓东周君曰:"臣请使西周下水,可乎?"乃往见西周之君曰:"君之谋过矣。今不下水,所以富东周也;今其民皆种麦,无他种矣,君若欲害之,不若一为下水,以病其所种。下水,东周必复种稻,种稻而复夺之。若是,则东周之民,可令一仰西周,而受命于君矣。"西周君曰:"善。"遂下水。苏子亦得两国之金也。②

苏子为东周游说西周,不以仁义说西周之君,而晓之以利害,达成目的,两面讨好,各受金币。

《东周策》又载:

> 周最谓石礼曰:"子何不以秦攻齐,臣请令齐相子,子以齐事秦,必无处矣,子因令周最居魏以共之,为天下制于子也。子东重于齐,西贵于秦,秦齐合,则子常重矣。"③

周最为了石礼一己之利,竟如此挖空心思,其中既无君臣之义,又乏爱民恤战之情。至于《秦策五》载吕不韦之见"立国家之主"所赢无数,远胜于耕田之十倍利,珠玉之百倍利,因而结交秦公子异人,设计使异人回国继承秦王之位,而得封十三县,为文信侯④;《楚策四》载春申君黄歇为

---

① 缪文远:《战国策新校注》(修订本)卷十六,巴蜀书社1998年版。
② 同上书卷一。
③ 同上。
④ 同上书卷七。

把持楚国政权,以所幸有孕之赵人李园女弟入于楚考烈王为王后①,更是为一己之目的,不择手段。

又《燕策一》载:

> 苏代谓燕昭王曰:"今有人于此,孝如曾参、孝己,信如尾生高,廉如鲍焦、史鲡。兼此三行以事王,奚如?"王曰:"如是足矣。"对曰:"足下以为足,则臣不事足下矣。臣且处无为之事,归耕乎周之上埊,耕而食之,织而衣之。"王曰:"何故也?"对曰:"孝如曾参、孝己,则不过养其亲;其信如尾生高,则不过不欺人耳;廉如鲍焦、史鲡,则不过不窃人之财耳。今臣为进取者也。臣以为廉不与身俱达,义不与生俱立,仁义者,自完之道也,非进取之术也。"王曰:"自忧不足乎?"对曰:"以自忧为足,则秦不出殽塞,齐不出营丘,楚不出疏章。三王代位,五伯改政,皆以不自忧故也。若自忧而足,则臣亦之周负笼耳,何为烦大王之廷耶……"②

苏代所标榜的,便是统一中国的一种使命感,他不是强调以德服人,而是强调积极进取的革命之道,并把生存和发展与廉、义对立起来,认为仁义无助于进取。这种极新奇的见解,体现出战国时代精神的一个侧面。

第二节 《左传》的叙事艺术

《左传》是《春秋》的传,但是,它与《春秋公羊传》、《春秋穀梁传》等《春秋》的解经著作不同,在于它把重心放在详细叙述《春秋》所记事件的经过及细节上,所以,冯镇峦《读〈聊斋〉杂说》云:"千古文学之妙,无过《春秋左氏传》,最喜叙怪异事,予当以之当小说看。"③这里所说的小说,是指《汉书·艺文志》所谓小说家言的"街谈巷语,道听途说者之所造也"④。

---

① 缪文远:《战国策新校注》(修订本)卷十七,巴蜀书社1998年版。
② 同上书卷二十九。
③ 冯镇峦:《读〈聊斋〉杂说》,盛伟编校:《蒲松龄全集》第一卷,学林出版社1998年版。
④ 《汉书》卷三十,中华书局1962年版。

一、以小说笔法实现完整叙事

《左传》虽然是历史著作,但却吸收了部分小说家言,这是《左传》生动性的重要保证。宋叶梦得《春秋三传谳·春秋左氏传谳》解释隐公元年"八月,纪人伐夷,夷不告,故不书"云:

> 传例,凡诸侯有告命则书,不然则否,师出臧否亦如之。虽及灭国,灭不告败,胜不告克,不书于策。此以旧史言之可也,今言纪伐夷不告,故不书者,以《春秋》言也。然《春秋》所据者旧史,旧史所据者赴告,旧史既以不告而不书矣,传何从得之而复以经不书为说邪?以此知凡事有不见于经,如郑厉公之入,晋文公之出之类,皆旧史所无有,传盖参取诸国之书与杂家小说,相与共成之,不全出于旧史。故每兼见经外事多与经不合,而妄以经不书为义者,皆非也。①

叶梦得通过《左传》的一个书写体例,认为《左传》其中有取诸国之书及杂家小说相与共成的特点,这个说法是很有道理的。可以说,《左传》是一部反映春秋时代历史事件和社会生活的纪实体的传记小说,其叙述事件之完整,描写之生动形象,语言之华美,人物个性之鲜明,情节之富于戏剧性,无不体现出成熟的小说笔法。如《隐公元年》记郑武公之子庄公与共叔段之间的斗争曰:

> 初,郑武公娶于申,曰武姜,生庄公及共叔段,庄公寤生,惊姜氏,故名曰寤生,遂恶之,爱共叔段,欲立之,亟请于武公,公弗许。及庄公即位,为之请制,公曰:"制,岩邑也,虢叔死焉。佗邑唯命。"请京,使居之,谓之京城大叔。祭仲曰:"都城过百雉,国之害也!先王之制,大都不过参国之一;中,五之一;小,九之一。今京不度,非制也,君将不堪。"公曰:"姜氏欲之,焉辟害?"对曰:"姜氏何厌之有?不如早为之所,无使滋蔓,蔓难图也!蔓草犹不可除,况君之宠弟乎!"公曰:"多行不义必自毙,子姑待之!"既而,大叔命西鄙、北鄙贰于己,公

---

① [宋]叶梦得:《春秋三传谳》卷一,《文渊阁四库全书·经部五·春秋类》。

子吕曰:"国不堪贰,君将若之何?欲与大叔,臣请事之;若弗与,则请除之,无生民心。"公曰:"无庸,将自及。"大叔又收贰以为己邑,至于廪延。子封曰:"可矣!厚将得众。"公曰:"不义不暱,厚将崩。"大叔完聚,缮甲兵,具卒乘,将袭郑。夫人将启之。公闻其期,曰:"可矣。"命子封帅车二百乘以伐京,京叛大叔段,段入于鄢,公伐诸鄢。五月辛丑,大叔出奔共。书曰:"郑伯克段于鄢。"段不弟,故不言弟;如二君,故曰"克";称郑伯,讥失教也。谓之郑志,不言出奔,难之也。遂寘姜氏于城颍,而誓之曰:"不及黄泉,无相见也。"既而悔之。颍考叔为颍谷封人,闻之,有献于公,公赐之食。食舍肉,公问之,对曰:"小人有母,皆尝小人之食矣,未尝君之羹,请以遗之。"公曰:"尔有母遗,繄我独无!"颍考叔曰:"敢问何谓也?"公语之故,且告之悔。对曰:"君何患焉?若阙地及泉,隧而相见,其谁曰不然。"公从之。公入而赋:"大隧之中,其乐也融融。"姜出而赋:"大隧之外,其乐也泄泄。"遂为母子如初。①

此段记载,除"书曰"以下一段,约四十字表现出与《公羊传》、《穀梁传》一致之传《春秋》的特色,其余部分,完全可以看作是一个有情节、有人物、有始有终的小说作品。武姜因为庄公难产,因而不喜欢庄公而喜欢小儿子共叔段,欲立共叔段为太子,不得逞以后,又极力为共叔段争取好的封地,并鼓励、配合共叔段争夺君位。共叔段步步进逼,而郑庄公老谋深算,设好陷阱,让共叔段自投罗网。歼灭共叔段之后,庄公出于愤慨,发誓不愿见武姜,但一国之君以不孝示天下,非智者所为,庄公很快醒悟,而机智的颍考叔想出掘地及泉,在隧道中相见的喜剧性会见方式,以践庄公"不及黄泉,无相见也"的誓言。作者把人物置于一定的时间和空间之中,善于通过人物的言行来刻画人物形象,并在冷静的叙述中表明自己的倾向性。武姜的自私、庄公的奸猾,以及作者的批判态度,都通过叙述描写跃然纸上。

《左传》以写战争著称,其中所记大小军事行动三百八十余起,最著名

---

① [晋]杜预注,[唐]孔颖达疏:《春秋左传正义》卷二,《十三经注疏》,中华书局1980年版。

的战争包括秦、晋、殽之战,晋楚城濮之战,齐晋鞌之战,晋楚鄢陵之战,不仅有详有略、重点突出地完整记述了战争的前因、后果及全过程,而且生动曲折,并在激烈的战争冲突中,体现人物性格,展示主人公的智慧,如《成公二年》所记齐晋鞌之战,作者在描写该战争场面时,紧紧抓住齐侯与晋郤克两辆车来描写,齐侯轻敌,而晋郤克、解张、郑丘缓英勇。通过晋军主帅及其御其右三人的遭遇,我们可以想见其中旌旗飘动,鼓声震天,万马奔腾,箭矢纷扬的惊心动魄场面。当齐军之败,三周华不注,其丢盔弃甲之影像,也不难想象。齐侯之御逢丑父临危不惧,代君赴难,又能全身而退,可谓有勇有谋。齐侯虽有轻敌之失,但当战败,为寻找逢丑父,竟能三次冲入晋军阵营,三次冲出,身先士卒,也不失为一位勇敢的君主①。

《左传》记事生动,各种人物的语言极其精彩、传神,尤喜记载各种奇闻怪事,如《宣公十五年》云:

> 秋七月,秦桓公伐晋,次于辅氏。壬午,晋侯治兵于稷以略狄土,立黎侯而还。及雒,魏颗败秦师于辅氏,获杜回,秦之力人也。初,魏武子有嬖妾,无子。武子疾,命颗曰:"必嫁是。"疾病则曰:"必以为殉。"及卒,颗嫁之。曰:"疾病则乱,吾从其治也。"及辅氏之役,颗见老人结草以亢杜回,杜回踬而颠,故获之。夜梦之曰:"余,而所嫁妇人之父也。尔用先人之治命,余是以报。"②

《成公十年》云:

> 晋侯梦大厉,被发及地,搏膺而踊曰:"杀余孙,不义。余得请于帝矣!"坏大门及寝门而入。公惧,入于室。又坏户。公觉,召桑田巫。巫言如梦。公曰:"何如?"曰:"不食新矣。"公疾病,求医于秦。秦伯使医缓为之。未至,公梦疾为二竖子,曰:"彼良医也。惧伤我,焉逃之?"其一曰:"居肓之上,膏之下,若我何?"医至,曰:"疾不可为也。在肓之上,膏之下,攻之不可,达之不及,药不至焉,不可为也。"公曰:"良医也。"厚为之礼而归之。六月丙午,晋侯欲麦,使甸人献

---

① 参见[晋]杜预注,[唐]孔颖达疏:《春秋左传正义》卷二十五,《十三经注疏》,中华书局1980年版。
② 同上书卷二十四。

麦,馈人为之。召桑田巫,示而杀之。将食,张,如厕,陷而卒。小臣有晨梦负公以登天,及日中,负晋侯出诸厕。遂以为殉。①

又《成公十七年》云:

初,声伯梦涉洹,或与己琼瑰,食之,泣而为琼瑰,盈其怀,从而歌之曰:"济洹之水,赠我以琼瑰。归乎!归乎?琼瑰盈吾怀乎!"惧不敢占也。还自郑。壬申,至于貍脤而占之,曰:"余恐死,故不敢占也。今众繁而从余三年矣,无伤也。"言之,之莫而卒。②

鬼魂卜筮,梦兆之事,本属子虚乌有,而《左传》的作者采之以为史实,虽反映了《左传》成书时代人们对神秘文化的迷信,却也使《左传》有了虚构性的特征。《左传》之记事、描写,以及人物语言,显然不是完全来自原始的史官记载,大体是作者设身处地,凭情推测。《宣公二年》载晋灵公无道,赵盾疾谏,引起晋灵公的不满,派钮麑杀赵盾,钮麑晨往,赵盾寝门大开,盛服将朝,尚早,坐而假寐。钮麑退而感叹说:"不忘恭敬,民之主也;贼民之主,不忠;弃君之命,不信。有一于此,不如死也。"③遂触槐而死。钮麑不忍,以自杀谢罪。钮麑之言行,无一人见,作者描写得如此具体,虽近情理,显然未必是事实。又《宣公四年》写楚令尹子文之生,云楚斗伯比"淫于䢵子之女,生子文焉。䢵夫人使弃诸梦中,虎乳之。䢵子田,见之,惧而归。夫人以告,遂使收之。"④虎乳子文,太过离奇。《春秋穀梁传序》说《左传》"艳而富,其失也巫"⑤,巫当通"诬",疏云:"其失也巫者,谓多叙鬼神之事,预言祸福之期,申生之托狐突,荀偃死不受含,伯有之厉,彭生之妖是也。"⑥韩愈所谓《左氏》"浮夸"⑦,正是诬的特点。韩菼认为其"好语神怪,易致失实"⑧,从史学角度要求《左传》,这些指责,似乎是难以逃

---

① [晋]杜预注,[唐]孔颖达疏:《春秋左传正义》卷二十六,《十三经注疏》,中华书局1980年版。
② 同上书卷二十八。
③ 同上书卷二十一。
④ 同上。
⑤ [晋]范宁注,[唐]杨士勋疏:《春秋穀梁传注疏》,《十三经注疏》,中华书局1980年版。
⑥ 同上。
⑦ [唐]韩愈:《进学解》,《韩昌黎全集》卷十二,中国书店1991年版。
⑧ 《左传纪事本末序》,高士奇:《左氏传纪事本末》,中华书局1979年版。

避的了,但这也正是《左传》吸引人的魅力所在。

《左传》用形象、生动、具体的记载来反映历史,并能在对历史事件的描写过程中运用情节发展、细节描写、人物对话刻画人物性格,并喜欢用想象、虚构、夸张的手法,来描写、叙述卜筮占梦,相法灵验,龙斗蛇争,神居鬼现,人鬼交遇,奇生怪死之类的异闻,充满了离奇色彩,其语言生动、形象、简洁,场面宏大,贺循称:"《左氏》之传,史之极也,文采若云月,高深若山海。"①"传闻异辞"②,《左传》的作者依据传闻,把本来简洁的《春秋》之事,敷衍成一个有血有肉,有人物,有情节,有事件,有因果,有矛盾的完整故事,没有必要的兼收并蓄的气魄,没有想象的翅膀,是难以有这一面貌的,正如刘知几所谓"工侔造化,思涉鬼神,著述罕闻,古今卓绝"③。

二、以情节及细节的叙述完成人物性格的描写

情节、人物刻画的精彩,突出表现在《左传》的战争描写和对外交场合的记叙中。《庄公十年》载:

> 十年春,齐师伐我。公将战,曹刿请见。其乡人曰:"肉食者谋之,又何间焉?"刿曰:"肉食者鄙,未能远谋。"乃入见。问何以战。公曰:"衣食所安,弗敢专也,必以分人。"对曰:"小惠未遍,民弗从也。"公曰:"牺牲玉帛,弗敢加也,必以信。"对曰:"小信未孚,神弗福也。"公曰:"小大之狱,虽不能察,必以情。"对曰:"忠之属也,可以一战,战则请从。"公与之乘。战于长勺,公将鼓之。刿曰:"未可。"齐人三鼓,刿曰:"可矣。"齐师败绩,公将驰之,刿曰:"未可。"下视其辙,登轼而望之,曰:"可矣。"遂逐齐师。既克,公问其故,对曰:"夫战,勇气也,一鼓作气,再而衰,三而竭,彼竭我盈,故克之。夫大国难测也,惧有

---

① [清]朱彝尊:《经义考》卷一六九引,中华书局1998年版。
② 《公羊传·隐公元年》:"远也,所见异辞,所闻异辞,所传闻异辞。"[汉]何休注,[唐]徐彦疏:《春秋公羊传注疏》,《十三经注疏》,中华书局1980年版。
③ [唐]刘知几撰:《史通·外篇·杂说上第七》,张振珮笺注:《史通笺注》卷十六,贵州人民出版社1985年版。

伏焉,吾视其辙乱,望其旗靡,故逐之。"①

曹刿以一介平民,身负智慧,又能急国之所急,主动承担起抗击入侵之齐军的使命。齐强鲁弱,曹刿以以情察狱为忠民之事,人心所向,又兼战术上随机应变,知己知彼,才能以弱胜强。作者特意描写了曹刿在作战过程中注重战争细节的微妙变化,来显示他的才智,而"肉食者"的无能,也通过与曹刿的对比得到印证。

《左传》记晋公子重耳之出亡,其中既描写了重耳在漫长的流亡过程中性格由幼稚走向成熟的发展历程,也刻画了一个随从重耳流亡的群体形象。《僖公二十三年》云:

> 晋公子重耳之及于难也,晋人伐诸蒲城。蒲城人欲战,重耳不可,曰:"保君父之命,而享其生禄,于是乎得人,有人而校,罪莫大焉。吾其奔也。"遂奔狄,从者狐偃、赵衰、颠颉、魏武子、司空季子。狄人伐廧咎如,获其二女:叔隗、季隗,纳诸公子。公子取季隗,生伯儵、叔刘。以叔隗妻赵衰,生盾,将适齐,谓季隗曰:"待我二十五年,不来而后嫁。"对曰:"我二十五年矣,又如是而嫁,则就木焉,请待子。"处狄十二年而行,过卫,卫文公不礼焉。出于五鹿,乞食于野人,野人与之块,公子怒,欲鞭之。子犯曰:"天赐也。"稽首,受而载之。及齐,齐桓公妻之,有马二十乘,公子安之。从者以为不可,将行,谋于桑下,蚕妾在其上,以告姜氏。姜氏杀之,而谓公子曰:"子有四方之志,其闻之者,吾杀之矣。"公子曰:"无之"。姜曰:"行也,怀与安,实败名。"公子不可,姜与子犯谋,醉而遣之。醒以戈逐子犯。及曹,曹共公闻其骈胁,欲观其裸,浴,薄而观之。僖负羁之妻曰:"吾观晋公子之从者,皆足以相国。若以相,夫子必反其国。反其国,必得志于诸侯。得志于诸侯而诛无礼,曹其首也。子盍蚤自贰焉。"乃馈盘飧,置璧焉,公子受飧反璧。及宋,宋襄公赠之以马二十乘。及郑,郑文公亦不礼焉,叔詹谏曰:"臣闻天之所启,人弗及也。晋公子有三焉,天其或者

---

① [晋]杜预注,[唐]孔颖达疏:《春秋左传正义》卷八,《十三经注疏》,中华书局1980年版。

将建诸,君其礼焉。男女同姓,其生不蕃。晋公子,姬出也,而至于今,一也。离外之患,而天不靖晋国,殆将启之,二也。有三士足以上人,而从之,三也。晋、郑同侪,其过子弟,固将礼焉,况天之所启乎?"弗听。及楚,楚子飨之,曰:"公子若反晋国,则何以报不谷。"对曰:"子女玉帛则君有之,羽毛齿革则君地生焉。其波及晋国者,君之余也,其何以报君?"曰:"虽然,何以报我?"对曰:"若以君之灵,得反晋国,晋、楚治兵,遇于中原,其避君三舍。若不获命,其左执鞭弭,右属櫜鞬,以与君周旋。"子玉请杀之。楚子曰:"晋公子广而俭,文而有礼。其从者肃而宽,忠而能力。晋侯无亲,外内恶之,吾闻姬姓,唐叔之后,其后衰者也,其将由晋公子乎。天将兴之,谁能废之!违天必有大咎。乃送诸秦。秦伯纳女五人,怀嬴与焉,奉匜沃盥,既而挥之。怒曰:"秦、晋匹也,何以卑我!"公子惧,降服而囚。他日,公享之。子犯曰:"吾不如衰之文也。请使衰从。"公子赋《河水》,公赋《六月》。赵衰曰:"重耳拜赐。"公子降拜稽首,公降一级而辞焉,衰曰:"君称所以佐天子者命重耳,重耳敢不拜。"①

《僖公二十四年》云:

二十四年春,王正月,秦伯纳之。不书,不告入也。及河,子犯以璧授公子曰:"臣负羁绁从君巡于天下,臣之罪甚多矣。臣犹知之,而况君乎?请由此亡。"公子曰:"所不与舅氏同心者,有如白水。"投其璧于河。济河,围令狐,入桑泉,取白衰。二月甲午,晋师军于庐柳。秦伯使公子絷如晋师,师退,军于郇。辛丑,狐偃及秦、晋之大夫盟于郇。壬寅,公子入于晋师。丙午,入于曲沃。丁未,朝于武宫。戊申,使杀怀公于高梁。不书,亦不告也。吕、郤畏逼,将焚公宫而弑晋侯。寺人披请见,公使让之,且辞焉,曰:"蒲城之役,君命一宿,女即至。其后余从狄君以田渭滨,女为惠公来求杀余,命女三宿,女中宿至。虽有君命,何其速也。夫袪犹在,女其行乎。"对曰:"臣谓君之入也,

---

① [晋]杜预注,[唐]孔颖达疏:《春秋左传正义》卷十五,《十三经注疏》,中华书局1980年版。

其知之矣。若犹未也,又将及难,君命无二,古之制也。除君之恶,唯力是视,蒲人、狄人,余何有焉。今君即位,其无蒲、狄乎?齐桓公置射钩而使管仲相,君若易之,何辱命焉?行者甚众,岂唯刑臣。"公见之,以难告。三月,晋侯潜会秦伯于王城。己丑晦,公宫火,瑕甥、郤芮不获公,乃如河上,秦伯诱而杀之。晋侯逆夫人嬴氏以归,秦伯送卫于晋三千人,实纪纲之仆。初,晋侯之竖头须,守藏者也。其出也,窃藏以逃,尽用以求纳之。及入,求见,公辞焉以沐。谓仆人曰:"沐则心覆,心覆则图反,宜吾不得见也。居者为社稷之守,行者为羁绁之仆,其亦可也,何必罪居者?国君而仇匹夫,惧者甚众矣。"仆人以告,公遽见之。狄人归季隗于晋,而请其二子,文公妻赵衰,生原同、屏括、楼婴。赵姬请逆盾与其母,子余辞,姬曰:"得宠而忘旧,何以使人?必逆之。"固请,许之。来,以盾为才,固请于公以为嫡子,而使其三子下之,以叔隗为内子而己下之。晋侯赏从亡者,介之推不言禄,禄亦弗及。推曰:"献公之子九人,唯君在矣。惠怀无亲,外内弃之。天未绝晋,必将有主。主晋祀者,非君而谁?天实置之,而二三子以为己力,不亦诬乎?窃人之财,犹谓之盗,况贪天之功,以为己功乎?下义其罪,上赏其奸,上下相蒙,难与处矣!"其母曰:"盍亦求之,以死谁怼?"对曰:"尤而效之,罪又甚焉。"且出怨言,不食其食。其母曰:"亦使知之,若何?"对曰:"言,身之文也,身将隐,焉用文之,是求显也。"其母曰:"能如是乎?与女偕隐。"遂隐而死。晋侯求之不获,以緜上为之田,曰:"以志吾过,且旌善人。"①

重耳不欲违背父命,匆匆亡命外逃之时,携带亲信人有狐偃、赵衰等人。重耳流亡之初,少年气盛,还有公子脾气,欲叔隗二十五年不嫁,欲鞭野人;又于齐贪图安逸,不愿离去。但到了后来,与楚王对答,能不卑不亢,表现出镇静、沉着、成熟的应变能力和外交才能。及至秦,因轻视怀嬴受到指责,也能虚心接受批评。重耳怀有远大理想,又有赵衰、狐偃等人

---

① [晋]杜预注,[唐]孔颖达疏:《春秋左传正义》卷十五,《十三经注疏》,中华书局1980年版。

的辅佐,所以,终能回到晋国,成就霸业。狐偃之智谋、忠心,也通过晋文公的流亡经历表现了出来,狐偃阻止晋文公之鞭野人,以野人所献土块象征社稷,又醉遣文公,推重赵衰之文。二十四年春渡河入晋,又假意请辞,以取得文公免罪之誓言。赵衰之文,也在晋文公与秦伯之会中见到一斑。

在晋文公流亡的这段记载中,有几位处于低贱、卑弱位置的人物是值得重视的。这其中包括被狄人俘虏的叔隗、季隗、姜氏、僖负羁之妻、怀嬴、寺人披、竖头须、赵姬、介之推等,除叔隗无正面言论之外,其余诸人,或处妇女妻妾之位,或处寺人、竖人、侍从之境,却自有其刚烈、机智、尊严和清白,与处于社会上层,受人尊崇,有"公子"之名者,或被誉为"士"的赵衰、狐偃等人处境不同,其地位在故事中虽不重要,其个性却也在极简洁之言行中给人留下深刻印象。

三、娴熟的语言运用能力

《左传》描写、刻画人物性格的成功,根源于作者语言驾驭能力的娴熟,以及作者长于叙事,善于抓住有典型意义的语言或行为来画龙点睛相关。《僖公三十年》曰:

> 九月甲午,晋侯、秦伯围郑,以其无礼于晋,且贰于楚也。晋军函陵,秦军氾南,佚之狐言于郑伯曰:"国危矣,若使烛之武见秦君,师必退。"公从之。辞曰:"臣之壮也,犹不如人,今老矣,无能为也已。"公曰:"吾不能早用子,今急而求子,是寡人之过也。然郑亡,子亦有不利焉。"许之,夜缒而出,见秦伯曰:"秦、晋围郑,郑既知亡矣。若亡郑而有益于君,敢以烦执事。越国以鄙远,君知其难也,焉用亡郑以倍邻。邻之厚,君之薄也。若舍郑以为东道主,行李之往来,共其乏困,君亦无所害。且君尝为晋君赐矣,许君焦、瑕,朝济而夕设版焉,君之所知也。夫晋何厌之有?既东封郑,又欲肆其西封,若不阙秦,将焉取之?阙秦以利晋,唯君图之。"秦伯说,与郑人盟,使杞子、逢孙、杨孙戍之,乃还。子犯请击之。公曰:"不可,微夫人之力不及此,因人

之力而敝之,不仁,失其所与,不知;以乱易整,不武;吾其还也。"亦去之。①

烛之武掉三寸之舌,而收百万大军之效,其临危受命,对话机智,正体现了战国时代士阶层的智慧及神圣使命感。对烛之武语言的精练描写,体现出作者娴熟的语言能力。

《僖公三十三年》载秦晋殽之战,秦将孟明视、西乞术、白乙丙被俘:

> 文嬴请三帅,曰:"彼实构吾二君,寡君若得而食之不厌,君何辱讨焉?使归就戮于秦,以逞寡君之志若何?"公许之。先轸朝,问秦囚,公曰:"夫人请之,吾舍之矣。"先轸怒曰:"武夫力而拘诸原,妇人暂而免诸国,堕军实而长寇仇,亡无日矣。"不顾而唾。公使阳处父追之,及诸河,则在舟中矣。释左骖,以公命赠孟明,孟明稽首曰:"君之惠,不以累臣衅鼓,使归就戮于秦,寡君之以为戮,死且不朽;若从君惠而免之,三年将拜君赐。"②

文嬴欲救祖国三将军,却说此三将军归秦必就戮,晋君遂放孟明等人,先轸深谋远虑,而又性格暴躁,口出不逊之言,不顾而唾,足见其愤慨之深;阳处父随机应变,假称君命,而释左骖马赠孟明,孟明何等机智,岂能上当。临别相约,又见其雪耻之刚气。作者通过简洁的只言片语,就把事件和人物心理表层及深层的活动展露无遗。

《左传》叙述之简明生动,描写之详略有致,语言之富于个性,场面之宏大壮阔,于五大战役的故事,可谓得其极致。所以,梁启超《要籍解题及其读法》特别强调《左传》记五大战役之美文曰:

> 《春秋左氏传》文章优美,其记事文对于极复杂之事项——如五大战役等,纲领提挈得极严谨而分明,情节叙述得极委曲而简洁,可谓极技术之能事。其记言文渊懿美茂,而生气勃勃,后此亦殆未有其比。③

叙事之纲领分明,当然是和语言之美联系在一起的。没有娴熟的语

---

① [晋]杜预注,[唐]孔颖达疏:《春秋左传正义》卷十七,《十三经注疏》,中华书局1980年版。
② 同上。
③ 梁启超:《饮冰室合集·专集》第七十二,中华书局1989年版。

言运用能力,叙述完整、描写生动就变成了不可能的事情。所以,刘知几除肯定《左传》为"叙事之最"①以外,还极力赞扬"其文典而美,其语博而奥"。且云:

> 述远古则委典如存,征近代则循环可覆。必料其功用厚薄,揣思深浅,谅非经营草创,出自一时,琢磨润色,独成一手。②

刘知几肯定《左传》非一时一人所能作,必数代人惨淡经营,而成典美博奥之文,这是很有道理的。

第三节 《国语》的叙事特点

《国语》与《左传》同出于左丘明之手,虽然在体例上二者有明显区别,而且《国语》更多侧重在记言,但是,《国语》仍然体现出了在叙事艺术上成功的经验,与《左传》相比,足以各擅胜场。

一、驾驭长篇故事的杰出能力

《国语》是国别体著作,同时又使用了纪事本末法。纪事本末法可以使作者所要叙述的故事更加连贯,是《左传》这样的编年体史书所不具有的长处。虽然《左传》善于叙述完整的故事,也善于叙述有一定长度的故事,但是,就故事的完整性而言,《国语》略胜一筹。晋国献公之乱,是《左传》和《国语》都重点记载的问题,而《国语》的完整性和长度,都超越了《左传》。《晋语一》记骊姬之乱曰:

> 献公伐骊戎,克之,灭骊子,获骊姬以归,立以为夫人,生奚齐。其娣生卓子。骊姬请使申生主曲沃,以速悬,重耳处蒲城,夷吾处屈,奚齐处绛,以儆无辱之故。公许之,史苏朝,告大夫曰:"二三子,其戒

---

① [唐]刘知几撰:《史通·内篇·模拟》,张振培笺注:《史通笺注》卷八,贵州人民出版社1985年版。

② [唐]刘知几撰:《史通·外篇·申左》,同上书卷十四。

之乎！乱本生矣。"曰："君以骊姬为夫人,民之疾心,固皆至矣。昔者之伐也,起百姓,以为百姓也,是以民能欣之,故莫不尽忠极劳以致死也。今君起百姓,以自封也,民外不得其利,而内恶其贪,则上下既有判矣。然而又生男,其天道也。天强其毒,民疾其态,其乱生哉！吾闻君子好好而恶恶,乐乐而安安,是以能有常。伐木不自其本,必复生；塞水不自其源,必复流；灭祸不自其基,必复乱。今君灭其父而畜其子,祸之基也。畜其子,又从其欲,子思报父之耻,而信其欲①。虽好色,必恶心,不可谓好；好其色,必授之情；彼得其情,以厚其欲,从其恶心必败国,且深乱,乱必自女戎。三代皆然。"骊姬果作难,杀太子,而逐二子。②

对于骊姬之用心,史苏一目了然。骊姬以防备祸患为由,先后使太子申生、公子重耳、夷吾离开都城,赴外地驻守,达到疏远的目的。而史苏早已预见到了最终的结果,及时提醒众大夫注意骊姬为父报仇的用心。又曰：

骊姬生奚齐,其娣生卓子,公将黜太子申生,而立奚齐。里克、丕郑、荀息相见,里克曰："夫史苏之言将及矣,其若之何？"荀息曰："吾闻事君者,竭力以役事,不闻违命,君立臣从,何贰之有？"丕郑曰："吾闻事君者,从其义不阿其惑,惑则误民,民误失德,是弃民也。民之有君,以治义也；义以生利,利以丰民,若之何其民之与处而弃之也。必立太子。"里克曰："我不佞,虽不识义,亦不阿惑,吾其静也。"三大夫乃别。蒸于武官,公称疾不与,使奚齐莅事。猛足乃言于太子曰："伯氏不出,奚齐在庙,子盍图乎？"太子曰："吾闻之羊舌大夫曰：事君以敬,事父以孝。受命不迁为敬,敬顺所安为孝。弃命不敬,作令不孝,又何图焉？且夫间父之爱,而嘉其贶,有不忠焉。废人以自成,有不贞焉。孝敬忠贞,君父之所安也。弃安而图,远于孝矣,吾其止也。"③

---

① [三国吴] 韦昭《国语解》云："信,古申字。"《国语》,上海书店1987年版。
② 徐元诰《国语集解》(修订本)第七,中华书局2002年版。
③ 同上。

当太子废立之际,里克、丕郑、荀息三大夫,针锋相对,各自有不同的见解。荀息的愚忠,丕郑的正直,里克的深沉都通过各自简短而富于哲理的语言表现了出来。太子申生是废立之议中最直接的受害者,他从宽厚孝敬之心境出发,准备逆来顺受地迎接不幸命运的叩门。又曰:

公之优曰施,通于骊姬。骊姬问焉,曰:"吾欲作大事,而难三公子之徒,如何?"对曰:"早处之,使知其极,夫人知极,鲜有慢心,虽其慢,乃易残也。"骊姬曰:"吾欲为难,安始而可?"优施曰:"必于申生,其为人也,小心精洁而大志重,又不忍人,精洁易辱,重偾可疾。不忍人,必自忍也。辱之近行。"骊姬曰:"重无乃难迁乎。"优施曰:"知辱可辱,可辱迁重。若不知辱,亦必不知,固秉常矣。今子内固而外宠,且善否莫不信,若外殚善而内辱之,无不迁矣。且吾闻之,甚精必愚,精为易辱,愚不知避难,虽欲无迁,其得之乎?"是故先施谗于申生。骊姬赂二五①,使言于公曰:"夫曲沃,君之宗也;蒲与二屈,君之疆也。不可以无主。宗邑无主,则民不威;疆场无主,则启戎心。戎之生心,民慢其政,国之患也。若使太子主曲沃,而二公子主蒲与屈,乃可以威民而惧戎,且旌君伐,使俱曰:'狄之广莫,于晋为都。'晋之启土,不亦宜乎。"公说,乃城曲沃,太子处焉;又城蒲,公子重耳处焉;又城二屈,公子夷吾处焉;骊姬既远太子,乃生之言,太子由是得罪。十六年,公作二军,公将上军,太子申生将下军,以伐霍。师未出,士蒍言于诸大夫曰:"夫太子,君之贰也,恭以俟嗣,何官之有?今君分之土而官之,是左之也。吾将谏以观之。"乃言于公曰:"夫太子,君之贰也,而帅下军,无乃不可乎?"公曰:"下军,上军之贰也。寡人在上,申生在下,不亦可乎?"士蒍对曰:"下不可以贰上。"公曰:"何故?"对曰:"贰若体焉,上下左右,以相心目,用而不倦,身之利也,上贰代举,下贰代履,周旋变动,以役心目,故能治事以制百物。若下摄上,与上摄下,周旋不动以违心目,其反为物用也,何事能治?故古之为军也,军有左右。阙从补之,成而不知,是以寡败。若以下贰上,阙而变,败弗

---

① 二五,指献公嬖大夫梁五与东关五。

能补也。变非声章,弗能移也。声章过数则有衅,有衅则敌入,敌入而凶,救败不暇,谁能退敌?敌之如志,国之忧也。可以陵小,难以征大。君其图之。"公曰:"寡人有子而制焉,非子之忧也。"对曰:"夫子国之栋也,栋成乃制之,不亦危乎?"公曰:"轻其所任,虽危何害?"士芮出,语人曰:"太子不得立矣。改其制而不患其难,轻其任而不忧其危,君有异心,又焉得立?行之克也,将以害之;若其不克,其因以罪之。虽克与否,无以避罪。与其勤而不入,不如逃之。君得其欲,太子远死,且有令名,为吴大伯,不亦可乎?"太子闻之曰:"子舆之为我谋,忠矣。然吾闻之,为人子者,患不从,不患无名;为人臣者,患不勤,不患无禄。今我不才,而得勤与从,又何求焉?焉能及吴大伯乎?"太子遂行,克霍而反,谗言弥兴。①

骊姬之欲谋取太子之位,是早有预谋的。作者一方面写了骊姬与优施的阴谋,一方面,又以忠厚的太子申生那种宁静的态度作对比,这样就更加显示出骊姬、优施等人的狡诈,太子申生的温厚。

骊姬在与太子申生的斗争中,骊姬是主动出击者,而献公是骊姬挥舞的棍子,太子申生则是被动地参与这场斗争。骊姬高明的地方,在于她抓住献公好色以及惧怕儿子贤于父而危及自己的位置的双重心理,极力赞扬太子申生之仁厚,并虚意表示愿以死求安定,从而达到离间的目的:

> 优施教骊姬夜半而泣谓公曰:"吾闻申生,甚好仁而强,甚宽惠而慈于民,皆有所行之。今谓君惑于我必乱国,无乃以国故而行强于君?君未终命而不殁,君其若之何?盍杀我,无以一妾乱百姓。"公曰:"夫岂惠其民,而不惠于其父乎?"骊姬曰:"妾亦惧矣。吾闻之外人之言曰:为仁与为国不同,为仁者,爱亲之谓仁;为国者,利国之谓仁。故长民者无亲,众以为亲,苟众利而百姓和,岂能惮君?以众故,不敢爱亲,众况厚之,彼将恶始而美终,以晚盖者也。凡利民是生,杀君而厚利众,众孰沮之?杀亲无恶于人,人孰去之?苟交利而得宠,

---

① 徐元诰:《国语集解》(修订本)第七,中华书局2002年版。

志行而众悦,欲其甚矣,孰不惑焉?虽欲爱君,惑不释也。今夫以君为纣,若纣有良子,而先丧纣,无章其恶,而厚其败,钧之死也,无必假手于武王,而其世不废,祀至于今,吾岂知纣之善否哉?君欲勿恤,其可乎?若大难至而恤之,其何及矣?"公惧曰:"若何而可?"骊姬曰:"君盍老而授之政,彼得政而行其欲,得其所索,乃其释君。且君其图之,自桓叔以来,孰能爱亲?唯无亲,故能兼翼。"公曰:"不可与政,我以武与威,是以临诸侯。未殁而亡政,不可谓武;有子而弗胜,不可谓威。我授之政,诸侯必绝,能绝于我,必能害我。失政而害国,不可忍也。尔勿忧,吾将图之。"①

骊姬深谙晋侯的弱点,所以很顺利地引诱晋侯上钩,其欲擒故纵之计谋可谓处心积虑。

《国语》中的人物,几乎个个都可以发表一篇有哲理的议论,骊姬如此,仆人赞、狐突在对申生的处境发表看法时,皆"知微"而"深谋",太子申生虽明知献公的用心,以及骊姬的阴谋,但却也有一往无前,无所畏惧的道理。作者在叙述之时,往往借"君子"之口发表议论,如言里克之"善处父子之间",以其知父子之义,对献公则言以爱子之情,对申生则晓以从父之义。又赞仆人赞之"知微",狐突"杜门不出"之"善深谋"。因此,我们在阅读的过程中,可以清楚地把握作者所欲表达的倾向性,并正确评价每一个人物的每一个行动之含义。

里克是晋国重臣,骊姬在对申生的斗争中,仅仅争取到献公的支持,还是远远不够的。以骊姬之深谋,必然寻求更多的力量站在自己一边,或者起码要保持中立。《晋语二》云:

骊姬告优施曰:"君既许我杀太子而立奚齐矣,吾难里克,奈何?"优施曰:"吾来里克,一日而已。子为我具特羊之飨,吾以从之饮酒,我优也,言无邮。"骊姬许诺,乃具,使优施饮里克酒。中饮,优施起舞,谓里克妻曰:"主孟啖我。我教兹暇豫事君。"乃歌曰:"暇豫之吾吾,不如鸟乌,人皆集于苑,已独集于枯。"里克笑曰:"何为苑?何谓

---

① 徐元诰:《国语集解》(修订本)第七,中华书局2002年版。

枯?"优施曰:"其母为夫人,其子为君,可不谓苑乎?其母既死,其子又有谤,可不谓枯乎?枯且有伤。"优施出,里克辟奠,不飨而寝,夜半,召优施曰:"曩而言戏乎,抑亦所闻之乎?"曰:"然,君既许骊姬杀太子而立奚齐,谋既成矣。"里克曰:"吾秉君以杀太子,吾不忍;通复故交,吾不敢。中立其免乎?"优施曰:"免。"旦而里克见丕郑,曰:"夫史苏之言,将及矣。优施告我,君谋成矣,将立奚齐。"丕郑曰:"子谓何?"曰:"吾对以中立。"丕郑曰:"惜也。不如曰不信以疏之,亦固太子以携之,多为之故,以变其志。志少疏,乃可间也。今子曰中立,况固其谋也。彼有成矣,难以得间。"里克曰:"往言不可及也。且人中心唯无忌之固,何可败也。子将何如?"丕郑曰:"我无心。是故事君者,君为我心,制不在我。"里克曰:"杀君以为廉,长廉以骄心,因骄以制人家,吾不敢。抑桡志以从君,为废人以自利也,利方以求成人,吾不能。将伏也。"明日,称疾不朝。三旬,难乃成。骊姬以君命命申生曰:"今夕君梦齐姜,必速祠而归福。"申生许诺,乃祭于曲沃,归福于绛。公田,骊姬受福,乃置鸩于酒,置堇于肉,公至,召申生献,公祭之地,地坟,申生恐而出,骊姬与犬肉,犬毙,饮小臣酒,亦毙,公命杀杜原款,申生奔新城。杜原款将死,使小臣圉告于申生曰:"款也不才,寡智不敏,不能教导,以至于死,不能深知君之心度,弃宠求广土而窜伏焉。小心狷介,不敢行也。是以言至而无所讼之也。故陷于大难,乃逮于谗。然款也不敢爱死,唯与谗人钧是恶也。吾闻君子不去情,不反谗,谗行身死,可也,犹有令名焉。死不迁情,强也;守情说父,孝也;杀身以成志,仁也;死不忘君,敬也。孺子勉之。死必遗爱,死民之思,不亦可乎!"申生许诺。人谓申生曰:"非子之罪,何不去乎?"申生曰:"不可,去而罪释,必归于君,是怨君也。章父之恶,取笑诸侯,吾谁乡而入?内困于父母,外困于诸侯,是重困也;弃君去罪,是逃死也。吾闻之,仁不怨君,智不重困,勇不逃死。若罪不释,去而必重。去而罪重,不智;逃死而怨君,不仁。有罪不死,无勇。去而厚怨,恶不可重,死不可避,吾将伏以俟命。"骊姬见申生而哭之,曰:"有父忍之,况国人乎?忍父而求好人,人孰好之?杀父以求利人,人孰利之?

皆民之所恶也,难以长生。"骊姬退,申生乃雉经于新城之庙。将死,乃使猛足言于狐突曰:"申生有罪,不听伯氏,以至于死。申生不敢爱死。虽然,吾君老矣,国家多难。伯氏不出,奈吾君何?伯氏苟出,而图吾君。申生受赐,以死,虽死何悔?"①

太子是国之储贰,废立太子,在宗法社会,是一件非同小可的事情,如果以里克为代表的大臣反对,骊姬的阴谋就不能得逞。但里克一方面不参与处理君主与太子之间的矛盾,一方面又考虑自身之利害,采取逃避策略,纵容骊姬计谋的实施。申生、杜原款明知受人诬陷,而又"大义"赴难,其忠厚"不敏",却也令人叹息。至骊姬之见太子申生而哭,无异一场滑稽剧。

在骊姬废立太子申生及逐公子重耳、夷吾的过程中,《国语》的作者详写骊姬之逐太子申生,而公子重耳、夷吾的地位远不能与太子申生相提并论,所以对骊姬之逐重耳、夷吾,仅几句话就交代清楚了。在这个故事中,我们接触到了围绕着骊姬与太子申生较量圈的一大群人,尽管在这个圈子中,申生是无辜的,其行为也无可挑剔,但最终仍然陷于骊姬的圈套自杀身亡。优施、骊姬的狡猾,献公的自私、昏庸,申生的忠厚,史苏、丕郑等人的真率、智慧,里克的优游、畏惧,皆一览无余。作者写里克受了优施的游说竟至于"辟奠,不飨而寝",夜半而召优施,其思想斗争之剧烈,通过这一细节的叙述便清楚地表现了出来。骊姬在这个故事中,当然与妹喜、妲己、褒姒一样,都是导致亡国、混乱的"祸水",但如果没有夏桀、商纣、周幽王乃至献公之荒淫昏庸,又何至于亡国,更何况,妹喜、妲己、褒姒,乃至骊姬,或身负亡国之痛,或有杀父之仇,其委身事敌,而无丝毫抗争,岂非不近人情。所以,我们谴责的矛头,更应指向晋献公之类昏庸君主。

可以看出,《国语》作者叙述大篇幅的故事,不但能突出重点,而且善于通过事件、对话刻画人物形象,注意细节的个性,故事情节曲折生动,有起有伏,具有较高的艺术欣赏价值。

如果说《国语》记载骊姬之谋太子申生,是把有价值的东西毁灭给人

---

① 徐元诰:《国语集解》(修订本)第八,中华书局 2002 年版。

看的悲剧的话,《国语·晋语四》所记重耳流亡图,却是一出带有喜剧色彩的正剧。重耳受诬陷逃离晋国后,直奔狄国,在狄一住十二年。在狐偃等人的劝说下,离开狄,经五鹿,向野人乞食,野人给以土块,重耳大怒,欲鞭野人,为随从阻止。至齐,齐侯妻之,有马二十乘,遂欲死于齐,姜氏与子犯合谋,趁醉酒载重耳上路。在曹、卫,不受礼遇。至宋,襄公赠马二十乘。至郑,不受礼遇。至楚,楚成王以周礼享之,"九献庭,实旅白"。至秦,秦伯归女五人,并最终送重耳归晋国,即位为晋侯①。这一段记载,也见于《左传》之中。一个胸无大志的公子重耳,历经流亡之苦,在随行人员的帮助下,终于打动秦伯,得以回国登基。如拿《国语》所载晋公子流亡的故事与《左传》的记载比较,我们一方面可以发现二者之间紧密的联系,另一方面也可以找到二者记叙手法的差异。具体说,《国语》比之《左传》,记言更加详细而富哲理性,引经据典,修饰的痕迹更明显。如狐偃动员重耳离开狄,狐偃关于野人所与土块的议论,以及齐姜劝说重耳之成就大业,重耳之骂狐偃,狐偃之答复,秦伯之对答,宴会,娶亲,卜筮之对话,或为《左传》所无,或比《左传》丰富。而通过这些增益,我们可以更清楚地认识晋公子重耳由一个贪图享受的贵公子成长为一个明君霸主的变化过程。晋文公之贤,主要在于他善于纳谏,即能听取随从的意见,及时地修正自己。而狐偃、齐姜等人的对话,也可以更加清晰地体现出他们的机智和深明大义。这些增补的对话,往往起到了突出人物性格的作用,并可以帮助读者更详细地了解事件的来龙去脉。

二、《国语》的语言风格

虽然说《国语》在叙述一个大事件的发生过程之时,常常引用其中人物的大段对话,这些对话因逻辑严密、说理性强而有枯燥之嫌,但也不乏极其生动的事例,如《晋语四》载:"姜与子犯谋,醉而载之以行,醒以戈逐子犯,曰:'若无所济,吾食舅氏之肉,其知厌乎?'舅犯走,且对

---

① 徐元诰:《国语集解》(修订本)第十,中华书局2002年版。

曰:'若无所济,余未知死所,谁能与豺狼争食;若克有成,公子无亦晋之柔嘉,是以甘食。偃之肉腥臊,将焉用之。'"①重耳与狐偃的对话十分风趣。

又《晋语九》曰:

> 董叔将娶于范氏,叔向曰:"范氏富,盍已乎?"曰:"欲为系援焉。"他日董祁愬于范献子,曰:"不吾敬也。"献子执而纺于廷之槐。叔向过之,曰:"子盍为我请乎?"叔向曰:"求系既系矣,求援既援矣,欲而得之,又何请焉?"②

董叔欲通过与范献子之妹妹结亲的方式求得依托,不听叔向之劝。后来因事得罪妻子董祁,董祁遂向兄长告状,董叔被系在树上了,叔向则用调侃的口气讥刺董叔高攀以求"系援"的结局。类似的幽默语言还见于《晋语八》,曰:"君忸怩颜。"③以形容平公无辜杀人,受到叔向批评后的尴尬心态。皆妙趣横生,极富生动之致、摇曳之姿。

《国语》内容与《左传》有许多相似之处,所记事与言,侧重点虽不同,却都足以互相发明。同样,与《左传》一样,《国语》所记语言、事件,一部分来自史记记载,一部分来自口耳相传,相信有许多也出自作者的推测、臆想。《晋语五》曰:

> 灵公虐,赵宣子骤谏,公患之,使鉏麑贼之。晨往,则寝门辟矣,盛服将朝,早而假寐。麑退,叹而言曰:"赵孟敬哉!夫不忘恭敬,社稷之镇也。贼国之镇,不忠;受命而废之,不信。享一名于此,不如死。"触庭之槐而死。④

此记载又见于《左传·宣公二年》,而情节大体相似,唯词语略有不同。应该说,无论作者的资料来源于何处,其内容当皆有推测、臆想之嫌。至于所记骊姬与优施之密谋,出在深宫偷情之闲,岂足以为外人道。史苏之占献公伐骊戎,其结论虽依据历史经验的积累,其形式却假以神秘色

---

① 徐元诰:《国语集解》(修订本)第十,中华书局2002年版。
② 同上书第十五。
③ 同上书第十四。
④ 同上书第十一。

彩。因此,我们认为,《国语》与《左传》一样,同样存在着虚构与想象的痕迹,正唯如此,才可能使历史事件曲折生动,妙趣横生,吸引读者。

陶望龄对《国语》,推崇其深厚浑朴,曰:

> 《国语》一书,深厚浑朴,《周》、《鲁》尚矣。《周语》辞胜事,《晋语》事胜辞。《齐语》单记桓公霸业,大略与《管子》同。如其妙理玮辞,骤读之而心惊,潜玩之而味永,还须以《越语》压卷。①

《国语》不是编年史,也不是断代史,而是记一些事件的片断,因此所载各国史料之重心、中心并不相同,《周语》、《鲁语》以记言为主,而《晋语》最多,记有较长的故事。《越语》载吴王夫差听信佞人之言,不重贤臣伍子胥,刚愎自用,养虎贻患,终于被灭。而越王勾践重用大臣之计,对内,爱护百姓,与人民同甘共苦,葬死,问伤,养生,吊忧贺喜,迎来送往,急百姓之所急,恶百姓之所恶;对外,则采取卑弱之态度,供给夫差珠宝美女,而自己亲为吴王夫差前马,逐渐培植势力,彻底消灭吴国。勾践的胜利,证明君民团结一致的巨大力量,也警醒如吴王夫差那样的骄横君主,应善辨忠奸,斩草除根。

《越语上》载:

> 越王句践②栖于会稽之上,乃号令于三军曰:"凡我父兄昆弟及国子姓,有能助寡人谋而退吴者,吾与之共知越国之政。"大夫种进对曰:"臣闻之:贾人夏则资皮,冬则资𫄨,旱则资舟,水则资车,以待乏也。夫虽无四方之忧,然谋臣与爪牙之士,不可不养而择也。譬如蓑笠,时雨既至,必求之。今君王既栖于会稽之上,然后乃求谋臣,无乃后乎?"句践曰:"苟得闻子大夫之言,何后之有?"执其手而与之谋。遂使之行成于吴,曰:"寡君句践乏无所使,使其下臣种,不敢彻声闻于天王,私于下执事曰:寡君之师徒,不足以辱君矣,愿以金玉、子女赂君之辱,请句践女女于王,大夫女女于大夫,士女女于士,越国之宝器毕从,寡君帅越国之众以从君之师徒,唯君左右之。若以越国之罪为不可赦也,将焚宗庙,系妻孥,沉金玉于江,有带甲五千人,将以致

---

① [清]朱彝尊:《经义考》卷二百九引,中华书局1998年版。
② 句践,即勾践,下同。

死,乃必有偶,是以带甲万人事君也。无乃即伤君王之所爱乎?与其杀是人也,宁其得此国也,其孰利乎?"夫差将欲听与之成,子胥谏曰:"不可!夫吴之与越也,仇仇敌战之国也,三江环之,民无所移。有吴则无越,有越则无吴,将不可改于是矣!员闻之:陆人居陆,水人居水。夫上党之国,我攻而胜之,吾不能居其地,不能乘其车;夫越国,吾攻而胜之,吾能居其地,吾能乘其舟,此其利也,不可失也已。君必灭之!失此利也,虽悔之,亦无及已。"越人饰美女八人,纳之太宰嚭,曰:"子苟赦越国之罪,又有美于此者将进之。"太宰嚭谏曰:"嚭闻古之伐国者,服之而已,今已服矣,又何求焉?"夫差与之成而去之。

句践说于国人曰:"寡人不知其力之不足也,而又与大国执仇,以暴露百姓之骨于中原,此则寡人之罪也,寡人请更。"于是葬死者,问伤者,养生者,吊有忧,贺有喜,送往者,迎来者,去民之所恶,补民之不足。然后卑事夫差,宦士三百人于吴,其身亲为夫差前马。

句践之地,南至于句无,北至于御儿,东至于鄞,西至于姑蔑,广运百里。乃至其父母昆弟而誓之曰:"寡人闻古之贤君,四方之民归之,若水之归下也。今寡人不能,将帅二三子夫妇以蕃。"令壮者无取老妇,令老者无取壮妻;女子十七不嫁,其父母有罪;丈夫二十不娶,其父母有罪。将免者以告,公令医守之。生丈夫,二壶酒,一犬;生女子,二壶酒,一豚;生三人,公与之母;生二人,公与之饩。当室者死,三年释其政;支子死,三月释其政:必哭泣葬埋之,如其子。令孤子、寡妇、疾疹、贫病者纳宦其子。其达士,絜其居,美其服,饱其食,而摩厉之于义。四方之士来者,必庙礼之。句践载稻与脂于舟以行,国之孺子之游者,无不餔也,无不歠也,必问其名。非其身之所种,则不食;非其夫人之所织,则不衣。十年不收于国,民俱有三年之食。

国之父兄请曰:"昔者夫差耻吾君于诸侯之国;今越国亦节矣,请报之。"句践辞曰:"昔者之战也,非二三子之罪也,寡人之罪也。如寡人者安与知耻?请姑无庸战!"父兄又请曰:"越四封之内,亲吾君也,犹父母也。子而思报父母之仇,臣而思报君之仇,其有敢不尽力者乎?请复战!"句践既许之,乃致其众而誓之曰:"寡人闻古之贤君,不患其众之不足也,而患其志行之少耻也。今夫差衣水犀之甲者,亿有三千,不患其志行之少耻也,而患其众之不足也。今寡人将助天灭之。吾不欲匹夫之勇也,欲其旅进旅退。进则思赏,退则思刑,如此,则有常赏。进不用命,退则无耻,如此,则有常刑。"果行,国人皆劝。父勉其子,兄勉其弟,妇勉其夫,曰:"孰是吾君也,而可无死乎?"是故败吴于囿,又败之于没,又郊败之。夫差行成,曰:"寡人之师徒,不足以辱君矣!请以金玉、子女,赂君之辱。"句践对曰:"昔天以越予吴,而吴不受命;今天以吴予越,越可以无听天之命而听君之令乎?吾请达王甬、句东,吾与君为二君乎!"夫差对曰:"寡人礼先壹饭矣。君若不忘周室而为弊邑宸宇,亦寡人之愿也,君若曰:'吾将残汝社稷,灭汝宗庙。'寡人请死!余何面目以视于天下乎?越君其次也!"遂灭吴。①

在这段故事中,几乎没有什么细节描写,也没有评论之言,只是翔实地记载了当事人的语言而已。也正是这种具有个性的语言,显示了越王卧薪尝胆的深谋,以及吴王刚愎自用的失算。越王勾践天生具有一种无耻的心理优势,当失败之际,他想到了征求大臣救国之计,但当文种以责备之口吻批评他时,他能强词以掩饰。为了使百姓能为他卖命,他运用了各种收买人心的办法,并把失败的责任承担起来。他能不顾廉耻,以一国之君的身份,为夫差前驱,似有一种对吴王的赤胆忠心,但当灭吴之际,其拒绝吴王之请求,使他的心计昭然若揭。而吴王夫差,显然比之越王,其"无耻"要逊色得多。当战胜越国之际,他为越王卑颜屈膝的假象所蒙蔽,而不能听信伍子胥之言,当吴国战败,他竟然幻想重复当年越王之故事,可毕竟越王不是吴王,吴王只好自杀了。在这段故事中,文种和夫差都说过这样的话:"寡人(君)之师徒,不足以辱君矣!请(愿)以金玉、子女,赂君之辱。"文种的话,说得不卑不亢,可易时易地,出自夫差之口的重复,却不免显得滑稽而可笑了。《越语上》是一曲复仇主义的颂歌,其故事情节的描写虽谈不上曲折生动,但其语言之朴实而富于个性,却是无庸置疑的。

---

① 徐元诰:《国语集解》(修订本)第二十,中华书局2002年版。

第四节 《战国策》的叙事风格

《战国策》记战国策士的言行,其叙述风格,充分显示了战国时期社会的特点,其记言,突出了战国策士以铺张扬厉的结构方式来说理的特征。

一、铺张扬厉的结构方式

战国策士,常常用铺张扬厉的方式来发表意见,如《秦策一》云:

苏秦始将连横,说秦惠王曰:"大王之国,西有巴、蜀、汉中之利,北有胡貉、代马之用,南有巫山、黔中之限,东有肴、函之固。田肥美,民殷富,战车万乘,奋击百万,沃野千里,蓄积饶多,地势形便,此所谓天府,天下之雄国也。以大王之贤,士民之众,车骑之用,兵法之教,可以并诸侯,吞天下,称帝而治。愿大王少留意,臣请奏其效。"……苏秦曰:"臣固疑大王之不能用也。昔者神农伐补遂,黄帝伐涿鹿而禽蚩尤,尧伐欢兜,舜伐三苗,禹伐共工,汤伐有夏,文王伐崇,武王伐纣,齐桓任战而伯天下。由此观之,恶有不战者乎?古者使车毂击驰,言语相结,天下为一,约从连横,兵革不藏。文士并饬,诸侯乱惑,万端俱起,不可胜理。科条既备,民多伪态,书策稠浊,百姓不足。上下相愁,民无所聊,明言章理,兵甲愈起。辩言伟服,战攻不息,繁称文辞,天下不治。舌弊耳聋,不见成功,行义约信,天下不亲。于是乃废文任武,厚养死士,缀甲厉兵,效胜于战场。夫徒处而致利,安坐而广地,虽古五帝三王五伯,明主贤君,常欲坐而致之,其势不能,故以战续之,宽则两军相攻,迫则杖戟相撞,然后可见大功。是故兵胜于外,义强于内,威立于上,民服于下。今欲并天下,凌万乘,诎敌国,制海内,子元元,臣诸侯,非兵不可。今之嗣主,忽于至道,皆惛于教,乱于治,迷于言,惑于语,沈于辩,溺于辞。以此论之,王固不能行也。"①

苏秦的说辞,具有铺张扬厉之特点,西、北、南、东,形势、田产、人民、战备,一一铺陈,又引古事,以渲染其说。所用语言,虽有长短之别,但多以四言成句为多,意义前后对称,音韵和谐,富于力度;而其中所用数处三言句,往往相互排比,对仗工整。所用虚词、形容词、动词皆不重复,如言"田肥美,民殷富","舌弊耳聋,不见成功;行义约信,天下不亲","凌万乘,诎敌国,制海内,子元元,臣诸侯","悟于教,治于乱,迷于言,惑于语,沈于辩,溺于辞",丽辞如珠玉,直泄而下,有一种排山倒海的气势,足以感染读者。

《楚策一》载张仪为秦破从连横,而说楚王曰:

> 秦地半天下,兵敌四国,被山带河,四塞以为固,虎贲之士百余万,车千乘,骑万匹,粟如丘山。法令既明,士卒安难乐死,主严以明,将知以武,虽无出兵甲,席卷常山之险,折天下之脊,天下后服者先亡。且夫为从者,无以异于驱群羊而攻猛虎也。夫虎之与羊,不格明矣。今大王不与猛虎,而与群羊,窃以为大王之计过矣。凡天下强国,非秦而楚,非楚而秦,两国敌侔交争,其势不两立。而大王不与秦,秦下甲兵,据宜阳,韩之上地不通,下河东,取成皋,韩必入臣于秦。韩入臣,魏则从风而动,秦攻楚之西,韩魏攻其北,社稷岂得无危哉?且夫约从者,聚群弱而攻至强也,夫以弱攻强,不料敌而轻战,国贫而骤举兵,此危亡之术也。臣闻之,兵不如者,勿与挑战;粟不如者,勿与持久。夫从人者,饰辩虚辞,高主之节行,言其利,而不言其害,卒有楚祸,无及为已。是故愿大王之熟计之也。秦西有巴蜀,方船积粟,起于汶山,循江而下,至郢三千余里,舫船载卒,一舫载五十人,与三月之粮,下水而浮,一日行三百余里,里数虽多,不费马汗之劳,不至十日而距扞关,扞关惊,则从竟陵已东,尽城守矣。黔中、巫郡,非王之有已。秦举甲出之武关,南面而攻,则北地绝。秦兵之攻

---

① 缪文远:《战国策新校注》(修订本)卷三,巴蜀书社1998年版。

楚也,危难在三月之内;而楚恃诸侯之救,在半岁之外,此其势不相及也。夫恃弱国之救,而忘强秦之祸,此臣之所以为大王之患也。……①

张仪先极力夸张秦国之强,在心理上先给楚王造成一种畏惧心理,然后,再入情入理、科学地分析秦楚各自所处形势,当然也不忘渲染秦之强与韩、魏众诸侯之弱,使楚王感到与秦作对,绝没有好下场。最后,又历数楚之败亡,约纵之不可靠,而诱以"请秦太子入质于楚,楚太子入质于秦,请以秦女为大王箕帚之妾,效万家之都,以为汤沐之邑,长为昆弟之国,终身无相攻击",晓之以强弱之势,诱之以土地、美女、和平,楚王便上钩了,"乃遣使车百乘,献鸡骇之犀,夜光之璧于秦王"②。

《齐策一》记苏秦为赵合纵,云:

> 苏秦为赵合从,说齐宣王曰:"齐南有太山,东有琅邪,西有清河,北有渤海,此所谓四塞之国也。齐地方二千里,带甲数十万,粟如丘山。齐车之良,五家之兵,疾如锥矢。战如雷电,解如风雨,即有军役,未尝倍太山、绝清河、涉渤海也。临淄之中七万户,臣窃度之,下户三男子,三七二十一万,不待发于远县,而临淄之卒,固以二十一万矣。临淄甚富而实,其民无不吹竽、鼓瑟、击筑、弹琴、斗鸡、走犬、六博、蹹踘者;临淄之途,车毂击,人肩摩,连衽成帷,举袂成幕,挥汗成雨;家敦而富,志高而扬。夫以大王之贤与齐之强,天下不能当。今乃西面事秦。窃为大王羞之。且夫韩、魏之所以畏秦者,以与秦接界也。兵出而相当,不至十日,而战胜存亡之机决矣。韩、魏战而胜秦,则兵半折,四境不守;战而不胜,以亡随其后。是故韩、魏之所以重与秦战而轻为之臣也。今秦攻齐则不然,倍韩、魏之地,至闱阳晋之道,径亢父之险,车不得方轨,马不得并行,百人守险,千人不能过也。秦虽欲深入,则狼顾,恐韩、魏之议其后也。是故恫疑虚猲,高跃而不敢进,则秦不能害齐,亦已明矣。夫不深料秦之不奈我何也,而欲西面

---

① 缪文远:《战国策新校注》(修订本)卷十四,巴蜀书社1998年版。
② 上引同上书卷八。

事秦,是群臣之计过也。今无臣事秦之名,而有强国之实,臣固愿大王之少留计。"齐王曰:"寡人不敏,今主君以赵王之教诏之,敬奉社稷以从。"①

苏秦欲夸张齐国之盛,以促使齐国有与秦国分庭抗礼的勇气,重新拿出了游说秦王时的铺排手法,先是南东西北,土地兵力游说一番,又极言其富庶、繁荣,不该臣服于秦。又举韩、魏之例,说明不事秦可强国。凡君主,皆欲屈人,事奉他人,当然非心所愿,齐王见苏秦所言头头是道,因而欣然从命。此处所言"车声击,人肩摩,连衽成帷,举袂成幕,挥汗成雨"诸句,文笔清新流利,文采富丽,生动形象,极尽夸张之能事,是典型的纵横家风格。

二、精心安排的语言环境

《韩非子·说难》云:"凡说之难,在知所说之心,可以吾说当之。"②即要了解被游说者心中所想,才是致胜之道,苏秦之说秦王,其言辞非为不美,但不得秦王之心,因而扫兴而归。张仪说楚王舍合从而与秦连横,因洞明楚王胆小、好利之心,威胁利诱,在一番排山倒海与温情脉脉的言辞之下,楚王便屈服了。苏秦说齐王,也大抵如此。

《文心雕龙·论说》评价战国策士之说术云:

> 夫说贵抚会,弛张相随,不专缓颊,亦在刀笔。范雎之言事,李斯之止逐客,并烦情入机,动言中务,虽批逆鳞,而功成计合,此上书之善说也。……凡说之枢要,必使时利而义贞,进有契于成务,退无阻于荣身。自非谲敌,则唯忠与信。披肝胆以献主,飞文敏以济辞,此说之本也。③

说辞要善切合,要揣度人心,言情入理,符合时务,这就需要论说之士具有大智慧。《战国策》描写策士之游说活动,不仅仅记策士之言,也注意

---

① 缪文远:《战国策新校注》(修订本)卷八,巴蜀书社1998年版。
② [清]王先慎:《韩非子集解》卷四,《诸子集成》,中华书局1954年版。
③ 吴林伯:《文心雕龙义疏》,武汉大学出版社2002年版。

描写策士在游说活动中的智慧。范雎见秦王,秦王跪而请教,他却"唯唯"再三,以激秦王之欲望。李斯《上书谏逐客》①例举客卿对秦强之利,使秦王认识到逐客之为非。又《赵策四》记触龙之说赵太后,更可以代表《战国策》描写策士游说之术的成功:

> 赵太后新用事,秦急攻之。赵氏求救于齐,齐曰:"必长安君为质,兵乃出。"太后不肯,大臣强谏。太后明谓左右:"有复言令长安君为质者,老妇必唾其面!"左师触龙言愿见太后。② 太后盛气而揖之,入而徐趋,至而自谢曰:"老臣病足,曾不能疾走,不得见久矣,窃自恕。而恐太后玉体之有所郄也,故愿望见太后。"太后曰:"老妇恃辇而行。"曰:"日食饮得无衰乎?"曰:"恃粥耳。"曰:"老臣今者殊不欲食,乃自强步,日三四里,少益耆食,和于身也。"太后曰:"老妇不能。"太后之色少解。左师公曰:"老臣贱息舒祺,最少,不肖。而臣衰,窃爱怜之,愿令得补黑衣之数,以卫王宫,没死以闻。"太后曰:"敬诺!年几何矣?"对曰:"十五岁矣。虽少,愿及未填沟壑而托之。"太后曰:"丈夫亦爱怜其少子乎?"对曰:"甚于妇人。"太后笑曰:"妇人异甚!"对曰:"老臣窃以为媪之爱燕后,贤于长安君。"曰:"君过矣!不若长安君之甚。"左师公曰:"父母之爱子,则为之计深远。媪之送燕后也,持其踵为之泣,念悲其远也,亦哀之矣。已行,非弗思也,祭祀必祝之,祝曰:'必勿使反!'岂非计久长,有子孙相继为王也哉?"太后曰:"然。"左师公曰:"今三世以前,至于赵之为赵,赵主之子孙侯者,其继有在者乎?"曰:"无有。"曰:"微独赵,诸侯有在者乎?"曰:"老妇不闻也。""此其近者祸及身,远者及其子孙。岂人主之子孙则必不善哉?位尊而无功,奉厚而无劳,而挟重器多也。今媪尊长安君之位,而封之以膏腴之地,多予之重器,而不及今令有功于国,一旦山陵崩,长安君何以自托于赵?老臣以媪为长安君计短也,故以为其爱不若燕后。"太后曰:"诺,恣君之所使之!"于是为长安君约车百乘,质于齐,

---

① [清]严可均编:《全秦文》,中华书局1958年版。
② 触龙:原作"触䎱",据《战国纵横家书》改,文物出版社1985年版。

齐兵乃出。①

秦攻赵,赵向齐求救,齐担心赵以后翻脸成仇忘恩负义,要求掌权的赵太后把最心爱的儿子长安君作为人质,赵太后担心长安君受苦,而不愿意,大臣强谏,赵太后不但不听,而且不让再谏。左师触龙欲谏赵太后,先以疲惫之病态慰问赵太后,问其起居饮食,然后,又为小儿子求情,与赵太后找到了共同语言,从爱子说起,得出爱子之亲情表现为"为之计深远",才是真正的爱。又以赵国及诸侯国之历史为镜,说明长安君只有为赵国建立功业,才可以立足久长,逐步引导赵太后觉悟到送长安君入齐为质,才是真正的爱护长安君。在游说赵太后的过程中,触龙始终抓住了主动,欲劝长安君入齐,却不直接提及此事,而是左说右说,让赵太后自然地把弯子转过来。作者不仅对触龙言与行描写细致,而且语言也符合各人不同之身份,赵太后是当权者,又是一个老妇人,见触龙盛气凌人,而禁止进谏,不是以杀头恐吓,而是以"唾其面"相要挟。左师触龙因为是老臣,又有病,所以行动迟缓,谈论问题也自然从问疾入手,赵太后于老臣,多少还讲一点情面,所以,由盛气渐趋平和,最后完全听命于触龙。这个变化过程是巨大的,但作者一步步写来,却极其自然,使人无突兀之感。

《战国策》记战国策士言论,其中也有不少是策士们刻意安排的寓言来说明问题的症结,起到言简而意赅的效果,如《齐策四》以不嫁而生子之女,喻田骈不宦而有富贵,名实不副:

> 齐人见田骈曰:"闻先生高议,设为不宦,而愿为役。"田骈曰:"子何闻之?"对曰:"臣闻之邻人之女。"田骈曰:"何谓也?"对曰:"臣邻人之女,设为不嫁,行年三十,而有七子,不嫁则不嫁,然嫁过毕矣。今先生设为不宦,訾养千钟,徒百人,不宦则然矣,而富过毕也。"田子辞。②

这里齐人用女子不嫁而生七子的例子,来说明田骈虽然号称不宦,却享受着达官贵人的生活。齐人寥寥数语,就找到了问题的关键所在,让田

---

① 缪文远:《战国策新校注》(修订本)卷二十一,巴蜀书社1998年版。
② 同上书卷十一。

骈无由自辩。

三、跌宕起伏的故事情节

大致来说,《战国策》是以人物的活动为中心,即以战国策士、义士、处士的活动为中心,以事件为线索,在对事件的陈述中展开故事,刻画人物。善于抓住有特点的行动和语言,来表现人物性格。如《楚策四》曰:

> 魏王遗楚王美人,楚王说之,夫人郑袖知王之说新人也,甚爱新人,衣服玩好,择其所喜而为之;宫室卧具,择其所善而为之,爱之甚于王。王曰:"妇人所以事夫者,色也,而妒者,其情也,今郑袖知寡人之说新人也,其爱之甚于寡人,此孝子之所以事亲,忠臣之所以事君也。"郑袖知王以己为不妒也,因谓新人曰:"王爱子美矣,虽然,恶子之鼻,子为见王,则必掩子鼻。"新人见王,因掩其鼻。王谓郑袖曰:"夫新人见寡人,则掩其鼻,何也?"郑袖曰:"妾知也。"王曰:"虽恶,必言之。"郑袖曰:"其似恶闻君王之臭也。"王曰:"悍哉!"令劓之,无使逆命。①

楚怀王是一个好色、昏庸的君主,郑袖则是一个奸诈、妒嫉心极强的阴险恶妇。魏国美人新进楚王,年幼无知,在郑袖一系列甜言蜜语及貌似关心的行为之下,主动缴械。郑袖的行为不但欺骗了魏国美人,也欺骗了楚怀王。郑袖设计出以手掩鼻之计谋,又假意在楚王之问面前欲言又止,后又以推测之辞诬陷,其用心之狡诈,无以伦比。而怀王因莫须有的罪名,竟不作调查,令施劓刑,其昏庸而残暴,确也令人发指。

《战国策》包含着许多精彩的戏剧场面和完整的故事结构,使其中某些故事,具有现代小说之品格。如《齐策四》②所记冯谖客孟尝君的故事。冯谖是一个贫士,刚到孟尝君门下,并不受重视,于是,他时而弹剑而歌,虽引起众人之"笑"、"恶",却旁若无人,最终取得了"食用无使乏"的待遇。

---

① 缪文远:《战国策新校注》(修订本)卷十七,巴蜀书社1998年版。
② 同上书卷十一。

由于孟尝君的厚遇,冯谖决心为知己者孟尝君服务,当代孟尝君收债之时,他得到指示"视吾家所寡有者"收回,却并未替孟尝君收回任何财物,而是焚券以买义。"市义"而返,孟尝君不解。及孟尝君被免,就国于薛,受到冯谖所市之民的拥戴,最后又重回执政之位,相齐数十年而无祸。故事曲折,情节有起有伏,而冯谖作为一位机智、有远见、有自信、善言辩的策士形象,栩栩如生,而盛名之下的孟尝君,在与冯谖的对比中,却显示出其好利、短视的特征。但他作为战国四公子之一,其养士之肚量,却是可以肯定的。

《战国策》中所记侠士,皆具慷慨之气,作者在描写聂政、荆轲之壮举时,不仅仔细记叙了其感恩仗义的全过程,而且,其中主要场景,也具慷慨壮烈之气氛。《韩策二》云:

> 韩傀相韩,严遂重于君,二人相害也。严遂政议直指,举韩傀之过,韩傀以之叱之于朝,严遂拔剑趋之,以救解,于是严遂惧诛,亡去,游,求人可以报韩傀者。至齐,齐人或言轵深井里聂政,勇敢士也,避仇隐于屠者之间。严遂阴交于聂政,以意厚之。聂政问曰:"子欲安用我乎?"严遂曰:"吾得为役之日浅,事今薄,奚敢有请?"于是严遂乃具酒,觞聂政母前,仲子奉黄金百镒,前为聂政母寿。聂政惊,愈怪其厚,固谢严仲子,仲子固进,而聂政谢曰:"臣有老母,家贫,客游以为狗屠,可旦夕得甘脆以养亲,亲供养备,义不敢当仲子之赐。"严仲子辟人,因为聂政语曰:"臣有仇,而行游诸侯众矣。然到齐,闻足下义甚高,故直进百金者,特以为夫人粗粝之费,以交足下之欢,岂敢以有求邪?"聂政曰:"臣所以降志辱身,居市井者,徒幸而养老母,老母在,政身未敢以许人也。"严仲子固让,聂政竟不肯受。然仲子卒备宾主之礼而去。久之,聂政母死,既葬,除服,聂政曰:"嗟乎,政乃市井之人,鼓刀以屠,而严仲子乃诸侯之卿相也,不远千里,枉车骑而交臣,臣之所以待之至浅鲜矣,未有大功可以称者,而严仲子举百金为亲寿,我虽不受,然是深知政也。夫贤者以感忿睚眦之意,而亲信穷僻之人,而政独安可嘿然而止乎?且前日要政,政徒以老母,老母今以天年终,政将为知己者用。"遂西至濮阳,见严仲子曰:"前所以不许仲

子者,徒以亲在,今亲不幸,仲子所欲报仇者为谁?"严仲子具告曰:"臣之仇,韩相傀,傀又韩君之季父也。宗族盛,兵卫设,臣使人刺之,终莫能救,今足下幸而不弃,请益具车骑壮士,以为羽翼。"政曰:"韩与卫,中间不远,今杀人之相,相又国君之亲,此其势不可以多人,多人,不能无生得失,生得失,则语泄,语泄则韩举国而与仲子为仇也,岂不殆哉?"遂谢车骑人徒,辞独行。仗剑至韩,韩适有东孟之会,韩王及相皆在焉,持兵戟而卫者甚众,聂政直入,上阶刺韩傀,韩傀走而抱哀侯,聂政刺之,兼中哀侯。左右大乱,聂政大呼,所杀者数十人,因自皮面抉眼,自屠出肠,遂以死。韩取聂政尸于市县,购之千金,久之莫知谁子,政姊闻之曰:"弟至贤,不可爱妾之躯,灭吾弟之名。非弟意也。"乃之韩,视之曰:"勇哉,气矜之隆。是其轶贲育而高成荆矣。今死而无名,父母既殁矣,兄弟无有。此为我故也。夫爱身不扬弟之名,吾不忍也。"乃抱尸而哭之曰:"此吾弟轵深井里聂政也。"亦自杀于尸下。晋楚齐卫闻之曰:"非独政之能,乃其姊者,亦列女也。"聂政之所以名施于后世者,其姊不避菹醢之诛以扬其名也。①

聂政因避仇隐于屠夫之中,严仲子为报韩傀之仇,交结聂政。聂政以严仲子对自己的知己之情,在老母去世后,竟只身刺韩相。其至东孟之会,人众侍卫之中,如入无人之境,长驱直入,慷慨赴难,又自毁其容,不欲牵连亲人。而其姊聂荌,为了使弟弟作为勇士的美名流芳百世,径直认聂政之尸,伏尸自杀。作者前面一大段铺叙写聂政推托严仲子之礼,及母死,笔锋一转,通过对聂政心理活动及行动的刻画,勾勒出一个感恩图报、看重知遇之情的侠士形象。及聂政刺韩相,故事进入第一个戏剧高潮,而聂荌认其弟并自杀而亡,则使故事紧接着进入第二个高潮,高潮迭起,情节紧迫,慷慨悲壮,令人叹息,催人激扬。

又《燕策三》记燕太子丹使荆轲刺秦王。燕太子听说田光少壮之时,"其智深,其勇沉",而欲求田光谋秦王,田光老迈,而求于荆轲。又由于太子丹不欲机密泄漏,田光以自杀来使太子丹释怀,并激励荆轲。而樊於期

---

① 缪文远:《战国策新校注》(修订本)卷二十七,巴蜀书社1998年版。

是秦王的仇人,为了使荆轲有见秦王的通行证竟自刎而死,让荆轲带着他的头颅去见秦王。作者写荆轲出发及刺秦王,场面慷慨悲壮、雄伟壮阔:

> 遂发,太子及宾客知其事者,皆白衣冠以送之,至易水上,既祖取道,高渐离击筑,荆轲和而歌,为变徵之声,士皆垂泪涕泣,又前而为歌曰:"风萧萧兮易水寒,壮士一去兮不复还。"复为慷慨羽声,士皆瞋目,发尽上指冠。于是荆轲遂就车而去,终已不顾。既至秦,持千金之资币物,厚遗秦王宠臣中庶子蒙嘉,嘉为先言于秦王,……秦王闻之,大喜,乃朝服,设九宾,见燕使者咸阳宫,荆轲奉樊於期头函,而秦武阳奉地图匣,以次进至陛下。秦武阳色变振恐。群臣怪之,荆轲顾笑武阳,前为谢曰:"北蛮夷之鄙人,未尝见天子,故振慑,愿大王少假借之,使毕使于前。"秦王谓轲曰:"起,取武阳所持图。"轲既取图奉之。发图,图穷而匕首见,因左手把秦王之袖,而右手持匕首揕抗之。未至身,秦王惊,自引而起,绝袖,拔剑,剑长,掺其室,时恐急,剑坚,故不可立拔。荆轲逐秦王,秦王还柱而走,群臣惊愕,卒起不意,尽失其度。而秦法,群臣侍殿上者,不得持尺兵。诸郎中执兵,皆陈殿下,非有诏不得上。方急时,不及召下兵,以故荆轲逐秦王,而卒惶急无以击轲,而乃以手共搏之。是时侍医夏无且,以其所奉药囊提轲,秦王之方还柱走,卒惶急不知所为。左右乃曰:"王负剑!王负剑!"遂拔以击荆轲,断其左股。荆轲废,乃引其匕首提秦王,不中,中柱,秦王复击轲,被八创。轲自知事不就,倚柱而笑,箕踞以骂曰:"事所以不成者,乃欲以生劫之,必得约契以报太子也。"左右既前斩荆轲,秦王目眩良久,而论功赏。①

燕太子丹欲早日除去秦王之患,惟恐荆轲改变主意,因而荆轲在仓促之中赴程。临别之际,荆轲、高渐离与众慷慨悲歌,同仇敌忾,怒发冲冠,易水之上,风萧萧而寒,此景与生离死别的出行者和送行者心境一般苍凉。及荆轲之见秦王,场面之紧张,使杀人不眨眼的十二岁武士秦武阳脸色骤变,而荆轲却从容镇定。图穷匕首现,秦王与荆轲展开了生死之搏。

---

① 缪文远:《战国策新校注》(修订本)卷三十一,巴蜀书社1998年版。

荆轲在受伤之后,仍顽强战斗,临死之际,身受八剑之伤,倚柱而笑,从容痛骂。作者用"秦王惊,自引而起,绝袖,拔剑,剑长,掺其室,时恐急,剑坚,固不可立拔。荆轲逐秦王。秦王还柱而走,群臣惊愕,卒起不意,尽失其度",及众人刺死荆轲,秦王"目眩良久",来表现荆轲刺秦王场面的激烈。描写细腻,恰当地烘托了气氛,造成戏剧性场景,从而达到刻画人物形象的效果。

《战国策》作为历史著作,其叙事主要采取的是一种纪实手法,但某些叙述,与史实不合。如《齐策一》邹忌谏宣王后,竟有"燕赵韩魏闻之,皆朝于齐"[1]之记载,这并不是史实。《秦策三》云秦王跪问范雎,也令人生疑。因此,我们相信《战国策》中存有大量虚构、夸张、不真实的史料,至于其中人物语言之放肆佚荡,如苏秦、张仪之言,更不可以实情测之。正惟如此,《战国策》才表现出非同寻常的文学价值。

宋人李文叔《书战国策后》尝谓:"《战国策》所载,大抵皆纵横捭阖谲狂相轧倾夺之说也,其事浅陋不足道;然而人读之,则必尚其说之工而忘其事之陋者,文词之胜移之而已。"[2]战国处于社会道德观重构时期,《战国策》策士的品德问题,应放在特定的历史时期去审视,因此,我们不能同意李文叔对《战国策》内容的攻击,但是,李文叔肯定《战国策》文词之胜,特别是通过铺排、夸张,渲染气势,以形成一种悲喜剧的场面,以及或慷慨或平易的气氛,来感染读者,这是《左传》、《国语》所不具备的。

---

[1] 缪文远:《战国策新校注》(修订本)卷八,巴蜀书社1998年版。
[2] [宋]李文叔:《书战国策后》,《战国策》,齐鲁书社2005年版。

第六章 屈原及战国抒情体文学

屈原是战国时期的伟大诗人,是战国时期抒情文学的代表性作品《离骚》的创作者,是中国文学史上楚辞体文学的主要作者。更重要的是,在中国文学史上,诗人屈原不仅仅是作为一个诗人受人推崇,同时,他还作为一个忠臣和爱国主义者而广受尊敬。

第一节 关于屈原研究的几个问题

屈原生活的时代,大约在战国时期楚国的楚威王、楚怀王和楚襄王时代,屈原《离骚》自序身世云:"帝高阳之苗裔兮,朕皇考曰伯庸。摄提贞于孟陬兮,惟庚寅吾以降。"据《史记·楚世家》①,楚先祖出于帝颛顼高阳,高阳后人重黎曾任帝喾高辛火正,帝喾命名曰祝融。重黎弟吴回生陆终,陆终生季连,芈姓。周文王时,季连苗裔曰鬻熊,事文王。鬻熊生熊丽,熊丽生熊狂,熊狂生熊绎,受封楚。楚武王生子瑕,受屈为客卿。屈原的先祖名叫伯庸,②其出生正逢太岁在寅之摄提格正月始春庚寅之日。其生活之时代,大约在公元前340年至公元前278年之间,是时楚国先后有威王、怀王、顷襄王在位。

一、屈原的主要事迹及职掌

关于屈原的事迹,《史记·屈原贾生列传》曰:

---

① 《史记》卷四十,中华书局1959年版。
② [汉]王逸:《楚辞章句》云:"屈原言我父伯庸",而刘向《九叹·逢纷》曰:"伊伯庸之末胄兮。"[宋]洪兴祖:《楚辞补注》第一,中华书局1983年版。

屈原者，名平，楚之同姓也。为楚怀王左徒。博闻强志，明于治乱，娴于辞令，入则与王图议国事，以出号令；出则接遇宾客，应对诸侯。王甚任之。上官大夫与之同列，争宠，而心害其能。怀王使屈原造为宪令，屈平属草稿未定，上官大夫见而欲夺之，屈平不与，因谗之曰："王使屈平为令，众莫不知；每一令出，平伐其功，以为'非我莫能为'也。"王怒而疏屈平。屈平疾王听之不聪也，谗谄之蔽明也，邪曲之害公也，方正之不容也，故忧愁幽思，而作《离骚》。……屈平既绌，其后秦欲伐齐，齐与楚从亲，惠王患之，乃令张仪详去秦，厚币委质事楚，曰："秦甚憎齐，齐与楚从亲，楚诚能绝齐，秦愿献商、於之地六百里。"楚怀王贪而信张仪，遂绝齐，使使如秦受地。张仪诈之曰："仪与王约六里，不闻六百里。"楚使怒去，归告怀王。怀王怒，大兴师伐秦。秦发兵击之，大破楚师于丹、浙，斩首八万，虏楚将屈匄，遂取楚之汉中地。怀王乃悉发国中兵以深入击秦，战于蓝田。魏闻之，袭楚至邓。楚兵惧，自秦归。而齐竟怒不救楚，楚大困。明年，秦割汉中地与楚议和。楚王曰："不愿得地，愿得张仪而甘心焉。"张仪闻，乃曰："以一仪而当汉中地，臣请往如楚。"如楚，又因厚币用事者臣靳尚，而设诡辩于怀王之宠姬郑袖。怀王竟听郑袖，复释去张仪。是时屈平既疏，不复在位，使于齐，顾反，谏怀王曰："何不杀张仪？"怀王悔，追张仪不及。其后诸侯共击楚，大破之，杀其将唐眛。时秦昭王与楚婚，欲与怀王会。怀王欲行，屈平曰："秦虎狼之国，不可信，不如毋行。"怀王稚子子兰劝王行："奈何绝秦欢！"怀王卒行。入武关，秦伏兵绝其后，因留怀王，以求割地。怀王怒，不听。亡走赵，赵不内。复之秦，竟死于秦而归葬。长子顷襄王立，以其弟子兰为令尹。楚人既咎子兰以劝怀王入秦而不反也。屈平既嫉之，虽放流，眷顾楚国，系心怀王，不忘欲反，冀幸君之一悟，俗之一改也。其存君兴国而欲反覆之，一篇之中三致志焉，然终无可奈何，故不可以反，卒以此见怀王之终不悟也。……怀王以不知忠臣之分，故内惑于郑袖，外欺于张仪，疏屈平而信上官大夫、令尹子兰。……令尹子兰……卒使上官大夫短屈原于顷襄王，顷襄王怒而迁之。屈原至于江滨，被发行吟泽畔。颜色憔悴，形容枯槁。……曰："吾闻之，新沐者必弹冠，新浴者必振衣,人又谁能以身之察察,受物之汶汶者乎!宁赴常流,而葬乎江鱼腹中耳,又安能以皓皓之白而蒙世俗之温蠖乎!"乃作《怀沙》之赋。……于是怀石遂自沈汨罗以死。①

《离骚》云:"皇览揆余初度兮,肇锡余以嘉名,名余曰正则兮,字余曰灵均。纷吾既有此内美兮,又重之以修能。"②郭沫若认为,有人认为正则和灵均是屈原的小名或者小字,是不准确的,而应该是"屈原的化名"③。这个说法是有道理的。屈原除了有好的生辰以外,还有好的名字,这些构成了屈原非凡的"内美",而后天的培养则是所谓"修能",屈原内外兼修,所以才华出众。屈原在楚国曾担任重要官职,后受诬陷,放逐,自杀。

屈原曾官"左徒"。而《楚辞·渔父》提到屈原时称"三闾大夫"④。王逸《楚辞章句》曰:"屈原与楚同姓,仕于怀王,为三闾大夫。三闾之职,掌王族三姓,曰昭、屈、景。屈原序其谱属,率其贤良,以厉国士。入则与王图议政事,决定嫌疑;出则监察群下,应对诸侯。谋行职修,王甚珍之。"⑤三闾大夫为管理宗族事务,教育、督导宗族子弟的官员。左徒,依《史记正义》的说法,"盖今左右拾遗之类"⑥。屈原受过良好的教育,也一度很受楚王信任。后因受同僚上官大夫,以及令尹子兰的诬陷,先是被疏远,后又遭流放,最后在郁郁之中,沉江而死。屈原在被谗诟、放逐过程中,曾以其作品发泄他的不满,并以此感悟君主,表现自己眷顾楚国,心系怀王的忠君、爱国之情。

左徒之职,今人郭沫若、姜亮夫等都曾认为地位甚高。郭沫若《屈原研究》说:"'左徒'的官职在令尹之下,颇不低贱,看《楚世家》说'考烈王以左徒为令尹,封以吴,号春申君',便可知道。"⑦又郭沫若《人民诗人屈原》云:"据司马迁所著的《屈原列传》,说他做过楚怀王的左徒。这左徒的官

---

① 《史记》卷八十四,中华书局1959年版。
② [宋]洪兴祖:《楚辞补注》第一,中华书局1983年版。
③ 郭沫若:《屈原研究》,《郭沫若全集》第四卷《历史人物》,人民出版社1982年版。
④ [宋]洪兴祖:《楚辞补注》第七,中华书局1983年版。
⑤ 同上书第一。
⑥ 《史记》卷八十四,中华书局1959年版。
⑦ 郭沫若:《郭沫若全集》第四卷《历史人物》,人民出版社1982年版。

职是相当高的,在屈原之后的有名的春申君是由左徒升为柱国,柱国就是宰相。可见左徒的位置离宰相不会太远。"①姜亮夫《史记·屈原列传疏证》曰:"自左徒晋为令尹,则左徒之职甚崇,……惟左徒一名,楚在春秋前无可考,即战国一代,亦仅一春申君为之。细绎《原传》,并参《左传》,余疑即春秋以来之所谓莫敖也。何以言之? 按襄十五及二十三年左氏叙楚命官之次,莫敖仅亚令尹。"②俞平伯在《屈原作品撰述》一文中,也说左徒"再升上去便可以做楚国的宰相'令尹'了"③。他们根据的是春申君的经历,以及司马迁关于屈原"入则与王图议国事,以出号令;出则接遇宾客,应对诸侯"。但是司马迁所述职能,不独副相可行使,上至令尹,下至朝廷负责某一事务的普通大夫,事实上都可与王图议国事,通过与君王协商,而出号令,并受君王委任,接待宾客,出访邻国。如《史记·屈原贾生列传》说屈原被疏后,不复在位,仍然使于齐。

至于《史记·楚世家》曰:"以左徒为令尹。"④并不能说明左徒即副相,或者可比重臣"莫敖"。司马迁在这里用了"春秋笔法"。据《史记·春申君列传》,黄歇"游学博闻,事楚顷襄王。顷襄王以歇为辩,使于秦",后来说秦昭王,"黄歇受约归楚,楚使歇与太子完入质于秦,秦留之数年"楚顷襄王病重,设计让太子完"变衣服为楚使者御以出关,而黄歇守舍,常为谢病",后来秦昭王欲令黄歇自杀,秦相应侯曰:"歇为人臣,出身以徇其主,太子立,必用歇,故不如无罪而归之,以亲楚。"黄歇冒死为太子完创造了回国继位的机会,太子完为报答黄歇,在顷襄王死后,甫一即位,便特别重用,"以黄歇为相,封为春申君,赐淮北地十二县",使他成为炙手可热的人物,楚王贵幸黄歇,"虽兄弟不如也"⑤。后来黄歇竟然以怀有自己骨肉的李园之妹嫁考威王,为王后,生太子幽王,使自己的血脉代替楚氏正统。黄歇以左徒为令尹,并不是这一官职地位显赫,而是黄歇在左徒任上,与考威王建立了特殊关系。《史记》独不记其他人以某职为令尹,而只及"左

---

① 载《中国青年》1950 年第 7 期,《人物杂志》1950 年第 5—6 期。
② 姜亮夫:《楚辞学论文集》,上海古籍出版社 1984 年版。
③ 载《文汇报》1953 年 6 月 15 日。
④ 《史记》卷八十四,中华书局 1959 年版。
⑤ 《史记》卷七十八,中华书局 1959 年版。

徒"一职,正强调其违背常规,亲近亲信,终致黄歇之欺君。

"左徒"一职,在史传中仅两见,若其地位确如"副相"之重,必定要参与重大事件的处理,其出现必定十分频繁。根据黄歇和屈原的情况,左徒的职能,应该属于行人之类的官职。郭沫若等人极力主张左徒官大,大约缘于热爱屈原的原因,认为屈原这样一个杰出的人才,只有大官,才能显示出他才能的出众。实际上,这样的推崇是大可不必的。

《离骚》云:"摄提贞于孟陬兮,惟庚寅吾以降。"这句话是了解屈原生年的关键。王逸《楚辞章句》认为这句话指太岁在寅,正月始春,庚寅之日,屈原降生①。而朱熹《楚辞集注》认为"摄提贞于孟陬"指斗柄正指寅位之月而已,如此,并不是指年而言②。《史记·历书》云:"孟陬殄灭,摄提无纪,历数失序。"案裴骃《史记集解》引《汉书音义》云:"正月为孟陬。闰余乖错,不与正岁相值,谓之殄灭。"又云:"摄提,星名,随斗杓所指建十二月。若历误,春三月当指辰而指巳,是谓失序。"③屈原称其降生在庚寅,当为"庚寅"年。庚寅当为周显王三十八年,即公元前331年,这一年是楚威王九年。其自杀当在顷襄王即位以后。

二、屈原的悲剧及性格问题

屈原因忠见逐,自沉于江的悲剧,在汉代,是人人皆知的事情,也正因此,汉代及后代学者,都称述其遭受不白之冤,而至悲剧结局。东汉王逸《楚辞章句》,更把屈原的行为推崇到了无以复加的程度,王逸说:

> 且人臣之义,以忠正为高,以伏节为贤。故有危言以存国,杀身以成仁。……今若屈原,膺忠贞之质,体清洁之性,直若砥矢,言若丹青,进不隐其谋,退不顾其命,此诚绝世之行,俊彦之英也。④

虽然在王逸看来,屈原无疑是举世无双的英雄,不过,对于屈原的行为,人们在肯定其忠贞之时,还发表了一些不同的意见。宋玉《九辩》,哀

---

① [宋]洪兴祖:《楚辞补注》第一,中华书局1983年版。
② [宋]朱熹:《楚辞集注》卷一,上海古籍出版社2001年版。
③ 《史记》卷二十六,中华书局1959年版。
④ [宋]洪兴祖:《楚辞补注》第一,中华书局1983年版。

悼屈原,云:"性愚陋以褊浅兮,信未达乎从容。"①是言屈原性格之中有偏激固执的一面,没有"从容"的智慧。宋玉可能是屈原的学生,曾亲见屈原,其看法应该予以重视的。

《史记·屈原贾生列传》载贾谊受汉文帝重用,一岁中至太中大夫。后因引起周勃、灌婴等人不满,受排挤,出为长沙王太傅,过湘水,见屈原沉江遗迹,作文哀吊,名曰《吊屈原赋》,或名《吊屈原文》。该文充分肯定屈原的忠贞品德。具体而言,有以下要点:

其一:"侧闻屈原兮,自沈汨罗。"

其二:"遭世罔极兮","逢时不祥。"

其三:"阘茸尊显兮,谗谀得志,圣贤逆曳兮,方正倒植。世谓伯夷贪兮,谓盗跖廉②;莫邪为顿兮,铅刀为铦。"③

贾谊肯定屈原投汨罗而死,自杀的原因是生不逢时,遭世无道;无道的标志是黑白颠倒,是非不分,圣贤下沉,而谗谀得志。

今本《楚辞》一书中,所收汉人悼念屈原之作,以东方朔的《七谏》最可注意。《七谏》分初放、沈江、怨世、怨思、自悲、哀命、谬谏七部分,可以说概括了屈原一生行为及观念的主要内容。其曰:

> 平生于国兮,长于原野。言语讷涩兮,又无强辅。浅智褊能兮,闻见又寡。数言便事兮,见怨门下。王不察其长利兮,卒见弃乎原野。伏念思过兮,无可改者。群众成朋兮,上浸以惑。巧佞在前兮,贤者灭息。尧舜圣已没兮,孰为忠直?……窃怨君之不寤兮,吾独死而后已。④

为了正确理解这段话,我们有必要搞清楚东方朔的一些身世经历及学识状况。东方朔在汉武帝时,官太中大夫,《史记·滑稽列传》有褚少孙补东方朔之传,说:

> 武帝时,齐人有东方生名朔,以好古传书,爱经术,多所博观外家之语。⑤

---

① [宋]洪兴祖:《楚辞补注》第八,中华书局1983年版。
② 此依《史记》卷八十四,中华书局1959年版。《汉书》作"世谓随、夷为混兮,谓跖、蹻为廉",随指卞随,夷指伯夷,跖即盗跖,蹻为庄蹻。《汉书》卷四十八,中华书局1962年版。
③ 以上引文见《史记》卷八十四,中华书局1959年版。
④ [宋]洪兴祖:《楚辞补注》第十三,中华书局1983年版。
⑤ 《史记》卷一百二十六,中华书局1959年版。

东方朔不仅好古博学,而且说话便捷。活着的时候,随侍武帝左右,被人目为"狂人",而自称"如朔等,所谓避世于朝廷间者也。古之人,乃避世于深山中",武帝也说"令朔在事无为是行者,若等安能及之哉",对其才智深信不疑。东方朔临死,进谏武帝说:"《诗》云:'营营青蝇,止于蕃,恺悌君子,无信谗言。谗言罔极,交乱四国。'愿陛下远巧佞,退谗言。"①《诗序》云:"《青蝇》,大夫刺幽王也。"②东方朔引《诗·小雅·青蝇》以劝谏汉武帝远巧佞,退谗言,说明他是极富正义感的一位文士。

东方朔被列入滑稽传中,并不是因为所言荒唐。司马迁在《史记·滑稽列传》中指出:

> 孔子曰:"六艺于治一也。《礼》以节人,《乐》以发和,《书》以道事,《诗》以达意,《易》以神化,《春秋》以义。"太史公曰:"天道恢恢,岂不大哉,谈言微中,亦可以解纷。"③

滑稽的突出特点是"多辩",所以《史记·滑稽列传》说淳于髡"长不满七尺,滑稽多辩,数使诸侯,未尝屈辱";记优孟"长八尺,多辩,常以谈笑讽谏";赞优旃,"善为笑言,然合于大道"④。所以,《史记·樗里子甘茂列传》曰:"樗里子滑稽多智,秦人号曰'智囊'。"⑤可见,滑稽是和智慧联系在一起的。

司马贞《史记·滑稽列传索隐》解释"滑稽"说:

> 按:滑,乱也;稽,同也。言辩捷之人言非若是,说是若非,言能乱异同也。⑥

《史记·滑稽列传索隐》又说:

> 《楚词》云:"将突梯滑稽,如脂如韦。"崔浩云:"滑音骨,滑稽,流酒器也。转注吐酒,终日不已。言出口成章,词不穷竭,若滑稽之吐

---

① 《史记》卷一百二十六,中华书局1959年版。
② [汉]郑玄注,[唐]孔颖达疏:《毛诗正义》卷十四,《十三经注疏》,中华书局1980年版。
③ 《史记》卷一百二十六,中华书局1959年版。
④ 同上书卷一百二十六。
⑤ 同上书卷七十一。
⑥ 同上书卷一百二十六。

酒。故杨雄①《酒赋》云：'鸱夷滑稽，腹大如壶，尽日盛酒，人复藉沽'是也。"又姚察云："滑稽犹俳谐也。滑读如字，稽音计也。言谐语滑利，其知计疾出，故云滑稽。"②

据《史记·樗里子甘茂列传索隐》，司马贞关于滑稽的定义，系引自邹诞③。东方朔既不以虚构为滑稽，又反对佞人谗言，此与屈原同。他作《七谏》，也是意在追悯屈原。所以王逸说：

> 《七谏》者，东方朔之所作也。谏者，正也，谓陈法度以谏正君也。古者，人臣三谏不从，退而待放。屈原与楚同姓，无相去之义，故加为《七谏》，殷勤之意，忠厚之节也。或曰：《七谏》者，法天子有争臣七人也。东方朔追悯屈原，故作此辞，以述其志，所以昭忠信、矫曲朝也。④

我们既已了解东方朔是一位好古传，爱经，多所博观外家之语的博学之士，又知道他为人正直，憎恶奸佞谗言，行为如狂人，而又同情屈原，作《七谏》以哀之，没有攻击屈原的本意，我们就可以来分析《七谏》中关于屈原生平事迹的一段话了。东方朔说，屈原之出身是"生于国"，王逸《章句》说："一本国上有'中'字。"⑤如此，屈原无论生于"国"，或"中国"，但长成于原野。"又无强辅"，指屈原并不存在显赫的家世背景。在个人修养方面，忠直之贤是不成问题的，不过，还有言语钝涩不流利，浅智而褊能，闻见又寡的毛病。

王逸对东方朔关于屈原个人修养方面的诗句，是这样注释的，他说：

> 言己质性忠信，不能巧利辞令，言语讷钝，复无强友党辅，以保达己志也。

> 屈原多才有智，博闻远见，而言浅狭者，是其谦也。⑥

王逸同意屈原质性忠信，不能巧言利辞，言语讷钝，而无显赫势力支持，以至于不能很好地庇护自己和表达自己的意志之说法，却认为"浅智

---

① 杨雄，今一般作扬雄。
② 《史记》卷一百二十六，中华书局1959年版。
③ 参见《史记》卷七十一，中华书局1959年版。
④ [宋]洪兴祖：《楚辞补注》第十三，中华书局1983年版。
⑤ 同上。
⑥ 同上。

褊能兮,闻见又寡"则不过是自谦而已。今人汤炳正先生指出:"《七谏》乃东方朔'追悯屈原'之作,并非屈原自作,曼倩没有代屈原'自谦'之必要。"①这个理解是很正确的。不过,汤炳正先生同时又以《七谏》所言屈原行为,与《史记·屈原贾生列传》有所不合,而指责《七谏》误解屈赋,这无疑是把问题简单化了。

司马迁《史记·屈原贾生列传》述屈原生平经历修养,称屈原楚人,与楚同姓,任楚怀王左徒,博闻强志,又兼富于政治预见性,明于治乱,娴于辞令,因此,一度受重用,司马迁与东方朔都是博学之士,他们两人关于屈原生平及修养问题,表面看来,意见有对立,仔细推敲,却并不矛盾。

第一,司马迁只是说屈原之屈姓,与楚王同宗祖,但屈姓自屈瑕以至于屈原,已历四百岁,比之刘备之于汉献帝,更见疏远,刘备在发达之汉世,尝沦落为手工业者,屈原在荆楚,也未必就有世袭之领地,他无论出生于"中国",还是出生于"国",即都城中,都可能是一介草民而已,没有现成的爵禄等待他,他的成长环境也只能是草野之地。也就是说,东方朔之言"平生于国兮,长于原野",并不与屈原为楚同姓的说法相对立。屈原自述,也证明了这一点,《惜诵》之言"忽忘身之贱贫"②,《抽思》曰"愿自申而不得"③,正是说其出身贫贱,而无坚强后盾。

第二,屈原自己曾经对其言辞能力作过叙述,《怀沙》说:"文质疏内兮,众不知余之异采。材朴委积兮,莫知余之所有。"洪兴祖《楚辞补注》曰:"内,旧音讷,讷,木讷也。"④屈原言辞木讷,而不能充分地表现其才智异采,表面上看来,确有浅智褊能、言语钝讷、闻见寡少的毛病,但这正体现了他的忠直。孔子说:"巧言令色,鲜矣仁。"⑤"巧言令色足恭,左丘明耻之,丘亦耻之。"⑥"巧言乱德。"⑦《离骚》之言"固时俗之工巧兮,偭规

---

① 汤炳正:《楚辞类稿》之《试论〈屈原列传〉与〈七谏〉之异同》,巴蜀书社1988年版。
② [宋]洪兴祖:《楚辞补注》第四《九章》,中华书局1983年版。
③ 同上。
④ 同上。
⑤ 《论语·学而》,[清]刘宝楠:《论语正义》卷一,《诸子集成》,中华书局1954年版。
⑥ 《论语·公冶长》,同上书卷六。
⑦ 《论语·卫灵公》,同上书卷十八。

矩而改错;背绳墨以追曲兮,竞周容以为度"①,是为媚世智慧。屈原所缺少的,只是这种巧言舌簧的媚态,而不是引经据典、赋诗言志以应对诸侯的能力。司马迁所云"娴于辞令",指的不是口头语言,而是娴熟的写作才能,所以,《屈原贾生列传》又说:"屈原既死之后,楚有宋玉、唐勒、景差之徒者,皆好辞而以赋见称,然皆祖屈原之从容辞令,终莫敢直谏。"②这里的"从容辞令"正是"娴于辞令"的意思。

第三,就东方朔本人而言,其言辩捷,而以滑稽著称;其行颠狂,而以隐士自居,游戏人生,《答客难》一文,自以为"智能海内无双","博闻辨智"③。在东方朔眼中,真正无双的智慧,便是如他一般颠狂其行的"隐士",屈原只知忠直,不知有隐遁,甚至在打击面前,"伏念思过兮,无可改者"④,执着于自我而不能解脱,这无异于博学中的浅智少闻,俊才之尺有所短。

《史记·滑稽列传索隐》释"外家传语",说:"东方朔亦多博观外家之语,则外家非正经,即史传杂说之书也。"东方朔关于屈原行为修养的意见,无疑有其根据,这个根据,既包括史料的记载,也包含了东方朔本人的好恶。

如果说《九辩》、《七谏》模仿屈原的口吻表现出对屈原处世智慧的怀疑,尚有"自谦"成分,至扬雄、班固,则说得直截了当。《汉书·扬雄传上》曰:

(扬雄)怪屈原文过相如,至不容,作《离骚》,自投江而死,悲其文,读之未尝不流涕也。以为君子得时则大行,不得时则龙蛇,遇不遇命也,何必湛身哉!⑤

扬雄因为屈原不能有"龙蛇之蛰,以存身也"⑥,不能内文明而外柔顺,而致亢龙有悔,身遭不测,所以,"乃作书,往往摭《离骚》文而反之,自岷山投诸江流以吊屈原,名曰《反离骚》;又旁《离骚》作重一篇,名曰《广

---

① [宋]洪兴祖:《楚辞补注》第一,中华书局1983年版。
② 《史记》卷八十四,中华书局1959年版。
③ [清]严可均编:《全汉文》卷二十五,中华书局1958年版。
④ 《楚辞·七谏》,[宋]洪兴祖:《楚辞补注》第十三,中华书局1983年版。
⑤ 《汉书》卷八十七上,中华书局1962年版。
⑥ 《易传·系辞下》,[三国魏]王弼、[晋]韩康伯注,[唐]孔颖达疏:《周易正义》卷八,《十三经注疏》,中华书局1980年版。

骚》；又旁《惜诵》以下至《怀沙》一卷，名曰《畔牢骚》"①。《广骚》、《畔牢骚》文虽不传，但其旨意正与《反离骚》相仿佛，《反离骚》曰：

> ……素初贮厥丽服兮，何文肆而质䜣！资娵娃之珍髢兮，鬻九戎而索赖。……灵修既信椒、兰之唼佞兮，吾累忽焉而又蠢瞀？……知众嫮之嫉妒兮，何必扬累之蛾眉？懿神龙之渊潜，俟庆云而将举，亡春风之被离兮，孰焉知龙之所处。②

《文心雕龙·哀吊》曾说："扬雄吊屈，思积功寡，意深文略，故辞韵沈膇。"③唐写本《文心雕龙》"意深文略"作"意深《反骚》"④。《反离骚》其文辞虽创意不多，但意义深沉。扬雄感慨屈原虽积修饰之美，文辞肆放，而其行为方式却存有机械狭隘的倾向。其以此仕楚，亦犹资美女之发卖于九戎而求其利，必无所得，又不能预见子椒、子兰的阴谋；明知众人嫉妒，却又扬其蛾眉，授人口实，而自取其祸。

扬雄在《法言·吾子》中表达了与《反离骚》相同的看法，他说："或问屈原智乎？曰：如玉如莹，爰变丹青，如其智，如其智。"李轨注曰："夫智者达天命，审行废，如玉如莹，磨而不磷，今屈原放逐，感激爰变，虽有文采，丹青之伦耳。"⑤屈原本质冰清玉洁，而一遭穷困，不能有通达顺世的智慧，所以不可称为"智"。

对于屈原适应社会变化能力的怀疑，自宋玉、贾谊、东方朔、扬雄，而至东汉班固，可谓发展到极点。班固首先肯定屈原为贤人，《汉书·地理志下》曰："始楚贤臣屈原被谗放流，作《离骚》诸赋以自伤悼。"⑥又说其行在于尽忠，其诗有讽谏之意。《奏记东平王苍》曰："灵均纳忠，终于沈身。"又曰："屈子之篇，万世归善。"⑦《汉书·艺文志》肯定屈原"作赋以风"，有

---

① 《汉书》卷八十七上《扬雄传上》，中华书局1962年版。
② 同上。
③ 吴林伯：《文心雕龙义疏》，武汉大学出版社2002年版。
④ 《文心雕龙资料丛书》上，学苑出版社2004年版。
⑤ 《扬子法言》卷二，《诸子集成》，中华书局1954年版。
⑥ 《汉书》卷二十八下，中华书局1962年版。
⑦ [清]严可均编：《全后汉文》卷二十五，中华书局1958年版。

"恻隐古诗之义"①。《离骚赞序》曰:"屈原痛君不明,信用群小,国将危亡,忠诚之情,怀不能已,故作《离骚》,……卒不见纳,不忍浊世,自投汨罗。"②但《离骚序》却认为刘安以《离骚》兼风雅,比日月,"斯论似过其真"③,又曰:

> 且君子道穷,命矣。故潜龙不见而无闷,《关雎》哀周道而不伤,蘧瑗持可怀之智,宁武保如愚之性,咸以全命避害,不受世患,故《大雅》曰:"既明且哲,以保其身。"斯为贵矣。今若屈原,露才扬己,竞乎危国群小之间,以离谗贼。然责数怀王,怨恶椒兰,愁神苦思,强非其人,忿怼不容,沈江而死,亦贬絜狂狷景行之士。④

屈原遭流放,则责数君主,怨恶椒兰,其行为表现出对用世的过度迷恋;其慨叹楚国政治,以至于愁神若思,深陷其中。不能识时机,藏锋芒,待时而动,缺乏无可无不可、大智若愚的智慧,反而在乱世楚国,与众多小人谗佞争短议长,以至于遭受祸害。屈原缺乏对生命的珍惜,不能全生,沉江而死,班固认为其有狂狷之态,也不能说毫无根据。《论语·子路》曰:"不得中行而与之,必也狂狷乎?狂者进取,狷者有所不为也。"何晏《论语集解》引包咸注曰:"狂者进取于善道,狷者守节无为。"又《论语·阳货》曰:"好刚不好学,其蔽也狂。"又曰:"古之狂也肆,今之狂也荡。"⑤

两汉以后,仍不断有人发挥这种意见,如三国魏李康指出:

> 治乱,运也;穷达,命也;贵贱,时也。……而后之君子,区区于一主,叹息于一朝,屈原以之沈湘,贾谊以之发愤,不亦过乎?然则圣人所以为圣者,盖在乎乐天知命矣。故遇之而不怨,居之而不疑也。其身可抑,而道不可屈;其位可排,而名不可夺。譬如水也,通之斯为川焉,塞之斯为渊焉,升之于云则雨施,沈之于地则土润,体清以洗物,

---

① 《汉书》卷三十,中华书局1962年版。
② [宋]洪兴祖:《楚辞补注》第一,中华书局1983年版。
③ 同上。
④ [汉]班固:《离骚序》,同上书。
⑤ [三国魏]何晏集解,[唐]陆德明音义,[宋]邢昺疏:《论语注疏》卷十三,《十三经注疏》,中华书局1980年版。

不乱于浊,受浊以济物,不伤于清。是以圣人处穷达如一也。①

李康指出真正的圣人必然是乐天知命之人,不为治乱、穷达、贵贱而改变心性,屈原、贾谊为一主一朝所叹息,其不明运命与时,是不足效法的。又晋人挚虞《愍骚》残句云:"盖明哲以处身,固度时以进退。泰则摅志于宇宙,否则澄神于幽昧。"②此言与孔子所说"用之则行,舍之则藏"③,孟子之说"故士穷不失义,达不离道。穷不失义,故士得已焉;达不离道,故民不失望焉。古之人得志,泽加于民;不得志,修身见于世。穷则独善其身,达则兼善天下"④具有同样的旨意。屈原不能度时以进退,因而失去了明哲的智慧。刘勰强调"君子藏器,待时而动,……穷则独善以垂文,达则奉时以骋绩"⑤的文人观,其《文心雕龙·辨骚》称屈原有"狷狭之志"⑥,狷狭即胸襟狭窄。逮至唐代,孟郊《旅次湘沅有怀灵均》第一次以孔子之言"君子儒"和"小人儒"的概念规范屈原,而以屈原为小人儒。诗曰:

> 名参君子场,行为小人儒。……三黜有愠色,即非贤哲模。五十爵高秩,谬膺从大夫。胸襟积忧愁,容鬓复凋枯。死为不吊鬼,生作猜谤徒。吟泽洁其身,忠节宁见输。怀沙灭其性,孝行焉能俱。⑦

君子乐天知命,胸襟宽广,待时而动,而屈原不能如其国令尹子文一般表现出对仕进的超然态度,《论语·公冶长》曰:"令尹子文三仕为令尹,无喜色;三已之,无愠色。"⑧子文如此,屈原却忧愁幽思,容仪变易,自尽

---

① 李康:《运命论》,[清]严可均编:《全三国文》卷四十三,中华书局1958年版。
② 《艺文类聚》卷五十六,中华书局1965年版。
③ 《论语·述而》,[三国魏]何晏集解,[唐]陆德明音义,[宋]邢昺疏:《论语注疏》卷七,《十三经注疏》,中华书局1980年版。
④ 《孟子·尽心上》,[汉]赵岐注,[宋]孙奭疏:《孟子注疏》卷十三上,《十三经注疏》,中华书局1980年版。
⑤ 《文心雕龙·程器》,吴林伯:《文心雕龙义疏》,武汉大学出版社2002年版。
⑥ 同上书。
⑦ 《全唐诗》卷三七七,上海古籍出版社1986年版,第963页。
⑧ [三国魏]何晏集解,[唐]陆德明音义,[宋]邢昺疏:《论语注疏》卷五,《十三经注疏》,中华书局1980年版。

而亡。孟郊认为,屈原若能遁世而行吟山泽,其忠便不输于自杀,怀沙沉江,不能自重其生命,因而陷入小人儒之行列。

事实上,司马迁也对屈原的行为提出过质疑。《史记·屈原贾生列传》曰:

> 余读《离骚》、《天问》、《招魂》、《哀郢》,悲其志。适长沙,观屈原所自沈渊,未尝不垂涕,想见其为人。及见贾生吊之,又怪屈原以彼其材,游诸侯,何国不容?而自令若是。读《服鸟赋》,同死生,轻去就,又爽然自失矣。①

司马迁既有赞赏屈原志气,感叹其为人的心境,理智又告诉他"同死生,轻去就",或"游诸侯",也有其积极意义。也就是说,司马迁也同意贾谊对屈原行为的批评。这样,我们就在宋玉、贾谊、东方朔、扬雄、班固等人与刘安、司马迁之间找到了一个连接点,他们或者批评屈原浅智褊能,闻见寡,或者赞扬其博闻强记,明于治乱,只是侧重点不同而已。前者重在人生智慧,后者重在政治谋略。至于《史记·屈原贾生列传》说屈原"娴于辞令",并非言辞便捷,而是与说宋玉等"从容辞令"②,即擅长文辞相一致。

应该说,对屈原行为提出批评的宋玉、贾谊、东方朔、扬雄、班固等人,的确看到了屈原不能通权达变的性情弱点,他们对屈原的批评,包含着同情的一面。

今本《楚辞》的编订者刘向,关于屈原事迹也多有论列。刘向《新序·节士》曰:

> 屈原者,名平,楚之同姓大夫,有博通之知,清洁之行。……屈原疾暗主乱俗,汶汶嘿嘿,以是为非,以清为浊,不忍见于污世……遂自投湘水汨罗之中而死。③

刘向除肯定屈原高洁之行外,还记录了屈原使齐绝楚等政治活动,以见屈原的政治预见性,与《史记·屈原贾生列传》所载大抵相同。不过,

---

① 《史记》卷八十四,中华书局1959年版。
② 同上。
③ [汉]刘向撰,赵善诒疏证:《新序疏证》卷七,华东师范大学出版社1989年版。

《史记·屈原贾生列传》载令尹子兰及上官大夫曾谗屈原,而关于郑袖、张仪,未明言是否有谗毁屈原之行为。刘向《新序·节士》则说:

> 秦欲吞灭诸侯,并兼天下。屈原为楚东使于齐,以结强党。秦国患之,使张仪之楚,货楚贵臣上官大夫、靳尚之属,上及令尹子兰、司马子椒,内赂夫人郑袖,共谮屈原。①

郑袖是怀王夫人,张仪为秦相,刘向认为屈原被疏,是张仪一手导演,而由郑袖及令尹子兰、司马子椒、上官大夫、靳尚等人合力为之。

这些说法,其中某些可以在屈原和东方朔作品中找到根据。屈原《离骚》曰:

> 众女嫉余之蛾眉兮,谣诼谓余以善淫。
> 余以兰为可恃兮,羌无实而容长。
> 椒专佞以慢慆兮,樧又欲充夫佩帏。
> 览椒兰其若兹兮,又况揭车与江离。②

屈原肯定嫉妒谗毁他的人很"众",也提到了兰、椒等人。东方朔《七谏》说:"惟椒兰之不反兮,魂迷惑而不知路。"③王逸《楚辞章句》注"余以兰为可恃兮"曰:"兰,怀王少弟,司马子兰也。"洪兴祖《楚辞补注》曰:"《史记》:秦昭王欲与怀王会,屈平曰:'秦虎狼之国,不可信,不如无行。'怀王稚子子兰劝王行:'奈何绝秦欢。'怀王卒行,入武关,秦伏兵绝其后,因留怀王。子顷襄王立,以其弟子兰为令尹。然则子兰乃怀王少子,顷襄之弟也。"王逸注"椒专佞以慢慆兮"曰:"椒,楚大夫子椒也。"④王逸注《七谏》曰:"椒,子椒也;兰,子兰也。"⑤子椒、子兰是楚怀王的儿子,刘向以子兰为令尹,子椒为司马,可能是比较准确的。

《汉书·古今人表》有"令尹子椒"及"子兰"⑥,梁玉绳之《人表考》卷六曰:

---

① [汉]刘向撰,赵善诒疏证:《新序疏证》卷七,华东师范大学出版社1989年版。
② [宋]洪兴祖:《楚辞补注》第一,中华书局1983年版。
③ 同上书第十三。
④ 同上书第一。
⑤ 同上书第十三。
⑥ 《汉书》卷二十,中华书局1962年版。

> 令尹子兰始见《史(记)·屈原传》，司马子椒惟见《新序·节士》，兰又作阑（《新序》）。子兰，楚怀王稚子（《史传》）。案子椒不为令尹，必传写讹倒。椒、兰，字。二人谗短屈原，又陷怀王客死于秦……①

梁玉绳以子椒仅见于《新序·节士》，显然不准确，《盐铁论》记录西汉时期昭帝始元六年所召开的盐铁会议的有关资料，在这次会议上，会议双方的代表，都提到了屈原。《非鞅》云：

> 大夫曰："淑好之人，戚施之所妒也；贤知之士，阘茸之所恶也。是以上官大夫短屈原于顷襄，公伯寮愬子路于季孙。……"②

《相刺》云：

> 文学曰："……是以孔子东西无所遇，屈原放逐于楚国也。……此所以言而不见从，行而不得合者也。"

> 文学曰："……是以荆和抱璞而泣血，曰：'安得良工而剖之！'屈原行吟泽畔，曰：'安得皋陶而察之！'夫人君莫不欲求贤以自辅，任能以治国，然牵于流说，惑于道谀，是以贤圣蔽掩，而谗佞用事，以此亡国破家，而贤士饥于岩穴也……"③

这里既说到上官大夫短屈原的问题，又分析了屈原悲剧的原因，认为是没有贤君，必然会有屈原这样的悲剧发生。而《讼贤》曰："文学曰：'……夫屈原之沈渊，遭子椒之谮也……'"④参加这次会议的，有丞相车千秋，大夫桑弘羊，贤良茂陵唐生，文学鲁万生，以及中山刘子雍、九江祝生等⑤，文学鲁万生等人，明确提出子椒谗屈原事。

---

① [清]梁玉绳等撰：《〈史记〉〈汉书〉诸表订补十种》，中华书局1982年版。
② 王利器：《盐铁论校注》卷二，中华书局1992年版。
③ 同上书卷五。
④ 同上。
⑤ 《盐铁论·杂论》云："……当此之时，豪俊并进，四方辐凑。贤良茂陵唐生、文学鲁国万生之伦，六十余人，咸聚阙庭，舒《六艺》之风，论太平之原。……中山刘子雍言王道，矫当世，复诸正，务在乎反本。直而不徼，切而不燥，斌斌然斯可谓弘博君子矣。九江祝生奋由路之意，推史鱼之节，发愤懑，刺讥公卿，介然直而不挠，可谓不畏强御矣。桑大夫据当世，合时变，推道术，尚权利，辟略小辩，虽非正法，然巨儒宿学恧然，不能自解，可谓博物通士矣。然摄卿相之位，不引准绳，以道化下，放于利末，不师始古。……车丞相即周、吕之列，当轴处中，括囊不言，容身而去……"王利器：《盐铁论校注》卷十，中华书局1992年版。

梁玉绳之《人表考》以子椒不为令尹,则可能正确。《人表考》没有说子兰是否曾当过司马的问题,楚国令尹之职,是有很大可能从司马之中选拔的。令尹、司马是楚国最重要的两位大臣,令尹执政,司马有军事大权,以司马为令尹,顺理成章。《左传·昭公十三年》,蔡公弃疾在发动政变之后,先任司马①。《左传·宣公四年》载,子越先为司马,后为令尹②。前者可见司马职位之重,后者可见司马出任令尹职。

屈原处于一个四面楚歌的乱世,在这样的时代,处世的智慧就显得特别重要。处乱世,守死善道,才是君子儒。屈原"遭世罔极","逢时不祥",在这样的时代,像屈原这样正直而又有才能的贤人,就应当如凤凰高飞,如卧龙潜藏。屈原陷入政治斗争的漩涡而不能自拔,在贾谊看来,他个人也有责任。或游说诸侯,或明哲保身,都不失为很好的出路,但屈原却一条道走下去不回头。扬雄《反离骚》认为处乱世应知时命,为龙为蛇,隐居不仕,但屈原反其道而行之,认不清其时代"惟天轨之不辟兮,何纯絜而离纷!纷累以其淟涊兮,暗累以其缤纷"③的混乱特征,勉强出仕,而不能受重用,是不明智的。屈原发现楚王的昏庸、多变,听信小人之言,不辨忠奸,颠倒黑白的缺点,又明知群小嫉妒,却还要炫耀个人才华和抱负,因而招致更大的祸害。屈原不能如凤翔蓬莱,龙潜九渊一般高飞深藏,是不明白明哲保身之道。扬雄把屈原的遭遇与专制社会的社会本质结合起来,他说道:

夫圣哲之不遭兮,固时命之所有;虽增欷以于邑兮,吾恐灵修之不累改。昔仲尼之去鲁兮,斐斐迟迟而周迈。终回复于旧都兮,何必湘渊与涛濑!混渔父之铺歠兮,絜沐浴之振衣,弃由、聃之所珍兮,蹠彭咸之所遗。④

扬雄认为圣哲不遇,是普遍性的社会现象。假若你处在昏君乱相之

---

① [晋]杜预注,[唐]孔颖达疏:《春秋左传正义》卷四十六,《十三经注疏》,中华书局1980年版。
② 同上书卷二十一。
③ 《汉书》卷八十七上《扬雄传上》,中华书局1962年版。
④ 同上书。

世,纵使你如何地怨忿愁苦,涕泣悲伤,强谏力诤,昏庸君主也不会因此而回心转意,醒悟悔改的。扬雄还举出了孔子、许由、老子等圣贤处世的范例,许由、老子"二人守道,不为时俗所污,然保己全身,无残辱之丑"①,孔子更是积极进取与处乱世的真正智慧的集大成者,他爱旧邦,去旧邦,迟迟而行,而终老之时,又重归故里②,表现出对故土的深深眷恋,但并不因怀才不遇而自杀。

我们清楚,屈原的官职未能达到尊贵的地位,便容易理解《史记·屈原贾生列传》中所载关于屈原造宪令,而上官大夫欲夺的故事了。这个故事中的某些细节可能并不准确,如说上官大夫欲夺草稿。屈原为令,是受楚王所指示,是楚国上下都知道的事情,上官大夫夺走屈原写就的草稿,目的是什么呢?他总不能把草稿呈交楚王,说是自己造的宪令吧!如果上官大夫在既没有君主的委任,又明知道为令之事由屈原负责的情况下,窃夺屈原手稿,必然要冒被屈原或其他人告发的危险。另外,上官大夫为了一部对自己来说并不意味着功绩的宪令手稿,难道可以像市井小儿一样,当屈原拿出来手稿之后劈手夺来,落荒而逃吗?上官大夫假若想夺屈原手稿,而且即使想横刀强取,也不可能在未见到草稿以前,便表露出来,要对一位正在走红,"王甚任之"的同列大夫实施威胁,也是很危险的。从情理推测,所谓上官大夫"欲夺之",只是屈原的一层心理戒备而已。可能的情况是,上官大夫与屈原同是普通的朝官,楚王命屈原为令,上官大夫欲先睹之,而屈原不让看,所以触犯了上官大夫的自尊。屈原以一个普通朝臣,承担为令之事,在楚王眼里,不过是对他的一次重用,并不是说屈原之才能独步一时,唯有屈原一人才能造宪令。上官大夫正是看到了这一点,所以才说屈原伐其功。屈原一向自负,以为自己是高阳苗裔,出生于嘉瑞之时,又有令名,内美外能独步一时,无以伦比,因此,楚王一听上官大夫之谗,立即深信不疑。《离骚》之言"荃不察余之中情兮,反信谗而齌

---

① 《汉书》卷八十七上《扬雄传上》,中华书局 1962 年版。
② 《孟子·尽心下》曰:"孔子之去鲁,曰:'迟迟吾行也。'去父母国之道也。去齐,接淅而行,去他国之道也。"《史记·孔子世家》曰:"孔子归鲁。孔子之去鲁凡十四岁而反乎鲁。"

怒"①,当即指楚王听信此类谗言而言,大约楚王昏庸而骄傲,而屈原却不自知藏隐锋芒,早已使楚王有所不满了。

三、屈原的"放流"问题

在研究屈原一生经历的时候,有人主张屈原有个被楚王在"刑罚"层面上的"流放"的经历,虽然他们对于流放的次数、地点、区域、时间有不同的看法。如游国恩先生在《论屈原的放死及楚辞地理》一文中就认为楚王除了疏远屈原以外,还有两次流放屈原的惩罚,怀王的时候屈原被流放到汉北,后来又被召回,到了顷襄王的时候屈原又被流放到了江南,从此就没有再返回②。

《史记·屈原贾生列传》有五次提到了屈原的"疏"、"放"问题:屈原受楚王任用,被上官大夫所谗,"王怒而疏屈平","屈平既绌",秦欲伐齐,齐与楚从亲,秦惠王令张仪厚币委质事楚;曾经欺骗过楚王的张仪如楚,怀王听郑袖言,释去张仪,"是时屈平既疏",不复在位,使于齐,顾反,谏怀王说:"何不杀张仪?"怀王悔,追张仪不及;顷襄王立,子兰为令尹,楚人咎子兰劝怀王入秦而不反,屈平既嫉之,"虽放流",眷顾楚国,系心怀王,不忘欲反,冀幸君之一悟,俗之一改,其存君兴国而欲反覆也,一篇之中三致志焉;令尹子兰闻之大怒,使上官大夫短屈原于顷襄王,"顷襄王怒而迁之"。屈原至于江滨,被发行吟泽畔。颜色憔悴,形容枯槁③。另外,《史记·太史公自序》说:"屈原放逐,著《离骚》。"④司马迁《报任少卿书》说:"屈原放逐,乃赋《离骚》。"⑤刘向《新序·节士上》说,"上及令尹子兰、司马子椒,内赂夫人郑袖,共谮屈原,"屈原遂放于外,乃作《离骚》",后怀王

---

① [宋]洪兴祖:《楚辞补注》第一,中华书局1983年版。
② 游国恩:《游国恩学术论文集》,中华书局1989年版。
③ 《史记》卷八十四,中华书局1959年版。
④ 《史记》卷一百三十,中华书局1959年版。
⑤ [清]严可均编:《全汉文》卷二十六,中华书局1958年版。

悔不用屈原之策,"于是复用屈原",及顷襄王,反听群谗之口,"复放屈原"①。

流刑是把犯罪的人遣送到边远之地的一种刑罚,是《隋书·刑法志》所规定的五刑之一,其刑罚的程度仅仅次于死刑,所谓"谓论犯可死,愿情可降,鞭笞各一百,髡之,投于边裔,以为兵卒"②。放指驱逐。

流放的地点必然是极远而无人烟的地方,而且没有随意更换地域的行动自由,所以,《庄子·徐无鬼》说:"子不闻夫越之流人乎?去国数日,见其所知而喜;去国旬月,见所尝见于国中者喜;及期年也,见似人者而喜矣;不亦去人滋久,思人滋深乎?"③所谓流人,就是因罪而被流放的人。因为流放是到无人烟的地方,所以,才觉得"去人滋久,思人滋深"。

但是,古代的"流"和"放",不一定都是刑罚,如《管子·四时》说:"禁迁徙,止流民,圉分异。"④此处"流民",指的是流亡之人,宋熙宁六年,郑侠命画工作《流民图》,奏宋神宗,目的在批评时政之失,百姓因此流离失所。

流放刑罚,虽然见于先秦,但是使用并不普遍,特别是春秋、战国之际,所使用几乎不见,大概是因为当时处于多国并立的政局,楚才晋用,人才很重要,而凡是开垦之地,都有人生活其中,如果"流放"重罪,不但起不到惩戒的作用,而且等于是把人才推向敌国,有百害而无一利。所以,董说《七国考》只有在《魏刑法》中,提到了"流东荒"的刑罚,引桓谭《新书》(当即《新论》)说:"魏之令:不孝悌者流东荒。"⑤而秦楚等国,刑罚五花八门,重点都在肉体的惩罚,而不在孤立人身。先秦时期的流刑是个案,秦汉以后才变为常刑。

按《尚书·舜典》说:"流宥五刑。"又说:"流共工于幽州,放欢兜于崇

---

① [汉]刘向撰,赵善诒疏证:《新序疏证》卷七,华东师范大学出版社1989年版。
② 《隋书》卷二十五,中华书局1973年版。
③ [清]郭庆藩:《庄子集释·杂篇》,《诸子集成》,中华书局1954年版。
④ [清]戴望:《管子校正》卷四十,《诸子集成》,中华书局1954年版。又黎翔凤:《管子校注》,中华书局2004年版。
⑤ [明]董说撰,缪文远订补:《七国考订补》卷十二,上海古籍出版社1987年版。

山,窜三苗于三危,殛鲧于羽山,四罪而天下咸服。"①这是今天所见最早关于流、放刑罚的记录。又《尚书·商书·仲虺之诰》云:"成汤放桀于南巢,惟有惭德。"②《尚书·商书·太甲上》云:"太甲既立,不明,伊尹放诸桐。"③《尚书·周书·泰誓下》:"今商王受,狎侮五常,荒怠弗敬。自绝于天,结怨于民。斫朝涉之胫,剖贤人之心,作威杀戮,毒痡四海。崇信奸回,放黜师保,屏弃典刑,囚奴正士,郊社不修,宗庙不享,作奇技淫巧以悦妇人。上帝弗顺,祝降时丧。尔其孜孜,奉予一人,恭行天罚。"④这里提到的流放之刑,惩戒的对象是共工、欢兜、夏桀、诸桐等人,他们的共性都是拥有重要权力的大奸大恶的君主。

在先秦的其他典籍中,也有提到流放之刑的,如就流放刑罚制度而言,则有以下例证:

《周礼·夏官·司马》:"放弑其君则残之。"⑤

《礼记·大学》:"唯仁人放流之,迸诸四夷,不与同中国。此谓唯仁人为能爱人,能恶人。"⑥

关于流放刑罚实施方面,属于春秋之前的,则有以下例证:

《左传·文公十八年》:"舜臣尧,宾于四门,流四凶族浑敦、穷奇、梼杌、饕餮,投诸四裔,以御螭魅。"⑦

《礼记·礼器》:"尧授舜,舜授禹。汤放桀,武王伐纣,时也。"⑧

属于春秋时期的刑罚实施,则有以下例证:

《左传·庄公六年》:"夏,卫侯入,放公子黔牟于周,放宁跪于秦,杀左

---

① [汉]孔安国传,[唐]孔颖达疏:《尚书正义》卷二,《十三经注疏》,中华书局1980年版。
② 同上书卷八。
③ 同上。
④ 同上书卷十一。
⑤ [汉]郑玄注,[唐]贾公彦疏:《周礼注疏》卷二十九,《十三经注疏》,中华书局1980年版。
⑥ [汉]郑玄注,[唐]孔颖达疏:《礼记正义》卷六十,《十三经注疏》,中华书局1980年版。
⑦ [晋]杜预注,[唐]孔颖达疏:《春秋左传正义》卷十九上,《十三经注疏》,中华书局1980年版。
⑧ [汉]郑玄注,[唐]孔颖达疏:《礼记正义》卷二十三,见《十三经注疏》,中华书局1980年版。

公子泄、右公子职,乃即位。"①

《公羊传·僖公二十八年》:"文公逐卫侯而立叔武,使人兄弟相疑,放乎杀母弟者,文公为之也。"②

《春秋经·宣公元年》:"晋放其大夫胥甲父于卫。"③

《公羊传·宣公元年》:"晋放其大夫胥甲父于卫。放之者何?犹曰无去是云尔。然则何言尔?近正也。此其为近正奈何?古者大夫已去,三年待放。君放之,非也,大夫待放,正也。古者臣有大丧,则君三年不呼其门。"④

《穀梁传·宣公元年》:"夏,季孙行父如齐。晋放其大夫胥甲父于卫。放犹屏也。称国以放,放无罪也。"⑤

《左传·宣公元年》:"晋人讨不用命者,放胥甲父于卫,而立胥克。先辛奔齐。"⑥

《左传·成公五年》:"五年春,原、屏放诸齐。"⑦

《左传·昭公元年》:"五月庚辰,郑放游楚于吴。"⑧

《公羊传·昭公八年》:"冬十月壬午,楚师灭陈,执陈公子招,放之于越。杀陈孔瑗。"⑨

《穀梁传·昭公八年》:"冬,十月壬午,楚师灭陈。执陈公子招,放之

---

① [晋]杜预注,[唐]孔颖达疏:《春秋左传正义》卷八,《十三经注疏》,中华书局1980年版。
② [汉]何休注,[唐]徐彦疏:《春秋公羊传注疏》卷十二,《十三经注疏》,中华书局1980年版。
③ [晋]杜预注,[唐]孔颖达疏:《春秋左传正义》卷二十一,《十三经注疏》,中华书局1980年版。
④ [唐]何休注,[唐]徐彦疏:《春秋公羊传注疏》卷十五,《十三经注疏》,中华书局1980年版。
⑤ [晋]范宁注,[唐]杨士勋疏:《春秋穀梁传注疏》卷十二,《十三经注疏》,中华书局1980年版。
⑥ [晋]杜预注,[唐]孔颖达疏:《春秋左传正义》卷二十一,《十三经注疏》,中华书局1980年版。
⑦ 同上书卷二十六。
⑧ [晋]杜预注,[唐]孔颖达疏:《春秋左传正义》卷四十一,《十三经注疏》,中华书局1980年版。
⑨ [汉]何休注,[唐]徐彦疏:《春秋公羊传注疏》卷二十二,《十三经注疏》,中华书局1980年版。

于越。"①

《春秋经·哀公三年》:"蔡人放其大夫公孙猎于吴。"②

《公羊传·哀公三年》:"蔡人放其大夫公孙猎于吴。"③

《穀梁传·哀公三年》:"秋,七月丙子,季孙斯卒。蔡人放其大夫公孙猎于吴。"④

实际上,以上事例,除了楚放陈公子招时,公子招在楚人手中,是明确的驱逐,大概是因为楚人不愿杀公子招,而导致陈人更大不满的原因。而且,楚放陈国大臣,楚人并不是放公子招的司法主体。至于其他几次事件,应该多数都属于在政治斗争失败后仓促逃亡的例子,谈不上是主动实施流放刑罚。如《史记·卫康叔世家》载,卫宣公爱夫人夷姜,夷姜生子伋,以为太子,而令右公子傅之。右公子为太子娶齐女,未入室,而宣公见所欲为太子妇者好,说而自取之,更为太子娶他女。宣公得齐女,生公子寿、公子朔,令左公子傅之。太子伋母死,宣公正夫人与朔共谗恶太子伋。宣公自以其夺太子妻也,心恶太子,欲废之。及闻其恶,大怒,于是让太子伋持白旄使于齐,又令强盗在边界埋伏,见持白旄者杀之。太子将行,公子朔之兄公子寿,太子异母弟也,知朔之恶太子而君欲杀之,乃谓太子曰:"界盗见太子白旄,即杀太子,太子可毋行。"太子曰:"逆父命求生,不可。"遂行。寿见太子不止,乃盗其白旄而先驰至界。界盗见其验,即杀之。寿已死,而太子伋又至,谓盗曰:"所当杀乃我也。"盗并杀太子伋,以报宣公。宣公乃以太子朔为太子。十九年,宣公卒,太子朔立,是为惠公。左右公子不平朔之立也,惠公四年,左右公子怨惠公之谗杀前太子伋而代立,乃作乱,攻惠公,立太子伋之弟黔牟为君,惠公奔齐。卫君黔牟立八年,齐襄公率诸侯奉王命共伐卫,纳卫惠公,诛左右公子。卫君黔牟奔于周,惠公

---

① [晋]范宁注,[唐]杨士勋疏:《春秋穀梁传注疏》卷十七,《十三经注疏》,中华书局1980年版。
② [晋]杜预注,[唐]孔颖达疏:《春秋左传正义》卷五十七,《十三经注疏》,中华书局1980年版。
③ [汉]何休注,[唐]徐彦疏:《春秋公羊传注疏》卷二十七,《十三经注疏》,中华书局1980年版。
④ [晋]范宁注,[唐]杨士勋疏:《春秋穀梁传注疏》卷二十,《十三经注疏》,中华书局1980年版。

复立。惠公立三年出亡,亡八年复入,与前通年凡十三年。二十五年,惠公怨周之容舍黔牟,与燕伐周。周惠王奔温,卫、燕立惠王弟颓为王。二十九年,郑复纳惠王①。可见,公子黔牟不是被流放,而是亡命周天子,卫惠公为了报周容留公子黔牟之恨,甚至不惜犯上作乱。

又如《史记·卫康叔世家》载,晋文公流亡期间,过卫,卫文公无礼,及晋文公即位,卫成公三年,晋欲假道于卫救宋,成公不许。晋更从南河度,救宋。征师于卫,卫大夫欲许,成公不肯。大夫元咺攻成公,成公出奔。晋文公重耳伐卫,分其地予宋,讨前过无礼及不救宋患也。卫成公遂出奔陈。二岁,如周求入,与晋文公会。晋使人鸩卫成公,成公私于周主鸩,令薄,得不死。已而周为请晋文公,卒入之卫,而诛元咺,卫君瑕出奔②。卫成公与卫君瑕之流放,实际上也是逃亡。

可以说,在春秋时期,流放的刑罚,除非是两国敌对的状况下,战败者中有代表性的人物,在偶然的状况下,有被流放的可能性。

《史记》也记录了一些流放的例子,绝大部分属于春秋以前的例子,而且都是古代典籍中经常称引的例子,如:

《五帝本纪》:"于是舜归而言于帝,请流共工于幽陵,以变北狄;放驩兜于崇山,以变南蛮;迁三苗于三危,以变西戎;殛鲧于羽山,以变东夷:四罪而天下咸服。"③

《夏本纪》:"汤修德,诸侯皆归汤,汤遂率兵以伐夏桀。桀走鸣条,遂放而死。"④

《殷本纪》:"帝太甲既立三年,不明,暴虐,不遵汤法,乱德,于是伊尹放之于桐宫。三年,伊尹摄行政当国,以朝诸侯。"⑤

《周本纪》:"成王少,周初定天下,周公恐诸侯畔周,公乃摄行政当国。管叔、蔡叔群弟疑周公,与武庚作乱,畔周。周公奉成王命,伐诛武庚、管

---

① 参见《史记》卷三十七,中华书局1959年版。
② 同上。
③ 同上书卷一。
④ 同上书卷二。
⑤ 同上书卷三。

叔,放蔡叔。"①

《秦楚之际月表》:"昔虞、夏之兴,积善累功数十年,德洽百姓,摄行政事,考之于天,然后在位。汤、武之王,乃由契、后稷修仁行义十余世,不期而会孟津八百诸侯,犹以为未可,其后乃放弑。"②

《鲁周公世家》:"管、蔡、武庚等果率淮夷而反。周公乃奉成王命,兴师东伐,作大诰。遂诛管叔,杀武庚,放蔡叔。"③

《管蔡世家》:"武王既崩,成王少,周公旦专王室。管叔、蔡叔疑周公之为不利于成王,乃挟武庚以作乱。周公旦承成王命伐诛武庚,杀管叔,而放蔡叔,迁之,与车十乘,徒七十人从。"④

《卫康叔世家》:"杀武庚禄父、管叔,放蔡叔。"⑤

《外戚世家》:"夏之兴也以涂山,而桀之放也以末喜。"⑥

《孙子吴起列传》:"夏桀之居,左河济,右泰华,伊阙在其南,羊肠在其北,修政不仁,汤放之。"⑦

《苏秦列传》:"封侯贵戚,汤武之所以放弑而争也。"⑧

《匈奴列传》:"后十有余年,武王伐纣而营雒邑,复居于酆鄗,放逐戎夷泾、洛之北,以时入贡,命曰'荒服'。"⑨

《淮南衡山王列传》:"尧舜放逐骨肉,周公杀管蔡,天下称圣。"⑩

《儒林列传》:"清河王太傅辕固生者,齐人也。以治诗,孝景时为博士。与黄生争论景帝前。黄生曰:'汤武非受命,乃弑也。'辕固生曰:'不然。夫桀纣虐乱,天下之心皆归汤武,汤武与天下之心而诛桀纣,桀纣之民不为之使而归汤武,汤武不得已而立,非受命为何?'黄生曰:'冠

---

① 《史记》卷四,中华书局1959年版。
② 同上书卷十六。
③ 同上书卷三十三。
④ 同上书卷三十五。
⑤ 同上书卷三十七。
⑥ 同上书卷四十九。
⑦ 同上书卷六十五。
⑧ 同上书卷六十九。
⑨ 同上书卷一百一十。
⑩ 同上书卷一百一十八。

虽敝,必加于首;履虽新,必关于足。何者,上下之分也。今桀纣虽失道,然君上也;汤武虽圣,臣下也。夫主有失行,臣下不能正言匡过以尊天子,反因过而诛之,代立践南面,非弑而何也?'辕固生曰:'必若所云,是高帝代秦即天子之位,非邪?'于是景帝曰:'食肉不食马肝,不为不知味;言学者无言汤武受命,不为愚。'遂罢。是后学者莫敢明受命放杀者。"①

《太史公自序》:"夏桀淫骄,乃放鸣条。"②

属于秦汉之际的,只有下面几条:

《秦始皇本纪》丞相周青臣上书:"他时秦地不过千里,赖陛下神灵明圣,平定海内,放逐蛮夷,日月所照,莫不宾服。……"③

《项羽本纪》:"及羽背关怀楚,放逐义帝而自立,怨王侯叛己,难矣。"④

《高祖本纪》:"今项羽放杀义帝于江南,大逆无道。寡人亲为发丧,诸侯皆缟素。"⑤

所谓秦始皇放逐蛮夷,实际上是驱赶走了原在中国居住的少数民族部落。而项羽放义帝,实际上是篡权,然后伺机杀害。这里的放,都与刑罚的放流无关。

《史记》不载战国时期作为刑罚意义的流放事件,而司马迁在运用流放概念的时候,也不限定在刑罚意义上的放流。这些事例说明,司马迁说屈原放流,不一定需要理解为是一种刑罚。

到了汉代,随着复古思潮的发展,开始有恢复放流之刑的迹象。如《汉书·天文志》云哀帝"二年二月,彗星出牵牛七十余日。传曰:'彗所以除旧布新也。'牵牛,日、月、五星所从起,历数之元,三正之始。彗而出之,改更之象也。其出久者,为其事大也。其六月甲子,夏贺良等建言当改元

---

① 《史记》卷一百二十一,中华书局1959年版。
② 同上书卷一百三十。
③ 同上书卷六。
④ 同上书卷七。
⑤ 同上书卷八。

易号,增漏刻。诏书改建平二年为太初元年,号曰"陈圣刘太平皇帝,刻漏以百二十为度。八月丁巳,悉复蠲除之,贺良及党与皆伏诛流放。其后卒有王莽篡国之祸。"①《汉书·眭两夏侯京翼李传》云:"仲舒下吏,夏侯囚执,眭孟诛戮,李寻流放,此学者之大戒也。京房区区,不量浅深,危言刺讥,构怨强臣,罪辜不旋踵,亦不密以失身,悲夫!"②《汉书·佞幸传》云:"一朝帝崩,奸臣擅命,董贤缢死,丁、傅流放,辜及母后,夺位幽废,咎在亲便嬖,所任非仁贤。"③《汉书·元后传》京兆尹王章上书云:"陛下以皇太后故不忍诛废,臣犹自知当远流放,又重自念,兄弟宗族所蒙不测,当杀身靡骨死辇毂下,不当以无益之故有离寝门之心,诚岁余以来,所苦加侵,日日益甚,不胜大愿,愿乞骸骨,归自治养,冀赖陛下神灵,未埋发齿,期月之间,幸得瘳愈,复望帷幄,不然,必置沟壑。"④《汉书·五行志》曰:"帝崩,王莽擅朝,诛贵戚丁、傅,大臣董贤等皆放徙远方。"⑤则放流也可以称为"放徙",但流徙与放徙的意义似乎不能混用,《史记·酷吏列传》云:"会浑邪等降,汉大兴兵伐匈奴,山东水旱,贫民流徙,皆仰给县官,县官空虚。"⑥显然,这里的流徙和放徙的意思明显不同。

屈原生活在战国时期的楚国,就我们今天所知,尚没有作为刑罚的流放的律令及实例,而屈原的所有行为,并没有需要用流放的刑罚来惩处的特别重大的罪行。更何况,屈原所活动的汉北、江南这样的区域,并不是人迹罕至的恶劣地区,假如放流屈原到这里是一种刑罚,这个刑罚的实际意义就不能显现。所以,我们认为,屈原并不存在一个刑罚意义的"流放"问题。所谓"王怒而疏屈平"、"屈平既绌"、"屈平既疏",所指为在官而不受重视,所以,可以继续出使齐国,进谏于王。"虽放流","迁之",可能是罢官归食邑,也可能是对疏远而不受重视的一种描述而已。

当然,屈原在离开朝廷以后,到各个地方行走,却是有可能的。如《涉

---

① 《汉书》卷二十六,中华书局1962年版。
② 同上书卷七十五。
③ 同上书卷九十三。
④ 同上书卷九十八。
⑤ 同上书卷二十七中之下《五行志中之下》。
⑥ 《史记》卷一百二十二,中华书局1959年版。

江》诗云:"哀南夷之莫吾知兮,旦余济乎江、湘。乘鄂渚而反顾兮,欸秋冬之绪风。步余马兮山皋,邸余车兮方林。乘舲船余上沅兮,齐吴榜以击汰。船容与而不进兮,淹回水而凝滞。朝发枉陼兮,夕宿辰阳。苟余心其端直兮,虽僻远之何伤! 入溆浦余儃佪兮,迷不知吾所如。深林杳以冥冥兮,乃猿狖之所居。山峻高以蔽日兮,下幽晦以多雨。霰雪纷其无垠兮,云霏霏而承宇。哀吾生之无乐兮,幽独处乎山中。吾不能变心而从俗兮,固将愁苦而终穷。"《哀郢》云:"皇天之不纯命兮,何百姓之震愆? 民离散而相失兮,方仲春而东迁。去故乡而就远兮,遵江夏以流亡。出国门而轸怀兮,甲之晁吾以行。发郢都而去闾兮,怊荒忽其焉极? 楫齐扬以容与兮,哀见君而不再得。望长楸而太息兮,涕淫淫其若霰。过夏首而西浮兮,顾龙门而不见。心婵媛而伤怀兮,眇不知其所蹠。顺风波以从流兮,焉洋洋而为客。凌阳侯之氾滥兮,忽翱翔之焉薄? 心絓结而不解兮,思蹇产而不释。将运舟而下浮兮,上洞庭而下江。……背夏浦而西思兮,哀故都之日远。登大坟以远望兮,聊以舒吾忧心。哀州土之平乐兮,悲江介之遗风。当陵阳之焉至兮,淼南渡之焉如? 曾不知夏之为丘兮,孰两东门之可芜? 心不怡之长久兮,忧与愁其相接。惟郢路之辽远兮,江与夏之不可涉。忽若去不信兮,至今九年而不复。"①屈原的这些周游旅程,虽然可以看作是为形势所迫的流离,但毕竟与刑罚意义的放流有很大差别,这是我们应该注意的。

四、屈原的政治才能问题

屈原之时,楚国十分黑暗,《战国策·中山策》载秦武安君白起谈伐楚,"拔鄢、郢,焚其庙,东至竟陵"的胜利原因时说:

是时楚王恃其国大,不恤其政,而群臣相妒以功,谄谀用事,良臣斥疏,百姓心离,城池不修。既无良臣,又无守备,故起所以得引兵深入,多倍城邑,发梁焚舟以专民心,掠于郊野以足军食。当此之时,秦

---

① [宋]洪兴祖:《楚辞补注》第四,中华书局1983年版。

中士卒,以军中为家,将帅为父母,不约而亲,不谋而信,一心同功,死不旋踵。楚人自战其地,咸顾其家,各有散心,莫有斗志,是以能有功也。①

据《史记·六国年表》白起击楚,拔鄢,东至竟陵,"以为南郡"②,此事在秦昭襄王二十九年,为楚襄王二十一年,公元前278年。又据《史记》之《秦本纪》《楚世家》《六国年表》,自楚怀王始,秦与楚多次战争,怀王十一年(前318年),楚击秦不胜;怀王十六年,秦相张仪入楚;十七年,秦败楚将屈匄;二十八年,秦、韩、魏、齐败楚将唐昧于重丘;第二年秦又败楚襄城,杀景缺。怀王三十年,怀王被扣留于秦,顷襄王即位。顷襄王元年(前298年),秦取楚十六城。二年,怀王逃离秦,入赵,赵惠王不敢收留,又欲逃魏,为秦活捉,翌年死。顷襄王十九年,秦攻楚,楚与秦汉北及上庸地;二十年,秦拔鄢、西陵;二十二年,秦又拔楚巫、黔中③。这期间楚虽时击魏、齐、燕等国,略有小胜,但与秦战,屡战屡败,其根源便在于楚国君臣上下不团结,奸佞当道,忠直被疏。《战国策·楚策四》庄辛说楚襄王有"淫逸侈靡,不顾国政"④之言。楚国君主昏庸,臣子无能,屈原作为一个有理想的、正直的文人,胸怀政治抱负,在这种险恶的环境中,靠孤军奋战,显然不可能有好的结局。

作为一个成熟的政治家,争取最广泛的同盟军,是帮助实施其政治主张的重要策略。政治是一种应用技术,好的主张必须借助高明的策略来实施。屈原的主张虽好,但他不能审时度势,用迂回的策略达到自己的目的,这不能不说是件遗憾的事。

事实上,屈原在楚国,完全有可能找到同盟军。屈原劝阻楚王入秦,以及主张合齐,此二事在《史记·楚世家》中有记载,陈轸就合秦还是合齐的利弊说道:"秦之所为重王者,以王之有齐也。今地未可得而齐交先绝,是楚孤也。夫秦又何重孤国哉?必轻楚矣。且先出地而后

---

① 缪文远:《战国策新校注》(修订本)卷三十三,巴蜀书社1998年版。
② 《史记》卷十五,中华书局1959年版。
③ 参见同上书卷五、四十、十五。
④ 缪文远:《战国策新校注》(修订本)卷十七,巴蜀书社1998年版。

绝齐,则秦计不为。先绝齐而后责地,则必见欺于张仪。见欺于张仪,则王必怨之。怨之,是西起秦患,北绝齐交。西起秦患,北绝齐交,则两国之兵必至。"怀王十六年,秦欲伐齐,而齐楚合纵,秦惠王让张仪游说怀王绝齐,许以归还楚商於之地六百里,陈轸反对,怀王贪婪不听。怀王二十年,齐欲与楚合纵,事下群臣,"群臣或言和秦,或曰听齐",昭雎对楚王说:"王虽东取地于越,不足以刷耻;必且取地于秦,而后足以刷耻于诸侯。王不如深善齐、韩以重樗里疾,如是则王得韩、齐之重以求地矣。"楚王遂合齐。怀王二十七年,秦请合楚,并请会盟,昭雎说:"王毋行,而发兵自守耳。秦虎狼,不可信,有并诸侯之心。"但怀王之子子兰劝行,说:"奈何绝秦之欢心。"楚王参加会盟,结果被扣留,最后死在秦国。①

由此可见,在楚大臣中,是存在抗秦合齐力量的。其中昭雎的观点与《史记·屈原贾生列传》所载屈原观点甚为相似,屈原说:"秦虎狼之国,不可信,不如毋行。"②《楚世家》不载屈原之言,而采用互见法,大抵是因为屈原的地位不如昭雎,或者昭雎是最先阻止楚王入关的人。如果屈原能团结陈轸、昭雎等人,以为支援,而不是一概抨击,情况或许是另外一个样子。

屈原自负其才能,《七谏》虽说屈原智有所浅,能有所偏,闻见有所不备,但也肯定屈原主张的价值。东方朔说:"王不察其长利兮,卒见弃乎原野。"③是言屈原数言便事,当有可取,符合楚的长远利益。的确,屈原主张与齐联合,无疑是对的,但主张与秦为敌,乃至于杀张仪,却未见高明。《史记·张仪列传》中张仪说楚王曰:

> 秦西有巴蜀,大船积粟,起于汶山,浮江已下,至楚三千余里。舫船载卒,一舫载五十人与三月之食,下水而浮,一日行三百余里,里数虽多,然而不费牛马之力,不至十日而距扞关。扞关惊,则从境以东尽城守矣,黔中、巫郡非王之有。秦举甲出武关,南面而伐,则北地

---

① 参见《史记》卷四十,中华书局1959年版。
② 同上书卷八十四。
③ [宋]洪兴祖:《楚辞补注》第十三,中华书局1983年版。

绝。秦兵之攻楚也，危难在三月之内，而楚待诸侯之救，在半岁之外，此其势不相及也。夫恃弱国之救，忘强秦之祸，此臣所以为大王患也。①

张仪说楚与秦交好，其道理一目了然。楚弱秦强，诸侯惧秦，与秦为敌，只有加速灭亡一条路。又楚因受张仪之骗，欲得张仪杀而后快，秦王不欲张仪之楚，张仪说：

> 秦强楚弱，臣善靳尚，尚得事楚夫人郑袖，袖所言皆从。且臣奉王之节使楚，楚何敢加诛。假令诛臣而为秦得黔中之地，臣之上愿。②

张仪至楚，游说靳尚、郑袖，假意欲送楚王美人歌女，郑袖惧，日夜对楚怀王说：

> 人臣各为其主用。今地未入秦，秦使张仪来，至重王。王未有礼而杀张仪，秦必大怒攻楚，妾请子母俱迁江南，毋为秦所鱼肉也。③

郑袖虽担心秦人以女惑怀王，但对怀王提及杀张仪而可能发生的后果，绝不是危言耸听。

五、屈原的悲剧根源问题

孟子曾把卿大夫分为贵戚之卿与异姓之卿，贵戚之卿"君有大过则谏，反覆之而不听，则易位"，异姓之卿"君有过则谏，反覆之而不听，则去"④。孔子去鲁，是贯彻此原则。伍子胥因楚王之杀父兄，发誓报仇，竟至于鞭尸挞墓，班宫处室⑤，正表现出这个时代君臣关系中士大夫所表现出的自主意识和追求平等的进步愿望。屈原与楚之关系，虽不可以说是

---

① 《史记》卷七十，中华书局1959年版。
② 同上。
③ 同上。
④ 《孟子·万章下》，[清]焦循：《孟子正义》卷十，《诸子集成》，中华书局1954年版。
⑤ 伍子胥事见及《春秋左氏传》之昭公三十年至哀公十一年间，[晋]杜预注，[唐]孔颖达疏：《春秋左传正义》卷五十三至五十八，《十三经注疏》，中华书局1980年版。又见《史记》卷三十一《吴太伯世家》，卷六十六《伍子胥列传》，中华书局1959年版。

"异姓",但也非"贵戚"。他不能有许由、伯夷之去,又无赵盾之弑①,生受谗陷,甚至以自杀结束其一生。孔子以楚令尹子文三仕为令尹,无喜色,三已之,无愠色,旧令尹之政,必以告新令尹为"忠"②。屈原被疏放,未能如子文之不愠,其忠君也不可以说彻底。

在专制主义时代,国家政治实际上是君主的家事,大臣不过是君主的奴隶而已,专制君主把天下万民看作私产,百姓不是国家的主人,在这种天下为私的社会制度下,入仕不过是起到所谓帮凶、帮忙或帮闲的效果而已,在这样的时代,能致君尧舜,固然可以减少百姓的痛苦;有机会诛除独夫民贼,更是进步义举。二者力所不逮,全身而退,也不失为理智的选择。屈原反是,不能走大部分正直君子所信奉的处世原则,其处世策略既缺乏深思熟虑的权衡技巧,其性格又固执无权变,不能和光同尘,嫉恶如仇,异常自负。他自以为天下第一忠臣,却不能逆来顺受,接受君主的安排,对君主的不觉悟表现出强烈不满。他坚强,不惧"体解",欲"伏清白","死直","九死"而不悔③,但在放逐之后,"行吟泽畔,颜色憔悴,形容枯槁"④,"仪容变易"⑤,"心烦虑乱,不知所存"⑥,"心郁郁之忧思兮,独永叹乎增伤"⑦,"望北山而流涕兮,临流水而太息"⑧,在挫折面前,长吁短叹,六神无主,乃至求助于太卜之家,稽问神明,决之蓍龟⑨,甚至自杀而死。如以屈原之行为为君子榜样,在专制时代,将有多少正人君子遭遇横祸?

我们必须注意,屈原多次提到伍子胥,《惜往日》云:"吴信谗而弗味

---

① 赵盾弟赵穿弑不君之晋灵公,赵盾不讨,事见《左传·宣公二年》。[晋]杜预注,[唐]孔颖达疏:《春秋左传正义》卷二十一,《十三经注疏》,中华书局1980年版。
② 《论语·公冶长》,[清]刘宝楠《论语正义》卷六,《诸子集成》,中华书局1954年版。
③ 《楚辞·离骚》曰:"虽体解其犹未变兮,岂余心之可惩。""亦余心之所善兮,虽九死其犹未悔。""伏清白以死直兮,固前圣之所厚。"[宋]洪兴祖:《楚辞补注》第一,中华书局1983年版。
④ 《楚辞·渔父》,同上书第七。
⑤ 同上。
⑥ 《楚辞·九章·卜居》,同上书第六。
⑦ 《楚辞·九章·哀郢》,同上书第四。
⑧ 《楚辞·九章·抽思》,同上书第四。
⑨ 《楚辞章句·卜居序》,同上书第六。

兮,子胥死而后忧。"①《悲回风》曰:"浮江淮而入海兮,从子胥而自适。"②伍子胥敢于复仇,其死是被杀,而非自杀,他并没有放弃劝谏吴王的决心,是吴王杀了他,而使他失去了发挥作用的机会。屈原则是主动地消灭自己的生命。屈原提到的彭咸,确切事迹已不详③,但其他人则是可以确认的。《涉江》曰:"伍子逢殃兮,比干菹醢。"④王逸以伍子为伍子胥,刘永济先生指出:

   此伍子当属伍奢,奢因谏平王不应信费无忌之谗而疑忌太子建,为平王所杀,谓之为忠,允无愧色。⑤

  实际上,比干、伍奢、伍子胥皆忠而被杀,是一致的,不过,与屈原之忠而自杀,是有很大区别的。被杀不代表对社会的消极认识,自杀则蕴涵了绝望的心态。

  屈原的行为,类似孔子提到过的史鱼,虽直,却不懂策略,不可与蘧伯玉相提并论。孔子说:"直哉史鱼,邦有道如矢,邦无道如矢,君子哉蘧伯玉,邦有道则仕,邦无道则可卷而怀之。"⑥屈原《抽思》曰"曾不知路之曲直兮"⑦,足见屈原在投身仕途之时,缺乏对政治斗争严峻性和残酷性的认识,楚国是一个注重宗族关系的诸侯国,楚国大臣,多系王室贵胄,如屈原时代的令尹子兰、司马子椒,皆是楚王嫡亲。屈原忠直,《惜诵》曰:"思君其莫我忠兮,忽忘身之贱贫。"⑧以贱贫之身,忘记策略性,一旦被楚王委以制定宪令的重任,缺乏强大根基,造成上官大夫诬陷的机会,这可以说是屈原以轻臣而为改革之事所必然可能产生的结果。

  司马迁曾记载楚悼王时,吴起为楚相,在楚悼王支持下变法而招致失

---

① 《楚辞·九章》,[宋]洪兴祖:《楚辞补注》第四,中华书局1983年版。
② 同上。
③ 彭咸事迹惟见于《楚辞章句》,同上书第一。
④ 《楚辞·九章》,同上书第四。
⑤ 刘永济:《屈赋通笺》,人民文学出版社1961年版。此说宋人也曾提出,魏了翁:《经外杂抄》卷二曰:"此正引奢、尚而言。王逸陋儒,顾以为胥,又缪矣。"以伍奢、伍尚为忠楚,而子胥忠吴。见《文渊阁四库全书》子部十,杂家类二,杂之属。
⑥ 《论语·卫灵公》,[清]刘宝楠:《论语正义》卷十八,《诸子集成》,中华书局1954年版。
⑦ 《楚辞·九章》,[宋]洪兴祖:《楚辞补注》第四,中华书局1983年版。
⑧ 同上。

败之事,《史记·孙子吴起列传》云:

> 楚悼王素闻起贤,至则相楚。明法审令,捐不急之官,废公族疏远者,以抚养战斗之士。要在强兵,破驰说之言从横者。于是南平百越,北并陈蔡,却三晋,西伐秦。诸侯患楚之强。故楚之贵戚尽欲害吴起。及悼王死,宗室大臣作乱而攻吴起,吴起走之王尸而伏之,击起之徒因射刺吴起,并中悼王。悼王既葬,太子立,乃使令尹尽诛射吴起而并中王尸者。坐射起而夷宗死者七十余家。①

吴起是个机诈的政治家和军事家,其处世智慧峻峭而又深沉。在他自己离开魏国至楚国之前,已屡有建树。至楚,上得楚悼王重用,又位极人臣,在其位而谋其政,楚宗族尚欲杀之而后快,屈原则既非执政之令尹,又非握兵之司马,更非宗族亲信,仅仅靠过去与君王的"成言"②,而欲与满朝楚臣对抗,那是注定要失败的。

如果仔细考察,孔子与屈原所处的环境,有相似之处。《史记·孔子世家》载孔子其道不行于鲁,孔子去鲁,周游列国,道不行于天下,遂退而著述,修订《诗》、《书》、《礼》、《乐》、《易》,又作《春秋》③。《孟子·滕文公下》曰:

> 世衰道微,邪说暴行有作,臣弑其君者有之,子弑其父者有之,孔子惧,作《春秋》。④

《史记·太史公自序》引董仲舒之言,说孔子作《春秋》,"是非二百四十二年之中,以为天下仪表。贬天子,退诸侯,讨大夫,以达王事而已矣"。孔子"上明三王之道,下辨人事之纪,别嫌疑,明是非,定犹豫,善善恶恶,贤贤贱不肖,存亡国,继绝世,补敝起废",欲以"深切著明"之"行事",以劝善惩恶,拯救社会。因此,太史公认为"拨乱世反之正,莫近于《春秋》"。孔子作《春秋》,其目的在"尽大义"⑤,因此,是否为君王所注意,已非其所

---

① 《史记》卷六十五,中华书局1959年版。
② 《楚辞·离骚》曰:"曰黄昏以为期兮,羌中道而改路。初既与余成言兮,后悔遁而有他。"[宋]洪兴祖:《楚辞补注》第一,中华书局1983年版。
③ 《史记》卷四十七,中华书局1959年版。
④ [清]焦循:《孟子正义》卷六,《诸子集成》,中华书局1954年版。
⑤ 《史记》卷一百三十,中华书局1959年版。

关心之事。所以孔子在与屈原的相同境遇下,有与屈原完全不同的心境和结局。孔子说:"君子谋道不谋食,耕也,馁在其中矣;学也,禄在其中矣。君子忧道不忧贫。"①孔子所谋在道,因而不愿枉道事人,"人不知而不愠"②。屈原所忧在君,遭放流而远权力,则不能匡君于水火,因而怨恶感激。

《孟子·尽心上》曾说:"天下有道,以道殉身;天下无道,以身殉道。"③《孟子·告子上》更提出"舍生而取义"的价值观,以为人之"所欲有甚于生者,所恶有甚于死者"④。孔子、屈原皆处无道之世,以身殉道,都是他们二人所身体力行的目标,但身殉至于舍生,必须有"义"存在其中。孔子非不勇,《论语·泰伯》曰:"仁以为己任。"⑤《论语·宪问》曰:"仁者必有勇。"又曰:"勇者不惧。"⑥《论语·卫灵公》曰:"志士仁人,无求生以害仁,有杀身以成仁。"⑦孔子周游列国,百折不回,欲力挽狂澜,却屡屡碰壁,当"太山坏乎,梁柱摧乎,哲人萎乎"之时,知天命不至,"因以涕下",说:"天下无道久矣,莫能宗予。"⑧却不必自杀。其原因在于孔子能以天下为己任,不计较一己之穷达,一国之存亡。不但如此,还把在乱世的处世策略看作是一种难得的智慧。《论语·述而》载孔子语颜渊曰:"用之则行,舍之则藏,惟我与尔有是夫。"又对子路说:"暴虎冯河,死而无悔者,吾不与也。必也临事而惧,好谋而成者也。"⑨正因如此,孔子屡屡提及无道则隐的原则,《论语·公冶长》曰:"邦有道不废,邦无道免于刑戮。"又曰:"宁武子,邦有道则知,邦无道则愚。其知可及也,其愚不可及也。"⑩《论语·泰伯》曰:"笃信好学,守死善道,危邦不入,乱邦不居,天下有道则见,

---

① 《论语·卫灵公》,[清]刘宝楠:《论语正义》卷十八,《诸子集成》,中华书局1954年版。
② 《论语·学而》,同上书卷一。
③ [清]焦循:《孟子正义》卷十三,《诸子集成》,中华书局1954年版。
④ 同上书卷十一。
⑤ [清]刘宝楠:《论语正义》卷九,《诸子集成》,中华书局1954年版。
⑥ 同上书卷十七。
⑦ 同上书卷十八。
⑧ 《史记》卷四十七《孔子世家》,中华书局1959年版。
⑨ [清]刘宝楠:《论语正义》卷八,《诸子集成》,中华书局1954年版。
⑩ 同上书卷六。

无道则隐。邦有道,贫且贱焉,耻也;邦无道,富且贵焉,耻也。"又曰:"不在其位,不谋其政。"①《论语·宪问》曰:"邦有道,谷;邦无道,谷,耻也。"又曰:"邦有道,危言危行;邦无道,危行言孙。"②《论语·卫灵公》曰:"邦有道则仕,邦无道则可卷而怀之。"③孔子之意,当天下无道之时,应保持自己的独立性,如果不能藏器以待时而动,必招致不测之祸。

孔子在鲁,鲁无道,季氏家臣阳货专权,送孔子猪,孔子待阳货不在家时去致谢意,不想在路上遇见了阳货,阳货指责孔子"怀其宝而迷其邦","好从事而亟失时",为不仁不智,孔子只好敷衍说:"吾将仕矣。"④但孔子实际并不出仕,因为"道不同不相为谋"⑤。

屈原所处的时代,是一个由分裂而走向统一的时代,其所属之楚国,属乱世,无道之邦。屈原自己的地位,又不足以左右时局,但他不像当时大部分士大夫一样,或潜龙勿用,或远走他乡,再实现其理想,而选择了自杀。当屈原之时,战争诸国,不是现代意义的独立国家,而是周天子衰落后"奄王坐大"⑥的军事割据集团。因此,士大夫隐而不仕,或远走他国,并不是不"爱国",而是通过隐而不仕以保持自己的独立人格,或以远走他国来实现其抱负,早日促成中国的重新统一。屈原的悲剧在于在乱世欲有所作为,而没有选择一个适合发展的土壤;在失败面前,不能及时调整自己的策略;屡屡碰壁,对自己与他人没有公正、清楚的认识;失败之后,他用他的行为,毁灭了自身的生命,而他的自我毁灭,并没有带来他梦寐以求的楚国振兴和强大,楚国还是不可避免地灭亡了。

屈原的遭遇是千千万万先秦至今正直士人悲剧的一个缩影,同时,又因为屈原的行为本身与大多数正直的先秦士人的行为表现出极大差异:

---

① [清]刘宝楠:《论语正义》卷九,《诸子集成》,中华书局1954年版。
② 同上书卷十七。
③ 同上书卷十八。
④ 《论语·阳货》,[三国魏]何晏集解,[唐]陆德明音义,[宋]邢昺疏:《论语注疏》卷二十,《十三经注疏》,中华书局1980年版。
⑤ 《论语·卫灵公》,同上书卷十八。
⑥ 高士奇:《左传纪事本末》卷五十《阖闾入郢》云:"楚自熊通以来,奄王坐大,荐食诸姬,齐桓、晋文仅能攘斥,未尝即其国都而大创之也。"中华书局1979年版。

他敢于肯定自身的价值,敢于不假掩饰地把自己独特而好修的个性呈现出来,积极地寻求施展其才华的机会;当遭受不公正待遇的时候,敢于采取激烈的方式,对君主、谗佞乃至皇天的丑恶和不公正予以抨击,甚至不惜以死来表明自己的清白和反抗。这种刚烈的个性具有不妥协的战斗品格,与"明哲"的圣人行为方式相比较,也有其光彩。王逸曾说:"是以伍子胥不恨于浮江,比干不悔于剖心,然后忠立而行成,荣显而名著。若夫怀道以迷国,详愚而不言,颠则不能扶,危则不能安,婉娩以顺上,逡巡以避患,虽保黄耇,终寿百年,盖志士之所耻,愚夫之所贱也。"①也就是说,慷慨赴义,处世正直,不惧死难危言存国,杀身成仁,也是流芳百世的事情。

屈原对他自己好修为常、九死不悔的行为所带来的后果是清楚的,《离骚》说:"余固知謇謇之为患兮,忍而不能舍也。指九天以为正兮,夫唯灵修之故也。"②《涉江》曰:"接舆髡首兮,桑扈裸行。忠不必用兮,贤不必以。伍子逢殃兮,比干菹醢。与前世而皆然兮,吾又何怨乎今之人!余将董道而不豫兮,固将重昏而终身。"③屈原一度处于进与退的矛盾之中④,但他很快从矛盾中走了出来,《惜诵》曰:"欲儃佪以干傺兮,恐重患而离尤。欲高飞而远集兮,君罔谓汝何之。欲横奔而失路兮,坚志而不忍。"⑤他知道留在楚国会进一步遭迫害,远逝恐楚王不高兴,变节又不忍。《涉江》曰:"苟余心其端直兮,虽僻远之何伤。"⑥最终决定直面惨淡的人生,不计较是非毁誉,不为时俗工巧的庸态,《离骚》曰:"屈心而抑志兮,忍尤而攘垢。""敬余情其信姱以练要兮,长顑颔亦何伤。"⑦《思美人》曰:"登高吾不说兮,入下吾不能,固朕形之不服兮,然容与而狐疑。广遂前画兮,未改此度也。"⑧《渔

---

① [汉]王逸:《楚辞章句叙》,[宋]洪兴祖:《楚辞补注》第一,中华书局1983年版。
② [宋]洪兴祖:《楚辞补注》第一,中华书局1983年版。
③ 同上书第四。
④ 《楚辞·离骚》曰:"历吉日吾将行。""吾将远逝以自疏。"同上书第一,《楚辞·远游》曰:"愿轻举而远游。"同上书第五,此其产生出世之想的明证。
⑤ 同上书第四。
⑥ 同上。
⑦ 同上书第一。
⑧ 同上书第四。

父》曰:"安能以皓皓之白,而蒙世俗之尘埃乎?"①内心守贞,外不同流,不谄事君主而改节,不随俗显荣而媚人。他要以自己之所善,"高驰而不顾",要以自己的生命"上下求索",在漫长的人生道路上,孤独前行②。因为他坚信自己的选择是正确的,自己的行为是清白的,所以他才这样自信,这样的理直而气壮,无所畏惧。屈原清醒地迈向悲剧的结局,而这个结局是他同时代的人很少实践过的,因而其悲剧的力量,足以震撼人心。

六、屈原与爱国主义问题

1996年季羡林先生在为《中国精神》一书所写的序言《谈中国精神》一文中,谈到中国人最优秀的传统是爱国主义,季羡林先生指出:"但是,爱国主义并不一定都是好东西。我认为,我们必须严格区分正义的爱国主义和邪恶的爱国主义。"③季羡林先生的论断无疑是非常深刻的,对于我们认识屈原爱国主义提供了一把钥匙。

在先秦士人中,屈原是一位非常特殊的人物。屈原在中国文学史上,不仅仅是作为一个诗人受人推崇,同时,他还作为一个爱国主义者而广泛受人尊敬。了解诗人屈原行为的正义性,实际上是了解屈原爱国主义精神的正义性问题,这对我们正确认识屈原的爱国主义,以及正确认识爱国主义本身,全面客观地评价屈原,特别是认识其作为君子的复杂性,都有非常迫切的现实意义。

所谓"爱国主义",实际指的是对自己祖国的一种依恋和关心的感情。屈原生当战国动乱之秋,忧虑国家,痴心不改,在遇到挫折之时,仍然不忘自己对楚国的关怀,不愿远走他乡,最终在极度失望之中,沉江而死。屈原以其行为,成为后代所倡导的"爱国主义"精神典范。概括屈原的爱国

---

① [宋]洪兴祖:《楚辞补注》第七,中华书局1983年版。
② 《涉江》曰:"世混浊而莫余知兮,吾方高驰而不顾。"同上书第四。《离骚》曰:"路漫漫其修远兮,吾将上下而求索。"同上书第一。《楚辞·远游》曰:"路漫漫其修远兮,徐弥节而高厉。"同上书第五。
③ 季羡林:《季羡林谈人生》,当代中国出版社2006年版。

主义行为,其表现包含以下要点:对祖国命运的极端关心,这种关心超过了对自己命运的关心;在遇到挫折时,仍然不改变自己对祖国的热情,继续表现自己对祖国的关心;积极同国内的邪恶势力进行斗争;严厉批评代表国家形象的昏庸"国王"的错误行为;在失望之际,虽萌生远走他乡的想法,但被对祖国的依恋所压倒;在退出政治舞台以后,继续以文学创作来表现他的爱国主义情怀,期望通过自己的作品警醒统治者。毫无疑问,一个人要像屈原那样,永远保持对祖国的关心和爱护,是非常不容易的,特别是在春秋战国之际,在倡导个性解放和个人尊严与独立的时代,更是不多见。也正因如此,屈原才被视为中国古代爱国主义精神的旗帜,受到后代志士的拥戴。

由于爱国主义具有排他性,也就是说,对某国的"爱"就意味着对某国的"不爱"或者"恨",所以爱国主义也就是极容易走向歧途的一种倾向,容易和罪恶连接在一起的,其原因是:第一,爱国主义建立在对某个特定"国家"的忠诚和关心基础上,而国家——特别是专制主义国家政体——本身作为一个阶级压迫另一个阶级的工具,其存在并不具有合理性,在这样的前提下,如果所处的国家本身并不具有全民性特征,而是为一部分人服务——即使这些人是大多数,他们通过国家机器压迫被压迫者,这个时候,国家的存在不是这些被压迫者的乐园,而是他们的苦海,在这个时候,如果强调让被压迫者"爱国",就等于让被压迫者永远无条件地接受压迫而不知反抗,让压迫者爱国,就是让压迫者永远维护自己的特权,对被压迫者永远实施压迫和迫害。这样的爱国主义无疑是有害的。第二,爱国主义对于帝国主义和狭隘民族主义者来说,是他们推行法西斯主义、民族利己主义、沙文主义、种族主义的理论工具,其危害性是不能低估的,人类历史上的政治迫害和战争起源这样的大灾难无不打着"爱国主义"的旗号。因此,"爱国主义"并不是永远正确的,"爱国主义"者也不是永远值得尊敬的。因此,对爱国主义必须进行认真鉴别,提倡正义的爱国主义,坚决反对反动的"爱国主义"。

爱国主义者只有在满足了以下条件以后,才是值得肯定的,反是,则不但不应该受到肯定,还是人类所应该谴责的。这几个条件是:第一,爱国主义者必须把人民的利益放在第一位。其树立爱国主义精神的目的是为了这个国家的人民,而不是为了这个国家的"国王"。第二,爱国主义者在实践自己的爱国主张的时候,不能用功利主义原则取代人类正义,其行为方式首先应该是维护社会正义,而不是相反。第三,爱国主义者没有与祖国的统治者之间的人身依附关系,在祖国的统治者反人民的时候,爱国主义者不是维护"国王"的反动统治,而是与反动统治者进行坚决的斗争,直至"诛一独夫"。第四,爱国主义必须不违背国际主义的原则,不能为了维护自己国家的利益,而损害其他国家,特别是弱小国家的利益。凡是符合以上尺度的爱国主义,才是正义的爱国主义,是真正的爱国主义;帝国主义、狭隘民族主义、沙文主义、专制主义、种族主义的爱国主义是反动的"爱国主义",因而是伪"爱国主义"。

有了以上认识,我们反过来检讨屈原的行为,我们发现,屈原的爱国主义行为具有如下特征:第一,屈原的爱国主义不是"爱君主主义",不是"爱国王主义",即他把"爱国"和"爱政府"、"爱国王"区别开来,所以,他的爱国主义立场促使他把批判的矛头对准了把楚国带上歧途的当权者。第二,屈原的爱国主义实际是"爱人民主义",屈原关心楚国实际是关心楚国的人民,担心楚国人民在战国动乱形势中遭受损害。第三,屈原的爱国主义是追求政治的向善,他把"美政"理想的实现当作实现爱国主义的最重要的尺度。因此,他的爱国主义不是保守的爱国主义,而是开放的爱国主义,是要让楚国走向改革之路。第四,屈原的爱国主义不是丧失自己的独立性,他是把爱国主义和自己的价值受到尊重结合起来,当自己遭遇不幸时,他对自己的祖国提出批评,通过对自己命运的不平之鸣,体现出他的爱国主义情怀。第五,屈原没有在爱国主义的旗帜下鼓吹战争。

通过如上的分析,我们认为,屈原的爱国主义没有违背社会正义,可以确信屈原的爱国主义具有正义性,正是我们所应提倡的爱国主义。

但是,我们在判定屈原的爱国主义是否具有正义性的时候,我们实际上是假设楚国有作为一个独立主权国家的权利,考虑的是一定历史阶段的正义。所以,屈原爱国主义的正义性只是相对的正义,而不是绝对的正义;屈原的真正价值,在于他对社会正义和民生的关心,"爱国主义"的评价,不能体现屈原精神最主要的价值。其原因在于:第一,因为战国时期楚国的前身,是周王朝的一个诸侯国,而楚国在春秋战国之际,率先奄王坐大,本身有分裂主义先驱之嫌。虽说作为世袭制度专制主义产物的周王朝的天子地位并不代表正义,但是,楚国君臣为了建立自己的家天下统治,建立自己的王朝,同样也不包含社会正义。第二,楚国不是真正意义上的主权国家,否则就违背了周朝作为一个统一国家的历史事实,也会使人误解成中国在春秋战国之际存在着多个国家,中国是由秦王朝通过消灭其他主权国家而统一的,以此作为分裂中国的借口。楚国在春秋战国之际,即使享有独立权利,也不是真正得到国际社会承认的独立主权国家,这一点,和春秋战国之际的其他国家的情况并无不同。因此,秦国发动的对其他诸侯国的战争,不是侵略战争,而是统一战争,所以,秦国在统一战争中虽然有使生灵涂炭之罪恶,但就战争本身而言,却具有正义性。第三,强调前两条,并不能因此认为屈原站在秦国的反面,就处于历史的非正义的边缘。实际上,在春秋战国分裂之际,无论哪个国家,都有统一中国的资格,所以,屈原热爱楚国,并不是反对统一,而是反对秦国或其他国家统一,希望由楚国的领导人统一中国,使楚王能由地区霸主晋升为名正言顺的天下共主,取得合法地位。也正因此,屈原这种爱国主义的初衷虽然也不能说有违社会发展潮流,却也不能称之为高尚。①

第二节 屈原的创作主旨

"楚辞"之名,出于西汉。《史记·酷吏列传·张汤传》载:"始长史朱买臣,会稽人也,读《春秋》。庄助使人言买臣,买臣以楚辞与助俱幸,侍中,为太中大夫。"②又《汉书·严朱吾丘主父徐严终王贾传·朱买臣》曰:

---

① 参见方铭:《关于屈原爱国主义的正义性问题》,《屈原研究论集》,湖北美术出版社1998年版。
② 《史记》卷一百二十二,中华书局1959年版。

"会邑人严助贵幸,荐买臣,召见,说《春秋》,言《楚辞》,帝甚说之。"①《汉书·严朱吾丘主父徐严终王贾传·王褒》曰:"宣帝时修武帝故事,讲论六艺群书,博尽奇异之好,征能为楚辞九江被公,召见诵读。"②在这些场合,"楚辞"都是专有名词,并不被称为赋。

长史朱买臣,读《春秋》、《楚辞》,被汉武帝召见,以《楚辞》与庄助俱幸,侍中,为太中大夫,说明在西汉初年,楚辞已成晋身之阶了。而汉宣帝效法汉武帝,征能为《楚辞》的九江被公,召见诵读。这说明汉初《楚辞》已传入宫廷。

一、《楚辞》的编辑与流传

《楚辞》是与屈原的名字联系在一起的。屈原在被谗放逐过程中,曾以创作发泄其不满情绪,表现自己眷顾楚国、心系怀王的忠君之情,希望能以此感悟君主。这些作品,加上宋玉、景差及汉朝其他一些作家的作品,由汉朝刘向辑为《楚辞》。根据王逸《楚辞章句》,《楚辞》的作品包括标明是屈原所作的《离骚》、《九歌》、《天问》、《九章》、《远游》、《卜居》、《渔父》以外,还有宋玉《九辩》和《招魂》,以及王逸不能肯定作者的《大招》,可能是贾谊所写的《惜誓》,淮南小山《招隐士》,东方朔《七谏》,严忌《哀时命》,王褒《九怀》,刘向《九叹》,王逸《九思》等。

关于屈原作品的数量,《汉书·艺文志》说有"二十五篇"之属③。王逸《楚辞章句》共收有《离骚》、《九歌》、《天问》、《九章》、《远游》、《卜居》、《渔父》等,又有《大招》一篇,王逸在屈原与景差两人之间,委决不下,阙而不究。这是依刘向父子的《七略》,《七略》根据的是刘向所编《楚辞》,而王逸《楚辞章句》所依据的,也正是刘向所编《楚辞》。因此可以说,《汉书·艺文志》之"屈原赋二十五篇",即王逸《楚辞章句》所载,包括《离骚》一篇、《九歌》十一篇、《天问》一篇、《九章》九篇、《远游》一篇、《卜居》一篇、《渔

---

① 《汉书》卷六十四上,中华书局,1962年版。
② 同上书卷六十四下。
③ 同上书卷三十。

父》一篇。《大招》的作者不能肯定,不在二十五篇之数。编辑《楚辞》的标准,王逸说得非常清楚,《楚辞章句·九辩序》曰:"宋玉者,屈原弟子也,闵惜其师忠而放逐,故作《九辩》以述其志。至于汉兴,刘向、王褒之徒,咸悲其文,依而作词,故号为楚辞。"①即《楚辞》一书的成名,在于该书所收作品,或者是楚人屈原的作品,或者是自宋玉以至刘向、王褒等后代作家因悲屈原之志,依屈原之文而假托的作品,包括《楚辞》中宋玉《九辩》、《招魂》以下的作品,而像贾谊的《吊屈原赋》②和扬雄的《反离骚》③缺少假托的前提,所以不能收入《楚辞》。如果不是因为《楚辞》的编辑者已经作出说明,我们甚至会认为这些作品的作者是屈原。所以,实际上"楚辞"是屈原及假托屈原的作品全集的代称。

屈原是楚国人,屈原自己所写,以及假托屈原的作品,都有深深的"楚"地域文化烙印,宋人黄伯思《新校楚辞序》指出:"盖屈宋诸骚,皆书楚语,作楚声,纪楚地,名楚物,故可谓之'楚辞'。"④实际上不仅仅是屈原和宋玉等楚人的作品如此,就是疑为贾谊所写的《惜誓》,淮南小山的《招隐士》,东方朔的《七谏》,严忌的《哀时命》,王褒的《九怀》,刘向的《九叹》,王逸的《九思》等汉朝人的作品,由于受假托体例的制约,也必须以楚语、楚声、楚地、楚物为表达手段或表达内容,只是有的人做得好,有的人做得不太好而已。

《楚辞》作为屈原及假托屈原的作品全集,它本身并不是一种独立的文体。"楚辞"的意思即"楚诗"、"楚歌",因此,"楚辞"代表了"诗"的一个流派,或者说"楚辞"是一种具有地方特色的"诗"。而"赋"则指用铺陈的方法写成的一种文体,这样,我们实际上就抓住了"辞"与"赋"的差别。

"楚辞"被称为"辞",而不以"诗"命名,一方面是因为在《诗经》成书以后,很长一段时间内,"诗"仍然是《诗经》这本书的专利;另一方面,"诗"、

---

① [宋]洪兴祖:《楚辞补注》第八,中华书局1983年版。
② 《史记·屈原贾生列传》,《史记》卷八十四,中华书局1959年版。
③ 《汉书》卷八十七上《扬雄传上》,中华书局1962年版。
④ [明]贺复征编:《文章辨体汇选》卷二百九十四,《文渊阁四库全书·集部八、总集类》。

"辞"意义相通,《毛诗序》曰:"诗者,志之所之也,在心为志,发言为诗。"①《说文解字》曰:"辞,说也。"②诗为言,辞也是言。所以,《楚辞》就是"楚诗"、"楚歌"。实际上,《楚辞》中如《九歌》,原来就以"巫歌"的形式存在于屈原之前。《九歌》本来不过是楚国的"巫歌",所以,即使经过屈原的整理,它仍然应该属于"巫歌"。另外,像《孺子歌》、《越人歌》这样的"楚歌"也是《楚辞》学习的典范。见于《孟子·离娄上》的《孺子歌》曰:"沧浪之水清兮,可以濯吾缨;沧浪之水浊兮,可以濯吾足。"③《楚辞·渔父》抄袭其辞,见于刘向《说苑·善说》的《越人歌》曰:"今夕何夕兮,搴舟中流。今日何日兮,得与王子同舟。蒙羞被好兮,不訾诟耻。心几烦而不绝兮,得知王子。山有木兮木有枝,心说君兮君不知。"④其形式与《楚辞》并无二致。

作为一种新的诗歌样式,楚辞的产生并非偶然。首先,它是楚地文学与音乐发展的结果。楚国早期的诗歌流传下来的很少,《诗经·周南·汉广》可能产生在楚地,《诗序》云:"《汉广》,德广所及也。文王之道被于南国,美化行乎江汉之域,无思犯礼,求而不可得也。"诗云:"南有乔木,不可休息。汉有游女,不可求思。汉之广矣,不可泳思。江之永矣,不可方思。翘翘错薪,言刈其楚。之子于归,言秣其马。汉之广矣,不可泳思。江之永矣,不可方思。翘翘错薪,言刈其蒌。之子于归,言秣其驹。汉之广矣,不可泳思。江之永矣,不可方思。"⑤在其他文献中,保留有少量楚国民歌,如《沧浪歌》等,从中都可看出《楚辞》受了民歌的影响。《楚辞》中的音乐痕迹也很明显,如"乱"、"倡"、"少歌"等都是音乐中的专用术语,被直接引入了《楚辞》;《九辩》、《九歌》等本来就是楚国特有的乐曲名目。其次,它与楚国巫文化盛行有密切的关系。与北方周人敬鬼神而远之的态度不同,楚人一直保有原始的巫歌巫舞的娱神活动,因而保存了大量的神话传

---

① [汉]毛亨传、郑玄笺,[唐]孔颖达疏:《毛诗正义》卷一之一,《十三经注疏》,中华书局1980年版。
② [清]段玉裁:《说文解字注》十四篇下,上海古籍出版社1981年版。
③ [清]焦循:《孟子正义》卷七,《诸子集成》,中华书局1954年版。
④ [汉]刘向撰,赵善诒疏证:《说苑疏证》卷十一,华东师范大学出版社1985年版。
⑤ 《诗经·国风·周南》,[汉]毛亨传、郑玄笺,[唐]孔颖达疏:《毛诗正义》卷一之三,《十三经注疏》,中华书局1980年版。

说。《九歌》原本就是楚国各地民间祭神的歌曲,这一特征在屈原的《九歌》中仍保留了下来。屈原在《楚辞》中多次描写的奇装异服、占卜问神,以及许多神灵的奇异传说,无一不打着发达的巫文化烙印。《楚辞》之所以能成为中国古代文学史上最具浪漫色彩的诗篇,根本原因就在于巫文化所赋予它的神化的艺术特征。当然,《楚辞》的产生也和中原文化与楚文化的融合密切相关。

王逸《楚辞章句序》云:

> 昔者孔子叡圣明哲,天生不群,定经术,删诗书,正礼乐,制作《春秋》,以为后王法,门人三千,罔不昭达。临终之日,则大义乖而微言绝。其后周室衰微,战国并争,道德陵迟,谲诈萌生,于是杨、墨、邹、孟、孙、韩之徒,各以所知著造传记,或以述古,或以明世。而屈原履忠被谮,忧悲愁思,独依诗人之义而作《离骚》,上以讽谏,下以自慰。遭时暗乱,不见省纳,不胜愤懑,遂复作《九歌》以下,凡二十五篇。楚人高其行义,玮其文采,以相传教,至于孝武帝恢廓道训,使淮南王安作《离骚经章句》,则大义粲然。后世雄俊,莫不瞻慕,舒肆妙虑,缵述其词。逮至刘向,典校经书,分为十六卷。孝章即位,深弘道艺,而班固、贾逵复以所见,改易前疑,各作《离骚经章句》,其余十五卷阙而不说,又以壮为状,义多乖异,事不要括。今臣复以所识所知,稽之旧章,合之经传,作十六卷《章句》。虽未能究其微妙,然大指之趣略可见矣。①

王逸《楚辞章句》,多次提及屈原著作流传问题,《天问序》曰:"楚人哀惜屈原,因共论述。"②《九章序》曰:"楚人……世论其词,以相传焉。"③《渔父序》曰:"楚人……因叙其词,以相传焉。"④《汉书·地理志》曰:

> 始楚贤臣屈原被谗放流,作《离骚》诸赋以自伤悼。后有宋玉、唐勒之属慕而述之,皆以显名。汉兴,高祖王兄子濞于吴,招致天下之

---

① [宋]洪兴祖:《楚辞补注》第一,中华书局1983年版。
② 同上书第三。
③ 同上书第四。
④ 同上书第七。

娱游子弟,枚乘、邹阳、严夫子之徒兴于文、景之际。而淮南王安亦都寿春,招宾客著书,而吴有严助、朱买臣,贵显汉朝,文辞并发,故世传《楚辞》。①

编辑、记录屈原作品的"楚人",大抵就是宋玉、唐勒之徒,由他们而后,有严助、朱买臣,把《楚辞》传播到广大的中国。汉初学人所见,便是严助、朱买臣所传《楚辞》,贾谊、淮南小山、东方朔、严忌、王褒、刘向等人,都纷纷仿而作文。至刘向编辑,则把楚人屈原、宋玉等人的辞作及汉人仿屈原楚辞的作品辑在一起,成今本《楚辞》。

洪兴祖的《楚辞补注》目录后,有《楚辞释文》的目录,该目录与今本目录篇次不同。洪兴祖《楚辞补注·楚辞目录》按曰:

> 按《九章》第四,《九辩》第八,而王逸《九章》注云"皆解于《九辩》中",知《释文》篇第盖旧本也。后人始以作者先后次叙之尔。②

刘永济《屈赋通笺》以为《楚辞章句》序文惟《九辩》释"九",曰:"九者,阳之数,道之纲纪也。故天有九星,以正机衡;地有九州,以成万邦;人有九窍,以通精明。"③而《九歌》、《九章》俱未释"九",也可证明王逸《楚辞章句》中《九辩》一篇在《九歌》、《九章》之前。

《楚辞释文》目录篇次,也见于宋人晁公武《郡斋读书志》,以及陈振孙《直斋书录解题》。晁公武云:

> 《楚辞释文》一卷,未详撰人。其篇次不与世行本同。盖以《离骚经》、《九辩》、《九歌》、《天问》、《九章》、《远游》、《卜居》、《渔父》、《招隐士》、《招魂》、《九怀》、《七谏》、《九叹》、《哀时命》、《惜誓》、《大招》、《九思》为次。按今本《九章》第四,《九辩》第八,而王逸《九章》注云:"皆解于《九辩》中。"知《释文》篇第盖旧本也,后人始以作者先后次第之耳。或曰天圣中陈说之所为也。④

---

① 《汉书》卷二十八下,中华书局1962年版。
② [宋]洪兴祖:《楚辞补注》,中华书局1983年版。
③ 刘永济:《屈赋通笺》,人民文学出版社1961年版。
④ [宋]晁公武:《郡斋读书志·集类总编·楚辞类》,孙猛校证:《郡斋读书志校证》,上海古籍出版社1990年版。

又陈振孙云：

> 《楚辞释文》一卷，古本，无名氏。洪氏得之吴郡林虙德祖，其篇次不与今本同……朱侍讲按，天圣十年陈说之序，以为旧本篇第混并，乃考其人之先后，重定其篇第。然则今本说之所定也。①

余嘉锡认为，《楚辞释文》的作者应该是唐人王勉②，因为《宋史·艺文志》有王勉《楚辞章句》二卷，《楚辞释文》一卷，《离骚约》二卷。不过，因为《楚辞章句》是王逸所作，所以，我们认为这里的王勉应该是王逸之误③。如此，关于《楚辞释文》的作者存在三种可能性，一种是王勉作《楚辞章句》、《楚辞释文》、《离骚约》，一种是王逸作了《楚辞章句》后，又作了《楚辞释文》和《离骚约》，一种就是《楚辞释文》与《离骚约》的作者已经佚名。《宋史》原载如下：

> ……朱遵度《群书丽藻》一千卷，《目》五十卷。王勉《楚辞章句》二卷，《楚辞释文》一卷，《离骚约》二卷。徐锴《赋苑》二百卷，《目》一卷，《广类赋》二十五卷，《灵仙赋集》二卷，《甲赋》五卷，《赋选》五卷。江文蔚《唐吴英秀赋》七十二卷，《桂香赋集》三十卷。……④

《崇文总目》有《薛氏赋集》九卷，《唐吴英秀赋集》七十卷，《赋苑》二百卷，《赋选》五卷，《灵仙集赋》二卷，《诸家甲赋》一卷，《典丽赋集》六十四卷，《杂赋》一卷，《广类赋》二十五卷，《类文赋集》一卷⑤，其中《唐吴英秀赋集》与《唐吴英秀赋》，《灵仙赋集》与《灵仙集赋》所指应该是一致的。《通志》载有《薛氏赋集》九卷，唐薛廷珪集；《唐吴英秀赋集》七十卷，伪吴杨氏撰；《赋苑》二百卷，伪吴徐锴、欧阳集唐人及近代律赋；《赋选》五卷，李鲁集唐人律赋；《广类赋》二十五卷，采唐人杂赋；《典丽赋集》六十四卷，宋朝杨翱集古今律赋；《灵仙集赋》二卷，采唐人赋灵仙神异事⑥。而《福

---

① 陈振孙：《直斋书录解题》卷十五《楚辞类》，上海古籍出版社1987年版。
② 余嘉锡：《四库提要辨证》卷二十《集部一·楚辞类》，云南人民出版社2004年版。
③ 《宋史》卷二百九《志》第一百六十二已经改为王逸了，中华书局1985年版。
④ 《宋史》卷二百九《志》第一百六十二，《文渊阁四库全书·史部一·正史类》。
⑤ 《崇文总目》卷十一，《文渊阁四库全书本·史部十四·目录类一》。
⑥ [宋]郑樵：《通志》卷七十《艺文八》，中华书局1987年版。

建通志·建宁府》云:"五代……江文蔚《吴英秀赋集》、《桂香赋集》三十卷"①。这些资料中,如果就《福建通志》的记载看,因为《吴英秀赋集》、《桂香赋集》的作者是一人,所以《楚辞章句》、《楚辞释文》、《离骚约》的作者也存在一个人的可能性,而这个人最可能的就是王逸。但是,《赋苑》、《广类赋》、《灵仙赋集》、《甲赋》、《赋选》,我们又没有证据说明它们出自一人之手,所以,对于《宋史·艺文志》的体例,我们就没有办法下结论了。

在《宋史·艺文志》中,集部还包括楚辞类、别集类、总集类、文史类,楚辞类包括"《楚辞》十六卷(楚屈原等撰),洪兴祖《楚辞补注》十七卷、《考异》一卷,《楚辞》十七卷(后汉王逸章句),周紫芝《竹坡楚辞赘说》一卷,晁补之《续楚辞》二十卷,朱熹《楚辞集注》八卷、《辨证》一卷,又《变离骚》二十卷,黄铢《楚辞协韵》一卷,黄伯思《翼骚》一卷,《离骚》一卷(钱杲之集传),"共"楚辞十二部,一百四卷"②,而奇怪的是《楚辞章句》、《楚辞释文》、《离骚约》并不在"楚辞类",而在"总集类"。又"楚辞类"中已有王逸的《楚辞》章句了,那么,"总集类"的《楚辞章句》,似乎应该排除王逸了。而在"别集类"著作中,作者对不知道作者的著作,常注"不知作者"、"不著名,题唐人"、"以上不知名"、"不知名"之语,在"总集类"著作中,对于不知名的著作,作者都注了"集者并不知名"、"集者不知名"等语,那么《楚辞章句》、《楚辞释文》、《离骚约》的作者,似乎不属于不知名之列。那么,我们可以认为《楚辞章句》、《楚辞释文》、《离骚约》这三本书,作者就是王勉了。

我们推测,之所以会更改《楚辞》的篇次,大约是因为《楚辞释文》所根据的旧本《楚辞》先后篇第不以作者为先后,遂有人改成今天《楚辞补注》所呈现的篇第面貌,这说明今天的《楚辞》篇第,是与作者的次第紧密联系在一起的。而王逸《楚辞章句》的结构篇次,是经过人篡改过了的。

《楚辞释文》是我们今天所知最早的楚辞版本。由于《楚辞释文》与今本《楚辞》的差异,汤炳正先生著《楚辞成书之探索》,根据《楚辞释文》的目录次第,认为《楚辞》编辑经多人之手:首先可能是宋玉,他编辑的《楚辞》

---

① 《福建通志》卷六十八,《文渊阁四库全书·史部十一·地理类三》。
② 《宋史》卷二百八,《志》第一百六十一,中华书局1985年版。

包括《离骚》和《九辩》，为第一组；《九歌》、《天问》、《九章》、《远游》、《卜居》、《渔父》、《招隐士》为第二组，编辑者应该是淮南小山或者淮南王刘安；第三组包括《招魂》、《九怀》、《七谏》、《九叹》，编辑者应该是刘向；《哀时命》、《惜誓》、《大招》为第四组，汤炳正先生认为这一组既不成于一个时代，编辑者也不是一个人；《九思》为第五组，编辑者就是《楚辞章句》的作者王逸①。

毫无疑问，汤炳正先生认为刘向编辑的《楚辞》只有十三卷的说法，是有一定道理的，因为洪兴祖《楚辞补注》目录附考引鲍钦止云班固《离骚序》及《离骚赞序》，"旧在《天问》、《九叹》之后"②。正像汤炳正先生所言，在《天问》后不可解，但在《九叹》后，则说明《九叹》作为刘向编辑之《楚辞》的最后一篇，当有一定根据。

不过，汤炳正先生百密一疏，按照他的思路，第三组当一分为二，即《招魂》、《九怀》为一组，编辑者应该是王褒，《七谏》、《九叹》为一组，编辑者应该是刘向。因为王褒的时代在东方朔之后，断然没有刘向把王褒的作品放在东方朔《七谏》之前的道理。

二、屈原的创作动机

《史记·屈原贾生列传》论述屈原《离骚》的创作动机时说：

> 屈平疾王听之不聪也，谗谄之蔽明也，邪曲之害公也，方正之不容也，故忧愁幽思而作《离骚》。《离骚》者，犹离忧也。夫天者，人之始也；父母者，人之本也。人穷则反本，故劳苦倦极，未尝不呼天也；疾痛惨怛，未尝不呼父母也。屈平正道直行，竭忠尽智以事其君，谗人间之，可谓穷矣。信而见疑，忠而被谤，能无怨乎？屈平之作《离骚》，盖自怨生也。③

关于"离骚"二字的解释，历来有多种，司马迁认为是离忧之意，而王

---

① 汤炳正：《屈赋新探》，齐鲁书社1984年版。
② [宋]洪兴祖：《楚辞补注》第一，中华书局1983年版。
③ 《史记》卷八十四，中华书局1959年版。

逸《楚辞章句·离骚序》说《离骚》是别愁之意①。根据《离骚》文意,"离骚"二字,应该是离别的忧愁之意,是抒写屈原在楚国昏暗的现实中,萌生过去远游的念头,而又不忍心离去。屈原疾君王听之不聪,谗谄蔽明,邪曲害公,方正不容,故把自己的忧愁幽思以及眷恋、期望表现在作品中,其创作动机在于怨愤。这种怨愤在于通过对历史与现实的检讨,来讽刺世事。这个看法,也见于《史记·太史公自序》,司马迁说,屈原放逐,著《离骚》,是"意有所郁结,不得通其道,故述往事,思来者"②。这种因不幸遭遇而产生的创作动机,就是发愤之创作,屈原《惜诵》概括为"发愤以抒情",即通过发泄愤懑以抒发不平之气。

司马迁在论《离骚》为发愤之作时,把《离骚》与《诗经》相提并论。仔细推究,实际上,《诗经》之发愤与《离骚》之发愤是有差别的。《尚书·尧典》云:

> 帝曰:"夔,命女典乐,教胄子:直而温,宽而栗,刚而无虐,简而无傲。诗言志,歌永言,声依永,律和声,八音克谐,无相夺伦,神人以和。"③

《尚书·尧典》是《今文尚书》中的一篇,应该是上古的作品,大抵是上古史官根据当时的谈话或传闻编著而成,上引并被孔子辑入教学用之百篇《尚书》中。未必便是虞舜之言,但其论诗等却代表了周以前及周人的文学观念。教育子弟,要正直而温和,宽宏而庄严,刚毅而不苛刻,简易而不傲慢。诗歌声律是重要的教学内容,以诗表达其意志,通过长歌、五声、六律、六吕以和谐八音,维持次序,交流人神。

"诗言志"被朱自清称为中国诗论"开山的纲领"④。在战国时期,对"诗言志"这一命题,有许多人有过阐述,如《左传·襄公二十七年》赵文子对叔向说:"诗以言志。"⑤《庄子·天下》曰:"诗以道志。"⑥《荀子·儒效》

---

① [宋]洪兴祖:《楚辞补注》第一,中华书局1983年版。
② 《史记》卷一百三十,中华书局1959年版。
③ [汉]孔安国传,[唐]孔颖达疏:《尚书正义》卷二,《十三经注疏》,中华书局1980年版。
④ 朱自清:《诗言志辨序》,《朱自清全集》第六册,江苏教育出版社1990年版。
⑤ [晋]杜预注,[唐]孔颖达疏:《春秋左传正义》卷三十八,《十三经注疏》,中华书局1980年版。
⑥ [清]郭庆藩:《庄子集释·杂篇》,《诸子集成》,中华书局1954年版。

曰:"诗言是其志也。"①《礼记·乐记》曰:"诗,言其志也。"②相传为子夏所授之《诗序》曰:"诗者,志之所之也,在心为志,发言为诗,情动于中而形于言。"又曰:"情发于声,声成文谓之音。治世之音安以乐,其政和;乱世之音怨以怒,其政乖;亡国之音哀以思,其民困。故正得失,动天地,感鬼神,莫近于诗。先王以是经夫妇,成孝敬,厚人伦,美教化,移风俗。"③

诗,包括《诗经》,所表现的是一种志,此志关乎人情,情动于中,而形诸言以咏声音。此志随社会政治之不同而不同,治世则安而乐,乱世则怨而怒,亡国则哀而思。通过读诗,可以了解人情厚薄,风俗善恶,政治清浊。《诗序》论及国史作诗的动机及原则时说:

> 国史明乎得失之迹,伤人伦之废,哀刑政之苛,吟咏情性,以风其上,达于事变而怀其旧俗者也。故变风发乎情,止乎礼义。发乎情,民之性也;止乎礼义,先王之泽也。④

《诗经》变风变雅产生于"王道衰,礼义废,政教失,国异政,家殊俗"之时,虽有哀伤,而发情吟咏,却不可超越礼义之界限,要维护"上以风化下,下以风刺上,主文而谲谏"⑤的传统。所谓谲谏,便是用隐约的言辞劝谏,而不直言过失,朱熹称曰:"凡以风刺上者,皆不主于政事,而主于文辞,不以正谏,而托意以谏,若风之被物,彼此无心,而能有所动也。"⑥谲,《说文解字》曰:"权诈也。益梁曰谬,欺天下曰谲。"⑦谲谏是一种讲求策略性的进谏方式,用美丽婉转的言辞起到一种潜移默化的作用。所以,《礼记·经解》曰:"温柔敦厚,诗教也……其为人也,温柔敦厚而不愚,则深于诗者

---

① [清]王先谦:《荀子集解》卷四,《诸子集成》,中华书局1954年版。
② [汉]郑玄注,[唐]孔颖达疏:《礼记正义》卷三十八,《十三经注疏》,中华书局1957年版。
③ [汉]毛亨传、郑玄笺,[唐]孔颖达疏:《毛诗正义》卷一之一,《十三经注疏》,中华书局1980年版。
④ 同上。
⑤ [汉]毛亨传、郑玄笺,[唐]孔颖达疏:《毛诗正义》卷一之一《诗序》,《十三经注疏》,中华书局1980年版。
⑥ [宋]段昌武:《毛诗集解》卷一,《文渊阁四库全书·经部三·诗类》。
⑦ [清]段玉裁:《说文解字注》三篇上,上海古籍出版社1981年版。

也。"①

《诗》三百篇所言之志,必符合亲亲尊尊之义及恭俭庄敬之礼,其态度应是温柔而敦厚,孔子之言《关雎》"乐而不淫,哀而不伤"②,即表示一种乐不失正,哀不失和的中庸品性。《诗》之作用,体现为实现君臣、父子等级关系的现实需要。如果不能实现此目的,诗的作用也就不存在了。

又《汉书·艺文志》曰:

> 《书》曰:"诗言志,歌永言。"故哀乐之心感而歌咏之声发。诵其言谓之诗,咏其声谓之歌。故古有采诗之官,王者所以观风俗,知得失,自考正也。③

诗人哀乐感心而有志,此志有助于王化教育。在特定的创作动机和原则下,谲谏的风格、温柔敦厚的审美追求和尽忠尽孝的伦理原则束缚着文学之"志",即使诗中含有多少哀乐之心情,也不可能具有宣泄的特征,这样保证了讽谏者和听谏者都保持一个中和的心性,不至于形成极端的对立。《诗经》整理者的初衷,无疑是处心积虑的。

《诗经》有多处说到作诗,《魏风·葛屦》曰:"维是褊心,是以为刺。"④《陈风·墓门》曰:"夫也不良,歌以讯之。"⑤《小雅·四牡》曰:"是用作歌,将母来谂。"⑥《小雅·节南山》曰:"家父作诵,以究王讻。"⑦《小雅·何人斯》曰:"作此好歌,以极反侧。"⑧《小雅·巷伯》曰:"寺人孟子,作为此诗。凡百君子,敬而听之。"⑨《小雅·四月》曰:"君子作歌,维以告哀。"⑩《大

---

① [汉]郑玄注,[唐]孔颖达疏:《礼记正义》卷五十,《十三经注疏》,中华书局1957年版。
② 《论语·八佾》,[三国魏]何晏集解,[唐]陆德明音义,[宋]邢昺疏:《论语注疏》卷十五,《十三经注疏》,中华书局1980年版。
③ 《汉书》卷三十,中华书局1962年版。
④ [汉]毛亨传、郑玄笺,[唐]孔颖达疏:《毛诗正义》卷五之三,《十三经注疏》,中华书局1980年版。
⑤ 同上书卷七之一。
⑥ 同上书卷九之二。
⑦ 同上书卷十二之一。
⑧ 同上书卷十二之三。
⑨ 同上书卷十二之三。
⑩ 同上书卷十三之一。

雅·卷阿》曰:"矢诗不多,维以遂歌。"①《大雅·民劳》曰:"王欲玉女,是用大谏。"②《大雅·桑柔》曰:"虽曰匪予,既作尔歌。"③《大雅·崧高》曰:"吉甫作诵,其诗孔硕,其风肆好,以赠申伯。"④《大雅·烝民》曰:"吉甫作诵,穆如清风。"⑤朱自清指出:

> 这些诗的作意不外乎讽与颂,诗文里说得明白。像"以为刺"、"以讯之"、"以究王讻"、"以极反侧"、"用大谏",显言讽谏,一望而知。《四牡》篇的"将母来谂",《笺》:"谂,告也。⑥……作此诗之歌,以养父母之志来告于君也。"与《巷伯》的"凡百君子,敬而听之",《四月》的"维以告哀",都是自述苦情,欲因歌唱以告于在上位的人,也该算是讽一类了。《桑柔》的"虽曰匪予,既作尔歌",《笺》云:"女虽牴距,已言'此政非我所为',我已作女(汝)所行之歌,女(汝)当受之而无悔。"那么,也是讽了。为颂美而作的,只有《卷阿》篇的陈诗以"遂歌"和尹吉甫的两"诵"。《卷阿传》说"王使公卿献诗以陈其志","陈志"就是"言志"。因为是"献诗"或赠诗(如《嵩高》、《蒸民》),所以"言志"不出乎讽与颂,而讽比颂多。⑦

在上面的例子中,《诗经》的作者对于诗的讽谏或者颂赞的目的,表述得非常清楚。因为有主文谲谏的原则,所以,《诗经》虽然是演奏给周天子观民风的,却是讽谏占了上风。

如果说《诗经》言志,其愤懑表现为讽与颂的话,屈原的发愤,功用则多了许多。班固《汉书·地理志》云:"始楚贤臣被谗放流,作《离骚》诸赋以自伤悼。"⑧《汉书·艺文志》曰:"大儒孙卿及楚臣屈原,离谗忧国,皆作

---

① [汉]毛亨传、郑玄笺,[唐]孔颖达疏:《毛诗正义》卷十七之四,《十三经注疏》,中华书局1980年版。
② 同上书卷十七之四。
③ 同上书卷十八之二。
④ 同上书卷十八之三。
⑤ 同上。
⑥ 朱自清原注曰:"《说文·言部》:谂,深谏也。"《诗言志辨序》,《朱自清全集》第六册,江苏教育出版社1990年版。
⑦ 朱自清:《诗言志辨序》,《朱自清全集》第六册,江苏教育出版社1990年版。
⑧ 《汉书》卷二十八下,中华书局1962年版。

赋以风,咸有恻隐古诗之义。"①班固《离骚赞序》曰:"屈原以忠信见疑,忧愁幽思,而作《离骚》。离,犹遭也;骚,忧也。明己遭忧作辞也。……屈原痛君不明,信用群小,国将危亡,忠诚之情,怀不能已,故作《离骚》。上陈尧、舜、禹、汤、文王之法,下言羿、浇、桀、纣之失,以风怀王。……又作《九章赋》以讽。"②王逸《楚辞章句》曰:"屈原履忠被谮,忧悲愁思,独依诗人之义,而作《离骚》,上以讽谏,下以自慰。遭时暗乱,不见省纳,不胜愤懑,遂复作《九歌》以下,凡二十五篇。"③王逸《楚辞章句·离骚经序》曰:"屈原执履忠贞,而被谗邪,忧心烦乱,不知所诉,乃作《离骚经》。离,别也;骚,愁也;经,径也。言己放逐离别,中心愁思,犹依道径以风谏君也。故上述唐、虞三后之制,下序桀、纣、羿、浇之败,冀君觉悟,反于正道而还己也。……屈原放在草野,复作《九章》,援天引圣,以自证明。"④屈原之发愤所作,包含讽谏之意,而不仅仅止于讽谏,还有离忧别愁、自伤悼、自慰藉、自证明诸作用,其动力则是"怨"、"忧"、"愤懑"等。

三、发愤以抒情

屈原的发愤抒情,其情带有很多主体宣泄的特征,而不必止乎礼义;其目的是离忧、别愁、自伤悼、自慰藉、自证明,是追求自我的唯乐平衡,而不是实践其忠君尽孝的伦理义务。可以说,发愤抒情充溢着真实的感情,激荡着饱满的批判精神,比之《诗经》更激烈,更执着。

屈原作品二十五篇,除《九歌》十一篇之外,其余如《离骚》、《天问》、《九章》之《惜诵》、《涉江》、《哀郢》、《抽思》、《怀沙》、《思美人》、《惜往日》、《橘颂》、《悲回风》九篇,以及《远游》、《卜居》、《渔父》,无不兼有发愤以抒情的特征,王逸《楚辞章句》序屈原诸辞赋创作大义说:

《天问》者,屈原之所作也。……屈原放逐,忧心愁悴,彷徨山泽,

---

① 《汉书》卷三十,中华书局1962年版。
② [宋]洪兴祖:《楚辞补注》第一,中华书局1983年版。
③ 同上书第一。
④ 同上。

经历陵陆,嗟号昊旻,仰天叹息。见楚有先王之庙及公卿祠堂,图画天地山川神灵,琦玮僪佹,及古贤圣怪物行事。周流罢倦,休息其下,仰见图画,因书其壁,呵而问之,以渫愤懑,舒泻愁思。①

屈原放于江南之野,思君念国,忧心罔极,故复作《九章》。②

《远游》者,屈原之所作也。屈原履方直之行,不容于世,上为谗佞所谮毁,下为俗人所困极,章皇山泽,无所告诉,乃深惟元一,修执恬漠,思欲济世,则意中愤然,文采铺发,遂叙妙思,托配仙人,与俱游戏,周历天地,无所不到。然犹怀念楚国,思慕旧故,忠信之笃,仁义之厚也。③

《卜居》者,屈原之所作也。屈原体忠贞之性,而见嫉妒,念谗佞之臣,承君顺非,而蒙富贵。己执忠直而身放弃,心迷意惑,不知所为。乃往至太卜之家,稽问神明,决之蓍龟,卜己居世何所宜行,冀闻异策,以定嫌疑,故曰《卜居》也。④

《渔父》者,屈原之所作也。屈原放逐,在江湘之间,忧愁叹吟,仪容变易,而渔父避世隐身,钓鱼江滨,欣然自乐,时遇屈原川泽之域,怪而问之,遂相应答。⑤

洪兴祖《楚辞补注》说《九章》诸篇大义,以为《惜诵》"言己以忠信事君,可质于明神,而为谗邪所蔽,进退不可,惟博采众善以自处而已";《涉江》"言己佩服殊异,抗志高远,国无人知者,徘徊江之上,叹小人在位,而君子遇害也";《哀郢》"言己虽被放,心在楚国,徘徊而不忍去,蔽于谗谄,思见君而不得";《抽思》"言己所以多忧者,以君信谀而自圣,眩于名实,昧于施报,己虽忠直,无所赴愬,故反复其词,以泄忧思也";《怀沙》"言己虽放逐,不以穷困易其行,小人蔽贤,群起而攻之,举世之人,无知我者,思古人而不得见,仗节死义而已";《思美人》"言己思念其君,不能自达,然反观

---

① [宋]洪兴祖:《楚辞补注》第三,中华书局1983年版。
② 同上书第四。
③ 同上书第五。
④ 同上书第六。
⑤ 同上书第七。

初志,不可变易,益自修饬,死而后已也";《惜往日》"言己初见信任,楚国几于治矣。而怀王不知君子小人之情状,以忠为邪,以谮为信,卒见放逐,无以自明也";《悲回风》"言小人之盛,君子所忧,故托游天地之间,以泄愤懑,终沈汨罗,从子胥、申徒,以毕其志也"①。可以发现,屈原在他的作品中,既抒发他对君主佞臣和世俗的憎恨,也表现了他对楚国命运的关怀,以及他绝不与奸佞小人同流合污,誓死以报的决心。

弗洛伊德以本我、自我、超我为人格之主要部分,本我、自我和超我的不协调,会产生对自己的不满和对世界不满,本我的唯一功能是尽快发泄由于内部或外部刺激而引起的兴奋,其过程主要是冲动性活动和表象形式(或称愿望满足);冲动性行为实际上还可能因为招来外界的惩罚而给人增加紧张(痛苦)。人为了胜利地完成生活的需要,他必须考虑外界现实(环境),要么使自己适应于这个环境,要么使自己成为环境的主人,从社会上获得他所需要的一切。这样一些个人与社会环境之间的交易,需要人具备一个新的心理系统,即自我。自我要执行控制和指导本我及超我的责任。本我受唯乐原则支配,自我受唯实原则支配。本我要求苛刻,容易冲动,缺乏理性,孤独怪癖,它有靠幻想、幻觉体验及做梦来满足欲望的神奇威力,本我"是主观现实的世界,在那个世界里,寻求欢乐和躲避痛苦则是唯一重要的两个作用";自我的唯实原则教人忍耐和等待,就如一个小孩,他必须首先学会怎样辨认食物,直到找到可以食用的东西时再吃,而不是肚子一饿,不管什么东西随便往嘴里吃,是要"根据经过思考和推理(或称认识)而得出的行动计划去发现或创造现实",自我要"把心理的主观世界从现实的客观世界中分离出来"。自我唯实原则的实行,外部世界在人的生活中起着更为重要的作用,刺激知觉、记忆、思维和行动这样一些心理过程的发展和成熟。自我也有唯乐原则,产生幻想和白日梦,所不同的是自我能把幻想与现实区分开来。超我是人格在道义方面的分支,"它代表着理想的而不是现实的东西;它要努力达到的是完美而不是实际或快乐。超我是人的道德准则"。"本我只有宣泄。而自我和超我除

---

① [宋]洪兴祖:《楚辞补注》第四,中华书局1983年版。

宣泄外,还有反宣泄",宣泄即冲动的力量,反宣泄是抑制冲动的力量。"如果冲动力比抑制力强大,有的行动就会出现,有的模糊想法就会变成为较强的意识。如果反宣泄的力量大于宣泄的力量,行动和思想就会受到压抑"。宣泄与反宣泄的对抗,叫做内心冲突。内心冲突包括自我与本我、自我与超我的冲突。本我与超我的矛盾则仅仅表现为争夺自我为他们服务的特征。① 屈原的行为所表现出的宣泄特征,以及现实与理想的矛盾,正是本我与自我,自我与超我斗争的反映,发愤以抒情正是屈原宣泄的重要手段。

《离骚》、《天问》、《九章》之《惜诵》、《涉江》、《哀郢》、《抽思》、《怀沙》、《思美人》、《惜往日》、《悲回风》,以及《远游》、《卜居》、《渔父》等,作为屈原宣泄之作,通过作者悲愤之笔,既抒发了作者的愤懑之情,也为我们塑造了一位高阳苗裔的高贵、正直、清白、勇敢、敢怒敢怨、哀愁君主生民的富于激情的诗人形象。他极自负,对自己行为之正直,品德之高尚,才能之杰出深信不疑;他好修为常,佩香饰花,饮露餐风,超凡入圣,不隐晦自己的爱憎好恶及奇才卓行;他从不逆来顺受,遭受众人诋毁、君主贬斥之时,感激爱变,显暴君过,叱问神祇;他性格刚烈,疾恶如仇,不容于世,愤而沉江;他执着理想,九死不悔,其所作《九章·橘颂》云:

> 后皇嘉树,橘徕服兮。受命不迁,生南国兮。深固难徙,更壹志兮。绿叶素荣,纷其可喜兮。曾枝剡棘,圆果抟兮。青黄杂糅,文章烂兮。精色内白,类可任兮。纷缊宜脩,姱而不丑兮。嗟尔幼志,有以异兮。独立不迁,岂不可喜兮?深固难徙,廓其无求兮。苏世独立,横而不流兮。闭心自慎,不终失过兮。秉德无私,参天地兮。愿岁并谢,与长友兮。淑离不淫,梗其有理兮。年岁虽少,可师长兮。行比伯夷,置以为像兮。②

屈原以生于南国,深固难徙,苏世独立的橘树象征其坚韧不拔的品性,他的行为显示了对自身价值的充分肯定。

---

① 参见〔美〕卡尔文·斯·霍尔:《弗洛伊德心理学基础读本》,《弗洛伊德心理学与西方文学》,湖南文艺出版社 1986 年版。

② 〔宋〕洪兴祖:《楚辞补注》第四,中华书局 1983 年版。

宣泄的作品当然也是富于批判精神和战斗力的,屈原以抒情主人公的悲愤和怨愁批判了楚君的壅塞和群小的奸佞,世俗之谄媚;以抒情主人公的忠直和视死如归,歌颂了彭咸、比干、伍子胥等忠直之士的勇敢品质。这种批判精神在《离骚》中表现得尤为突出,屈原陈尧舜之耿介,称禹汤之祗敬,讥桀纣之猖披,伤羿浇之颠陨,每一顾而掩涕,叹君门之九重,依彭咸之遗则,从子胥以自适,可以说,是战国时代最忠直的人和最富于激情的人,其作品的批判精神也是最不加掩饰的。作品赞扬尧、舜之耿介,遵道而得路,禹、汤之俨而祗敬,以及周文、周武二王论道之不差,选贤授能,循绳墨不颇,无私阿,代表了屈原的理想君主模式。而夏后启的《九辩》与《九歌》等乐章,示其康娱自纵,"不顾难以图后兮,五子用失乎家巷",是亡国之君的典型。又"羿淫游以佚畋兮,又好射夫封狐;固乱流其鲜终兮,浞又贪夫厥家。浇身被服强圉兮,纵欲而不忍,日康娱而自忘兮,厥首用夫颠陨。夏桀之常违兮,乃遂焉而逢殃。后辛之菹醢兮,殷宗用之不长",自从《九辩》、《九歌》被夏后启偷回人间,开启娱乐之风,夏后康娱自纵,武观叛乱,遂起内讧。善射的夏部落有穷氏酋长羿因夏之乱而夺取政权,荒淫佚乐,不理政事,羿相寒浞派羿的学生逢蒙射死后羿,并霸占了羿的妻子,生子过浇。浇自恃强力,杀死夏后相。夏后相是太康之弟仲康之子;后来,少康杀浇为父相报仇,并复其国。夏桀违背常道,因此为商汤所灭,商纣王帝辛对臣民残暴,造成商朝很快灭亡。桀纣羿浇是暴君的代表,屈原欲楚王效法尧舜,而不学桀纣羿浇,但楚王不悟,他只能"长叹息以掩涕兮"①。

屈原的理想是远大的,其系念楚国的热情是赤诚的。《离骚》把他的政治理想概括为"美政",他说,"昔三后之纯粹兮,固众芳之所在","彼尧舜之耿介兮,既遵道而得路","汤禹俨而祗敬兮,周论道而莫差。举贤而授能兮,循绳墨而不颇,皇天无私阿兮,览民德焉错辅"②。《惜往日》曰:"奉先功以照下兮,明法度之嫌疑,国富强而法立兮,属贞臣而日娭。"③这

---

① 《楚辞·离骚》,[宋]洪兴祖:《楚辞补注》第一,中华书局1983年版。
② 同上。
③ 《楚辞·九章》,同上书第四。

种致君尧舜,选贤授能,国强法立的主张,正是他所处时代儒、法等诸子所共有的一种政治抱负。虽然他这种远大的抱负并无多少独特的内容,但他自己为在楚国这样一个上有昏君,下有佞臣的国度里,实现此理想,奔走先后,表现出了对楚君及国家的责任感,甚至因此而抛弃对个人得失的计较,《离骚》曰:"岂余身之惮殃兮,恐皇舆之败绩,忽奔走以先后兮,及前王之踵武","忽驰骛以追逐兮,非余心之所急"。又曰:"以余心之所善兮,虽九死其犹未悔","民生各有所乐兮,余独好修以为常。虽体解吾犹未变兮,岂余心之可惩","夫孰非义而可用兮,孰非善而可服。阽余身而危死兮,览余初其犹未悔"①。他执着于理想,不为形势的险恶所动摇,表现出为理想献身的巨大勇气。《惜诵》曰:"竭忠诚以事君兮","吾谊先君而后身"②。《哀郢》曰:"皇天之不纯命兮,何百姓之震愆?"③屈原一心惟念皇舆、君主、百姓,而不只为自己的得失所急,因此,他在被贬流放之时,感激爱变,并非仅仅悲叹自己一人的遭遇,而是慨叹所有正直之士的不为重用会导致国家的灭亡,黎民的灾难。《天问》曰:"悟过改更,我又何言?"④只要楚王迷途知返,他个人便无所怨恨。

刘安以为《离骚》具有《国风》之"好色而不淫",《小雅》的"怨诽而不乱"⑤。王逸为了肯定屈原作品的价值,以为《离骚》之文,"依托五经以立义焉"⑥,并用《离骚》与《诗》、《书》、《易》等对比,曰:

"帝高阳之苗裔",则"厥初生民,时惟姜嫄"也。"纫秋兰以为佩"则"将翱将翔,佩玉琼琚"也。"夕揽洲之宿莽",则《易》"潜龙勿用"也。"驷玉虬而乘鹥",则"时乘六龙以御天"也。"就重华而陈词",则《尚书》咎繇之谋谟也。"登昆仑而涉流沙",则《禹贡》之敷土也。⑦

---

① [宋]洪兴祖:《楚辞补注》第一,中华书局1983年版。
② 同上书第四。
③ 同上。
④ 同上书第三。
⑤ [汉]班固:《离骚序》,[宋]洪兴祖:《楚辞补注》第一,中华书局1983年版。
⑥ [汉]王逸:《楚辞章句序》,同上书。
⑦ 同上。

《诗·大雅·生民》有"厥初生民,时惟姜嫄"①二句,是说周族的先代稷是姜嫄所生,此与屈原称自己是高阳氏颛顼的后代意义相近;《诗·郑风·有女同车》曰:"将翱将翔,佩玉琼琚。"②此与《离骚》言"纫秋兰以为佩"③意义相近。《易·乾·初九》爻曰:"潜龙勿用。"④与《离骚》言"夕揽洲之宿莽"⑤意义相近。《易传·乾象》曰:"时乘六龙以御天。"⑥与《离骚》之言"驷玉虬而乘鹥"⑦意义相近。《尚书》有《皋陶谟》⑧,皋陶即咎繇,舜帝时,与伯夷、禹同在舜前议论⑨,《离骚》言"就重华而陈词",重华即舜⑩。《离骚》曰"邅吾导夫昆仑兮","忽吾行此流沙兮"⑪,《尚书·禹贡》则有"禹敷土,随山刊木,奠高山大川"⑫之句。

王逸不仅指出《离骚》与六经有意义上的联系,同时又肯定屈原与《诗经》相比,要优游婉顺得多。《楚辞章句序》曰:

> 且诗人怨主刺上,曰:"呜呼小子,未知臧否。匪面命之,言提其耳。"风谏之语,于斯为切。然仲尼论之,以为大雅。引此比彼,屈原之词,优游婉顺。⑬

《诗·大雅·抑》有"呜呼小子,未知臧否……匪面命之,言提其耳"之

---

① [汉]毛亨传,郑玄笺,[唐]孔颖达疏:《毛诗正义》卷十七之一,《十三经注疏》,中华书局1980年版。
② 同上书卷四之三。
③ [宋]洪兴祖:《楚辞补注》第一,中华书局1983年版。
④ [三国魏]王弼、[晋]韩康伯注,[唐]孔颖达疏:《周易正义》卷一,《十三经注疏》,中华书局1980年版。
⑤ [宋]洪兴祖:《楚辞补注》第一,中华书局1983年版。
⑥ [三国魏]王弼、[晋]韩康伯注,[唐]孔颖达疏:《周易正义》卷一,《十三经注疏》,中华书局1980年版。
⑦ [宋]洪兴祖:《楚辞补注》第一,中华书局1983年版。
⑧ [汉]孔安国传,[唐]孔颖达疏:《尚书正义》卷四,《十三经注疏》,中华书局1957年版。
⑨ 咎繇事见《尚书·尧典》,同上书卷二。又《史记》卷一《五帝本纪》,中华书局1959年版。[清]梁玉绳:《汉书古今人表考》卷二,《〈史记〉〈汉书〉诸表订补十种》,中华书局1982年版。
⑩ 《史记·五帝本纪》曰:"虞舜者,名曰重华。"《史记》卷一,中华书局1959年版。
⑪ [宋]洪兴祖:《楚辞补注》第一,中华书局1983年版。
⑫ [汉]孔安国传,[唐]孔颖达疏:《尚书正义》卷六,《十三经注疏》,中华书局1957年版。
⑬ [宋]洪兴祖:《楚辞补注》第一,中华书局1983年版。

句,《诗序》以为卫武公刺周厉王所作①。"幽厉昏而《板》、《荡》怒,平王微而《黍离》哀"②,周幽王、周厉王昏庸,所以《大雅》多愤怒之声,《诗经》虽有极强烈的讽谏之语,屈原之行为及辞赋,也有其刚烈奇崛之处,谓为优游婉顺,显然不能概括其发愤宣泄之特征。唐杜牧曰:"骚有感怨刺怼,言及君臣理乱,时有以激发人意。"③杜牧肯定屈原言君臣治乱,但其方式是感怨刺怼,其效果可以激发人意,这显然是优游婉顺所不可能具有的力量。

屈原以宣泄的特征发愤抒情,其所宣所泄,既有对自己的充分肯定,也有对昏庸君主的怨恨,奸佞小人的憎恶,同时,还表现了自己美好的理想及对理想不屈不挠地追求的决心。他责数君王、群小、天命,又称"昆仑冥婚宓妃虚无之语"④,正是通过宣泄、幻想、幻觉、梦境来实现本我的唯乐原则,他称"宁溘死而流亡兮,恐祸殃之再有"⑤、"宁逝死而流亡兮,不忍为此常愁"⑥,自杀本身,也是他在唯乐原则支配下,对沉浊现实不满的一种彻底的宣泄形式。

屈原清楚地了解他正直的性格会招来祸患,自我的理智告诉他应该远离是非之地,但超我的理想执着地把他推上了伏清白而死直的道路。在屈原的行为中,是本我战胜了自我,超我战胜了自我,也即感情战胜了理智,理想战胜了现实,他怨恶、冲动、宣泄、自负、幻想,抛弃唯实原则,而以唯乐原则为准绳,追求一种心理的平衡与理想的完美。这种感性的、重情感与理想的主观态度,正是一种诗人所具有的特征,"诗缘情而绮靡"⑦,文学的价值,与作家幻想、虚构的白日梦特征紧密联系。孔子在遭遇坎坷之时没有如屈原一般寻求宣泄,正因为他的自我理智足以忍受寂

---

① [汉]毛亨传,郑玄笺,[唐]孔颖达疏:《毛诗正义》卷十八之一,《十三经注疏》,中华书局1980年版。
② [南朝梁]刘勰:《文心雕龙·时序》,吴林伯:《文心雕龙义疏》,武汉大学出版社2002年版。
③ [唐]杜牧:《太常寺奉礼郎李贺歌诗集序》,《全唐文》卷七百五十三,上海古籍出版社1990年版。
④ [汉]班固:《离骚序》,[宋]洪兴祖:《楚辞补注》第一,中华书局1983年版。
⑤ 《惜往日》,同上书第四。
⑥ 《悲回风》,同上书第四。
⑦ [晋]陆机:《文赋》,《陆机集》卷一,中华书局1982年版。

寞和孤独,能清醒地认识到自己的处境,而屈原在预见自己的结局的状况下,不能舍弃希望,不能和光同尘,正是缘于他重视主观感受,重视自己的情感体验,不能为求全避害而效法世俗媚态,或掩饰自己的爱憎出世高蹈。

司马迁与王逸看到了屈原的宣泄特征,但却不能认识到屈原的宣泄是一个诗人激情的表现,是理智的人所不可能采取的一种激烈的表达方式。屈原以其行为及著作,为我们展现了一位富于正义感与激情,对理想执着追求,与邪恶水火不容,自负、孤独的诗人人格,这种人格蕴涵了对感情的肯定,对个性的张扬,对自我的充分尊重,因而他能成为中国正直知识分子所歌咏赞叹的典范。他的人格的魅力,也正在于他通过其行为所表现出的奇特的个性风格。

宋晁补之《续楚辞序》曰:

> 君臣之道微,寇帝方兴,而原一人焉,以不获乎上而不怨,犹眷顾楚国,系心怀王不忘,而望其改也。……其终不我还也,于是乎自沈。与夫去君事君,朝楚而暮秦,行若犬彘者比,谓原虽与日月争光可也,岂过乎哉?……原惟可以无死,行过乎恭,使原不得则龙蛇,虽归洁其身,而《离骚》亦不大耀,则世是所以贤原者,亦由其忠死,故其言至于今不废也。①

战国士人朝楚暮秦,正表现了一种独立的自由人格,比之犬彘,则太过苛刻,但屈原不去楚,自沉而死,其行为独特,与其文相辉映,没有屈原独特的人格,便不会有光彩照人的《离骚》等辞赋。

说到宣泄的抒情特征,我们还不得不提出屈原作品中的至奇之作《天问》。《天问》在艺术手法上有其独到之处,在于以诘问的形式,就古往今来自然、社会的种种传说提出诘难,如怀疑天命曰:"天命反侧,何罚何佑?齐桓九会,卒然身杀?"②天祐善人,但齐桓公九合诸侯,不以兵车,保护了中原人不被发左衽,却招致杀身之祸,这种惩罚或保祐又在什么地方呢?

---

① [宋]晁补之:《鸡肋集》卷三十六,《文渊阁四库全书·集部三·别集类二》。
② [宋]洪兴祖:《楚辞补注》第三,中华书局1983年版。

又曰:"皇天集命,惟何戒之? 受礼天下,又使至代之?"①天赐殷命,殷却为周所代,这又是为什么呢?

《天问》的诘难,自开天辟地"谁传道之"②为始,从头至尾提出了数以百计的问题,几乎涉及了关于自然形成,开天辟地,天象,地理,夏、商、周三代的兴衰,春秋史实,楚国政治等各个方面的问题,而其出发点又是对传说的史实的反诘,这便充分地表现出了他那种勇敢的怀疑精神和批判精神,这种以独立思考为前提的怀疑与批判,与其自负、自傲、自信一样,实际上是一种个性解放的个人主义、自由主义的表现。《天问》虽是咏史诗,但也是屈原通过咏史题材发表其自然、人生、社会观的抒愤诗,是屈原情感的大宣泄。

第三节 《九歌》主旨新解

《九歌》是屈原创作的一组诗歌,《史记·屈原贾生列传》没有提《九歌》,所以也就无由从司马迁那里考察《九歌》的创作时间,不过,王逸《楚辞章句序》指出:"昔者孔子睿圣明哲,天生不群,定经术,删诗书,正礼乐,制作《春秋》,以为后王法,门人三千,罔不昭达,临终之日,则大义乖而微言绝。其后周室衰微,战国并争,道德陵迟,谲诈萌生,于是杨、墨、邹、孟、孙、韩之徒各以所知,著造传记,或以述古,或以明世。而屈原履忠被谮,忧悲愁思,独依诗人之义而作《离骚》。上以讽谏,下以自慰。遭时暗乱,不见省纳,不胜愤懑,遂复作《九歌》以下凡二十五篇。"③按照王逸的意见,屈原先作《离骚》,而后才作《九歌》及其他作品。《九歌》的创作时间,应该在《离骚》之后、《九章》等其他作品之前。根据《九歌》诸篇的特点看,这一组诗,未必作于同一时间、同一地点。但《国殇》为最后的作品,大概是没有问题的。孙作云先生认为《国殇》的写作时间在楚怀王十七年春天

---

① [宋]洪兴祖:《楚辞补注》第三,中华书局1983年版。
② 同上。
③ 同上书第二。

秦楚大战后,即公元前312年左右①,可以作为一个参考。

一、《九歌》的命名及组成

《九歌》与《九辩》一样本来是古代的乐歌名,是在夏代就存在的乐歌。传为三《易》之一的《归藏·启筮篇》载:"昔彼九冥,是与帝《辩》同宫之序,是为《九歌》。"又说:"不得窃《辩》与《九歌》,以国于下。"②而《山海经·大荒西经》载:"西南海之外,赤水之南,流沙之西,有人珥两青蛇,乘两龙,名曰夏后开。开上三嫔于天,得《九辩》与《九歌》以下。此天穆之野,高二千仞。开焉得始歌《九招》。"③根据以上记载可知,《九歌》、《九辩》应该是夏后启时代就存在的乐歌。当然,说此二乐歌是夏后启偷之于天的音乐,显然缺乏足够的证据,但是,《九歌》、《九辩》的存在早于屈原、宋玉,却是无疑。楚辞的《九歌》、《九辩》得名,应该是从这里开始的。④《离骚》、《涉江》、《哀郢》、《抽思》、《怀沙》等辞皆有"乱",显然是入乐诗章,而《九歌》、《九辩》原本就是乐章,屈原、宋玉只是沿旧有乐章作新歌而已。

《尚书·大禹谟》曰:

> 禹曰:"於,帝念哉!德惟善政,政在养民。水、火、金、木、土、谷,惟修;正德、利用、厚生,惟和。九功惟叙,九叙惟歌。戒之用休,董之用威,劝之以《九歌》,俾勿坏。"⑤

《左传·文公七年》晋郤缺对赵宣子说:

> 《夏书》曰:"戒之用休,董之用威,劝之以《九歌》,勿使坏。"九功之德,皆可歌也,谓之《九歌》。六府三事,谓之九功。水、火、金、木、

---

① 孙作云:《秦〈诅楚文〉释要》,《孙作云文集》之《楚辞研究》(上),河南大学出版社2003年版。
② 《玉函山房辑佚书》有《归藏》佚文,上海古籍出版社1990年影印本。《周礼·春官·宗伯》曰:"太卜掌三易之法,一曰《连山》,二曰《归藏》,三曰《周易》,其经卦皆八,其别皆六十有四。"[汉]郑玄注,[唐]贾公彦疏:《周礼注疏》卷二十四,《十三经注疏》,中华书局1980年版。
③ 袁珂:《山海经校注》,上海古籍出版社1980年版。
④ 参见褚斌杰:《楚辞要论》,北京大学出版社2003年版。
⑤ [汉]孔安国传,[唐]孔颖达疏:《尚书正义》卷四,《十三经注疏》,中华书局1980年版。

土、谷,谓之六府;正德、利用、厚生,谓之三事。①

所谓《九歌》,实际上是夏朝歌颂"六府三事"九功的宫廷音乐。六府惟修,三事惟和,六府三事,分别代表了中国上古社会人们对物质世界与社会、人生的观念,夏人歌颂九功,自不可能从理论上给六府三事以总结,原始思维往往是把抽象的概念幻化为具象的神祇。不难想象三代之世,虽不再是蒙昧世界,但文明初期,自有原始社会痕迹。夏人把六府三事幻化为神祇,歌颂之时,先有迎神曲,诸神粉墨登场,然后九神各有一歌,最终送神为结。这大约就是屈原作《九歌》时所依据的蓝本。

《九歌》是屈原作品中具有浓郁祭祀特征的一组诗歌,王逸《楚辞章句·九歌序》说:

> 《九歌》者,屈原之所作也。昔楚国南郢之邑,沅湘之间,其俗信鬼而好祠。其祠必作歌乐鼓舞以乐诸神。屈原放逐,窜伏其域,怀忧苦毒,愁思沸郁。出见俗人祭祀之礼,歌舞之乐,其词鄙俗,因为作《九歌》之曲。上陈事神之敬,下见己之冤结,托之以讽谏,故其文意不同,章句杂错,而广异义焉。②

王逸的话,包含三层意思,一是说楚地南郢之邑,沅湘之间,有信鬼好祠的风俗,每当祭祀之时,必作鼓舞歌乐,以乐诸神;二是说屈原在放逐过程中,深入到南郢之邑,沅湘之间,接触到当地的鼓舞歌乐,改其鄙俗风格,而成《九歌》新曲;三是说屈原《九歌》包含事神、舒冤、讽谏三个目的。

王逸之说,为朱熹所继承,其《楚辞集注》指出:

> 荆蛮陋俗,词既鄙俚,而其阴阳人鬼之间,又或不能无亵慢淫荒之杂。原既放逐,见而感之,故颇为更定其词,去其泰甚。而又因彼事神之心,以寄吾忠君爱国、眷恋不忘之意。③

王逸与朱熹都指出了《九歌》与旧乐章的关系,但却没有说明屈原《九歌》与旧有《九歌》乐章的关系;又说楚俗信鬼,事神之词鄙俗,而没有强调

---

① [晋]杜预注,[唐]孔颖达疏:《春秋左传正义》卷十九上,《十三经注疏》,中华书局1980年版。
② [宋]洪兴祖:《楚辞补注》第二,中华书局1983年版。
③ [宋]朱熹:《楚辞集注》卷二,上海古籍出版社2001年版。

旧《九歌》乐章实际上是一种宫廷音乐，非楚民间歌谣，也非楚国所独有。

《九歌》、《九辩》是古代乐歌名，屈原也多次提到了《九辩》、《九歌》与夏后启的关系，如《离骚》云："启《九辩》与《九歌》兮，夏康娱以自纵。"又云："奏《九歌》而《舞》、《韶》兮，聊假日以媮乐。"①又《天问》云："启棘宾商，《九辩》、《九歌》。"②在这些地方，屈原所说的《九辩》、《九歌》，与《楚辞》中的《九辩》、《九歌》显然不是一种。

王逸《楚辞章句》云："《九歌》，《九德》之歌，禹乐也。《韶》，《九韶》，舜乐也。《尚书》'箫韶九成'。言已德高智明，宜辅舜禹，以致太平。奏《九德》之歌，《九韶》之舞，而不遇其时，故假日游戏媮乐而已。"③此处"舞"不当为动词，而应该是《论语·卫灵公》所云"颜渊问为邦。子曰：'行夏之时，乘殷之辂，服周之冕，乐则《韶》、《舞》。放郑声，远佞人，郑声淫，佞人殆。'"④一句中提到的《舞》乐，《舞》即《武》。"奏《九歌》而《舞》、《韶》"即奏《九歌》与《舞》、《韶》。

《九歌》、《九辩》原本是夏代的乐章，而屈原又在自己的诗歌中多次提到《九歌》、《九辩》，并且把《九歌》、《九辩》与《韶》、《舞》等乐并列在一起，说明在屈原时代，夏禹的《九歌》、《九辩》乐章还存在，并且应该是宫廷音乐，而不是民间音乐。另外，如果说屈原和宋玉分别作《九歌》、《九辩》，而与夏后启的乐歌完全没有干系，显然是不能让人信服的。《九歌》描述的音乐场面极其盛大。20世纪以来发掘的春秋战国时期楚国贵族坟墓中的乐器，有编钟、编磬、鼓、瑟、琴、竽、篪、排箫等，与《九歌》所载乐器大体相同，由此可推测《九歌》至少曾经在宫廷演奏过。所以，屈原的《九歌》、宋玉的《九辩》理应与夏后启的宫廷音乐《九歌》、《九辩》有关系，只是其间究竟什么关系，我们就不得而知了。

《楚辞·九歌》包括《东皇太一》、《云中君》、《湘君》、《湘夫人》、《大司

---

① [宋]洪兴祖：《楚辞补注》第一，中华书局1983年版。
② 同上书第三。
③ 同上书第二。
④ [三国魏]何晏集解，[唐]陆德明音义，[宋]邢昺疏：《论语注疏》卷十五，《十三经注疏》，中华书局1980年版。

命》、《少司命》、《东君》、《河伯》、《山鬼》、《国殇》、《礼魂》等作品十一篇。王逸《楚辞章句·九歌序》没有对《九歌》的"九"给予解释，《楚辞章句·九辩序》则指出：

> 《九辩》者，楚大夫宋玉之所作也。辩者，变也，谓陈道德以变说君也。九者，阳之数，道之纲纪也。故天有九星，以正机衡；地有九州，以成万邦；人有九窍，以通精明。屈原怀忠贞之性而被谗邪，伤君暗蔽，国将危亡，乃援天地之数，列人形之要，而作《九歌》、《九章》之颂，以讽谏怀王。明己所言，与天地合度，可履而行也。①

王逸认为，"九"是一个体现纲纪的数字，天有九星，地有九州，人有九窍，屈原之所以选择"九"作为他的诗歌篇名，是为了体现效法天地的意思。按照王逸所说，《九歌》的"九"，不一定按照实数或者虚数来处理，应该表示的是天地的道理。因为很明显，即使是王逸，也没有把《九辩》当作九篇作品来处理。这样，如果理解《九歌》的十一篇与《九章》的九篇，都不过是数字的巧合而已，与篇名关系不大，也未尝不可。

但是，王逸关于九的解释，显然比较牵强。既然同样作为屈原作品的《九章》是九篇，《九歌》当然也存在着九篇的可能性。林云铭《楚辞灯》认为，《九歌》十一篇，实际应该是九篇，因为《山鬼》、《国殇》、《礼魂》实际是一篇②。但他同时也指出，不必对《九歌》是否实数的问题太过认真追究，这似乎表明林云铭对自己提出的建议方案并没有足够的信心。

蒋骥《山带阁注楚辞》曰："《九歌》本十一章，其言九者，盖以神之类有九而名，两《司命》类也，《湘君》与《（湘）夫人》亦类也。神之同类者，所祭之时与地亦同，故其歌合言之。"③蒋骥认为《九歌》十一篇，应该是两《司命》为一篇，二《湘》为一篇，因为这几篇作品所祀神有类似处，并且祭祀的时间、地点也相同。

近代以来，如郑振铎、孙作云、闻一多等人，都主张九篇说，《九歌》十一篇，所祀九神而已，因为《九歌》的第一篇和最后一篇不应算在内，第一

---

① [宋]洪兴祖：《楚辞补注》第二，中华书局1983年版。
② [清]林云铭：《楚辞灯·九歌》，《四库全书存目丛书》，齐鲁书社1997年版。
③ [清]蒋骥：《山带阁注楚辞》，上海古籍出版社1984年版。

篇《东皇太一》是迎神曲,最后一篇《礼魂》是送神曲①。试想,在演奏《九歌》之时,既然为了娱乐诸神,先有迎神总歌,诸神粉墨登场,然后九神各有一歌,最终送神为结,以此来解释为什么《九歌》有十一篇,也不算没有道理。

实际上,就《九歌》内容来看,除《国殇》外,其他诸篇都是有关神的内容,而《礼魂》篇幅极短,可能不能独立存在,所以,明人陆时雍《楚辞疏》认为"《国殇》、《礼魂》不属《九歌》"②。清人李光地《离骚经九歌解义》③、徐焕龙《楚辞洗髓》④、王闿运《楚辞释》都认为《国殇》、《礼魂》不在《九歌》之中,王闿运指出:

> 此《九歌》十一篇。《礼魂》者,每篇之乱也。《国殇》旧祀所无,兵兴以来新增之,故不在数。⑤

他认为在《九歌》十一篇中,前九篇和最后的《礼魂》是《九歌》九篇的内容,而《国殇》不是本来就有的,《礼魂》虽然是《九歌》的组成部分,但不是九篇的构成部分,而是辅助的乱词,不能独立成篇。关于《国殇》的归属,刘永济提出《国殇》是司马迁《史记·屈原贾生列传》中所提到的屈原作品《招魂》⑥;《礼魂》为送神曲,为前面九篇的乱词⑦。谭介甫则认为《国殇》为屈原所作《招魂》,而《礼魂》为《国殇》之乱词⑧。

《九歌》之中,把《国殇》和《礼魂》排除在外的说法,是有道理的,因为《国殇》的确与《九歌》其他各篇不同,而《国殇》作为屈原所作《招魂》之说,

---

① 郑振铎:《插图本中国文学史》,人民文学出版社1957年版;孙作云:《九歌非民歌说》,《孙作云文集》之《楚辞研究》(上),河南大学出版社2003年版;闻一多:《什么是九歌》,《闻一多全集》,开明书店1948年版。

② [明]陆时雍:《楚辞疏》,明缉柳斋本,清康熙四十四年有文堂刻本。

③ [清]李光地:《离骚经九歌解义》不解释《国殇》、《礼魂》。清光绪四年李光廷刻《榕园丛书》乙集本。

④ [清]徐焕龙:《楚辞洗髓》认为《国殇》、《礼魂》不在九篇之中。清康熙三十七年无闷堂刊本。

⑤ [清]王闿运:《楚辞释》,清光绪十二年成都尊经书院刊本。

⑥ 《史记·屈原贾生列传》:"太史公曰:余读《离骚》、《天问》、《招魂》、《哀郢》,悲其志。"《史记》卷八十四,中华书局1959年版。有人认为此处《招魂》即指《楚辞》中署名宋玉的《招魂》。

⑦ 刘永济:《屈赋音注详解》卷三《九歌》、《国殇》,上海古籍出版社1983年版。

⑧ 谭介甫:《屈赋新编·本论》,中华书局1978年版。

也有一定说服力,而《礼魂》一篇,看作是《国殇》的乱词,也不无道理①。

虽然这样,我们关于《九歌》结构的认识,仍然不过是推测而已,今天研究《九歌》,还是应该把《九歌》十一篇看作是一个整体。《九歌》的写作时代,目前尚没有确凿的证据可以说明,大抵不是一时一地之作②。

二、东皇太一与云中君

《东皇太一》是《九歌》的第一篇。诗云:

> 吉日兮辰良,穆将愉兮上皇。抚长剑兮玉珥,璆锵鸣兮琳琅。瑶席兮玉瑱,盍将把兮琼芳。蕙肴蒸兮兰藉,奠桂酒兮椒浆。扬枹兮拊鼓,疏缓节兮安歌,陈竽瑟兮浩倡。灵偃蹇兮姣服,芳菲菲兮满堂。五音纷兮繁会,君欣欣兮乐康。③

太一神是天神中最尊贵的一个,居东方,所以称为东皇太一。"皇"为尊贵之意。战国文献中,常常提到"太一",如《庄子·列御寇》云:"太一形虚。"④《庄子·天下》云:"建之以常无有,主之以太一。"⑤《文子·自然》云:"天气为魂,地气为魄,反之玄妙,各处其宅,守之勿失,上通太乙。太乙之精,通合于天。天道默然,无容无则,大不可极,深不可测。常与人化,智不能得。"⑥《文子·下德》引老子之言云:"帝者体太一,……体太一

---

① 褚斌杰先生认为,《九歌》这组由屈原撰写的祭事诗,其内容是祭祀上帝、诸神,而最主要目的是为了祭奠死于国事的楚将士亡魂而作。在此基础上,褚先生认为,《礼魂》紧接于《国殇》之后,"国殇"是指为国捐躯的人,那么所谓"礼魂"也恰应是礼"国殇"之魂。因此,《礼魂》即礼"国殇"之魂,它原本的确是"乱辞",但它本为《国殇》所有,实际上就是《国殇》的"乱辞"。褚斌杰:《楚辞要论》,北京大学出版社 2003 年版。
② [清]王夫之《楚辞通释》以为乃被谗见疏至汉北所作,郭沫若《屈原研究》以为作于青年,游国恩《屈原》以为作于怀王十七八年。聂石樵:《屈原论稿》以为从《九歌》内容看,有南方沅湘,北方黄河,西方巫山,有各种神祇,故非一时一地之作。[清]王夫之:《楚辞通释》卷二,上海人民出版社 1975 年版。郭沫若:《屈原研究》,重庆群益出版社 1946 年版。游国恩:《屈原》,三联书店 1953 年版。聂石樵:《屈原论稿》,人民文学出版社 1992 年版。
③ [宋]洪兴祖:《楚辞补注》第二,中华书局 1983 年版。
④ [清]郭庆藩:《庄子集释》杂篇,《诸子集成》,中华书局 1954 年版。
⑤ 同上。
⑥ 王利器:《文子疏义》卷八,中华书局 2000 年版。

者,明于天地之情,通于道德之伦,聪明照于日月,精神通于万物,动静调乎阴阳,喜怒和乎四时,覆露皆道,博洽而无私,蜎飞蠕动,莫不仰德而生,德流方外,名声传乎后世。"①《吕氏春秋·仲夏纪第五·大乐》云:"音乐之所由来者远矣。生于度量,本于太一。太一出两仪,两仪出阴阳。"又云:"万物所出,造于太一,化于阴阳。"②《吕氏春秋·审分览第五·勿躬》云:"神合乎太一。"③《韩非子·饰邪》云:"初时者,魏数年东乡攻尽陶、卫,数年西乡以失其国,此非丰隆、五行、太一、王相、摄提、六神、五括、天河、殷抢、岁星,非数年在西也,又非天缺、弧逆、刑星、荧惑、奎台,非数年在东也。故曰:龟筴鬼神不足举胜,左右背乡不足以专战。然而恃之,愚莫大焉。"④

东皇太一神是最尊贵的神,但并不是楚地之神。东皇太一又是天子的祭祀对象,不是诸侯可以祭祀的,大约楚王奄王坐大后,模仿周天子,开始祭祀太一神,也未可知。作为《九歌》的第一篇,《东皇太一》所祀的是最尊贵的天神,但对于神的功德,并没有作正面歌颂,只是从环境气氛的渲染里表达出敬神之心,娱神之意。诗歌最初四句,简洁而又明了地写出了祭祀的时间与祭祀者们对东皇太一神的恭敬与虔诚。接着描述了祭祀所必备的祭品、瑶席、玉瑱,以及欢迎太一神的鲜花、美酒和佳肴。这期间,乐师们举槌击鼓,奏起舒缓、悠扬的音乐,预示着神将要降临了。末尾四句描述的是祭祀的高潮,神穿着美丽的衣服跳着动人的舞姿来到了人间。这时候钟鼓齐奏、笙箫齐鸣,欢乐气氛达到最高潮。末句"君欣欣兮乐康",描绘了东皇太一神安康欣喜的神态。全诗紧紧围绕着"祭神以祈福"这个中心问题,篇首以"穆将愉兮上皇"统摄全文,篇末以"君欣欣兮乐康"作结,一呼一应,贯穿着祭神时人们的精神活动,所以诗歌虽篇幅短小精悍,但层次清晰,生动展现了祭神的整个过程和场面,气氛热烈,给人一种既庄重又欢快的感觉,充分表达了人们对太一神的敬重与祈望。

---

① 王利器:《文子疏义》卷九,中华书局2000年版。
② [汉]高诱:《吕氏春秋注》卷五,《诸子集成》,中华书局1954年版。
③ 同上书卷十七。
④ [清]王先慎:《韩非子集解》卷五,《诸子集成》,中华书局1954年版。

《云中君》是《九歌》第二篇，其诗云：

> 浴兰汤兮沐芳，华采衣兮若英。灵连蜷兮既留，烂昭昭兮未央。謇将憺兮寿宫，与日月兮齐光。龙驾兮帝服，聊翱游兮周章。灵皇皇兮既降，猋远举兮云中。览冀州兮有余，横四海兮焉穷。思夫君兮太息，极劳心兮忡忡。①

云中君，王逸《楚辞章句》以为乃"云神丰隆也"②。《史记·封禅书》云："(高祖)后四岁，天下已定，诏御史，令丰谨治枌榆社，常以四时春以羊彘祠之。令祝官立蚩尤之祠于长安。长安置祠祝官、女巫。其梁巫，祠天、地、天社、天水、房中、堂上之属；晋巫，祠五帝、东君、云中君、司命、巫社、巫祠、族人、先炊之属；秦巫，祠社主、巫保、族累之属；荆巫，祠堂下、巫先、司命、施糜之属；九天巫，祠九天；皆以岁时祠宫中。其河巫祠河于临晋，而南山巫祠南山秦中。秦中者，二世皇帝。各有时日。"③又《汉书·郊祀志上》云："后四岁，天下已定，诏御史，令丰治枌榆社，常以时，春以羊、彘祠之。令祝立蚩尤之祠于长安。长安置祠祀官、女巫。其梁巫祠天、地、天社、天水、房中、堂上之属；晋巫祠五帝、东君、云中君、巫社、巫祠、族人炊之属；秦巫祠社主、巫保、族累之属；荆巫祠堂下、巫先、司命、施糜之属；九天巫祠九天：皆以岁时祠宫中。其河巫祠河于临晋，而南山巫祠南山、秦中。秦中者，二世皇帝也。各有时日。"④可见，云中君是汉代重要的神祇，是由晋巫所祭祀，《九歌》中的云中君，未必就是楚地之神，也不必为楚所独有。有人主张云中君是云梦泽之水神，也有人认为云中君是月神，这些说法虽然也有一定道理，但都是建立在推测的基础上。在汉代云中君虽然为晋巫所祭祀，我们也不能把云中君看作仅仅为晋地之神。《汉书·地理志下》云："云中郡，(秦置，莽曰受降，属并州)户三万八千三百三，口十七万三千二百七十。"⑤云中郡在今山西省境内，长城以外。今

---

① [宋]洪兴祖：《楚辞补注》第二，中华书局1983年版。
② 同上。
③ 《史记》卷二十八，中华书局1959年版。
④ 《汉书》卷二十五上，中华书局1962年版。
⑤ 同上书卷二十八下。

山西忻县西北有云中山，下有谷，云中水发源于此。又山西河津县西北亦有云中山，上有云中城。王夫之《楚辞通释》云："此云之神也。言中者，云气也，其聚散之灵，则神也。神行于气之中，君者其主宰。《汉书·郊祀志》有云中君，古盖特祀之，今从祀圜丘。"①作为云神的云中君，其居住地应该就是云中郡，所以，诗中才会有"猋远举兮云中"之语。

《云中君》所祀之神到底是云神、云梦泽之水神、月神还是云中郡地方神？出土文物为研究这个问题带来新的证据。1977年江陵天星观一号墓出土战国祭祀竹简有"云君"，显然是"云中君"的简称，可证云中君就是云神。汤漳平先生由楚墓竹简祭祀"云君"的记录结合《云中君》一诗的分析，认为《云中君》应该就是写祭云神的，其中描写云中君形象时，以一系列象征云彩形象的诗句来描写，如"灵连蜷兮既留"，"连蜷"即象征云彩在空中回环宛曲；"翱游周章"则是比喻云在空中往来翱翔时的疾速之状。"灵皇皇兮既降，飙远举兮云中，览冀州兮有余，横四海兮焉穷"四句，集中描绘了云朵的来去无定时，翱翔无定处，茫茫宇宙，自由驰骋的情状②。

本篇乃祭天上云神的诗歌，高度颂扬了云神的神威无边，泽及四海。前两句写神降临前人们所作的准备——香汤沐浴、华衣着身，虔诚之意毕现，表达人们对云神的祈求，从侧面也可看出云神的威严。接下四句写云中君"降临"祭堂，安然快乐地出现于神堂之上，颂其德泽"与日月兮齐光"。后六句写云神乘着龙车，身着彩服，逍遥遨游。"览冀州兮有余"正说明云神的恩德是遍及九州四海的。最后两句写祭者对神的依恋，云神既降而去，所以思之太息。

三、湘君与湘夫人

《湘君》和《湘夫人》是《九歌》的第三篇和第四篇，是楚国境内最大河流湘江水神的祭歌。《湘君》是湘水男神，《湘夫人》是湘水女神。后世一

---

① [清]王夫之：《楚辞通释》卷二，中华书局1959年版。
② 汤漳平：《从江陵楚墓竹简看〈楚辞·九歌〉》，《出土文献与〈楚辞·九歌〉》，中国社会科学文献出版社2004年版。

般认为湘君为死于苍梧的舜,湘夫人为投湘水殉情的舜之二妃,《礼记·檀弓上》:"舜葬于苍梧之野,盖二妃未之从也。"郑玄注云:"《离骚》所歌湘夫人,舜妃也"①。郦道元《水经注·湘水》:"大舜之陟方也,二妃从征,溺于湘水,神游洞庭之渊,出入潇湘之浦。"②张华《博物志》云:"尧之二女,舜之二妃,曰湘夫人。舜崩,二妃啼,以涕挥竹,竹尽斑。"又曰:"洞庭君山,帝之二女居之,曰湘夫人。"③也有主张湘君指舜与二妃的,如刘向《古列女传·有虞二妃传》:"舜陟方死于苍梧,二妃死于江、湘之间,俗谓之湘君。"④也有认为湘君是舜的二妃的说法,如《史记·秦始皇本纪》载始皇南巡,至湘山祠。遇大风,"上问博士曰:'湘君何神?'博士对曰:'闻之,尧女,舜妻,而葬此。'"⑤洪兴祖《楚辞补注》认为"尧之长女娥皇,为舜正妃,故曰君。其二女女英,自宜降曰夫人也。故《九歌》词谓娥皇谓君,谓女英帝子,各以其盛者,推言之也。礼有小君、君母,明其正,自得称君也"⑥。朱熹《楚辞集注》引韩子语"娥皇正妃,故称君,女英自宜降为夫人"⑦。我们认为,还是以湘君为湘水男神,湘夫人为湘水女神较合理。

《湘君》诗云:

> 君不行兮夷犹,蹇谁留兮中洲?美要眇兮宜修,沛吾乘兮桂舟。令沅、湘兮无波,使江水兮安流。望夫君兮未来,吹参差兮谁思?驾飞龙兮北征,邅吾道兮洞庭。薜荔柏兮蕙绸,荪桡兮兰旌。望涔阳兮极浦,横大江兮扬灵。扬灵兮未极,女婵媛兮为余太息!横流涕兮潺湲,隐思君兮陫侧。桂棹兮兰枻,斲冰兮积雪。采薜荔兮水中,搴芙蓉兮木末。心不同兮媒劳,恩不甚兮轻绝。石濑兮浅浅,飞龙兮翩翩。交不忠兮怨长,期不信兮告余以不闲。鼌骋骛兮江皋,夕弭节兮

---

① [汉]郑玄注,[唐]孔颖达疏:《礼记正义》卷七,《十三经注疏》,中华书局1980年版。此处《离骚》代指屈原的作品。
② [北魏]郦道元:《水经注》卷三十八,杨守敬、熊会贞:《水经注疏》,上海古籍出版社1989年版。
③ [晋]张华撰,范宁校证:《博物志校证》,中华书局1980年版。
④ [汉]刘向:《古列女传》,《丛书集成初编》,中华书局1985年版。
⑤ 《史记》卷六,中华书局1959年版。
⑥ [宋]洪兴祖:《楚辞补注》第二,中华书局1983年版。
⑦ [宋]朱熹:《楚辞集注》卷二,上海古籍出版社2001年版。

北渚。鸟次兮屋上,水周兮堂下。捐余玦兮江中,遗余佩兮澧浦。采芳洲兮杜若,将以遗兮下女。

时不可兮再得,聊逍遥兮容与。①

《湘君》为祭湘水神的诗歌。表达了湘夫人由希望到失望再到怀疑、哀伤以至怨恨的复杂感情。该诗首先描写湘夫人对湘君热烈的等待和期望:湘君啊,你还犹豫什么呢,你是为了谁还逗留在那个小岛之上呢?我还是打扮一下驾起小舟来迎接你吧,江水啊,不要掀起波澜,安静地流淌吧,让我的湘君早一些到来。可她始终未能如愿,于是失望地吹起了哀怨的排箫,倾吐对湘君的无限思念,希望湘君听到熟悉的曲调后闻声赶来。洪兴祖注引《风俗通》云,"舜作箫,其形参差,象凤翼",并认为"此言因吹箫而思舜也"②。

这幅佳人望断秋水图千百年来打动着无数人的心,"驾龙兮北征"至"隐思君兮陫侧"描写了湘夫人的急切心情。由于湘君久等不至,湘夫人便驾着轻舟向北往洞庭湖去寻找,忙碌地奔波在湖中江岸,她从湘江北上,转道洞庭,西望涔阳极浦,而后进入大江,走遍了洞庭湖及周围的主要江河,仍然不见湘君的踪影。湘夫人执着的追求使身边的侍女也为她叹息。旁人的叹息,深深地触动和刺激了湘夫人,她更加悲伤与委屈,因而伤心痛哭以至泪如泉涌。接着十句写由失望至极而生的怨恨之情。诗中连用几个比喻来描写其失望的痛苦:兰桂制成的桨、舵,怎能敲开坚冰积雪?水中如何采得生长在山上的薜荔?树梢上又怎能摘到生长于水中的芙蓉花?湘君"心不同"、"恩不甚"、"交不忠"、"期不信",自己的追求不过是一种徒劳。所谓爱之愈深,责之愈切,湘夫人的愤激之语,把一个大胆追求爱情的女子的内心世界表现得淋漓尽致。

由"鼂骋骛兮江皋"至结束为诗歌的最后部分,描述了湘夫人再次回到约会地"北渚"时,还是没有见到湘君的痛苦之情,她毅然把代表爱慕和忠贞的信物玉环抛入江中。最后四句则写湘夫人心情平静下来后内心的

---

① [宋]洪兴祖:《楚辞补注》第二,中华书局1983年版。
② 同上。

失望与不安,她既希望再次见到湘君,又怀疑见面的机会不会再来,只得在无聊中往返徘徊,消磨时光。结尾余音袅袅,与篇首的疑问遥相呼应,给人留下想象的空间。

《湘夫人》诗云:

> 帝子降兮北渚,目眇眇兮愁予。嫋嫋兮秋风,洞庭波兮木叶下。登白薠兮骋望,与佳期兮夕张。鸟萃兮蘋中?罾何为兮木上?沅有芷兮澧有兰,思公子兮未敢言。荒忽兮远望,观流水兮潺湲。麋何食兮庭中?蛟何为兮水裔?朝驰余马兮江皋,夕济兮西澨。闻佳人兮召予,将腾驾兮偕逝。筑室兮水中,葺之兮荷盖。荪壁兮紫坛,匊芳椒兮成堂。桂栋兮兰橑,辛夷楣兮药房。罔薜荔兮为帷,擗蕙櫋兮既张。白玉兮为瑱,疏石兰兮为芳。芷葺兮荷屋,缭之兮杜衡。合百草兮实庭,建芳馨兮庑门。九嶷缤兮并迎,灵之来兮如云。捐余袂兮江中,遗余褋兮澧浦。搴汀洲兮杜若,将以遗兮远者。时不可兮骤得,聊逍遥兮容与。①

作为《湘君》的姊妹篇,《湘夫人》为祭湘水女神的诗歌,描述了湘君来到约会地北渚,却不见湘夫人的惆怅和迷惘,表达了湘君对湘夫人的思念。诗歌从开始到"观流水兮潺湲"描写了湘君对湘夫人虔诚的期盼与渴望。第一句"帝子降兮北渚"紧承《湘君》"夕弭节兮北渚",但湘君望而不见,内心十分忧愁,只觉得秋风吹来阵阵凉意,洞庭湖一片渺茫。忧心忡忡的湘君久候湘夫人不至,心生怨恨之意。"沅有芷兮澧有兰",我的湘夫人在哪里呢?以水边泽畔的香草兴起对湘夫人的思念,但是又不能说出来,泪眼迷茫,恍恍惚惚似绝望。蒋骥《山带阁注楚辞》云:"思而不敢言,几绝望矣。"②下文则以麋食中庭和蛟滞水边两个反常现象隐喻爱而不见的事相与愿违。接着与湘夫人一样,在久等不至的焦虑中,湘君也从早到晚骑马去寻找,结果则与湘夫人稍有不同:他在急切的求觅中,忽然听到了佳人的召唤,于是与她一起乘车而去。湘君满腔热情地设计着未来的

---

① [宋]洪兴祖:《楚辞补注》第二,中华书局1983年版。
② [清]蒋骥:《山带阁注楚辞》,上海古籍出版社1984年版。

美好生活:奇花异草香木装饰着他们的庭堂,九嶷山的众神热烈地欢迎他们。然而这一切只不过是幻觉。梦很快就醒了,湘君在绝望之余,也像湘夫人那样情绪激动,向江中和岸边抛弃了对方的赠礼,但他最终同样恢复了平静,决定再耐心等待一下。

《湘君》和《湘夫人》是一个完整的整体,表现着同一个主题,生动刻画了热恋中的男女在爱情遭遇挫折时的复杂情绪。两诗自始至终充满离别的悲哀与失望的感受,这种悲剧情感可能由舜和二妃故事的内容所决定,如果认为这两诗是屈原用以抒发自己的"愁思",似也有一定可能性。

四、大司命与少司命

《大司命》、《少司命》是《九歌》中的第五和第六首诗,《大司命》诗云:

广开兮天门,纷吾乘兮玄云。令飘风兮先驱,使冻雨兮洒尘。君回翔兮以下,逾空桑兮从女。纷总总兮九州,何寿夭兮在予!高飞兮安翔,乘清气兮御阴阳。吾与君兮斋速,导帝之兮九坑。灵衣兮被被,玉佩兮陆离。壹阴兮壹阳,众莫知兮余所为。折疏麻兮瑶华,将以遗兮离居。老冉冉兮既极,不浸近兮愈疏。乘龙兮辚辚,高驰兮冲天。结桂枝兮延伫,羌愈思兮愁人。愁人兮奈何!愿若今兮无亏。固人命兮有当,孰离合兮可为?①

《少司命》诗云:

秋兰兮麋芜,罗生兮堂下。绿叶兮素枝,芳菲菲兮袭予。夫人自有兮美子,荪何以兮愁苦?秋兰兮青青,绿叶兮紫茎。满堂兮美人,忽独与余兮目成。入不言兮出不辞,乘回风兮载云旗。悲莫悲兮生别离,乐莫乐兮新相知。荷衣兮蕙带,倏而来兮忽而逝。夕宿兮帝郊,君谁须兮云之际?与女游兮九河,冲风至兮水扬波。与女沐兮咸池,晞女发兮阳之阿。望美人兮未来,临风怳兮浩歌。孔盖兮翠旍,

---

① [宋]洪兴祖:《楚辞补注》第二,中华书局1983年版。

登九天兮抚彗星。竦长剑兮拥幼艾，荪独宜兮为民正。①

司命神是掌管生命的重要神祇，《周礼·春官·宗伯》云："大宗伯之职，掌建邦之天神、人鬼、地祇之礼，以佐王建保邦国。以吉礼事邦国之鬼神祇，以禋祀祀昊天上帝，以实柴祀日、月、星、辰，以槱燎祀司中、司命、飌师、雨师，以血祭祭社稷、五祀、五岳，以貍沈祭山林川泽，以疈辜祭四方百物。……"②《礼记·祭法》云："王为群姓立七祀，曰司命，曰中霤，曰国门，曰国行，曰泰厉，曰户，曰灶。王自为立七祀。诸侯为国立五祀，曰司命，曰中霤，曰国门，曰国行，曰公厉。诸侯自为立五祀。大夫立三祀，曰族厉，曰门，曰行。适士立二祀，曰门，曰行。庶士，庶人，立一祀，或立户，或立灶。"③《史记·孝武本纪》云："神君最贵者太一，其佐曰大禁、司命之属，皆从之。"④《史记·天官书》云："斗魁戴匡六星曰文昌宫：一曰上将，二曰次将，三曰贵相，四曰司命，五曰司中，六曰司禄。在斗魁中，贵人之牢。魁下六星，两两相比者，名曰三能。三能色齐，君臣和；不齐，为乖戾。辅星明近，辅臣亲彊；斥小，疏弱。"⑤《史记·封禅书》云："晋巫，祠五帝、东君、云中君、司命、巫社、巫祠、族人、先炊之属。"⑥足见周秦至汉对司命神的祭祀极其普遍。

司命神为什么分大、少，现存文献中没有可以判断的根据，有的学者们认为是源于男女的不同，大司命为男神，少司命为女神。也有人主张大司命总管人类的生死，所以称之为大；少司命则专司儿童的命运，所以称之为少。王夫之认为大司命统司人之生死，而少司命则司人子嗣之有无，以其所司者婴稚，故曰少，大则统摄之辞也⑦。《大司命》云"纷总总兮九州，何寿夭兮在予"，《少司命》云"夫人自有兮美子，荪何以兮愁苦"，似乎也不无道理。

---

① [宋]洪兴祖：《楚辞补注》第二，中华书局1983年版。
② [汉]郑玄注，[唐]贾公彦疏：《周礼注疏》卷十七，《十三经注疏》，中华书局1957年版。
③ [汉]郑玄注，[唐]孔颖达疏：《礼记正义》四十六，《十三经注疏》，中华书局1957年版。
④ 《史记》卷十二，中华书局1959年版。
⑤ 同上书卷二十七。
⑥ 同上书卷二十八。
⑦ [清]王夫之：《楚辞通释》卷二，上海人民出版社1975年版。

《大司命》所祀为寿命之神，表现的是人们对生命无常的看法，人们为了永命延年，虔诚而迫切地向神祈福。从开头到"众莫知兮余所为"淋漓尽致地表现了大司命呼风唤雨、声势夺人的气势，他以龙为马，以云为车，旋风开路，暴雨洒尘，他身着华美的衣服，于九州间传达天帝的命令，掌管众人的夭寿，俨然是主宰一切的天帝。"折疏麻兮瑶华"以下，与前文的威严壮观不同，尽力表现对大司命的怀念。"折疏麻兮瑶华，将以遗兮离居"。为什么要折疏麻呢？主要是因为麻秆折断后皮仍连在一起，故以"折麻"喻藕断丝连之意，来表现对大司命的依依不舍之情，但大司命最终还是"乘龙"而去。"若今无亏"表现了对美好生命的乐观期待而"固人命兮有当，孰离合兮可为？"却让人感觉到人生的无可奈何。

《少司命》中的神执掌人间子嗣及儿童命运，美丽、温柔、善良、圣洁，充满慈爱，手挥大帚，横扫奸凶，为民除害。篇中主祭者对少司命的敬慕赞美，让我们完全可以猜测少司命是一位可爱的女神，与大司命中严肃的男神形象形成鲜明的对比。文章开头"秋兰"四句描述了清雅素净的祭祀现场。接下来两句则安慰少司命不必担忧，人们已在她的护佑下喜得贵子，说明神、人间的相互体贴与关怀。下四句讲少司命降临人间了，"满堂兮美人，忽独与余兮目成"，这句话的解释历来有争议，有人认为讲的是男巫与女神的情感，有人则认为"满堂美人"既是女性，那么少司命就应该是男神，还有人肯定少司命为女神，把满堂美人说成是"美男子"。金开诚先生则认为"美人"是指群巫，她们是代表人世的女性来礼神、乐神的。"目成"是说通过眉目传情来结成友谊。少司命专管子嗣和儿童命运，自然要和女性发生亲密的关系；少司命又是女神，所以她与"满堂美人"结成的是友谊而非爱情。① 但少司命并没有过多的时间与这些新的朋友交谈，"入不言兮出不辞"，"倏而来兮忽而逝"，她甚至进来没说一句话，临走也未告别，就要乘车返航了。她不胜感慨地说："悲莫悲兮生别离，乐莫乐兮新相知"，字里行间洋溢着感伤、幽怨之情。夜晚群巫问宿于天帝之郊的女神：您在这儿等候什么人呢？少司命答道：我在天郊等的就是你们啊，我要和

---

① 金开诚：《屈原辞研究》，江苏古籍出版社 1992 年版。

你们一起在天池里沐浴,在初升的太阳里晒干头发。但人间的朋友们怎么才能跑到天上来呢?少司命感到惆怅,当风高歌以抒发她的感情。最后四句诗人想象少司命已经远去,带着全副仪仗登上九天,拿着"扫帚"为人类扫除邪恶与灾祸。所以,洪兴祖《楚辞补注》引《左传》曰:"天之有彗,以除秽也。"①

五、东君河伯等其他各篇

《东君》是《九歌》第七篇,诗云:

> 暾将出兮东方,照吾槛兮扶桑。抚余马兮安驱,夜皎皎兮既明。驾龙辀兮乘雷,载云旗兮委蛇。长太息兮将上,心低佪兮顾怀。羌声色兮娱人,观者憺兮忘归。緪瑟兮交鼓,箫钟兮瑶簴。鸣篪兮吹竽,思灵保兮贤姱。翾飞兮翠曾,展诗兮会舞。应律兮合节,灵之来兮蔽日。青云衣兮白霓裳,举长矢兮射天狼。操余弧兮反沦降,援北斗兮酌桂浆。撰余辔兮高驰翔,杳冥冥兮以东行。②

《东君》一般认为是祭祀日神的歌辞。《广雅》云:"日名耀灵,一名朱明,一名东君,一名大明,亦名阳乌,日御曰羲和。"③但是,有些学者主张日神就是羲和,实际上羲和本是帝尧时期的大臣,《尚书·虞书·尧典》云:"乃命羲和,钦若昊天,历象日月星辰,敬授人时。"④《尚书·夏书·胤征》云:"羲和废厥职,酒荒于厥邑,胤后承王命徂征。"⑤《吕氏春秋·审分览第五·勿躬》云:"羲和作占日。"⑥后来在传说中,羲和的身份变成了日御,《文选》左思《三都赋·蜀都赋》李善注引《广雅》云:"日御谓之羲和。"⑦又《初学记》引《淮南子·天文》云:"爰止羲和,爰息六螭。"徐坚注

---

① [宋]洪兴祖:《楚辞补注》第二,中华书局1983年版。
② 同上。
③ [唐]徐坚等:《初学记》第一卷天部上,中华书局1962年版。
④ [汉]孔安国传,[唐]孔颖达疏:《尚书正义》卷二,《十三经注疏》,中华书局1980年版。
⑤ 同上书卷七。
⑥ [汉]高诱:《吕氏春秋注》卷十七,《诸子集成》,中华书局1954年版。
⑦ [唐]李善等注:《六臣注文选》,浙江古籍出版社1999年版,第74页。

云:"日乘车,驾以六龙,羲和御之。"①屈原《离骚》云:"吾令羲和弭节兮,望崦嵫而勿迫。"②又《山海经·大荒南经》云:"东南海之外,甘水之间,有羲和之国。有女子名曰羲和。……羲和者,帝俊之妻,生十日。"③在这里,羲和又是太阳的母亲。从这些例子中,我们清楚地看到,日神即东君,但是日神并不是羲和,羲和只是和日神有密切关系的一个人或者神而已。

《东君》是对太阳神的一曲颂歌,诗歌以一轮喷薄而出的红日为开端,将气氛渲染得十分浓烈。紧接着描写了一个日神行天的壮丽场面,他驾着龙车,响声如雷,云旗招展,煞是显赫。后二句笔锋一转,东君发出长长的叹息,慨叹自己将回到栖息之所,而不能长久陶醉在给人类带来光明的荣耀中。从"羌声色兮娱人"到"展诗兮会舞"则描述了一个极其隆重热烈迎祭日神的场面。人们弹起琴瑟,敲起钟鼓,吹起簧竽,翩翩起舞。祭祀场面的描写很热烈,不过,尽管祭祀是如此的隆重,场面是如此的热闹,但日神并未降临,仅仅是在高空的俯瞰中表示愉悦之意,他之所以不停留,是因为要永不停息的运行,放射光和热,使人们持续不断地生存着。最后八句写太阳神的司职——为人类带来光明,除去侵略的灾难,显示出大公无私的威灵。和其他篇一样,本篇所塑造的日神形象就是太阳本身的形象。他从吐出光明到渐渐升起,从丽影当空到金乌西坠,始终在勤劳不息地运行,给人以光明的、伟大的、具有永久意义的美感。凡此一切,都是紧紧围绕着一个主题,即对太阳的礼赞。

《河伯》是《九歌》第八篇,诗云:

与女游兮九河,冲风起兮横波。乘水车兮荷盖,驾两龙兮骖螭。
登昆仑兮四望,心飞扬兮浩荡。日将暮兮怅忘归,惟极浦兮寤怀。
鱼鳞屋兮龙堂,紫贝阙兮朱宫。灵何为兮水中?乘白鼋兮逐文鱼。
与女游兮河之渚,流澌纷兮将来下。子交手兮东行,送美人兮南浦。
波滔滔兮来迎,鱼邻邻兮媵予。④

---

① [唐]徐坚等编:《初学记》第一卷天部上,中华书局1962年版。
② [宋]洪兴祖:《楚辞补注》第二,中华书局1983年版。
③ 袁珂:《山海经校注·海经》卷十,上海古籍出版社1980年版。
④ [宋]洪兴祖:《楚辞补注》第二,中华书局1983年版。

河伯是黄河之神,其得名缘于黄河是众河之长。河为四渎之一,是尊贵的地祇,殷、周以来均入祀典。游国恩先生《论九歌山川之神》曰:"窃尝反复玩索,以意逆志,而后知其确为咏河伯娶妇之事也。"①游先生指出,春秋时有河神之祀,尚无河伯之名。河伯之名源于战国,褚少孙补《史记·滑稽列传》载有魏文侯时,西门豹为邺令,当地百姓苦为河伯娶妇,西门豹治理之②。《庄子·秋水》云:"秋水时至,百川灌河。泾流之大,两涘渚崖之间,不辩牛马。于是焉河伯欣然自喜,以天下之美为尽在己。顺流而东行,至于北海,东面而视,不见水端,于是焉河伯始旋其面目,望洋向若而叹曰:'野语有之曰,"闻道百以为莫己若者",我之谓也。且夫我尝闻少仲尼之闻而轻伯夷之义者,始吾弗信;今我睹子之难穷也,吾非至于子之门则殆矣,吾长见笑于大方之家。'"③《九歌》所祭神祇,不只楚地,河伯也是一例。

本篇为祭河神的诗歌。从开始至"流澌纷兮将来下"描写了祭祀者想象中与河神共游的情景。大风起兮,波浪翻腾,一开头,就以开阔的视野描述了黄河的伟大雄壮。河神坐在由飞龙驾驶的水车上,车顶覆盖着荷叶,遨游黄河,它逆流而上,一直飞到黄河的发源地昆仑山。来到昆仑,登高一望,面对浩浩荡荡的黄河,不禁心胸开张,意气昂扬。但是很遗憾天色将晚,忘了归去。他所思念的家在哪里呢?那是一个鱼鳞盖屋,满堂纹龙,紫贝作阙,朱丹垩殿的水中之宫。河伯接下来便乘着白色的灵物大鳖,边上跟随着有斑纹的鲤鱼④,在河上畅游,浩荡的黄河之水缓缓流来。最后四句为第二层,写河伯与女巫的依依惜别。河伯巡视于黄河下游,波涛滚滚而来,热烈地欢迎河伯的莅临,成群结队排列成行的鱼儿也赶来为他护驾。故事到此结束,河伯的水神形象也得以淋漓尽致的展现。

《山鬼》是《九歌》第九篇,诗云:

---

① 游国恩:《游国恩学术论文集》,中华书局1989年版。
② 《史记》卷一百二十六,中华书局1959年版。
③ [清]郭庆藩:《庄子集释》外篇,《诸子集成》,中华书局1954年版。
④ 长沙子弹库楚墓出土的帛画中有神人驾龙车,鲤鱼在旁边游动的画面。

若有人兮山之阿,被薜荔兮带女萝。既含睇兮又宜笑,子慕予兮善窈窕。乘赤豹兮从文狸,辛夷车兮结桂旗。被石兰兮带杜衡,折芳馨兮遗所思。余处幽篁兮终不见天,路险难兮独后来。表独立兮山之上,云容容兮而在下。杳冥冥兮羌昼晦,东风飘兮神灵雨。留灵修兮憺忘归,岁既晏兮孰华予?采三秀兮于山间,石磊磊兮葛蔓蔓。怨公子兮怅忘归,君思我兮不得闲。山中人兮芳杜若,饮石泉兮荫松柏。君思我兮然疑作。雷填填兮雨冥冥,猿啾啾兮又夜鸣。风飒飒兮木萧萧,思公子兮徒离忧。①

山鬼,即山中之神。称之为鬼,因其非正神。楚国神话中有巫山神女的传说,本篇所描写的可能就是早期流传的巫山神女形象。山鬼是女性②,楚人祭祀时可能是女巫扮山神,由男巫迎神。本篇是一首恋歌,通过美丽善良的山鬼的自述,表达了山鬼对爱人的思恋。从开篇到"折芳馨兮遗所思"为第一部分。起始四句用极其精练的语言正面描绘了女神的意态和姿容,她是那样的空灵缥缈,仪态万方。接着又极力渲染她的车驾随从:火红的豹子,毛色斑斓的花狸,还有开着尖状花朵的辛夷、芬芳四溢的桂枝。自"余处幽篁兮终不见天"以下可看作第二部分,描写山鬼在长时间的期待中产生的细微而复杂的心情,通过她的失恋,表现出坚贞不渝的情操。作者对心理活动的刻画细致入微:"岁既晏兮孰华予?"蕴涵着"美人迟暮"的无限哀怨;"采三秀兮于山间"表现她对爱情的执着追求,而"君思我兮不得闲"、"君思我兮然疑作"、"思公子兮徒离忧",则标志着心理变化的三个过程。"思而忧","忧而思",两两交织,互为因果,千回百折,愈折愈深,缠绵无尽。

《国殇》是《九歌》的第十篇,《礼魂》是《九歌》的第十一篇,我们相信这两篇作品,本来应该是一篇,也就是说,《礼魂》是《国殇》的乱词。而《国殇》也本来不在《九歌》之中,是在流传过程中加入到《九歌》中的,两诗合

---

① [宋]洪兴祖:《楚辞补注》第二,中华书局1983年版。
② 关于山鬼的性别,第一种是"女性"说,第二种是"男性"说,第三种是"无性别"说,认为山鬼是山中野兽,即山魈。可参看刘毓庆:《〈山鬼〉考》,《中国楚辞学》(第五辑),学苑出版社2004年版。

并后,变成现在的面貌。诗云:

> 操吴戈兮被犀甲,车错毂兮短兵接。旌蔽日兮敌若云,矢交坠兮士争先。凌余阵兮躐余行,左骖殪兮右刃伤。霾两轮兮絷四马,援玉枹兮击鸣鼓。天时坠兮威灵怒,严杀尽兮弃原野。出不入兮往不反,平原忽兮路超远。带长剑兮挟秦弓,首身离兮心不惩。诚既勇兮又以武,终刚强兮不可凌。身既死兮神以灵,子魂魄兮为鬼雄。(以上原《国殇》)成礼兮会鼓,传芭兮代舞。姱女倡兮容与。春兰兮秋菊,长无绝兮终古。(以上原《礼魂》)①

王逸《楚辞章句》指出,国殇"谓死于国事者。《小尔雅》曰:'无主之鬼谓之殇。'"②戴震《屈原赋注》云:"殇之义二:男女未冠(二十岁)笄(十五岁)而死者,谓之殇;在外而死者,谓之殇。殇之言伤也。国殇,死国事,则所以别于二者之殇也。歌此以吊之,通篇直赋其事。"③王泗原《楚辞校释》云:"祀为国战死者。非考终命,即非正命而死,曰殇。殇而曰国殇,鬼而曰鬼雄,颂扬之极,尊崇之至。"④在战场上阵亡的战士为国捐躯,国家是他们的祭主,所以称作"国殇"。

根据《史记·楚世家》,楚怀王十七年,与秦战丹阳。秦大败楚军,斩甲士八万,虏大将屈匄,遂取汉中郡。楚悉国兵复袭秦,大败于蓝田,二十八年,秦与齐、韩、魏共攻楚,杀楚将唐昧,取重丘,二十九年,秦复攻楚,大败楚军,死者二万,杀将军景缺,三十年,秦复伐楚,取八城。楚顷襄王元年,秦攻楚,大败楚军,斩首五万⑤。楚国在强秦的不断侵袭下,在战争中付出了惨痛的代价。

《国殇》是阵亡将士的祭歌。表现出了极其沉痛的心情,诗歌前十句对战争场景的描写颇具历史真实感。"旌蔽日兮敌若云",这是一场敌众我寡的殊死战斗,但将士们仍个个奋勇争先,当敌人来势汹汹,欲长驱直

---

① [宋]洪兴祖:《楚辞补注》第二,中华书局1983年版。
② 同上。
③ [清]戴震注,褚斌杰等点校:《屈原赋注·九歌》,中华书局1999年版。
④ 王泗原:《楚辞校释·九歌》,人民教育出版社1990年版。
⑤ 《史记》卷四十,中华书局1959年版。

入时,主帅仍毫无惧色,他举槌擂响了进军的战鼓。一时杀气冲天,苍天也跟着震怒起来。但最终寡不敌众,战场上只留下一具具尸体,静卧荒野。不过十句,将一场殊死恶战,写得栩栩如生,极富感染力。后八句用饱含情感的笔触,讴歌死难将士。出征时不顾路途遥远,前程渺茫,甘愿从军,为国捐躯;战场上虽身首分离却仍然带剑持弓,毫无畏惧的表情,将士们英勇刚强,忠魂义魄,永不泯灭!篇中不但歌颂了英雄们的崇高品质和英勇精神,而且最后以"魂魄毅兮为鬼雄"作结,对洗雪国耻寄予了无限希望,体现了广大人民同仇敌忾的情绪。屈原在本篇采取了直赋其事的表现手法,和其他各篇殊异。这种由热烈、慷慨、悲壮的气氛所形成的风格,在《九歌》中是独树一帜的。

《礼魂》旧说以为是致礼于善终者的祭歌。我们认为应该是《国殇》的乱词,是对国殇之魂的赞美,蒋骥《山带阁注楚辞》:"礼魂,盖有礼法之士,如先贤之类,故备礼乐歌舞以享之,而又期之千秋万祀而不祧也。"①这一部分只是针对《国殇》的乱词,在完成了对阵亡将士的祭祀过程后,重申祭祀时的虔诚,并以祀典终古不绝作结,来表现无尽的思念之意。

第四节　屈原楚辞文学的艺术特点

《文心雕龙·辨骚》云:"自风雅寝声,莫或抽绪,奇文郁起,其《离骚》哉?"②《离骚》作为战国时代楚国作家屈原创作的抒情长诗,具有一种全新的面貌。而这种全新面貌,同样也贯彻在屈原的其他作品之中。屈原作品及其全新的文学形式,其特征可以"奇文"来形容。屈原以荒诞谲狂、迭宕变幻而富于激情的文字,创作了独步千古的奇文,而此文之奇幻,又是通过叙事结构、抒情方式、语言形式、意境风格的独创性来表现的。

---

① [清]蒋骥:《山带阁注楚辞》,上海古籍出版社1984年版。
② 吴林伯:《文心雕龙义疏》,武汉大学出版社2002年版。

一、叙事结构之奇

就叙事结构而言,屈原作品之奇,首先表现为以气驭文,以情驭文的特征,即一种磅礴的、排山倒海的气势和炙烈、深沉而哀婉的情感流动的轨迹,这是与其主观宣泄的创作动机相一致的。这种特点首先表现在《天问》之中。王逸《楚辞章句·天问序》云:

> 《天问》者,屈原之所作也。何不言问天?天尊不可问,故曰天问也。屈原放逐,忧心愁悴,彷徨山泽,经历陵陆,嗟号昊旻,仰天叹息,见楚有先王之庙及公卿祠堂,图画天地山川神灵,琦玮僪佹,及古贤圣怪物行事,周流罢倦,休息其下,仰见图画,因书其壁,呵而问之,以渫愤懑,舒泻愁思,楚人哀惜屈原,因共论述,故其文义不次序云尔。①

王逸认为《天问》是屈原仰见楚先王神庙壁画,呵问而泄愤懑之作,其"文义不次序",是缘于楚人论述之时错简的缘故。洪兴祖《楚辞补注》反对错简之说,指出:

> 《天问》之作,其旨远矣。盖曰遂古以来,天地事物之忧,不可胜穷,欲付之无言乎?而耳目所接,有感于吾心者,不可以不发也。欲具道其所以然乎?而天地变化,岂思虑智识之所能究哉?天固不可问,聊以寄吾之意耳。楚之兴衰,天邪人邪?吾之用舍,天邪人邪?国无人,莫我知也,知我者其天乎?此《天问》所为作也。太史公读《天问》,悲其志者以此。……王逸以为文义不次序,夫天地之间,千变万化,岂可以次序陈哉?②

洪兴祖以《天问》寄托屈原之意,因而千变万化,其叙述不依次序。这个看法,正是看到了屈原以气驭文,以情驭文,遵从情感轨迹,不为理智所约束的那种宣泄特征。金开诚先生不能认识到《天问》的宣泄导致文义不

---

① [宋]洪兴祖:《楚辞补注》第三,中华书局1983年版。
② 同上。

次,而认为《天问》存在错简问题,但他试图恢复《天问》原来面貌的努力,却为我们了解屈原《天问》的文义不合次序提供了线索。金开诚先生指出,《天问》自"缘鹄饰玉,后帝是飨"而至"何卒官汤,尊食宗绪",先讲伊尹说汤,商汤灭夏,其次又追问商族起源及商之先公在夏朝之事;忽然又插入周朝历史,由武王伐纣直到齐桓公的兴衰;又反问商之末世及周之起源和强盛;已讲到晋国申生受害,却又再说商初之事。而按历史发展线索,理当先写简狄生契,商族起源,尔后依次是商之先公该、恒、上甲微三世在夏朝之事;成汤得到伊尹,起意伐夏;伊尹说汤,成汤灭夏;因夏灭而提出对天命的疑问,总结伊尹与汤的关系;再说商纣暴虐无道,姜嫄生稷,周族起源;周文王壮大并得到吕望,武王始伐纣;武王会诸侯灭殷,又因而提出对天命的疑问;西周的衰落以至灭亡;进入春秋,问齐桓公事,问春秋晋国申生之事。关于夏朝之事,更是与天地开辟,夏之前之史事相交错。①

林庚先生《天问论笺》也曾提到《天问》的错简问题,但他认为:

> 《天问》的一百八十八句中明显地是分为两大段落。自"遂古之初谁传道之"至"羿焉彃日乌焉解羽"这五十六句是问天地的,也就是问有关大自然形成的传说;自"禹之力献功降省下土四方"至"何诚上自予忠名弥彰"这一百三十二句是问人事的,也就是问有关人间盛衰兴亡的历史传说。这两大段落的基本轮廓是分明的;先问天地的开辟,次问人事的兴亡,乃是完全合乎自然顺序的。这首先就提供了一个无可置辩的层次。特别是那有关大自然的五十六句,所涉及的内容更是层次井然,即使有个别存疑之处,也无妨于大体的轮廓。……紧接着这五十六句的是三十四句有关夏后启立国至少康中兴的历史传说,中间插进了一段后羿一族征服夏王朝的故事。这三十四句所涉及的乃是一个人所熟知的完整的历史传说,它以相同的层次见于《左传》和《离骚》,其中细节虽有出入,而轮廓却是一致的。例如这三十四句中忽然出现了鲧的故事,这是别处所没有的,而鲧既是属于夏民族的,在夏王朝建国之初的斗争中以神话式的情节出现,正是不足

---

① 金开诚:《屈原辞研究》第五章《天问错简试说》,江苏古籍出版社 1992 年版。

为奇的,也不会影响整个历史的顺序。①

又说从"遂古之初谁传道之"至"覆舟斟寻何道取之",已占了全诗一半的篇幅,"作品的整个轮廓都一直是有中心有层次的,那么此外个别诗句的难于理解,就不能再把原因归罪于作品本来乃是零乱无章的,而只能归罪于所问的某些情节的失传,或发生了偶然的错字、错简"②。

林庚先生这个意见,是较令人信服的。试想,如果《天问》的文义不相联属,都是由于错简,而且是较大面积的错简,岂非暗示初编《天问》之人极端不负责任。偶尔的错简是可能的,但没有确凿的证据之前,我们也不可以遽下结论。因为当屈原作《天问》之时,"忧心愁悴,彷徨山泽,经历陵陆,嗟号昊旻,仰天叹息",其诗书于壁上,一气呵成,"以渫愤懑,舒泻愁思",完全是一时激情所致。

蒋骥《山带阁注楚辞》云:

> 《天问》一篇,多漫兴语。盖其阅览千古,仗气爱奇。广集詄异之谈,以成瑰奇之制。……盖寓意在若有若无之际,而文体结撰,在可知不可知之间。③

漫兴之语,可知与不可知,正是一种激情与非理性的直觉。文学创作是一种"缘情"活动,是一种感性直觉,是从想象得来,与逻辑和理智是对立的。所以,克罗齐说,"一个科学作品和一个艺术作品的分别,即一个是理智的事实,一个是直觉的事实","实在与非实在分别对于直觉的真相是不相干的,次一层的"④。艺术创作,是一种感性的直觉,是类似于白日梦的幻想。荣格曾为直觉下过一个恰当的定义,他说:"直觉是以无意识形式或手段表现出的一种知觉。"⑤无意识状态所产生的结局,当然不可能是有次序、有规则、有理智的。

关于文学创作的直觉行为表现的非理性状态,刘勰《文心雕龙·神

---

① 林庚:《天问论笺·三读〈天问〉》,人民文学出版社1983年版。
② 同上。
③ 〔清〕蒋骥:《山带阁注楚辞》,上海古籍出版社1984年版。
④ 〔意〕克罗齐:《美学原理》第一章,外国文学出版社1981年版。
⑤ 〔瑞士〕F.弗尔达姆:《荣格心理学导论》,辽宁人民出版社1988年版。

思》也有详细论述。刘勰曰:

形在江海之上,心存魏阙之下,神思之谓也。文之思也,其神远矣,故寂然凝虑,思接千载;悄焉动容,视通万里。吟咏之间,吐纳珠玉之声;眉睫之前,卷舒风云之色:其思理之致乎?故思理为妙,神与物游。神居胸臆,而志气统其关键;物沿耳目,而辞令管其枢机。……意翻空而易奇,言征实而难巧也。①

所谓超越时间与空间的神思,即神与物游,以志气为关键,志气即一种情感流动的轨迹。在神物相游的创作活动中,征实理性之言,当然不足以成奇文,只有不遵从常人的思绪,才能成就翻空之奇。屈原《天问》,甚至包括《离骚》等抒情诗,回环往复,忠怨之辞一说再说,也正是体现出了艺术思维的无意识特征。胡仔《苕溪渔隐丛话前集》引范温《潜溪诗眼》云:"古人律诗,亦是一片文章,语或似无伦次,而意若贯珠。"②范温的话告诉我们,如果我们认为这是一种混乱,那就会违背艺术规律。刘熙载《艺概·赋概》曰:"《离骚》东一句,西一句,天上一句,地下一句,极开阖抑扬之变,而其中自有不变者存。"③这种看法,是很有见地的。

《天问》作为咏史之奇作,其所咏包括大自然的形成,天地开辟,天象,地理,夏、商、周三代兴衰,春秋霸主及楚人事迹,以及其自身身世之叹,内容通贯古今上下,而所咏不采取正叙方式,却一概诘问,自开篇至结尾,向读者提出了一系列问题,这些问题的提出就如狂涛拍岸,令人窒息,连缀起来,让我们无法伺机思考和回答。但这些问题本身却代表了一种倾向性和立场,实在说来,已不用我们回答,所以,其意旨同样是清晰的。屈原采用了那种前无古人,后无来者,气势磅礴的叙述结构,反倒更突出地表现出了屈原的激情和叛逆精神。李贺肯定《天问》"语甚奇崛,于《楚辞》中可推第一,即开辟来亦可推第一"④。清人夏大霖的认识则更具体,他说:

人有言奇文共欣赏,不图二千年余来,尚留《天问》篇之奇文以待

---

① 吴林伯:《文心雕龙义疏》,武汉大学出版社 2002 年版。
② [宋]胡仔:《苕溪渔隐丛话前集》卷七,《文渊阁四库全书·集部九·诗文评类》。
③ [清]刘熙载:《艺概》,上海古籍出版社 1978 年版。
④ [明]蒋之翘:《七十二家评楚辞》,明天启六年蒋之翘楚稗刻本。

赏。其创格奇,设问奇,穷幽极渺奇,不伦不类奇,不经不典奇,一枝笔排出八门六花,堂堂井井,转使读者没寻绪处,大奇大奇。……愚细看到'皇天集命','悟过改更'句,知其志意所归。就他讲帝王的正道,推寻入去,却好是一篇道德广崇,治乱条贯的平正文字,庶几欣赏矣乎!观其神联意会,如龙变云蒸,奇气纵横,独步千古。今而后识奇也。①

《天问》叙述结构至奇,但其意旨,又与屈原一贯的立场一致,这又是奇中之寻常。

屈原作品叙事结构之奇,也表现在虚拟假设问答之体的运用。洪兴祖《楚辞补注》云:

《卜居》、《渔父》,皆假设问答以寄意耳,而太史公《屈原传》,刘向《新序》,嵇康《高士传》,或采《楚辞》、《庄子》渔父之言以为实录,非也。②

这个意见是很有启发意义的。我们虽不能肯定屈原未曾有《卜居》、《渔父》所叙之事,但我们也应意识到,《卜居》、《渔父》作为屈原的创作,其中的事实必然包含虚构的情节。《离骚》是首抒情诗,但其中也有叙事,如女媭婵媛,申申其詈,就重华而陈词,命灵氛而占卜,发轫天津,西极流沙,不过虚构的情节而已。

《九歌》是一组带有神话色彩的浪漫主义作品,它的意境瑰丽缥缈,想象优美而丰富,语言奇丽而清新,描写细腻而神妙,再辅以比兴手法的运用,使《九歌》像一件精美绝伦的艺术佳作,凡读《九歌》者,无不被它巨大的艺术魅力所打动和惊服。《九歌》的突出特点是情节结构的虚构性。文学创作是一种"缘情"活动,是一种感性直觉,从想象得来,非理性特征应该是文学创作的基本特征。如想象、幻想、夸张等艺术手法,就表现出一种非理性特征。屈原独特的魅力,既表现在其独特的富于悲剧性的生活经历方面,也表现在他奇特的性格和不合时宜的思想行为方面,更表现在

---

① [清]夏大霖:《屈骚心印·发凡》,清乾隆九年一本堂刊本。
② [宋]洪兴祖:《楚辞补注》第七《渔父》,中华书局1983年版。

他的作品作为抒情诗顶点的独特的艺术风格方面。楚辞是以抒情为特征的,但是,其抒情的特点又蕴涵在对事件、个人遭遇、感情的叙述之中。其独特的遭遇和感情正是通过奇特的叙述方式体现的,因此,屈原作品经久不衰的艺术成就也体现在作为抒情诗的叙述方式方面,屈原作品叙述方式的奇特是其艺术成就的重要组成部分。就这个特点而言,《九歌》在其中具有典型的代表意义。

《九歌》以非人间所实有的神祇鬼魂为表现对象,所写无不是荒诞的情节、景致,但作品读来却具有超群的艺术魅力和感染力,这在很大程度上得益于作者丰富的想象力。《九歌》无论是神的形象的塑造还是空间场景的描绘均体现了作者这种大胆奇特超现实的想象力,这是《九歌》艺术创作上的一个显著特征,这种想象破除了天上、人间,过去、现在的界限与距离,把客观存在的人与事物和出于幻想的天神鬼怪、幻境异物都拿来塑造诗的形象,从而创制出了宏伟瑰丽的抒情形象,使诗歌呈现出飘渺迷离、谲怪神奇的美学特征。如诗歌中关于鬼神爱情生活的描写,细致入微,感人至深,他能在深刻把握主人公心灵的基础上,辅以服饰及环境的刻画,创作出了如湘君、湘夫人、山鬼等流传千古的动人故事。

二、抒情方式之奇

屈原作品抒情方式所表现出的独创性,首先表现在他对比兴手法的发展。王逸指出:

> 《离骚》之文,依《诗》取兴,引类譬谕,故善鸟香草,以配忠贞;恶禽臭物,以比谗佞;灵修美人,以媲于君;宓妃佚女,以譬贤臣;虬龙鸾凤,以托君子;飘风云霓,以为小人。其词温而雅,其义皎而朗。①

屈原《离骚》,取《诗经》的比兴之义,借助自然物象以喻人事,而自然物象自身所具有的自然属性,如善、恶、香、臭、美丽、多变等,分别象征忠、佞、君子、小人。屈原以灵修美人、宓妃佚女等譬喻君臣,则是《诗经》所不

---

① [汉]王逸:《楚辞章句·离骚序》,[宋]洪兴祖:《楚辞补注》第一,中华书局1983年版。

曾有的，如《离骚》曰：

> 恐美人之迟暮。
>
> 众女嫉余之蛾眉兮，谣诼谓余以善淫。①

又如《抽思》曰：

> 矫以遗夫美人。
>
> 与美人抽怨兮。②

又如《思美人》曰：

> 思美人兮，揽涕而伫眙。③

又如《惜往日》曰：

> 妒佳冶之芬芳兮，嫫母姣而自好；虽有西施之美容兮，谗妒入以自代。④

屈原既以美女自比，又把谗人比作众女，并以美人比君。其服饰好香草奇服修饰，也类似女子。其诗中常出现作为男女婚姻媒介的媒理之人，如《离骚》曰：

> 理弱而媒拙。
>
> 苟中情其好修兮，又何必用夫行媒。⑤

《抽思》曰：

> 好姱佳丽兮，牉独处此异域。既惸独而不群兮，又无良媒在其侧。
>
> 理弱而媒不通兮。⑥

《思美人》曰：

> 媒绝路阻兮。
>
> 令薜荔以为理兮，惮举趾而缘木；因芙蓉而为媒兮，惮褰裳而濡

---

① [宋]洪兴祖:《楚辞补注》第一,中华书局1983年版。
② 同上书第四。
③ 同上。
④ 同上。
⑤ 同上书第一。
⑥ 同上书第四。

足。①

屈原埋怨媒理,是把自己当成一位遭人遗弃的美女子。他在《离骚》中上下求索,"哀高丘之无女","相下女之可诒","求宓妃之所在","见有娀之佚女",而"令謇修以为理","令鸩为媒",便是要寻求一位可以为他向楚王说好话的女子,因为他"欲自适而不可"②。

游国恩先生解说屈原的求女活动之动机,提纲挈领,曰:"其实,屈原之所谓求女者,不过是想求一个可以通君侧的人罢了。因为他既自比弃妇,所以想要重返夫家,非有一个能在夫主面前说得上话的人不可。又因他既自比女子,所以通话的人当然不能是男人,这是显然的道理。"屈原作品所用"无往而非女子的口吻",所以,游国恩先生提出"以女性为中心的楚辞观",认为《诗经》比兴材料虽多,却没有"人",更没有"女人"③。又说:

> 文学用"女人"来做"比兴"的材料,最早是《楚辞》。他的"比兴"材料虽不限于"女人",但"女人"至少是其中重要材料之一。所以我国文学首先与"女人"发生关系的是《楚辞》,而在表现技巧上崭新的一大进步的文学也是《楚辞》。④

屈原敢于以"女人"为喻,并自比为美女子,自比为弃妇,在女子与小人相比之时代⑤,确实是了不起的。刘勰曾说:"楚襄信谗,而三闾忠烈,依《诗》制《骚》,讽兼比兴。"⑥比兴手法,是屈原表现其忠烈之情的媒介,他自比如弃妇,因而可以一个弃妇细腻、丰富的感触,把对君主的热情、关怀、思念,乃至怨恨、愤怒表现得淋漓尽致。

比兴,特别是比,实际上是一种形象化的联想,是象征,即通过某一特

---

① [宋]洪兴祖:《楚辞补注》第四,中华书局1983年版。
② 同上。
③ 游国恩:《楚辞女性中心说》,《游国恩学术论文集》,中华书局1989年版。
④ 同上。
⑤ 《论语·阳货》曰:"唯女子与小人为难养也,近之则不孙,远之则怨。"[三国魏]何晏集解,[唐]陆德明音义,[宋]邢昺疏:《论语注疏》卷十七,《十三经注疏》,中华书局1980年版。
⑥ [南朝梁]刘勰:《文心雕龙·比兴》,吴林伯:《文心雕龙义疏》,武汉大学出版社2002年版。

定的具体形象来暗示另一事物或某种较为普遍的意义，利用象征物与被象征物的内容在特定经验条件下的类似和联系，使被象征物的内容得到强烈的表现。夫妻关系，夫妾关系，在封建专制时代，确实与君臣关系有着深刻的一致性，即都表现为一种人身依附关系，以丈夫与妻妾的关系比拟君臣关系，以弃妇的形象象征怀才不遇的贤臣，因而缠绵悱恻，真实感人。

《九歌》善于在情景交融的意境中，创造独特的具有象征意义的比兴效果，如《湘夫人》诗云："沅有芷兮澧有兰，思公子兮未敢言。荒忽兮远望，观流水兮潺湲。"①以水边泽畔的香草兴起对伊人的默默思念，又以流水的缓缓而流暗示远望中时光的流逝，可谓人物相感、情景合一，具有很强的感染力。该诗中还有一个比较特殊的比兴手法的运用，即以"鸟何萃兮蘋中，罾何为兮木上"的反常现象比喻望断秋水、不见伊人的湘君内心的失望和困惑。

强烈的善恶、美丑对比方法的广泛运用，是屈原作品抒情方法的又一独创性。在《诗经》中，当然也有美丑对比，如《郑风·出其东门》一诗中"如云"、"如荼"之美女与"缟衣綦巾"、"缟衣茹藘"②之女子相对比，以显示主人公对爱情的执着。又《邶风·新台》曰："燕婉之求，蘧篨不鲜。""燕婉之求，得此戚施。""渔网之设，鸿则离之。"③宣姜美丽，原嫁卫宣公太子伋，不想被卫宣公这个癞蛤蟆占为己有，美好之配偶，变成了一个丑恶的丈夫。不过，《诗经》的美丑对比并不普遍。至屈原，则把强烈的美丑、善恶对比贯彻在其抒情诗的全部诗句中，"在这里，幽花芳草出自艾萧粪土之中，更为鲜妍、芬馨。人格峻洁的自我，尖锐地指斥卑劣的侏儒群小。光辉、庄重的尧舜，睥睨着恣纵、昏庸的桀纣和'灵修'。真实的历史事件和虚幻的神话传说同演；美与丑，善与恶，真与伪，光明与黑暗，新生与腐

---

① [宋]洪兴祖：《楚辞补注》第二，中华书局1983年版。
② [汉]毛亨传，郑玄笺，[唐]孔颖达疏：《毛诗正义》卷四之四，《十三经注疏》，中华书局1980年版。
③ 同上书卷二之三。

朽,理想与现实,在对立激战"。①

强烈的美丑、善恶对比,实际上是一种夸张手法。在屈原笔下,抒情主人公芳香正直高贵美丽多能,而群小、众人工佞贪婪恶臭卑劣丑陋,圣王耿介,昏主猖披,清者醒者惟我一人,浊者醉者比比皆是。社会之中,只存在极端的两极,或者丑陋,或者美丽;或者善良,或者暴恶;或者正直,或者工巧;或者忠君,或者贪婪;或者高贵,或者卑贱。这显然是一种夸张了的对比。夸张是一种艺术变形,可以更加精确地表达抒情主人公的倾向性,刘勰之言"神道难摹,精言不能追其极;形器易写,壮辞可得喻其真","因夸以成状,沿饰而得奇"②,正是精确地看到了夸张的作用。用一种夸张的强烈对比,来表现抒情主人公的爱憎,则可以使抒情主人公的感情表现得更强烈,更有震撼人心的力量。

三、语言形式之奇

屈原作品在语言运用方面的奇特独创性,主要表现为一种民歌化倾向,句式结构的多变,以及华美而哀婉的美学倾向。宋人黄伯思指出:

> 盖屈宋诸骚,皆书楚语,作楚声,纪楚地,名楚物,故可谓之"楚辞"。若些、只、羌、谇、蹇、纷、侘傺者,楚语也;顿挫悲壮,或韵或否者,楚声也;湘、沅、江、澧、修门、夏首者,楚地也;兰、茝、荃、药、蕙、若、蘋、蘅者,楚物也。③

在屈原作品语言中,大量出现楚地方言,而其声韵、地名、草木,也多为楚产。屈原作品明显地具有楚地地域特征。

屈原作品语言的地域特征,以大量运用语助词"兮"为最有代表性。《诗经》虽然也有不少"兮"字作为语助词出现,而且也不限于某一地域,如

---

① 林明华:《论离骚的对照艺术》,《文学遗产》1991年第2期。
② [南朝梁]刘勰:《文心雕龙·夸饰》,吴林伯:《文心雕龙义疏》,武汉大学出版社2002年版。
③ [宋]黄伯思:《新校楚辞序》,[明]贺复征编:《文章辨体汇选》卷二百九十四,《文渊阁四库全书·集部八·总集类》。

《周南》之《葛覃》、《螽斯》、《麟之趾》,《召南》之《摽有梅》、《野有死麕》,《邶风》之《绿衣》、《日月》、《击鼓》、《旄丘》、《简兮》、《鄘风·君子偕老》,《卫风》之《淇奥》、《硕人》、《芄兰》、《伯兮》,《王风·采葛》,《郑风》之《缁衣》、《将仲子》、《羔裘》、《遵大路》、《蘀兮》、《狡童》、《丰》、《子衿》、《野有蔓草》、《溱洧》,《齐风》之《还》、《东方之日》、《甫田》、《猗嗟》,《魏风》之《陟岵》、《十亩之间》、《伐檀》,《唐风》之《绸缪》、《无衣》、《葛生》,《秦风·黄鸟》,《陈风》之《宛丘》、《月出》,《桧风》之《素冠》、《匪风》,《曹风》之《候人》、《鸤鸠》,《豳风·九罭》,《小雅》之《蓼萧》、《彤弓》、《正月》、《巷伯》、《无将大车》、《小明》、《裳裳者华》、《车辖》、《都人士》、《白华》,《大雅·桑柔》,《鲁颂·有駜》,涉及了所有《国风》,并及大小《雅》、《颂》,这说明"兮"并不是一地之方言。又"兮"以《国风》中为最多,《小雅》次之,《大雅》及《颂》最少,这说明"兮"主要是民间歌谣所惯用的语助词。

《诗经》甚至也有句句用"兮"字之诗,如《齐风·猗嗟》诗曰:

> 猗嗟昌兮,颀而长兮。抑若扬兮,美目扬兮。巧趋跄兮,射则臧兮。猗嗟名兮,美目清兮,仪既成兮,终日射侯。不出正兮,展我甥兮。猗嗟娈兮,清扬婉兮。舞则选兮,射则贯兮。四矢反兮,以御乱兮。①

又如《陈风·月出》诗曰:

> 月出皎兮,佼人僚兮;舒窈纠兮,劳心悄兮。月出皓兮,佼人懰兮;舒忧受兮,劳心慅兮。月出照兮,佼人燎兮;舒夭绍兮,劳心惨兮。②

这两首诗,几乎每一句皆以"兮"为语助词,以增长气韵,调剂音节。至屈原,则几乎在所有的作品中都用"兮"字,而"兮"字可代表"之"、"而"、"然"、"于"等字意③,用途更加广泛。如《离骚》曰"怨灵修之浩荡兮,终不

---

① [汉]毛亨传,郑玄笺,[唐]孔颖达疏:《毛诗正义》卷五之二,《十三经注疏》,中华书局1980年版。
② 同上书卷七之一。
③ 闻一多:《怎样读九歌》,《闻一多全集·楚辞编》,湖北人民出版社1993年版。

察夫民心"①,"兮"类似于"啊"。《九歌》之"采芳州兮杜若","兮"类似"之"字;"带长剑兮挟秦弓","兮"为"而"意;"传芭兮代舞""兮"有"以"之意;"芳菲菲兮满堂",此"兮"有"然"的作用;"采薜荔兮水中","兮"可解为"于"字②。"兮"的丰富运用,使屈原作品严肃的文人主题渗透了活泼的民歌气息,因而迥别于同样是出自文人之手整理的《诗经》雅颂之庄重。

《诗经》一般为四言一句,至《楚辞》,则出现了丰富多彩的句式,即骚体诗句,句法参差错落,灵活变化。《离骚》的句式与《九歌》的句式不同,《九章》句式,虽多类似于《离骚》,但如《橘颂》之言"后皇嘉树,桔徕服兮;受命不迁,生南国兮"③,却与其他篇章相异。《涉江》、《怀沙》乱词,又同于《橘颂》句式,与《离骚》、《哀郢》等辞之"乱"不相类似。《卜居》、《渔父》两篇是散体,《天问》则又有所不同。至于不同句式或同一句式的不同句子,其字数又长短不同。屈原打破了四言诗那种较为固定的句式结构,适应抒情、叙述之需要,句式结构富于变化,而句子之长短又随时变通,因而增强了作品的表现力,是对文学形式的一次革命。这也是屈原作品语言独创性的重要特征。

屈原以华美的外表和好修为炫耀,其作品语言也表现出华美的美学倾向,其诗句好铺陈、对偶,其遣词又多有色彩艳丽、芳香扑鼻的草木之名及形容词,并大量运用"耿介"、"謇謇"、"冉冉"、"菲菲"、"歔欷"之类的叠音词或联绵词,其所描写,又多华贵、繁富、豪华的场景,如《离骚》之求女、赴昆仑,《九歌》之如神、恋爱、鼓瑟、争战等,都有一种不同寻常的华丽气派,博大气势。特别是《九歌》,可以说是屈原华艳文风的代表作。同样是描述神的舞姿,在描述云中君时,作者根据云的特征来塑造云神形象,用"连蜷"来形容云神"临坛"时的舞姿,而写东皇太一时则用"偃蹇",虽然描述都极为简单,却都抓住了天神形象的特征。再如在对山鬼形象刻画时,作者并未刻意雕琢,使用的也是寻常的毫不生僻的文字,然而刻画的山鬼神态,描绘的山中景物,都表现得极其完美和谐,贺贻孙赞其诗句"凭空点

---

① [宋]洪兴祖:《楚辞补注》第一,中华书局1983年版。
② 同上书第二。
③ 同上书第四。

缀,字字奇绝"①。再如"竦长剑兮拥幼艾"的少司命形象,那一手挺着长剑、一手抱着幼儿的造型,可以说是我国文艺创作历史画廊中最具光彩的形象之一。

刘勰《文心雕龙·辨骚》云:

> 故《骚经》、《九章》,朗丽以哀志;《九歌》、《九辩》,绮靡以伤情;《远游》、《天问》,瑰诡而慧巧;《招魂》、《大招》,耀艳而深华;《卜居》标放言之致,《渔父》寄独往之才。故能气往轹古,辞来切今,惊彩绝艳,难以并能矣。②

这里提到的《离骚经》、《九章》、《九歌》、《远游》、《天问》、《卜居》、《渔父》都是屈原的作品。屈原作品的朗丽,绮靡,瑰诡而慧巧,放言,独往,轹古之气,切今之辞,与其哀怨的情绪相统一,因而其语言愈是华艳,其情绪愈加感伤,其语言风格表现出一种华艳而哀婉的美学倾向,惊天地而泣鬼神,其艳采与《诗经》典雅朴素的民歌风貌完全不相同。

四、意境风格之奇

意境之绮丽,是屈原作品重要的特征。楚辞《离骚》、《天问》等作品,书写托云龙,说迂怪,丰隆求宓妃,鸩鸟媒娥女等情节,以荒诞虚构来抒发他对现实世界的强烈不满,以及超凡入圣,不同俗人的个性及才能。屈原作品大量运用神话传说素材,来建立一种人与神共存于同一空间的氛围。龙、凤、日、月、风伯、雷师都为抒情主人公所驱使,同神话人物对话、交流,他把神话仙界当作自己倾诉衷肠,寻求支持的对象。当他遭受打击时,去九嶷山向帝舜倾吐衷肠,他上天求女,寻求媒理之时,月神前驱,风神卫后,凤凰警戒,飘风、云霓相迎。上界寻女不成,转而又入春宫,折琼枝,分求宓妃、简狄、二姚,而媒人则是雷神丰隆,以及传说中的人物蹇修。诗人在求女失败后,又托言问灵氛,求巫咸决疑,灵氛以吉占劝诗人远游,诗人

---

① [清]贺贻孙:《骚筏·九歌》,清道光二十六年敕书楼水田居丛刊重刻本。
② 吴林伯:《文心雕龙义疏》,武汉大学出版社 2002 年版。

遂"折琼枝以为羞兮,精琼靡以为粻"①,驾飞龙、杂瑶象为车,向昆仑进发。昆仑山是古代传说中西方的神山,代表了诗人的向往。仙境的美好,促使诗人脱离尘世,摆脱现实的烦恼,但对旧乡的依恋,又时时刻刻把他吸引到人间来,使他不能不面对现实的不幸。《离骚》便是诗人不断徘徊于超现实与现实之中,出世与入世,逃避与关怀等多种矛盾激烈斗争的情绪表现,《离骚》以高贵的诗人诞生为始,以失望的诗人决定蹈水为结尾,诗人在现实中得不到理解,便只能驰骋想象,以白日梦的虚构境象求得暂时的栖息。神话世界,在屈原这里,是一种意境的新创造,是他抒发感情的必要方式。光怪陆离,缤纷多彩的神话世界与混浊丑陋贪婪虚伪的现实世界的交错出现,使诗人一时兴高采烈而欲飞,转瞬意气低迷而欲死,一时上天入地无疲倦,一时徘徊人世多凄迷。《离骚》的境象是荒诞的,而其情致却是凄迷而悲怆的,这就构成了一种荒诞而凄迷的意境。清人鲁笔说《离骚》"下半篇纯是无中生有,一派幻境突出"②。此幻境,正是指《离骚》虚构的"虚无"、"怪妄",即一种非实在意境。

荒诞而凄迷的意境,实际上表现出诗人理想与现实的冲突。而这一冲突,又是贯彻在屈原的所有作品之中的。因此,荒诞而凄迷的意境,构成了屈原作品意境的基本风貌。《天问》上问天地原始,下问人事变迁,其中夹杂着有关天地风雷,日月星辰,伯禹鲧,康回凭怒,昆化悬圃,雄虺九首,黑水玄趾,羿焉彃日等荒诞的传说,其主旨却在检讨历史,以神话的寓意,现实的教训警醒楚王,"悟过改更",其衷情恳切恻隐。《九章》诸文,志气慷慨,或直舒其愤,或托物象征,梦魂牵绕,神灵时现,五帝六神,枌中而向服,山川备御,咎繇听直。现实与理想在交战,"心郁结而纡轸"③,"迷不知吾所如"④,"望长楸而太息兮,涕淫淫其若霰"⑤,托游天地,"凌大波而流风"⑥,最终却只能从古贤圣,归于彭咸所居。《远游》"托配仙人,

---

① [宋]洪兴祖:《楚辞补注》第一,中华书局1983年版。
② [清]鲁笔:《楚辞达》,嘉庆九年小停云山馆刻《二余堂丛书》本。
③ 《惜诵》,[宋]洪兴祖:《楚辞补注》第四,中华书局1983年版。
④ 《涉江》,同上书第四。
⑤ 《哀郢》,同上书第四。
⑥ 《悲回风》,同上书第四。

与俱游戏,周历天地,无所不到"①,哀人生之长勤,夜耿耿而不寐,说神怪最似《离骚》;《卜居》、《渔父》,虚构情境,而见哀怨愤懑。凡此种种,都体现出荒诞而凄迷的意境追求。

《九歌》的内容为祀神,其所写当然都属于荒诞的虚构。明张京元指出:

> 沅湘之间信鬼而好祀,原见其祝辞鄙俚,为作《九歌》,亦文人游戏,聊散怀耳。篇中皆求神语,与时事绝不相涉。旧注牵合附会,一归怨愤,何其狭也。②

张氏此言,虽仍袭旧说,以为夏之《九歌》必定鄙俚,但揭示《九歌》皆为求神虚语,与现实之事不关联,而王逸等人以屈原流放怨怒牵强附会,是其狭隘执见,这是有见地的。金开诚则进一步指出《九歌》为乐神歌,他说:

> 《九歌》绝不可能是屈原流放在沅湘之间时所作,《九歌》的内容也绝无诉冤、讽谏的意思。……从《九歌》的整体情况和具体内容看,它不可能是沅湘地区的祭歌;它只能是楚国朝廷所掌管,用于国定祀典的乐神之歌。③

《九歌》娱神,其词轻松活泼。《东皇太一》写迎神,时间是"吉日兮良辰",其目的是"穆将愉兮上皇",又有长剑玉珥,美玉琳琅,瑶席玉瑱,食有蕙肴桂酒,乐有枹鼓、竽瑟,其歌舒缓安详,"芳菲菲兮满堂,五音纷兮繁会,君欣欣兮乐康"。《云中君》云云中君之出现,"浴兰汤兮沐芳,华采衣兮若英。灵连蜷兮既留,烂昭昭兮未央。謇将憺兮寿宫,与日月兮齐光。龙驾兮帝服,聊翱游兮周章。灵皇皇兮既降,飙远举兮云中……"④陈设既豪华而贵重,服饰也鲜艳而珍贵,气氛则轻盈而有喜剧性。其余如《湘君》、《湘夫人》、《大司命》、《少司命》、《东君》、《山鬼》诸篇,也大抵相类似。

《九歌》之娱神、恋爱、鼓瑟、争战等,都有一种不同寻常的华丽气派和

---

① [汉]王逸:《楚辞章句·远游序》,[宋]洪兴祖:《楚辞补注》第五,中华书局1983年版。
② [明]张京元:《删注楚辞·九歌》,明万历四十六年刊本。
③ 金开诚:《屈原辞研究》第四章,江苏古籍出版社1992年版。
④ [宋]洪兴祖:《楚辞补注》第二,中华书局1983年版。

博大气势。如写仪容服饰之美,《东皇太一》云:"灵偃蹇兮姣服,芳菲菲兮满堂。"《云中君》云:"浴兰汤兮沐芳,华彩衣兮若英。"展现乐舞声情之美,《东君》云:"翾飞兮翠曾,展诗兮会舞。应律兮合节,灵之来兮蔽日。"《礼魂》云:"成礼兮会鼓,传芭兮代舞,姱女倡兮容与。"描写环境之美,《少司命》云:"秋兰兮糜芜,罗生兮堂下。绿叶兮素枝,芳菲菲兮袭予。"《湘夫人》云:"筑室兮水中,葺之兮荷盖。荪壁兮紫坛,匊芳椒兮成堂。桂栋兮兰橑,辛夷楣兮药房。罔薜荔兮为帷,擗蕙櫋兮既张。白玉兮为瑱,疏石兰兮为芳。芷葺兮荷屋,缭之兮杜衡。"①《九歌》辞藻优美,音韵铿锵悦耳,构成一个富于艺术魅力的玲珑剔透、晶莹美妙的艺术天地。

《九歌》所写并非人间实有而是虚构的、荒诞的情节、景致,但诗人又为其加注了人间喜剧性,如自《云中君》至《山鬼》八篇,用独白或对白的方式陈述诸自然神的故事,其主流当然是欢乐而轻快的基调,神之去留,壮丽而气派,但因离合不定,也不免欢中有悲。

《九歌》之《云中君》至《山鬼》八篇,因有"夫君"、"美人"、"公子"之类的词语,而所写情景,又颇类似男女情爱。应该说,《九歌》此八篇牵涉男女情爱,只是作者所运用的一种娱神以娱人的喜剧手段而已,写神与神之爱恋,以及人之思神的惆怅,一方面是给神加上一点喜剧色彩,另一方面也表现了人神相隔,人对神的敬畏。

《湘夫人》为我们描绘了一幅望穿秋水图,"帝子降兮北渚,目眇眇兮愁予",描写了湘君在北渚久等湘夫人不至那种望眼欲穿的焦急心情。紧接着"嫋嫋兮秋风,洞庭波兮木叶下"②则通过环境和气氛的描写衬托了主人公内心的忧愁:萧索的悲秋时节,阵阵秋风,吹起了洞庭的波涛,吹落了片片枯黄的叶子,我所思念的人啊,他在哪里呢?提起悲秋文学,人们常常提到的是宋玉的《九辩》,实际上《湘夫人》的意境创造与《九辩》也有异曲同工之妙,所以胡应麟认为《湘夫人》"嫋嫋兮秋风,洞庭波兮木叶下"与《九辩》的"悲哉,秋之为气也!萧瑟兮,草木摇落而变衰。憭慄兮,若在

---

① 上引见[宋]洪兴祖:《楚辞补注》第二,中华书局1983年版。
② 同上。

远行,登山临水兮送将归"①,"模写秋意入神,皆千古言秋之祖"②。再来看《山鬼》,林深杳冥,白日昏暗,淫雨连绵,猿啾狖鸣,风木悲号,谁能不同情此种氛围之下的披薜荔戴女萝,含睇善笑的山鬼?再如《湘夫人》中湘君幻想与湘夫人如愿相会的情景,他们建在水中央的庭堂是由荷、荪、椒、桂、兰、辛夷、药、薜荔、蕙、石兰、芷、杜衡等十多种奇花异草香木来构筑修饰的。作者之所以不厌其烦地列举,目的就是想以流光溢彩的外部环境来烘托和反映人物内心的欢乐和幸福。

《九歌》中若就缠绵悱恻、凄婉动人而言,则以《湘君》、《湘夫人》、《山鬼》最有代表性,《湘君》、《湘夫人》写思念之情,情绪跌宕起伏,期待、追寻、梦幻、误会,构成虚诞而凄迷的意境,离愁别绪笼罩情怀。《山鬼》则写"含睇"、"宜笑"、"善窈窕"的美女子细腻而复杂的期待心情,由期待而失望,由失望而悲哀。《国殇》篇,则展现了争战将士慷慨悲壮、英勇向前,轻生赴死的侠气,他们"身既死兮神以灵,子魂魄兮为鬼雄",自有一种悲壮的美丽。闻一多认为《国殇》与《云中君》至《山鬼》诸篇的"哀艳"不同,此诗"铺陈战争的壮烈,赞颂战士的英勇",是"悲壮""似小雅"的"挽歌"③。

《九歌》以非人间所实有的神祇鬼魂为表现对象,从其构思之原则来看,当然所写无不是荒诞的情节、景致,但诗人又给神祇鬼魂加注了人间喜剧性,以男女之悲欢离合,战士之生死节气写来,因而清妙之中含有悲哀,华丽之中酝酿着凄清,其境荒诞,而其情缠绵,实有凄迷之致。闻一多称此八篇为"恋歌",以为其内容是"用独白或对白的方式陈述悲欢离合的故事","哀艳","似风"④。虽然以《九歌》为恋歌,有把《九歌》内容简单化之嫌,但是,认为用独白或对白的方式陈述悲欢离合的故事,却大体近之。《云中君》结语曰"思夫君兮太息,极劳心兮忡忡",便带有悲伤之情。《湘君》曰"望夫君兮未来,吹参差兮谁思","女婵媛兮为余太息","隐思君兮悱恻","心不同兮媒劳,恩不甚兮轻绝","交不忠兮怨长,期不信兮告余以

---

① [宋]洪兴祖:《楚辞补注》第八,中华书局1983年版。
② [明]胡应麟:《诗薮》内编卷一,上海古籍出版社1979年版。
③ 闻一多:《九歌的结构》,《中国社会科学》1980年第4期。
④ 同上。

不闲","时不可兮再得,聊逍遥兮容与"。《湘夫人》曰"思公子兮未敢言","时不可兮骤得,聊逍遥兮容与"。《大司命》曰"老冉冉兮既极","愁人兮奈何"。《少司命》曰"悲莫悲兮生别离","望美人兮未来,临风怳兮浩歌"。《东君》曰"长太息兮将上,心低徊兮顾怀"。《山鬼》曰"怨公子兮怅忘归","思公子兮徒离忧"①,其愁神凄凉,两情迷惘,皆情态尽显。

《文心雕龙·辨骚》以《九歌》"绮靡而伤情"②,明人蒋之翘说《九歌》"情神惨惋,词复骚艳,喜读之可以佐歌,悲读之可以当器。清商丽曲,备尽情态矣"③。清人陈本礼认为《九歌》"激楚扬阿,声音凄楚,所以能动人而感神也"④。清人沈德潜《说诗晬语》说"《九歌》哀而艳"⑤。这些论述,发现《九歌》悲喜交融、惨艳兼具的特征,正精确地概括了《九歌》意境所具有的哀婉而凄迷的特征。

屈原作品所表现出的艺术独创性,可以用"爱奇"一语来概括,即追求一种奇情奇境,这种奇情奇境,当然只有运用奇特的手法、奇特的形象、奇特的语言来表现。班固《离骚序》批评屈原"多称昆仑冥婚宓妃虚无之语,皆非法度之政,经义所载"⑥,刘勰《文心雕龙·辨骚》所言屈原"诡异之辞"、"谲怪之谈"、"狷狭之志"、"荒淫之意"四种异于经典的"夸诞",正是非法度之"奇"⑦。其发愤抒情而不止于温柔敦厚的礼义,其行为狷介而蹈水自杀,其叙事不以理性的次序,而仅循情感的轨迹,兴之所至,纷至沓来,假设问答,虚实相生,比兴奇特,夸张对比,学习楚歌,结构多变,语言华美,而多神话色彩,意境荒诞而凄迷。蒋骥《山带阁注楚辞》说屈原《天问》"仗气爱奇"⑧,事实上不惟《天问》如此,屈原之作品,都充满了这种倾向。

---

① [宋]洪兴祖:《楚辞补注》第二,中华书局 1983 年版。
② 吴林伯:《文心雕龙义疏》,武汉大学出版社 2002 年版。
③ [明]蒋之翘:《七十二家评楚辞》卷二《九歌》,明天启六年蒋之翘楚穉刻本。
④ [清]陈本礼:《屈辞精义·九歌》,1924 年上海扫叶山房影印裒露轩本。
⑤ [清]王夫之等编:《清诗话》(中),上海古籍出版社 1982 年版。
⑥ [宋]洪兴祖:《楚辞补注》第一,中华书局 1983 年版。
⑦ 吴林伯:《文心雕龙义疏》,武汉大学出版社 2002 年版。
⑧ [清]蒋骥:《山带阁注楚辞》,上海古籍出版社 1984 年版。

屈原作品艺术之奇特,是与发愤抒情的特征相联系的。屈原作品艺术之奇,首先是缘于其行为之奇,人格之奇,情感之奇。关于这一点,刘安、司马迁等人早已看出来了。《史记·屈原贾生列传》论《离骚》的写作特征云:

> 《国风》好色而不淫,《小雅》怨诽而不乱。若《离骚》者,可谓兼之矣。上称帝喾,下道齐桓,中述汤武,以刺世事。明道德之广崇,治乱之条贯,靡不毕见。其文约,其辞微,其志絜,其行廉,其称文小而其指极大,举类迩而见义远。其志絜,故其称物芳。其行廉,故死而不容。自疏濯淖汙泥之中,蝉蜕于浊秽,以浮游尘埃之外,不获世之滋垢,曒然泥而不滓者也。推此志也,虽与日月争光可也。①

司马迁称屈原"文约"、"辞微"、"志洁"、"行廉",称文小指大,举类迩而义远,其形象性的比喻、象征,精美的语言,无不是其行为、人格、情感的艺术化折射。他忠君而行洁,九死而不悔,一心向所善,顾君门而掩涕;他自傲自负,恃才傲物,不容苟且,伏清白而蹈水。这都体现了其行为、人格、情感之奇。陈子龙曾把屈原与庄子相提并论,曰:"故二子所著之书用心恢奇,遥辞荒诞,其宕逸变幻,亦有相类。"②庄子以其恢诡谲怪、汪洋恣肆之奇文为文学奇观。屈原遗世独立,出污泥而不染,胸怀理想,志气高邈,不合于俗,因而人奇、行奇、情奇,有奇人而有奇行、奇情,因而便有用心恢奇、荒诞谲怪、跌宕变幻的奇文。

---

① 《史记》卷八十四,中华书局1959年版。
② [明]陈子龙:《陈卧子先生安雅堂稿》卷三,上海时中书局1910年版。

第七章　宋玉及战国赋体文学

《楚辞》中有《九辩》、《招魂》、《大招》三篇，《楚辞释文》以《九辩》为第二，《招魂》第九，《大招》第十六，今本《楚辞章句》则以《九辩》第八，《招魂》第九，《大招》第十。洪兴祖《楚辞补注·大招》曰："屈原赋二十五篇，《渔父》以上是也。"①《渔父》以上包括《离骚》、《天问》、《远游》、《卜居》、《渔父》各一篇，《九歌》十一篇，《九章》九篇，凡二十五数。《九辩》以下，则非屈原所作。

因为《楚辞释文》所根据的旧本《楚辞》先后篇第不以作者为先后，今天的《楚辞》篇第，是与作者的次第紧密联系在一起的。《九辩》、《招魂》、《大招》三篇在《楚辞》中先后次序的改变，是有人考察作者的先后，重订篇第的成果。这说明重编《楚辞》篇第的人，并不以《九辩》、《招魂》、《大招》为屈原所作。王逸《楚辞章句》指出：

《九辩》者，楚大夫宋玉之所作也。②

《招魂》者，宋玉之所作也。③

《大招》者，屈原之所作也。或曰景差，疑不能明也。④

《九辩》、《招魂》的作者，王逸说得很清楚，自然，后代人无由生歧义。但《大招》的作者，王逸也没有搞清楚，如果重编《楚辞》的人，较倾向于屈原，则应把《大招》放在屈原作品之后，宋玉作品之前，现在却置于宋玉作品之后，这实际是暗示编者并不倾向《大招》为屈原所作的看法。

宋玉等人除创作了楚辞作品以外，同时还是赋体文学的创始人。而宋玉等人的楚辞作品，赋的特征已经很明显了。

---

① [宋]洪兴祖：《楚辞补注》第十，中华书局1983年版。
② 同上书第八。
③ 同上书第九。
④ 同上书第十。

第一节　辞向赋的演变

宋玉等人是赋作品的开创者，同时，他们也是重要的楚辞作家。他们的作品是楚辞通向赋的重要阶梯。

《楚辞》一书，为汉刘向所编集，王逸《楚辞章句》所依据的蓝本，便是刘向所集之书。刘向父子居于金匮石室，校经传诸子诗赋，其编《楚辞》，所依据必然可靠，王逸《楚辞章句》所叙《楚辞》各篇作者，本自刘向，其准确性是不容怀疑的。但是，学术界却存在着一种怀疑刘向编订《楚辞》之可靠性的倾向，这种倾向性包括：否定《楚辞》中所标明的屈原作品为屈原所作；否定《楚辞》中标明为宋玉所作的作品为宋玉所作，而归之于屈原。这些倾向虽表现为或全面或部分地怀疑屈原、宋玉的著作权；或为扬屈而抑宋，把宋玉的某些或全部著作权归于屈原，其效果都是直接或间接地否定刘向显然是来自于宋玉、唐勒、景差，下及严助、朱买臣的可靠传授系统而得出的结论。如果推翻了《楚辞》中某些本应属于宋玉的作品著作权，也就等于说《楚辞》中关于屈原的作品著作权也是值得怀疑的。这显然与否定屈原的存在，因而也否定屈原作品的屈原否定论殊途而同归。

我们说，刘向编集《楚辞》，必然有汉代最为权威的资料作依据，因此，刘向的说法无疑是最可靠的，但这并不等于说刘向的话是绝对真理，不可以有丝毫怀疑。不过，任何怀疑必须建立在可靠的证据之基础上。关于屈原及其作品著作权的否定论因证据不足，并不为学术界的大部分人所接受，惟对宋玉著作权，所持怀疑论者影响既大，而且怀疑的范围最广。研究宋玉，不可以不有所辨别。

一、《九辩》的作者问题

关于《九辩》的作者，自王逸以降，基本认为是宋玉之作。但也有部分人提出《九辩》是屈原的作品。宋晁补之《离骚新序》云："《九辩》、《招魂》

皆宋玉作,或曰《九辩》原作,其声浮矣。"①明人焦竑,著《九辩九歌皆屈原自作》一文,指出:

  《离骚经》"启《九辩》与《九歌》兮",即后之《九歌》、《九辩》,皆原自作无疑。……《九辩》谓宋玉哀其师而作。熟读之,皆原自为悲愤之言,绝不类哀悼他人之意。②

又说:

  近览《直斋书录解题》,载《楚辞释文》一卷,其篇次与今本不同。首《离骚》,次《九辩》,而后《九歌》……以此观之,决无宋玉所作搀入原文之理。③

焦竑之言,被陈第称为"卓绝于今古"④,而张京元则模棱两可,存而不论⑤。至吴景旭,则声称特别佩服焦竑的观点⑥。吴汝纶评点《古文辞类纂》,则为焦竑的观点增加了一个新证据,曰:

  《楚辞释文》本《离骚》第一,《九辩》第二。……是旧本次此篇于《离骚》之后,《九章》之前,吾疑固屈子之文。……《九辩》、《九歌》两见《离骚》、《天问》,皆取古乐章为题,明是一人之作。又曰:曹子建《陈审举表》引屈平曰:"国有骥"云云,洪《补注》亦载此语,则子建固以《九辩》为屈子作……宜用曹子建说,定为屈子之词。⑦

概括而言,焦竑等人认为《九辩》为屈原所作,有四条理由:其一,《离骚》、《天问》提及《九辩》时与《九歌》联系在一起;第二,《九辩》之内容是屈原自为悲愤之言;第三,《释文》次序《九辩》在《离骚》之后,《九歌》之前,而

---

① [宋]晁补之:《鸡肋集》卷三十六,《文渊阁四库全书·集部三·别集类二》。
② [明]焦竑:《焦氏笔乘》卷三,上海古籍出版社1986年版。
③ [明]焦竑:《焦氏笔乘续集》卷四,《焦氏笔乘》,上海古籍出版社1986年版。
④ [明]陈第:《屈宋古音义》,《丛书集成初编》,中华书局1985年版。
⑤ [明]张京元:《删注楚辞》曰:"焦太史……因指《九辩》语以自伤,必为原作无疑。愚谓《九辩》即出原手,恐未必作于《离骚》之先。且上下句文义不属,故仍依逸注并存此说。"明万历四十六年刊本。
⑥ [清]吴景旭:《历代诗话》卷十乙集《楚辞·宋玉宅》曰:"吴旦生曰,晁元咎谓《大招》古奥,疑是原作。焦弱侯谓《九辩》皆自悲愤之言,绝无哀悼其师之意,即原自作。余殊服此二言。"中华书局1958年版。
⑦ [清]姚鼐撰,吴汝纶评点:《古文辞类纂》卷六十三,中国书店1986年版。

《离骚》、《九歌》是屈原作品,因而《九辩》也应当是屈原著作;第四,曹植《陈审举表》引屈原"国有骥而不知乘兮,焉皇皇而更索",此语出自《九辩》。

《九辩》、《九歌》是古乐名,《离骚》、《天问》所言《九辩》、《九歌》不是《楚辞》之《九辩》、《九歌》,这是我们已明了的。屈原可以旧乐章作《九歌》,宋玉又未尝不可以《九辩》旧题作《九辩》新歌;屈原既作《九歌》,却未必需要再作《九辩》,这其中并不存在必然性的联系。至于《九辩》内容,既然可以是屈原自悲,又何尝不可以是宋玉之悲屈原或自悲呢?《释文》次序不以作者为次,所以才需要改正成今日之貌,其编集,或以收集到各篇目的先后为序,如汤炳正先生《楚辞成书之探索》一文所指出的那样,"反映出了《楚辞》一书的纂辑过程和纂辑者的主名。它证明了《楚辞》一书是由战国至东汉这一漫长的历史时期中经过很多人的陆续编纂辑补而成的"①。并不能说明旧本《楚辞》次序可以反映作者问题。更何况《楚辞》成形,以刘向为最有贡献,刘向整理校勘《楚辞》,以《九辩》为第二,却仍以《九辩》为宋玉之作,一定有其充分理由。而曹子建以《九辩》之言为屈原语,可能是曹植误记。游国恩先生指出:"在古人的文章里,因误记而错引的话太多了,随便举个例,'死生有命,富贵在天',在《论语》里不明明是子夏说的吗?而王充《论衡·问孔篇》则直以为是孔子的话。常读易见的书尚且如此,何况《楚辞》?《楚辞》中包括作者很多,在古时书不易得,或但凭记忆,偶然引证错误,是极平常的事。"②

近世以来,主张《九辩》为屈原之作的人,如梁启超、刘永济等人,并未有新证据,也不过是因袭焦竑、吴汝纶等人的观点而已③。因而可以说,以《九辩》为屈原之作的证据并不充分。

---

① 汤炳正:《屈赋新探》,齐鲁书社1984年版。
② 游国恩:《楚辞九辩的作者问题》,《游国恩学术论文集》,中华书局1989年版。"死生有命,富贵在天"一语见《论语·颜渊》,子夏说这句话是"商闻之",虽然有可能是闻于孔子,当然也有可能是春秋时期的一句常语。[三国魏]何晏集解,[唐]陆德明音义,[宋]邢昺疏:《论语注疏》卷十五,《十三经注疏》,中华书局1980年版。
③ 梁启超:《楚辞解题及其读法》,《饮冰室合集·专集》第七十二,中华书局1989年版。刘永济:《屈赋通笺》,人民文学出版社1961年版。

二、《招魂》的作者问题

较之《九辩》的作者问题,《招魂》与《大招》的作者问题更加复杂,是研究屈原及宋玉作品的重要问题。

关于《招魂》的作者,王逸《招魂序》曰:

> 宋玉怜哀屈原忠而斥弃,愁满山泽,魂魄放佚,厥命将落,故作《招魂》,欲以复精神,延其年寿,外陈四方之恶,内崇楚国之美,以讽谏君王,冀其觉悟而还之也。①

王逸的意思是很清楚的。但是,因为司马迁在《史记·屈原贾生列传》中说,读《离骚》、《天问》、《招魂》、《哀郢》而"悲其志",则说明《招魂》与《离骚》、《天问》、《哀郢》诸篇一样,都表现出了屈原的志气。虽然司马迁并没有明确说《招魂》是屈原的作品,但后人依据司马迁提供的线索,纷纷肯定这一说法。如宋人吴开说:

> 杜子美《今夕行》:"凭陵大叫呼五白,袒跣不肯成枭卢。"学者谓杜用刘毅、刘裕东府樗蒲事。虽杜用此,然屈原《招魂》已尝云:"成枭而牟呼五白。"②

吴开此言,并未提及以《招魂》为屈原著作的理由,而黄文焕《楚辞听直》、林云铭《楚辞灯》却补充了一些理由。明人黄文焕《楚辞听直》云:

> 余谓二《招》之概似属原有数端焉:《大招》之终曰"尚三王只",如此大本领,超夏、商、周而欲为二帝之治,非原不能道也。原之作《怀沙》曰"孟夏",使诸弟子招之,必当从死月以立言。今二《招》之辞俱在,《大招》发端曰"青春受谢","春气奋发",《招魂》之殿末曰"献岁发春,汩吾南征",曰:"目极千里兮伤春心",均不及夏月。读《九章》曰"愿春日",曰"天春发岁",曰"仲春东迁",原之被放,实以春候。盖当出门之日,即为决死之期,魄存而魂散久矣,夫是以指春而两自招也。

---

① [宋]洪兴祖:《楚辞补注》第九,中华书局1983年版。
② [宋]吴开:《优古堂诗话》,丁福保:《历代诗话续编》,中华书局1983年版。

是则以时日证之，而何可定其为原作也。……因《九辩》之言夏秋，而愈知二《招》之言春，似属原所自作也。《离骚》共二十五篇，今合首《骚》、《远游》、《天问》、《卜居》、《渔父》、《九歌》、《九章》，只二十三耳。《九歌》虽十一，而当日定之以九，无由折为十一。则于二十三之中，再合二《招》，恰是二十五之数焉。是又以篇计之，而愈似乎原之自作也。必曰二《招》属其弟子所作，将招之于死后耶？何以不遡死月属夏而概言春？将曰招之于生前耶？既疑招魂为不祥之语，非原所肯自道，乃以弟子事师，于师之未死而遽招其魂，以死事之耶？其为不祥，又岂弟子之所敢出口耶？①

清人林云铭《楚辞灯》云：

古人招魂之礼，为死者而行。嗣亦有施之生人者。屈原以魂魄离散而招，尚在未死也。但是篇自千数百年来皆以为宋玉所作。王逸茫无考据，遂序于其端。试问太史公作《屈原传》赞云："余读……《招魂》，悲其志。"谓悲原之志乎？抑悲玉之志乎？此本不待置辨者，乃后世相沿不改。②

黄文焕以《大招》、《招魂》为屈原所作，其理由包括四方面：一是说"尚三王只"此大气魄的话不是屈原之外的人所可以说的。二则屈原以春日被放，春为屈原决死之期，至于宋玉《九辩》，只言夏秋，《招魂》、《大招》言春，而不及夏月，《怀沙》为屈原绝笔，其曰"孟夏"，宋玉招屈原之魂，则应在夏月，因此，以节候推测，《招魂》、《大招》似屈原自招；第三是说招魂为不祥之语，未死而招其魂，不合于弟子事师之道。第四是以篇目证之，屈原赋二十五，《九歌》九篇，合《离骚》、《天问》、《九章》、《远游》、《卜居》、《渔父》凡二十三，合《招魂》、《大招》则成二十五之数。林云铭的根据则仅仅是《史记·屈原贾生列传》司马迁读《招魂》而悲屈原之志一语。

黄文焕的四条理由，实际上是很靠不住的。首先，对三王的崇尚，是春秋战国时代文人们的共识，不论是儒家，还是道家，都以自己的领会歌

---

① ［明］黄文焕：《楚辞听直·听二招》，台湾新文丰出版社1974年版。
② ［清］林云铭：《楚辞灯·招魂》，《四库全书存目丛书》，齐鲁书社1997年版。

颂三王,屈原可以推崇三王,宋玉也未尝不可以推崇三王。《九辩》曰:"尧舜之抗行兮,瞭冥冥而薄天。""尧舜皆有所举兮,故高枕而自适。"尧、舜、禹、汤、文、武,是圣王的代表,宋玉赞颂尧舜,屈原《离骚》也屡屡称述尧舜,其气魄未必有多大差别。

其次,屈原绝笔之诗,究竟是否《怀沙》,自汉以来,实多分歧。《史记·屈原贾生列传》以屈原"怀石遂自投汨罗以死",怀石与怀沙是不同的。明人汪瑗曰:

> 此云《怀沙》者,盖原迁至长沙,因土地之沮洳,草木之幽蔽,有感于怀,作此篇,故题之曰《怀沙》。怀者,感也,沙指长沙。题《怀沙》者,犹《哀郢》之类也。屈原之死,自秦之前无所考,而贾谊作《吊屈原赋》曰:"侧闻先生兮,自沈汨罗。"东方朔作《沉江》之篇曰:"怀沙砾以自沉。"太史公亦曰:"屈原作《怀沙》之赋,抱石自投汨罗以死。"盖东方朔误解怀沙为怀抱沙砾以自沉,而太史公又承其讹而莫之正也。①

明人张京元曰:

> 原以仲春去国,今且孟夏矣。怅焉恋国,爰赋《怀沙》。②

汪、张二人都不以《怀沙》为屈原绝笔之言。《怀沙》曰:"知死不可让,愿勿爱兮;明告君子,吾将以为类兮。"③这个声明,与屈原其他场合表现出的必死决心并无二致。《惜往日》曰:"不毕辞而赴渊兮。"④蒋骥《山带阁注楚辞》曰:

> 夫欲生悟其君不得,卒以死悟之,此世所谓孤注也。默默而死,不如其已;故大声疾呼,直指谗臣蔽君之罪,深著背法败亡之祸,危辞以撼之,庶几无弗悟也。苟可以悟其主者,死轻于鸿毛,故略子推之死,而说文君之悟,不胜死后余望焉。《九章》惟此篇词最浅易,非徒垂死之言,不暇雕饰,亦欲庸君入目而易晓也。⑤

---

① [明]汪瑗:《楚辞集解》,北京出版社1994年版。
② [明]张京元:《删注楚辞》,明万历四十六年刊本。
③ [宋]洪兴祖:《楚辞补注》第四,中华书局1983年版。
④ 同上书第九。
⑤ [清]蒋骥:《山带阁注楚辞》,上海古籍出版社1984年版。

该篇开首曰:"惜往日之曾信兮。"综合叙述平生政治遭遇,痛惜自己的理想受到谗人的破坏,而未能实现,因而不得不死,比《怀沙》更具有绝命辞的性质,但我们也不便遽下结论,说屈原果真不毕辞而赴渊。《怀沙》未必是屈原绝笔,而其曰"孟夏",也就不一定是屈原死期了,且屈原之生平事迹,只有一个大致的线索,其生年死月,难有精确之说,民间传闻,司马迁所不取①,自然不可作为证据。

更重要的是《招魂》也可招生人之魂,未必一定是招死人之魂。人之死,魂魄离散,而人生在世,也有失魂落魄之时。一个失魂落魄之人,当然精神散失,无法凝聚思虑,而自招其魂。所以,为死人招魂当然是活人,而不可能是死人自己。为活人招魂,也必然是未失魂之人。屈原在被疏放逐之后,行为大异平常,"游于江潭,行吟泽畔,颜色憔悴,形容枯槁"②,"心烦虑乱,不知所从"③,"被发行吟泽畔"④,与一向好修的仪容格格不入。而被发行吟,无异于狂人。《韩诗外传》曰:"纣杀王子比干,箕子被发佯狂。"⑤《论语·微子》曰:"楚狂接舆歌而过孔子。"⑥邢昺云,楚人陆通,字接舆,在楚昭王时,因"政令无常,乃被发佯狂,不仕,时人谓之楚狂也"⑦。屈原当然不会是真发狂,而是佯狂,但外人不知,以为真狂,疯癫而失常性,丢魂魄,同情他的人,便要为他招回已失去的魂魄,以使他恢复常性常形。屈原佯狂,当然不好自招其魂,而且他又自认为世人沉浊醉迷,失去本心,而他清醒独立,是不会承认自己失魂的。为失魂之人或死

---

① 《续齐谐记》曰:"屈原以五月五日投汨罗而死,楚人哀之,每于此日以竹筒贮米投水祭之。汉建武中,长沙区回白日忽见一人,自称三闾大夫,谓回曰:'闻君常见祭,甚善,但常年所遗并为蛟龙所窃,君若有惠,可以楝树叶塞上,以五色丝缚之,此物蛟龙所惮。'回依其言,世人五月五日作粽并带五色丝及楝叶,皆汨罗之遗风。"见台湾版《文渊阁四库全书·子部十二·小说家类》。沈亚之《屈原外传》曰:"于五月五日遂赴清冷之水。"蒋骥:《山带阁注楚辞》,上海古籍出版社1984年版。
② 《渔父》,[宋]洪兴祖:《楚辞补注》第七,中华书局1983年版。
③ 《卜居》,同上书第六。
④ 《史记》卷八十四《屈原贾生列传》,中华书局1959年版。
⑤ [清]韩婴撰,徐维遹校释:《韩诗外传集释》卷七,中华书局1980年版。
⑥ [三国魏]何晏集解,[唐]陆德明音义,[宋]邢昺疏:《论语注疏》卷十八,《十三经注疏》,中华书局1980年版。
⑦ 同上书卷十五。

人招魂,原是一种出自善心的习俗,并不存在不祥之意。

招魂此事,既然有为生人和为死人两端,招生人之魂,其目的在于附体,而死人死后魂魄应离窍而升天,若招回人间,游离人世,岂非游魂一般!《招魂》外陈四方之恶,内崇楚国之美,招魂返楚,必因失魂之人在楚,而非有楚人死而招魂附体,这是简单的道理。所以,黄文焕的第二与第三条理由是站不住脚的。

至于《汉书·艺文志》所云屈原二十五篇赋的说法,实际上不可以用来论证王逸的错误。因为《汉书·艺文志·诗赋略》本据刘向父子辑录诗赋的成果,而《楚辞》又编于刘向之手,二者不会有任何矛盾。刘向既然说《招魂》是宋玉所作,《汉书·艺文志》说屈原赋二十五篇,自然不应包含《招魂》在内。而《汉书·艺文志》说"宋玉赋十六篇",应包括《招魂》在内。

关于《招魂》为屈原作品的最有力的证据,当然是《史记·屈原贾生列传》中司马迁关于读《招魂》而悲屈原之志的说法。这个说法,事实上也是不足以成为证据的,因为司马迁只说:"余读……《招魂》,悲其志",并非明言《招魂》是屈原所作,即便是宋玉为招屈原之魂而作,也可体现屈原之志。这也是前贤早已指出过的。清人王邦采说:

> 即谓读玉之文,而悲原之志,何不可者?①

宋玉招屈原之魂,当然是由于怜悯屈原遭遇,同情屈原之志,所以在《招魂》时,呼唤屈原魂兮归来,恢复神志。今人金式武曰:

> 今王逸认为《招魂》是宋玉代屈原为词,即宋玉拟屈原之所著,因而同司马迁说的"读《招魂》,悲屈原之志"毫不相违。②

宋玉代屈原招魂,要使屈原之魂附体,当然要用第一人称,就如司马相如《长门赋》常以"佳人"、"妾人"自称一般。《长门赋》是司马相如为孝武陈皇后所作,"以悟主上"③,当然其中有陈皇后之志,此与《招魂》有屈原之

---

① [清]王邦采:《屈子杂文笺略》,康熙六十一年刻本。
② 金式武:《关于招魂作者之考辨》,《上海师范大学学报(哲学社会科学版)》,1992年第1期。
③ [汉]司马相如:《长门赋》,[南朝梁]萧统编:《文选》卷十六,[唐]李善等注:《六臣注文选》,浙江古籍出版社1999年版。

志相类,所不同的是陈皇后曾"奉黄金百斤,为相如文君取酒"①,宋玉却惟有一片同情心作动力。

刘向是一位博学的学者,王逸是《楚辞》专家,他们二人当然都读过《史记·屈原贾生列传》,他们应该注意到司马迁"余读《离骚》、《天问》、《招魂》、《哀郢》,悲其志"②一语,却并不改正《招魂》的作者,这只能说明他们有可靠根据证明《招魂》是宋玉所作,也知道宋玉《招魂》体现了屈原之志,因而对司马迁的话不置一词。因此,我们实在没有必要怀疑刘向、王逸等楚辞专家之言,而以未必是司马迁本意的曲解为圭臬。

三、《大招》的作者问题

《大招》一篇,据《楚辞释文》,原在第十六之位置,后于刘向《九叹》,或非刘向所辑③。《楚辞释文》在《九叹》之后,所录《惜誓》、《大招》两篇,作者皆不明确。王逸《楚辞章句·惜誓序》曰:"《惜誓》者,不知谁所作也。或曰贾谊,疑不能明也。"④与《大招序》两相比较,可以得出这样的结论,即《惜誓》的作者可能是贾谊,或其他某个人,而《大招》的作者则必定在屈原或景差之中。王逸的治学态度是求实的,知之为知之,不知为不知,无疑则不疑,有疑则存疑,有多大把握,便说相应的话。

应该说,在王逸那里,《大招》作者的有关证据已足可以排除屈原与景差以外的人了。因此,我们所应辩证的,便是《大招》究竟是屈原所作,还是景差所作的问题。王逸《大招序》云:

> 屈原放流九年,忧恩烦乱,精神越散,与形离别,恐命将终,所行不遂,故愤然大招其魂,盛称楚国之乐,崇怀、襄之德,以比三王,能任

---

① [清]严可均编:《全汉文》卷二十二,中华书局1958年版。
② 《史记》卷八十四,中华书局1959年版。
③ 汤炳正《屈赋新探·楚辞成书之探索》一文说:"增辑的时期当在班固以后,王逸以前",此推测可备参考。齐鲁书社1984年版。
④ [宋]洪兴祖:《楚辞补注》第十一,中华书局1983年版。

用贤,公卿明察,能荐举人,宜辅佐之,以兴至治,因以风谏,达己之志也。①

王逸此序,显然是从屈原自招其魂的角度来讨论《大招》内容的。因为《大招》未必屈原所作,所以此说显然不可靠。林云铭虽袭屈原所作之说,而并不以自招其魂视之。《楚辞灯》曰:

> 王逸虽知为原作,又言作于放流九年,自招其魂。宋晁补之决其为原作无疑,但不知其招何人耳。皆非确论。余谓原自放流以后念念不忘怀王。冀其生还楚国,断无客死归莽,寂无一言之理。骨肉归于土,魂魄无不之。人臣以君为归,升屋履危,北面而皋,自不能已。特谓之大,所以别于自招,乃尊君之词也。②

后来吴世尚《楚辞疏》说:

> 《大招》本是原作,林西仲以为招怀,尤属细心巨眼。③

蒋骥《山带阁注楚辞》曰:

> 《章句》谓此篇系原自作,又云景差。后之论者,互有异同。惟林西仲以为原招怀王之辞,最为近理,今从之。④

屈复《楚辞新集注》曰:

> 《大招》,三闾痛怀王之文也。⑤

陈本礼《屈辞精义》曰:

> 怀王卒于秦,秦归其丧,此灵车未临,而屈子赋以招之也。⑥

尽管林云铭以《大招》为屈原招怀王之说一出,得到了吴世尚、蒋骥、屈复、陈本礼等人的响应,但是,吴汝纶《古文辞类纂评点》在说《大招》之时指出:

> 此宜为招屈子之辞。起言顷襄初政方明,魂无遥远,此讽君之婉辞也。后言三圭重侯,聪听,极于幽隐,无不雪之。冤魂可归而辅治

---

① [宋]洪兴祖:《楚辞补注》第十一,中华书局 1983 年版。
② [清]林云铭:《楚辞灯·大招》,《四库全书存目丛书》,齐鲁书社 1997 年版。
③ [清]吴世尚:《楚辞疏》,清雍正五年上友堂刻本。
④ [清]蒋骥:《山带阁注楚辞》,上海古籍出版社 1984 年版。
⑤ [清]屈复:《楚辞新集注》,《四库全书存目丛书》,齐鲁书社 1997 年版。
⑥ [清]陈本礼:《屈辞精义》,清嘉庆十七年裛露轩刻本。

也。文字古质,而义则视《招魂》为俭,奇丽亦少逊之。殆依仿《招魂》而为之者。①

吴汝纶肯定《大招》为招屈原魂而作,并说《大招》似仿《招魂》,故非屈原所作,而其中内容,也应为招屈原而非招怀王。王邦采《屈子杂文笺略》曰:

> 且二《招》文采虽极绚烂可观,而靡丽闳衍,有不免焉。使屈子秉笔,自招招君,必有一种忠爱激楚之意,溢于笔墨之外,而不徒侈陈饮食宴乐之丰,始冶歌舞之盛,堂室苑囿之娱,为此劝百讽一,如扬子云之所讥也。具明眼人,自能鉴人。②

这是说《大招》、《招魂》若是屈原自招或招客死秦国的怀王,必然有愤激狂狷之态,爱国之志,而《大招》、《招魂》并没有这些内容。那么《大招》、《招魂》当不是屈原所作。

朱熹《楚辞集注》首先肯定《大招》为景差所作,他说:

> 今以宋玉《大小言赋》考之,则凡差语皆平淡醇古,意亦深靖闲退,不为词人墨客浮夸艳逸之态,然后乃知此篇决为差作无疑也。③

朱熹以宋玉《大言赋》、《小言赋》中景差之言类比《大招》之言,而找出其中的一致性,这种证据虽不一定可靠,但他的结论无疑是正确的。

朱熹以后,以《大招》非屈原所作之学者,提出了一些屈原不可能作《大招》的证据,清人王夫之《楚辞通释》曰:

> 今按此篇亦招魂之辞。略言魂而系之以大,盖亦因宋玉之作而广之。其意以《招魂》盛称服食居游声色之美,而不及王伯之道,未足以慰贤士之心。故仍其旨而广之。则为绍玉之作,非屈子倡而玉和明矣。景差与宋玉齿,均为楚之词客,颉颃踵武,互相扬摧。而昭、屈、景为楚三族,屈子旧所掌理,受教而知深。哀其誓死,而欲招之,宜矣。则景差之说为长。④

---

① [清]姚鼐撰,吴汝纶评点:《古文辞类纂》,中国书店1986年版。
② [清]王邦采:《屈子杂文笺略》,康熙六十一年刻本。
③ [宋]朱熹:《楚辞集注》卷十,上海古籍出版社2001年版。
④ [清]王夫之:《楚辞通释》卷十,上海人民出版社1975年版。

《大招》曰："魂无逃只。"又曰："无东无西,无南无北只。"灵魂所居,即在中央,中央是什么地方呢?曰："自恣荆楚,安以定只。"若以此篇为屈原招怀王之魂,怀王之魂遗在西秦,不当说四方,此为其一。其二,楚怀王客死秦国,而死魂归还楚,饮食之丰,音乐之盛,美人之色,苑囿之娱,又如何可欣赏?而饮食、音乐、美人、苑囿,也是屈原辞中所乐道的。其三,怀王已死,新君嗣位,处理政事,自有其人,而《大招》曰："美冒众流,德泽章只;先威后文,善美明只;名声若日,照四海只;德誉配天,万民理只。"尚贤士,禁苛暴,行赏罚,尚三王,这显然是屈原的"美政"蓝图,而与已死的怀王并不相关。其四,《大招》云："永宜厥身,保寿命只;室家盈廷,爵禄盛只;……居室定只。"① 保寿命,当然是针对活人而言,室家盈廷,爵禄丰厚,当然是指臣子而言;居室则是行吟人的期盼。

晋人习凿齿《襄阳耆旧传》曰:

> 宋玉者,楚之鄢人也。……始事屈原,原既放逐,求事楚友景差。②

大约景差与宋玉两人中,景差地位略高,所以同时属文招魂,而以景差文为《大招》。

据此可信,《大招》的作者为景差,而其主旨,则大体与《招魂》相类似。

四、似赋之楚辞

王逸《楚辞章句·九辩序》曰:

> 宋玉者,屈原弟子也,闵惜其师忠而放逐,故作《九辩》以述其志。至于汉兴,刘向、王褒之徒,咸悲其文,依而作词,故号为"楚辞"。③

王逸之言,对于我们了解《楚辞》一书的编选体例,以及《九辩》主旨,无疑有重大意义。他告诉我们《九辩》的内容是悲悯屈原行为,以述屈原之志;而《楚辞》之书的成名,在于自宋玉以至刘向、王褒,皆悲屈原之文,

---

① 上引见[宋]洪兴祖:《楚辞补注》第十,中华书局1983年版。
② [晋]习凿齿撰,舒焚、张临川校注:《襄阳耆旧记校注》,湖北人民出版社1999年版。
③ [宋]洪兴祖:《楚辞补注》第八,中华书局1983年版。

依屈原之文而作词。有了这个认识,我们就可以正确理解《九辩》与《楚辞》中大部分非屈原作品所表现出的因袭屈原之作的倾向。《九辩》中抄袭屈赋的地方特别多,游国恩先生把这种现象概括为"整句的抄袭"、"词意的抄袭"、"字面的抄袭"几类。《九辩》与屈原作品至于词意的抄袭、字面的抄袭则数量很大,即使是整句的抄袭,也为数不少,如:《离骚》曰:

  固时俗之工巧兮,偭规矩而改错。①

《九辩》曰:

  何时俗之工巧兮,背绳墨而改错。

  何时俗之工巧兮,灭规矩而改凿。②

《哀郢》曰:

  尧舜之抗行兮,瞭杳杳而薄天;众谗人之嫉妒兮,被以不慈之伪名。③

《九辩》曰:

  尧舜之抗行兮,瞭冥冥而薄天;何险巇之嫉妒兮,被以不慈之伪名。④

《哀郢》曰:

  憎愠惀之修美兮,好夫人之慷慨。众踥蹀而日进兮,美超远而逾迈。⑤

《九辩》曰:

  憎愠惀之修美兮,好夫人之慷慨。众踥蹀而日进兮,美超远而逾迈。⑥

《哀郢》曰:

  忽翱翔之焉薄。⑦

---

① [宋]洪兴祖:《楚辞补注》第一,中华书局1983年版。
② 同上书第八。
③ 同上书第四。
④ 同上书第八。
⑤ 同上。
⑥ 同上。
⑦ 同上书第四。

《九辩》曰：

> 忽翱翔之焉薄。①

《哀郢》曰：

> 忠湛湛而愿进兮,妒被离而鄣之。②

《九辩》曰：

> 纷纯纯之愿忠兮,妒被离而鄣之。③

游国恩先生指出："《九辩》的抄袭方法,或直抄其词句,或暗袭其意义,或模仿其语调,或承用其文法。分合变化,颠倒割裂,上下牵扯,前后连搭,或一句而化为几句,或数语而并为一词。很巧,也又很笨,真是一种集句式的'百衲体'。这些抄袭都是极其显然的有意剽窃,而不能认为无意的偶合。"并认为《七谏》、《九怀》、《九叹》之摹仿,"实在是受了《九辩》的影响"④。《九辩》这样大面积的抄袭,如果不看作是其述屈原之志所必需,则是难以理解的。因为这种抄袭的倾向与《九辩》所表现出的创造性很不协调,只有我们认识到《九辩》的抄袭并不仅仅由于词汇的贫乏,而是缘于表达悲悯屈原行为及赞赏屈原文辞之目的,才是合乎情理的。

由此,我们便不能同意关于《九辩》悲悯自己身世的流行说法。胡念贻先生曾经指出：

> 自王逸以来,都说《九辩》是闵惜屈原的忠而被放,近人才说《九辩》是宋玉写自己。我们觉得还是旧说比较可信。说《九辩》是宋玉写自己,从文章本身讲,有些不通。近人都认为"贫士失职"句是写的宋玉自己的身世,后面几段都是宋玉的感慨。但后面几段显然和失职的贫士身份不相称的,如"愿衔枚而无言兮,尝被君之渥洽","君弃远而不察兮,虽愿忠其焉得","原自往而径游兮,路壅绝而不通","欲寂寞而绝端兮,窃不敢忘初之厚德","忠昭昭而愿见兮,然霠曀而莫

---

① [宋]洪兴祖:《楚辞补注》第八,中华书局1983年版。
② 同上书第四。
③ 同上书第八。
④ 游国恩:《楚辞九辩的作者问题》,《游国恩学术论文集》,中华书局1989年版。

达"。可见其所写的人是曾得君王的宠任,后来被疏远了的。拿这几句和《惜诵》、《惜往日》等篇相比,便可见所写的是一回事,都是写的屈原。"何况一国之事兮,亦多端而胶加",一个失职的贫士,竟会管到一国之事去了!"尧舜皆有所举任兮,故高枕而自适",宋玉竟自拟稷契禹益夔繇了!①

宋玉只不过是一个"小臣",不可能有与屈原相同的身份、襟怀、理想和遭遇,所以,胡念贻认为,"《九辩》是用屈原作题材并且用屈原的口吻来写的一篇作品",虽然也"渗透了一些宋玉个人的思想感情,像汉人模拟屈原的作品一样",但绝不会是写自己的身世之诗②。胡念贻先生这个结论是可以信赖的。清人张云璈之言《九辩》"篇中自属代言,文为宋文,语为屈语,有何不可?'有美一人',正指屈子"③,正与胡念贻的论点一致。

《文心雕龙·辨骚》曰《九辩》"绮靡以伤情"④,是言《九辩》有美丽与感伤相交融之特征。陈第《屈宋古音义·自序》曰:

> 宋玉之作,纤丽而新,悲痛而婉,体制颇沿于其师,风谏有补于其国,亦屈原之流亚也。景差、严忌、东方朔、王褒、刘向、王逸辈,虽踵而效之,终弗逮矣。⑤

宋玉《九辩》,其抒情方式、章法结构、语言形式,不仅继承了屈原的传统,也有新的进步。李志慧《论九辩在艺术上的独创性》一文肯定宋玉《九辩》"因秋兴感的抒情方式","回环错综的章法结构","自由变化的语言形式"诸方面"都显露出他的意匠独运的创新才能"⑥。杜甫《咏怀古迹五首》之一曰:"摇落深知宋玉悲,风流儒雅亦吾师。"⑦宋玉《九辩》,以"悲哉!秋之为气也;萧瑟兮,草木摇落而变衰。憭栗兮若在远行;登山临水

---

① 胡念贻:《宋玉作品的真伪问题》,《文学遗产增刊》第一辑,1957年。
② 同上。
③ [清]张云璈:《选学胶言》,上海古籍出版社点校本1986年版。
④ 吴林伯:《文心雕龙义疏》,武汉大学出版社2002年版。
⑤ [明]陈第:《屈宋古音义》,《丛书集成初编》,中华书局1985年版。
⑥ 李志慧:《论九辩在艺术上的独创性》,《西北大学学报》(哲学社会科学版),1982年第2期。
⑦ 《全唐诗》卷二三〇,上海古籍出版社1986年版。

兮,送将归"开篇,接着说:"泬寥兮,天高而气清;寂寥兮,收潦而水清;憯
悽增欷兮,薄寒之中人;怆怳懭悢兮,去故而就新;坎廪兮,贫士失职而志
不平;廓落兮,羁旅而无友生;惆怅兮,而私自怜!燕翩翩其辞归兮,蝉寂
漠而无声;雁廱廱而南游兮,鹍鸡啁哳而悲鸣。独申旦而不寐兮,哀蟋蟀
之宵征。时亹亹而过中兮,蹇淹留而无成。"①通过对秋天的描写,把感
伤、悲愁的情绪通过对大自然的深刻观察与感受,运用声音、颜色、情调、
感慨的交融,构成一种情景交融的艺术境界。这种意境中的感伤是基于
对屈原不幸遭遇的同情,因而同样具有一种反抗精神和不平情绪。其"用
字深刻,描写细致,音调和美"②,足可以当"儒雅"之誉。这种情景交融,
把情绪与形象水乳交融的表现手法,以及细腻生动的描写,哀婉多变的语
言,都是《诗经》乃至屈原辞所不具备的。

《文心雕龙·辨骚》曰:"《招魂》、《大招》,耀艳而深华。"③《招魂》的突
出特点在奇异的想象和铺张夸诞的叙述,招魂的行为本身就是巫祝荒诞
之事,魂魄的存在,完全系于一心之念,是人类把精神意志实体化的一种
想象或幻想,招魂行为之虚诞,必然要用虚诞奇怪之事吸引,四方有恶,而
楚独美,"东方不可以托些。长人千仞,惟魂是索些。十日代出,流金铄石
些。彼皆习之,魂往必释些","南方不可以止些,雕题墨齿,得人肉以祀,
以其骨为醢些。蝮蛇蓁蓁,封狐千里些。雄虺九首,往来倏忽,吞人以益
其心些","西方之害,流沙千里些。旋入雷渊,靡散而不可止些。幸而得
脱,其外旷宇些。赤蚁若象,玄蜂若壶些。五谷不生,藂菅是食些。其土
烂人,求水无所得些。彷徉无所倚,广大无所极些","北方不可以止些。
增冰峨峨,飞雪千里些","魂兮归来!君无上天些。虎豹九关,啄害下人
些。一夫九首,拔木九千些。豺狼从目,往来侁侁些。悬人以娭,投之深
渊些。致命于帝,然后得瞑些","魂兮归来,君无下此幽都些,土伯九约,
其角觺觺些。敦脄血拇,逐人駓駓些。参目虎首,其身若牛些"。天地四
方多贼奸恐怖之事,传说中的神怪妖魔难以相与,魂的归宿,是人间楚国。

---

① [宋]洪兴祖:《楚辞补注》第八,中华书局1983年版。
② 刘大杰:《中国文学发展史》上册第四章,上海古籍出版社1982年版。
③ 吴林伯:《文心雕龙义疏》,武汉大学出版社2002年版。

《招魂》在以虚构为基础的铺陈中,运用强烈的美丑善恶对比之方法,描写了东西南北天地的恐怖与邪恶,而对楚之描写,又极尽优美舒适,"高堂邃宇,槛层轩些。层台累榭,临高山些。网户朱缀,刻方连些。冬有突夏,夏室寒些。川谷径复,流潺湲些。光风转蕙,氾崇兰些。经堂入奥,朱尘筵些。砥室翠翘,挂曲琼些。翡翠珠被,烂齐光些。蒻阿拂壁,罗帱张些。纂组绮缟,结绮璜些。室中之观,多珍怪些。兰膏明烛,华容备些"。楚国居室、风景华丽美好,更兼侍宿美女众多,"二八侍宿,射递代些。九侯淑女,多迅众些。盛鬋不同制,实满宫些。容态好比,顺弥代些。弱颜固植,謇其有意些。姱容修态,絙洞房些。蛾眉曼睩,目腾光些。靡颜腻理,遗视矊些"。美女姿态闲雅,情意缠绵,侍于身侧,陈乐而歌,对酒而食。"美人既醉,朱颜酡些。娭光眇视,目曾波些。被衣服纤,丽而不奇些","士女杂坐,乱而不分些","成枭而牟,呼五白些。晋制犀比,费白日些。"①这种细腻入微、传神精致的铺排描写,夸张而富戏剧性,把陈设的华丽,生活的奢华,美人的艳丽美好,栩栩如生地呈现在我们眼前。唐代少年奇才李贺说:"宋玉赋当以《招魂》为最幽秀奇古,体格较骚一变。"②"幽秀奇古"四字,最恰当地概括了《招魂》那种耀艳深华的奇气艳采。其辞"丰蔚秾秀"③,"构法奇,撰语丽,备谈怪说,琐陈缕述,务穷其变态,自是天地间瑰玮文字"④,其文"奇艳"⑤,"刻画"如"鬼斧神工"⑥,在《楚辞》之中,独树一帜,千载之下,难以追步。

景差《大招》,与《招魂》自有相仿佛处,如言"魂乎归来,无东无西,无南无北只","东有大海","南有炎火千里","西方流沙","北有寒山",惟荆楚美好,居室饮食宴乐,无不精美。其写美女也如《招魂》,曰:"朱唇皓齿,嫭以姱只。比德好闲,习以都只。丰肉微骨,调以娱只。""嫭目宜笑,娥眉曼只。容则秀雅,稚朱颜只。""姱修滂浩,丽以佳只。曾颊倚耳,曲眉规

---

① [宋]洪兴祖:《楚辞补注》第九,中华书局1983年版。
② [明]蒋之翘:《七十二家评楚辞》,明天启六年蒋之翘楚穉刻本。
③ [明]杨慎:《升庵集》卷四十七,《文渊阁四库全书·集部六·别集类五》。
④ [明]蒋之翘:《七十二家评楚辞》卷七引明孙鑛语,明天启六年蒋之翘楚穉刻本。
⑤ 同上书卷七引[明]蒋之翘语。
⑥ 同上书卷七引[明]陆时雍语。

只。滂心绰态,姣丽施只。小腰秀颈,若鲜卑只。""粉白黛黑,施芳泽只。长袂拂面,善留客只。""青色直眉,美目婳只。靥辅奇牙,宜笑嗯只。丰肉微骨,体便娟只。"①女子闲艳容冶之动人,象征了温暖、馨香、和谐、柔情,可以激起人类对生命的眷恋,所以《大招》与《招魂》一样,在铺排了四方之险恶以后,言及楚国之盛,土地财富,宫室饮食之乐,而尤极力刻画声色之娱。《大招》之空幻渲染虽不及《招魂》,但其描摹状物,也有独到之处,宋人周密以《招魂》、《大招》"皆长言摹写,极女色燕昵之盛"②,其形象生动,"靡丽奇巧"③,也堪称杰出,朱熹赞其"词义高古"④,林云铭以为"绝世奇文"⑤,并非过誉。

在讨论《九辩》、《招魂》与《大招》诸作品的时候,我们有必要探讨一下"辞"和"赋"的区别。正如褚斌杰教授《中国古代文体概论》指出的那样,楚辞,"按其本义来说,是指楚地的歌辞的意思"⑥,也就是说,楚辞,是抒情的诗。而赋文学,却显然与楚辞有别。《说文解字》曰:"赋,敛也。"段玉裁《说文解字注》以为"敛之曰赋,班之亦曰赋"⑦,《毛公鼎》、《诅楚文》之"赋"字,指以武力分财币或以武敛财。赋文学之称"赋",在于"班",班有布、敷、铺之意。赋作为六诗之义,其特征正在于敷布铺排,贾岛《二南密旨·论六义》曰:"赋者,敷也,布也,指事而陈,显善恶之殊态,外则赋本题之正体,内则布讽诵之玄情。"⑧王昌龄《诗中密旨》曰:"赋者,布也,象事布文,错杂万物,以成其象,以写其情。"⑨也就是说,赋的特点一是错杂万物,指事而陈,象事布文,以形象或意象表达其情,二是这种情必须有关讽诵。

六诗之赋,被后来的赋文学家所发扬光大,司马相如《答盛揽问作赋》

---

① [宋]洪兴祖:《楚辞补注》第十,中华书局1983年版。
② [宋]周密:《浩然斋雅谈》卷上,《文渊阁四库全书·集部九·诗文评类》。
③ [明]蒋之翘:《七十二家评楚辞》卷七引明陆时雍语,明天启六年蒋之翘楚辞刻本。
④ [宋]朱熹:《楚辞集注》卷七,上海古籍出版社2001年版。
⑤ [清]林云铭:《楚辞灯·大招》,《四库全书存目丛书》,齐鲁书社1997年版。
⑥ 褚斌杰:《中国古代文体概论》(增订本)第二章,北京大学出版社1990年版。
⑦ [清]段玉裁:《说文解字注》六篇下,上海古籍出版社1981年版。
⑧ [唐]贾岛:《二南密旨》,张伯伟:《全唐五代诗格汇考》,江苏古籍出版社2002年版。
⑨ [唐]王昌龄:《诗中秘旨》,同上书。

曰:"合纂组以成文,列锦绣而为质,一经一纬,一宫一商,此作赋之迹也。赋家之心,苞括宇宙,总览人物。"①《汉书·扬雄传》载扬雄以为"赋者,将以风也,必推类而言,极丽靡之辞,闳侈巨衍,竞于使人不能加也"②。赋文学以铺陈之笔触,创造美丽之文。这是时代发展的必然结果,所以,刘熙载《艺概·赋概》说:"赋起于情事杂沓,诗不能驭,故为赋以铺陈之,斯于千态万状,层见迭出者,吐无不畅,畅无或竭。"③赋文学的这种特点,《九辩》、《招魂》、《大招》已粗具梗概,因此,我们可以认为,《九辩》、《招魂》、《大招》是似赋之楚辞。由于宋玉之后,楚国灭亡,真正意义上的楚辞作品不再存在,所以又可以把《九辩》、《招魂》和《大招》看作是最后的楚辞作品。

第二节 荀子、宋玉及战国赋文学

在中国文学史上,赋作为一种独特的文体,历来受到文人墨客的重视。赋的出现,从题材、体裁、表现方式、审美形式上,都极大地拓展了中国文学的表现空间。

赋虽繁荣于汉代,但其产生并不在汉,其作为赋的文体特征,更是在汉代以前就确定了的。《汉书·艺文志·诗赋略》,于战国时楚国文人屈原、宋玉、唐勒的作品及大儒荀子的《赋篇》皆称曰"赋"。又曰:

> 传曰:"不歌而诵谓之赋,登高能赋可以为大夫。"言感物造端,材知深美,可以图事,故可以为列大夫也。古者诸侯卿大夫交接邻国,以微言相感,当揖让之时,必称《诗》以喻其志,盖以别贤不肖而观盛衰焉。故孔子曰"不学《诗》,无以言"也。春秋之后,周道浸坏,聘问歌咏不行于列国,学《诗》之士逸在布农,而贤人失志之赋作矣。大儒孙卿及楚臣屈原离谗忧国,皆作赋以讽,咸有恻隐古诗之义。其后宋

---

① [清]严可均编:《全汉文》卷二十二,中华书局1958年版。
② 《汉书》卷八十七下《扬雄传下》,中华书局1962年版。
③ [清]刘熙载:《艺概》,上海古籍出版社1978年版。

玉、唐勒,汉兴枚乘、司马相如,下及扬子云,竞为侈丽闳衍之词,没其风谕之义。是以扬子悔之,曰:"诗人之赋丽以则,辞人之赋丽以淫。如孔氏之门人用赋也,则贾谊登堂,相如入室矣,如其不用何!"①

扬雄说赋有诗人之赋和辞人之赋,诗人之赋存在于《诗》三百篇,辞人之赋起源于楚辞产生以后。屈原和荀子虽不在诗人时代,但是,他们的作品之中有古诗人的传统,所以,仍然可以说有诗人之赋的特点,而辞人之赋丽而淫的特点起源于宋玉,至汉代为汉赋的基本特点。

以屈原的作品称赋,是汉代赋理论建立过程中出现的现象。实际上,赋体文学和楚辞是有明显差别的。皇甫谧《三都赋序》曰:"古人称不歌而诵谓之赋,然则赋也者,所以因物造端,敷弘体理,欲人不能加也。引而申之,故文必极美;触类而长之,故辞必尽丽。然则美丽之文,赋之作也。"②概括而言,赋文体以主客对问、铺陈排比的方式来结构篇章,通过美艳的辞藻,华丽的形式,夸张的语言,生动的形象,来追求讽谏的目的。也就是说,赋应该具有广博的内容,以铺排描写为主,而兼讽谏,通过铺陈排比,达到文采形式的极其美丽。

虽然楚辞中有不少作品具有赋的一些特点,但是,代表性的楚辞作品,如《离骚》、《九歌》等,与赋还是有很大区别的。刘勰《文心雕龙·诠赋》论赋的起源及流变曰:

> 《诗》有六义,其二曰赋。赋者,铺也,铺采摛文,体物写志也。昔邵公称:公卿献诗,师箴瞍赋。传云:登高能赋,可为大夫。《诗序》则同义,传说则异体。总其归途,实相枝干。刘向明不歌而颂,班固称古诗之流也。至如郑庄之赋《大隧》,士蔿之赋《狐裘》,结言短韵,词自己作,虽合赋体,明而未融。及灵均唱《骚》,始广声貌。然则赋也者,受命于诗人,拓宇于《楚辞》也。于是荀况《礼》、《智》,宋玉《风》、《钓》,爰锡名号,与诗画境,六义附庸,蔚成大国。遂客主以首引,极声貌以穷文。斯盖别诗之原始,命赋之厥初也。秦世不文,颇有杂

---

① 《汉书》卷三十,中华书局1962年版。
② [南朝梁]萧统编:《文选》,[唐]李善等注:《六臣注文选》卷四十五,浙江古籍出版社1999年版。

赋。汉初词人，顺流而作。陆贾扣其端，贾谊振其绪，枚马同其风，王扬骋其势，皋、朔已下，品物毕图。繁积于宣时，校阅于成世，进御之赋，千有馀首，讨其源流，信兴楚而盛汉矣。①

刘勰在这里对楚辞与赋的关系有明确说明。刘勰首先强调赋与诗的密切关系，同时，又指出赋的不歌而诵的特点，到了荀子和宋玉，则有独立文体的赋的产生，其文体特点则兼有诗骚二者。赋文体的直接继承对象是《诗经》的赋，而楚辞无疑对赋体文学的表现手法提供了支持。

一、宋玉赋的真伪问题

《汉书·艺文志》曰："唐勒赋四篇。"又曰："宋玉赋十六篇。"不载景差赋。大约刘向、刘歆父子并未见《大招》，或因不能肯定《大招》是屈原所作，还是景差所作，所以不提景差。宋玉、唐勒、景差等人，虽喜好"辞"，而所长则在"赋"。

赋是一种"不歌而颂"的文学形式②。战国时的"赋"作家，以宋玉为最有名。《昭明文选》著录赋，有宋玉《风赋》、《高唐赋》、《神女赋》、《登徒子好色赋》、《对楚王问》五篇，《古文苑》有宋玉《笛赋》、《大言赋》、《小言赋》、《讽赋》、《钓赋》、《舞赋》六篇，其中《对楚王问》虽不名赋，而体制与诸赋类似，应可看作赋。《全上古三代文》辑有《高唐对》一首，当为《高唐赋序》的异文，严可均不加辨析，妄加"高唐对"之名③。

1972年，考古学家在山东临沂银雀山汉墓发现以"唐革"题篇竹简二十余号，二百余字。勒与革通，唐革即唐勒④。"唐革"或即唐勒赋佚篇⑤。

---

① 吴林伯：《文心雕龙义疏》，武汉大学出版社2002年版。
② 《汉书·艺文志》曰："不歌而颂谓之赋。"《汉书》卷三十，中华书局1962年版。
③ 胡念贻：《宋玉作品的真伪问题》，《文学遗产增刊》第一辑，1957年。
④ 罗福颐：《偻翁一得录》曰："《经典释文》注《毛诗》'如鸟斯革'，说《韩诗》作'勒'，可证革、勒古通。"
⑤ 李学勤：《唐勒、小言赋和易传》一文，以为《唐革》是宋玉赋佚篇，其理由如下：一、首句言"唐勒与宋玉言御襄王前"，所以"唐勒"被作为标题，并不代表该文为唐勒之赋。二、以宋玉《大言赋》、《小言赋》之例，唐勒先发言，后发言者必然是宋玉，后发言者为著作者。见《齐鲁学刊》1990年第4期，上说可供参考。

宋玉诸赋,最早被怀疑非宋玉手笔的是《古文苑》所载六篇,胡应麟曰:

《笛赋》称宋意送荆卿易水之上,按玉事楚襄王,去始皇年代尚远,而荆轲刺秦在六国垂亡际,不应玉及见其事。《讽赋》即《登徒子好色篇》。……唐、景与玉同以词臣侍从,顾谓勒谀,而所赋美人亡一佳语。乱云:"吾宁杀人之父,孤人之子,诚不忍爱主人之女。"殊鄙野不雅驯。《钓赋》全放《国策》射乌者对。《舞赋》王长公固以傅毅为疑,及读宋人章樵注云:"《舞赋》,《文选》已载全文。"唐人欧阳询简节其词,编之《艺文类聚》,此篇是也。好事者以前有宋玉问答之词,遂指玉作,正与《卮言》意合。然则《古文苑》所载六篇,惟大小《言》辞气滑稽,或当是一时戏笔,余悉可疑,而《舞赋》非玉明甚。①

又崔述以《风赋》、《高唐》等赋,叙述楚襄王和宋玉对问,遂举庾信《枯树赋》托之殷仲文,谢惠连《雪赋》托之司马相如,谢庄《月赋》托之曹植,因而认为皆"假托成文",非宋玉所作②。至近代,对宋玉赋的怀疑,已扩展到宋玉的全部赋。今人陆侃如《宋玉评传》,以宋玉诸赋皆称"楚襄王",因而非楚人所作;又说战国时不当产生散赋作品。郑振铎《插图本中国文学史》以为诸赋与《九辩》有文体细疏,情致隐露,结构直捷与缠绵婉曲之不同,又兼《高唐赋》曰"昔者",因而非宋玉所作③。刘大白《宋玉赋辨伪》说宋玉诸赋"都是后人托古的作品,没有一篇是真的"。提出的理由包括:(一)说"楚襄王"或"楚王",又预知楚襄王之谥,及云"昔者";(二)提及荆卿事,距顷襄王元年已七十二年;(三)《讽赋》与《登徒子好色赋》类同;(四)不合周秦古韵;(五)诸篇风格不同;(六)《汉书·艺文志》说宋玉赋十六篇,现存宋玉赋中《九辩》九篇,与《古文苑》及《文选》宋玉赋相加,远轶此数;(七)宋玉时不当有此类赋体,《卜居》、《渔父》有"屈原既放"语,当非屈原所作;(八)《卜居》、《渔父》,及宋玉诸赋与《美人赋》相类,《美人赋》言"司马相如美丽闲都",故非司马相如自作,数赋乃抄袭之作;(九)宋玉诸

---

① [明]胡应麟:《诗薮》杂编卷一,上海古籍出版社1979年版。
② [清]崔述:《崔东壁遗书·考信录·考古续说下》,上海古籍出版社1983年版。
③ 郑振铎:《插图本中国文学史》,北京出版社1999年版。

赋属于"假托古人"一类,如边让《章华赋》假托伍举,谢惠连《雪赋》假托司马相如,傅毅《舞赋》假托宋玉之类①。

对宋玉赋的否定,自胡应麟等人而至今人陆侃如、郑振铎、刘大白,发展到极端,即全面否认《文选》和《古文苑》所载宋玉赋。刘大白关于宋玉赋之辨伪,其写作时间虽与陆侃如《宋玉评传》同时,但其论据具有集大成之特征。对于宋玉赋的否定,首先是基于认为宋玉时代不应有如宋玉《高唐赋》、《神女赋》这样的对问、铺张之形式,这种散体出现应为汉初之事。陆侃如以赋的进化轨迹为"荀卿——贾谊——司马相如"三阶段,因而以为如《高唐》、《神女》这样的赋只能出现在司马相如以后,从这一认识出发,他们甚至否定《卜居》、《渔父》为屈原所作,而是司马相如之后的人的模仿之作。这种怀疑随着银雀山汉墓题为"唐革"的赋篇出现,而变得毫无意义。银雀山汉墓的主人是汉武帝初期的一位将军。《唐革》赋曰:

> 唐勒与宋玉言御襄王,唐勒先称曰:人谓造父,登车揽辔,马协敛整齐调均,不挚步趋……
>
> 马心愈也而安劳。轻车乐进,骋若飞龙,免若归风,反隐逆驺,夜走夕日,而入日……
>
> 月行而日动,星跃而玄运,子神奔而鬼走,进退屈伸,莫见其迅壃埃均……
>
> 袭□,缓急若意,□若飞,免若绝,反趋逆□,夜起夕日,而入日,蒙汜此□……
>
> 胸中精神,喻六马,不叱嗜,不挠指,步趋□……②

《唐革》赋篇虽残缺不全,但其对问、铺张形容,属散句,而非荀赋四言,屈原之用"兮"字语助。不拘一格,正与《文选》、《古文苑》宋玉诸赋相似。这说明宋玉时代,是完全可以写出《高唐赋》、《神女赋》一类赋作的。扬雄《法言·吾子》曰:"或问景差、唐勒、宋玉、枚乘之赋也益乎?曰:必也

---

① 刘大白:《宋玉赋辨伪》,《小说月报》1927年11卷号外。
② 此处唐勒赋佚文录自谭家健:《新近发现的先秦佚书之文学价值》,《中国文学研究》1988年第4期。又据谭家健:《先秦散文艺术新探》(增订本),齐鲁书社2007年版。

淫。"①扬雄把景、唐、宋、枚之赋相提并论，自不当指《九辩》、《招魂》、《大招》，而应是《高唐赋》、《神女赋》等"劝百讽一"之作。司马迁称宋玉等人好辞而以赋见称，分别"赋"、"辞"，也必然是有原因的。因此，怀疑《文选》中宋玉诸赋是没有道理的。

前人怀疑《古文苑》诸宋玉赋，甚于怀疑《文选》诸宋玉赋，其原因是人们怀疑《古文苑》本身的可靠性。按《古文苑》二十一卷，所载自周秦而迄南齐，凡二百六十余首。《四库全书总目提要》谓该书所选"皆史传文选所不载，然所录汉魏诗文多从《艺文类聚》、《初学记》删节之本，石鼓文亦与近本相同，其真伪盖莫得明也"②。实则怀疑该书的可靠性是没有道理的，因为史传、文选所选载，不当包括一人的全部著作；而编辑者要捏造《古文苑》所造之文，岂非需要一个轰轰烈烈的造假运动？而如此伪托前人，目的又是为什么呢？这都是匪夷所思之事。在没有确凿证据之前，对像《古文苑》这样现今存世的辑本，不可以轻下否定之结论，才是科学的态度。

见于《艺文类聚》，又见于《古文苑》的宋玉《大言赋》、《小言赋》、《讽赋》、《钓赋》应该是可信的。《大言赋》、《小言赋》见《艺文类聚》卷十九，《讽赋》、《钓赋》见《艺文类聚》卷二十四。刘勰《文心雕龙》曾提及宋玉《风赋》、《钓赋》、《神女赋》、《高唐赋》、《好色赋》诸篇③，说明刘勰曾见过《文选》所载宋玉赋，也见到过《文选》以外的宋玉赋。

《古文苑》有宋玉《笛赋》，此赋亦见于《艺文类聚》卷四十四，与《大言赋》、《小言赋》、《讽赋》、《钓赋》一样，皆署名"楚宋玉"④。但情况似乎复杂一些，因为《笛赋》中有一句话说："宋意将送荆卿于易水之上，得其雌

---

① 汪荣宝注，陈仲夫点校：《法言义疏》，中华书局1987年版。
② 《古文苑提要》，[宋]章樵注：《古文苑》，《丛书集成初编》，商务印书馆1937年版。又《文渊阁四库全书·集部八·总集类》。
③ [南朝梁]刘勰：《文心雕龙》之《诠赋》曰"宋玉《风》、《钓》"，《谐隐》曰"宋玉赋《好色》"，《丽辞》曰"宋玉《神女赋》"，《比兴》曰"宋玉《高唐》"。吴林伯：《文心雕龙义疏》，武汉大学出版社2002年版。
④ 《艺文类聚》，中华书局1965年版。

焉。"①荆轲为燕丹刺秦王事在燕王喜八年,即公元前227年,是年为楚王负刍元年,宋玉事顷襄王,襄王在位三十六年,考烈王在位二十五年,幽王在位十年,如果宋玉与襄王年龄相当,自不得知荆轲之事,但若宋玉在襄王死时仅三四十岁或更小,则又是另外一回事。所以游国恩《楚辞概论》曰:"假使宋玉及见此事,亦不过七十岁,也许他此时还不曾死,故这条不能作证。"虽然如此,我们仍然不能不有所狐疑,马融《长笛赋序》曰:"追慕王子渊、枚乘、刘伯康、傅武仲等萧、琴、瑟颂,唯笛独无,故聊复备数,作《长笛赋》。"②依情理推测,马融不当不见宋玉赋。而《笛赋》与宋玉诸赋的对问形式不同。但这些疑问终归是疑问而已。因为我们无法了解宋玉的生卒年;也不能断定马融是否见过宋玉全部文集;又没有理由怀疑《艺文类聚》或《古文苑》无所依傍。故存而不论。

《古文苑》有宋玉《舞赋》一篇,此篇又见于《文选》卷十七,以及《艺文类聚》卷四十三,所不同的是署名为傅毅,而《文选》中所载比《古文苑》所载铺张。《古文苑》以《舞赋》为宋玉之作,或者有所依据,而《古文苑》之宋玉《舞赋》,与宋玉其他辞赋颇有相似之处。或者宋玉原有《舞赋》传世,后来傅毅又代为铺张,后轶出宋玉原作;或者《舞赋》本为宋玉所作。实皆难考,仍存而不论。

除此而外,否定宋玉赋者提出《讽赋》与《登徒子好色赋》的类同,以及宋玉赋与《九辩》,宋玉《文选》诸赋与《古文苑》诸赋风格有异,优劣高下不均等问题。事实上,一个作者其作品之间的类同,或者风格的不同,优劣的差异,是极普遍的事情,毋庸置辩。分《九辩》为九篇,不过望文生义而已。宋玉赋中出现宋玉之名,以及说到楚襄王等现象,在战国时代很是普遍,《庄子》、《孟子》诸子文章,都自称其名;而《韩非子》一书,也屡称"韩昭侯"、"韩宣王",韩非并不因自己是韩国公子而不称"韩"。宋玉称襄王之谥,其情况有二:一是原作称"楚王",后来襄王死后宋玉自改,或他人篡改,以免引起误会;二是宋玉本来作于楚襄王死后,属追记。"昔者"便是

---

① [宋]章樵注:《古文苑》第二卷,《丛书集成初编》,商务印书馆1937年版。
② [南朝梁]萧统编:《文选》卷十八,[唐]李善等注:《六臣注文选》,浙江古籍出版社1999年版。

追记之词。至于说用韵与古韵的不合,胡念贻先生经过分析,认为,"刘大白所指出的那些不合古韵的地方,不独与古韵不合,与汉以后的韵也不合"。更何况,有些古音由于时代久远,早已失考。而楚国方言,也必有其独特之处。因此,"用古音来考证,也是不能解决问题的"①。

宋玉赋遭到怀疑,起源虽晚,但却代表了学术研究中"疑古"倾向的研究方法,这种方法往往通过只言片语的"风格"等模糊的看法,以及一些并不可靠的推测,否定传统之说,造成了极大混乱,如果没有考古的发掘,流弊将会是很大的。好在今天,随着考古手段的改进,考古成果渐渐可以纠正某些疑古偏颇,也正因如此,我们才能更全面地考察宋玉赋。

二、宋玉赋的赋文学特征

宋玉诸赋,其对问形式最近屈原的《卜居》、《渔父》,而铺张扬厉、美丽艳侈又近于《招魂》。刘勰《文心雕龙·诠赋》曰:"宋玉《风》、《钓》,爰锡名号,与诗画境,六义附庸,蔚成大国。遂客主以首引,极声貌以穷文,斯盖别诗之原始,命赋之厥初也。"赋者,铺采摛文,体物写志之作,写气图貌,词必巧丽,其"大体"在于"丽词雅义,符采相胜,如组织之品朱紫,画绘之著玄黄,文虽新而有质,色虽糅而有本"②。宋玉诸赋,以客主对问铺陈,而又极写声色形象,词丽而新,色彩缤纷。扬雄、刘勰皆讥其"淫丽"③,即缘于此。可以说,对华美的追求,是宋玉赋最突出的特点。

宋玉赋的华美风格,主要表现为鲜明生动的形象性特征。而这种形象性特征,又是通过令人眼花缭乱的比喻,夸张的排比等手法来实现的。这其中最具代表性的是对美女的描写,《神女赋》写神女之美,先说:"茂矣,美矣,诸好备矣;盛矣,丽矣,难测究矣。上古既无,世所未见。瑰姿玮

---

① 胡念贻:《宋玉作品的真伪问题》,《文学遗产增刊》第一辑,1957年。
② [南朝梁]刘勰:《文心雕龙·诠赋》,吴林伯:《文心雕龙义疏》,武汉大学出版社2002年版。
③ [汉]扬雄:《法言·吾子》曰:"或问景差、唐勒、宋玉、枚乘之赋也益乎?曰:必也淫……诗人之赋丽以则,辞人之赋丽以淫。"《文心雕龙·诠赋》曰:"宋发巧谈,实始淫丽。"吴林伯:《文心雕龙义疏》,武汉大学出版社2002年版。

态,不可胜赞。"先以总体的感觉为我们展现了神女茂美、盛丽、空前绝后的姿容态度,这也是神女出场后楚王的第一印象,由此第一印象,楚王便由远及近,层层观察。宋玉也步步写来。"其始来也,耀乎若白日初出照屋梁;其少进也,皎若明月舒其光。须臾之间,美貌横生,晔兮如华,温乎如莹。五色并驰,不可殚形。详而视之,夺人目精。其盛饰也,则罗纨绮绩盛文章,极服妙采照万方。振绣衣,被袿裳。秾不短,纤不长,步裔裔兮曜殿堂"。神女渐渐由远及近,走了过来,其始来如白日初照,光耀屋宇;莲步轻移,更见皎洁。神女的美,既是静态的,又是动态的;其姿容情态,不变是美,变也是美。其"忽兮改容,婉若游龙乘云翔,嬛被服,倪薄装,沐兰泽,含若芳,性和适"。其行轻捷,其香如芳,而其性温婉和顺。"貌丰盈以庄姝兮,苞温润之玉颜。眸子炯其精朗兮,瞭多美而可观。眉联娟以蛾扬兮,朱唇的其若丹,素质干之酖实兮,志解泰而体闲。既姽婳于幽静兮,又婆娑乎人间。宜高殿以广意兮,翼放纵而绰宽。动雾縠以徐步兮,拂墀声之珊珊。望余帷而延视兮,若流波之将澜。奋长袖以正衽兮,立踯躅而不安。澹清静其愔嫕兮,性沈详而不烦……陈嘉辞而云对兮,吐芬芳其若兰。精交接以来往兮,心凯康以乐欢"。① 神女的面、目、眉、唇,举手投足,无不丰盈绰约,婆娑多姿,光彩照人,芳香清洁,仪态万方。

《登徒子好色赋》写美女,不似《神女赋》的精雕细琢,而是大笔勾勒,其曰:"天下之佳人,莫若楚国;楚国之丽者,莫若臣里;臣里之美者,莫若臣东家之子。东家之子,增之一分则太长,减之一分则太短,著粉则太白,施朱则太赤,眉如翠羽,肌如白雪,腰如束素,齿如含贝,嫣然一笑,惑阳城,迷下蔡。"②宋玉选用如此美丽、华贵的物体来比喻美女,极见其夸张之能事,语言极修饰,又极贴切。其层层排比,又极渲染气势。宋玉赋中的美女,其神态举止,与《招魂》中的美女相一致,而宋玉虚实相生,对美女细致入微而又传神的描写,也体现了一贯性。

宋玉赋鲜明生动的形象性特征,当然也体现在对美女以外的事物的

---

① [南朝梁]萧统编:《文选》卷十九,[唐]李善等注:《六臣注文选》,浙江古籍出版社1999年版。

② 同上。

描写上,如《风赋》之写风,曰:"夫风生于地,起于青蘋之末,侵淫溪谷,盛怒于土囊之口,缘泰山之阿,舞于松柏之下,飘乎淜滂,激扬熛怒,耾耾雷声,回穴错迕,蹶石伐木,梢杀林莽。至其将衰也,被丽披离,冲孔动楗,眴焕粲烂,离散转移。故为其清凉雄风,则飘举升降,乘陵高城,入于深宫,邸华叶而振气,徘徊于桂椒之间,翱翔于激水之上,将击芙蓉之精,猎蕙草,离秦蘅,概新夷,被夷扬,回穴冲陵,萧条众芳,然后徜徉中庭,北上玉堂,跻于罗帷,经于洞房。"这是所谓"大王之风"。而庶人之风,"塕然起于穷巷之间,堀堁扬尘,勃郁烦冤,冲孔袭门,动沙堁,吹死灰,骇混浊,扬腐余,邪薄入瓮牖,至于室庐。"①描写细腻而形象生动。《高唐赋》之写朝云,曰:"其始出也,㬪兮若松榯;其少进也,晰兮若姣姬扬袂,障日而望所思。忽兮改容,偈兮若驾驷马,建羽旗。湫兮如风,凄兮如雨。"朝云是巫山神女的化身,而宋玉正是把它当作一位美女来描写。《高唐赋》之写"高唐之大体",先写其"殊无物类之可仪比。巫山赫其无畴兮,道互折而层累,登巇岩而下望兮,临大阺之稸水"。江中之水在雨后新晴状态下,百谷聚集,汹涌汪洋,致使水族惊骇。而后又写"中阪遥望,玄木冬荣",山间树木花卉迷人,"登高远望,使人心瘁","谲诡奇伟,不可究陈"②,峰峦险峻,巨石累叠,而高唐春和景明。回想先王之游高唐一段,祭神、奏乐、围猎的场面热闹而宏大。

宋玉诸赋在叙述描写之时,强调形象的生动、夸张,色彩的鲜明、丰富,场面的宏大、热烈,比喻的优美、绚丽,而其体制则散骈结合,或用韵,或不用韵,音调自由和美,既促迫又和缓,一张一弛,变化自如。语言则随时适宜,惟妙惟肖。句式则长短不一,灵活多变,散句潇洒自如,对偶亦极见工整。《文心雕龙·丽辞》曰:"宋玉《神女赋》云:'毛嫱鄣袂,不足程式;西施掩面,比之无色。'此事对之类也。"③足见其对偶之巧。刘熙载《艺概·赋概》则认为宋玉开赋、骈、单不同风格,曰:"赋中骈偶处,语取蔚茂;

---

① [南朝梁]萧统编:《文选》卷十三,[唐]李善等注:《六臣注文选》,浙江古籍出版社1999年版。
② 同上书卷十九。
③ 吴林伯:《文心雕龙义疏》,武汉大学出版社2002年版。

单行处,语取清瘦。此自宋玉、相如已然。"①正是指出了宋玉赋的语言妙用。宋玉赋在文体、语言、音节上的杰出成绩,也是他的赋作华美风格的重要表现。

《文心雕龙·杂文》曰:

> 宋玉含才,颇亦负俗,始造对问,以申其志,放怀寥廓,气实使文。②

对问一体,屈原与女媭、巫咸、渔父之对答,已肇其始,而宋玉则以对问为叙述之基本结构方式,使此种体制完全成熟,其功不可没。而这种对问,实际上是虚构的假设问答。清人姚鼐指出:

> 《渔父》,宋玉《对楚王》,东方《客难》同类,并是设辞。乃太史公、褚先生、刘子政悉载叙之以为事实,为失其旨已。③

也就是说,宋玉《对楚王问》之类的假设问答,如同屈原《渔父》、东方朔《答客难》所讲的事情,不必是曾经发生过的,司马迁《史记·屈原贾生列传》④、褚少孙补《史记·滑稽列传》⑤、刘向《新序·节士》⑥皆引以为史实,显然是没有理解《渔父》、《对楚王问》、《答客难》的虚构特征。姚鼐的这个意见,成为我们打开宋玉诸赋构思特点的钥匙。以此类推,不仅《对楚王问》是虚构,《风赋》、《大言赋》、《小言赋》、《讽赋》、《高唐赋》、《神女赋》、《登徒子好色赋》、《钓赋》等宋玉赋,亦无不是假设问答,虚构情节。而《高唐赋》、《神女赋》描写楚王游云梦而遇神女,颇具浓厚的神话色彩,又是虚构中的虚构。

宋玉诸赋,表现出宋玉对个人人格尊严的维护,这突出地表现在《讽赋》、《登徒子好色赋》、《对楚王问》之中。《讽赋》曰:"楚襄王时,宋玉休归,唐勒谗之于王曰:'玉为人身体容冶,口多微辞,出爱主人之女,入事大

---

① [清]刘熙载:《艺概》,上海古籍出版社 1978 年版。
② 吴林伯:《文心雕龙义疏》,武汉大学出版社 2002 年版。
③ [清]姚鼐撰,吴汝纶评点:《古文辞类纂》卷六十四《辞赋类·庄辛说楚襄王》按语,中国书店 1986 年版。
④ 《史记》卷八十四,中华书局 1959 年版。
⑤ 同上书卷一百二十六。
⑥ [汉]刘向撰,赵善诒疏证:《新序疏证》卷二,华东师范大学出版社 1989 年版。

王,愿王疏之。'"待宋玉休假归来,受到襄王责问,宋玉理直气壮地说:"臣身体容冶,受之二亲;口多微辞,闻之圣人。臣尝出行,仆饥马疲,正值主人门开,主人翁出,妪又到市,独有主人女在。"主人女爱慕宋玉,而宋玉能自持,使楚王大为惭愧,说:"止止,寡人于此时,亦何能已也。"①暗示宋玉的品行出轶楚王。《登徒子好色赋》曰:"大夫登徒子,侍于楚王,短宋玉曰:'玉为人体貌闲丽,口多微辞,又性好色,愿王勿与出入后宫。'"楚王责问宋玉,宋玉说:"体貌闲丽,所受于天也;口多微辞,所学于师也。至于好色,臣无有也。"②表现出对自己容貌、才能、品行的自信。《对楚王问》中,楚王问曰:"先生其有遗行与?何士民众庶不誉之甚也?"宋玉以音乐为喻,自比于"引商刻羽,杂以流徵"和"阳春白雪"的清高典雅,而以众人为"下里巴人"、"阳阿薤露",众人低俗,不能和高。曰:"曲弥高,而其和弥寡。故鸟有凤而鱼有鲲,凤凰上击九千里,绝云霓,负苍天,足乱浮云,翱翔乎杳冥之上,夫蕃篱之鷃,岂能与之料天地之高哉?鲲鱼朝发昆仑之墟,暴鬐于碣石,暮宿于孟诸。夫尺泽之鲵,岂能与之量江海之大哉?故非独鸟有凤而鱼有鲲也,士亦有之。夫圣人瑰意琦行,超然独处,世俗之民,又安知臣之所为哉?"③宋玉以一个言语侍从的小臣,而奋起维护自己的人格尊严,这体现了战国时代士人所具有的独立人格。

如果说《九辩》、《招魂》表现了对屈原悲剧的同情,因而有一种悲愤感伤之气回荡,《文选》、《古文苑》所载宋玉诸赋,则体现了一种具有喜剧效果的幽默、谐谑、滑稽的智慧,而这种智慧,正是他作为一个言语侍从之臣之所长。《风赋》把风分为大王之风与庶人之风,似乎风也有了富贵与贫穷④,《大言赋》务为大言,即夸诞之言,"操是太阿剁一切,流血冲天,车不可以厉","壮士愤兮绝天维,北斗戾兮太山夷","校士猛毅皋陶嘻,大笑至兮摧覆思,锯牙云,晞甚大,吐舌万里唾一世","方地为车,圆天为盖,长剑

---

① [宋]章樵注:《古文苑》第二卷,《丛书集成初编》,商务印书馆1937年版。
② [南朝梁]萧统编:《文选》卷四十五,[唐]李善等注:《六臣注文选》,浙江古籍出版社1999年版。
③ 同上书卷十九。
④ 同上书卷十三。

耿耿倚天外","并吞四夷,饮枯河海。跋越九州,无所容止;身大四塞,愁不可长;据地跭天,迫不得仰"①。《小言赋》言小,正与《大言赋》之言语迂诞、巨伟相反,曰:"载氛埃兮乘剽尘,体轻蚊翼,形微蚤鳞,津逴浮踊,凌云纵身,经由针孔,出入罗巾,飘妙翩绵,乍见乍泯。""析飞糠以为舆,剖粃糟以为舟,泛然投乎杯水中,淡若巨海之洪流,凭蚋眥以顾盼,附蠛蠓而遨游,准窆隐微以原存亡而不忧。""馆于蝇须,宴于毫端,烹虱胫,切虮肝,会九族而同啖,犹委余而不殚。""无内之中,微物潜生,比之无象,言之无名,蒙蒙灭景,昧昧遗形,超于大虚之域,出于未兆之庭,纤于毳末之微蔑,陋于茸毛之方生,视之则眇眇,望之则冥冥,离朱为之叹闷,神明不能察其情。"②言大则语无边际,说小则毫末未足计,极尽夸张之妙。《讽赋》为显宋玉之守节,而曰:"女欲置臣,堂上太高,堂下太卑,乃更于兰房之室,止臣其中,中有鸣琴焉。臣援而鼓之,为幽兰白雪之曲。主人之女,翳承日之华,披翠云之裘,更被白縠之单衫,垂珠步摇,来排臣户曰:'上客无乃饥乎?'为臣炊雕胡之饭,烹露葵之羹,来劝臣食。以其翡翠之钗,持臣冠缨,臣不忍仰视。为臣歌曰:'岁将暮兮日已寒,中心乱兮勿多言。'臣复援琴而鼓之,为积竹积雪之曲。主人之女又为臣歌曰:'内怵惕兮徂玉床,横自陈兮君之傍,君不御兮妾谁怨,日将至兮下黄泉。'玉曰:'吾宁杀人之父,孤人之子,诚不忍爱主人之女。'"③以美女子的多情,来衬托宋玉的清正,甚至杀人父则可,而不愿爱人女,虽极背常情,却足以说明宋玉的操守。

《高唐赋》、《神女赋》之人神相恋,皆在幽默中含有深意。《登徒子好色赋》以登徒子之好色与宋玉相比较,宋玉有绝世美人引诱而不为所动,登徒子"其妻蓬头挛耳,龋唇历齿,旁行踽偻,又疥且痔,登徒子悦之,使有五子。"④情致滑稽,语言幽默,读之令人捧腹。但是,这种幽默、滑稽、诙谐,又寓含着讥讽,《风赋》以大王之风中人之清凉与庶人之风中人之惨

---

① [宋]章樵注:《古文苑》第二卷,《丛书集成初编》,商务印书馆1937年版。
② 同上。
③ 同上。
④ [南朝梁]萧统编:《文选》卷十九,[唐]李善等注:《六臣注文选》,浙江古籍出版社1999年版。

怛,而寓讽意,《钓赋》曰:"王若建尧舜之洪竿,揽禹汤之修纶,投之于渎,视之于海,漫漫群生,孰非吾有,其为大王之钓,不亦乐乎?"①《高唐赋》劝楚王"思万方,忧国害;开贤圣,辅不逮"②,皆在诙谐幽默的语言形式之下,表达了严肃的内容。关于这一点,前贤早已指出。刘勰《文心雕龙·谐隐》曰:"楚襄宴集,而宋玉赋《好色》,意在微讽,有足观者。"③陈师道《后山诗话》曰:"宋玉为《高唐赋》,载巫山神遇楚襄王,盖有所讽也。"④洪迈《容斋随笔·三笔》卷三曰:"宋玉《高唐》、《神女》二赋,其为寓言托兴甚明。"⑤都充分肯定宋玉有讽谏比兴存在。楚襄荒淫,楚国政乱,宋玉在其赋中,从容讥讽,表现出他的不满,虽未必可以归正,却也表现出他的一种倾向性。

三、荀子《赋篇》及《成相》

宋玉而外,《唐勒》赋仅银雀山汉墓残篇之一见,体制风格与宋玉相类;景差之赋,刘向时已未见。除此而外,则有荀子《赋篇》。《汉书·艺文志》曰"孙卿赋十篇",与屈原、宋玉等人之赋别为一类,今存仅《礼》、《知》、《云》、《蚕》、《针》五篇,其结构方式大体相类,如《礼赋》曰:

"爰有大物,非丝非帛,文理成章;非日非月,为天下明;生者以寿,死者以葬;城郭以固,三军以强;粹而王,驳而伯,无一焉而亡。臣愚不知,敢请之王。"王曰:"此夫文而不采者欤?简然易知而致有理者欤?君子所敬而小人所不者欤?性不得则若禽兽,性得之则甚雅似者欤?匹夫隆之则为圣人,诸侯隆之则一四海者欤?致明而约,甚顺而体,请归之礼。"⑥

---

① [宋]章樵注:《古文苑》第二卷,《丛书集成初编》,商务印书馆1937年版。
② [南朝梁]萧统编:《文选》卷十九,[唐]李善等注:《六臣注文选》,浙江古籍出版社1999年版。
③ 吴林伯:《文心雕龙义疏》,武汉大学出版社2002年版。
④ [清]陈师道:《后山诗话》,[清]何文焕:《历代诗话》,中华书局1981年版。
⑤ [清]洪迈:《容斋三笔》卷十四,《容斋随笔》,上海古籍出版社1996年版。
⑥ [清]王先谦:《荀子集解》第十八卷,《诸子集成》,中华书局1954年版。

《知赋》云：

> 皇天隆物，以示下民，或厚或薄，常不齐均。桀、纣以乱，汤、武以贤。涽涽淑淑，皇皇穆穆。周流四海，曾不崇日。君子以修，跂以穿室。大参乎天，精微而无形。行义以正，事业以成。可以禁暴足穷，百姓待之而后宁泰。臣愚不识，愿问其名。曰：此夫安宽平而危险隘者邪？修洁之为亲而杂污之为狄者邪？甚深藏而外胜敌者邪？法禹、舜而能弇迹邪？行为动静，待之而后适者邪？血气之精也，志意之荣也。百姓待之而后宁也，天下待之而后平也。明达纯粹而无疵也，夫是之谓君子之知。①

《蚕赋》云：

> 有物于此，儳儳兮其状，屡化如神。功被天下，为万世文。礼乐以成，贵贱以分。养老长幼，待之而后存。名号不美，与暴为邻。功立而身废，事成而家败。弃其耆老，收其后世。人属所利，飞鸟所害。臣愚而不识，请占之五泰。五泰占之曰：此夫身女好而头马首者与？屡化而不寿者与？善壮而拙老者与？有父母而无牝牡者与？冬伏而夏游，食桑而吐丝，前乱而后治，夏生而恶暑，喜湿而恶雨。蛹以为母，蛾以为父。三俯三起，事乃大已。夫是之谓蚕理。②

荀子诸赋，也大体属于假设问答的虚构之体，也略有铺陈，只是虚构并不失之夸诞，铺陈不至于淫丽。而所表现的意思，先通过如谜语般的描述，表现其特征，最后由"王"点出，所叙也不离治化。《汉书·艺文志》说孙卿"作赋以风"，"有恻隐古诗之义"③，是指其意旨存乎讽谏，类似于《诗经》传统。刘勰曰："荀结隐语，事数自环。"④又曰："谜也者，回互其辞，使昏迷也。或体目文字，或图象品物，纤巧以弄思，浅察以衒辞，义欲婉而正，辞欲隐而显。荀卿《蚕赋》，已兆其体。"⑤褚斌杰先生认为说荀卿赋具

---

① [清]王先谦：《荀子集解》第十八卷，《诸子集成》，中华书局1954年版。
② 同上。
③ 《汉书》卷三十，中华书局1962年版。
④ [南朝梁]刘勰：《文心雕龙·诠赋》，吴林伯：《文心雕龙义疏》，武汉大学出版社2002年版。
⑤ [南朝梁]刘勰：《文心雕龙·谐隐》，同上书。

有类似先秦时代流传的一种所谓"隐语"的特征,并说荀赋"字句基本整齐,有韵,带有半诗半文的性质"①,大约是由于铺张未大,描写未细的缘故。在荀子诸赋的幽默之中,暗藏着学者的智慧,这种智慧是质朴、自然的。如果说宋玉之赋是辞人之赋,荀卿赋则是学者之赋、儒者之赋,也正因如此,荀卿赋寓意深刻,而不饰华采。

《文心雕龙·诠赋》说:"赋者,铺也;铺采摛文,体物写志也。"②刘勰的这个论述,准确地把握住了赋体文学的基本特征。赋体文学是古诗之流,是从《诗经》六义发展来的,是文学侍从致献给君主或者皇帝的文学体裁。赋体文学的特征是:首先,赋体文学的创作目的是为了讽谏,而且,赋体文学一般都继承《诗经》传统,用序说明创作的目的;其次,赋体文学以对问为基本的结构形式;第三,赋体文学以铺陈排比为基本的描写手法;第四,赋体文学都追求宏丽温雅的审美风格。而上述这些特点,在宋玉那里有,在荀子的赋中也存在。荀子赋篇幅虽然短小,但是具有了赋文学的基本特征,它有对问的结构,铺陈排比的描写形式,以及讽谏的创作目的。无疑,这些都是构成赋体文学有常之体的基本内涵。同时,荀卿赋具有类似"隐语"的特征,而"隐语"实际上可以看作是一种形象化的表现手法。荀子的赋通过"隐语"的形式,运用大量的比喻、象征等艺术手法,把像"礼"、"知"、"云"、"蚕"、"针"这样属于意识形态的抽象事物形象化。

赋文学"兴楚而盛汉"③,检讨战国赋,宋玉铺排、美丽之赋,正是两汉大赋的先兆,而荀子之赋,对后代咏物小赋,其影响也是直接的。

《荀子·赋篇》还收有荀子所作《佹诗》,诗云:

> 天下不治,请陈佹诗:天地易位,四时易乡。列星殒坠,旦暮晦盲。幽晦登昭,日月下藏。公正无私,反见从横。志爱公利,重楼疏堂。无私罪人,憼革贰兵。道德纯备,谗口将将。仁人绌约,敖暴擅强。天下幽险,恐失世英。螭龙为蝘蜓,鸱枭为凤皇。比干见刳,孔子拘匡。昭昭乎其知之明也,郁郁乎其遇时之不祥也。拂乎其欲礼

---

① 褚斌杰:《中国古代文体概论》(增订本)第三章,北京大学出版社1990年版。
② 吴林伯:《文心雕龙义疏》,武汉大学出版社2002年版。
③ [南朝梁]刘勰:《文心雕龙·诠赋》,同上书。

义之大行也,暗乎天下之晦盲也。皓天不复,忧无疆也。千岁必反,古之常也。弟子勉学,天不忘也。圣人共手,时几将矣。与愚以疑,愿闻反辞。其《小歌》曰:念彼远方,何其塞矣!仁人绌约,暴人衍矣。忠臣危殆,谗人服矣。琁、玉、瑶、珠,不知佩也。杂布与锦,不知异也。闾娵、子奢,莫之媒也。嫫母、力父,是之喜也。以盲为明,以聋为聪,以危为安,以吉为凶。呜呼上天,曷维其同!①

该诗是一首以四言为主体,而杂有五言,甚至杂言的诗。佹是怪异的意思,这首诗可以看作是一首政治批判诗,作者对当时社会"仁人绌约,暴人衍矣。忠臣危殆,谗人服矣"的黑暗现实给予了无情批判。在写作手法上,使用了象征和比喻的手法,如"螭龙为蝘蜓,鸱枭为凤皇","琁、玉、瑶、珠,不知佩也。杂布与锦,不知异也。闾娵、子奢,莫之媒也。嫫母、力父,是之喜也。以盲为明,以聋为聪"等句,都是用比喻或者象征的手法。不过,作者也直截了当地把要批判的现实点出来。该诗虽然有模仿《诗经》四言诗的痕迹,但是,荀子所追求的是对社会现实的批判,所以,就其艺术特点来说,与《诗经》的大部分诗歌相比较,诗风略显生硬。

《荀子·成相篇》收有《汉书·艺文志》所谓"成相杂辞"②,前人以为"相"乃乐器,所谓舂牍。为瞽者歌颂之歌诗,内容在于劝戒君主,应该是乐人歌诵于王室或诸侯之教科书。其辞曰:

> 请成相,世之殃,愚暗愚暗堕贤良。人主无贤,如瞽无相何伥伥!
> 请布基,慎圣人,愚而自专事不治。主忌苟胜,群臣莫谏必逢灾。
> 论臣过,反其施,尊主安国尚贤义。拒谏饰非,愚而上同国必祸。
> 曷谓罢,国多私,比周还主党与施。远贤近谗,忠臣蔽塞主势移。
> 曷谓贤,明君臣,上能尊主爱下民。主诚听之,天下为一海内宾。
> 主之孽,谗人达,贤能遁逃国乃蹙。愚以重愚,暗以重暗成为桀。
> 世之灾,妒贤能,飞廉知政任恶来,卑其志意,大其园囿高其台。
> 武王怒,师牧野,纣卒易乡启乃下。武王善之,封之于宋立其祖。

---

① [清]王先谦:《荀子集解》卷十八,《诸子集成》,中华书局1954年版。
② 《汉书》卷二十八下,中华书局1962年版。

世之衰,谗人归,比干见刳箕子累。武王诛之,吕尚招麾殷民怀。
世之祸,恶贤士,子胥见杀百里徙。穆公任之,强配五伯六卿施。
世之愚,恶大儒,逆斥不通孔子拘。展禽三绌,春申道缀基毕输。
请牧基,贤者思,尧在万世如见之。谗人罔极,险陂倾侧此之疑。
基必施,辨贤罢,文武之道同伏戏。由之者治,不由者乱何疑为。
凡成相,辨法方,至治之极复后王。复慎墨季惠,百家之说诚不详。
治复一,修之吉,君子执之心如结。众人贰之,谗夫弃之形是诘。
水至平,端不倾,心术如此像圣人。人而有执,直而用抴必参天。
世无王,穷贤良,暴人刍豢仁糟糠。礼乐灭息,圣人隐伏墨术行。
治之经,礼与刑,君子以修百姓宁。明德慎罚,国家既治四海平。
治之志,后势富,君子诚之好以待,处之敦固,有深藏之能远思。
思乃精,志之荣,好而壹之神以成。精神相反,一而不贰为圣人。
治之道,美不老,君子由之佼以好。下以教诲,子弟上以事祖考。
成相竭,辞不蹙,君子道之顺以达。宗其贤良,辨其殃孽……
请成相,道圣王,尧舜尚贤身辞让。许由善卷,重义轻利行显明。①

《成相》全篇共五十七段,其中有部分句子不完整。总体而言,成相杂辞应该是有固定的句式和音律的歌诗,其歌诗方式,以通俗简易为主,同时一段之中,又根据字节的多寡,形成音律的起伏变化。至于段与段之间,相信是通过不断的重复的形式来完成的。

《成相》诗与睡虎地秦简《为吏之道》结构非常类似。《为吏之道》诗云:

凡治事,敢为固,谒私图,画局陈昇以为藉。肖人聂心,不敢徒语恐见恶。
凡戾人,表以身,民将望表以戾真。表若不正,民心将移乃难亲。
操邦柄,慎度量,来者有稽莫敢忘。贤鄙溉辟,禄立(位)有续孰敢上?
邦之急,在軆(体)级,摄民之欲政乃立。上毋间阹,下虽善欲独

---

① [清]王先谦:《荀子集解》卷十八,《诸子集成》,中华书局1954年版。

可(何)急?

审民能,以赁(任)吏,非以官禄夬助治。不赁(任)其人,及官之敢岂可悔?

申之义,以毂畸,欲令之具下勿议。彼邦之篾(倾),下恒行巧而威故移。

将发令,索其政,毋发可异史(使)烦请。令数荫(究)环,百姓摇贰乃难请。

听有方,辩短长,围造之士久不阳。①

《为吏之道》是专讲如何为吏的,因此,我们推测,应该和《成相》的专讲君主之道,实际是姊妹篇的关系。《为吏之道》应该也是以歌诗形式出现的可以歌咏的通俗教科书。其歌诗特点,与《成相》相仿佛。

根据《成相》与《为吏之道》的联系,我们相信,《成相》的韵律乃至文字,最初不一定出自荀子之手,但是,今天看见的《成相》,一定经过了荀子的加工,却是毋庸置疑的。

---

① 《睡虎地秦墓竹简》,文物出版社2001年版。

结语:战国文学主流及其历史地位

战国文学,标志着中国文学发展的新阶段,由于私人著述的兴起,使以诸子文章、历史文章、辞赋为代表的体现作家个性的文人文学代替了传统的官方典籍以及民间文学,成为以后文学的主流。而战国居主流地位的文人文学,在思想内容与艺术形式上表现出一种共性,也成为战国文学思想内容与艺术形式的主流。

战国诸子文章、历史文章、辞赋构成了战国文学的基本内容。由于这些文体符合战国乃至后代社会的价值和趣味,从而被流传了下来,而战国时代的民间文学,则多数佚失,已难以窥其仿佛。《汉书·艺文志》的《六艺略》、《兵书略》、《术数略》、《方技略》虽然也载有大量战国著作,但这些著作或为训诂之书,或论军事技巧、天文历谱、五行龟占、形法地理、医经经方、房中神仙,虽然也包含着作者的情感因素,运用了文学的修辞手段,但并不构成战国文学的主流。

一、战国文学主流

战国文学的主流,即指战国诸子文章、历史文章及辞赋文学。概括而言,战国文学在思想内容方面,体现出如下两种倾向:

第一,真实地反映了春秋至战国时代的社会现实。公元前770年,周平王东迁,春秋开始。据清顾栋高《春秋大事表》统计,春秋时有一百四十余国,其中最重要的有齐、晋、楚、秦、鲁、宋、卫、陈、蔡、吴、越等国,这个时代,出现了齐桓公、晋文公这样的霸主,他们为阻止戎狄入侵及楚人攻伐,做出了重要贡献。齐、晋以后,秦穆公、楚庄王、吴、越先后称雄。在诸侯国之间的分合际会、相互征伐之中,发生了鞌之战、鄢陵之战等大型战役。

各诸侯国君主的英明与昏庸,众大臣的忠诚与奸诈,子弑父,臣弑君,君臣父子互相厮杀,士人的机智与勇敢,高士的淡漠与避世,乃至君臣之情、朋友之情、父子之情、夫妻之情、情人之情、手足之情等等,在春秋的历史长河中所发生过的民情世态、政治善恶、军政得失,乃至影响人物的生老病死、七情六欲、心理活动,都能从《左传》、《国语》中得到具体而深入的了解。《管子》、《晏子》等托名春秋时代的著作,也通过管子、晏子等人的言行,反映了春秋时期的一些事件和人物的活动。《战国策》,屈原、宋玉等人的辞赋以及《孟子》、《庄子》、《荀子》、《韩非子》、《列子》、《吕氏春秋》等诸子书,或记战国以策士为中心的政治、外交活动,或发愤抒情,咏物写志,以表现作者对现实的不满,反映作者在战国时代所处"昏上乱相"之间的无奈与悲愤,以及战国时代政治的善否、人心的向背、志士的遭遇,或通过阐述自己的主张来表达对现实的不满,从而曲折地反映出现实社会的千姿百态。春秋之后,下至公元前221年秦灭六国,秦、魏、赵、韩、齐、楚、燕诸国的消长,人民的社会生活状况,各国的变革和生存的策略,通过战国文学作品保存了下来。战国文学是一幅春秋战国时期政治、经济、文化、思想的立体画卷。

第二,充分地表现了战国思想家、作家关心现实的处世态度、理想与主张。战国诸子文章,作为"入道见志"之书,表达了他们的政治理想和主张。《孟子》欲以王道、仁政统一天下,《荀子》倡导礼法合一,黄老期以无为而治,庄子主张无君无臣的自由主义,阴阳家重视四时灾异,法家则一断于法,名家正名,农家躬耕。凡此种种,都代表了诸子独立思考的一得之见。其学说虽未必正确,但正是这种各自不同的政治主张,极大地丰富了诸子著作的思想内容,使其丰富多彩,呈现出百花齐放、百家争鸣的气象。至于《左传》、《国语》、《战国策》以及屈原、宋玉等人的辞赋,虽不是直接陈述政治主张,但作者通过对历史事件的评价以及所载历史人物的言行,或"发愤以抒情",托物以言志,来表达政治理想。无论是《左传》、《国语》、《战国策》所体现的贤人政治和爱民思想,还是屈原的"美政"理想,都体现出战国时代士大夫阶层关心政治,为解决社会政治困境积极寻求出路的参与精神。这些使他们的著作具有政治深度和现实深度,成为以政治活动、政治斗争、政治思想、政治主张为中心主题的著作系统。

战国文学为表达丰富的思想内容,其艺术手法也呈现出丰富多彩的个性风格与追求美感的共性特征相结合。各种文体别具特征,而同一文体中的不同著作,乃至于同一著作中的不同作家之作品也呈现出不同的个性。诸子文章以说理为主,充满哲理和思辨性;历史文章以记事记言为主,有着生动、曲折的故事情节和人物性格描写;楚辞作品抒情言志;赋文学则体物写志。诸子文章中,《孟子》有较完整的主题结构,趋于完整的论说文;《庄子》、《荀子》、《韩非子》已是体制完备,结构严谨,有论点、论据、结论的议论文。《墨子》一书,由于成文时代的差异,有语录体,有论说体。《老子》几近于哲理诗。屈原、宋玉之辞赋,虽相联系,但屈辞重抒情,而宋赋善铺排,并能描绘一种情景交融的意境。

诸子文章、历史文章、辞赋作品虽各具特征,但都呈现出对艺术美的共同追求。这主要表现为:

第一,对语言美的追求。战国文学家对语言精益求精,因而能准确地达到表情达意、抒情言志的目的。或迂大闳辩,或谈天雕龙,或铺陈排比对偶,间以音韵之和谐;或机智、幽默、夸张、生动、形象;或纵横捭阖,巧妙雕饰,思辨的哲理与飞扬的气势、隽永华美的辞藻相表里。这种语言之美,甚至也可以从《孙子兵法》、《孙膑兵法》,乃至于马王堆汉墓出土的战国医书中发现其痕迹。

第二,结构宏伟而严谨。战国诸子著作,自《论语》而后,其文章结构渐趋宏伟,如《孟子》、《庄子》、《荀子》、《韩非子》,甚至《墨子》中的论说文,或汪洋辟阖,仪态万方,或养气浩然,不可曲折。古往今来,四方上下,排比铺陈,驳辩论证,气概非凡。而《左传》、《国语》、《战国策》等历史文章,《离骚》、《天问》、《九辩》、《招魂》、《高唐》、《神女》等楚国辞赋,其体制宏伟,或纵横千百年,或贯通生与死,情节宛转,情致缠绵,场面壮阔,皆旷古未有的长篇故事集成和巨型抒情体物诗赋总汇。

第三,想象、虚构手法的运用及形象化的艺术形式和奇诡凄迷的意境。这不仅仅体现在屈宋辞赋之中,战国历史文章,乃至于诸子文章如庄子等人的寓言,都体现出想象、虚构的特点。虚构与想象的普及,为战国文学家叙事、抒情、说理提供了重要的武器,使他们可以展开想象的翅膀,驰骋思虑,使抽象的理念通过形象化的艺术形式表现出来。而想象、虚构之奇,人神交通,呵天梦游,鲲鹏展翅,神龟诡蓍,又使战国文学呈现出一种奇诡凄迷的意境。

二、战国文学的历史地位

战国文学的产生及繁荣,是战国时代思潮的结晶,旧秩序、旧道德的崩溃与新秩序、新道德的建立,为战国文学家树立时代需要的价值观念和审美旨趣奠定了基础;变革之风的涌起促使战国文学家关注现实,思考现实;文士的崛起及尊士之风,使战国文学家的队伍不断成熟壮大;理性精神的发扬培养了战国文学家的思辨能力;诡奇心理的蔓延,又使战国文学在内容及形式上呈现出诡奇的面貌。

战国文学的繁荣,同时也是战国时代中国文化,包括物质文明与精神文明发展的必然。翦伯赞《中国史纲要》论战国物质文明,强调战国时代生产工具的改善促进了生产力的进步,其中主要是铁器的广泛使用,在农业和女工方面,都由铁器代替了过去的木、石和青铜器,农业推广深耕、施肥和人工灌溉,并有了农学著作,如《吕氏春秋》中的《上农》、《任地》、《辩土》、《审时》,魏惠王、秦昭王等人在位之时,都曾开垦水利。战国手工业也得到了空前发展,冶铁、青铜制造、纺织、漆器都达到了很高水平。而且,漆器等实用器物也追求审美价值,"楚墓中常出土一些精美的漆器,有杯、奁、豆、匣等物,色彩鲜明,花纹绚丽"。周的洛阳,魏的大梁,韩的阳翟,齐的临淄,赵的邯郸,宋的陶,卫的濮阳,楚的郢,燕的蓟,既是政治中心,也是繁荣的商业都市。翦伯赞论战国都城之繁华说:"《战国策》说战国以前,'四海之内,分为万国。城虽大,无过三百丈者,人虽众,无过三千家者',战国时则'千丈之城,万家之邑相望',城邑规模扩大,人口增多,这和工商业的发达有一定关系。"①由城市的繁荣,我们可以看出春秋至战国物质文明的发展,而丰富的物质基础必然影响精神文明的新发展。即先进的生产工具产生了充裕的物质,使大批士人可以摆脱农耕生活而投身于读书生涯,并为他们著书立说提供了必要的写作工具和更为宝贵的时间资源,从而为文学的繁荣奠定了物质基础。可以说,战国文学的繁荣,是经济发展之后社会分工原则强化的结果。

《文心雕龙·时序》云:

> 春秋以后,角战英雄,六经泥蟠,百家飙骇。方是时也,韩魏力政,燕赵任权,五蠹六虱,严于秦令;唯齐楚两国,颇有文学:齐开庄衢之第,楚广兰台之宫……②

战国之际,齐楚两国文学的繁荣,虽说与君王之爱好有关,齐有不治而议论的稷下学宫诸学子,楚有侍从楚王游乐的宋玉、唐勒、景差,乃至于受过重用的屈原等,他们有充裕的时间从事文学创作,均是源于齐楚两国经济的发展。《战国策·齐策一》载苏秦说齐之富,有"地方二千里,带甲数十万,粟如丘山"之说,齐都临淄"甚富而实","其民无不吹竽、鼓瑟、击筑、弹琴、斗鸡、走犬、六博、蹹踘",临淄之途,竟至于"车声击,人肩摩,连衽成帷,举袂成幕,挥汗成雨",因其"家敦而富",因而"志高而扬"③。齐稷下之宫之所以聚不治而议论之列大夫,正以其经济之繁荣,促成文化之发展。《史记·货殖列传》曰:"齐带山海,膏壤千里,宜桑麻,人民多文采布帛鱼盐。临淄亦海岱之间一都会也。其俗宽缓阔达,而足智,好议论,地重,难动摇,怯于众斗,勇于持刺,故多劫人者,大国之风也。"④《左传·昭公十二年》楚灵王右尹子革曰:"昔我先王熊绎,辟在荆山,筚路蓝缕,以处草莽,跋涉山林,以事天子。"⑤楚居南蛮,有卑湿之地利与丰富之物产,及春秋时期,已成霸主之势,问鼎中原,常使中原盟军疲于奔命。《国语·

---

① 翦伯赞主编:《中国史纲要》,人民出版社1964年版。
② 吴林伯:《文心雕龙义疏》,武汉大学出版社2002年版。
③ 缪文远:《战国策新校注》(修订本)卷六,巴蜀书社1998年版。
④ 《史记》卷一百二十九,中华书局1959年版。
⑤ [晋]杜预注,[唐]孔颖达疏:《春秋左传正义》卷四十九,《十三经注疏》,中华书局1980年版。

晋语四》记晋公子重耳亡命楚国,楚成王问公子重耳曰:"子若克复晋国,何以报我?"重耳回答说:"子女玉帛,则君有之;羽旄齿革,则君地生焉……"①又《汉书·地理志》云:"周成王时,封文、武先师鬻熊之曾孙熊绎于荆蛮,为楚子,居丹阳。后十余世至熊达,是为武王,浸以强大。后五世至严王,总帅诸侯,观兵周室,并吞江汉之间,内灭陈、鲁之国。……楚有江汉川泽山林之饶;江南地广,或火耕水耨。民食鱼稻,以渔猎山伐为业,果蓏蠃蛤,食物常足,故呰窳媮生,而亡积聚,饮食还给,不忧冻饿,亦亡千金之家。信巫鬼,重淫祀,而汉中淫失枝柱,与巴蜀同俗。汝南之别,皆急疾有气势。"②齐楚有其地利,得以发展经济,从而促进文学的繁荣。齐人足智好议论,富于个人争斗的独立精神,楚人急疾的性格,重淫祀而好巫鬼之神秘主义,都表现在战国文学之中。

《文心雕龙·辨骚》肯定《离骚》"轩翥诗人之后,奋飞辞家之前"的承上启下作用,又说:

> 而屈宋逸步,莫之能追:故其叙情怨,则郁伊而易感;述离居,则怆怏而难怀;论山水,则循声而得貌;言节候,则披文而见时。是以枚贾追风已入丽,马扬沿波而得奇。其衣被词人,非一代也。故才高者菀其鸿裁,中巧者猎其艳辞,吟讽者衔其山川,童蒙者拾其香草。③

《文心雕龙·时序》又云:

> 爰自汉室,迄至成哀,虽世渐百龄,辞人九变,而大抵所归,祖述楚辞,灵均余影,于是乎在。④

楚辞产生在《诗经》沉寂之后,赋文学兴盛之前,其文辞美丽,"笼罩雅颂"⑤,叙情怨、述离居、论山水、言节候,皆能极尽其妙,其文美丽而奇诡,其影响不仅止于两汉辞赋作家,直至近代,其哀怨而愤疾的感情,形象而富于幻想神话色彩的艺术风格,仍感染着一代又一代作家的艺术情趣。

---

① 徐元诰:《国语集解》(修订本)第十,中华书局2002年版。
② 《汉书》卷二十八下《地理志下》,中华书局1962年版。
③ 吴林伯:《文心雕龙义疏》,武汉大学出版社2002年版。
④ 同上。
⑤ [南朝梁]刘勰:《文心雕龙·时序》,同上书。

屈原作为具有浪漫主义创作风格的文学家,成为中国浪漫主义诗歌的奠基人。鲁迅甚至认为,楚辞"其影响后来文章,乃甚或在三百篇以上"①。

赋文学兴楚而盛汉,《文心雕龙·诠赋》论荀况、宋玉之赋,以其"爰锡名号,与诗画境,六义附庸,蔚成大国","斯盖别诗之原始,命赋之厥初也"②。赋之体制,先述客主,以导引情本,然后极其声貌,穷其文采,以铺张扬厉,归之以讽谏。虽说铺张之习,自屈原已然,但荀况、宋玉首先以赋名篇,特别是宋玉诸赋,其结构风格为汉赋所效仿,宋玉、荀况开赋文学之新形式,其意义是巨大的。

《左传》"原始要终,创为传体"③,其对中国古代史官文化之影响,是不言而喻的。战国史传文章,叙事精细,情节曲折,其成仿佛说书,或者讲史者代代课徒,而成演绎,不必一定成于兰台。其对文学的影响极为广阔,孙绿怡博士《左传与中国古典小说》一书,强调以《左传》为代表的先秦史传文学对中国古典小说乃至文章、戏曲、诗歌、变文的影响。孙文指出:

> 可以这样说,《左传》的叙事结构及基本要素,是古代小说严格的时空观念及以事件为线索结构的来源,《左传》对历史人物和事件描写的倾向性,是古代小说重视作品教化作用的由来,《左传》以言行表现人物的基本手法,是古代小说塑造人物形象在方法上的最初依据。无论从作品形式,表现技巧,还是写作风格,创作思想诸方面,都可以证明中国古代小说受《左传》影响之深。古典小说在创作实践中不断继承和发展《左传》的文学成就,形成了中国文学中特有的"史"的传统。④

《左传》对其他文学的影响,则主要表现在思想内容和创作思想上,如戏剧,大量取材于《左传》等战国历史文章中的故事。而咏史诗,也是历史文章的影子。

《文心雕龙·诸子》论战国诸子云:

---

① 鲁迅:《汉文学史纲要》第四章,《鲁迅全集》,人民文学出版社 2005 年版。
② 吴林伯:《文心雕龙义疏》,武汉大学出版社 2002 年版。
③ [南朝梁]刘勰:《文心雕龙·史传》,同上书。
④ 孙绿怡:《左传与中国古典小说》,北京大学出版社 1992 年版。

夫自六国以前,去圣未远,故能越世高谈,自开户牖。……嗟夫!身与时舛,志共道申,标心于万古之上,而送怀于千载之下,金石靡矣,声其销乎。①

战国诸子,以自己一见之得,成一家之言,体现于其著作之中,传至后世,金石虽焚,而诸子著述却永远不会磨灭。

战国文学,产生于战国这个中国历史发展的特定历史阶段,战国诸子文章、历史文章以及战国辞赋,无不是这个时代礼崩乐坏,由天下大乱走向一统的剧烈变动的社会政治面貌以及由此而引发的社会道德及人的心理变化的反映,有战国时代的丰富多彩,战国文学才能体现出千姿百态的面貌,而如果没有战国文学千姿百态的面貌,中国文学乃至中国文化的发展,将会是另外一个面貌。战国诸子文章、历史文章、辞赋对中国文学乃至整个中国文化的影响是深入而持久的,是宏观的,又是具体的。具体而言:

第一,对人生观的重构。以六经为代表的传统文化所构成的人格,是一种符合血缘宗法伦理需要的,缺乏创造力和批判精神的人格,因而其人生观,突出地表现为仁义礼,虽然这其中也包含了反抗意识,但主要是温柔敦厚,发乎情而止乎礼义。而战国文学家以其著作和行为体现出一种新的、富于激情的人生观,一方面,他们高扬个性的旗帜,把维护个人利益及个人的尊严、人格的尊严视为如生命一般重要的事情;另一方面他们积极追求独立、自由的处世态度,把自己看作是有别于社会政治势力的一分子,并对自己的才能品性怀有深深的自负。他们虽然时刻准备干预社会,但同时又准备在个人尊严和个人利益、民众利益受到危害之时,抽身远遁,或与统治人民的独夫民贼展开不妥协的斗争。这种精神也体现在战国时代一些传统的学术著作中,如《易传·革·彖》曰:"天地革而四时成,汤武革命,顺乎天而应乎人,革之时大矣哉。"②这种公开承认革命合法性的观点,正是战国时代进步知识分子的普遍认识,所以,他们朝秦暮楚,到

---

① 吴林伯:《文心雕龙义疏》,武汉大学出版社2002年版。
② [三国魏]王弼、[晋]韩康伯注,[唐]孔颖达疏:《周易正义》卷五,《十三经注疏》,中华书局1980年版。

处寻找自己的发展机会,寻找能够统一天下、造福人民的君主,而不必有不忠不孝之忧虑。

第二,强烈的历史使命感和积极不懈的创造精神。战国文学家适应战国时代的要求,都想以自己的实践活动促进社会发展的进程。而战国时代群雄争霸、百家争鸣的时代氛围,也为他们提供了畅所欲言地发挥他们的现实使命感的机遇。他们对现实的不满和愤懑,都毫无拘束地发泄出来,因为他们随时准备离开任何一个他们所不满意的国度和君主,所以不必有所畏惧。而战国君主为了强国的目的,也往往能容忍这种具有个性和独立人格的异士的奇诡行为。战国文学家的著作,不仅表现出他们对不合理现实的批判,同时,也反映了他们想要改善社会现实的策略,即他们不仅要砸烂一个旧世界,同时期望建立一个新世界。无论他们的主张正确与否,但他们都以对社会政治及人的认识,发表了自己的可能充满了偏激的观点,并在实践中不断地调整、完善自己的主张。战国文学家及战国文学所表现出来的,是一种富于创造力和生命力的人生新内容、新风貌,而不是因循守旧的旧形态。战国文学的这种新形态,体现了战国文学家追寻时代发展的脉搏和与现实同步发展的积极心态。

第三,对文学理论的发展。战国文学家虽然没有纯粹的文学理论著作,却以他们的创作,及对文学只言片语的论说,表现了一定的文学观念,具有很高的理论价值。儒家重视文学,强调文学的社会功用及审美作用,强调创作修养与知人论世的评论方法,宗经征圣的文学创作指导思想;庄子虽然否定文学的价值,但关于意在言外、得鱼忘筌的论述及其创作所表现出的富于想象力的艺术风貌开创了虚构的、重视形象的富于浪漫主义特征的文学创作理论的先河;屈原发愤以抒情的创作目的论,昭示了以文学表现作者激烈而奇特的情绪的合法性,是对诗言志的温柔敦厚的诗教理论的新发展,并成为后代文学家如司马迁等人创作理论的核心论点①。

第四,对文学创作的新认识。战国文学家以私家著述的形式,使他们

---

① 参见《史记》卷一百三十,《太史公自序》,中华书局1959年版。

与之以前的文学创作所具有的官方形式划清了界线,使他们可以自由地、不受约束地进行创作。这种私家著述的风气及其经验,领导了一种新趋势、新风尚和新体验,鼓励着后代著作者们以文章成名后世,成为建立不朽功业而自觉创作的动力。《汉书·扬雄传赞》称扬雄恬于势力,"实好古而乐道,其意欲求文章成名于后世"①,扬雄、曹丕肯定文学所具有的记久明远、平治天下,并使作者成名的作用②,正是战国文学家以其私人著述所体现出来的。《诗》、《书》、《礼》、《乐》、《易》、《春秋》六经,虽有记久明远之作用,但却未能使作者成名后世。战国文学家的著作,不仅真实地反映了战国时代的政治、人文环境和历史事件,而且表现了整个社会以士为中心的芸芸众生的遭遇及其所为所想,这其中有他们的思索、观点和感情,有他们的苦闷、挣扎和自信。战国文学,通过传世的著作,构成一个立体的战国时代的社会画卷,并把战国人在他的时代所创造的独特而富于个性的思想、艺术流传后世,使战国人的思想和艺术,连同战国文学家光芒四射的名字,永远散发着具体而活泼的魅力。

第五,对美感形态的新开拓。诸子文章、历史文章、辞赋文学所代表的新的艺术形式,虽然有中国文化发展的必然性,即它们本身就是古代语言艺术发展的必然产物,是与古代文化,特别是与六经文化及地域文化有密切关系,但它们的出现,又具有一种全新的面貌。应该注意到,诸子文章,特别是以庄子为代表的具有想象性、虚构性、形象性幽默而生动的哲理文学艺术,历史文章,特别是以《左传》为代表的具有故事性、饱满的情节和人物性格描写的叙事文学艺术,战国辞赋,特别是以屈原为代表的现实与幻想的结合,具有地域文化特征,以比兴象征为基本手段的抒情文学艺术,以宋玉为代表的以假设对问、铺张扬厉为基本特征的体物写志的赋文学艺术,是中国文学富于创造力的发展,而这种发展,使中国古代哲理文学、叙事文学、抒情文学、状物写志之文学都呈现出新风貌,而这种风

---

① 《汉书》卷八十七下,《扬雄传下》,中华书局1962年版。
② 参见[汉]扬雄:《法言·问神》,汪荣宝注,陈仲夫点校:《法言义疏》,中华书局1987年版。[三国魏]曹丕:《典论·论文》,[南朝梁]萧统编:《文选》卷五十二,[唐]李善等注:《六臣注文选》,浙江古籍出版社1999年版。

貌，使中国文学向以想象、虚构、形象为特征的文学迈进了一大步。而与这种进步同步发展的是中国古代文学美感形态的丰富和发展，即自觉追求艺术美的积极创作心态的成熟。

战国文学对中国文学乃至中国文化、世界文化的影响是全方位的，文化的发展，是一个不断积淀、分化、整合的过程，而战国文学所代表的对中国文化积淀、分化、整合的成果，是秦汉以后中国文学及中国文化发展的新起点。在中国文化史上出现的各种文学现象、思想观点、人生观和世界观，无不可以从战国诸子文章、历史文章及辞赋文学中找到线索，而中国文化所表现出的丰富性和生命力，是与战国文学的繁荣分不开的。战国时代，是一个需要巨人而产生了巨人的时代，在某种意义上说，战国文学所表现的思想的丰富性、深刻性及艺术的成熟成为后代难以企及的典范，永远闪烁着耀眼的光辉。

余论：对战国文学的再认识

一、战国文学与六经及孔子

《庄子·天下》云："古之人其备乎！配神明，醇天地，育万物，和天下，泽及百姓。明于本数，系于末度，六通四辟，小大精粗。其运无乎不在，其明而在数度者，旧法、世传之史尚多有之。其在于《诗》、《书》、《礼》、《乐》者，邹鲁之士，搢绅先生多能明之。《诗》以道志，《书》以道事，《礼》以道行，《乐》以道和，《易》以道阴阳，《春秋》以道名分。"①庄子在这里指出，《诗》、《书》、《礼》、《乐》者，是中国古代文化的源头，它们各有特点。战国文学，实际就是在孔子及他所整理和传播的《诗》、《书》、《礼》、《易》、《春秋》等文化传承中形成的。

（一）战国文学与六经及孔子的差异性

关于《六经》的特点，孔子有简洁而准确的陈述，《礼记·经解》云：

孔子曰："入其国，其教可知也。其为人也，温柔敦厚，《诗》教也；疏通知远，《书》教也；广博易良，《乐》教也；絜静精微，《易》教也；恭俭庄敬，《礼》教也；属辞比事，《春秋》教也。故《诗》之失愚，《书》之失诬，《乐》之失奢，《易》之失贼，《礼》之失烦，《春秋》之失乱。其为人也温柔敦厚而不愚，则深于《诗》者也；疏通知远而不诬，则深于《书》者也；广博易良而不奢，则深于《乐》者也；絜静精微而不贼，则深于《易》者也；恭俭庄敬而不烦，则深于《礼》者也；属辞比事而不乱，则深于

---

① ［清］郭庆藩：《庄子集释》杂篇，《诸子集成》，中华书局1954年版。

《春秋》者也。"①

《诗》、《书》、《礼》、《乐》、《易》、《春秋》是中国传统文化的源头,其所标榜,在于培养温柔敦厚,疏通知远,广博易良,絜静精微,恭俭庄敬的人格,欲人之不贼,不诬,不奢,不愚,不烦,不乱,而养志知事,行端性和,明乎阴阳名分。体现在文学内容及形式方面,《文心雕龙·宗经》所谓"义既极乎性情,辞亦匠于文理",所以能"开学养正,昭明有融",刘勰还总结六经特点,称其"根柢槃深,枝叶峻茂,辞约而旨丰,事近而喻远"。并称"文能宗经,体有六义",具体而言,"一则情深而不诡,二则风清而不杂,三则事信而不诞,四则义直而不回,五则体约而不芜,六则文丽而不淫"②。即内容纯正与形式清约简丽。又云:

> 夫文以行立,行以文传,四教所先,符采相济。励德树声,莫不师圣;而建言修辞,鲜克宗经。是以楚艳汉侈,流弊不还,正末归本,不其懿欤!③

扬雄《法言·吾子》云:"君子事之为尚。事胜辞则伉,辞胜事则赋,事辞称则经。"又云:"诗人之赋丽以则,辞人之赋丽以淫。"④赋的特征,就在于辞采华美,丽而无度,刘勰以楚艳汉侈为与宗经原则对立的流弊,正是看出了楚人辞赋与传统六经之书艺术特征的差异。

《文心雕龙·辨骚》论楚辞与六经的联系与区别时指出:

> 将核其论,必征言焉。故其陈尧舜之耿介,称禹汤之祗敬,典诰之体也;讥桀纣之猖披,伤羿浇之颠陨,规讽之旨也;虬龙以喻君子,云蜺以譬谗邪,比兴之义也;每一顾而掩涕,叹君门之九重,忠怨之辞也;观兹四事,同于风雅者也。至于托云龙,说迂怪,丰隆求宓妃,鸩鸟媒娀女,诡异之辞也;康回倾地,夷羿弹日,木夫九首,土伯三目,谲怪之谈也;依彭咸之遗则,从子胥以自适,狷狭之志也;士女杂坐,乱

---

① [汉]郑玄注,[唐]孔颖达疏:《礼记正义》卷五十,《十三经注疏》,中华书局1980年版。
② [南朝梁]刘勰:《文心雕龙·宗经》,吴林伯:《文心雕龙义疏》,武汉大学出版社2002年版。
③ 同上。
④ 汪荣宝注,陈仲夫点校:《法言义疏》,中华书局1987年版。

而不分，指以为乐，娱酒不废，沉湎日夜，举以为欢，荒淫之意也：摘此四事，异乎经典者也。故论其典诰则如彼，语其夸诞则如此。固知楚辞者，体宪于三代，而风杂于战国，乃雅颂之博徒，而词赋之英杰也。观其骨鲠所树，肌肤所附，虽取镕经意，亦自铸伟辞。①

又《文心雕龙·诸子》论诸子特点与六经的区别与联系时指出：

然繁辞虽积，而本体易总，述道言治，枝条五经。其纯粹者入矩，踳驳者出规。《礼记·月令》，取乎吕氏之纪；三军问丧，写乎荀子之书：此纯粹之类也。若乃汤之问棘，云蚊睫有雷霆之声，惠施对梁王，云蜗角有伏尸之战；列子有移山跨海之谈，……此踳驳之类也。是以世疾诸子混洞虚诞。按《归藏》之经，大明迂怪，乃称羿毙十日，嫦娥奔月。殷《易》如兹，况诸子乎？至如商韩，六虱五蠹，弃孝废仁，辕药之祸，非虚至也。公孙之白马孤犊，辞巧理拙，魏牟比之鸮鸟，非妄贬也。昔东平求诸子史记，而汉朝不与，盖以史记多兵谋，而诸子杂诡术也。②

战国辞赋与诸子文章，其思想内容和艺术手法，并不能完全合乎宗经条例。《史记·十二诸侯年表》云：

是以孔子明王道，干七十余君，莫能用，故西观周室，论史记旧闻，兴于鲁而次春秋，上记隐，下至哀之获麟，约其辞文，去其烦重，以制义法，王道备，人事浃。七十子之徒口受其传指，为有所刺讥褒讳挹损之文辞不可以书见也。鲁君子左丘明惧弟子人人异端，各安其意，失其真，故因孔子史记具论其语，成《左氏春秋》。③

《汉书·艺文志》云：

周室既微，载籍残缺，仲尼思存前圣之业，乃称曰："夏礼吾能言之，杞不足征也；殷礼吾能言之，宋不足征也；文献不足故也，足则吾能征之矣。"以鲁周公之国，礼文备物，史官有法，故与左丘明观其史记，据行事，仍人道，因兴以立功，就败以成罚，假日月以定历数，藉朝

---

① 吴林伯：《文心雕龙义疏》，武汉大学出版社2002年版。
② 同上。
③ 《史记》卷十四，中华书局1959年版。

聘以正礼乐。有所褒讳贬损，不可书见，口授弟子，弟子退而异言。丘明恐弟子各安其意，以失其真，故论本事而作传，明夫子不以空言说经也。《春秋》所贬损大人当世君臣，有威权势力，其事实皆形于传，是以隐其书而不宣，所以免时难也。①

《左传》虽然是孔子弟子左丘明所作，并为传《春秋》之著作，在思想内容上，左丘明却将孔子之隐晦委婉改为直截了当，其批判大人君臣，而不为隐讳；其敷衍本事，有"浮夸"之"诬"。《国语》情形，与《左传》类似。而《战国策》与六经之差异，早已是公论了。

战国文学与六经的差别，可以概括为"奇诡辩丽"四个字。刘勰《文心雕龙·通变》云："楚汉侈而艳。"②这里所说的楚，即战国屈原、宋玉、景差之辞赋，以华美而奇特的形象，艳丽而充满神秘色彩的意境，优美而缠绵悱恻的音节，独树一帜的以楚地方言为特征的语言，形成一种与典丽文雅的文学传统迥异的新风格，刘勰以"侈而艳"来形容。又《文心雕龙·辨骚》肯定楚辞具有"朗丽以哀志"，"绮靡以伤情"，"瑰诡而慧巧"，"耀艳而深华"之特征，感叹其"气往轹古，辞来切今，惊采绝艳，难与并能矣"③。《文心雕龙·时序》云：

> 屈平联藻于日月，宋玉交彩于风云，观其艳说，则笼罩雅颂，故知昈烨之奇意，出乎纵横之诡俗也。④

刘勰这里一方面肯定屈宋辞赋有超越《诗经》之艳丽，同时，又认为楚赋昈烨之奇，受纵横家的诡俗影响。也就是说，刘勰认为不仅屈宋辞赋是艳逸、昈烨、奇丽谲诡的，纵横家之说辞同样充满了诡瑰风貌。而纵横家的辞，既体现在诸子文章中的纵横家类，也体现于诸子百家中其他出身的游说策士的著作中。而史传文章描写的游说之士的游说之辞，也充满了奇谲诡瑰特色。《文心雕龙·论说》云：

> 说者，悦也；兑为口舌，故言资悦怿；过悦必伪，故舜惊谗说。说

---

① 《汉书》卷三十，中华书局1962年版。
② 吴林伯：《文心雕龙义疏》，武汉大学出版社2002年版。
③ 同上。
④ 同上。

之善者,伊尹以论味隆殷,太公以辨钓兴周。及烛武行而纾郑,端木出而存鲁,亦其美也。及战国争雄,辨士云涌,从横参谋,长短角势,转丸骋其巧辞,飞钳伏其精术,一人之辨,重于九鼎之宝;三寸之舌,强于百万之师。六印磊落以佩,五都隐赈而封。①

伊尹论味事,载于《吕氏春秋·本味》②;太公辨犯错误事,载于《六韬·文韬·文师》③;《左传·僖公三十年》载晋侯秦伯围郑,郑伯使烛之武劝说秦伯退兵④;子贡姓端木,名赐,曾奉孔子之命,劝田常不伐鲁而伐吴,事见《史记·仲尼弟子列传》⑤。凡此四事,除端木赐存鲁之事外,其余诸事,皆出于战国著作。而范文澜《文心雕龙注》认为此四事,"惟烛之武说秦伯可信"⑥,则其余如伊尹论味,太公辨钓,皆出于战国人之虚构。至于烛之武退秦之说辞,也必经《左传》作者之加工。至战国时代,苏秦、张仪等人,学鬼谷子之术,其诡辨巧辞,已至极致。其事并见于《战国策》中。这种对诡奇、艳丽、辩雕、藻采的追求,是一种对艺术美的追求,是文学艺术走向成熟的标志。

战国文学作品既以奇诡辩丽见长,战国文学家的行为也充满奇异色彩,孟子的执著,庄子的疾愤,杨朱的偏激,墨子的自苦,鲁仲连的清高,苏秦、张仪的辩洽,自有其非凡的魅力。而屈原遭世罔极,怨恶愤怒,九死不悔,终至沉江,更散发着一种神奇。《史记·太史公自序》引董仲舒曰:

> 周道衰废,孔子为鲁司寇,诸侯害之,大夫壅之。孔子知言之不用,道之不行也,是非二百四十二年之中以为天下仪表,贬天子,退诸侯,讨大夫,以达王事而已矣。⑦

---

① 吴林伯:《文心雕龙义疏》,武汉大学出版社2002年版。
② [汉]高诱:《吕氏春秋注》卷十四《孝行览第二》,《诸子集成》,中华书局1954年版。
③ 《六韬》卷一,《文渊阁四库全书·子部二·兵家类》。
④ [晋]杜预注,[唐]孔颖达疏:《春秋左传正义》卷十七,《十三经注疏》,中华书局1980年版。
⑤ 《史记》卷六十七,中华书局1959年版。
⑥ 范文澜:《文心雕龙注》卷四,人民文学出版社1958年版。
⑦ 《史记》卷一百三十,中华书局1959年版。

孔子以深切著明的行事,著《春秋》,"上明三王之道,下辨人事之纪,别嫌疑,明是非,定犹豫,善善恶恶,贤贤贱不肖,存亡国,继绝世,补敝起废,王道之大者也"①。孔子作《春秋》体现出一种对社会的神圣使命感,与屈原之作《离骚》,其机缘动机很接近。孔子周游列国,百折不回,试图力挽狂澜,却处处碰壁。当"太山坏乎,梁柱摧乎,哲人萎乎"之际,知天命之不至,感叹曰:"天丧予!"曰:"吾道穷矣!"曰"莫知我夫!"涕泣不已,但却能"不怨天,不尤人","不病人之不己知",而知所已②。孔子曾对颜回说,"用之则行,舍之则藏,唯我与尔有是夫!"又对子路说:"暴虎冯河,死而无悔者,吾不与也,必也,临事而惧,好谋而成者也。"说伯夷、叔齐曰:"古之贤人也。""求仁而得仁,又何怨。"又曰:"不义而富且贵,于我如浮云。"③孔子主张生存的智慧,严格要求自己,而通达地恕人,己所不欲,则不施于人④。赞扬管仲说:"桓公九合诸侯,不以兵车,管仲之力也。""管仲相桓公,霸诸侯,一匡天下,民到于今受其赐,微管仲,吾其被发左衽矣。岂若匹夫匹妇之为谅也,自经于沟渎,而莫之知也。"⑤管仲不死却有利于众生,这便是其价值所在,人之生命可贵⑥,岂可以死而无悔?孔子知其不可为而为之,但绝不在乱世求不义富贵,所以赞扬学生南容说:"邦有道不废,邦无道免于刑戮。"而以其兄之女妻南容⑦。《论语·述而》孔子曰:

---

① 《史记》卷一百三十《太史公自序》,中华书局1959年版。
② 《史记·孔子世家》曰:"鲁哀公十四年春,狩大野,叔孙氏车子鉏商获兽,以为不祥。仲尼视之,曰:'麟也。'取之。曰:'河不出图,洛不出书,吾已矣夫!'颜渊死,孔子曰:'天丧予!'及西狩见麟,曰:'吾道穷矣!'喟然叹曰:'莫知我夫!'子贡曰:'何为莫知子?'子曰:'不怨天,不尤人,下学而上达,知我者其天乎!'"又曰:"明岁,子路死于卫,孔子病,子贡请见。孔子方负杖逍遥于门,曰:'赐,汝来何其晚也?'孔子因叹,歌曰:'太山坏乎!梁柱摧乎!哲人萎乎!'因以涕下。"《史记》卷四十七,中华书局1959年版。《论语·卫灵公》曰:"君子病无能焉,不病人之不己知也"。[清]刘宝楠:《论语正义》卷十八,《诸子集成》,中华书局1954年版。
③ 《论语·述而》,[清]刘宝楠:《论语正义》卷八,《诸子集成》,中华书局1954年版。
④ 《论语·雍也》曰:"夫仁者,己欲立而立人,己欲达而达人。能近取譬,可谓仁之方也已。"同上书卷七。《论语·卫灵公》曰:"子贡问曰:'有一言可以终身行之者乎?'子曰'其恕乎!己所不欲,勿施于人。'"同上书卷十八。
⑤ 《论语·宪问》,同上书卷十七。
⑥ 《论语·乡党》曰:"厩焚,子退朝,曰:'伤人乎?'不问马。"同上书卷十三。
⑦ 《论语·公冶长》,同上书卷六。

"君子坦荡荡,小人长戚戚。"①《论语·泰伯》更是详细地阐述了孔子的处世智慧,孔子说:"笃信好学,守死善道,危邦不入,乱邦不居,天下有道则见,无道则隐。邦有道,贫且贱焉,耻也;邦无道,富且贵焉,耻也。""不在其位,不谋其政。""巍巍乎舜、禹之有天下也,而不与焉。"②《论语·颜渊》孔子曰:"君子不忧不惧。"③《论语·子路》孔子曰:"君子泰而不骄,小人骄而不泰。"④《论语·卫灵公》孔子曰:"直哉史鱼,邦有道如矢,邦无道如矢。君子哉蘧伯玉,邦有道则仕,邦无道则可卷而怀之。""君子求诸己,小人求诸人。""君子矜而不争,群而不党。""道不同,不相为谋。"⑤孔子处世,首先要判断身在治世,还是乱世,治世则仕,乱世则隐,不入危邦,不伐己功,如舜、禹之有天下。不争不党,矜持自尊而团结群众,可与言则言,不可与言则不言⑥,道不同则不共谋。保持坦荡之胸怀,因而可以不忧不惧。孔子教导其弟子子夏为"君子儒",而不为"小人儒"⑦,仰之弥高,钻之弥坚,其处乱世,守死善道,无疑便是君子儒的榜样。屈原身处乱世,不欲明哲保身、与时抑扬,而好修为常、自负其能;欲以忠贞立世,不愿与世俗同流合污,甚至以自杀来证明其清白,反圣人之所为,可以称为千古至奇之人。也正是有了战国时代文学家之奇诡,因而才有战国文学之奇诡;因为有了以辩丽为能的战国文学家,才能创造出文学的辩丽之美。

(二) 战国文学与六经及孔子的一致性

战国文学即使怎样表现出与六经传统的不同,归根结底,它仍然是以六经为代表的中国传统文化发展的必然结果。一方面,以六经为代表的战国前文学,是战国文学发展的基点;另一方面,战国文学必然烙有以六

---

① [清]刘宝楠:《论语正义》卷八,《诸子集成》,中华书局1954年版。
② 同上书卷九。
③ 同上书卷十五。
④ 同上书卷十六。
⑤ 同上书卷十八。
⑥ 《论语·卫灵公》曰:"子曰:'可与言而不与之言,失人;不可与言而与之言,失言。知者不失人,亦不失言。"同上书卷十八。
⑦ 《论语·雍也》,同上书卷七。

经为代表的传统文化的深深印记。

儒家推重六经,但六经并不是儒家创作的经典,而是孔子以前中国文化的结晶,关于这一点,《汉书·艺文志》有详细的说明:

《易》曰:"宓戏氏仰观象于天,俯观法于地,观鸟兽之文,与地之宜,近取诸身,远取诸物,于是始作八卦,以通神明之德,以类万物之情。"至于殷周之际,纣在上位,逆天暴物,文王以诸侯顺命而行道,天人之占可得而效,于是重《易》六爻,作上下篇。孔子为之《彖》、《象》、《系辞》、《文言》、《序卦》之属十篇。故曰《易》道深矣,人更三圣,世历三古。……

《易》曰:"河出图,洛出书,圣人则之。"故《书》之所起远矣,至孔子纂焉,上断于尧,下迄于秦,凡百篇,而为之序,言其作意。……

《书》曰:"诗言志,歌咏言。"故哀乐之心感,而歌咏之声发。诵其言谓之诗,咏其声谓之歌,故古有采诗之官,王者所以观风俗,知得失,自考正也。孔子纯取周诗,上采殷,下取鲁,凡三百五篇。……

《易》曰:"有夫妇父子君臣上下,礼义有所错。"而帝王质文世有损益,至周曲为之防,事为之制,故曰:"礼经三百,威仪三千。"及周之衰,诸侯将逾法度,恶其害已,皆灭去其籍。自孔子时而不具。……

《易》曰:"先王作乐崇德,殷荐之上帝,以享祖考。"故自黄帝下至三代,乐各有名。孔子曰:"安上治民,莫善于礼;移风易俗,莫善于乐。"二者相与并行。周衰俱坏,乐尤微眇,以音律为节,又为郑、卫所乱,故无遗法。……

古之王者世有史官,君举必书,所以慎言行,昭法式也。左史记言,右史记事,事为《春秋》,言为《尚书》,帝王靡不同之。周室既微,载籍残缺,仲尼思存前圣之业……①

《易》经庖牺氏、周文王之手而成,《书》、《春秋》是史官记言、记事之载籍,《诗》是采诗官收集,以供王者观风俗、知得失、自考正的工具。《礼》以安上治民,《乐》以移风易俗,皆是根据现实的需要,而由君主或君主任命

---

① 《汉书》卷三十,中华书局1962年版。

的官员所作。至述而不作、信而好古的孔子,对六经予以重新厘定、整理,而形成了中国古代文化的源头。六经作为中国古代文化的总汇,是它以后文化发展的出发点和参照物。

李镜池论八卦之起,认为八卦的构成当在结绳之后,"结绳用来记事,改结绳为书契时,如以'—'代表一大结,以'--'代表两小结,三大结(☰)为乾,六小结(☷)为坤。卦画时期,人类已经懂得对自然界作分类,'☰'代表关于天文的事,'☷'代表关于地理的事,'☳'为雷,'☴'为风,'☵'为水,'☲'为火,'☶'为山,'☱'为泽,用的是象征表示法。八卦自迭或互迭又构成六十四卦。到了文字创立时,这种象征意义的标志已经不合用,不能代表语言,几于废弃。于是占筮者把它捡起来,用以标记蓍筮之数。但卦画只是一种符号,不好称谓,故根据卦爻辞加上标题作为卦名。"①《荀子•大略》曰:"善为易者不占。"②《汉书•艺文志•六艺略》收《易》十三家,有《易经》十二篇,《术数略》蓍龟类十五家,亦有《周易》三十八卷③,二者不同,可见作为六艺之《易经》与作为蓍龟之《易》有其不同之处,而帛书《周易》的出土,更为此种不同作了强有力的说明。

依照李镜池先生的说法,阴阳二爻,原来不过是结绳的符号书契化的记录,这说明八卦,乃至六十四卦,原本是记事的工具,而用于卜筮,只是后来神秘主义者的利用而已。今本《易》之卦爻辞,仍体现出作为古代历史记载的痕迹。如《坤卦》上六曰:"龙战于野,其血玄黄。"《屯卦》六二曰:"屯如邅如,乘马班如。匪寇,婚媾。女子贞不字,十年乃字。"六三曰:"即鹿无虞,惟入于林中,君子几,不如舍。往,吝。"④《需卦》上六曰:"入于穴,有不速之客三人来,敬之,终吉。"《讼卦》九二曰:"不克讼,归而逋其邑人三百户。无眚。"《小畜卦》曰:"密云不雨,……自我西郊。"九三曰:"舆说(脱)辐,夫妻反目。"《履卦》曰:"履虎尾,不咥人,亨。"《同人卦》九三曰:

---

① 李镜池:《周易通义•前言》,中华书局1981年版。
② [清]王先谦:《荀子集解》第十九卷,《诸子集成》,中华书局1954年版。
③ 《汉书》卷三十,中华书局1962年版。
④ [三国魏]王弼、[晋]韩康伯注,[唐]孔颖达疏:《周易正义》卷一,《十三经注疏》,中华书局1980年版。

"伏戎于莽,升其高陵,三岁不兴。"九五曰:"同人先号咷而后笑,大师克相遇。"①《随卦》上六曰:"拘系之,乃从维之,王用亨于西山。"《蛊卦》上九曰:"不事王侯,高尚其事。"《贲卦》六四曰:"贲如皤如,白马翰如,匪寇,婚媾。"《无妄卦》六三曰:"无妄之灾,或系之牛,行人之得,邑人之灾。"九五曰:"无妄之疾,勿药有喜。"②《大壮卦》九三曰:"小人用壮,君子用罔。贞厉。羝羊触藩,羸其角。"六五曰:"丧羊于易,无悔。"《晋卦》曰:"康侯用锡马蕃庶,昼日三接。"《明夷卦》六五曰:"箕子之明夷,利贞。"③《升卦》六四曰:"王用亨于岐山,吉,无咎。"《困卦》六三曰:"困于石,据于蒺藜,入于其宫,不见其妻,凶。"《渐卦》九五曰:"鸿渐于陵。妇三岁不孕,终莫之胜。吉。"《归妹卦》六五曰:"帝乙归妹,其君之袂不如其娣之袂良。月几望,吉。"④《即济卦》九三曰:"高宗伐鬼方,三年克之。小人勿用。"《未济卦》九四曰:"贞吉,悔亡。震用伐鬼方,三年,有赏于大国。"⑤

《易》卦爻辞所记载的内容,涉及当时人生活的各个方面,有气候、动物、放牧、狩猎、战争、婚姻、家庭,其中的人物有帝乙、高宗、康侯这样的王侯贵族,也有普通人。所述事件,既有国与国之间的大事,也有普通人的遭遇,在具体形象的记叙之中,也有含哲理的语句,如《泰卦》九三曰:"无平不陂,无往不复。"⑥也总结出了一些为人处世的人生经验,如《乾卦》九三曰:"君子终日乾乾,夕惕若厉,无咎。"⑦

《易》卦爻辞所具有的历史记录的性质,同样体现在殷墟甲骨卜辞之中,它们是今天所见出土文献中最早的文字记录。降而发展为记言之《尚书》和记事之《春秋》,《尚书》记誓命训诰等,如《盘庚》三篇,是殷王盘庚对世族百官、百姓和庶民的讲话,盘庚欲说服殷人同意迁都,其中已有论说

---

① [三国魏]王弼、[晋]韩康伯注,[唐]孔颖达疏:《周易正义》卷二,《十三经注疏》,中华书局 1980 年版。
② 同上书卷三。
③ 同上书卷四。
④ 同上书卷五。
⑤ 同上书卷六。
⑥ 同上书卷二。
⑦ 同上书卷一。

成分,而论说之方式,往往借用比喻方式,如比旧都为"颠木",新都为"颠木"新生之"由蘖"①。《春秋》是一部编年史,记鲁隐公元年至鲁哀公十四年,共二百四十二年事②,简略而质朴。《文心雕龙·史传》称其"举得失以表黜陟,征存亡以标劝戒;褒见一字,贵逾轩冕;贬在片言,诛深斧钺。然睿旨幽隐,经文婉约"③。《礼》为周代制度汇编,《乐》是周王朝教化人民的乐集,《诗》三百篇,是古代诗歌总集。六经不仅为战国文学提供了形式上可资借鉴的典范,同时,也在思想内容方面树立了"雅正"的尺度。所以,也可以说,战国诸子文章、历史文章、辞赋都是六经所昭示的思想内容及艺术形式的极大丰富和完善。

《庄子·天下》论六经之学,认为"其数散于天下而设于中国者,百家之学时或称而道之"。又说:

> 天下大乱,贤圣不明,道德不一,天下多得一察焉以自好。譬如耳目鼻口,皆有所明,不能相通;犹百家众技也,皆有所长,时有所用。虽然,不该不遍,一曲之士也。判天地之美,析万物之理,察古人之全,寡能备于天地之美,称神明之容。是故内圣外王之道,暗而不明,郁而不发,天下之人各为其所欲焉以自为方。悲夫,百家往而不返,必不合矣!后世之学者,不幸不见天地之纯,古人之大体。道术将为天下裂。④

庄子认为六经的内容与诸子百家学术的联系与区别表现为六经的道术为诸子百家所吸取,但百家未能融会贯通,所以各执一词,不能兼备众善众美之纯正。《汉书·艺文志》对此也有论述:

> 今异家者各推所长,穷知究虑,以明其指,虽有蔽短,合其要归,亦六经之支与流裔。⑤

今人马一浮先生《泰和会语》有"六艺该摄一切学术"的观点,其要点

---

① [汉]孔安国传,[唐]孔颖达疏:《尚书正义》卷九,《十三经注疏》,中华书局1980年版。
② [晋]杜预注,[唐]孔颖达疏:《春秋左传正义》,《十三经注疏》,中华书局1980年版。
③ 吴林伯:《文心雕龙义疏》,武汉大学出版社2002年版。
④ [清]郭庆藩:《庄子集释》杂篇,《诸子集成》,中华书局1954年版。
⑤ 《汉书》卷三十,中华书局1962年版。

有二,一曰六艺统诸子,二曰六艺统四部①。即六经作为战国以前中国文化之集大成之作,是一切学术的必然出发点。

我们说六经是一切学术的出发点,但这并不等于六经之学是神圣毋庸怀疑的。司马谈《论六家要旨》指出:"儒者博而寡要,劳而少功,是以其事难尽从。"儒者之"博而寡要,劳而少功",在于"儒者以六艺为法,六艺之经传以千万数,累世不能通其学,当年不能究其礼。故曰:'博而寡要,劳而少功。'"②《史记·孟子荀卿列传》记孟子游事齐宣王,宣王不能用,到梁,梁惠王以孟子"迂远而阔于事情"③,天下君主都欲合纵连横,以求攻伐之速胜,而孟子却述唐、虞、三代之德。《汉书·艺文志》述儒家之弊曰:"然惑者既失精微,而辟者又随时抑扬,远离道本,苟以哗众取宠。后进循之,是以五经乖析,儒学浸衰,此辟儒之患。"④六艺之学的衰落,不仅是由于博杂,而且在于六艺之学不切实用,又为后代学者所牵强附会。孔子之后,儒分为八,墨子由儒而墨,创为新说,这都充分说明到战国之际,以六艺之学为代表的传统文化已发展到了非变化不可的程度。因此,诸子百家的兴起,是对六艺之学的新发展。而《左传》、《国语》记春秋历史,也正是不满足于《春秋》之简略。没有《春秋》,《左传》无从谈起,但没有《左传》对《春秋》的发展,也不合于文化发展的需要。战国历史文章,也正是采纳了六艺之中记言、记事史书的特点,而加以发展的。

楚地辞赋的产生,也明显地带有文化发展的必然性。楚辞产生于楚,既是楚国地域文化发展的必然,也与楚国和中原相互交通,及中国传统文化广为传播有很大关系。褚斌杰先生《中国文学史纲要(先秦·秦汉文学)》论"楚辞"体的产生原因,以为楚辞体的产生,首先是"楚地的民间文学——所谓'楚声'和'楚歌'有着直接的影响"。其次,楚地的民间巫歌,对楚辞体的形成有"直接的影响"。如见于《孟子·离娄上》与《楚辞·渔

---

① 马一浮:《马一浮集》(第一册),浙江古籍出版社1996年版。
② 《史记》卷一百三十《太史公自序》,中华书局1959年版。
③ 同上书卷七十四。
④ 《汉书》卷三十,中华书局1962年版。

父》的《孺子歌》曰:"沧浪之水清兮,可以濯吾缨;沧浪之水浊兮,可以濯吾足。"① 又刘向《说苑·善说》有《越人歌》曰:"今夕何夕兮,搴舟中流。今日何日兮,得与王子同舟。蒙羞被好兮,不訾诟耻。心几烦而不绝兮,得知王子。山有木兮木有枝,心说君兮君不知。"② 这些产生于南方的民歌形式,与楚辞有很亲近的亲缘关系。而楚人信巫鬼,重淫祀,民间祭祀时使巫觋"作歌乐鼓舞以乐诸神","这种流行在楚地民间的祭祀曲,往往带有丰富的幻想,富于浪漫情调。又由于是歌、舞、乐结合在一起表演,因此,除抒情外,还兼有一定故事性情节,且语言活泼,节奏鲜明,结构上比一般诗歌阔闳,讲究起伏"③。《九歌》、《招魂》便是巫歌的发展。褚斌杰先生还提到了屈原楚辞与《诗经》四言诗,以及战国时代文章的联系。此前,刘大杰《中国文学发展史》也强调楚辞的产生与南北文化交流的关系,《左传》宣公十二年,成公二年,襄公二十七年,昭公三年、七年、十二年、二十三年、二十四年,皆有楚人引《诗经》及逸诗的例子。楚人之教育子弟,也以六经为蓝本。而楚辞与六经的联系,王逸、刘勰皆有论述,屈原的美政理想,更是烙有圣君贤相的印记。可以说,楚国文化的发展,是中国文化发展的组成部分,通过中国传统文化的传播和融合,才使楚国得以产生像屈原、宋玉这样杰出的文学家。当然,如果没有楚国的地方文化之背景,楚辞的产生仍是不可能的。鲁迅《汉文学史纲要》指出:

> 《离骚》之出,其沾溉文林,既极广远,评骘之语,遂亦纷繁,扬之者谓可与日月争光,抑之者且不许与狂狷比迹,盖一则达观于文章,一乃局蹐于诗教,故其裁决,区以别矣。实则《离骚》之异于《诗》者,特在形式藻采之间耳,时与俗异,故声调不同;地异,故山川神灵动植皆不同。惟欲婚简狄,留二姚,或为北方人民所不敢道。若其怨愤责数之言,则三百篇中之甚于此者多矣。楚虽蛮夷,久为大国,春秋之世,已能赋诗,风雅之教,宁所未习。……刘勰取其言辞,校之经典,

---

① [汉]赵岐注,[宋]孙奭疏:《孟子注疏》卷七上,《十三经注疏》,中华书局1980年版。[宋]洪兴祖:《楚辞补注》第七,中华书局1983年版。
② [汉]刘向撰,赵善诒疏证:《说苑疏证》卷十一,华东师范大学出版社1985年版。
③ 褚斌杰:《中国文学史纲要(先秦·秦汉文学)》,北京大学出版社1986年版。

谓有异有同,固雅颂之博徒,实战国之风雅,……形式文采之所以异者,由二因缘,曰时与地。古者交接邻国,揖让之际,盖必诵诗,故孔子曰:"不学诗,无以言。"周室既衰,聘问歌咏,不行于列国,而游说之风寖盛,纵横之士,欲以唇吻奏功,遂竞为美辞,以动人主。如屈原同时有苏秦者,其说赵司寇李兑也,曰:"洛阳乘轩车苏秦,家贫亲老,无罢车驽马,桑轮蓬箧,羸縢担橐,触尘埃,蒙霜露,越漳河,足重茧,日百而舍,造外阙,愿迭于前,口道天下之事。"(《赵策》一)自叙其来,华饰至此,则辩说之际,可以推知。余波流衍,渐及文苑,繁辞华句,固已非诗之朴质之体式所能载矣。况《离骚》产地,与诗不同,彼有河渭,此则沅湘,彼惟朴樕,此则兰茝;又重巫,浩歌曼舞,足以乐神,盛造歌辞,用于祀祭……①

鲁迅论《离骚》之与《诗经》之联系,及言《离骚》形式、文采与战国游说之风气及楚地风俗的联系,可以说是深中要害。楚辞的产生,正是中国文化历史发展的产物。其继《诗经》风雅,而又有新发展。其自由体式,诡奇风格,华美藻采,适应了时代的新思潮、新需要。

楚辞而后,有所谓赋,赋之名称,出于六诗。而赋之源头,更是集中体现了中国文化的必然发展。前人论赋之起源,大概可以分为以下几个观点:

第一,赋出于诗。《史记·司马相如传赞》曰:"相如虽多虚辞滥说,然其要归,引之节俭,此与诗之风谏何异?"②司马迁虽就司马相如而言,实亦可以概括宋玉之赋。类似的意见还有班固《两都赋序》之言"赋者古诗之流"③,刘勰《文心雕龙·诠赋》之言"赋自诗出,分歧异派"④,程廷祚《骚赋论上》之言"故诗者,骚赋之大原也"⑤。

第二,赋出于骚或诗骚。沈约《宋书·谢灵运传论》曰:"自汉至魏,四

---

① 鲁迅:《汉文学史纲》,见《鲁迅全集》,人民文学出版社2005年版。
② 《史记》卷一百一十七,中华书局1959年版。该语可能出自《汉书》卷五十七下《司马相如传下》,中华书局1962年版。
③ [南朝梁]萧统编:《文选》卷一,[唐]李善等注:《六臣注文选》,浙江古籍出版社1999年版。
④ 吴林伯:《文心雕龙义疏》,武汉大学出版社2002年版。
⑤ 程廷祚:《清溪集》卷三,金陵丛书本。

百余年,辞人才子,文体三变,……原其飙流所始,莫不同祖风骚。"①类似的意见也见于《文心雕龙·诠赋》,刘勰称:"赋也者,受命于诗人,拓宇于楚辞也。"②章学诚《校雠通义·汉志诗赋》则称:"古之赋家者流,原本诗骚。"③

第三,出乎纵横家及诸子。刘勰《文心雕龙·时序》云:"故知昄烨之奇意,出乎纵横之诡俗也。"④其论屈宋文章,自当包括辞赋,而刘勰又以赋出于骚,因此,楚辞出乎纵横之诡俗,赋也必然与纵横家脱不了干系。至章学诚《校雠通义·汉志诗赋》云:"出入战国诸子,假设问对,庄周寓言之遗也;恢廓声势,苏张纵横之体也;排比谐隐,《韩非·储说》之属也;征才聚事,《吕览》类辑之义也。"⑤章太炎《国故论衡·辨诗》云:"纵横家者,赋之本。"⑥《章太炎的白话文》曰:"纵横家的话,本来有几分象赋,则天下统一的时候,纵横家用不着。就变成词赋家了。"⑦换句话说,战国楚,纵横家用不着,就出现了词赋家。

赋与诗与骚,乃至与战国诸子纵横家有明显的联系,甚至史家之记言记事,也影响了宋玉、唐勒、景差等人,宋玉之云楚王游于某地,而某某侍从,虽未必实有其事,却也记事记言,有情节故事,有类史记。

《汉书·艺文志》以诸子出于王官⑧,这是缘于孔子之前,学在官府,及孔子而后,开私人讲学风气。诸子开坛讲道,收授门徒,正是效法孔子。《论语》所体现的孔子思想,作为集六经思想之大成,为战国儒家奉为圭臬,也成为反对传统学说的诸子建立自己论点的参照系。孔子带领战国士人志向学文,他对文化典籍的重视,对文学的重视,启发战国士人纷纷建立其学说。《论语》在艺术上,作为语录体文章之蓝本,其所记多为生动

---

① [南朝梁]沈约撰:《宋书》卷六十七,中华书局1974年版。
② [南朝梁]刘勰:《文心雕龙·诠赋》,吴林伯:《文心雕龙义疏》,武汉大学出版社2002年版。
③ [清]章学诚:《校雠通义》卷三,叶瑛校注:《文史通义》,中华书局1985年版。
④ 吴林伯:《文心雕龙义疏》,武汉大学出版社2002年版。
⑤ [清]章学诚:《校雠通义》卷三,叶瑛校注:《文史通义》,中华书局1985年版。
⑥ 章太炎:《国故论衡》,《章氏丛书》,台北世界书局1982年版。
⑦ 章太炎:《章太炎的白话文》,《触摸历史与进入五四》,北京大学出版社2005年版。
⑧ 《汉书》卷三十,中华书局1962年版。

精辟的格言和警句，通俗而具有形象性，并善于通过人物富于个性的语言、行动来展示人物性格，特别是通过简洁的叙述，精炼的语言为我们塑造了孔子这个好礼仁义，幽默机智，宽惠慈爱，关心民生的伟大圣人的形象。《论语》虽不在《诸子略》中，但其出现，开辟了个人著述的先河，其对战国文学，特别是战国诸子文章在思想与艺术手法的影响，是非常巨大的。

二、战国时代及战国文学与欧洲浪漫主义运动

当我们说"浪漫主义"的时候，首先指的是浪漫主义运动。

浪漫主义运动是 18 世纪后期至 19 世纪中期发生在欧洲的一场广泛的文化运动。利里安·弗斯特在他所著的小册子《浪漫主义》一书中指出：

> 最初，"浪漫"一词是与夸饰情感的、不可能发生的、夸张的，不真实的特点，旧传奇和骑士传说联系在一起的，总之，那是些与清醒、理性的生活观完全相左的因素。这样，"浪漫的"就在"狂热的浪漫故事"短语中出现，它的涵义是"虚幻的"、"虚构的"、"幻想的"。在 17 世纪理性时代，在一切都被秩序和绝对真理所统治的世界，这个词必然越发受到贬斥，以至与"空想的"、"装腔作势的"、"可笑的"、"幼稚的"相提并论。在褒奖真实贬抑想象的氛围里，"浪漫式的荒唐和难以置信的杜撰"是具有代表性的用法。
>
> 在英国，直到 18 世纪初，人们的感情逐渐地，仍只是不知不觉地发生变化时，这个词才开始恢复声誉，获得了新的涵义。它从一个贬义词成为现在的褒义词：早在 1711 年"浪漫的"开始与"优美的"产生了关联，大致同时，随着人们对中世纪、伊丽莎白时代的文学，歌特式和斯宾塞诗节兴趣的复发，旧传奇又开始重新获得市场。于是，"浪漫的"就意味着"侧重想象"之意，想象不再被看作一种难以控制，不可信赖的才能。此外，这个词也适用于自然的风景和景象，经常指以主观感觉描写的旧传奇里的常用背景：群山、森林、原野。这样，大约

到18世纪中叶,"浪漫的"这个词已经负载了双重的意义:原义让人想起或者说意指旧传统,引申义暗示了对于想象和情感的偏好。①浪漫主义运动正是与"浪漫"一词所包含的想象、虚构、感情、自然、优美等品性相联系的。

"浪漫"一词被引入文学评论,被用来指称某种文学,还并不是浪漫主义运动。利里安·弗斯特认为:

> ……最初"浪漫的"并不是一个艺术批评的术语,它基本上指的是以称赞的目光观照想象中和情感上的事物的一种心情。它被引入文学领域相对来说比较晚。……但导致浪漫主义运动登上文学舞台的具有决定意义的变革,不是随着这个词具有了文学批评术语的意义而产生的,它是整个18世纪的思想逐步演进的结果。因为"浪漫的"这个术语,以及与此有关的独特性、创造性、天才这些词汇,只能是重新肯定人类价值的产物,这不仅影响到创作的风格,也改变了人的整个价值观和自然观。浪漫主义运动正是这些变革在长期发展中形成的高潮,如果我们要掌握浪漫主义运动的基本意义,就必须注意它的演变过程,而不是一个精巧的定义。②

利里安·弗斯特所述浪漫主义运动是"重新肯定人类价值的产物,不仅影响到创作风格,也改变了人的整个价值观和自然观",是18世纪思想革命的高潮的说法,是十分有见地的意见。这个意见说明浪漫主义运动的兴起,是伴随着思想解放、人的自由价值的肯定、个性的尊重等社会政治、思想、哲学、人生观的革命。

(一) 欧洲浪漫主义运动的简单回顾

要想正确、全面、深刻地认识浪漫主义,就必须考察浪漫主义运动发生、发展的全过程。

关于浪漫主义运动在欧洲发生、发展的过程及其性质,《大不列颠百

---

① 〔英〕利里安·弗斯特:《浪漫主义》,昆仑出版社1989年版。
② 同上。

科全书》为我们作了最全面,同时又是最准确、最简明的概括,我们完全可以通过它为我们提供的线索,作一个大致的了解。

《大不列颠百科全书》"浪漫主义"辞条首先是这样描述浪漫主义运动的:

> 一种势如破竹的反对权威、传统和古典模式的运动,在18世纪后期到19世纪中期横扫西方文明。广义的浪漫主义是指这样一种立场或思想状态,即它本身同个性、主观、非理性、想象和感情共为一体,并往往以历史、民族奋斗和壮美的自然为其素材;在历史上,浪漫主义立场是对18世纪古典主义的朴素、客观和平静的一种自觉反抗。①

浪漫主义,首先是对传统,特别是统治欧洲文明的古典主义原则的反叛,它是一种人生立场和思想状态,即主张个性,尊重主观意志,反对理性秩序,张扬想象和感情。黑格尔称之为"绝对的内心生活"。他说:

> 浪漫型艺术的真正内容是绝对的内心生活,相应的形式是精神的主体性,亦即主体对自己的独立自由的认识。②

关于浪漫主义的起源,《大不列颠百科全书》一书指出:

> 在英国,浪漫主义作品在18世纪60年代开始出现;在法国,浪漫主义的先驱者是卢梭,他宣扬感情至上和人的本性善良。然而,严格地说,浪漫主义还是起源于德国和英国。浪漫主义最早的主要表现是德国的"狂飙突进"时期(1770—1780年)。弗里德里希·丰·施莱格尔在18世纪最后几十年中成为德国浪漫主义的领袖。英国华兹华斯在《抒情歌谣集》再版序言(1800年)中把诗歌看作"强烈感情的自然流露",这篇"序言"后来成为英国浪漫主义诗人——济慈、拜伦和雪莱的宣言。也在1800年,法国作家德·斯塔尔夫人发表了她的著作《论文学》,介绍了她对浪漫主义的观点。在这部著作和另一部著作《论德国》(1810年)中,她提出了浪漫主义民族主义的问

---

① 《大不列颠百科全书·浪漫主义》,台湾丹青图书有限公司1987年版。
② 〔德〕黑格尔:《美学》第二卷,商务印书馆1986年版。

题,后来成为浪漫主义思潮的一个重要方面。①

浪漫主义运动作为一种立场和思想状态,虽然最先出现在文学中,但是,正像任何一种立场或思想状态的表现绝不仅仅限于文学样式之中一样,它对其他艺术也产生了深远的影响。如绘画方面,一些在罗马的画家曾在新古典主义原则范围以外探索各种可能的途径,其中如瑞士人亨利·富塞利以其所画奇怪异常而为其中代表,他的《梦魇》一画(1781年)着重刻画了思想的非理性力量;英国布莱克、康斯太布尔、透纳则追求神话、风景、光和色的优美鲜艳及自然动态;德国画家龙格力图以象征手法把个人的心灵气质描绘为自然风景之灵性的一部分;弗里德里希以高耸入云的孤树或十字架等形象来暗示对自然和心灵的敬畏;法国画家德拉克洛瓦激扬的感情渗透在他那雄健的笔力之中,并且迷恋奇特的异国情调,特别是北非沙漠的游牧生活;籍力柯则以其选择当代题材时所表现的革命性为我们留下深刻的印象。

在建筑方面,浪漫主义的立场和思想状态主要通过借用旧的建筑式样和通过古怪的铺张排场表现出来。在英国,歌特式建筑特别激发了浪漫主义的创作想象力。歌特式建筑以大教堂为主体,以交叉肋拱、高扶壁、飞扶壁、尘拱结构和新装饰体系的广泛应用为特征,表现出轻盈灵巧,高耸挺拔的造型风格,与厚重敦实的罗马式教堂形成鲜明对比,歌特式建筑有一种垂直上升的运动感,它把两个在顶端成对角线相交的肋拱,作为整个拱穹的骨架,把拱穹的压力集中传导到拱穹的四角;高扶壁作为拱穹的主要支撑体,是墙壁的一部分,并从墙面突出出来;飞扶壁被用于有侧廊的建筑中,这是一种连接在高扶壁上的拱桥结构,将中殿拱穹的侧压力导致高扶壁。歌特式建筑采用巨大的花格窗和彩色玻璃镶嵌画,代替了墙壁。歌特式建筑在法国、英国、德国、意大利等国家,都曾占据主导地位,并且,影响到了美术、雕塑等艺术形式。作为中世纪后期的美术形式,极盛于12至13世纪,后来随着文艺复兴运动的兴起而衰落。它与文艺复兴及古典主义所崇尚的罗马建筑的差异,以及在不同的国家所体现出

---

① 《大不列颠百科全书·浪漫主义》,台湾丹青图书有限公司1987年版。

的民族风格,而成为浪漫主义建筑师们充分展示个性的竞技场。

在音乐方面,浪漫主义的特点,表现在作曲和演奏时注重个性和感情的表现。在18世纪,作曲家受托为贵族保护人创作,而19世纪的音乐家则依靠城市音乐会的听众,即主要是通过市场的经营获得生存。贝多芬虽然运用的是古典主义的音乐技巧,但他把音乐看得高于一切,看作是自我表现的一种手段,从而为19世纪的音乐家树立了光辉的典范。浪漫主义音乐注意从诗歌、童话和民间故事中吸取灵感。19世纪大歌剧,以其强烈的民族主义,对英雄的崇敬,奇异的布景和服装,描述性音乐,以及交响和声乐配曲所显示出的精湛技巧,把浪漫主义精神表现得淋漓尽致。

浪漫主义精神最充分地体现在艺术精神之中。《大不列颠百科全书》"浪漫主义"辞条最后指出:

> 注重个性,特别是注重主观性和自我表现,是浪漫主义的不朽遗产。它承认人是非理性的动物这一事实,扩大了艺术范围,把被新古典主义的和谐的理性主义排除在外的某些领域包括了进来,如人性的双重性,以及善与恶的两重性。浪漫主义艺术由于企图达到任何个人力量都不可能达到的一种超人类统一体,以致逐渐衰落,反以四分五裂而告终。但是,一旦面临任何机械体系限制人类经验发挥作用的威胁,浪漫主义的抗议就会继续出现。①

浪漫主义归根到底,最主要的表现形式便是同一切违反人类本性的理性秩序进行不懈的、不妥协的斗争,其革命性既表现在对以古典主义为代表的理性主义传统的否定,也表现在以主观性为最突出、最本质的特征。它偏重于表现主观理想,抒发强烈的个人感情;同时,诅咒城市文明,歌颂大自然,重视古典主义清规戒律之外的民间文学所表现出的丰富的想象力,真挚的感情,自由的表达方式以及通俗的语言;在艺术形式和表现手法上,浪漫主义作家喜欢运用夸张的表现手法,追求强烈的美丑对比和出奇制胜的艺术效果;与古典主义追求静穆、素朴、和谐、完整的审美理

---

① 《大不列颠百科全书·浪漫主义》,台湾丹青图书有限公司1987年版。

想相反,浪漫主义文学强调从生活的瞬息万变、精神的动荡不安以及富于特征性和神秘意蕴的各种奇特现象中揭示美。在浪漫主义作家笔下,充满了大胆的幻想,异常的情节,鲜明夸张的人物形象、神话色彩,又将奇特的异域情调和平凡的日常景象相互交织,对照;在诗歌格律方面,也表现出舒展、自由和音乐性。

浪漫主义文学家十分关注社会问题,德国狂飙突进文学,充满了战斗的、反封建的精神,耶拿派施莱格尔兄弟、诺瓦利斯、蒂克等早期浪漫派,要求个性解放,强调创作自由,反对传统束缚;阿尔尼姆、布伦垣诺等中期浪漫派出于对拿破仑占领的反抗,而注重表现民族意识的民间文学;沙米索、霍夫曼等后期浪漫派作家注重对社会现实的讽刺、揭露,显示出强烈的现实使命感。英国早期湖畔诗人华兹华斯、柯尔律治、骚塞等人批判工业文明所带来的社会黑暗及冷酷的金钱关系,柯尔律治与华兹华斯合著的《抒情歌谣集》(1798年),集中体现出他们强调发挥诗人想象力和创新精神的浪漫主义精神;拜伦、雪莱、济慈等第二代浪漫派诗人强烈要求摆脱封建教会势力,表现出争取自由和进步的民主倾向,他们通过形象性和富于音乐感的诗句,显示了诗歌主人公强烈的反叛精神和复杂的心理矛盾,时而愤世嫉俗,与旧世界势不两立,时而又消沉失望。拜伦以其传奇性的经历,成为欧洲文坛的英雄;瓦尔特·司各特把历史实在与大胆想象有机结合起来,开创了欧洲历史小说。法国浪漫主义虽晚于英国和德国,但由于它更直接、更深刻地接受了法国资产阶级革命的影响,以及革命之后动荡的社会思想,表现出更鲜明的革新精神和政治色彩,夏多布里昂、斯塔尔夫人,以及稍后的雨果、拉马丁、维尼是其中杰出的代表。夏多布里昂《阿达拉》以世纪病表达了对现实的不满,斯塔尔夫人的《论文学》、《论德国》,以及《拉辛和莎士比亚》(1823—1825年)等著作,猛烈抨击矫揉造作的沙龙文学和束缚创作个性的古典主义规范,追求文学的民族风格以及历史深度。拉马丁的《沉思集》(1820年),雨果的《颂诗集》(1822年),维尼的《诗集》(1822年)、《古今诗稿》等抒情诗成就最大。而雨果的戏剧《爱尔那尼》,小说《巴黎圣母院》,以及乔治·桑宣传空想社会主义思想的社会小说,缪塞的自传体小说,都具有强烈的反封建、反教会性质。

浪漫主义在英、德、法等国取得了主导地位,也波及到南欧和东欧,意大利的曼佐尼、莱奥帕尔迪等从本国历史和民间传说中取材,创作抒发渴望独立、自由、统一的理想,歌颂爱国主义、民族情感。东欧密茨凯维奇、裴多菲的诗歌,具有鲜明的爱国、民主思想倾向,富于民族、民间文学特色,生活气息浓郁,抒情性强,极具革命性和创新精神。俄国诗人茹科夫斯基、普希金、莱蒙托夫等人,把诗歌作为战斗的号角,创作了大量感情强烈、想象丰富、音调优美的抒情诗,讴歌反对专制、争取自由的爱国民主理想,《高加索的俘虏》(1820—1821年)、《茨冈》(1824年)、《童僧》(1839年)、《恶魔》等作品,热爱自然,富于瑰丽的异域情调,以对比、夸张的手法表现了城市文明的腐朽和山民的纯朴与自由,以及恶魔式的孤傲和叛逆。浪漫主义随即成为南欧和东欧文学的主流。

(二) 浪漫主义与古典主义的对立

浪漫主义运动是法国大革命、欧洲民主运动和民族解放运动高涨的产物,是在政治上反对封建专制、思想上反对教会僵化、艺术上反对古典主义清规戒律的激烈反叛形式,是当时社会各阶层对启蒙思想家提出的"理性王国"的否定。同时,也是德国古典哲学强调主观作用,天才、灵感和主观能动性,人的自在自为的绝对自由的必然反映。

在浪漫主义运动之前,统治欧洲文明的是17世纪的新古典主义。霍尔顿和霍普尔指出:

> 对于17世纪的学者来说,通过文艺复兴时期人本主义的发展,这个世界充满了活力和希望,而希腊人对艺术形式和生活理智的强调似乎暗示了人类完全不可逾越的理想,值得恢复。而另一方面必须指出的是,给新古典主义者留下深刻影响的正是希腊主义里的理性秩序,希腊文学中的灵性和深思熟虑对文艺复兴明显没有多大影响。而对17世纪的影响更小。①

---

① 〔美〕罗德·W. 霍尔顿、文森特·F. 霍普尔:《欧洲文学的背景》,重庆出版社 1991 年版。

古典主义作为一场有影响的文学运动,当然有其进步意义,但其严重的保守性、抽象性、形式主义倾向,却是应该批判的。他们不但墨守成规,而且强调理性秩序,非理性而外,皆一律排斥,这个古典主义时代的精神,便是"注定要把这个世界看成是一个理性和有条不紊的系统"。这种时代精神,是与同时代的科学巨人伽利略、开普勒、牛顿、笛卡尔、帕斯卡尔、哈雷、霍布斯、洛克关于人及宇宙本质的理论相联系的,他们的理论,"通常被描述为'法则',这当然是因为人需要一个有秩序的世界"①。但科学的证据说明上帝并不存在,在这种状态之下,人们便产生了建立新秩序的强烈愿望:

> 由于这种恢复古典秩序观以及在宇宙寻求新的秩序原则的欲望,个人的癖性遭到了社会的反对。正确性,加上规范的提出和维持,成了一个新的放之万物——从人类行为到诗歌创作——而皆准的理想。感情与激情受到怀疑,机智与练达备受推崇。人们最为强烈的欲望就是建立合情合理的管理,这就是说要建立各种各样可以仲裁正确性的科学艺术"学院",这已成为一股强大的趋势。这种对个人主义的蔑视已变得合情合理,足以认可新唯智派的结论……
>
> 这种对"普遍性的"追求产生了这样一种文学,即社会而不是个人成了学习的目标。而且由于追寻最高行为准则是一件严肃的事情,所以文学通常传授道德课程。这样一来,既有聪明性又有说教性的反讽成了深受欢迎的表达方式。由于时间的推移,人们对形式、思想和素材的更新持怀疑态度,所以艺术家所追求的是含蓄、妙语、语句简洁以及形式优美去赶超对手。……②

最能代表古典主义特征的当然是17世纪的法国文学:

> 国家的专制和优雅反映在这个时期法国语言和文学所体现的专制主义和优雅的言谈上。大家齐心协力,取代了文艺复兴时期的个人主义和探索动力,建立并维持了严格的规范。这个社会所追求的

---

① 〔美〕罗德·W. 霍尔顿、文森特·F. 霍普尔:《欧洲文学的背景》,重庆出版社1991年版。
② 同上。

是语言、行为、艺术和文学的绝对完善,因此人们不需要独创性……这时期优秀文学的主要特征是真理、中庸、对称、合适、和谐和美。①

罗德·W. 霍尔顿和文森特·F. 霍普尔的研究,为我们准确地表述了新古典主义的原则,即秩序、理性、法则、规范,追求的是真理、中庸、对称、合适、和谐和美,排斥感情、个性、独创性以及极端的激情,古典主义常常用温和的讽刺求得聪明与道德的体现。这是17世纪科学的进步、政治的专制所必然带来的结果。

浪漫主义运动作为对古典主义的反叛,其主张表现出各方面与古典主义的对立。也许可以被认为是20世纪最杰出的哲学家之一的罗素,在其所著《哲学史》的下卷曾经指出:

> 从十八世纪后期到今天,艺术、文学和哲学,甚至于政治,都受到了广义上所谓的浪漫主义运动特有的一种情感方式积极的或消极的影响。连那些对这种情感方式抱反感的人对它也不得不考虑,而且他们受它的影响常常超过自知的程度以上……②

古典主义的保守性限制了创造力,因而必然带来革命志士的全面反击。浪漫主义正是由一部分有叛逆勇气的思想家、文学家、艺术家所掀起的文化革命运动。而这个运动最初的代表当然是卢梭。罗素指出:

> 浪漫主义运动在初期跟哲学并不相干,不过很快就和哲学有了关系。通过卢梭,这运动自始便和政治是连在一起的。③

让·雅克·卢梭(Jean Jacques Rousseau,1712—1778)虽然是个十八世纪法语意义上的 philosophe(哲人),却不是现在所说的"哲学家"那种人。然而,他对哲学也如同对文学、趣味、风尚和政治一样起了有力的影响。把他作为思想家来看,不管我们对他的功过有什么评价,我们总得承认他作为一个社会力量有极重要的地位。这种重要地位主要来自他的打动感情及打动当时所谓的"善感性"的力

---

① 〔美〕罗德·W. 霍尔顿、文森特·F. 霍普尔:《欧洲文学的背景》,重庆出版社1991年版。
② 〔英〕罗素:《西方哲学史》下卷第十八章,商务印书馆1963年版。
③ 同上。

量。他是浪漫主义运动之父,是从人的情感来推断人类范围以外的事实这派思想体系的创始者,还是那种与传统君主专制相反的伪民主独裁的政治哲学的发明人。①

卢梭作为浪漫主义运动之父,他不但是浪漫主义运动所依赖的思想方法的奠基者,他的个人行为,也极其富于叛逆色彩,罗素曾对他的一些富于戏剧性怪僻的行为进行了描述,并指出:

> 卢梭的传记他自己在他的《忏悔录》里叙述得十分详细,但是一点也不死心塌地尊重事实。他乐于自表为大罪人,往往在这方面渲染夸大了;不过,倒也有丰富的外在证据说明他欠缺一切平常道德。这件事并不使他苦恼,因为他认为他永远有着一副温情心肠,然而温情心肠却从来没阻碍他对最好的朋友有卑鄙行动。②

卢梭的怪异行为很不像一个当时为社会所崇尚的绅士,他的非道德的表现,并不是真的堕落,而是为了反抗社会秩序的必需。对浪漫主义的这种用心,罗素是一清二楚的,他说:

> 浪漫主义者并不是没有道德;他们的道德见识反倒锐利而激烈。但是,这种道德见识依据的原则却和前人向来以为良好的那些原则完全不同。
>
> 浪漫主义运动从本质上讲目的在于把人的人格从社会习俗和社会道德的束缚中解放出来。这种束缚一部分纯粹是给相宜的活动加的无益障碍,因为每个古代社会都曾经发展一些行为规矩,除了说它是老传统而外,没有一点可恭维的地方。但是,自我中心的热情一旦放任,就不易再教它服从社会的需要。基督教多少算是做到了对"自我"的驯制,但是经济上、政治上和思想认识上的种种原因刺激了对教会的反抗,而浪漫主义运动把这种反抗带入了道德领域里。③

卢梭去世之前,他那些风格迷人的著作,倾倒了激动不已的欧洲读者。罗德·W. 霍尔顿和文森特·F. 霍普尔在他们合著的《欧洲文学的

---

① 〔英〕罗素:《西方哲学史》下卷第十九章,商务印书馆1963年版。
② 同上。
③ 同上书,第十八章。

背景》一书中指出:

> 卢梭的最初声望建立在那本反智力的《论科学和艺术》(1750年)上。在这本书里,他提出科学研究并不能给人带来幸福,只会使他的生活变得更加复杂,从而导致更深的堕落。他说,处于原始状态的人是幸福的,学习只会混淆他的自然善性。此外,艺术使他意识到奢侈,从而使他变得自私而贪婪。所有这一切导致了社会不平等,而这是人类不幸的最大因素。因此,"艺术和科学得到了改进,而我们的头脑却成比例地堕落"。人类希望在自然法则中轻易地找到指引,而获得指引的方法是观察自身的特性。①

卢梭要求人们"自我反省,去倾听良心的呼唤"。坚信人类的进步是与人类的堕落相联系的,文明带来了奢侈、自私、贪婪和不平等,带来了社会不幸,所以人类应回到原始自然状态中去。在《论人类不平等的起源和基础》(1735年)一书里,"继续颂扬'自然状态'"②。而在自然状态之下,"人人都可以享受到大地的果实,而人,一个'高贵的野蛮人',无知、满足、无拘无束。只是当私有财产出现以后,人才开始奴役自己,失去他的自然善行"③。卢梭以他的直率,赢得了人们的称颂,成为浪漫主义的旗帜:

> 卢梭性格迷人且有几分反叛精神。他妙笔生花,思想简单,且多愁善感,从而遭到了理性主义者的嘲讽,但却赢得了人民的厚爱和称颂。百科全书派由于观点激进所以思想孤立,而正是卢梭的政治宣言燃起了大众之火,为人民提供了感情动力,从而导致了法国大革命。

> 尽管他最后几年志愿离群索居,但是他的思想感染力为他在各行各业赢得了一大批热心追随者。政治团体把他当作保护神,休谟、康德、赫尔德尔、托马斯·潘恩等哲学家将他当作导师。圣皮埃尔、夏多布里昂、歌德、席勒、鲍斯威尔以及许多其他作家模仿他的文体,

---

① 〔美〕罗德·W. 霍尔顿、文森特·F. 霍普尔:《欧洲文学的背景》,重庆出版社1991年版。
② 〔法〕卢梭:《论人类不平等的起源和基础》,商务印书馆1962年版。
③ 〔美〕罗德·W. 霍尔顿、文森特·F. 霍普尔:《欧洲文学的背景》,重庆出版社1991年版。

表现他的主题。而另一个极端轻浮的人捡起他"回归自然"的呼唤，假装羡慕简单的田园生活。玛丽·安托瓦内特甚至特别将自己想象成一位阿卡狄亚的牧羊女，住在森林里，周围有一群打扮简朴的宫廷大臣，一两个茅舍，还有一帮干活的仆人。①

18世纪晚期及19世纪欧洲浪漫主义运动的巨流中，拥有一大批具有叛逆精神的思想家，譬如叔本华和尼采，便是两个最具典型性的例子。罗素指出：

> 浪漫主义形式的反抗和理性主义形式的反抗虽然都出于法国大革命和大革命之前不久的哲学家们，但是两者大不相同。浪漫主义形式在拜伦作品里可以见到，那是裹在非哲学的外衣下的，但是在叔本华和尼采的作品中，他学会了哲学用语。②

叔本华是一个悲观主义者，他性格孤僻、傲慢、喜怒无常，显得有些精神病气质。他甚至一生都在痛恨他的母亲，因为她使他来到人世，承受人间的痛苦。他最有代表性的观点，便是认为世界作为自在之物，是一种非理性的、盲目的生存意志。他说：

> "世界是我的表象"——这是一条适用于一切有生命，能认识的生物的真理。③

即人所认识到的一切事物，并不是本身就存在的东西，而只是呈现于人的表象，即意识中的东西。他又说：

> 十分肯定，我们永远不能透过外部达到事物的实在本质，不管我们怎样进行探究，除了影像和名称之外，我们永远不能接触到任何东西。我们就像一个人绕着堡垒转来转去而找不到一个入口，只是有时画下它的草图一样。④

---

① 〔美〕罗德·W. 霍尔顿、文森特·F. 霍普尔：《欧洲文学的背景》，重庆出版社1991年版。
② 〔英〕罗素：《西方哲学史》，下卷第二十一章，商务印书馆1963年版。
③ 〔德〕叔本华：《世界之为意志与表象》，《西方现代资产阶级哲学论著选辑》，商务印书馆1997年版。
④ Dewitt Harker编：《叔本华选集》，1928年英文版。参见余增瑕：《西方哲学史》，上海人民出版社1983年版。

他指出了人与外部事物之间的隔阂,因而反对把认识的条件实体化。认识最重要的特点是主体和对象的对立,对象是主体在一定的观点,一定的立场和角度所观察的对象,是由主体加工、过滤过的对象,是由主体用其先天的范畴所构造出的对象。主体与对象的对立表现为一种联系,即对象对主体的依存,没有主体,对象便不存在,对象不是实体,不是实际存在的自在之物,而是现象。人的身体作为对象之一,也是一种现象,是一种异己的东西,人不可能理解自己。人除了作为对象的现象部分,便只有情感和欲望,即意志,这才是人的本质,人的主体。认识到主体是意志,就无疑是"给了他一把揭明自己存在的钥匙,使它领会了自己的本质,自己的行为,自己的活动的意义,向它指明了这一切的内在结构"。① 在叔本华看来,理性、思想不过是意志的表现,意志的客观化,它们是为意志服务的,是意志的工具,而不是理性主义宣称的那样,是所谓人的本质。叔本华的唯意志主义实际是一种认识论的反理性主义,认为只有通过非理性的直觉,才能达到主体和对象的无差别融合。

叔本华特别关注人及人的自由等问题。他认为如果排除或忽视了人的自由,就根本不能谈论人的真正的存在和人的道德行为。人在社会与历史之中,而社会和历史都不过是现象世界,社会制度和社会结构实质是理性主义者杜撰出来的理想,便是按照理性派哲学家的理论去认识和行动的人,他们必然要受自然和历史的必然性的支配。他们不了解支配他们的必然性、因果性、目的性等等只不过是意志的表现,即意志的客观化;不了解社会制度、社会结构以及社会理想后面隐藏的非理性、盲目的意志,因而他们只不过是社会的傀儡和工具,也不可能有真正的自由。

现实社会的人由于不了解自己和世界均是盲目的意志的表现,企图给自己去设定某种目的和理想,并企图通过认识和实践来实现自己的目的和理想,然而这一行动的结局是什么呢?叔本华认为结局不过是痛苦而已。人由意志支配行动,而意志的本质就是盲目的欲望和永不疲倦的

---

① 〔德〕叔本华:《世界之为意志与表象》,《西方现代资产阶级哲学论著选辑》,商务印书馆1964年版。

冲动,欲望、冲动的满足总是暂时的、有限的,而欲望是不断变化的,是永远存在的。叔本华指出:

> 欲望按其实质来说就是痛苦。①

当人欲望满足之时,就会感到孤寂、空虚、厌倦,这事实上也是一种痛苦。所以,叔本华说:

> 如果我们对人生作整体地考察,如果我们只强调它的最基本的方面,那它实际上总是一场悲剧,只有在细节上才有喜剧的意味。②

叔本华否定一切现实社会,否定理性和科学,否定一切乐观主义,提出以抑制人的欲望、否定人的生命意志来达到解脱。

尼采自认为是叔本华的后继者,他生活的大部分时间已是19世纪中后期,这时候浪漫主义的洪流已化为涓涓小溪,不再有汹涌的气势。尼采本人与浪漫主义也有区别。罗素指出:

> 尼采在自觉上并不是浪漫主义者;确实,他对浪漫主义者常常有严厉的批评。③

尼采虽然批判浪漫主义,但却与浪漫主义有很重要的关系,所以罗素又说:

> 尽管尼采批评浪漫主义者,他的见解有许多倒是从浪漫主义者来的;他的见解和拜伦的见解一样,是一种贵族无政府主义的见解……④

尼采把否定哲学中的理性传统以及与之相关的一切理想,一切道德和价值观念当作自己哲学的出发点。他的口号是"重新估价一切价值",即对理性主义经济的文明采取虚无态度,这是与叔本华一脉相承的。他继承叔本华那来自于康德的不可知论思想,认为人只与现象相关,而永远不会接触到实在本身。尼采是一个个人主义者,他以权力意志代替叔本

---

① Dewitt Harker 编:《叔本华选集》,1928 年英文版。参见余增嘏:《西方哲学史》,上海人民出版社 1983 年版。
② 同上。
③ 〔英〕罗素:《西方哲学史》下卷第二十五章,商务印书馆 1963 年版。
④ 同上。

华的生存意志,认为人生的本质在于不断地表现自己,创造自己,扩张自己,发挥自己的权力,个人主义是权力意志的体现,是一切人的天性,人的每一个器官都是按利己主义的原则活动的。利己主义和权力意志,奠定了他的超人哲学的基础。他说:

> 个人是一种全新的东西,创造的东西,绝对的东西,一切行为都完全是他自己的。①

从卢梭,至叔本华,再到尼采,在他们的思想方法之中,贯彻了自由、叛逆、神秘、主观、游情、反理性等浪漫主义特征。这种特征,同样见诸以思辨见长的德国古典哲学家的哲学体系之中,康德、费希特、谢林、黑格尔等人的神秘主义,以及对主观、精神的强调,都表现出浪漫主义倾向。关于这一点,著名学者张东荪有很精辟的论述,他说:

> 康德的哲学伟大精密。他的贡献在大处有一点,在小处有好几点。大的一点是所谓他那种等于歌白尼革命的事业。质言之,即是他发现那个先验的方法。小的几点,第一是他把空时认为我们感性上的格式;第二是他把理性只认为一种合理的要求;第三是他把经验界与外物本样完全分为两截;第四是他从这个地方不能求证于经验;第五是他把道德亦就不在经验界解释;第六是他居然还能设法打通这个隔绝的两界。②

康德的哲学,在他的时代,是惊天动地的。康德晚年过着平淡而安定的生活,他不论刮风下雨,都要按时散步,惟有一次因为阅读卢梭的《爱弥尔》过分着迷,而忘记了出外散步。跟他相邻而居的人"只知道他是一位和蔼可亲的教授",但是海涅说,要是那些人知道他的哲学思想的真正意义,他们就会对这个驼背的老人肃然起敬,甚至懔然生畏。因为海涅说,"康德的哲学比刽子手的刀子还厉害。刽子手的刀只能砍下人头,但康德的哲学却能在思想的领域中起一种毁灭一切的作用"③。康德提出的先

---

① 〔德〕尼采:《权力意志》,《西方现代资产阶级哲学论著选辑》,商务印书馆1964年版。
② 张东荪:《哲学》,世界书局1935年版。
③ 余增瑕:《西方哲学史》下册,上海人民出版社1983年版。海涅之言又见《论德国宗教和哲学的历史》,商务印书馆1974年版。

验唯心论、二元论和不可知论,见于他著名的论文《感觉界和精神界的形式和原理》(1700年),以及《纯粹理性批判》(1781年)、《实践理性批判》(1788年)、《判断力批判》(1790年)等著作中。他认为知识由先天的形式与感性材料结合而成;道德原则是先天的,先验的;美也是先天的,先验的,美的艺术只有具天然禀赋的人才能创造出来。张东荪又指出:

> 康德出来以后一切哲学学说无不受他的影响。在德国因为这个缘故更起了唯心论哲学一大派。开始的人是费虚台(Johann G. Fichte,1762—1814年)。他曾见过康德。后来他的学说却不为康德所喜。他的哲学是由认识论而转到本体论,显然是把康德的不可知论打破。他一方面由知识问题上求得一个自我,而他方面却又把这个自我当为一种"行动"(tathandlung, act)。并且由我而产生非我(即自然)。非我乃为我而有。这种理论在哲学史家则名之曰浪漫主义(romanticism)。
>
> 后继费虚台的便是谢林格(F. W. J. Von Scheling,1775—1854)。他的哲学思想颇有前后时期的不同。但其根本贡献似乎在他主张自我与自然是一物。此同一的基础是为"绝对"(the absolute)。所以后来称他的学说为同一哲学(philosophy of ideatity)。由费虚台经谢林格而直到黑格儿,这乃是由康德所启发的德国浪漫唯心派。①

自卢梭、康德、费希特、谢林、黑格尔、叔本华,以至尼采,在立场与方法上所表现出与理性主义相对立的浪漫主义特征,无疑是浪漫主义运动的理论基础。而浪漫主义文学家们所表现出的特征,也正是与思想上的革命相联系的。所以,霍尔顿和霍普尔要言不烦地说:"浪漫主义这个词松散笼统,从各个方面的现象来看,它有一个共同特性,这就是思想自由,而古典主义的态度是思想必须循规蹈矩。"②这个概括,对我们的研究至为重要。

---

① 张东荪:《哲学》,世界书局1935年版。
② 〔美〕罗德·W. 霍尔顿、文森特·F. 霍普尔:《欧洲文学的背景》,重庆出版社1991年版。

(三) 战国时代及战国文学与欧洲浪漫主义运动

我在上面作了如此累赘的说明,只是想对研究中国古代文学的学者表明这样一个立场,浪漫主义绝不仅仅是一种创作方法,也绝不仅仅限于文学领域。这也正是我在《怎样理解浪漫主义》一文中所阐述的内容:"浪漫主义是一种文化运动,是一种精神","浪漫主义是一种时代思潮,它不仅表现在文学领域,而且因为它是一种'立场或思想状态',同样表现在其他艺术形式,以及哲学、政治思想之中"。①

我们在讨论战国文学时,谈到了春秋及春秋以前的社会,我们知道,周代是一个礼制社会,春秋出现了"礼崩乐坏"的趋势,但人们还在积极寻求礼乐的恢复,其主流仍是尊礼乐;而战国时代,从文化及社会制度各方面,都表现出和以前社会的差别。

如果说春秋及春秋以前人们的观念中"循规蹈矩"的思想方式和价值观占主导地位,堪称"古典主义"的话,与之相对,战国时代由于百花齐放、百家争鸣而形成的"思想自由",可以说是浪漫主义的。

以战国时代为一个"浪漫主义"的时代,其根据除了思想自由以外,起码还有以下数端:

第一,浪漫主义反对权威、传统和古典模式,战国时代的思想及艺术乃至于政治方面,也表现出这样的特征。在政治上,周天子的地位一落千丈,魏、韩、赵三家分晋,田氏篡齐,得到了周天子乃至天下诸侯的一致支持;在思想上,以六经为代表的传统思想受到了来自诸子的挑战,即使是儒家,也积极地改造六经思想;在礼制方面,以下凌上,以强凌弱的风气渐盛,诸侯纷纷自称为"王"。而在诗歌方面,传统的以《诗经》四言诗为代表的诗歌传统被楚辞的自由奔放形式所取代;在音乐方面,至春秋末,雅乐已渐为郑卫淫声取代,而战国之际的楚乐,更进一步表现出艳丽的倾向,《文心雕龙·声律》谓"诗人综韵,率多清切;楚辞辞楚,故讹韵实繁"②,诗

---

① 方铭:《怎样理解浪漫主义》,《学习》,1994年第3期。
② 吴林伯:《文心雕龙义疏》,武汉大学出版社2002年版。

乐舞合一,楚辞讹韵,正是音乐变化的表现。

第二,浪漫主义主张个人主义和尊重个性,这在战国文学中也有突出表现。以扬朱为代表的"为我"主义者正是个人主义。战国士子追求独立人格,自由地选择自己的思想和服务的王侯,受到轻视,则决绝而去。屈原作品强调自己的才能出众和志向高洁,宋玉赋为个人尊严而辩,都是个人主义和尊重个性的思想体现。

第三,浪漫主义重视自然,战国文学中,屈原等人热衷于描写自然,以自然物来譬喻不同的品德和行为,而道家主张自然、无为、率真,正是重视自然的烙印。

第四,浪漫主义强调主观感情,战国文学,无论诸子文章,或者历史文章、辞赋,都饱含着作者强烈的感情色彩,特别是屈原"发愤以抒情",更表现出一种强烈的宣泄主观感情的特征。

第五,浪漫主义文学有着丰富的想象力,鲜明的色彩,异常的情节,大胆的夸张,而这也正是战国文学,特别是屈原、宋玉等人最显著的特点。另外,诸子文章,特别是以庄子为代表的寓言文学,其形象、情节之奇诡,与屈原、宋玉实有异曲同工之妙。战国历史文章,充满了细节描写,其中也必不可少地含有想象、夸张的成分。

第六,向民间文学学习,也是浪漫主义显著的特点,战国时屈原楚辞,来自楚地民歌,《九歌》诸篇,其来源肯定与民间文学有极大关系。战国赋,由民间"谐隐"脱胎。而《荀子·成相》,被谭家健《先秦散文艺术新探》认为与云梦睡虎地秦简中的民间鼓辞《为吏之道》存在姊妹关系[①]。

第七,浪漫主义具有反对专制和民主主义倾向,战国时虽有法家专制主义的形成,同时,反对专制和民本思想,也是诸子、历史文章所追求的。屈原所渴望的选贤授能,也是反对专制主义的一个方面。

第八,浪漫主义文学具有爱国和民族主义倾向,战国文学中,楚辞表现出的楚国地方特征,以及屈原心系楚国,眷顾怀王的情感,正是一种爱

---

① 谭家健:《先秦散文艺术新探(增订本)》第一编《诸子散文研究》之八《荀子的议论散文》,齐鲁书社2007年版。

国主义和民族主义的气息。

第九,浪漫主义具有神秘主义倾向,战国时代思潮,有理性精神的发扬,也有诡奇的心理,其诡奇心理,表现为大量神秘文化的产生和文学对神秘现象如鬼神世界的描写。

第十,浪漫主义具有无道德的倾向。浪漫主义为了反对传统,必然向传统道德开战。由于浪漫主义背弃了旧道德,而代之以新道德,似乎有一种无道德之感。战国时纵横策士,朝秦暮楚,无从一而终的忠君道德。而法家欲去仁义,道家反传统道德,都表现出无道德的特点。

第十一,追求人的自由,是浪漫主义的重要特点,庄子倡导绝对自由,"无待","坐忘",儒家倡导舍之则藏的相对自由,与浪漫主义的自由接近。

第十二,浪漫主义是无政府主义,道家崇尚原始社会的人人平等,孔子及其弟子的大同世界,都是一种无政府主义。农家强调人人躬耕,因而没有劳心者,也必然导致无政府状态。

第十三,浪漫主义否定一切现实社会、理性、科学,战国时庄子道家和《道德经》欲绝去礼学,弃仁义道德智慧,墨、道、法诸家否定文学艺术,农家之反对社会分工,都具此特征。

第十四,悲观主义是浪漫主义者常有的现象,战国文学中也弥漫着悲观主义倾向,比如庄子一生死,认为人的痛苦的根源是有生命,对社会人生的丑恶表现出一种绝望的情绪。荀子认为人性本恶,法家否定人与人之间的情感力量,屈原的自杀,都表现为一种悲观主义倾向。

正像欧洲浪漫主义运动所表现出的特点丰富多彩,而在具体的人身上体现出来又千差万别一样,战国文学中表现出的浪漫主义倾向也是丰富多彩而又千差万别的。在众多的战国文学家之中,庄子作品和屈原作品的思想及艺术特点,历来被认为具有浪漫主义倾向。庄子思想与叔本华、尼采的接近更使这种一致性表现出了哲学高度。但是,我在这里,仍然只能这样说:战国时代及战国文学,表现出了与欧洲浪漫主义运动的一致性,而不能断言战国时代及战国文学实际上是欧洲浪漫主义的中国版本。

尽管战国时代及战国文学的思想及艺术表现出了与欧洲18世纪浪

漫主义广泛的一致性,但它们产生的时代,表现的形式,以及文化传统都存在着巨大的差异,战国文学中的浪漫主义倾向,并不是独立存在的,而与它的时代特色和文化传统相联系。虽说在战国时代,思想自由代替了循规蹈矩,而这种思想自由影响了中国几千年政治、文化的发展,但战国的浪漫主义仍不过是昙花一现,随着秦朝的统一及汉代中央集权统治的巩固,董仲舒提出的"罢黜百家,独尊儒术"的政治策略,使中国文化很快又回到古典主义的"规矩"中去了。

战国时代及战国文学所具有的与浪漫主义的一致性,使我们相信,一个有创造力的时代,其思想及文学总是具有某种"浪漫主义"的品格。

主要参考文献

一、古代典籍：

[清]阮元编：《十三经注疏》，中华书局1980年版。
《诸子集成》，中华书局1954年版。
[汉]韩婴撰，许维遹校释：《韩诗外传集释》，中华书局1980年版。
[清]孙诒让：《周礼正义》，中华书局1979年版。
黎翔凤：《管子校注》，中华书局2004年版。
[宋]朱熹：《四书章句集注》，中华书局1983年版。
杨伯峻：《春秋左传注》，中华书局1990年版。
[清]董增龄：《国语正义》，巴蜀书社1985年版。
[清]徐元诰：《国语集解》，中华书局2002年版。
王利器：《文子疏义》，中华书局2000年版。
严北溟、严捷：《列子译注》，上海古籍出版社1986年版。
杨伯峻：《列子集释》，中华书局1979年版。
[战国]尉缭：《尉缭子》，《文渊阁四库全书·子部二·兵家类》。
[晋]郭璞注，袁珂校注：《山海经校注》，上海古籍出版社1980年版。
[宋]洪兴祖：《楚辞补注》，中华书局1983年版。
[宋]朱熹：《楚辞集注》，上海古籍出版社2001年版。
[明]汪瑗：《楚辞集解》，北京出版社1994年版。
[明]陆时雍：《楚辞疏》，明缉柳斋刻本，清康熙四十四年乙酉有文堂刻本。
[清]王夫之：《楚辞通释》，上海人民出版社1975年版。
[清]蒋骥：《山带阁注楚辞》，上海古籍出版社1984年版。
[清]屈复：《楚辞新集注》，《四库全书存目丛书》，齐鲁书社1997年版。
[清]吴世尚：《楚辞疏》，清雍正五年上友堂刻本。
[清]戴震注，褚斌杰等点校：《屈原赋注》，中华书局1999年版。
[清]王闿运：《楚辞释》，清光绪十二年成都尊经书院刊本。
王泗原：《楚辞校释》，人民教育出版社1990年版。
金开诚等：《屈原集校注》，中华书局1996年版。
高明：《帛书老子校注》，中华书局1996年版。
黄怀信：《鹖冠子汇校集注》，中华书局2004年版。
《史记》，中华书局1959年版。

［汉］桓宽撰，王利器校注：《盐铁论校注》，中华书局1992年版。
［汉］刘向撰，赵善诒疏证：《说苑疏证》，华东师范大学出版社1985年版。
［汉］刘向撰，赵善诒疏证：《新序疏证》，华东师范大学出版社1989年版。
［汉］刘向：《古列女传》，《文渊阁四库全书·史部七·传记类三》。
缪文远：《战国策新校注》（修订本），巴蜀书社1998年版。
［汉］扬雄撰，汪荣宝注，陈仲夫点校：《法言义疏》，中华书局1987年版。
《汉书》，中华书局1962年版。
［清］陈立撰，吴则虞点校：《白虎通疏证》，中华书局1994年版。
［汉］应劭：《风俗通义》，《文渊阁四库全书·子部十·杂家类三》。
刘盼遂：《论衡集解》，上海古籍出版社1957年版。
［汉］许慎撰，［宋］徐铉校定：《说文解字》，中华书局1963年版。
［汉］许慎撰，［清］段玉裁注：《说文解字注》，上海古籍出版社1981年版。
［晋］皇甫谧：《高士传》，《文渊阁四库全书·史部七·传记类三》。
［晋］张华撰，范宁校证：《博物志校证》，中华书局1980年版。
［晋］陆机：《陆机集》，中华书局1982年版。
［汉］范晔撰，［唐］李贤等注：《后汉书》，中华书局1965年版。
余嘉锡：《世说新语笺疏》，上海古籍出版社1993年版。
吴林伯：《文心雕龙义疏》，武汉大学出版社2002年版。
［清］杨守敬、熊会贞：《水经注疏》，上海古籍出版社1989年版。
［梁］萧统编，［唐］李善等注：《六臣注文选》，浙江古籍出版社1999年版。
《晋书》，中华书局1974年版。
《隋书》，中华书局1973年版。
［唐］徐坚：《初学记》，中华书局1962年版。
安旗主编：《李白全集编年注释》，巴蜀书社1990年版。
［唐］韩愈：《韩昌黎全集》，中国书店1991年版。
［唐］柳宗元：《柳河东全集》，中国书店1991年版。
《崇文总目》，《文渊阁四库全书·史部十四·目录类一》。
《资治通鉴》，上海古籍出版社1987年版。
［宋］晁补之：《鸡肋集》，《文渊阁四库全书·集部三·别集类二》。
［宋］叶梦得：《春秋三传谳》，《文渊阁四库全书·经部五·春秋类》。
［宋］郑樵：《通志》，中华书局1987年版。
［宋］洪迈：《容斋随笔》，上海古籍出版社1996年版。
［宋］晁公武：《郡斋读书志》，上海古籍出版社1990年版。
［宋］叶适：《水心先生别集》，台湾河洛图书出版社1974年版。
［宋］陈振孙：《直斋书录解题》，上海古籍出版社1987年版。
［宋］王应麟：《汉书艺文志考证》，《文渊阁四库全书·史部十四·目录类一》。
［明］杨慎：《升庵集》，《文渊阁四库全书·集部六·别集类五》。

[明]焦竑:《焦氏笔乘》,上海古籍出版社 1986 年版。
[明]陈第:《屈宋古音义》,《丛书集成初编》本,中华书局 1985 年版。
[明]胡应麟:《四部正讹》,上海古籍出版社 1996 年版。
[明]胡应麟:《诗薮》,上海古籍出版社 1979 年版。
[明]贺贻孙:《骚筏》,清道光二十六年敕书楼水田居丛刊重刻本。
[明]贺复征:《文章辨体汇选》,《文渊阁四库全书·集部八·总集类》。
[明]黄文焕:《楚辞听直》,台湾新文丰出版社 1974 年版。
[明]蒋之翘:《七十二家评楚辞》,明天启六年蒋之翘楚穉刻本。
[明]董说:《七国考》,中华书局 1956 年版。
[明]董说撰,缪文远订补:《七国考订补》,上海古籍出版社 1987 年版。
[清]顾炎武撰,[清]黄汝成集释:《日知录集释》,岳麓书社 1994 年版。
[清]王邦采:《屈子杂文笺略》,清康熙六十一年刻本。
[清]林云铭:《楚辞灯》,《四库全书存目丛书》,齐鲁书社 1997 年版。
[清]夏大霖:《屈骚心印》,清乾隆九年一本堂刊本。
《全唐诗》,上海古籍出版社 1986 年版。
[清]朱彝尊:《经义考》,中华书局 1998 年版。
[清]梁玉绳等撰:《〈史记〉〈汉书〉诸表订补十种》,中华书局 1982 年版。
[清]高士奇:《左氏传纪事本末》,中华书局 1979 年版。
[清]徐焕龙:《楚辞洗髓》,清康熙三十七年无闷堂刊本。
[清]钱大昕撰,方诗铭、周殿杰校点:《廿二史考异》,上海古籍出版社 2004 年版。
[清]姚鼐:《古文辞类纂》,中国书店 1986 年版。
[清]章学诚撰,叶瑛校注:《文史通义》,中华书局 1985 年版。
[清]崔述:《崔东壁遗书》,上海古籍出版社 1983 年版。
[清]陈本礼:《屈辞精义》,民国十三年上海扫叶山房影印裛露轩本。
[清]永瑢等撰:《四库全书总目》,中华书局 1965 年版。
[清]孙星衍:《问字堂集》,中华书局 1996 年出版。
[清]严可均编:《全上古三代秦汉三国六朝文》,中华书局 1958 年版。
[清]阮元:《经籍籑诂》,中华书局 1982 年版。
[清]何文焕编:《历代诗话》,中华书局 1981 年版。
[清]董诰等编:《全唐文》,上海古籍出版社 1990 年版。
[清]鲁笔:《楚辞达》,嘉庆九年小停云山馆刻《二余堂丛书》本。
[清]刘熙载:《艺概》,上海古籍出版社 1978 年版。
《战国纵横家书》,《马王堆汉墓帛书》,文物出版社 1976 年版。
《老子乙本卷前古佚书释文》,《马王堆汉墓帛书》,文物出版社 1980 年版。
《银雀山汉墓竹简》,文物出版社 1985 年版。
《郭店楚墓竹简》,文物出版社 1998 年版。
马承源主编:《上海博物馆藏战国楚竹书》,上海古籍出版社 2001 年后陆续出版。

《睡虎地秦墓竹简》,文物出版社 2001 年版。

二、研究论著:
康有为:《康有为全集》,上海古籍出版社 1990 年版。
梁启超:《饮冰室合集》,中华书局 1989 年版。
丁福保:《历代诗话续编》,中华书局 1983 年版。
陈柱:《老学八篇》,商务印书馆 1930 年版。
陈柱:《诸子概论》,商务印书馆 1930 年版。
郭沫若:《屈原研究》,重庆群益出版社 1946 年版。
游国恩:《屈原》,三联书店 1953 年版。
罗根泽:《诸子考索》,人民出版社 1958 年版。
刘永济:《屈赋通笺》,人民文学出版社 1961 年版。
顾颉刚:《武士与文士之蜕变》,见《史林杂识初编》,中华书局 1963 年版。
鲁迅:《鲁迅全集》,人民文学出版社 1973 年版。
林庚:《诗人屈原及其作品研究》,上海古籍出版社 1981 年版。
郭沫若:《郭沫若全集》,人民出版社 1982 年版。
刘大杰:《中国文学发展史》,上海古籍出版社 1982 年版。
林庚:《天问论笺》,人民文学出版社 1983 年版。
金景芳:《中国奴隶社会史》,上海人民出版社 1983 年版。
余明光:《黄帝四经与黄老思想》,黑龙江人民出版社 1983 年版。
刘永济:《屈赋音注详解》,上海古籍出版社 1983 年版。
余增碬:《西方哲学史》,上海人民出版社 1983 年版。
汤炳正:《屈赋新探》,齐鲁书社 1984 年版。
李剑国:《唐前志怪小说史》,南开大学出版社 1984 年版。
熊铁基:《秦汉新道家略论稿》,上海人民出版社 1984 年版。
姜亮夫:《楚辞学论文集》,上海古籍出版社 1984 年版。
姜亮夫:《楚辞通故》齐鲁书社 1985 年版。
吕思勉:《先秦学术概论》,中国大百科全书出版社 1985 年版。
蒋伯潜:《诸子通考》,浙江古籍出版社 1985 年版。
张正明:《楚文化史》,上海人民出版社 1987 年版。
侯忠义:《中国文言小说史稿》,北京大学出版社 1987 年版。
谭家健、郑君华:《先秦散文纲要》,陕西人民出版社 1987 年版。
侯忠义:《中国小说史稿》,北京大学出版社 1987 年版。
汤炳正:《楚辞类稿》,巴蜀书社 1988 年版。
游国恩:《游国恩学术论文集》,中华书局 1989 年版。
吴林伯:《论语发微》,文化艺术出版社 1989 年版。
朱自清:《朱自清全集》,江苏教育出版社 1990 年版。

廖名春等:《周易研究史》,湖南出版社1991年版。
聂石樵:《屈原论稿》,人民文学出版社1992年版。
金开诚:《屈原辞研究》,江苏古籍出版社1992年版。
孙绿怡:《左传与中国古典小说》,北京大学出版社1992年版。
闻一多:《闻一多全集》,湖北人民出版社1993年版。
姜亮夫:《楚辞书目五种》,上海古籍出版社1993年版。
崔富章:《楚辞书目五种续编》,上海古籍出版社1993年版。
吴林伯:《文心雕龙字义疏证》,武汉大学出版社1994年版。
马一浮:《马一浮集》,浙江古籍出版社1996年版。
顾易生、蒋凡:《中国文学批评通史》,上海古籍出版社1996年版。
傅杰编校:《章太炎学术史论集》,中国社会科学出版社1997年版。
蔡仲德:《〈乐记〉〈声无哀乐论〉注译与研究》,中国美术学院出版社1997年版。
杨宽:《战国史》,上海人民出版社1998年版。
褚斌杰:《屈原研究论集》,湖北美术出版社1998年版。
陈元锋:《乐官文化与文学》,山东教育出版社1999年版。
廖名春:《帛书〈易传〉初探》,台湾文史哲出版社1999年版。
刘绍瑾:《复古与复原古》,中国社会科学出版社2001年版。
李零:《郭店楚简校读记》(增订本),北京大学出版社2002年版。
钱穆:《先秦诸子系年》,商务印书馆2002年版。
褚斌杰:《楚辞要论》,北京大学出版社2003年版。
褚斌杰编:《屈原研究》,湖北教育出版社2003年版。
孙作云:《孙作云文集》,河南大学出版社2003年版。
张少康编:《文心雕龙资料丛书》,学苑出版社2004年版。
汤漳平:《出土文献与〈楚辞·九歌〉》,中国社会科学文献出版社2004年版。
余嘉锡:《四库提要辨证》,云南人民出版社2004年版。
吴广平:《宋玉研究》,岳麓书社2004年版。
顾颉刚:《古史辨》,海南出版社2005年版。
赵雅丽:《〈文子〉思想及竹简〈文子〉复原研究》,北京燕山出版社2005年版。
谭家健:《先秦散文艺术新探》(增订本),齐鲁书社2007年版。
方铭等编:《中国楚辞学》1—10辑,学苑出版社2002—2007年版。

三、国外著作:
〔古罗马〕贺拉斯:《诗艺》,人民文学出版社1962年版。
〔法〕卢梭:《论人类不平等的起源和基础》,商务印书馆1962年版。
〔英〕罗素:《西方哲学史》,商务印书馆1963年版。
〔美〕韦勒克、沃伦:《文学理论》,三联书店1980年版。
〔意〕克罗齐:《美学原理》,外国文学出版社1981年版。

〔瑞士〕沃尔夫冈·凯塞尔：《语言的艺术作品》，上海译文出版社1984年版。
〔英〕爱·摩·福斯特：《小说面面观》，花城出版社1984年版。
〔美〕卡尔文·斯·霍尔：《弗洛伊德心理学基础读本》，见《弗洛伊德心理学与西方文学》，湖南文艺出版社1986年版。
〔德〕黑格尔：《美学》，商务印书馆1986年版。
〔英〕特里·伊格尔顿：《当代西方文学理论》，中国社会科学出版社1988年版。
〔瑞士〕弗尔达姆：《荣格心理学导论》，辽宁人民出版社1988年版。
〔英〕利里安·弗斯特：《浪漫主义》，昆仑出版社1989年版。
〔美〕罗德·W.霍尔顿、文森特·F.霍普尔：《欧洲文学的背景》，重庆出版社1991年版。
〔德〕叔本华：《世界之为意志与表象》，《西方现代资产阶级哲学论著选辑》，商务印书馆1964年版。

索 引

一、人名索引

B

巴尔扎克　19
白起　401,402
白乙丙　350
百里奚　195
拜伦　543,546,552,554
班彪　151
班固　23,26,100,101,124,133,143,
　　149,383—385,387,418,422,426,427,
　　432,434,475,486,497,539
班扬　21,118
包咸　166,172,173
褒姒　330,357
鲍白令之　47
鲍焦　340
鲍钦止　422
鲍叔牙　322
北宫锜　53
贝多芬　545
比干　406,410,431,484,511,513
裨灶　93
边沁　21
扁鹊　90,301
宾须无　322
播鼗武　170
伯服　330
伯儵　346
伯夷　254,379,404,430,433,454,531

伯夷父　195
伯庸　374
博叙埃　21
布莱克　544
布瓦洛　21

C

蔡叔　397,398
蔡泽　56
蔡仲德　182,183,565
苍颉　204
曹共公　346
曹刿　345,346
曹丕　114,524
曹商　297
曹元　123
曹植　480,499
长安君　367,368
苌弘　93
晁补之　421,435,478,487,562
晁公武　132,141,419,562
车千秋　389
陈本礼　475,487,563
陈第　479,492,563
陈东林　8
陈公子招　395,396
陈亢　217
陈灵公　322
陈农　25,84,117

陈元　150
陈轸　56,63,64,402,403
陈振孙　419,420,562
陈仲子　86,87
陈柱　86,261,564
陈子龙　299,316,317,476
城北徐公　334
程廷祚　539
蚩尤　363,444
重耳　346—348,351—353,357—359,397,520
重黎　374
樗里子　6,380,381
楚悼王　42,50,139,406,407
楚怀王　94,108,369,374—376,382,388,389,402,404,436,456,489
楚顷襄王　139,142,377,456
楚襄王　4,335,374,402,499,502,506,509
楚昭王　484
楚庄王　96,195,515
褚斌杰　437,441,456,495,510,511,537,538,561,565
褚少孙　379,454,506
触龙　143,367,368
淳于髡　43,56,59,60,64,65,91,380

D

达尔文　21
妲己　330,357
大成贽　195
大挠　195
大沈厥湫　94
大师挚　170
大司命　439,449—451,472,475
戴德　123,124
戴震　456,561
澹台子羽　14,115,116

德·斯塔尔夫人　543
登徒子　498,499,502,504,506—508
邓析　84,85,105,139,141,276,277
笛卡尔　21,118,548
帝喾　35,195,374,476
颠颉　346
东方朔　379—384,387,388,403,415,416,419,422,483,492,506
东皇太一　439,440,442,443,469,472,473
董狐　321
董祁　359
董叔　359
董说　41,263,393,563
董贤　400
董仲舒　100,111,117,147,407,530,560
斗伯比　344
窦太后　117
杜甫　492
杜赫　63
杜回　343
杜牧　434
杜预　39,52,107,113,149,150,158,164,168,169,320—323,325,327,342—345,347—349,390,394—396,404,423,437,519,530,536
杜子春　123
杜子美　481
段干木　14,54,57,61,63,115,116
顿弱　4
铎椒　147,149

E

娥皇　446
兒说　293

F

樊於期　371,372
范且　206
范蠡　195

范宁　12,15,150,344,395,396,446,562
范温　461
范献子　359
费希特　555,556
费虚台　556
费仲　81
丰隆　91,443,444,470,527
风后　63,98
冯觐　475
冯谖　369,370
冯镇峦　340
逢丑父　38,39,343
逢孙　349
夫差　69,360—362
弗朗西斯·培根　21,118
弗里德里希·丰·施莱格尔　543
伏生　117
服虔　150
宓妃　91,434,463,465,470,475,527
浮丘伯　19
福斯特　566
傅毅　499,500,502

根牟子　18
公伯寮　389
公叔座　263
公输子　76
公孙丑　112,185,232—235,300,303
公孙猎　396
公孙龙　56,88,105,106,137,141,142,
　257,273—275,277,292—294,300
公孙尼子　102,125,176
公孙衍　56,64
公孙鞅　42,48,140
公孙枝　195
公孙弘　117
公西华　218
公羊高　15,97
公冶长　148,212,215,216,312,386
公仲倗　143
公子寿　396
公子朔　396
龚奋　126,127
共工　363,393,394,397
共叔段　341,342
贡禹　126,127
鼓方叔　170
穀梁赤　15,18,97
顾栋高　515
顾颉刚　55,56,136,564,565
顾炎武　36,37,563
关汉卿　23
关尹　85,86,103,136
管叔　397,398
管至父　320
管仲　1,51,254,348,531
贯公　150
灌婴　379
鬼谷子　2,143,144,286,314,530
鲧　45,77,78,393,397,459,471

G

甘德　90
甘龙　49,62
甘茂　6,380,381
皋陶　75,389,433,507
高何　54
高渐离　372
高乃依　21,118
高堂生　117,123
高行子　15,97
高阳氏　433
高诱　17,40,42,54,55,61,70,83,88,
　92,125,145,193—195,197,256,262,
　272,274—276,283—285,300,307,
　337,443,452,530

郭沫若　89,290,376,378,442,564
郭偃　329,330
虢石甫　330

H

哈雷　548
海涅　555
寒浞　431
韩哀侯　29
韩非子　16—18,40,42—47,50,69,70,
　77,80,82—84,86,87,89,96,133,138,
　140—142,152,204—206,256,262,
　265—270,293,294,299,300,308,314,
　315,366,443,502,516,517
韩厥　38,39
韩康子　29
韩傀　370,371
韩烈侯　139
韩虔　9,36
韩歇　150
韩信　152
韩婴　100,484,561
韩愈　89,249,252,344,562
韩昭侯　42,105,266,502
汉哀帝　8
汉文帝　379
汉武帝　6,36,379,380,415,500
何休　48,150,161,345,395,396
何晏　13,114,127,128,156—159,162,
　163,165,166,170—173,185,186,271,
　385,386,409,425,439,465,480,484
河伯　93,440,452—454
阖闾　99,195,409
贺贻孙　469,563
赫伯特·斯宾塞　21
黑格尔　543,555,556,566
亨利·富塞利　544
洪迈　15,97,509,562

洪兴祖　68,77,113,374,376,378,379,
　381—383,385,388,391,401,403,405—
　407,410,416,418,419,421,422,427—
　435,438—440,442,444,446—449,452,
　453,455,456,458,462—464,466,468,
　470—473,475,477,481,483,484,486,
　489—491,493—495,537,561
后苍　123
狐季姬　323
胡家聪　142
胡念贻　491,492,498,503
胡三省　34
胡毋生　117
胡应麟　139,144,473,499,500,563
胡仔　461
壶遂　110,111
华兹华斯　543,546
怀嬴　348
欢兜　363,393,394
环渊　57,64,65
桓谭　41,100,129,315,393
桓团　88,275
桓魋　112
皇甫谧　30,86,87,143,144,497,562
皇侃　12,13,130,165,166,170—173
黄伯思　416,421,467
黄帝　3,35,83,86,90—94,98—100,
　104—106,108,134,137—140,145,
　179,195,201,202,204,244—250,253,
　262,272,273,281,284,288,314,363,
　533,564
黄缭　275
黄生　398
黄歇　64,339,377,378
黄铢　421
惠洪　144
惠施　56,84,85,88,257,273—277,528

霍布斯　21,118,548
霍尔顿　547,556
霍夫曼　546
霍普尔　547—552,556,566

J

击磬襄　170
嵇康　462
箕子　81,146,229,484,513,535
忌父　329
季梁　327
季孙行父　395
季隗　346,348,349
季羡林　411
济慈　543,546
祭仲　341
稷　18,51,59,61,64,65,74,97,102,104,105,110,132,133,287,293,343,398,433,459,492,519
伽利略　548
贾岛　495
贾佗　323
贾谊　6,62,100,150,379,384—387,390,415,416,419,483,486,497,498,500
简狄　459,470,538
江文蔚　420
姜亮夫　376,377,564,565
姜嫄　432,433,459
蒋伯潜　132,136,137,314,564
蒋大器　23
蒋骥　440,448,457,460,475,483,484,487,561
胶鬲　330
焦竑　479,480,563
焦循　53,59,60,70,75,76,78,96,131,156,162,183,185—187,303,304,307,315,404,407,408,417

接予　57,64
桀　32,45,47,69,71,77,237,239,244,254,267,280,330,357,394,397—399,427,431,466,510,512,527
介之推　348,349
金景芳　10,54,564
金开诚　451,458,459,472,561,565
金式武　485
晋灵公　320,321,344,404
晋平公　174
晋文公　32,33,36,195,322,323,330,341,349,358,397,515
晋献公　357
晋幽公　29
靳尚　375,388,404
荆轲　336,370—373,499,502
景差　153,383,415,477,478,486—489,492,494,498,500,503,509,519,529,540
景监　48,49,62
舅犯　51,358

K

开普勒　548
康德　551,554—556
康回　91,471,527
康斯太布尔　544
康有为　48,80,161,564
柯尔律治　546
克拉瑞顿　21,118
孔穿　102,140
孔甲　98,106,115—117
孔宁　322
孔子　8,10,12—15,23,28,31,32,34,35,37,38,46—48,50,54,55,57,58,66,68,72—80,82,88,89,96—100,102—104,106,109—112,114—117,120,122—132,134—137,139,142,

146—148,151,153—173,176,180,
182—187,189,190,197,198,205,
209—213,215—220,223—225,230,
232,234,237,238,241—243,257,271,
274,281,282,285—289,301—303,
312,318,319,321,328,331,380,382,
386,389,391,404—409,418,423,425,
434,436,480,484,496,511,513,526,
528—534,537,539—541,559
夸父　301
蒯通　7,152
夔　179,423

L

拉罗什富科　21,118
拉马丁　546
拉辛　21,118,546
莱奥帕尔迪　547
莱蒙托夫　547
兰姆　21
劳·坡林　308
老聃　85,86,135,136,248,285
老莱子　104,135
骊姬　329,351—357,359
李白　299,562
李封　150
李福泉　62
李光地　441
李轨　384
李贺　434,461,494
李镜池　534
李康　385,386
李悝　41,44,45,56,61,79,87,107,263,
　271
李斯　56,61,89,105,106,131,141,271,
　366,367
李文叔　373
李学勤　139,498

李寻　400
李园　143,339,377
李柱国　25,118
里克　352,353,355—357
力父　512
利里安·弗斯特　541,542,566
郦道元　446
梁惠王　2,3,53,60,112,131,139,185,
　235—237,239,240,300,537
梁启超　27,28,136,138,350,480,564
梁玉绳　388—390,433,563
列御寇　140,297,306,313,442
林庚　459,460
林云铭　257,440,481,482,487,495,563
刘安　256,274,275,385,387,422,432,
　476
刘宝楠　12,14,15,23,31,50,57,58,66,
　68,72,73,79,128,148,154—156,
　209—213,215,217—219,221,223,
　232,243,302,303,309—313,382,405,
　406,408,409,531
刘伯康　502
刘大白　499,500,503
刘德　26,176,183
刘熙载　299,461,496,505,563
刘向　2,7—9,25,37,38,47,48,59,64,
　79,101,104—107,117,118,124,127,
　131—134,139,143,144,149,152,176,
　249,275—278,374,387,388,392,
　415—419,422,446,462,478,480,485,
　486,489,492,497,498,506,509,538,
　562
刘勰　18,165,198,288,297,308,318,
　386,434,460,461,465,467,470,475,
　497,498,501,503,509—511,520,521,
　527,529,538—540
刘永济　406,419,441,480,564

刘祐 125
刘知几 133,151,318,319,345,351
刘子雍 389
柳宗元 132,133,139,140,143,144,
    248,562
楼缓 63
楼婴 348
卢植 125,126
鲁哀公 8,9,36,46,126,531,536
鲁笔 471,563
鲁共王 122,127
鲁缪公 102
鲁穆公 133,140
鲁万生 389
鲁襄公 330
鲁迅 299,521,538,539,564
鲁隐公 8,319,536
鲁仲连 57,103,336,530
陆贾 133,318,319,498
陆侃如 499,500
陆时雍 441,494,495,561
陆通 484
陆终 374
闾娵 512
吕思勉 249,262,263,278,564
吕望 103,195,459
轮扁 199,296—298
罗德·W.霍尔顿 566
罗根泽 80,95,96,98—100,136,141,
    142,564
罗素 549,550,552,554,565
洛克 548

M

马克思 21,238
马融 15,97,123,124,127,166,171,
    172,502
马韦尔 21,118

马一浮 536,565
麦考莱 21
曼佐尼 547
毛亨 18,191,416,417,424,425,432,
    433,466,468
毛嫱 60,335,505
枚乘 153,419,497,500,502,503
妹喜 330,357
孟尝君 63,64,369,370
孟轲 18,19,56,84,114,130,131,273,
    304
密茨凯维奇 547
密尔 21
密尔顿 21,118
闵子骞 312
缪塞 546
嫫母 512
墨翟 56,78,84,85,106,112,114,133,
    142,257,278,281,282,289,313,315

N

拿破仑 546
内史过 328,329
南郭处士 299
尼采 552,554—556,559
聂莹 371
聂政 336,370,371
宁跪 394
宁越 55,56,63,102
牛顿 548
女英 446

P

帕斯卡 21,118
帕斯卡尔 548
盘庚 535
庖丁 296,298
裴多菲 547
裴启 23

裴骃　3,51,378
彭生　320,344
彭咸　113,317,390,406,431,471,527
丕郑　331,352,353,356,357
平原君　63,64,103,106,273,293
屏括　348
蒲柏　24
普罗米修斯　78
普希金　547

Q

漆雕启　102
齐桓公　33,36,103,195,322,346,348,435,459,515
齐简公　30
齐景公　102,133,211
齐康公　9,140
齐闵王　30,103
齐明　63,328
齐威王　29,30,42,43,131,132,149,335
齐宣王　59,60,65,105,130,139,185,236,237,299,300,331—333,335,365,537
启　27,28,57,128,136,138,157,342,346,347,350,353,431,437,439,459,461,462,475,479,480,494,495,512,520,540,547,556,563,564
杞子　349
钱杲之　421
钱穆　79,137
钱熙祚　267,300
黔牟　394,396,397
乔叟　24
乔治·桑　546
桥玄　124
巧垂　81
秦德公　93
秦惠王　29,139,149,363,392,403

秦惠文王　94
秦灵公　93
秦始皇　6,47,62,63,116,399,446
秦武阳　372
秦献公　29,93,135,136
秦孝公　29,38,43,48—51,61,62,87,93,105,140,148,149,264,271
秦昭王　29,126,375,377,388,518
禽滑黎　54
庆普　123
屈复　487,561
屈匄　375,402,456
屈原　19,67,68,77,78,91,92,108,113,146,152,153,316,317,374—379,381—392,399—419,421—423,426—442,446,449,451,453,456—472,475—493,496—500,503,506,507,509,516,517,519,521,523,524,529—532,538,539,558,559,561,564,565
蘧伯玉　220,406,532

R

冉伯牛　12
冉有　12,13,216,218
让·雅克·卢梭　549
任宏　25,118
荣格　460,566
茹科夫斯基　547

S

塞维尼夫人　21,118
三饭缭　170
桑弘羊　389
桑田巫　343,344
骚塞　546
沙米索　546
莎士比亚　21,118,546
山鬼　440,454,455,463,469,472—475
商汤　35,179,305,431,459

商鞅　43—45,49—51,56,61,62,71,79,
　　80,87,88,140,141,202,203,263—
　　267,271
上官大夫　375,376,388,389,391,392,
　　406
少康　431,459,565
少师阳　170
少司命　440,449—452,470,472,473,475
申不害　42,56,79,86,88,266,267
申培公　117
申生　344,351—357,459
沈德潜　475
沈尹巫　195
沈约　539
慎到　57,64,65,79,84,85,88,266,267,
　　314
师触　168,367,368
师服　52
师涓　174,330
师蠋　168
师悝　168
师襄子　171
师挚　146,170
石申　90,93
史鳍　84,340
史苏　329,330,351,352,356,357,359
史鱼　220,389,406,532
寿陵君　335
叔本华　552—556,559,566
叔刘　346
叔齐　254,531
叔孙豹　113
叔孙通　117
叔隗　346,348,349
叔向　37,169,330,359,423
叔詹　346
竖头须　348,349

舜　23,35,45,72—77,79,82,83,99,
　　111,112,159,160,162—164,172,179,
　　186,189,195,209,210,216,254,278,
　　280,281,285,303,304,315,332,363,
　　379,393,394,397,398,405,423,427,
　　431—433,439,446,447,449,466,470,
　　483,490,492,509,510,513,527,529,
　　532
司空季子　346
司马光　9,31,33,34
司马坚　130
司马迁　8,9,22,28,36,50,51,86,87,
　　91,110,111,132,135,148—150,175,
　　263,271,274,318,376,377,380,382,
　　383,387,392,399,406,422,423,435,
　　436,441,476,481,482,484—486,501,
　　506,523,537,539
司马谈　87,263,271,274,537
司马相如　153,485,495,497,499,500,
　　539
司马贞　3,13,135,380,381
四饭缺　170
寺人披　347,349
驷子阳　139
宋悼公　140
宋畤　126
宋康王　94,142
宋濂　144
宋神宗　9,393
宋襄公　35,39,40,346
宋钘　84,85,105,137,277,278
宋玉　18,19,91,108,146,152,153,378,
　　379,383,384,387,415,416,418,419,
　　421,437,439—441,473,477—483,
　　485,486,488,489,491,492,494,496—
　　509,511,516,517,519,521,524,529,
　　538—540,558,565

苏代 5,56,340
苏厉 56,63
苏秦 5,36,56,63,64,91,142—144,
　　149,271,286,287,294,314,333,334,
　　336—338,363—366,373,398,519,
　　530,539
苏轼 158,159
眭孟 150,400
随会 195
孙桓子 169
孙绿怡 521,565
孙奭 35,37,110,112,184,231—240,
　　257,282,283,287,289,300,386,537
孙叔敖 195
孙星衍 144,145,248,563
孙作云 436,440,565
索卢参 54

T

它嚣 84,85
太甲 394,397
太康 431
谭家健 133,138,268,290,500,558,
　　564,565
谭介甫 274,292,300,441
汤炳正 382,421,422,480,486,564
汤来贺 23
汤漳平 445,565
唐勒 108,152,153,383,418,419,478,
　　496—498,500,503,506,509,519,540
唐昧 93,402,456
唐生 389
唐叔 347
特里·伊格尔顿 20,21,24,118,566
田常 6,28,30,32,33,36,205,530
田成子 30
田儋 7
田蚡 117

田光 371
田和 9,28,30,36
田恒 254
田骈 57,64,65,84,85,368
田生 117
田子方 14,61,115,116,260,261
透纳 544
托马斯·布朗 21,118

W

万章 53,76,112,131,186,239,304,404
汪瑗 483,561
王邦采 485,488,563
王褒 415,416,419,422,489,492
王弼 12,67,68,120—122,162,201,
　　223—227,229,250,252,307,383,433,
　　522,534
王昌龄 495
王定 29,176
王斗 60,61,335
王夫之 442,445,450,475,488,561
王吉 126,127
王闿运 441,561
王莽 123,150,161,400
王勉 420,421
王宁 11
王实甫 23
王士禛 133
王泗原 456,561
王肃 15,97,127,128,151
王先谦 16,17,31,40,54,55,59,69,72,
　　77,80,82,84,85,88,89,109,135,140,
　　187—189,191,192,199,201,241,243,
　　244,256—262,276—278,282,283,
　　291,292,295,300,316,423,509,510,
　　512,513,534
王昫 23
王逸 374,376,378,381,388,406,410,

415,416,418—422,427,432,433,435,
436,438—440,444,456,458,463,471,
472,477,478,481,482,485—487,489,
491,492,538

王禹 71,176

王章 32,400

王直方 144

王子渊 502

微子 32,81,168,170,217,220,484

韦伯斯特 21,118

韦勒克 19,20,565

韦贤 126,127,151

韦曜 151

维尼 546

尾生高 340

卫惠公 396,397

卫姬 322

卫君瑕 397

卫灵公 50,58,112,114,158,163,172,
209,210,214,216,219,220,222,271,
302,330,382,406,408,409,439,531,
532

卫文公 346,397

卫宣公 396,466

尉缭子 2—4,144,145,561

魏成子 41

魏桓子 29

魏惠王 3,518

魏绛 168,169

魏颗 343

魏牟 84,85,140,528

魏冉 44

魏斯 9,36

魏文侯 13,14,29,41,42,44,61,94,
102,105,115,116,140,174—176,182,
183,263,454

魏武侯 9,29,42

魏武子 343,346

魏襄王 3

文惠君 296

文森特·F.霍普尔 566

文嬴 350

文之仪 195

文种 362

闻一多 440,468,474,565

沃伦 19,20,565

巫咸 94,470,506

吴开 481

吴景旭 479

吴林伯 15,18,19,91,98,114,165,198,
297,308,310,314,316,318,366,384,
386,434,457,461,465,467,470,475,
492,493,498,501,503,505,506,509—
511,519—522,527—530,536,539,
540,557,562,564,565

吴起 14,41,42,45,50,56,61,63,79,
99,115,116,131,149,398,406,407

吴汝纶 479,480,487,488,506

吴世尚 487,561

伍奢 406

伍子胥 195,360,362,404—406,410,
431

武安君 117,337,401

武庚 397,398

武姜 341,342

寤生 341

X

西门豹 41,94,454

西乞术 350

西施 60,335,464,505

奚促 81

奚齐 351,352,355,356

奚仲 81

僖负羁 346,349

羲和　272,452,453
习凿齿　489
隰鉏　169
隰朋　322
郤克　343
郤缺　437
郤芮　348
郤至　39
瑕甥　348
夏伯和　23
夏大霖　461,462,563
夏多布里昂　546,551
夏贺良　399
夏侯胜　126,127
夏姬　322
夏禹　35,164,179,278,439
先轸　350
咸丘蒙　186
县子石　54
湘夫人　93,439,445—449,463,466,
　　472—475
湘君　93,439,440,445—449,463,466,
　　472—474
萧望之　126,127
孝成王　139,147,293
孝己　340
孝文帝　135
谢惠连　499,500
谢林格　556
谢庄　499
信陵君　63,64
邢昺　12,13,15,114,127—130,156—
　　159,162,163,170,171,185,186,271,
　　385,386,409,425,439,465,480,484
熊狂　374
熊丽　374
熊绎　374,519,520

胥甲父　395
胥克　395
须贾　143
徐防　15,97
徐焕龙　441,563
徐锴　420
徐尚　63
徐偃王　47
钽麂　321,344,359
许抗生　140
许行　287,289,290
许由　5,195,254,391,404,513
宣姜　466
薛季宣　133
薛廷珪　420
雪莱　543,546
荀卿　18,56,57,65,91,102,113,115,
　　130,131,136,141,144,147,149,153,
　　266,273,304,500,510,511,537
荀息　352,353

Y

亚饭干　170
亚驼　94
鄢陵君　335
严安　6,9,36
严忌　415,416,419,492
严可均　132,144,266,277,367,383—
　　385,392,485,496,498,563
严彭祖　150
严仲子　370,371
严助　414,419,478
炎帝　83,93
颜安乐　150
颜斶　57,331—333,336
颜师古　7,8,26,102—108,129
颜渊　12,155,163,172,209,211,215,
　　218,219,221,302,309,408,439,480,

531,532
颜涿 54
晏婴 37,132,133,304—306
燕釐公 140
燕太子丹 371,372
燕王哙 5,43,47,48
燕昭王 104,340
扬雄 114,380,383,384,387,390,391,416,496,497,500,501,503,524,527,562
扬子云 488,497
阳处父 350
阳货 14,23,156,170—172,209,212,215—217,222,311,312,385,409,465
阳子 256
杨翱 420
杨宽 8,10
杨孙 349
杨朱 70,78,84,86,112,140,253—257,261,282,283,289,315,530
尧 14,35,45,69,72—79,82,83,99,107,111,112,116,127,155,159,160,179,185,186,189,191,195,209,210,212,216,222,223,241,244,245,254,267,278,280,281,285,303,304,315,318,329,332,363,379,394,398,405,423,427,431—433,446,452,466,483,490,492,509,513,527,533
姚察 381
姚际恒 129
姚贾 141
姚鼐 149,479,488,506,563
叶梦得 148,341,562
叶阳子 336
伊尹 86,98,103,107,145,288,305,314,330,394,397,459,530
仪行父 322

夷姜 396
夷吾 103,195,351—353,357
宜臼 330
羿 81,91,206,427,431,459,471,527,528
翼奉 129
殷仲文 499
尹皋 93
尹喜 134
嬴公 150
嬴政 9
颍考叔 342
优施 353—357,359
游国恩 392,442,454,465,480,490,491,502,564
余嘉锡 23,420,562,565
余明光 134,137,246,249,564
余治 23,24
俞平伯 377
愚公 301
虞翻 67,151
虞卿 18,64,103,133,143,147,149,319
虞庆 206
雨果 546
庾信 499
御寇 140,297,306,313,442
鬻熊 86,374,520
袁珂 92,437,453,561
袁行霈 288
辕固生 117,398,399
约翰·多恩 21,118
乐毅 56,63
云中君 439,442,444,445,450,469,472—474

Z

宰我 12,215
臧仓 112

曾参　125,128,130,131,340
曾申　15,97,149
翟璜　41
张苍　147,149,150
张东荪　555,556
张骞　92
张京元　472,479,483
张九钺　24
张守节　143
张仪　56,62,64,91,142—144,286,294,
　　314,333,334,336—339,364—366,
　　373,375,388,392,402—404,530
张禹　126—129
张云璈　492
张湛　140,254—256,276,301
张正明　93,94,564
章太炎　24,25,540,565
章学诚　96,540,563
昭常　4,5
昭滑　63
昭雎　403
赵穿　321,404
赵盾　320,321,344,404
赵惠文王　5,139,293
赵姬　348,349
赵籍　9,36
赵敬侯　9,29
赵良　50
赵岐　35,37,110,112,131,184,231—
　　240,257,282,283,287,289,300,315,
　　386,537
赵奢　56,63
赵衰　346—349
赵太后　336,367,368
赵威后　86,335,336
赵文子　330,423
赵武侯　139

赵武灵王　43
赵襄子　29,148
赵宣子　321,359,437
赵雅丽　138,565
征舒　322
郑康成　15,97,130
郑穆公　139
郑樵　148,420,562
郑丘缓　343
郑缪公　139
郑同　5,347
郑文公　346
郑武公　341
郑侠　393
郑袖　338,339,369,375,388,392,404
郑玄　35,52,72,80,123—128,135,156,
　　159,164,170,171,173—176,179,191,
　　213,380,394,416,417,423—425,432,
　　433,437,446,450,466,468,526
郑振铎　440,499,500
郑庄公　324,342
挚虞　386
智伯　10,28,32,33,148
智叟　301
钟离子　336
仲弓　12,15,97
仲康　125,431
仲梁子　125
仲叔于奚　32,169
周安王　9,31,139
周勃　379
周成王　332,520
周公　28,29,34,35,81,99,110,120,
　　123,147,149,166,169,195,281,285,
　　312,332,397,398,528
周敬王　9,28
周厉王　146,328,433,434

索引

周烈王　3
周灵王　93
周平王　103,515
周青臣　399
周慎靓王　3
周太史儋　29,93,135
周威烈王　9,29,31,33
周文王　120,332,374,459,533
周武王　179
周显王　3,93,378
周幽王　330,357,434
周元王　1,9
周贞定王　9
周紫芝　421
周最　63,339
纣　32,45,47,71,77,81,103,119,146,
　174,219,237,239,254,280,298,355,
　357,363,394,398,399,427,431,459,
　466,484,510,512,527,533
朱己　143
朱买臣　414,415,419,478
朱熹　80,156,157,378,421,424,438,
　446,488,495,561
朱自清　423,426,564
朱遵度　420
邾文公　327
邾子　112,327
烛之武　349,350,530
祝融　72,78,374
祝生　389
颛顼　35,195,284,374,433
庄襄王　29,145,147
庄辛　335,402,506
庄周　56,85,86,114,131,137,306,308,
　317,540

卓子　351,352
子产　37,105,139,212,216,276,327
子犯　265,323,346,347,349,358
子服惠伯　169
子赣　17,54,182
子贡　12,14,73,115,116,155,156,214,
　218,219,222,530,531
子伋　396,466
子椒　384,388—390,392,406
子兰　375,376,384,388—390,392,403,406
子路　23,57,73,115,157,166,212,
　216—220,222,302,303,312,385,389,
　408,531,532
子奢　512
子思　18,48,69,74,77—79,84—86,89,
　102,112,126,130,131,133,161,164,
　208,209,222,243,244,258,277,281,
　287,294,317,328,352,540,559
子韦　93,104
子文　344,386,405
子瑕　374
子夏　12—15,18,54,59,61,63,97,102,
　109,115,116,120,123,155,174,175,
　182,183,214,217,220,221,223,424,
　480,532
子襄　234
子游　12—15,84,125,155,171,223
子玉　347
子张　14,54,58,84,115,116,126—128,
　212—214,217,219,221,223
子州父　195
邹忌　43,59,60,334,373
邹奭　18,91,92,104,105,113,145,272,
　273
邹衍　19,91,92,104,113,149,272,273

二、书名索引

A

《阿达拉》 546
《爱尔那尼》 546
《爱弥尔》 555

B

《巴黎圣母院》 546
《白虎通义》 53
《百家》 108
《笔丛》 143
《扁鹊内外经》 90
《辩晏子春秋》 132
《别录》 2,104—107,124—126,144,149,176
《兵权谋》 99
《兵书略》 25,96,98,99,118,515
《兵形势》 145
《伯象先生》 107
《帛书易传》 176
《博物志》 446

C

《长卢子九篇》
《钞撮》 149
《沉思集》 546
《陈审举表》 479,480
《成公生》 105
《乘》 186,187
《乘丘子》 104
《崇文总目》 132,420,562
《初学记》 452,501,562
《储说》 100
《楚辞补注》 68,77,113,374,376,378,379,381—383,385,388,391,401,403,405—407,410,416,418,419,421,422,427—435,438—440,442,444,446—449,452,453,455,456,458,462—464,466,468,470—473,475,477,481,483,484,486,489—491,493—495,537,561
《楚辞成书之探索》 421,480
《楚辞灯》 440,481,482,487,563
《楚辞释》 441,561
《楚辞释文》 419—421,477,479,486
《楚辞疏》 441,487,561
《楚辞听直》 481,563
《楚辞通释》 442,445,450,488,561
《楚辞洗髓》 441,563
《楚辞校释》 456,561
《楚辞协韵》 421
《楚辞新集注》 487,561
《楚辞章句》 374,376,378,388,406,415,418—422,427,439,444,456,477,478
《楚汉春秋》 318
《处子》 105
《春秋》 7—9,13—15,18,32,35—37,48,78,96—98,100,107,110—112,115—118,128—130,133,145—151,161,164,165,186—189,191,209,274,318,319,331,340—342,345,380,407,414,415,418,436,524,526,527,529,531,533,535—537
《春秋大事表》 515
《春秋董氏学》 48,161
《春秋历谱谍》 146
《春秋左氏传》 36,147,169,340,350,404
《纯粹理性批判》 556

索引

《茨冈》 547

D

《大不列颠百科全书》 543,545
《大戴记》 124
《大同书》 161
《大禹》 98,106
《道德经》 68,134,136,137,201,244,
    250,253,559
《道家言》 108
《得一录》 23
《邓析书录》 277
《邓析子》 141,277
《帝王世纪》 30,72
《典丽赋集》 420
《典论》 114
《董子》 103
《读〈聊斋〉杂说》 340
《读书志》 132
《读庄子法》 257
《杜文公》 104
《铎氏微》 147,149

E

《恶魔》 547
《二南密旨》 495

F

《法家言》 108
《法经》 41,44,262—264,271
《反抗的历史》 21,118
《反离骚》 383,384,390,416
《方技略》 25,118,515
《风后》 98
《风俗通》 15,97,447
《封胡》 98
《冯促》 105
《福建通志》 420,421
《赋选》 420,421
《赋苑》 420,421

G

《感觉界和精神界的形式和原理》 556
《高加索的俘虏》 547
《高士传》 86,87,462,562
《公孙发》 104,145
《公孙龙子》 105,141,142,274,277
《公孙尼》 107
《公孙固》 103
《公梼生终始》 104,145
《公羊传》 95,99,100,118,146,149,
    150,342
《公羊解说》 150
《公子牟》 104
《功议》 102
《宫孙子》 104
《古本竹书纪年》 3,72,77
《古今诗稿》 546
《古今伪书考》 129
《古经》 124
《古列女传》 131,446,562
《古文辞类纂》 479,488,506,563
《古文论语》 127,128
《古文孝经》 129
《古文苑》 498—502,507—509
《穀梁传》 96,99,100,118,146,149,
    150,342
《关尹子》 103
《筦子》 103
《管子》 1,2,100,134,138,248,249,
    253,314,360,516
《广类赋》 420,421
《广雅》 452
《鬼谷子》 143,144
《桂香赋集》 420,421
《郭店楚墓竹简》 126
《国故论衡》 540
《国筮子》 106

《国语》 94,95,99,100,118,146,150—152,318,319,328,329,331,351,352,355,357—360,373,516,517,529,537
《过秦论》 6,62

H
《韩非子》 16,80,83,133,138,140,141,152,262,266,267,299,300,308,314,315,502,516,517
《韩诗外传》 100,215,484
《韩子》 105,141
《汉书》 2,7,8,14,23,25,26,40,41,80,87,90,94,98,101—105,107,108,117—119,122,123,126,129—132,134,135,138—142,145—147,150—153,168,170,172,208,209,245,263,264,266,272,274,278,283,286—288,314,340,379,383,384,388,390,391,400,414,416,419,425,426,444,496—498,510,512,520,524,529,533,534,536,537,539,540,562
《汉文学史纲要》 299,521,538
《汉志》 2,132,133,143
《河间周制》 102
《鹖冠子》 104,134,138,139,248,249,314
《红楼梦》 24
《胡非子》 106
《淮南子》 256
《黄帝君臣》 98,104
《黄帝铭》 104
《黄帝内外经》 90
《黄帝说》 98,108,145,288,314
《黄帝四经》 104,134,138,139,201,202,244,246—250,253
《黄帝泰素》 98,105
《黄公》 106
《惠子》 106

《(侯)俟子》 103

J
《汲冢琐语》 92
《辑略》 25,118
《夹氏传》 146
《甲赋》 420,421
《将巨子》 105
《今本竹书纪年》 3
《金楼子》 144
《经籍纂诂》 158,563
《景子》 102
《九辩九歌皆屈原自作》 479
《隽永》 152
《绝对权力》 21,118
《郡斋读书志》 141,419,562
《谰言》 102
《校雠通义》 540
《蜎子》 103

K
《考工记》 90,123
《孔丛子》 133
《孔子改制考》 80,161
《孔子三朝记》 124
《孔子诗论》 176
《蒯子》 106

L
《拉辛和莎士比亚》 546
《浪漫主义》 541,542,566
《浪语集》 133
《老成子》 104
《老莱子》 104
《老学八篇》 86,564
《老子傅氏经说》 103,134
《老子邻氏经传》 103,134
《老子徐氏经说》 103,134
《老子哲学》 136
《类文赋集》 420

《冷斋夜话》 144
《离骚经九歌解义》 441
《离骚约》 420,421
《礼记》 53,97,100,122—126,129,130,
　　136,160,173,175,176,197
《礼记章句》 124
《李觏论事集》 132
《李克》 102
《李氏春秋》 103
《李子》 41,105,263
《力命》 140,262
《力牧》 98,104
《列女传》 100
《列子》 103,105,134,139,140,254,
　　262,301,314,516
《灵仙赋集》 420,421
《六韬》 100,102,530
《六艺略》 25,118,119,145,515
《鲁春秋》 187
《鲁论语》 126—128
《鲁仲连子》 103
《吕氏春秋》 81,83,90,107,133,136,
　　138,144,145,147,152,183,193—
　　198,276,283—285,314,315,319,
　　516,518
《闾丘子》 105
《论德国》 543,546
《论科学和艺术》 551
《论六家要旨》 87,263,272,274,537
《论人类不平等的起源和基础》 551,565
《论文学》 543,546
《论语》 13,15,72,96,97,99,100,112,
　　118,119,122,126—128,136,154,
　　162,208,209,211—213,223,231,
　　288—290,302,308,310,311,313,
　　480,517,540,541
《论语发微》 15,564

M

《毛公》 106
《孟子》 18,99,100,102,123,130—132,
　　136,209,230,231,239,240,244,289,
　　290,300,303,314,502,516,517
《孟子题辞》 112,131,315
《孟子微》 161
《孟子注疏》 35,37,110,112,184,231—
　　240,257,282,283,287,289,300,386,
　　537
《芈子》 102
《宓子》 102
《明堂位》 124,125
《明堂阴阳记》 124
《墨子》 16,80,83,99,100,106,133,
　　136,142,207,278,281,290,294,517
《穆天子传》 92

N

《南公》 105
《内业》 102,249
《宁越》 102

O

《欧洲文学的背景》 547—549,551,552,
　　556,566

P

《盤盂》 98
《判断力批判》 556
《庞煖》 106,139
《平原君》 103

Q

《七国考》 41,263,393,563
《七录》 143
《七略》 25,118,415
《漆雕子》 102
《齐论语》 127,128
《齐孙子》 99
《潜溪集》 144

《潜溪诗眼》 461
《黔娄子》 104
《巧心》 103
《秦国客卿议》 62
《秦零陵令信》 106
《秦时杂赋》 108
《青史子》 107,145,288,314
《屈辞精义》 487,563
《屈赋通笺》 406,419,480,564
《屈宋古音义》 479,492,563
《屈原赋》 108
《屈原作品撰述》 377
《屈子杂文笺略》 485,488,563
《阙子》 106
《群书丽藻》 420

R

《人表考》 388,390
《人民诗人屈原》 376
《容成子》 105
《容斋续笔》 15,97
《儒家言》 108

S

《骚赋论上》 539
《山带阁注楚辞》 483,487
《山海经》 22,90,92
《商君书》 16,80,82,83,140,202,204,264—266,271
《上海博物馆藏战国楚竹书》 133,563
《上书谏逐客》 367
《尚书》 22,92,111,123,137,147,189,319,423,432,433,439,533,535
《申子》 105,140,266
《神农》 90,98,107,145
《神农本草经》 90
《慎子》 105,140,266,267
《尸子》 107,144,314
《师旷》 98,107,145,288

《诗赋略》 25,118,146
《诗话》 144
《诗集》 546
《诗经》 110,167,168,176,182,187,311,416,423—427,433,434,463,465—470,493,498,510—512,520,529,538,539,557
《实践理性批判》 556
《史记》 3,6,7,13,15,22,28—30,35,36,42—44,49—51,56,61—66,71,80,86,87,91—93,97—99,105,106,110,111,113,116,128,131,135,139,141,143—145,147,148,150,153,167,171,176,193,263,265,266,271—274,287,294,295,304,306,315,318,319,323,336,337,374,376—381,383,387,388,392,397,399,400,402—404,407,408,414,416,422,423,433,441,444,446,450,454,456,476,484,486,506,519,523,528,530,531,537,539,561
《始终》 104
《世本》 3,29,72,118
《世说新语》 23
《世子》 102
《书战国策后》 373
《抒情歌谣集》 543,546
《术数略》 25,118,515,534
《说林》 100,141,299
《说苑》 100,144
《司马法》 51,106
《四库全书总目提要》 2,125,133,141,143,144,501
《宋史》 420,421
《宋司星子韦》 104
《宋玉赋》 108
《宋玉评传》 499,500

《宋子》　107，145，288，314
《颂诗集》　546
《苏子》　106，142
《隋书》　120，124，128，143，145，150，245，249，263，274，278，283，286—288，393，562
《隋志》　2，125，133，143，144
《随巢子》　106
《孙膑兵法》　99，517
《孙卿赋》　108
《孙卿子》　102，132
《孙子》　98，99，104
《孙子兵法》　99，517

T

《太公》　98，103
《太史公书》　3，319
《太壹》　99
《泰和会语》　536
《唐勒赋》　108
《唐吴英秀赋》　420
《唐虞之道》　73—75，133，160，210
《唐志》　2，143，144
《梼杌》　187
《天文》　90
《天文星占》　90
《天乙》　98，108，145，288，314
《田俅子》　106
《田子》　104
《苕溪渔隐丛话前集》　461
《通志》　420，562
《童僧》　547

W

《晚周诸子反古考》　80
《王狄子》　104
《王氏》　107
《王史氏记》　124
《王孙子》　103

《为吏之道》　513，514，558
《尉缭子》　2，3，144，145，561
《魏文侯》　102，176，182，183
《魏征谏录》　132
《文史通义》　96，540，563
《文心雕龙》　384，501
《文选》　315，452，485，497，499—502，504，505，507—509，524，539
《文学理论前沿》　11
《文子》　98，103，134，138，248，314
《我子》　106
《吴公祠堂记》　15
《吴孙子》　99
《吴子》　107
《五十二病方》　90
《务成子》　98，107，145，288

X

《西厢记》　23
《襄阳耆旧传》　489
《小戴记》　124
《孝经》　96，118，119，122，128—131
《辛甲》　103
《新书》　41，393
《新序》　51，100，389，462
《新学伪经考》　161
《徐子》　103
《续晋阳秋》　23
《薛氏赋集》　420
《荀子》　16，19，80，83，96，99，100，130，132，133，153，209，230，231，241，243，244，290，300，314，516，517

Y

《盐铁论》　131，389
《晏子》　100，102，132，133，244，304，305，314，516
《燕十事》　105
《羊子》　103

《要籍解题及其读法》 350
《野老》 90,98,107,145
《伊尹说》 98,107,145,288,314
《义疏》 130
《艺文类聚》 386,499,501,502
《翼骚》 421
《阴符》 100
《阴阳脉死候》 90
《阴阳十一脉灸经》 90
《尹都尉》 107
《尹文子》 105,141,142,276,278,300,314
《尹佚》 106
《由余》 107
《游棣子》 105
《虞氏春秋》 103,147
《虞氏微传》 149
《禹贡》 90,432
《语林》 23
《玉海》 143
《玉簪记》 23
《鹖子》 100,103
《鹖子说》 98,107,145,288,314
《月令》 124,125
《乐记》 118,124,125,176—183

Z

《杂黄帝》 98,104
《杂家言》 108
《杂阴阳》 108
《宰氏》 107
《曾子》 102
《战国策》 4—8,38,118,133,146,150,152,287,318,319,331,333,335,336,339,362,366—370,373,516—518,529,530
《战国楚竹书》 176
《战国前无私家著作说》 95,99,100,136

《战国纵横家书》 142,152,286,367,563
《张氏微》 149
《张子》 106,142
《章太炎白话文》
《赵氏》 107
《郑长者》 104
《直斋书录解题》 419,420,479,562
《中国精神》 411
《中国文学史纲要》 538
《中兴书目》 143
《周伯》 105
《周法》 102
《周官传》 123
《周考》 107,145,288,314
《周礼》 125
《周史六弢》 102
《周训》 104
《周易》 66,112,120,176,437,534
《周政》 102
《诸家甲赋》 420
《诸子概论》 86,564
《诸子略》 25,96,98,99,118,119,145,541
《竹坡楚辞赘说》 421
《庄子》 99,100,103,134,135,137,139,140,198,201,253,254,257,259,261,262,290,295,300,301,306,308,462,502,516,517
《资治通鉴》 9,31,33,34,562
《子思》 102
《邹氏传》 146
《邹奭子》 105,145
《邹子》 104,145,314
《邹子终始》 104,145
《足臂十一脉灸经》 90
《诅楚文》 94,495
《左传与中国古典小说》 521,565
《左氏微》 149

第一版跋

余受业于褚先生斌杰教授门下，亲承音旨，成《战国文学研究》一文，为北京大学博士学位论文。该文定以杀青，数历寒暑。今略检索古旧，润色增益，为《战国文学史》，约三十余万言。愧以肤浅，而忝列武汉出版社重点图书，为之破例，不计货殖付梓。饮水思源，无有褚先生之提挈与训导，则无有《战国文学史》之成书。今者，又拨冗赐序。褚先生博通今古，学兼中西，于国学研究，得出入之机；教导弟子，举一隅反之其三；循循然诱导，无有疲倦。余受先生之赐甚多，意者，《战国文学史》之一管之得，亦应归诸褚先生。

《战国文学研究》撰写元始及评审、答辩之际，北京大学陈贻焮教授、袁行霈教授、孙静教授、费振刚教授、吕乃岩教授、白化文教授，中国社会科学院文学研究所研究员曹道衡先生、邓绍基先生、沈玉成先生、谭家健先生、陆永品先生，北京师范大学聂石樵教授、韩兆琦教授，中国人民大学吴小林教授，或参加开题论证会，或撰写专家评议书与同行评议书，或参加论文答辩会。诸先生皆古代文学史研究名家，为余正误、深浅、补遗者，难以备述。余据之修《战国文学史》，所可惜者，狃于知见，于诸先生之深旨，不能悉数领会，有负望焉。

北京师范大学郭预衡教授，博学鸿儒，德高望劭，亲为题签。余师弟程君水金博士为是书之出版，往来联络。此余所以感激者。余亦为武汉出版社及刘昌钊先生之敷赞深致尊敬。无有武汉出版社及刘昌钊先生之鼎助，则无有《战国文学史》之问世。

昔余将冠，叩学于吴先生林伯教授。吴先生亲炙大儒马一浮，佛学大师熊十力二先生，学际儒释。以古稀之年，传余《周易》、《论语》、《庄子》、《文心雕龙》等，发明诂训，启发愤悱，提纲挈领，要言不烦。时袁先生千正教授,醇厚长者,督余之硕士论文,多殚心力。又王先生启兴教授,识见高迈,亦耳提面命,卒业,以后觉觉人者凡四年。王先生利器教授居京华,时与余所住不迩,吴先生命余即席请益。余于优闲,不时求谒。王先生者,固国学大师,高山仰止,许余为私淑,又为推介,使余得从褚先生诵习。微诸先生之力不及此,余不敢忘。

余多旁骛,所著驳杂。然中国古代文学者,余之专业也;先秦秦汉文学者,余之研究方向也。《战国文学史》是书,余用力最勤。余之著《战国文学史》者,以战国时代为一非常之时代也。非常之时代,萌生非常之文学。六经、孔子、诸子、史传、辞赋,为战国先秦学术之基本,中国文化之本根,不习不知,不足以言说中国文化学术。然非常之文学,虽不必由非常之人穷究,亦非余所可道者。余经术浅薄,不足以踵继其胜,勉力为之者,冀引玉也。假余以年,使余无虞于生生,从贤者之后,笃志,五十以著述,庶几可以无恨。

余生之初,僻处西陲,时属不文,春秋蹉跎。余父母秉好学之本性,慕成周之文也,不以温饱之维艰,欲余之博学,甚殷勤,课子不遗余力。是以余于学术,未尝敢以轻心掉之。《战国文学史》之作也,唯谨。

自启蒙以来,迄今,凡于余有一日一字之教诲者,皆为余师。余不能一一具其名讳,深为叹息。师者,所以传道授业解惑也,欲道术不绝如缕,事业彪炳。余今课徒,每念余之诸师,殷殷之期望于余也,一如今日余欲弟子之有成。余无高尚之志,经济之能,光阴虚掷,辜负于恩师,是可长叹息者也。

言尽于此。知余罪余,余何敢让焉。

方铭
一九九六年四月十五日于北京

新版后记

这本小书是我 1991 年至 1994 年在北京大学攻读博士学位的时候撰写的博士论文,原名叫《战国文学研究》。1994 年后,我到北京语言大学担任教职,主要教授来华短期进修之高级班学生的"中国文化"等课程,每周课时约在 16 节以上,而且暑假、寒假都有教学任务。时间的不足是一个方面;另一方面,当时我的《战国文学研究》在毕业答辩的时候虽然有电子文本,但是计算机对于我来说还是奢侈品,无由接触,所以,修订《战国文学研究》,就无疑意味着我要重抄 30 多万字的手稿,对于我这样一个懒惰的人来说,肯定是没有勇气面对的。所以,1995 年初,计划在武汉出版社出版我的博士论文的时候,我竟然没有时间来对我的论文进行修改,这一直是我所深为遗憾之事。

1995 年前后,武汉出版社正在计划出版一套中国古代文学史系列著作,包括断代文学史,分体文学史等,为了能够纳入武汉出版社的出版计划,方便出版,根据责任编辑刘昌钊先生的建议,我把博士论文更名为《战国文学史》。后来,尽管有朋友认为这本书还是叫《战国文学研究》较好,但是,更多的同道已经认同《战国文学史》这个名称,所以,此次修订,结合二者,名《战国文学史论》,以区别于原版。

《战国文学史》作为武汉出版社的重点图书推出后,到今天,已经差不多十几年过去了。现在在坊间也很难找到这本书了。承蒙同道不弃,认为这本幼稚的著作还有一些参考价值,而商务印书馆也愿意出版一本《战国文学史》的修订本,因此,使我有机会重新来面对这本书,也就有机会对这本书做一些修订。

这些年来,我出版的著作虽然也已经不少了,但是,《战国文学史》仍然是我出版的有关中国古代文学方面的学术著作中比较重要的一部;而我没有能力把我这本小书写得好一点,仍是我所遗憾的事情。

在我开始修订《战国文学史》的时候,褚斌杰先生身体尚无任何病兆,我曾向先生提及我正在修订《战国文学史》,先生还给我许多鼓励。可惜,我的这个修订工作,断断续续进行了三四年时间,而先生也在去年不幸辞世。登山长望,中心悲兮。菀彼青青,泣如颓兮。没有机会让先生看到《战国文学史》修订版的出版,令我极为难过。

《战国文学史》初版的时候,曾有机会把这本小书送给我1984年在武汉大学攻读硕士学位时期的导师吴林伯先生,以及许我为私淑弟子的王利器先生。但是,当今天《战国文学史》修订版出版的时候,吴林伯先生和王利器先生已经与我天人永隔。1991年,我曾撰写《国学大师王利器》[①]一文,介绍王利器先生的经历与学术成就,先生故去以后,竟然再没有机会写一点纪念文章,借本书出版的机会,我想表达自己深切的怀念。2004年,我先后撰写了《吴林伯先生与文心雕龙研究》[②]、《吴林伯先生与文心雕龙义疏》[③],表达我对吴林伯先生的无限敬仰和有负先生期望的愧疚之心。长吟永歔,涕究究兮。多年来,两位先生的音容笑貌,时时会浮现在我的眼前。借此机会,祝愿吴林伯先生与王利器先生的在天之灵安静祥和。

曾参加我的博士论文答辩,并长期给我教诲和帮助的陈贻焮先生、曹道衡先生、沈玉成先生,近年也先后谢世。陈贻焮先生曾许我从他学作今体诗,可惜我离开北京大学以后,没有来得及开始学习,先生已经身染沉疴。曹道衡先生在1991年的时候,曾经给时任《中国文学研究》编辑的郭建勋教授写信,对我发表在该刊上的一篇有关扬雄赋论的文章给予积极鼓励,后来又主动推荐我的文章给他担任编委的一份重要杂志,虽然因我的原因,最后该论文并未在那份刊物上发表,但先生的提携之情,让我没齿难忘。后来听说,我1997年至1999年间三次申请教授,论文评审人就是曹道衡先生、聂石樵教授和谭家健先生。因为他们的提携,我才能够顺

---

① 《中华英才》,1991年第15期。
② 《中国文化研究》,2004年第2期。
③ 《中国教育报》之《读书周刊·人文阅读》,2004年5月20日。

利地晋升教授。我虽然和沈玉成先生只有数面之缘,但是沈先生在我的博士论文的同行评议书中,曾称我的这本小书叫"战国文学史",我当时以为先生是误记,没有想到最后我的这本书却以"战国文学史"一题行世。春兰兮秋菊,长无绝兮终古,我对诸位先生的怀念和感谢,将会伴随我未来的岁月。

《战国文学史》初版时,没有机会对当年参加我的论文评议及答辩的各位老师的意见进行充分领会,他们当年所提出的意见,给我今天的修订指明了方向。他们是我在《战国文学史》初版时提到的参加我的博士论文开题、评议和答辩的北京大学陈贻焮教授、袁行霈教授、孙静教授、费振刚教授、吕乃岩教授、白化文教授,中国社会科学院文学研究所研究员曹道衡先生、邓绍基先生、沈玉成先生、谭家健先生、陆永品先生,北京师范大学聂石樵教授、韩兆琦教授,中国人民大学吴小林教授。在该书增订本出版的时候,我再次对诸位先生的教诲表示由衷的感谢。

《战国文学史》初版以后,许多学者给予了诚恳的批评和溢美的评价,他们或撰写书评,或在他们撰写的文学史或者学术史的研究著作中,或者用书信的方式,表达了对我这本不成熟的著作的关心。如陈桐生教授、林明华教授、南志刚教授、赵仙泉博士,都写了书评予以推荐,如董乃斌教授、陈飞教授、刘跃进教授等,在其著作中给予介绍和评论。现任广西师范大学教授的力之先生,当时还在广西钦州师专工作,不远万里,写信并亲自打电话,指出我书中的错误。北京大学同门常森教授在他的专著中,对我这本书有许多溢美之词,同时也指出我这部书的最后一节关于与欧洲浪漫主义的比较怪异而浅薄,就我个人看来,这个观点无疑是正确的,这一部分,我在博士答辩的时候,就已经择出,后来《战国文学史》初版之时,又重新夹在其中。这次修订的时候,曾经萌生过择除的念头,后来还是决定继续放在书中,作为一个历史,不要被湮没。这些批评和鼓励,同样是我修订《战国文学史》的指路明灯。在此,我也要表示由衷的谢意。

幸运的是,在各位同道的帮助和指导下,《战国文学史》中的一些错误,能够陆续发现,并乘这次机会,尽可能进行了修改。虽然如此,相信错误还有很多,希望各位先进继续给予指导。

北京师范大学郭预衡先生再次为这本小书题写了书名,感激之情,难以言表。

该书增订本修订之时,北京理工大学宣传部许欣老师、清华大学博士后工作人员冯莉博士、北京语言大学博士生张鹤、曹美娜,硕士生唐元、王孝强、徐辉等同学,帮助我核对引文,通读原稿,张鹤同学帮助整理了索引,在此表示感谢。最后,需要特别感谢的是商务印书馆著作室常绍民先生,没有他的悉心指导、热情督促、诚挚关怀,我的这个修订本也是很难完成的。

惜余年老而日衰兮,岁忽忽而不返。时光如梭,在撰写《战国文学史》的时候,我还算年轻人,转眼已经老大,生也有涯,希望在不久的将来,我还能有机会再次修订这本小书。

2007 年 9 月于北京